Richard North Patterson · Nachtschwarz

Richard North Patterson

NACHTSCHWARZ

ROMAN

Aus dem Amerikanischen
von Reiner Pfleiderer

C. Bertelsmann

Die Originalausgabe erschien 1999 unter dem Titel
»Dark Lady« bei Alfred A. Knopf Publisher, New York

Umwelthinweis:
Dieses Buch und sein Schutzumschlag wurden
auf chlorfrei gebleichtem Papier gedruckt.
Die Einschrumpffolie (zum Schutz vor Verschmutzung)
ist aus umweltschonender und recyclingfähiger PE-Folie.

1. Auflage

Satz: Dr. Ulrich Mihr GmbH, Tübingen
Druck und Bindung: GGP Media, Pößneck
ISBN 3-570-00314-0
Printed in Germany
www.bertelsmann-verlag.de

FÜR GEORGE BUSH
UND RON KAUFMAN

Teil Eins

ARTHUR BRIGHT

EINS

In den letzten Augenblicken bevor der brutale Mord an Jack Novak das beendete, was die stellvertretende Bezirksstaatsanwältin Stella Marz später als ihre Zeit der Unschuld bezeichnete, blickte sie auf den Hafen ihrer Geburtsstadt Steelton hinab.

Mit ihren achtunddreißig Jahren hätte sich Stella eigentlich nicht mehr als unschuldig bezeichnet. Der Blick aus dem Fenster ihres Eckbüros war zudem nicht dazu angetan, sie in unschuldigen Optimismus zu versetzen. Der Nachmittagshimmel präsentierte sich in dem vertrauten, freudlosen Kobaltblau, das im Winter typisch für Steelton war. Der schlammig-graue Onondaga River teilte die Stadt und mündete unter einer Stahlbrücke in den Eriesee. Das Tal, das der Fluss gefräst hatte, bestand aus einer baumlosen weiten Ebene mit Eisenbahngleisen, Güterwaggons, Raffinerien, Kränen, Chemiefabriken und den alles überragenden Schornsteinen der Stahlkochereien, gedrungen, schwarz und riesig, die einst das wirtschaftliche Rückgrat der Stadt Steelton gebildet hatten. Stella erinnerte sich aus ihrer Kindheit an den Gestank des Fabrikrauchs, an den Schmutz, den er auf der weißen Bluse ihrer Schuluniform hinterlassen hatte, wenn sie auf der Wäscheleine trocknete. Sie erinnerte sich an den Abend Jahre später – sie studierte damals bereits Jura –, als die in den Fluss geleiteten Chemieabfälle und Erdölderivate durch Selbstentzündung in Brand gerieten und die Flammen in der Dunkelheit fünf Stockwerke hoch schlugen. Zwischen diesen beiden Augenblicken, der Blütezeit der Stahlwerke und dem Inferno auf dem Fluss, lag die Geschichte einer Stadt und ihres Niedergangs.

Durch ihre Vorfahren war Stella selbst ein Teil dieser Geschichte. Nach dem Sezessionskrieg hatten die Stahlwerke einen enormen Aufschwung erlebt. Die dort beschäftigten Einwanderer der ersten Welle, Deutsche und Briten, Waliser und Iren, arbeiteten in den siebziger Jahren des neunzehnten Jahrhunderts vierzehn Stunden täglich, und das an sechs Tagen in der Woche. Der Wochenlohn betrug elfeinhalb Dollar, und nach Jahren gärender Unzufriedenheit traten die zornigen Arbeiter 1874 in den Streik und forderten fünfundzwanzig Cents mehr pro Woche. Amasa Hall, der größte Unternehmer, ließ seine Fabriken kurzerhand schließen und den Streikenden mitteilen, dass bei einer Wiederinbetriebnahme nur eingestellt werde, wer einer Lohnkürzung um fünfzig Cents zustimme. Die Arbeiter lehnten ab. Daraufhin ging Hall an Bord seiner Yacht und stach zu einer Kreuzfahrt rund um die Welt in See.

Im polnischen Danzig machte er Zwischenstation, warb junge Arbeiter an und lockte sie nach Amerika, indem er ihnen einen fürstlichen Wochenlohn von sieben Dollar fünfundzwanzig und eine kostenlose Überfahrt versprach. Zu der Welle polnischer Streikbrecher, die wenig später ins Land schwappte – arme, hart arbeitende Katholiken, die größtenteils Analphabeten waren –, gehörte auch Carol Marzewski, Stellas Urgroßvater. Auf Kosten dieser Menschen begann Amasa Hall nun systematisch, die anderen Stahlproduzenten der Gegend im Preis zu unterbieten, in den Bankrott zu treiben und schließlich ihre Werke aufzukaufen. Bald herrschte er nahezu unumschränkt über die Stahlindustrie der Region. Und die langsame, unaufhaltsame Überalterung dieser Stahlindustrie war es, die Stellas Vater, Armin Marz, später den Job gekostet und ihn verbittert hatte.

Die Erinnerung an die Flammen, die blau und orange aus dem Onondaga zum Nachthimmel gelodert waren, hatte Stella ein anderes Ereignis ihrer Kindheit ins Gedächtnis gerufen, die Rassenkrawalle auf der East Side. Auf der West Side der Stadt wohnten nur europäische Einwanderer, Italiener, Russen, Polen, Slowaken und Ungarn, die der ersten Immigrationswelle gefolgt waren. Angelockt durch die Industrie, hatten sich auf dem Ostufer des Onondaga später Wanderarbeiter aus dem amerikanischen Süden niedergelassen, die Nachkommen ehemaliger Sklaven. Doch diese Neuankömmlinge waren weder den Unternehmern noch der vormals rein weißen Arbeiterschaft besonders willkommen. Soweit sich Stella erinnerte, hatten die Bewohner ihres alten Viertels Warszawa gegen die schwarzen Eindringlinge immer nur Argwohn und Misstrauen gehegt. Nach den heftigen Krawallen auf der East Side in den sechziger Jahren, bei denen die Aufständischen Häuser in Brand steckten und sich drei Tage lang Schießereien mit der Polizei lieferten, hatten sich diese Gefühle in Angst und Hass verwandelt. Ein letzter dünner Einwandererstrom von Puertoricanern, Kubanern, Koreanern, Haitianern, Chinesen und Vietnamesen durfte sich, wenn überhaupt, nur auf der verarmten East Side willkommen fühlen. Und so vertiefte sich die Kluft, die der Onondaga symbolisierte, und Rassenprobleme wurden in Steelton etwas ebenso Alltägliches wie das Einatmen verpesteter Luft.

Auch diese Kluft verdüsterte Stellas Gedanken. In den letzten sechs Jahren hatte sie jeden Prozess gewonnen bis auf einen. Die Geschworenen hatten sich in einem Mordprozess gegen einen High-School-Trainer nicht einigen können. Der Mann hatte eine Schülerin geschwängert und dann umgebracht. Nachdem er von Stella beim Kreuzverhör in die Mangel genommen worden war, hatte er Selbstmord begangen. Dies hatte einen Wachmann am Gericht zu einem Spitznamen für Stella inspiriert, der sich in Juristenkreisen inzwischen großer Beliebtheit erfreute: die Schwarze Lady. Seit kurzem wussten die Kollegen auch von Stellas lange gehegtem Wunsch, als erste Frau zur Bezirksstaatsanwältin von Erie County gewählt zu werden.

Es war ein schwieriges Unterfangen, aber keineswegs aussichtslos. Stella war ein Kind der West Side und der Stolz ihres Viertels: Sie hatte auf der Schule und im Jurastudium geglänzt und an ihrem katholischen Glauben festgehalten. Im Unterschied zu vielen anderen ihrer Generation hatte sie Steelton und seinen Problemen nicht den Rücken gekehrt und es in ihrer Behörde immerhin schon zur Leiterin des Morddezernats gebracht. Stella war nicht eitel und hatte sich selbst stets nüchtern eingeschätzt. Die Leutseligkeit und das Talent zur Selbstdarstellung vieler Politiker gingen ihr zwar ab, doch sie war wortgewandt, wahrheitsliebend und aufrichtig um Verbesserungen in ihrer Stadt bemüht. Sie war attraktiv, ohne anderen Frauen gefährlich zu werden: dichtes braunes Haar, blasser Teint, ein rundes Gesicht mit Grübchen im Kinn und ungewöhnlichen braunen Augen, auf die Stella insgeheim besonders stolz war. Von kräftiger Statur, hielt sie sich mit regelmäßigem Joggen und maßvollem Essen in Form, eine weitere Facette der Selbstdisziplin, die ihr zu Hause und in der Schule eingebläut worden war. Und wenn sie auch weder Mann noch Kinder hatte, die das Image der ehrgeizigen Karrierefrau oder, wie sie wehmütig dachte, ihr zunehmendes Gefühl der Einsamkeit hätten mildern können, so gab es doch wenigstens niemanden, der ihr deswegen Vorhaltungen machte oder Größenwahn vorwarf, wie es Armin Marz vielleicht getan hätte, hätte er nicht das Gedächtnis und den Verstand verloren.

Dass sie eine Frau war, war jedoch nicht das größte Problem. Etwas war ihr so klar wie die Tatsache, dass der Fluss ihre Stadt teilte: Sie war eine Weiße, und als Weiße hatte sie auf der schwarzen East Side keine politische Basis. Während Stella noch darüber nachsann, wanderte ihr Blick weiter zu dem viel versprechendsten und zugleich umstrittensten Objekt im Stadtbild vor ihr – dem Stahlgerippe des Baseballstadions, das Bürgermeister Krajek auf den Namen Steelton 2000 getauft hatte.

Es war nicht die erste Neuerung in diesem Teil der Stadt. See und Fluss waren sauberer, die Luft reiner geworden, und sei es auch nur, weil es mit den Stahlfabriken unaufhaltsam bergab ging. Der Innenstadtbereich, vormals das Revier von Prostituierten und Ganoven, wartete nun mit Geschäften, Theatern und Restaurants auf, die immer mehr Vorstädter und junge Leute anlockten. Ein paar neue gläserne Bürotürme hatten abwanderungswillige Reinigungsfirmen zum Bleiben bewogen. Die Uferpromenade am See war unversehrt geblieben und bildete die einzige größere Grünanlage im Zentrum, überragt vom Rathaus und dem Gerichtsgebäude, zwei Meisterwerken der

Beaux-Arts-Architektur aus der Zeit um 1900, der Epoche der Großbauten, die das gewachsene Selbstbewusstsein der Städte zum Ausdruck brachten. Doch es war das halb fertige Stadion, das für Stella und viele andere den Kampf um die Seele ihrer Stadt symbolisierte.

Das Baseballteam der Steelton Blues existierte seit 1901. Seit Stellas Urgroßvater hatten vier Generationen der Familie Marz die Spiele des Clubs besucht. Fünf, korrigierte sich Stella, wenn ihre jüngere Schwester Katie und deren Mann erst einmal begannen, ihre Kinder mitzuschleppen. Die Blues waren ein fester Bestandteil des sozialen Lebens, eine Stimme im Radio, ein Streit in einer Bar, ein Gespräch zwischen Vater und Sohn, die sich sonst vielleicht wenig zu sagen hatten, und eine langjährige Statistik, die ein Scheitern von so gigantischem Ausmaß dokumentierte – in den dreißiger Jahren hatten die Blues letztmals um die Meisterschaft gespielt –, dass es beinahe schon wieder etwas Faszinierendes hatte, wie ein Baseballteam ein so getreues Abbild seiner Stadt sein konnte.

Aber auch das war jetzt ein Problem. Der Publikumszuspruch war flau, der Marktwert der Spiellizenz gesunken, und die verhätschelten Baseballstars konnten andernorts erheblich mehr verdienen. Peter Hall, der Enkel des herzlosen Stahlbarons und derzeitige Besitzer der Blues, hatte damit gedroht, das Team an eine Finanzgruppe aus dem Silicon Valley zu verkaufen, die es nach Kalifornien verlegen wollte. Doch so wenig Hall darauf erpicht war, als der gefühllose Besitzer geschmäht zu werden, der die Blues verkauft hatte, so wenig wollte Thomas Krajek, der junge und ehrgeizige Bürgermeister von Steelton, der im selben Viertel wie Stella aufgewachsen war, als Politiker in die Geschichte eingehen, der tatenlos zugesehen hatte, wie die Seele der Stadt an eine Clique von Computerchip-Millionären verkauft wurde.

Das Ergebnis ihrer Bemühungen konnte Stella Woche für Woche bewundern. Zunächst war das Stadion nur ein Modell gewesen, mit dessen Hilfe Krajek und Hall in einer erbittert geführten öffentlichen Diskussion ihre Vision von Steelton 2000 verkauft und ein Referendum über die Ausgabe städtischer Anleihen im Wert von zweihundertfünfundsiebzig Millionen Dollar gewonnen hatten. Doch mittlerweile wuchs es in Form eines Gerippes vor dem eintönigen Grau des Eriesees in die Höhe, der Geist eines Baseballstadions, dessen Stahlträger bereits standen, dessen Betonschüssel aber erst allmählich Gestalt annahm. Über allem wachten Kräne, die aussahen wie die Skelette prähistorischer Tiere, und daneben standen die Wagen der Baufirmen, die sich vor Stellas Augen von Woche zu Woche vermehrt hatten. Das Stadion sollte ein Schmuckstück werden, ein zweites Camden Yards oder Jacobs Field. Im Jahr 2000, bei der Einweihung durch die Blues, würde Steelton zu neuem Leben erwachen. Das jedenfalls versprach Bürgermeister Krajek, und Stella wollte es glauben.

Und das war ihr größtes Problem.

Im November wollte Krajek bei der Bürgermeisterwahl wieder gewählt werden, doch zuvor musste er sich den schwierigen demokratischen Vorwahlen stellen. Dass ihm das nicht erspart blieb, lag an der Hautfarbe seines Kontrahenten Arthur Bright und dessen harscher Kritik an Krajeks Politik. Bright bezeichnete Steelton 2000 als skandalöse Verschwendung öffentlicher Mittel und forderte stattdessen längst überfällige Investitionen in den Schul- und Wohnungsbau und eine bessere Ausstattung der Polizei. Bright war der erste Afroamerikaner, der zum Staatsanwalt von Erie County gewählt worden war, und er war es auch, der Stella zur Chefin des Morddezernats befördert hatte. Sie schuldete ihm Loyalität, aber noch wichtiger war, dass sie ihn bewunderte. Außerdem hing ihre politische Zukunft von seiner ab. Der Sessel des Staatsanwalts wurde nur frei, wenn Bright Krajek besiegte, und Stella wiederum konnte ihre Wahl nur gewinnen, wenn Bright sich bei den Wählern auf der East Side, die seine Basis bildeten, für sie verwendete. In jedem Fall hing viel davon ab, ob Bright die Wähler dazu bewegen konnte, Bürgermeister Krajek und sein Traumstadion noch einmal kritisch unter die Lupe zu nehmen.

Dieser Gedanke war es, der Stella veranlasste, nicht länger

über Steelton 2000 nachzugrübeln und sich wieder ihrem Schreibtisch zuzuwenden.

Sie sah das übliche Durcheinander: eine Tasse mit einem Bodensatz kalten Kaffees, Untersuchungsberichte über Mordfälle, Polizeiakten. Doch direkt vor ihr lag ein Dokument, das so brisant war, dass sie mit Bright persönlich darüber gesprochen hatte. Es war der Polizeibericht über den Tod eines gewissen Tommy Fielding vier Tage zuvor.

Sie hatte Fielding nicht gekannt und wusste nur wenig über ihn, aber so viel war sicher: Dass er auf diese Weise sterben würde, hätte sie nie erwartet. Seine Haushälterin hatte ihn tot im Schlafzimmer seines Hauses aufgefunden, nackt, neben der Leiche einer schwarzen Prostituierten namens Tina Welch. Im Spülbecken der Küche lag das übliche Fixerbesteck – Feuerzeug, Löffel, Wattetupfer, eine Plastiktüte mit Resten eines weißen Pulvers. Keiner dieser Gegenstände wies Fingerabdrücke auf, und überdies fand die Spurensicherung nirgendwo Abdrücke, die von Tina Welch stammten. Erste Ermittlungen hatten ergeben, dass keiner der Nachbarn Fielding näher gekannt hatte, ihm andererseits aber auch keiner zugetraut hätte, dass er Heroin nahm oder mit Prostituierten verkehrte. Seine frühere Frau, mit der er ein Kind hatte, stand nach Auskunft der Polizei unter Schock und war vorläufig nicht vernehmungsfähig. Auch seine soziale Stellung passte nicht zu den erbärmlichen Umständen seines Ablebens: Fielding war Peter Halls rechte Hand gewesen, Vorstandsmitglied der Hall Development Company und Projektleiter von Steelton 2000. Stella hatte kaum die Schlagzeile in der *Press* gelesen – »Stadion-Manager tot aufgefunden« –, als Arthur Bright in ihr Büro gestürmt war.

Er bestand darauf, dass Stella den Fall persönlich übernahm. Wie er ihr mitteilte, hatte er bereits mit Nathaniel Dance, dem Chef der Kripo, telefoniert und veranlasst, dass der gesamte Fall über Stellas Schreibtisch lief. Bright verlangte eine Untersuchung, die über jede Kritik erhaben war. Gründlich, objektiv, professionell. Aller Wahrscheinlichkeit nach, so sagte er, sei Tommy Fiedling an einer Überdosis gestorben. Einem Unfall zum Opfer gefallen. Doch woran er auch gestorben sei, nur ein Narr könne ignorieren, dass der Tod dieses Mannes, der maßgeblich am Bau des Stadions beteiligt gewesen sei, Rätsel aufgebe. Und dann waren sie, wie von Stella nicht anders erwartet, auf Politik zu sprechen gekommen.

»Vermutlich«, meinte Bright sarkastisch, »haben wir hier ein willkommenes Beispiel für das freundliche Miteinander der Rassen. ›Brückenschlag über den Onondaga – schwarze Nutte bringt weißem Topmanager das Fixen bei.‹ Wie kommt so was in Warszawa an, Stella?«

Eine Antwort erübrigte sich. Bright wusste genauso gut wie sie, dass rassistische Vorurteile in der Generation ihrer Eltern und ihrer eigenen weit verbreitet waren und dass der Tod Tommy Fieldings die Ressentiments gegen alle Schwarzen nur verstärken würde. Es spielte überhaupt keine Rolle, dass Arthur Bright sein Leben in den Dienst der Drogenbekämpfung gestellt hatte und sich unermüdlich für eine strengere Verfolgung, härtere Strafen, umfassendere Aufklärung und bessere Therapiemöglichkeiten einsetzte. Dies alles machte auf die Bewohner des Viertels keinen Eindruck, denn sie fürchteten, dass »die Schwarzen« in Steelton ein für allemal das Ruder übernahmen, wenn Bright Bürgermeister wurde. Und so antwortete Stella: »Sie können dort durchaus ein paar Stimmen holen, Arthur. Sie müssen die Leute nur dazu bringen, über die Hautfarbe hinwegzusehen.«

»Alles, was die sehen«, entgegnete Bright müde, »ist ein Schwarzer – ein Straßenräuber, um den sie lieber einen großen Bogen machen.« Er beugte sich nervös in seinem Stuhl vor. »Ich müsste mir eine Schürze umbinden, dann hätte ich bessere Chancen. Weiße Wähler akzeptieren schwarze Frauen als Köchin, Kindermädchen oder Wirtschafterin, zumindest wenn sie älter und fetter sind als Tina Welch. Wie Mammy in *Vom Winde verweht.*«

»Die Schürze kann ich Ihnen besorgen«, erwiderte Stella, »aber Sie sollten schon mal anfangen, mehr zu essen.« Sie schlug einen schärferen Ton an. »Sie haben jahrelang dafür geackert. Was soll jetzt dieses Selbstmitleid?«

Bright starrte finster zu Boden. Er war fünfzig Jahre alt, wirkte aber jünger, war drahtig, hatte ein glattes Gesicht und sah mit seiner Nickelbrille wie ein Intellektueller aus. Stella wusste aus eigener Erfahrung, dass er mit einer flammenden Rede einen ganzen Saal mitreißen konnte, wie Malcolm X in seinen besten Zeiten. Und doch spürte sie, dass sich hinter diesem Äußeren eine gewisse Empfindlichkeit verbarg – eine alte Wunde, die wohl nie ganz verheilt war.

»Sehen Sie sich doch die Umfrageergebnisse an«, sagte Bright. »Auf der East Side habe ich neunzig Prozent, auf der West Side knappe sechzehn. Mehr ist nicht drin.« Er blickte zu Stella auf. »Und wie steht's mit Ihrer Kampagne? Sie sind in letzter Zeit sehr brav – ich würde sogar sagen ladylike, wenn ich Sie nicht besser kennen würde. Aber wie ich höre, zeigen Sie sich bei den Minderheiten, essen Piroggen und halten Reden.«

Stella ahnte, worauf Bright hinauswollte, und bremste ihn mit einem Lächeln. »Ich *bin* eine Lady, die für einen Law-and-Order-Job kandidieren will. Also ändere ich meinen Namen in Duke.«

Gegen seinen Willen lachte Bright. »Duke Marz«, sinnierte er. »Und was hält der gute alte Duke von der Todesstrafe?«

»Er ist immer noch dagegen«, antwortete Stella knapp. Sie war sich darüber im Klaren, dass ihre an der katholischen Lehre orientierten Grundsätze ihre Nachteile hatten, darunter das sture Festhalten an der Unantastbarkeit des Lebens, die für einen Fötus ebenso galt wie für einen Mörder. »Aber in diesem Staat ist sie nun mal Gesetz«, fuhr sie fort. »Deshalb bin ich als Staatsanwältin verpflichtet, sie zu beantragen, wenn es die Umstände erfordern. Und das sage ich den Leuten auch, wenn sie mich danach fragen.«

»Wenn Sie kandidieren«, erwiderte Bright, »wird man Sie danach fragen. Charles Sloan wird dafür sorgen. Das wird ihm in Ihrem Viertel ein paar Stimmen einbringen.«

Stella merkte, dass Bright sie zappeln ließ wie einen Fisch an der Angel. Und die Erwähnung von Charles Sloan war der Köder. Sloan war Brights Chefassistent und ältester Mitarbeiter, ein erfahrener schwarzer Jurist, der ihn politisch beerben wollte. Aber noch war es für Sloan und Stella zu früh, Bright um Unterstützung zu bitten. Zuvor musste Bright selbst eine Wahl gewinnen, und das benutzte er, um die beiden gegeneinander auszuspielen. Stella wusste das und schwieg.

»Also«, fuhr Bright fort. »Wie wollen Sie Kapital daraus schlagen, dass Sie eine Frau sind? Und wer wählt Sie auf der East Side?«

Die erste Frage, obwohl leichter, ärgerte Stella. »Seit ich dieses Dezernat leite«, antwortete sie, »habe ich vierundzwanzig Mörder lebenslang hinter Gitter und drei weitere in die Todeszelle gebracht. Davon hat mich mein Glaube ebenso wenig abgehalten wie mein Geschlecht. In mancher Hinsicht sind sie mir sogar eine Hilfe, zum Beispiel im Umgang mit karitativen und sozialen Einrichtungen oder wenn es darum geht, misshandelte oder vernachlässigte Kinder ihren Eltern wegzunehmen, ehe sie völlig verwahrlosen, totgeprügelt werden oder in der Gosse landen.« Sie sprach langsamer weiter. »Die Frauen auf der East Side wissen, was das heißt, Arthur. Viele von ihnen ziehen anderer Leute Kinder groß und tun ihr Bestes. Wenn ich die Wahl gewinne, werden sie schon sehen, dass ich für sie da bin.«

Bright sah sie skeptisch an. Nach einer Weile fragte er: »Wer berät Sie?«

»Dick Feeney.« Feeney war ein erfahrener politischer Berater. »Inoffiziell. Ich kann ihn noch nicht bezahlen. Aber ich rede auch mit anderen Freunden, Leuten, die wiederum andere Leute kennen. Vergessen Sie nicht, ich habe mein ganzes Leben hier verbracht.«

Bright verstummte. Stella hielt es offenbar für nötig, sich zu verteidigen, und bestätigte damit nur, was er ihr durch die Blume sagen wollte – dass sie eine blutige Anfängerin war. »Das hat Charles Sloan auch«, entgegnete er, »und er hat Ihnen gut zehn Jahre voraus. Das entspricht etwa tausend Gemeindefesten,

Wohltätigkeitsessen und Reden vor Polizisten, die nur darauf warten, dass seine Zeit kommt.« Bright milderte seinen Ton. »Sie wissen, wo das Problem liegt. Falls ich gewählt werde, kommt es zu einer Sonderwahl. Zweitausend Demokraten aus den Bezirksausschüssen quetschen sich in einen Saal und stimmen darüber ab, wer vorläufig meine Amtsgeschäfte übernehmen soll. Charles kennt jeden Einzelnen, angefangen bei den Schwarzen bis zum letzten Litauer.«

Stella sah ihn ungerührt an. »Wie Sie sagten«, erwiderte sie, »ich weiß, wo das Problem liegt.«

Bright stutzte, dann lächelte er verhalten und gestand damit seine Niederlage bei diesem verbalen Fingerhakeln ein. Schließlich stand seine Wahl als Erste auf dem Programm. »Und Sie kennen meines«, sagte er endlich. »Charles ist einer meiner ältesten und treuesten politischen Freunde. Und der harte Kern meiner schwarzen Wähler hat Gefallen an dem Gedanken gefunden, einen Afroamerikaner als Staatsanwalt zu bekommen. Wenn ich einen weißen Kandidaten gegen Charles unterstütze, werden einige behaupten, dass ich nicht mehr so schwarz bin wie früher.«

Jetzt ist es heraus, dachte Stella. »Solche Risiken gehen wir alle ein, wenn wir uns über den Onondaga wagen.«

Bright musterte seine Manschettenknöpfe. »Und man muss sie eingehen«, murmelte er, »wenn sich in dieser Stadt etwas ändern soll. Ich habe es weiß Gott versucht.«

Obwohl er immer noch um den heißen Brei herumredete, empfand Stella Sympathie. »Ich weiß.«

Eine längere Stille trat ein, dann sah er ihr in die Augen. »Ich brauche Ihre Hilfe, Stella.«

»Wobei?«

»Rühren Sie für mich die Werbetrommel. In Warszawa und auf der West Side. Reden Sie mit Ihren Freunden.« Er senkte wieder die Stimme. »Ich brauche Ihre Hilfe, um gegen Krajek zu gewinnen, und Sie brauchen meine.«

Auf einmal, dachte Stella, bin ich keine blutige Anfängerin mehr. »Und wenn ich es tue?«

»Ich kann Ihnen nichts versprechen. Aber ich weiß besser als Sie, wie Sie Ihren Wahlkampf führen müssen. Deshalb werden Sie es tun.«

Mehr konnte Stella nicht erwarten, darüber war sie sich im Klaren. Eine halb geöffnete Tür, die ihr, falls sie ablehnte, vor der Nase wieder zugeschlagen wurde.

»Ich werde aber nicht gegen das Stadion wettern«, sagte sie. »In dem Punkt sind wir unterschiedlicher Meinung.«

Bright sah ihr forschend ins Gesicht. »Das sollen Sie auch nicht. Sie sollen Ihren Freunden und Bekannten nur sagen, dass Sie Vertrauen in mich setzen.«

Stella machte eine effektvolle Pause, dann gab sie die Antwort, die sie sich schon vor Wochen zurechtgelegt hatte: »Natürlich werde ich Ihnen helfen.« Sie lächelte. »Ich habe nur darauf gewartet, dass Sie mich fragen.«

Bright musste lachen, denn es war offensichtlich, dass sie die Wahrheit sagte. »Ich rede mit meinem Wahlkampfteam«, erwiderte er erleichtert. »Man wird sich in Kürze mit Ihnen in Verbindung setzen.«

Stella nickte. »Gut.«

Bright stand auf, hielt aber dann inne und betrachtete die Zeitung auf Stellas Schreibtisch. »Wegen Ihrer Haltung zum Stadionbau sind Sie genau die Richtige für den Fall Fielding. Die Leute könnten sonst auf die Idee kommen, dass ich Steelton 2000 mit Dreck bewerfen will. Dem können Sie entgegenwirken.«

Mit diesen Worten machte er sich auf den Weg zu einer Wahlveranstaltung in einer Kindertagesstätte, und Stella hatte die unterbrochene Zeitungslektüre wieder aufgenommen.

Heute, am Sonntag, las Stella noch einmal den Polizeibericht.

Nichts deutete auf einen Raubüberfall hin, und bei einer ersten Untersuchung der Leichen waren keinerlei Spuren von Gewalteinwirkung entdeckt worden. Wie es schien, hatte Fielding zu Abend gegessen, bevor Tina Welch kam, und ein angebissenes Schinken-Sandwich und ein halbes Glas Bier stehen lassen.

Tinas Kleider hingen ordentlich über einem Stuhl, und das Licht im Schlafzimmer war gedimmt. In Fieldings Nachttischschublade fand sich ein Heft der Softporno-Zeitschrift *Black Beauties*.

Seine Obduktion war auf Ersuchen seiner wohlhabenden Eltern verschoben worden, die sich auf einer Luxuskreuzfahrt in Südostasien befunden hatten und erst nach längerer Suche ausfindig gemacht worden waren. Stella hatte vor wenigen Stunden mit ihnen gesprochen, mit dem höflichen, liebenswürdigen Vater und der etwas klein geratenen Mutter, die ihren Schmerz hinter einer großbürgerlichen Fassade verbarg und deren glühende Muttergefühle auch der Tod nicht hatte abkühlen können. Tommy, so beharrte sie, sei einem Mord zum Opfer gefallen: Er sei zeitlebens ein ordentlicher Mensch gewesen, ein Mann von hohen Prinzipien und mit einer tiefen Abneigung gegen Drogen. Der Gedanke an eine Sektion hatte sie und ihren Mann entsetzt. Durch Stellas Mitgefühl ermuntert, hatten sie Stella schließlich ein Versprechen abgenommen, das diese nur ungern gegeben hatte, nämlich morgen der Obduktion von Tommy Fielding beizuwohnen.

Tina Welch war sofort obduziert worden. Der Bericht lag noch nicht vor, doch die Gerichtsmedizinerin Kate Micelli hatte Stella den vorläufigen Befund telefonisch durchgegeben. Welch sei drogensüchtig gewesen und an einer massiven Überdosis gestorben. Nach Stellas Ansicht schloss dies ein Verbrechen keineswegs aus, doch zwei Menschen gleichzeitig eine tödliche Spritze zu geben war ein ziemlich schwieriges Unterfangen.

Nachdenklich betrachtete sie die Fotos vom Tatort.

Fielding und Welch lagen, in Mitleid erregender Nacktheit dem mitleidlosen Objektiv der Kamera preisgegeben, auf dem Bett, er mit geschlossenen Augen, sie mit starrem Blick in die Kamera. Stella wusste nicht, ob es an den Vorurteilen lag, in denen sie selbst noch verhaftet war, oder ob die beiden wirklich nicht zueinander passten, jedenfalls wirkten sie nicht einmal im Tod wie ein Paar.

Sie sah sich die anderen Fotos an, Großaufnahmen. Laut Führerschein war Tina Welch dreiundzwanzig, doch sie sah viel älter aus. Sie hatte dunkle Ringe unter den Augen, und ihr Körper war zwar schlank, doch ihre Muskulatur wirkte schlaff und atrophisch, und ihre Haut spannte sich als Folge des Drogenmissbrauchs und schlechter Ernährung über den Knochen.

Dreiundzwanzig, dachte Stella und betrachtete die Großaufnahmen von Fielding. Er war vierzig, sah aber jünger aus, hatte geschniegeltes schwarzes Haar, ebenmäßige Gesichtszüge und, soweit zu erkennen war, einen durchtrainierten, muskulösen Körper. Stella konnte sich ihn gut bei einem Picknick vorstellen, in Freizeithosen, die Ärmel eines pastellfarbenen Pullovers nur wegen der sommerlichen Hitze locker um die Schultern geschlungen. Hier bezogen sich die Vorurteile, die sie zugegebenermaßen hatte, nicht auf die Hautfarbe, sondern auf die Klassenzugehörigkeit. In Stellas Augen sah der Mann wie ein Freund von Peter Hall aus.

Wie man es auch drehte und wendete, die beiden entsprachen nicht gerade dem Idealbild, das man sich von Romeo und Julia machte. Aber Julia war ja auch keine Hure und Romeo kein Fan von *Black Beauties*. Und Stella hatte schon zu viel erlebt, sie wunderte sich über gar nichts mehr. Längst hatte sie einsehen müssen, wie wenig man über das Leben anderer wusste, selbst wenn man sie gut zu kennen glaubte.

Ihr Telefon klingelte.

Stella zuckte zusammen. Ein Anruf an einem Sonntag, das war ungewöhnlich. Sie hob ab. Die tiefe Stimme von Kripochef Nathaniel Dance meldete sich. Stella war überrascht – weil Sonntag war und weil Dance sich selten mit Routinefällen befasste.

»Ich habe einen Mord«, sagte er. »Von der besonderen Sorte.«

Irgendetwas in seiner ruhigen Stimme erweckte den Eindruck, er sei eben von einem Höllentrip zurückgekehrt und erzähle nur ungern davon. Stella erwiderte: »Ein Unglück kommt selten allein.«

»Der Tote ist Jack Novak.«

Zuerst brachte sie keinen Ton hervor. Sie wollte nicht glauben, was Dance gesagt hatte, ihr ganzes Inneres sträubte sich dagegen, doch als Profi begriff sie sofort, weshalb Dance sie angerufen hatte.

»Weiß Arthur Bescheid?«, fragte sie.

»Noch nicht. Er ist auf dem Weg zu einer Wahlkampfdebatte in Ihrem alten Viertel. Ich habe vergeblich versucht, ihn zu erreichen, und so eine Nachricht kann ich ihm nicht von jedem x-Beliebigen überbringen lassen.« Er senkte die Stimme. »Ich möchte nicht, dass die Presse vor ihm von der Sache erfährt und ihn damit überrumpelt. Schon gar nicht bei dieser Debatte.«

Auch darüber war sie nicht überrascht. Theoretisch stand Dance über der Politik. In Wirklichkeit jedoch hätte es kein Polizist, ob schwarz oder weiß, ohne feines politisches Gespür so weit gebracht. Dance wollte in Arthur Brights Interesse Zeit gewinnen, zweifellos weil er wollte, dass Bright der erste schwarze Bürgermeister von Steelton wurde und er selbst eventuell erster schwarzer Polizeichef. Was auch immer seine Beweggründe sein mochten, auf jeden Fall hatte er sofort begriffen, was auch Stella klar war: dass Mordfälle meist nur die Hinterbliebenen der Opfer interessierten, dass aber alle paar Jahre ein Mord geschah, der den mit der Aufklärung betrauten Anklagevertreter den Kopf kosten konnte. Dies konnte ein solcher Fall sein. Der Tote war der bekannteste Dealeranwalt von Steelton und zudem ein alter Freund und Klassenkamerad Arthur Brights. Obwohl im Gerichtssaal sein Gegner, hatte er Bright wie kaum ein anderer Weißer unterstützt.

»Wer hat ihn umgebracht?«, fragte Stella tonlos.

»Wissen wir nicht. Die Kollegen von der Mordkommission haben einen anonymen Anruf bekommen und sind daraufhin in Novaks Apartment gefahren. Klugerweise haben sie mich sofort zum Tatort gerufen.«

Stella schloss die Augen. Schließlich sagte sie: »Dann sollte ich wohl auch hinkommen.«

Dance zögerte einen Augenblick. »Es ist kein schöner Anblick, Stella.«

Bildete sie es sich nur ein oder hörte sie eine Spur von Mitleid? Nathaniel Dance kannte viele Geheimnisse. Vielleicht sogar ihre.

»In einer Viertelstunde bin ich da«, sagte sie und legte auf.

Sie durfte sich jetzt keine Gefühle erlauben. Dafür war keine Zeit, und wenn die Tränen erst einmal liefen, waren sie kaum mehr zu stoppen.

Sie schlüpfte in ihren Mantel und verließ das Büro. Erst da fiel es ihr auf. Dance hatte ihr nicht den Weg zu Novaks Haus beschrieben. Und sie hatte ihn nicht danach gefragt.

ZWEI

Solange Stella Jack Novak kannte, wohnte er in Lincoln Park.

Wie Warszawa war dieser Stadtteil ursprünglich ein Arbeiterviertel gewesen und grenzte an das Westplateau des Onondaga-Tals. Bis heute standen die bescheidenen einstöckigen Häuser im Schatten der Fabriken, Hochöfen und Schornsteine, die Stella vom Wagen aus sehen konnte. Das Zentrum des Viertels, der eigentliche Park, war ebenfalls im Zuge der Industrialisierung entstanden. Die ersten angelsächsischen Arbeiter hatten sich dort sonntags nach dem Kirchgang versammelt, und in den frühen sechziger Jahren des neunzehnten Jahrhunderts hatten sie dort im Schatten der Bäume exerziert, ehe sie nach Süden in den Krieg zogen, um die Sklaven zu befreien. Der Zuzug von Osteuropäern hatte das Viertel durch den Bau der polnischen Kirche St. John Cantius und die schönen goldenen Zwiebeltürme der russisch-orthodoxen Kirche geprägt, die mit Spendengeldern des ermordeten Zaren Nikolaus II. gebaut worden war. Doch im Gegensatz zu Stellas Viertel, das stur an seinem proletarischen Charakter festhielt, war Lincoln Park heute eine ungute Mischung aus Ursprünglichem und Neumodisch-Aufgemotztem, Künstler- und Schickimickiviertel mit schäbigen Läden und teuren Restaurants. Der Stadtteil hatte kein Gesicht, keinen Charakter, so wie auch Jack Novak für Stella ein Kaleidoskop schillernder Fragmente geblieben war, die niemals ein Ganzes bildeten.

Novak hatte in einem weiteren Artefakt der proletarischen Vergangenheit gewohnt, den Lincoln Park Baths. In den zwanziger Jahren als Badeanstalt für müde Stahlkocher errichtet, war der braune Backsteinbau mit der eleganten Fassade mittlerweile eine schicke Adresse für Besserverdienende, die das nötige Kleingeld für eines der sechs geräumigen Apartments mit hohen Decken und Blick auf den Park besaßen. So jedenfalls hatte Stella es in Erinnerung.

Stella parkte einen Block entfernt. Sie brauchte etwas Zeit, um sich zu wappnen und frische Luft zu tanken. Sie war durcheinander, fieberte fast vor Erregung, und der Grund war nicht nur das, was sie hier erwartete. Sie erinnerte sich an einen Dienstagabend vor vielen Jahren, an dem sie ebenso durcheinander gewesen war. Damals verließ sie spät in der Nacht Jack Novaks Wohnung und fuhr innerhalb von nur zehn Minuten in eine andere Welt zurück, nach Warszawa, wo ihr Elternhaus stand. Die Fahrt war, genau wie von Jack in den Stunden davor prophezeit, unfassbar lang geworden.

Stella war damals dreiundzwanzig Jahre alt gewesen.

Sie lag leicht an ihn gelehnt, den ersten Mann, mit dem sie jemals geschlafen hatte, die Brüste an seiner Brust, das Haar noch feucht von der Liebe. Dann sah sie ihm ins Gesicht.

Er war älter, achtunddreißig, und an seinen Schläfen zeigten sich erste graue Strähnen. Doch seine braunen Augen waren wachsam und leuchteten ungewöhnlich, und ihr melancholischer Blick bohrte sich in Stella, als könne er ihre Gedanken lesen. Er hatte eine fleischige Nase und ein rundes Gesicht, doch wurden diese weichen Züge durch ein langes Kinn und einen gepflegten Schnurrbart wettgemacht, die ihm, zusammen mit den durchdringenden Augen und dem dichten braunen Haarschopf, das verwegene Aussehen eines tatarischen Reiters gaben. Und obwohl er jede Art von sportlicher Betätigung verschmähte, hatte ihn der unersättliche Hunger nach neuen Erfahrungen jung und schlank gehalten. Stella sah den Anflug eines Lächelns auf seinen vollen Lippen.

»Zapfenstreich?«, fragte er. »Oder ist dein Hafturlaub endgültig gestrichen worden?«

Obwohl er in mildem Ton sprach, schmerzte sie seine Anspielung darauf, dass ihr Vater ihr seit einiger Zeit bestehendes Verhältnis missbilligte. »Es ist spät geworden«, sagte sie. »Ich muss morgen für dich arbeiten, und nächsten Montag habe ich meine erste Halbjahresprüfung.«

Sein Lächeln gefror. »Dann werde ich dich wohl eine Weile nicht mehr sehen.«

Schwang in seiner Stimme die Drohung mit, dass ein Jack Novak andere Mittel und Wege fand, sich zu amüsieren? Als sie ihm abermals forschend ins Gesicht sah, murmelte er: »Arme Stella.«

Stella schloss die Augen und lauschte der Musik von Led Zeppelin aus Jacks teurer Stereoanlage. »Ich kann nicht so einfach ausziehen«, sagte sie. »Sie können sich ja kaum damit abfinden, dass ich Jura studiere.«

Die Anspannung in ihrer Stimme war eine unausgesprochene Bitte. Auch Jack war in Warszawa aufgewachsen, er wusste besser als jeder andere, wie sie lebte.

»Ja«, erwiderte er, »denn eigentlich solltest du jetzt Kinder kriegen. Und als Tippse für die Gemeinde arbeiten. Und verzweifelt hoffen, dass dein Mann nicht auf die Straße gesetzt wird wie dein Vater und dann maulend vor seinem Wodka hockt und auf das kleine Frauchen flucht, weil er sich vom Leben ungerecht behandelt fühlt.« Er machte eine Pause, dann fuhr er noch leiser fort. »Ich habe dort gelebt, Stella. Es ist eine Schande, dass du noch dort wohnst.«

Sie starrte ihn an. Aus seinen Worten klang eine grenzenlose Wut, ein tiefer Abscheu – und sogar Furcht – vor seiner eigenen Vergangenheit. »Das ist nicht mein Leben«, sagte sie scharf. »Ich baue mir ein eigenes Leben auf, so wie ich es immer vorhatte.«

»Ein eigenes Leben«, fiel er ihr ins Wort. »Ich weiß alles über dein Leben, auch das, was du mir nicht erzählt hast. Ich kenne den Sparstrumpf unter der Matratze. Die Ermahnungen, gut zu sein, in die Messe zu gehen und anständige Noten nach Hause zu bringen. Und die stille Botschaft, die damit einhergeht: Sei bloß nicht *zu* gut, sonst bringst du es viel weiter als wir und vergisst, wo du herkommst.« Er hob die Stimme und sprach mit einer seltsamen Mischung aus Spott und Verbitterung weiter. »Oh, und die Marienverehrung, der ewige Kult um die Jungfräulichkeit, der von jedem Mädchen verlangt, dass es bis zur Heirat die Schenkel zusammenkneift. Das ist die Kardinalsregel all dieser Leute – kein Sex, und bloß nicht darüber reden. So ist es doch, oder etwa nicht?« Jack hielt inne und ließ die Augen über ihren nackten Körper wandern. »Wenn du dein Elternhaus verlässt, gibst du zu, dass du mit mir schläfst. Und im fundamentalistischen Warszawa tut man so was nicht, niemals.«

Stella holte Luft und glitt zur Seite, sodass sich ihre Körper nicht mehr berührten. Sie fand, dass ihr Leben komplizierter war als diese Beschreibung es schilderte, ihre Kindheit und ihr Viertel facettenreicher, auch wenn das, was Jack über ihre Familie sagte, der Wahrheit schmerzlich nahe kam. »Es ändert sich, Jack. Und mein Leben war immer vielseitig. Und ist es noch.« Nun mischte sich in ihre Stimme Bitterkeit. »Ich studiere abends Jura, und damit ich mir das leisten kann, arbeite ich bei dir. Da bleibt mir keine Zeit, auch noch das Geld für die Miete zu verdienen.«

»Oder genug Zeit für mich.«

»Nein.« Die klare Antwort überraschte Stella selbst. »Nicht wenn du so egoistisch bist.«

Schon im nächsten Augenblick bereute sie es. Sie verfolgte beharrlich ihre Ziele, aber sie stritt nicht gern, zumindest nicht mit Jack. Doch seine Züge wurden milder. »Wenn es nur am Geld liegt, bezahle ich eben die Miete.«

Rot vor Scham sah Stella weg. Ihr Blick glitt über die kahlen weißen Wände, die wenigen modernen Möbel, den Fächer von Spiegeln, die ihr Bild wiedergaben, und plötzlich hatte sie das Gefühl, dass sie nicht hierher gehörte. »Genügt es nicht, dass ich in deiner Kanzlei arbeite und mit dir zusammen bin? Und dass deine Sekretärin glaubt, dass ich mit dir ins Bett gehe, um mein Studium zu finanzieren? Vielleicht hältst du mich ja tatsächlich aus, Jack. Vielleicht will ich es nur nicht wahrhaben.«

Jack bedachte sie mit einem unergründlichen Blick. »Bei deiner Einstellung wusste ich doch nicht, dass du mit mir schlafen würdest, Stella.«

»Ach ja?« Warum, fragte sich Stella, sagst du mir dann nie, dass ich gute Arbeit leiste? »Was immer deine Gründe sein mögen«, setzte sie ruhiger hinzu, »es gibt noch mehr Menschen in meinem Leben. Nicht nur meine Eltern, auch Katie.«

»Deine Schwester?«

»Ja. Wenn ich ausziehe, muss Katie zusehen, wie sie allein mit ihnen klarkommt.«

»Und allein den Schleier tragen, meinst du? Ich nehme an, ich soll mich jetzt noch mehr schämen.«

Selbst weit davon entfernt, sich zu schämen, empfand Stella die Entschlossenheit eines Jay Gatsby, das heftige Verlangen, all das auszulöschen, wodurch sie Jack an seine Herkunft erinnerte.

»Scham wäre zuviel von dir verlangt. Aber etwas mehr Verständnis könnte ich gebrauchen.«

Einen Augenblick lang sah er sie an, dann streichelte er zärtlich ihr Gesicht. »Verzeih mir. Ich war auch mal dreiundzwanzig. Ich fechte immer wieder meine alten Kämpfe aus. Auf deine Kosten. Das ist nicht fair.«

Trotz aller Bedenken waren es solche Augenblicke unverhoffter Zärtlichkeit, die ihr Hoffnung machten. Jack hatte Verständnis für ihre Lage, und vielleicht erwuchsen daraus irgendwann Mitgefühl und Nähe. Ihr Leben lang hatte sie sich einsam gefühlt, und obwohl sie noch jung war, fürchtete sie, dass es immer so bleiben könnte. Tränen traten ihr in die Augen.

Jack küsste sie auf die Stirn. »Ich bin dein Freund, Stella. Und werde es immer bleiben.«

Verwirrt lehnte sie den Kopf an seine Schulter. Er war heute ungewöhnlich ruhig, als sei die Zeit ausnahmsweise einmal nicht sein Feind. »Bleib«, murmelte er schließlich. »Wenigstens noch ein Stündchen.«

Vielleicht ihm zuliebe, vielleicht weil die Einsamkeit und Ungewissheit sie so schmerzten, dass sie ihnen entfliehen musste, spürte Stella wieder Verlangen. Als stumme Antwort strichen ihre Lippen über seine Brust, über die Haare zwischen seinen Brustwarzen. Sie hörte mehr als sie sah, wie seine Hand in die Nachttischschublade glitt.

Wieder schloss sie die Augen.

Als sie sie wieder öffnete, erblickte sie die Gegenstände, um die zwei Wochen zuvor zwischen ihnen ein Streit entbrannt war, an dessen Ende sie schweigend den Kopf geschüttelt hatte, weil sie keine Worte fand, um ihre Verlegenheit auszudrücken.

In seiner Hand lagen ein Hüftgürtel und schwarze Strümpfe.

Sie bekam einen trockenen Mund. Wieder fragte sie sich, ob eine andere Frau diese Sachen getragen hatte.

»Uns zuliebe«, sagte er. »Bitte.«

Ohne etwas zu erwidern, nahm sie ihm die Sachen aus der Hand und stand auf.

Sie trat ans Fußende des Bettes. Schweigend sah er zu, wie sie Gürtel und Strümpfe anzog. Sie zwang sich, ihm ins Gesicht zu sehen.

»Ich bin dein Freund«, sagte er sanft. »Mit jeder Nacht, mit allem, was wir tun und was du nie zuvor getan hast, wächst deine Bereitschaft, sie zu verlassen. Und zu dir selbst zu finden.«

Stella antwortete nicht. Aus der Stereoanlage rieselte *Stairway to Heaven* von Led Zeppelin. Das Verlangen wich einem dumpfen Gefühl. Sie war wie betäubt. Sie sah sich im Spiegel auf ihn zugehen, als sei sie jemand anders.

»Du bist schön«, sagte Jack, und dann hatte sie bemerkt, dass auch er ihr Spiegelbild betrachtete.

Jetzt standen Streifenwagen vor Jacks Haus, und ein Polizist in Uniform bewachte die Tür. Stella reichte ihm ihren Ausweis. »Ich bin Stella Marz. Von der Staatsanwaltschaft, Morddezernat.«

Er nickte und gab ihr den Ausweis zurück. Sie verharrte noch einen Augenblick, dann ging sie hinein.

Was immer Jack Novak auch zugestoßen sein mochte, mit Erleichterung nahm sie zur Kenntnis, dass es nicht vorne im Wohnzimmer geschehen war.

Zwei Männer von der Spurensicherung waren da. Einer beugte sich gerade über ein halb volles Glas, der andere starrte in einen Teller, den ein Streifen weißes Pulver in zwei Hälften teilte. Die Einrichtung hatte sich, wie zu erwarten, verändert und spiegelte Jacks Ruhelosigkeit wider. Die Polstermöbel waren bunter geworden, ebenso das Gemälde, das den riesigen Raum beherrschte, eine mit Ölfarbe vollgeklatschte Reminiszenz an Jackson Pollock. Einer der Beamten schaute zu Stella auf. Dann unterbrachen Stimmen die Stille, und Stella brauchte nicht länger zu rätseln wo Jack war.

Mit einem flauen Gefühl im Magen ging sie langsam in Richtung Schlafzimmer.

»Lasst ihn ruhig hängen«, hörte sie Dance sagen. »Wir können seine Gefühle nicht mehr verletzen.« Und dann erblickte sie Jack Novak im Spiegel.

DREI

Stella sog scharf die Luft ein, dann fing ihr Herz an zu rasen und sie verspürte Übelkeit. Die grauenvolle Szene erstarrte zum Tableau: Dance und ein Detective, die sie ansahen, der Fotograf von der Spurensicherung, der Jacks Leiche filmte, ihre Spiegelbilder in seinen Spiegeln. Das einzige Geräusch war das leise Surren der Videokamera.

Stella sank gegen den Türrahmen und versuchte zu verarbeiten, was sie sah.

Jack Novak hing an der Schranktür, seine Füße baumelten Zentimeter über dem Teppich. Ein Ledergürtel lag um seinen Hals. Über den oberen Rand der Tür gezogen und auf der Rückseite an einem Kleiderhaken befestigt, spannte sich der Gürtel unter dem Gewicht. Das Resultat zeigte sich in Jacks Gesicht – vortretende Augäpfel, rot gepunktet von geplatzten Äderchen, ein verzerrter offener Mund, aus dem die Zunge hervorquoll. Der schlaffe, wächserne Körper war nackt bis auf einen Hüftgürtel und Damenstrümpfe. Ein Paar hochhackiger Schuhe waren von den Füßen in eine dunkelrote Lache gefallen.

Stella schloss fest die Augen.

Jemand hatte ihn kastriert. Auf dem Teppich lag ein Küchenmesser, an dem getrocknetes Blut klebte.

Stella stand reglos da und hielt sich mit einer Hand am Türrahmen fest. Als sie die Augen wieder öffnete, war Nathaniel Dance zwischen sie und Jacks Leiche getreten.

Dance überragte Stella um einen ganzen Kopf. Aus seinem granitenen Gesicht, das mit den rauen Flächen und scharfen Kanten wie behauen wirkte, blickten hellbraune Augen auf Stella herab. Seine Gelassenheit war ihr immer unheimlich gewesen und hatte sie in dem Gefühl bestärkt, dass er über Macht und geheimes Wissen verfügte. Doch heute war Stella einfach nur froh, dass er da war. »Der Mann hat das nicht mehr gespürt«, sagte er zu ihr. »Er war bereits tot.«

Sein Bass klang beinahe sanft. Dumpf fragte Stella: »Woraus schließen Sie das?«

»Aus den Blutspuren.«

Stella bemerkte, dass Kate Micelli, die Gerichtsmedizinerin, hinter ihr stand. »Auch Blut gehorcht den Gesetzen der Physik«, erklärte Micelli. »Wäre er noch am Leben gewesen, hätte das Herz weiter gepumpt. Das Blut wäre bogenförmig nach vorn gespritzt und in dem Maß, wie das Pumpen nachließ, den Füßen immer näher gekommen. Ich bin sicher, dass er bereits vorher erstickt ist.«

Micelli verhielt sich ihrer Rolle gemäß. Sie war ein erfahrener Profi, der einem anderen nüchtern Bericht erstattete und das Grauen, das er sah, gar nicht erst an sich herankommen ließ. Bei Dance hatte Stella ein anderes Gefühl. Vielleicht spielte ihr der Verstand einen Streich, vielleicht projizierte sie in ihrer Verwirrung zuviel in den Mann hinein, dessen stoische Ruhe sicherlich Allwissenheit suggerieren und gleichzeitig verschleiern sollte, was er wirklich dachte. Aber auf einmal war sie davon überzeugt, dass Dance wusste, wie sie zu Jack gestanden hatte.

Schwarze Strümpfe.

Nach all den Jahren sah sie sich wieder in Jacks Spiegeln. Dann gab sie sich einen Ruck und betrachtete, wie diese Jahre geendet hatten.

Jack hatte zu gut und zu sorglos gelebt, und nun kaschierten keine maßgeschneiderten italienischen Anzüge mehr die Spuren des süßen Lebens, das seinen Körper hatte erschlaffen lassen. Jetzt erst bemerkte Stella, dass seine Hände auf den Rücken gefesselt waren. Neben seinen baumelnden Füßen, deren Zehen christusartig nach unten zeigten, lag ein umgekippter Metallhocker.

Stella erinnerte sich an den Hocker. Jack hatte ihn benutzt, um an das oberste Brett in seinem Schrank zu gelangen. Dort oben bewahrte er seine Koffer auf. Er war auf den Hocker gestiegen, als er für ihr letztes gemeinsames Wochenende gepackt hatte. Doch nun hatte er, oder ein anderer, den Hocker dazu benutzt, sich, respektive Jack, an die Schranktür zu hängen. Eben noch ruhten die Füße auf dem Hocker, und eine Sekunde später war der Hocker weg.

Stellas Stimme war tonlos. »Wie ist es passiert?«

»Aus Liebe.« Die Stimme gehörte Detective John Burba. Er durchmaß den Raum und blieb neben Dance stehen. Burba war ebenfalls groß, aber rothaarig, ein roher Kerl mit beschränktem Horizont und schlechten Manieren. »Zwei echte amerikanische Arschficker, die sich ein Stelldichein gegeben haben.«

Niemand erwiderte etwas. Stella blickte an Burba vorbei in das starre Gesicht mit dem aufgerissenen Mund. Ein seltsames Detail fiel ihr auf, das den Rest noch Mitleid erregender erscheinen ließ: Jacks Schnurrbart war gefärbt. Erzähl mir, hätte sie ihm gern gesagt, erzähl mir, wie es dazu kommen konnte.

Nach und nach drangen die Geräusche aus der Wohnung in Stellas Bewusstsein. Die Leute von der Spurensicherung sammelten Beweismittel wie Schmutzpartikel und Fasern, die nicht hierher gehörten, suchten nach Fingerabdrücken und Indizien für einen Raub oder Einbruch, schraubten die Siphons an den Abflüssen im Badezimmer ab und nahmen systematisch die ganze Wohnung auseinander. Dance würde schon dafür sorgen, dass sie nichts vergaßen.

Stella sah Dance an. Anscheinend hielt er Burbas Bemerkung für deplaziert, doch er sagte nichts und wandte sich mit fragender Miene an Micelli.

Die Gerichtsmedizinerin war Anfang fünfzig, mit Hakennase, pechschwarz gefärbtem Haar und den tief liegenden Augen und hohlen Wangen eines spanischen Inquisitors. Aber sie war ein Ass auf ihrem Gebiet, und Stella verließ sich immer auf ihr Urteil. »Ich habe gerade erst angefangen«, sagte Micelli, »aber ich will Ihnen zeigen, was mir aufgefallen ist.«

Sie fasste Stella am Ellbogen und bugsierte sie an Dance und Burba vorbei, bis sie einen Meter vor Novak standen. Für Micelli war das Groteske ein Rätsel, das es zu lösen galt. Sie sprach mit ausdrucksloser Stimme wie ein Professor für Anatomie beim Sezieren einer Katze. Stella richtete den Blick auf Novaks Beine, die Strümpfe – überallhin, nur nicht auf sein Gesicht. Sie drängte die Bilder, die aus der Erinnerung aufstiegen, zurück und konzentrierte sich auf die Fakten, die sie sich einprägen musste. Ihre Haut war feucht.

»Sieht nach einem autoerotischen Akt aus«, begann Micelli. »Selbststrangulierung, um eine Ejakulation hervorzurufen. Aber die Freunde der Autoerotik haben, wie jeder von uns, ihre speziellen Vorlieben. Selbststrangulierung ist gewöhnlich ein einsamer Akt, den man vor der Ehefrau oder der Geliebten verheimlicht. Eine Möglichkeit, dabei erwischt zu werden, besteht darin, dass man sich aus Versehen erhängt. Ein geübter Autoerotiker weiß sich normalerweise selbst zu helfen und hat Übung im Überleben. Er tut das nicht, weil er sterben will – Zweck der Übung ist ein intensiverer Orgasmus. Deshalb will er nie mit seinem ganzen Gewicht baumeln. Er muss bei Bewusstsein bleiben, damit er im entscheidenden Moment den

Hals aus der Schlinge ziehen kann. In diesem Punkt stelle ich hier eine erste Abweichung fest.«

Ein Sonnenstrahl fiel ins Zimmer, traf auf einen Spiegel, tauchte Novaks geschundenen Körper in Gold und brachte die Gerichtsmedizinerin zum Blinzeln. »Normalerweise«, sagte sie nach einer kurzen Pause, »benutzen sie keinen Hocker. Das ist zu riskant, wenn man allein ist. Ein Fehltritt, und man hat sich erhängt. Auf Zehenspitzen zu stehen genügt.«

Stellas Blick wanderte von Novaks Füßen zu dem Gürtel um seinen Hals, den roten Flecken in seinem Gesicht. Sie stellte sich seine letzten Augenblicke vor und verspürte einen bohrenden Schmerz.

»Punkt zwei ist der Gürtel«, sagte Micelli. »Der wahre Kenner benutzt Peitschenriemen aus Leder. Die gibt's in jedem Sexshop, oder man bestellt sie per Katalog oder übers Internet. Und dann wären da noch die Hände.«

Micelli umkurvte pietätvoll die Blutlache, fasste Novak bei den Hüften und drehte ihn so, dass Stella seine Hände sehen konnte. Sie waren über dem Gesäß zusammengebunden. »Die Frage ist, wer die Fessel angelegt hat. Er selbst oder ein anderer. Wenn man allein ist und sich fesselt, achtet man normalerweise darauf, dass man sich aus eigener Kraft befreien kann. Nicht so hier. Der Strick sitzt so straff, dass die Handflächen weiß sind. Der Verstorbene hatte einen Freund.«

Micellis schulmeisterlicher Ton war Stella so widerwärtig, dass sie sich fast übergeben hätte. Wieder fühlte sie sich von Dance beobachtet. Mit belegter Stimme fragte sie: »Hatte er Analverkehr?«

Micelli ließ die Leiche los. Sie drehte sich im Licht und Schatten der Spiegel, und die rot gesprenkelten Augen schienen Stella schockiert anzustarren. »Dafür gibt es keine äußerlichen Anzeichen. Und kein Sperma, soweit ich sehe. Nach den Blutspuren zu urteilen, hat er sich auch nicht selbst kastriert, ist dann auf den Hocker gestiegen und hat sich das Leben genommen.«

Stella spürte, dass Dance neben sie trat. »Er hat sich nichts zum Polstern um den Hals gelegt.« Sein Ton war sachlich und ruhig. »Die meisten dieser Leute müssen am Montag zur Arbeit und können sich rote Striemen über dem Kragen nicht leisten. Die Kollegen würden sich über sie das Maul zerreißen.«

So lakonisch die Bemerkung auch war, sie gab dem Gespräch eine menschlichere Note und ließ ahnen, wie solche Neigungen in den Alltag hineinwirkten. »Keine Spuren von Abnutzung oben an der Schranktür«, fuhr Dance fort, »oder am Gürtel.«

»Das besagt nicht viel«, unterbrach Micelli. »Aber kommen wir zum Hals.« Sie fasste nach oben, legte Daumen und Zeigefinger unter Jacks Kinn und drückte es nach oben, sodass der Hals sichtbar wurde. »Autoerotiker legen sich das Seil unters Kinn, nicht um den Hals. Bei einem Unfall rutscht das Seil ab und hinterlässt an zwei Stellen Hautmale.« Die tief liegenden Augen der Gerichtsmedizinerin schielten leicht und ließen sie wie ein Adler aussehen. »Hier entdecke ich nur unter dem Gürtel Male, sonst nirgends.«

Ein Brechreiz schüttelte Stella. Sie wandte sich ab. Doch das Spiegelzimmer wurde zum Kaleidoskop, das ihren erhängten Exliebhaber in immer neuen Blickwinkeln zeigte. »Ach«, sagte Burba zu Micelli, »dann glauben Sie also nicht, dass unser Freund Jack von hinten bedient wurde?«

Stella hatte es dumpf geahnt, und jetzt hatte sie die erste klare Bestätigung: Der grauenhafte Tod eines prominenten Anwalts, der Dealer verteidigt hatte, erfüllte die Steeltoner Cops mit Genugtuung, wobei die Verachtung für den Gegner noch durch den Neid des kleinen Mannes auf den Wohlhabenden verstärkt wurde. »Soweit ich sehen kann, nicht«, antwortete Micelli. »Doch die Liebe ist bekanntlich ein seltsames Spiel.«

Stella stand mit verschränkten Armen da und starrte zu Boden, fest entschlossen, einem neuerlichen Anfall von Übelkeit zu trotzen. Die immer wiederkehrenden Bilder von Jacks Tod – wie sich Darm und Blase entleerten, wie der Körper sich krümmte und strampelte, dann zuckte, die Qual in seinen erstarrenden Augen – ließen sie krampfhaft schlucken.

Dance holte sie wieder in die Gegenwart zurück. »Es gibt nur zwei Möglichkeiten«, sagte er.

Sein Ton, sachlich und objektiv, war für Stella wie eine Erlösung.

»Es gibt nur eine Möglichkeit«, erwiderte sie. »Jemand hat ihn ermordet.«

Der feste Blick von Dances gelbbraunen Augen verwirrte sie noch mehr. Mit derselben ruhigen Stimme sagte er: »Nichts anderes habe ich gemeint.«

Stella sah wieder zu Boden, fuhr sich kurz über die Augen.

»Wie wär's, wenn wir im Wohnzimmer weiterredeten?«, schlug Dance vor.

Stella kehrte den Spiegeln den Rücken und ging hinaus.

Gegenüber dem Kamin stand ein Sofa. Steif nahm sie darauf Platz und inspizierte den gläsernen Couchtisch. Den weißen Streifen, der aussah wie Kokain, die beiden Cocktailgläser mit Resten einer bernsteinfarbenen Flüssigkeit, die sich, wenn Jack seinem Geschmack treu geblieben war, als Single Malt Scotch entpuppen würde. Mit wem, fragte sich Stella, hatte er seine letzte Stunde verbracht, und welcher Wahnsinn hatte Drogen und Alkohol in den Tod verwandelt, der sich im Schlafzimmer ins Unendliche spiegelte.

Dance und Micelli setzten sich in die Sessel links und rechts neben ihr. Dance beobachtete, wie Burba die Wohnungstür untersuchte. »Keine Anzeichen für einen Einbruch«, sagte Burba. »Novak hat die Person hereingelassen. Oder sie hatte einen Schlüssel.«

»Also«, sagte Stella zu Dance, »welche beiden Möglichkeiten haben Sie gemeint?«

Dance wandte sich ihr zu. »Novak könnte einen Partner gehabt haben, der diese Spielchen mit ihm spielte. Nur hat er – oder sie – diesmal den Hocker weggestoßen.«

Micelli kicherte. »Ein fieser Trick.«

»Oder«, fuhr Dance fort, »jemand hat ihn exekutiert.«

Stella sog die Luft ein. »Dazu musste man ihn erst mal an den Schrank hängen.« Sie sah Micelli an und fragte: »Irgendwelche Blutergüsse oder Spuren eines Kampfes?«

»Auf den ersten Blick nicht. Es hat aber auch nicht den Anschein, als sei er erwürgt worden.« Sie blickte zu Dance. »Glauben Sie, dass es mehrere Täter waren?«

»Durchaus möglich. Wenn es eine Hinrichtung war, hat man ihn zuerst fein gemacht und dann aufgehängt. Keine leichte Sache für einen Einzelnen, auch nicht für einen Mann.« Er überlegte. »Sie glauben also, dass Novak noch am Leben war?«

»Zu dem Zeitpunkt, ja.«

»Aber bereits tot, als man ihn kastriert hat?«

Micelli schenkte ihm ein schwaches Lächeln. »Wozu dann die Mühe, fragen Sie sich, stimmt's? Tja, wenn Männer sich selbst kastrieren, dann gewöhnlich aus Selbsthass oder in einem Zustand sexueller Verwirrung. Hier allerdings ...« Sie hielt kurz inne und blickte in Richtung Schlafzimmer. »Hier allerdings könnte es in einem Wutanfall passiert sein. Und das deutet eher auf eine homosexuelle Affäre hin.«

Dance blickte kurz zu Stella. Ein für sie peinlicher Moment verstrich, ehe er zu Micelli sagte: »In dem Fall würde ich mehr Dramatik und Herzschmerz am Schauplatz des Verbrechens erwarten. Beispielsweise einen hysterischen Freund, der in der Ecke flennt, nachdem die Wirkung der Drogen verflogen ist, und sich fragt, wie Jack so gemein sein konnte.«

Micelli nickte zustimmend. »Da ist was dran. Vielleicht war dieser Freund der anonyme Anrufer, obwohl die Stimme offenbar so verstellt war, dass es ebenso gut eine Frau gewesen sein könnte.« Sie hielt inne, dann fügte sie hinzu: »Denkbar wäre auch, dass der Mörder nur eine Botschaft übermitteln wollte.«

Stella fand ihre Sprache wieder. »Wenn es eine Hinrichtung war, wozu dann das ganze Drumherum?«

»Um eine falsche Spur zu legen?« Micelli faltete nachdenklich die Hände. »Also, ich weiß nicht, Stella. Bei Mord wäre das doch ziemlich bizarr.«

Stella zwang sich, weiter nachzudenken. »Welche Größe haben die Schuhe?«

»Wie's aussieht, sind sie groß genug. Und wie Sie bemerkt haben, passen ihm auch die Strümpfe.«

Dances Schweigen erregte Stellas Aufmerksamkeit. Mit zusammengekniffenen Augen starrte er auf das weiße Pulver auf dem Couchtisch. »Manchmal geraten diese Typen auf die schiefe Bahn«, sagte er. »Ich meine die Drogenanwälte. Ihr Leben wird genauso widerwärtig wie ihre Mandanten.«

Stella hatte das Gefühl, dass seine Bemerkung auch als Warnung vor den möglichen Folgen dieses Mordes gemeint war, für Arthur Bright und möglicherweise auch für sie. »Nat«, rief Burba aus dem Schlafzimmer. »Ich muss Ihnen was zeigen.«

Der Kripochef erhob sich schwerfällig und streifte Stella dabei mit einem fragenden Blick. Nach kurzem Zögern stand auch sie auf. Zusammen kehrten sie an die Stätte des Grauens zurück, die einmal Jack Novaks Schlafzimmer gewesen war und wo Stella, ihrer Familie und ihrem gewohnten Leben entfremdet, schließlich die Nächte verbracht hatte. Weil sie sich eingebildet hatte, dort eine Zuflucht zu finden.

Mit spöttischem Zartgefühl ließ Burba ein Paar Handschellen am Finger baumeln. »Bin gespannt, wann wir die Steigeisen finden«, sagte er. »Und im Bad hat er so viel Amylnitrit gebunkert, dass man damit eine Schwulenapotheke aufmachen könnte.«

Stella blickte an Burba vorbei zu Jack Novaks Kommode. Die unteren Schubladen standen weit offen, die oberste nur einen Spalt. »Haben Sie einen Blick in die obere Schublade geworfen?«, fragte sie Burba.

Er legte die Handschellen weg und begann, die Schublade zu durchwühlen. Doch Stella hatte ihre Frage nicht als Aufforderung gemeint. Ihr war nur eingefallen, dass Jack sehr ordentlich gewesen war. »Ist Ihnen was aufgefallen?«, fragte Dance.

Und Ihnen? hätte Stella am liebsten zurückgefragt. »Ich habe mich gefragt, ob jemand die Wohnung durchsucht hat«, antwortete sie. »Vor unserem Eintreffen.«

Dance verzog keine Miene. »Der müsste eiserne Nerven haben. Solange Novak da hängt.«

Stella schwieg einen Augenblick. »Trotzdem vermuten Sie, dass die Sache hier bis ins Kleinste geplant war, stimmt's?«

Dance sah sie an. »Nur eine Vermutung, mehr nicht.«

Plötzlich ertönte Musik. Stella erschrak. Dann überlief sie ein Schauder.

Es waren die ersten Takte von *Stairway to Heaven*.

Burba hatte Jacks Stereoanlage eingeschaltet. Ohne einen Blick von ihr zu wenden, sagte Dance: »Das lief, als sie ihn gefunden haben.«

Einen Augenblick lang versetzte sie die schwermütige Musik in eine andere Zeit, und sie meinte, die Haut ihres Liebhabers auf der ihren zu spüren. Doch als sie wieder zum Schrank sah, hing Jack Novak noch immer leblos dort.

»Am besten, ich mache mich jetzt auf die Suche nach Arthur«, sagte sie.

VIER

Zehn Minuten später fuhr Stella bereits durch Warszawa und bog instinktiv in die Straße ein, auf der sie in jener Nacht vor so langer Zeit, als die Hochöfen noch orangerot das Onandaga-Tal überstrahlten, von Jack Novak kommend nach Hause gefahren war. In das einzige Zuhause, das sie jemals gekannt hatte.

Es war noch nicht spät, und die Dämmerung senkte sich wie Fabrikrauch über Warszawa. Selbst jetzt hatte Stella noch das Gefühl, dass die Kirchtürme von St. Stanislaus, die zwischen den gedrungenen Häusern und gepflasterten Straßen sechzig Meter emporragten, sie zum Gebet riefen. Noch heute, fünfzehn Jahre nach ihrem Wegzug, fühlte sie sich in Warszawa zu Hause.

Erinnerungen an ihre früheste Kindheit wurden wach. An die Enge der kleinen Häuser und schmalen Gassen. An den Geruch von gebratenem Fisch, der jeden Freitag aus den Bars und Restaurants strömte, auch noch lange nachdem die Kirche ihr Verbot von Fleischspeisen am Freitag aufgehoben hatte. An Väter, die mit Rasenmähern ihre handtuchgroßen Rasenstücke stutzten. An den Popcornverkäufer mit seinem orangefarbenen

Handkarren. An Gesprächsfetzen, die in schwülen Sommernächten von den kleinen Veranden herüberwehten. An die lärmenden Hochzeitsfeste in der Gemeindehalle von St. Stanislaus, mit Polka-Kapellen, Bier, Kohlrouladen und einer Fülle anderer Speisen. An die Gemeindeschule und, natürlich, die Kirche selbst.

Stella wusste nicht mehr, wann sie die Kirche zum ersten Mal betreten hatte. Ihre lebhaftesten Erinnerungen waren von kindlicher Ehrfurcht geprägt, von dem Gefühl, dass dieser massive, neugotische Backsteinbau nach Gottes Plan erschaffen worden war. Sie erinnerte sich an die gewaltigen Ausmaße des schattigen Kirchenschiffs, die feuchte Kühle auf ihrer Haut, wenn sie es betrat, die farbenprächtigen Buntglasfenster und die geheimnisvollen Statuen, an die Ehrfurcht der anderen Kinder und Erwachsenen, deren Respekt in der Kleidung zum Ausdruck kam, die sie trugen. Doch in diese Demut mischte sich Stolz. Vier Generationen zuvor hatten die ersten polnischen Arbeiter St. Stanislaus mit den wenigen Cents gebaut, die sie von den sieben Dollar fünfundzwanzig, die Peter Halls Urgroßvater als Wochenlohn zahlte, hatten beiseite legen können. So ärmlich sie auch gelebt haben mochten, mit der Kirche hatten sie sich ebenso ein Denkmal gesetzt wie Amasa Hall sich mit den Stahlwerken. Bis heute fühlte sich Stella jenen zugehörig, die hier lebten, eins mit jenen, die früher hier gelebt hatten.

Doch heute gehörten die wenigsten der zweitausend Gemeindemitglieder ihrer Schicht an. Die meisten waren nach wie vor Arbeiter – älter, ärmer oder, wie Armin Marz, entlassen. Zwischen Stella und den anderen hatte sich eine Kluft aufgetan, die sie nie gewollt hatte. Doch seit sie alt genug war, um eigene Zukunftspläne zu schmieden, hatte sie verbissen für ihre Ziele gekämpft; sie wollte sich nicht mit neunzehn schwängern und von einem engstirnigen Ehemann an die Kette legen lassen. Sie wollte nicht wie ihre Mutter werden.

Dies war auch der Grund, warum sie sich bereits lange vor ihrer Affäre mit Jack Novak Armin Marz zum Feind gemacht hatte.

Sie glaubte nicht, dass er das jemals begriffen hatte. Ihr Vater war kein logisch denkender Mensch. Die Dinge waren für ihn einfach so, wie sie oberflächlich aussahen. Aus diesem Grund war ihm auch das ganze Ausmaß seiner Verbitterung verborgen geblieben, und sein Groll gegen Stella war aus seiner Sicht nur eine Reaktion auf ihren Eigensinn. Doch was für sie ein Kampf ums Überleben war, versetzte ihm den endgültigen Todestoß. Denn außer in seinen eigenen vier Wänden hatte er nirgendwo mehr etwas zu sagen.

Das Haus lag drei Blocks von der Gemeindehalle St. Stanislaus entfernt, in der Arthur Bright heute Abend mit Bürgermeister Krajek debattierte. Der Vorwahlkampf wurde in Warszawa und darüber hinaus mit großem Interesse verfolgt. Die schmalen Straßen waren zugeparkt, und so stellte Stella, ohnehin schon mit Sorgen beladen und von Erinnerungen geplagt, ihren Wagen vor ihrem Elternhaus ab.

Schon lange gehörte das bescheidene Häuschen nicht mehr ihnen. Stella hatte zum letzten Mal einen Fuß hineingesetzt, als sie es gegen den erbitterten Widerstand ihrer Schwester verkaufte, weil sie Geld für die Pflege ihres Vaters brauchten. Armin Marz war nicht mehr zornig. Am Ende hatte ihm das Haus nur noch Angst gemacht, weil es voller Gegenstände war, die er nicht mehr kannte.

Heute erinnerte sich nur noch Stella an jene letzte schreckliche Nacht, als sie von Jack zurückkehrte. Nur sie erinnerte sich, wie sie den zerbeulten, von ihrem eigenen Geld gekauften Toyota parkte. Und wie sie dann langsam die Stufen der Veranda hinaufstieg. Wie die Dielen leise unter ihren Füßen knarrten. Wie sie ein Gebet murmelte, als die Tür aufschnappte. Wie sie in das dunkle Wohnzimmer trat, eine dreiundzwanzigjährige Frau, die von ihrem Liebhaber kam und hoffte, dass ihr Vater eingeschlafen sei. Und wie er dann das Licht neben seinem Sessel anknipste.

Sein Gesicht wirkte im Halbdunkel runzlig und ausgezehrt. Eine geäderte, fleischige Nase, eingefallene Wangen, fleckig vom Trinken, dünnes, ergrauendes Haar, dessen Ansatz über den Schläfen weit zurückgewichen war, die Haut so zerfurcht, dass sie für Stella zu einer Reliefkarte seiner Misserfolge geworden war. Doch seine schwarzen Augen funkelten.

Stella schauderte unwillkürlich. Ihn zu fürchten war das Erste, was sie gelernt hatte.

»Wo warst du?«

Es war eine Aufforderung, keine Frage. Sein kehliger Bass klang für Stella wie aus einer anderen Welt und einer anderen Zeit und machte eine Autorität geltend, die sein angestammtes Recht war. Lügen hätte bedeutet, ihm den Gehorsam zu verweigern, und wäre, wie sie heute wusste, Verrat an sich selbst gewesen. »Bei Jack«, antwortete sie einfach.

Stille trat ein. Sie spürte, dass ihre Mutter Helen auf der dunklen Treppe lauschte, zu feige, um einzugreifen, zu sehr Sklavin ihres Mannes, um für ihre Tochter einzutreten oder auch nur Verständnis für sie aufzubringen. Auch Katie, ihre drei Jahre jüngere Schwester, horchte vermutlich, dankbar für ihre Rolle als brave Tochter und darauf hoffend, dass Stellas Halsstarrigkeit sie auch künftig schützen möge. Dann sagte Armin Marz leise: »Du bist eine Hure.«

Stella errötete. »Das bin ich nicht.«

Armin Marz richtete sich halb im Sessel auf, sodass sich sein T-Shirt über dem dicken, schwabbeligen Bauch spannte. »Willst du damit sagen, dass du nicht die Beine für ihn breit machst?«

»Nein«, erwiderte sie, »ich will damit sagen, dass ich es umsonst mache.«

Seine Lippen zitterten. Überraschend schnell und geschmeidig fuhr er in die Höhe und kam auf sie zu. Seine Augen glühten vor Zorn.

Stella rührte sich nicht von der Stelle. Als er die Hand erhob, blickte sie ihm ins Gesicht, und er kam ihr so nah, dass sie das Kratzen seines Atems hörte.

Seine Hand klatschte gegen ihre Wange. Stella taumelte zurück. Tränen brannten ihr in den Augen, sie schmeckte Blut auf ihren Lippen.

Armin Marz stand wie ein Klotz vor ihr. Seine Augen flackerten verständnislos wie die eines Pferdes, das hin- und hergerissen ist zwischen Zorn und Angst vor dem Herrn, der es demütigen kann. Er atmete schwer.

»Du bist eine Hure«, wiederholte er, und dieses Mal schwang in dem Wort sture Rechtfertigung mit. »Du arbeitest für ihn, und er bezahlt dich. Du spielst für ihn die Hure, weil du Anwältin werden willst.«

Stella spürte einen pochenden Schmerz in den Schläfen. Einen Moment lang fühlte sie sich in dem dunklen Zimmer wie eine Gefangene und fragte sich, wie Menschen, die etwas so Großartiges wie St. Stanislaus geschaffen hatten, in einer solchen Trostlosigkeit leben konnten. Aber das war ja der Grund, warum sie eine Hure war.

»Ich arbeite«, sagte sie mit bebender Stimme, »weil du es nicht tust. Und ich wohne hier nur noch, damit ich eines Tages nicht mehr so leben muss wie du.«

Der Zorn vieler Jahre überzog das Gesicht ihres Vaters. Mit ihrer verächtlichen Bemerkung hatte sie das Schweigen gebrochen, seine Schande beim Namen genannt und ihm sein Versagen vorgehalten. Der tiefe Schmerz in seinen Augen traf sie mehr als die Wucht seines Schlages es getan hatte.

Er packte sie so brutal an den Handgelenken, dass sie zusammenzuckte. Sein Gesicht war nur Zentimeter von ihrem entfernt, und sie roch den Wodka in seinem Atem. »Du wirst das Studium nicht zu Ende bringen«, sagte er heiser. »Huren werden keine Anwältinnen. Sie werden schwanger.«

Mit einem Mal gab es kein Zurück mehr. In ihrem Groll und durch den Wunsch genährt, seiner Bevormundung zu entkommen, hörte sie nur, dass er ihr Misserfolg wünschte. »Huren wissen, wie sie sich schützen müssen«, entgegnete sie. »Ich werde dir nicht mit einem Kind von Jack Schande machen. Ich werde dich beschämen, indem ich Erfolg habe.«

Die Hände ihres Vaters waren wie Schraubstöcke, und ein Gefühl der Ohnmacht verzerrte sein Gesicht. Die Gabe der Rede, die seine älteste Tochter merkwürdigerweise besaß, war ihm versagt geblieben. In seinem nächsten Schlag lag bereits eine gewisse Resignation, das Eingeständnis seines Versagens.

Stella spürte ein Knacken im Hals, wich zurück. Sie beugte den Kopf, wischte sich das Blut von der Lippe, kämpfte gegen ein Schwächegefühl an. Ihre Stimme klang dumpf. »Das war das zweite Mal. Das ist zwei Mal mehr, als du mich je wieder schlagen wirst.«

Sie sah, wie seine Augen sich weiteten. Er hatte begriffen.

»Ich gehe noch heute Abend zu Jack zurück. Und dann nehme ich mir eine eigene Wohnung.«

»Um für ihn die Hure zu spielen.«

»Für ihn die Hure zu spielen?« Sie hob die Stimme. »Ist das vielleicht schlimmer, als deine Tochter zu sein?«

Er prallte zurück. Stella fühlte sich elend. Dieser Mann war mit ihr in den Zoo gegangen, zu den Spielen der Blues, hatte ihr mit väterlichem Stolz beim Basketballspielen zugesehen. Sein Leben lang hatte er sich einen Sohn gewünscht und stattdessen zwei Töchter bekommen, von denen ihm die ältere ein Rätsel war. So hatte sie ihm verheimlicht, dass sie fort wollte. Aus Angst, aus Rücksicht auf die Tradition und sogar aus Respekt. Bis zur Schließung der Fabriken, die ihn verbitterte, waren sie irgendwie miteinander klargekommen. Bis zur Schließung der Fabriken, und bis Jack Novak in ihr Leben getreten war.

»Du bist nicht mehr meine Tochter.« Seine Stimme zitterte. »Wenn du dieses Hauses verlässt, ist Katie meine einzige Tochter.«

Schon damals wusste Stella, dass sie ihre Schwester einem Schicksal überließ, das sie ihr nicht wünschte. Ihre Schuldgefühle wichen der schmerzlichen Gewissheit, dass sie diesen Bruch niemals würde kitten können. Dass sie, wenn sie ging, das fehlerhafte Mosaik ihrer Familie zerschlagen würde. Sie stellte sich vor, wie ihre Mutter hilflos auf der Treppe weinte und welche Angst ihre Schwester nun ihretwegen ausstand. Dann begriff sie, dass es ihre eigene Angst war, ihr Kummer.

Tränen liefen ihr übers Gesicht. »Ich bin niemals deine Tochter gewesen«, brachte sie hervor.

Sie drehte sich um, bevor er etwas erwidern konnte, bevor noch mehr passierte. Noch Jahre später fragte sie sich, ob der Schimmer in seinen Augen Tränen gewesen waren.

Doch sie war noch seine Tochter. Und die Frau, die sie immer sein würde, das Kind dieses Viertels, wollte nun in die große Kirche gehen und für Jack Novaks Seele beten. Und dann für die Seele, die aus der Hülle gewichen war, die nun ihr Vater war. Und sie wollte Rat erbitten, wenn dafür noch Zeit war.

Doch dafür war keine Zeit. Während die Abenddämmerung Stella umhüllte, eilte sie zur Gemeindehalle, um Arthur Bright von Jack Novaks Ermordung zu unterrichten.

FÜNF

Als sie in den Saal schlüpfte, fragte sie sich, wie viel Zeit Bright noch blieb, bis die Presse von Novaks Tod erfuhr.

Stella blieb stehen und sah sich um. Der Saal war genauso, wie sie ihn aus ihrer Teenagerzeit in Erinnerung hatte – groß, hässlich und hell erleuchtet, der Parkettboden mit Flecken übersät und abgenutzt nach den zahllosen Schulbällen und Hochzeitsfeiern in all den Jahren. Heute freilich bedeckten vierhundert Klappstühle das Parkett, und auf vielen saßen Bewohner dieses Viertels. Stella sah Fernsehkameras, Kabel, Fotografen, eine Traube von Reportern, uniformierte Polizisten und, ganz vorn, die Kandidaten und den Diskussionsleiter, einen grauhaarigen Journalisten von der *Press*. Im Saal war es schwül und stickig, und die Atmosphäre war gespannt: Während Krajek zu der Menge sprach, die für ihn ebenso eingenommen war, wie sie Arthur Bright ablehnte, sah Stella, dass Schweiß auf Brights Stirn glänzte.

Sie konnte ihn verstehen. Nach der Nacht, in der sie ihr Elternhaus verlassen hatte, um nie wieder zurückzukehren, solange ihr Vater dort lebte, kam ihre Mutter sie gelegentlich heimlich besuchen. Ihr Vater wusste davon, auch wenn niemand darüber sprach. Beim Abendbrot gab er abfällige Urteile über

Stella ab, die scheinbar nur für die Ohren ihrer Mutter und Schwester bestimmt waren, in Wahrheit aber Stella hinterbracht werden sollten. Schon als Kind hatte Stella sich von ihm anhören müssen, die Juden seien bestechlich und die Schwarzen faul, verdorben und sittenlos. Und so war sie nicht überrascht, als sie von ihrer Mutter erfuhr, dass sie in seinen Augen endgültig zur Hure herabgesunken sei, seit sie für Bright arbeitete, und deshalb nie mit seiner Anerkennung rechnen dürfe. Die Mutter hielt ihr indirekt vor, dass Stella selbst daran schuld sei. Zum wiederholten Male habe sie es ihrem Vater unmöglich gemacht, ihren Erfolg zu honorieren. Doch Stella war sich ziemlich sicher, dass er das nie gewollt hatte.

An die Wand gelehnt, ließ Stella den Blick durch den Saal schweifen.

Viele der Anwesenden teilten die Ansichten ihres Vaters, und ihre Gesichter waren angespannt und ernst. Stella entdeckte Wanda Lutoslawski, die beste Freundin ihrer verstorbenen Mutter. Sie beäugte Bright durch eine Brille mit schwarzem Gestell. Von klein auf hatten Stella und Katie mit Wandas beiden Töchtern gespielt, und soweit sich Stella erinnerte, war sie immer die Freundlichkeit in Person gewesen. Zusammen mit anderen Frauen aus dem Viertel war sie häufig als Ersatzmutter eingesprungen und hatte die Marz-Schwestern gehütet, wenn Helen zur Arbeit musste. Doch Wanda war älter geworden, lebte von schmalen Einkünften und blickte ebenso grimmig drein wie ihr Mann Stanley. Neben ihnen saßen zwei der sechs oder sieben Schwarzen, die sich in der Menge verloren. Stanley lehnte sich von ihnen weg zu seiner Frau hinüber. Wann hört das endlich auf? fragte sich Stella und blickte nach vorn zu Bürgermeister Krajek.

Er war nicht älter als sie, und obwohl er mit ihr die Schulbank gedrückt hatte und heute der Stolz des Viertels war, hatte sie ihn nie gemocht. Schon als Teenager hatte Tom Krajek nie eine Sache um ihrer selbst willen getan, sondern nur, weil sie der nächste Schritt auf dem Weg zum Erfolg war, den er für sich abgesteckt hatte. Wo dieser Weg endete, das wusste nur er.

Damals wie heute sprach er schnell und bestach durch ein energisches Auftreten, das jedoch nichts über ihn verriet, und auch seine Augen waren wie früher – wachsam, seelenlos, opak.

Vielleicht war sie nur neidisch auf diesen Mann, der es in so kurzer Zeit so weit gebracht hatte, obwohl sie ihn nur für mäßig begabt hielt. Vielleicht lag es auch daran, dass sie seine jungenhafte Ausstrahlung, von der ältere Frauen so schwärmten, besonders unattraktiv fand. Die zierliche, schlanke Figur, das spitze, glatte Knabengesicht. Krajeks neue Vorliebe für Zweireiher – die Jack Novak, wie Stella wehmütig dachte, gut gestanden hatten – erinnerte sie daran, dass Krajek ein Verkäufer war, der Imagepflege betrieb. Hinter dieser Fassade, davon war sie nach wie vor überzeugt, verbarg sich ein verlogener Heuchler. Eines musste sie ihm allerdings lassen – er war clever und zielstrebig, und keiner arbeitete mehr als er selbst.

Und noch etwas: Krajek war ein Glückspilz.

Seine Glückssträhne begann mit zweiundzwanzig, als sein Vorgänger im Stadtrat, ein Mann aus dem Viertel, auf dem alljährlich stattfindenden polnischen Straßenfest einem Herzanfall erlag. Damals noch Student an der Steelton State, stürzte sich Krajek in den Wahlkampf und gewann, weil er sich bei den Bewohnern von Warszawa einschmeichelte und gleichzeitig den kapitalkräftigen Gruppen in der City signalisierte, dass er, anders als sein beschränkter Vorgänger, Verständnis für ihre Interessen hatte. Er und seine neuen Freunde warteten zwölf Jahre, in denen er als Stadtrat zwei Mal wiedergewählt wurde. Dann kandidierte Krajek mit vierunddreißig für das Amt des Bürgermeisters.

Sein Gegner war der schwarze Politiker und langjährige Stadtratsvorsitzende George Walker. Obwohl bisweilen arrogant und mit dem Makel mehrerer Scheidungen behaftet, war Walker ein aussichtsreicher Kandidat. Er war wortgewaltig wie ein Straßenprediger und doch ein Mann, der die Interessenkonflikte in der Stadt besser verstand, als Krajek sie jemals verstehen würde. Wäre er ein Weißer gewesen, davon war Stella überzeugt, hätte er doppelt so viele Stimmen bekommen wie

Krajek. So aber lag er eine Woche vor der Wahl in den Umfragen nur sechs Prozent vor seinem Kontrahenten.

Zwei Tage später griff Stella zur *Press* und wusste sofort, dass George Walker bereits geschlagen war.

Auf einen Tipp hin hatten zwei Beamte vom Drogendezernat Walkers Luxusapartment durchsucht und fünf Kilo Kokain gefunden. Walker beteuerte zwar, dass er keine Drogen nehme und das Opfer eines Komplotts sei. Doch um sein Privatleben kreisten so viele Gerüchte, dass ihm nur wenige glaubten. Die East Side litt sehr unter dem Drogenproblem, und von Walkers Anhängern blieben so viele den Urnen fern, dass Tom Krajek gewann. Fünf Monate später wurden die Ermittlungen wegen eines Verfahrensfehlers eingestellt. Doch das war Walkers einziger Trost. Sein Sturz hatte die Bewohner von Warszawa in ihren Vorurteilen gegen Schwarze und Minderheitenpolitiker bestärkt und machte Arthur Bright die Arbeit noch schwerer.

Nicht so schwer freilich, wie der Mord an Jack Novak sie ihm machen konnte – falls man den schwarzen Kandidaten mit dem rätselhaften Tod eines Drogenanwalts, der sein Freund und Anhänger gewesen war, in Verbindung brachte. Und nicht so schwer, wie Krajek sie ihm bereits gemacht hatte. Krajek setzte in seiner Wiederwahlkampagne ganz auf Steelton 2000. Tom Krajek – der Mann, der sich mit Peter Hall zusammengetan hatte und sich nun anschickte, die krisengeschüttelte Stadt in eine neue Ära des Aufschwungs zu führen. Vielleicht, so dachte Stella spöttisch, in ihre bedeutendste Ära, seit Amasa Hall die Polen nach Steelton geholt hatte.

Ein Blick auf ihre Armbanduhr verriet, dass es kurz nach sechs war. Stella wandte ihre Aufmerksamkeit Krajek zu.

Wie es seine Gewohnheit war, stolzierte Krajek mit dem Mikrofon in der Hand über die Bühne, ließ den Blick über das Publikum schweifen und blieb dann stehen, um ein Argument anzubringen.

»Steelton 2000«, sagte er scharf, »ist kein Wohlfahrtsprogramm. Das Projekt bricht mit der Vergangenheit, denn es finanziert sich selbst. Es schafft neue Arbeitsplätze, erschließt neue Erwerbsquellen und gibt der Stadt eine Zukunftsperspektive. Es ist auch kein Rehabilitationszentrum, das Drogen und Kriminalität in anständige Wohnviertel hineinträgt, die bislang von dieser Geißel verschont geblieben sind. Es ist kein Programm gegen Rassendiskriminierung, das unsere Stadt in rivalisierende Gruppen spaltet ...«

Als ob sie nicht schon lange gespalten wäre, dachte Stella. Doch ihr entging nicht, dass viele Zuhörer beifällig aufschauten. Stan Lutoslawski nickte, und die Journalisten spitzten die Ohren, um jeden Treffer Krajeks zu verbuchen. Stellas Blick flog zu Bright hinüber. Obwohl ein Meister der Selbstbeherrschung, runzelte er die Stirn. Krajek spielte geschickt mit den Ängsten und Ressentiments vieler weißer Bürger. Aber noch infamer fand Stella, dass er mit versteckten Vorwürfen rassistische Vorurteile schürte. Wie um dies zu bestätigen, wirbelte er herum und sah Arthur Bright an.

»Wenn das, was wir von ihm gehört haben, alles ist, was uns Arthur Bright zu bieten hat, wie kann er dann von sich behaupten, er sei der richtige Mann für diese Stadt? Warum sollen wir ihn mit höheren Aufgaben betrauen, wenn er als Staatsanwalt nicht in der Lage war, das Drogenproblem in den Griff zu bekommen? Und warum sollen wir das Rathaus zum Selbstbedienungsladen einer bevorzugten Gruppe von Günstlingen machen?«

Stella beobachtete, wie Bright die Anschuldigung aufnahm, dass er unfähig sei und dass die Schwarzen unter seiner Führung versuchten, sich auf Kosten der Stadt zu bereichern. Dies war der Grund, warum er ihre Hilfe brauchte, in Warszawa und anderswo – sie konnte auf eine Weise für ihn eintreten, wie er selbst es nicht konnte. Und nun gab es noch weitere Gründe, sich Sorgen zu machen: den Fall Fielding, und jetzt auch noch den Mord an Novak. Trotz ihrer Nervosität unterdrückte Stella das Verlangen, auf und ab zu gehen.

»Arthur Bright« – hier blickte Krajek wieder in die Menge – »bezeichnet sich als Visionär. Doch er argumentiert wie ein Erbsenzähler und redet Steelton 2000 schlecht, weil er selbst keine Visionen hat. So wenig wie die Leute, die zu vertreten er vorgibt.«

Im Klartext »die Schwarzen«, wie Stella sarkastisch dachte. Doch die meisten Zuhörer lauschten aufmerksam.

»Der wahre Freund der Minderheiten«, fuhr Krajek fort, »ist nicht Arthur Bright, sondern Steelton 2000.« Er begann wieder, auf und ab zu gehen und schneller zu sprechen.

»Dieses Projekt kommt allen Rassen und allen Stadtteilen zugute. Es wird das Gesicht unserer Stadt verändern und sie in eine strahlende Zukunft führen. Das Geld der Stadt fließt an die Bürger der Stadt zurück. Dafür sorgt das hochmoderne Stadion, das hiesige Firmen bauen und hiesige Kaufleute beliefern und in dem eine Mannschaft spielen wird, deren Besitzer unter uns lebt.«

Unversehens sprach Krajek direkt in die Kamera des Lokalfernsehens, das die Debatte live übertrug. »Und an dieser Stelle möchte ich, dass jeder in dieser Stadt genau zuhört: Steelton 2000 kommt unseren farbigen Mitbürgern zugute, der jetzigen Generation wie auch der nächsten.«

Krajek sprach jetzt wieder langsamer, und Stella konnte sich sein Gesicht auf dem Fernsehschirm vorstellen, konnte hören, wie er mit jedem Wort die Lauterkeit seiner Absichten unterstrich.

»An der Projektleitung ist ein Unternehmen beteiligt, das im Besitz von Minderheitenangehörigen ist. Dreißig Prozent der Aufträge gehen an Unternehmen, die Angehörigen von Minderheiten gehören. Dreißig Prozent der am Bau von Steelton 2000 Beteiligten werden Angehörige von Minderheiten sein. Wir bauen uns gemeinsam eine Zukunft, und niemand kann uns aufhalten.«

Brillant, dachte Stella. Sie konnte sich gut vorstellen, wie schwarze Zuschauer die Ohren spitzten, und sie spürte förmlich, wie ihre weißen Nachbarn sich fragten: Was wollen die denn noch? Also mehr kann man doch wirklich nicht verlangen.

Wie zur Bestätigung nickten viele Zuhörer im Saal. »Und nun«, rief ihnen Krajek zu, »möchte ich Ihnen einen Mann vorstellen, auf dessen Unterstützung ich besonders stolz bin. Peter Hall, hätten Sie bitte die Freundlichkeit, sich zu erheben?«

Krajek wandte den Kopf nach links, und Stella sah, wie Hall in der ersten Reihe aufstand. Das Bild, das sie sich von seinem Urgroßvater Amasa machte, beruhte auf einem Gemälde, das in dem nach ihm benannten Museum hing – ein Glatzkopf mit Schnurrbart und strengem Kalvinistengesicht, der keinen Zweifel daran ließ, dass die Stahlwerke sein rechtmäßiges Eigentum waren. Doch nach vier Generationen reicher Erbschaften und eleganter Ehefrauen war der herrische Zug aus den Gesichtern der Halls verschwunden. Peter Hall war ein rotblonder, jugendlich wirkender Mann Anfang vierzig, dem man ansah, was er war: Princeton-Absolvent mit Karrieregarantie, der verlängerte Wochenenden gern auf seiner Segeljacht verbrachte, ein privilegierter Mann mit den ebenmäßigen Zügen und blauen Augen eines in Würde alternden Filmstars. Und im Gegensatz zu Amasa war er sogar beliebt.

»Peter Hall«, sagte Krajek, als der Applaus abebbte, »bürgt für Integrität. Denn seine Hall Development teilt sich alle Kostenersparnisse beim Stadionbau mit der Stadt. Peter Hall wird die Kosten niedrig halten. Und wenn das Stadion fertig ist, wird es der Stadt gehören. Wir behalten unsere alte Mannschaft in einem neuen Haus.« Krajek hielt wieder inne und ließ ein Lächeln aufblitzen. »Aber ich habe noch eine Neuigkeit für Sie. Peter hat mich gebeten, sie Ihnen mitzuteilen.«

In diesem Augenblick bemerkte Stella neben Hall einen Schwarzen. Obwohl er fülliger geworden war und graue Strähnen sein Haar durchzogen, erkannte sie ihn auf Anhieb. Er war einer von nur drei Spielern der Steelton Blues, die in die Ruhmeshalle des Baseballs eingezogen waren. Sprungbereit saß er da.

»Vom nächsten Monat an«, fuhr Krajek fort, »wird zu den Besitzern der Blues auch ein Steeltoner Bürger gehören, der auf unsere Stadt ebenso stolz ist wie wir auf ihn: Larry Rockwell, der beste Center Fielder in der Geschichte der Blues.«

Mutter Gottes, dachte Stella.

Larry Rockwell stand auf. Starker Beifall brandete auf, und viele Anwesende erhoben sich von ihren Plätzen.

Stella begriff sofort, dass Krajek und Peter Hall einen Coup gelandet hatten. Larry Rockwell stammte aus den Slums auf der East Side. Für die Schwarzen war er ein Held und für die Weißen ein Vorläufer Michael Jordans, ein Mann, der ihnen ein Vergnügen bereitet hatte, das keine Rassenschranken kannte. Der ehemalige Center Fielder stand da, als hätte er einen Stock verschluckt.

Arthur Bright schien den Atem anzuhalten. Mit so etwas hatte er offensichtlich nicht gerechnet. Vor seinen Augen vollzogen drei Vertreter von Steelton den Schulterschluss – der Nachkomme des Fabrikbesitzers, der polnische Bürgermeister und der Sohn schwarzer Wanderarbeiter –, um die Zukunft der Stadt zu sichern. Gegen ihren Willen spürte Stella, wie sie darauf ansprach, wie sich in ihrem Innern nostalgische Gefühle mit Hoffnung für die Stadt verbanden.

»Gemeinsam«, rief Krajek, als der Beifall verklungen war, »werden wir dieses Stadion bauen. Und dann werden wir alle mithelfen, dass Steelton das wird, wovon Ronald Reagan geträumt hat: eine strahlende Stadt auf einem Berg...«

Unter dem Beifall der stehenden Zuhörer nahm Krajek wieder Platz.

Arthur Bright saß reglos da. Er besaß viele Talente und hatte für die Stadt eine Menge getan, aber jetzt sah er wie ein geschlagener Mann aus. Stella fühlte mit ihm – Bright war ein guter Kandidat, besser als Krajek. Aber darauf kam es in der Politik selten an.

»Bezirksstaatsanwalt Bright?«, drängte der Diskussionsleiter, und Arthur Bright erhob sich.

SECHS

Stella warf einen Blick auf die Uhr.

Es war achtzehn Uhr fünfzehn. Bald würde die Polizei Novaks Wohnung versiegeln und seine Leiche ins gerichtsmedizinische Institut überführen. Und wenig später würde sie den Mord bekannt geben, sofern die Presse nicht schon über den Polizeifunk davon erfahren hatte. Stella hatte mit Dance nicht darüber zu reden brauchen, was das bedeutete. Polizeichef Frank Nolan stand in Krajeks Schuld, weil er ihm den Posten verdankte, den Dance anstrebte. Im Umgang mit den Medien richtete er sich stets nach den Wünschen des Bürgermeisters, und Dance selbst konnte nicht offen für Brights Interessen eintreten.

Auch Stella konnte ihm jetzt nicht helfen. Sie musste sich bis zum Ende der Debatte gedulden, vorher kam sie nicht an ihn heran. Sie hoffte, sich hinterher mit ihm davonstehlen zu können, ehe irgendein Journalist ihn fragte, warum Jack Novak, sein Freund und politischer Verbündeter, ermordet worden war, bekleidet mit einem Hüftgürtel, seine Hoden auf dem Schlafzimmerboden, Kokain auf dem Couchtisch.

Stella schloss wieder die Augen.

Sie hätte viel darum gegeben, wenn sie jetzt in der kühlen Stille von St. Stanislaus hätte sein und beten können, unbehelligt von Tod und Politik. Bei diesem Gedanken fiel ihr Lizanne Bright ein, und sie hielt nach ihr Ausschau.

Lizanne saß in der ersten Reihe, auf der Seite, die Peter Hall gegenüberlag. Doch mit Sicherheit wäre sie genau wie Stella jetzt lieber woanders gewesen. Lizanne war eine schlanke, ernste Frau mit strenger Frisur, eine ehemalige Lehrerin, die nur für ihre Familie und ihre Kirche lebte. Sie war viel zu schüchtern für die Politik und schien ganz im Gegensatz zu ihrem Mann, der ein aktives, rühriges Leben in der Öffentlichkeit führte, einen kleineren Wirkungskreis vorzuziehen. Als Arthur zum Mikrofon griff und in das feindlich gesinnte Publikum blickte, erstarrte Lizannes Gesicht zu einer schmerzerfüllten Maske.

Und dann lächelte Arthur.

»Ich bekenne mich schuldig«, sagte er und hob die Hände, als wolle er sich ergeben. »Ja, ich bin für Programme gegen die Diskriminierung von Minderheiten. Und zwar weil ich weiß, dass jeder Bürger dieser Stadt eine Chance verdient, und weil wir nur miteinander leben können, wenn wir einander kennen. Ja, ich bin für mehr Rehas für Drogensüchtige. Denn selbst wenn wir einen Dealer nach dem anderen hinter Schloss und Riegel bringen – und das werde ich –, können wir unsere Kinder nicht vor Drogen schützen. Ja, ich bin auch dafür, dass man Sozialhilfeempfängern zu einem Job verhilft, und keineswegs nur Leuten von der East Side. Denn die meisten Arbeitslosen sind Weiße, auf die Straße gesetzt von Unternehmen, die sie selbst mit harter Arbeit aufgebaut haben.« Bright warf einen kurzen, scharfen Blick auf Krajek. »Tom weiß das, und Sie haben es erlebt – hier in dieser Stadt, als die Stahlfabriken langsam eingingen.«

Stella spürte, wie sich ihre Laune etwas besserte. In dieser traumatischen Stunde, in der Vergangenheit und Gegenwart zusammengeprallt waren, tat es gut, sich daran zu erinnern, warum sie Arthur Bright bewunderte. Ein Blick in die Runde verriet ihr, dass er sich mit seiner Unerschrockenheit Gehör verschafft hatte.

»Worüber«, so fragte er, »reden wir also hier? Über Ihr Geld. Über zweihundertfünfundsiebzig Millionen Dollar, mit denen für Mr. Hall ein neues Stadion gebaut werden soll. Zweihundertfünfundsiebzig Millionen für ein Stadion, das Sie mit Ihren Kindern gar nicht besuchen können, weil die Eintrittskarten viel zu teuer sind. Ein Stadion voll gepfropft mit Luxuslogen, die einhunderttausend Dollar pro Jahr kosten. Zweihundertfünfundsiebzig Millionen dafür, dass es den Wohlhabenden in der City – Leuten, denen Ihr Viertel und Ihr Leben gleichgültig ist, die aber ein lebhaftes Interesse an Toms Wahlkampf haben – künftig noch besser geht.«

Arthur versuchte, mit Hilfe seiner Rednergabe die Nervosität zu überwinden. Jetzt hatte er seinen Rhythmus gefunden und verband Humor mit beißender Sozialkritik.

»Was, so fragt sich Tom, könnten wir mit zweihundertfünfundsiebzig Millionen Dollar sonst anfangen? Tom sagt, dass ihm die Kriminalität Sorgen macht. Mit zweihundertfünfundsiebzig Millionen Dollar könnten wir in Steelton das tun, was Bürgermeister Giuliani in New York getan hat. Wir könnten die Polizisten zu unserem Schutz wieder auf Streife schicken statt auf dem Revier Berichte schreiben zu lassen. Tom sagt, dass ihm die Schulen Sorgen machen. Für zweihundertfünfundsiebzig Millionen Dollar könnten wir unsere staatlichen Schulen wieder auf Vordermann bringen, neue Schulen bauen und mit Zubehör ausstatten, die wir selbst für sinnvoll halten und nicht irgendein überbezahlter Bürokrat. Tom sagt, dass er sich um unsere Jobs Sorgen macht. Mit zweihundertfünfundsiebzig Millionen Dollar könnten wir Fortbildungsmaßnahmen für Arbeitslose finanzieren und unseren Familien wieder die Sicherheit geben, die ihnen zusteht.«

Seine Stimme hatte nun einen singenden Tonfall, einen verführerischen Hauch des Südens, und Stella sah, dass selbst Wanda Lutoslawski aufmerksam zuhörte. Doch schon im nächsten Moment musste sie daran denken, dass Novaks Leiche jetzt vermutlich auf dem Weg ins gerichtsmedizinische Institut war, und sah abermals auf die Uhr.

Zwanzig nach sechs.

»Jeder von Ihnen weiß das«, sagte Bright gerade. »Wie also macht Tom Krajek Ihnen das Projekt schmackhaft? Er kann ja schlecht hergehen, Mr. Halls Konterfei auf ein Plakat drucken und darunter schreiben: ›Mit zweihundertfünfundsiebzig Millionen Dollar können Sie diesen Jungen satt machen.‹« Nervöses Gelächter lief durch die Reihen, und ein Grinsen huschte über Brights Gesicht. »Immerhin könnte Mr. Hall auf der Stelle einen Scheck über diese Summe ausstellen und Tom überreichen.«

Trotz allem hätte Stella beinahe gelacht. Krajek, der sich in seinem Stuhl aufrichtete, wirkte ernstlich ungehalten, während Hall, der dem Bürgermeister einen kurzen Blick zuwarf, die verbindliche Miene eines unbeeindruckten Mannes aufsetzte.

»Also«, sagte Bright ironisch, »nimmt Tom irgendein schwarzes Kind, das keiner kennt, und setzt sein Bild auf ein Werbeplakat für ein Stadion, das weder Sie noch das Kind jemals von innen sehen werden. Und dann behauptet er, dass für Afroamerikaner eine Menge Jobs dabei herausspringen.« Bright hielt inne und grinste hämisch. »Na ja, Tom war wohl zu höflich, um es zu erwähnen, aber ich bin einer.«

Wieder Gelächter, lauter als zuvor. Was immer die Zuhörer denken mochten, viele schien es zu amüsieren, wie Bright Krajeks Taktik auseinander nahm. Und Stella wusste, dass noch ein anderer Aspekt mit hereinspielte. Bright erinnerte die Bewohner von Warszawa an die Geschichte der Stahlwerke und die Diskrepanz zwischen ihrer Not und der Großzügigkeit, die Krajek Peter Hall gewährt hatte. Er brachte damit zum Ausdruck, dass Schwarze und Weiße mehr miteinander verband, als sie wahrhaben wollten. Die Journalisten verfolgten Brights Auftritt mit unverhohlenem Vergnügen.

»Und«, fuhr Bright fort, »ich kann Ihnen versichern, dass dieses Projekt nicht das Geringste an der Lage der schwarzen Bevölkerung ändern wird. Oder an den Verhältnissen in Warszawa. Fragen Sie sich also: ›Was habe ich persönlich davon, wenn zweihundertfünfundsiebzig Millionen Dollar von meinem Geld ausgegeben werden, um Mr. Hall unter die Arme zu greifen?‹« Wieder lächelte Bright. »Diese Frage müssen Sie sich selbst beantworten. Bauen Sie ihm kein Stadion, um irgendein armes schwarzes Kind zu retten.«

Er machte eine Pause und ließ seine Worte wirken. Dann wurde er plötzlich ernst. »Sie haben etwas Besseres verdient. Wir alle haben etwas Besseres verdient. Es ist noch nicht zu spät. Ich sage, dass über die Sache noch mal verhandelt werden muss. Lassen wir Mr. Hall für einen Teil der Kosten aufkommen. Dann nehmen wir das gesparte Geld und investieren es dort, wo es Ihnen und dieser Stadt den größten Nutzen bringt.« Mit einem Blick in die Runde schloss er leise. »Ich danke Ihnen für Ihre Aufmerksamkeit.«

Er nahm wieder Platz.

Der Applaus war beachtlich – nicht so stürmisch wie bei Krajek und Larry Rockwell, aber doch lebhafter, als Stella erwartet hatte. Vielleicht konnte Bright in Warszawa doch ein paar Stimmen sammeln.

Als Krajek aufstand, um zu antworten, schlüpfte Stella auf den Korridor und fischte ihr Handy aus der Tasche.

Dance fuhr gerade ins Polizeipräsidium und saß allein in seinem Streifenwagen, als sein Telefon klingelte. »Wissen die Medien Bescheid?«, fragte Stella ihn.

»Nein.« Dance hielt inne, dann fügte er hinzu: »Ich habe es erst gerade Nolan erzählt.«

Seine Worte sagten viel mehr. Dass der Polizeichef es nicht gewusst hatte, dass Dance so lange wie möglich damit gewartet hatte, es ihm zu sagen, und dass Bright nur noch so viel Zeit blieb, wie Nolan brauchte, um zu entscheiden, ob er zuerst Krajek informieren oder sich gleich an die Medien wenden wollte.

»Es wäre besser«, erwiderte Stella, »wenn Nolan der Presse möglichst wenig erzählt. Je mehr wir über den Stand der Ermittlungen oder unsere Vermutungen sagen, umso mehr verraten wir Jacks Mörder.«

»Ich weiß. Aber ich glaube nicht, dass das passieren wird. Sie haben eine Stunde, maximal.«

Stella dankte ihm und schlüpfte in die Halle zurück.

»Peter Hall«, sagte Krajek gerade, »verdient unseren Dank. Aber damit wir uns nicht falsch verstehen – den Deal habe allein ich ausgehandelt, die Verantwortung liegt daher ganz allein bei mir. Geben Sie also mir die Schuld daran, dass die Hall Development Company für alle Mehrkosten aufkommt. Geben Sie mir die Schuld daran, dass die Hall Development Company Geld verdient, wenn die Stadt Geld spart. Geben Sie mir die Schuld daran, dass die Stadt Geld zurückbekommt, wenn Peter Hall das neue Stadion für weniger als zweihundertfünfundsiebzig Millionen Dollar baut.«

Krajeks schmächtige Gestalt hatte die verkrampfte Haltung

eines Angeklagten. Stella fiel ein, dass er noch nie Humor besessen und sich selbst schon immer zu wichtig genommen hatte. Eine Schwäche, die bei einem Politiker noch schlimmer war als fehlender Charme und die vermuten ließ, dass sein Ehrgeiz keine Grenzen kannte und er zwischen seinen und öffentlichen Interessen nicht zu unterscheiden vermochte. Nervös spähte Stella zum Presseblock hinüber, doch soweit sie sehen konnte, angelte keiner der Reporter nach seinem Piepser oder Handy. Offensichtlich war die Nachricht von Novaks Ermordung noch nicht heraus.

»Die Baukosten in Höhe von zweihundertfünfundsiebzig Millionen Dollar«, sagte Krajek bestimmt, »sind durch die zu erwartenden Einnahmen so gut wie gedeckt – dank einem erhöhten Steueraufkommen durch die neuen Jobs und höhere Zuschauereinnahmen bei den Baseballspielen. Hinzu kommen neue Veranstaltungen wie Rockkonzerte, All-Star-Spiele und eines Tages, wie ich mir sehnlichst wünsche, eine Messe mit dem Papst.«

War der Papst angeheuert worden, um den ersten Ball zu werfen? fragte sich Stella. Oder saß er, bislang unbemerkt, neben Larry Rockwell? Doch Krajek rührte damit an Gefühlen, die auch Stella nicht fremd waren. Nie würde sie den Tag vergessen, an dem der damalige polnische Kardinal Karol Wojtyla und spätere Papst Johannes Paul II. in St. Stanislaus eine Messe gelesen und der siebenjährigen Stella dabei kurz über den Kopf gestreichelt hatte. Die Erinnerung an jenen Tag war ihr heilig.

»Wir waren einst groß«, schloss Krajek. »Und wir können es wieder werden.«

Stella spürte das Vibrieren des Handys in ihrer Tasche. Sie zog es heraus und murmelte: »Ja?«

»Sie haben noch ungefähr zwanzig Minuten«, sagte Dance. »Nolan informiert gerade die Presse.«

»Die Kosten so gut wie gedeckt?«, fragte Bright in ungläubigem Ton. »Aber nicht durch die Jobs beim Stadionbau. Die sind nur befristet. Und nicht durch das Geld, das die Leute woanders in

Steelton für Freizeitaktivitäten ausgegeben hätten – in Kinos, Restaurants, Kaufhäusern. Und nicht durch Mieteinnahmen, denn Mr. Hall wird kaum Miete bezahlen. Und nicht durch Luxuslogen, Eintrittskarten oder Konzessionen – da hat überall Mr. Hall die Hand drauf.«

Bright hielt inne und stemmte eine Faust in die Hüfte. Er sah aus wie ein Lehrer, der seiner Klasse ein Licht aufsteckt. »Wie Sie wissen, haben der Bürgermeister und Mr. Hall in aller Stille an diesem Projekt gebastelt. Sie finanzieren es durch den Verkauf von Anleihen im Wert von zweihundertfünfundsiebzig Millionen Dollar, die die Stadt zurückzahlen muss. Die Zinsen eingerechnet, werden diese Anleihen Sie annähernd vierhundertundfünfzig Millionen Dollar kosten. Die beiden werden bauen, Sie werden bezahlen. Deshalb wurde dieser Deal heimlich geschlossen. Deshalb gab es keine Ausschreibung. Deshalb haben sie Ihnen verschwiegen, dass dieses Stadion viele zusätzliche Millionen verschlingen wird für neue Zufahrtsstraßen, neue Abwasserkanäle, neue versorgungswirtschaftliche Einrichtungen, neue Buslinien, verstärkte Sicherheitsmaßnahmen und Instandhaltung.« Bright lächelte wieder. »Mr. Hall muss nicht mal die Glühbirnen bezahlen. Nein, die beiden werden bauen, und Sie werden bezahlen. Und Sie werden noch zahlen, wenn es längst keine Baustellenjobs mehr gibt.«

Bright wurde wieder ernster und senkte die Stimme. »Ein Stadion ist kein Stahlwerk. Die Stahlwerke haben viel zum Aufbau dieser Stadt beigetragen. Aber es ist die Stadt, die dieses Stadion baut. Peter Hall wird davon profitieren, und Sie werden bezahlen.« Bright tippte sich an die Brust. »Ich werde bezahlen. Wir alle werden bezahlen. Und das verbindet uns bei diesem Projekt.«

Unter respektvollem Beifall, der stärker ausfiel als zuvor, nahm Bright wieder Platz.

Zum letzten Mal blickte Stella auf die Uhr.

Die Debatte war zu Ende.

Die beiden Kandidaten gaben sich noch rasch die Hand und lächelten in die Kameras, schon im nächsten Moment waren sie von Journalisten umringt. Ihre Wahlkampfleiter versuchten, sich als Vermittler zu betätigen.

Stella zwängte sich durch das Gedränge. Bright sah angegriffen aus, und sie war überrascht, wie wenig er dem energischen Mann ähnelte, der eben noch einer feindseligen Menge die Stirn geboten hatte. Aber das waren wohl die unvermeidlichen Folgen des Wahlkampfs, und wenn Stella an den Grund ihres Hierseins dachte, kamen ihr Zweifel, ob sich das alles lohnte. Ein paar Schritte neben Arthur stand Lizanne Bright. Sie blickte ängstlich wie ein in die Enge getriebenes Reh und gab Plattitüden von sich. Dass sie sehr stolz auf Arthur sei. Dass sie die Menschen in Warszawa sehr gastfreundlich finde.

Schließlich war Stella bei ihrem Chef angelangt. »Verzeihen Sie«, sagte sie zu der jungen Frau von Channel 3, die ihm gerade eine Frage stellte.

Bright war ungehalten. »Was ist denn …«

Sie packte ihn am Ärmel, und ohne sich um seine Verärgerung zu kümmern, zog sie ihn ein paar Schritte beiseite und raunte ihm zu: »Sie müssen hier raus. Jack Novak ist ermordet worden.«

Bright blickte sich kurz um und überlegte. Er schien mit sich zu ringen. Stella las Angst, Überraschung, Berechnung in seiner Miene – alles, nur keine Trauer. Dann ließ er die Schultern hängen und sagte gedehnt, fast ehrfürchtig: »Scheiße …«

Für Stella klang es irgendwie wie ein Gebet. »Oh«, sagte sie zu ihm, »es kommt noch schlimmer.«

SIEBEN

Bright und Stella gingen schweigend zu Stellas Wagen.

Abgeschirmt von der Menge, die sich aus der Gemeindehalle in die Straßen ergoss, saß Bright im Halbdunkel des Wagens. »Wie ist es passiert?«, fragte er.

»Schlimme Sache.« Stellas Stimme klang flach. »Er wurde mit seinem eigenen Gürtel an der Schranktür erhängt, und er hatte Damenstrümpfe und hochhackige Schuhe an.«

Bright starrte Stella an, öffnete die Lippen, brachte aber kein Wort heraus. Dann drehte er sich weg und blickte durch die Windschutzscheibe. Er schien kaum zu atmen.

Leise sagte Stella: »Wir haben keine Ahnung, wer es getan hat. Und warum.«

Bright sagte eine Weile nichts, dann fragte er bedächtig: »Und woher wissen Sie, dass es Mord war?«

Die Frage überraschte Stella. Was immer Bright durch den Kopf gehen mochte, anscheinend zog er einen Unfall in Betracht, die Möglichkeit, dass sein Freund seinen heimlichen Begierden zum Opfer gefallen sei. Ebenso ruhig antwortete Stella: »Man hat ihn kastriert, Arthur.«

Bright erstarrte. Dann beugte er den Kopf und schlug die Hände vors Gesicht.

Stella vernahm Schritte auf dem Gehweg, Stimmen von Passanten. Sie hatte sich bemüht, praktisch zu denken und ihre Gefühle zu unterdrücken. Doch bei Brights Anblick bekam sie es mit der Angst zu tun. Stella legte ihm die Hand auf die Schulter, weniger um Trost zu spenden, als selbst welchen zu suchen.

Nach einer Weile richtete sich Bright in seinem Sitz wieder auf. »Was gibt es noch?«

»Ein anonymer Anrufer hat Jacks Tod gemeldet. Die Stimme war verstellt, man weiß nicht einmal, ob es ein Mann oder eine Frau war. Jacks Tür war nicht verschlossen, als die Polizei am Tatort eintraf. Es gibt keinerlei Anzeichen für einen Einbruch. Wie es scheint, hat er mit einem Gast etwas getrunken. Und auf dem Couchtisch fand sich ein Streifen Kokain. Die Leiche hing im Schlafzimmer. Außerdem hat die Polizei Amylnitrit und ein Paar Handschellen entdeckt.« Merkwürdig, dachte Stella, aber das Herunterleiern der Fakten half ihr. Sie sprach abgehackt und emotionslos. »Entweder ist da ein Liebesspiel in Gewalt ausgeartet, oder wir haben es mit einer getarnten Hinrichtung zu tun.«

Bright rieb sich die Augen. »Warum sollte jemand so etwas tun?«

»Keine Ahnung, Arthur. Ich habe ihn nur angesehen und gedacht: ›Wie konntest du so enden?‹«

Etwas in seinem Gesicht veränderte sich. Zum ersten Mal schien er Stella richtig wahrzunehmen. »Sie waren dort? In Jacks Wohnung?«

»Ja.«

»Mein Gott.« Er fasste nach ihrer Hand. »Das hätten Sie nicht zu tun brauchen.«

Stella versuchte, in seinem Gesicht zu lesen, wie er das meinte. Sie hatten nur einmal über ihre Beziehung zu Jack gesprochen, und das war sehr lange her. Als ahne er, was in ihr vorging, sah er ihr in die Augen: »Möchten Sie den Fall abgeben?«

Sie schüttelte den Kopf. »Was ich heute Abend gesehen habe – ich kann mir nichts Schlimmeres vorstellen.« Sie zögerte, dann fuhr sie ruhig und bestimmt fort: »Ich finde das nicht richtig, ganz egal, was Jack für ein Mensch war.«

Stella stockte. Versuchte sie zu verhindern, dass ein Teil ihrer Erinnerungen beschmutzt wurde? Oder wollte sie Bright einfach nur zu verstehen geben, dass sie beide nicht so waren? Und wie weit es mit Jack in fünfzehn Jahren gekommen war?

Bright hatte sich wieder von ihr abgewandt. »Was«, fragte er müde, »wissen wir wirklich über einen Menschen?«

Stella antwortete nicht.

»Fahren Sie mich ins Büro«, sagte Bright. »Ich rufe inzwischen Sloan an.«

Stella gab ihm ihr Handy. Er telefonierte mit dem Chefassistenten, dann verfielen sie in Schweigen. Auf der restlichen Fahrt hingen sie ihren Gedanken nach und versuchten jeder für sich, ihre Fassung zurückzugewinnen.

Chefassistent Charles Sloan war bereits in Brights Büro und telefonierte mit Arthurs Wahlkampfmanager und Pressesprecher.

»Sagen Sie, dass wir vollstes Vertrauen in die Polizei haben«, wies er an. »Das ist mehr, als Krajeks Polizeichef verdient, dieser Schwachkopf. Schicken Sie mir ein Fax, sobald Sie einen Entwurf fertig haben.« Er legte grußlos auf und sagte zu Bright: »Dieser Affe Nolan hat ihnen alles erzählt, sogar die Sache mit dem Hüftgürtel. Als ich ins Büro kam, lag bereits eine Voicemail-Anfrage vor. Leary von der *Press* will wissen, wie viel Geld Novak für Ihren Wahlkampf gesammelt hat.« Sloan schüttelte den Kopf und fügte leicht angewidert hinzu: »Schwarze Strümpfe. So was lesen die Leute bei Kaffee und Cornflakes für ihr Leben gern.«

In Stellas Augen sagte das alles über ihren Rivalen. Sloan war clever, selbstbewusst, unsentimental. Und er misstraute jedem, der wie Novak oder Stella auf Sloans Verhältnis zu Arthur Bright Einfluss nehmen konnte. Stella empfand eine tiefe Abneigung gegen diesen Mann, und nicht nur, weil sie um Brights Nachfolge stritten. Sie waren ihrem Wesen nach grundverschieden. Er war der geborene Politiker und Taktierer, während sie immer noch und vor allem die Beste in ihrem Beruf sein wollte. Sloan hatte seine Ohren überall, und Stella fand, dass er sein Wissen missbrauchte und durch sein Bemühen, den Informationsfluss an den Bezirksstaatsanwalt zu kontrollieren, der Behörde einen schlechten Dienst erwies. Sloan wiederum sah durch Stellas Verbundenheit mit Arthur seine privilegierte Stellung bedroht.

Äußerlich konnten die beiden Männer kaum unterschiedlicher sein. Sloan war klein, mit rundem Gesicht, Schnurrbart und Stupsnase. Seine Anzüge waren ständig zerknittert. Den Schmerbauch verdankte er einem unersättlichen Appetit nach Fastfood, und die Dose Pepsi, die er im Moment in der Hand hielt, war eine von mindestens einem Dutzend, die er nach Auskunft enger Mitarbeiter jeden Tag trank. Neben ihm wirkte Bright, der gerade in seinen Ledersessel rutschte, wie ein dürres Gespenst. Doch als Stella vor dem Schreibtisch Platz nahm und die beiden Männer ansah, kam sie sich von ihnen irgendwie ausgegrenzt vor – als Weiße, als Frau und als Fremde, die kein Teil ihrer gemeinsamen Geschichte war.

»Sie setzen eine Erklärung zu Novak auf«, sagte Sloan zu

Bright. »Ihre politischen Berater wollen, dass Sie morgen eine Pressekonferenz geben und den Wählern sagen, dass Sie alles im Griff haben und dass Ihre Behörde nur eins will, nämlich die Wahrheit herausfinden. Wie immer.«

Bright wirkte merkwürdig abwesend. Dass er überhaupt zugehört hatte, verriet nur seine ruhige, verspätete Frage. »Wollen wir das wirklich, ja?«

»Unter anderem. Wir wollen aber nicht, dass die Geschichte noch schmutziger gemacht wird, als sie schon ist. Oder noch mysteriöser.« Abrupt wandte sich Sloan an Stella. »Was gedenken Sie zu tun?«

Stella ordnete ihre Gedanken. »Ich halte engen Kontakt zu Dance. Gott sei Dank leitet er selbst die Ermittlungen. Ich nehme an wichtigen Vernehmungen teil, leiste taktische Unterstützung. Was aber nicht heißen soll, dass Nat viel Hilfe braucht.« Sie sah Bright an. »Wie stark soll die Staatsanwaltschaft in Erscheinung treten?«

Bright runzelte nachdenklich die Stirn. »Das hängt davon ab«, warf Sloan ein, »was Nat vorhat. Und was er tut.«

Stella zuckte die Schultern. »Alles, sagt er. Er wird die Nachbarn befragen, Freunde, Freundinnen, den Zeitungsjungen, den Briefträger, Novaks Mitarbeiter. Und in Anbetracht der Sachen, die wir gefunden haben, kann er die Ermittlungen auf Sexshops und die SM-Szene ausdehnen. Außerdem wird er sich Jacks Akten vornehmen und nach Hinweisen auf Probleme oder unzufriedene Mandanten suchen.« Sie blickte wieder zu Bright und fuhr ruhiger fort. »Der Öffentlichkeit mag vielleicht nicht bekannt sein, dass Vincent Moro sein wichtigster Klient war. Aber Nat Dance weiß es.«

Die Stimmung im Raum veränderte sich spürbar. Bright starrte auf den Tisch, Sloan musterte Stella. In der plötzlichen Stille nahm sie die Dinge bewusster wahr: das Flackern einer defekten Neonröhre in der Deckenleuchte, das gerahmte Bild von Lizanne und den Kindern auf Arthurs Schreibtisch, die Papiere mit den Umfrageergebnissen aus dem letzten Bürgermeisterwahlkampf zwischen Krajek und George Walker, das unregelmäßige

Gitter der Steeltoner Skyline in der Dunkelheit. Düster sagte Bright: »Niemand weiß davon, Stella. Jack hat Moro nie vor Gericht vertreten.«

»Aber Moro kontrolliert den Drogenhandel«, erwiderte sie. »Und Jack hat die größten Dealer verteidigt, wenn sie eingelocht worden sind. Glauben Sie vielleicht, dass ist ohne Moros Segen geschehen?«

»Novak war ein guter Anwalt«, schaltete sich Sloan ein. »Halten Sie die Dealer für blöd? Die konnten sich den besten leisten.«

Er war sichtlich ungehalten. Ungerührt erwiderte Stella: »Ich weiß, was ich weiß. Vor fünfzehn Jahren habe ich Moro in Jacks Büro gesehen. Nachts, als niemand außer Jack da war.«

Sloan beugte sich vor. »Vincent Moro ist der Kopf des organisierten Verbrechens in Steelton – Drogen, Glücksspiel, Prostitution, alles. Und das seit zwanzig Jahren. Selbst wenn Arthur weiß, dass Jack für Moro arbeitet, nehmen wir doch niemals Geld von ihm an. Und damit basta.«

Zwischen den Zeilen hörte Stella seine zweite Botschaft – und weil das so ist, Finger weg von Moro. »Der Drogenhandel«, entgegnete sie, »ist ein schmutziges Geschäft. Da geht es um viel Geld, und das FBI setzt Dealer unter Druck, damit sie sich gegenseitig verpfeifen. Angenommen, Jack hat einen Mandanten verärgert...«

»Vincent Moro?« Sloans Augen weiteten sich ärgerlich und ungläubig. »Moro ist Geschäftsmann. Der schlachtet keine Leute ab, er lässt sie verschwinden. Wenn Jack tatsächlich sein Mann war, warum ihn dann umbringen? Und wie wollen Sie das jemals beweisen? Das schaffen Sie nie.« Seine Stimme wurde frostig. »Mit solchen Fragen setzen Sie bloß Gerüchte in die Welt, und das mitten im Wahlkampf. Bei der letzten Wahl waren Gerüchte für George Walker der Anfang vom Ende.«

Stella wusste, dass Sloan Theater spielte und dass sein Publikum aus einem einzigen Zuschauer bestand. Bright betrachtete Stella mit verschleiertem Blick. »Wenn Novak Ärger mit Mandanten hatte«, sagte er, »werden Sie es von Moro bestimmt nicht erfahren. Und kein Dealer wird so dumm sein, den Namen Vincent Moro auch nur in den Mund zu nehmen. Sie können nach Jacks Mandanten fragen, ohne Moros Namen zu erwähnen.«

Stella nickte.

»Und bevor Sie den Leuten Löcher in den Bauch fragen«, setzte Sloan unvermittelt hinzu, »sollten Sie sich lieber mal fragen, ob Sie für diesen Fall überhaupt die Richtige sind.«

Stella überlegte, ob Sloan von ihrer privaten Beziehung zu Jack wusste, und spürte, wie sie errötete. »Ich leite das Morddezernat. Und dieser Mordfall ist wichtig.«

»Sie haben früher für Novak gearbeitet«, entgegnete Sloan unbeeindruckt. »Er hat Ihnen hier im Haus eine Stelle vermittelt. Und jetzt kommen Sie uns mit Vincent Moro, obwohl das überhaupt nichts bringt. Ich muss Sie also fragen, Stella: Sind Sie für diese Aufgabe unvoreingenommen genug?«

Stella überlegte. Stellte er ihr eine Bedingung, die sie erfüllen musste, wenn sie den Fall behalten wollte – die Bedingung nämlich, das Thema Moro auszuklammern? Oder wollte er sie bei Arthur nur anschwärzen, falls die Untersuchung ein Fehlschlag wurde? »Ich tue meine Arbeit«, erwiderte sie kühl, »alles andere ist mir egal.«

Sloan hob betont skeptisch die Brauen und blickte zu Bright. Der Bezirksstaatsanwalt zeigte keine Regung. Selbst jetzt machte er sich die Rivalität zwischen Stella und Sloan zunutze. »Halten Sie Charles auf dem Laufenden«, sagte er zu ihr. »Alles läuft über ihn.«

Typisch Arthur, dachte Stella – er schützte ihre Position, ohne Sloans Vorrangstellung anzutasten.

»Wenn das Ihre Entscheidung ist«, sagte Sloan zu Bright, »sollte Stella mit Ihnen zur Pressekonferenz gehen.«

Stella war überrascht. Normalerweise wachte Sloan eifersüchtig darüber, dass Stella möglichst wenig Presse bekam und ihr Gesicht so gut wie nie in den Abendnachrichten erschien. Diesmal jedoch wollte er offenbar, dass der Zorn der Öffentlichkeit sich gegen sie richtete, falls der Mord an Novak unaufgeklärt blieb. Außerdem versprach er sich wohl einen politischen Nutzen davon, wenn Bright mit einer Weißen an seiner Seite vor die Presse trat.

Bright lockerte müde seine Krawatte. Stella erwartete einen neuerlichen Stimmungsumschwung und stellte sich auf ein paar Überlegungen zu Jacks Ermordung ein. Doch zu ihrer Überraschung fragte Bright: »Wie weit sind wir im Fall Fielding?«

Sie hatte sich die Fotos vom Tatort erst vor knapp sechs Stunden das letzte Mal angesehen, doch jetzt war ihr, als sei dies in einem anderen Leben geschehen. »Morgen findet die Obduktion statt«, antwortete sie. »Ich werde ihr beiwohnen. Vielleicht ergibt sich was Neues. Seine Eltern stehen vor einem Rätsel. Sie behaupten, er sei ermordet worden.«

Bright legte die Finger beider Hände aneinander. »Fassen Sie Peter Hall mit Samthandschuhen an. Gerade nach dem heutigen Abend.«

Aus dem Augenwinkel sah sie, wie Charles Sloan die Augen zusammenkniff und die Hände vor dem Bauch faltete. Wahrscheinlich bedachte er, welche Folgen der Tod von Halls Mitarbeiter und einer drogensüchtigen schwarzen Prostituierten für seinen Chef haben konnte. Und folglich auch für ihn.

»Sonst noch was?«, fragte Stella.

Schweigen. »Mein Bedarf an schlechten Nachrichten ist für heute gedeckt«, murmelte Bright schließlich.

Stella verstand den Wink, und als sie ging, schien Bright kaum davon Notiz zu nehmen.

ACHT

Es war kurz vor Mitternacht, als Stella nach Hause kam.

Sie wohnte am Westrand der Stadt, in einem Haus mit Veranda, braun gebeizten Holzbalken und Mansardenfenstern, die ihr einen Ausblick auf die ferne City gewährten. Stella hatte es gekauft, weil es geräumig und hell war, ganz anders als das düstere, enge Haus ihrer Kindheit. Solide gebaut und hell möbliert bot es ihr eine Zuflucht vor dem beruflichen Stress. Und es gehörte ihr. Gekauft von ihrem Geld, Ausdruck ihres Stolzes auf die Arbeit von Jahren und ein Zugeständnis an ihr Bedürfnis, sich von Zeit zu Zeit etwas Gutes zu tun.

Sie teilte es sich mit einer schwarzen Katze. Star war mager und scheu, auf den ersten Blick der Inbegriff einer Katze, die ihre eigenen Wege ging. Doch Stella war keine fünf Minuten zu Hause, und schon kam Star zu ihr und strich um ihre Beine. Stella hatte keine Ahnung, was in dem Tier vorging, aber irgendwie schien Star zu wissen, was sie Stella verdankte. Der zehnjährige Nachbarjunge hatte Star im Keller seines Elternhauses gefunden, ein abgemagertes, schmutziges Kätzchen mit wildem Blick und dem üblen Geruch eines Stinktiers. Der Mutter des Jungen war das Findelkind nicht geheuer, und so brachte sie es schleunigst ins nächste Tierheim. Stella erfuhr davon, bat den Jungen, sie ins Tierheim zu begleiten und ihr das Kätzchen zu zeigen. Es war irrational, aber ein anderes Tier kam für sie nicht in Frage. Das Schicksal der verschmähten Katze hatte sie gerührt. Und so hatte sie die diversen Impfungen bezahlt und sich daran gemacht, einer Katze ihre Liebe zu schenken.

Als sie jetzt die Tür hinter sich schloss, spürte sie, wie Star ihre weiche Stirn an ihrem Bein rieb. Stella knipste den Wandschalter an, die Lampe warf ihr Licht aus dem Wohnzimmer auf die schwarze Katze zu Stellas Füßen. Stella nahm Star auf den Arm.

Müde blieb sie stehen und kraulte die Katze unterm Kinn.

Auf einem Tisch aus Walnussholz neben ihr stand mit prunkvoller Krone und einem Gewand voller goldener Rüschen eine kleine Porzellanfigur des Jesuskinds, die aus Gründen, die Stella entfallen waren, Prager Jesuskind genannt wurde. In Stellas Jugend hatten viele Familien in Warszawa eine solche Figur besessen. Stella und Katie hatten sie ihrer Mutter geschenkt und Helen an Weihnachten und Ostern immer eine besondere Freude gemacht, wenn sie dem Vater Geld abbettelten und dem Jesuskind davon ein neues Gewand kauften. Das Gewand, das es jetzt trug, hatten sie gekauft, als Stella zehn war. Ihre Mutter hatte sehr daran gehangen, und als sie krebskrank im Sterben lag, hatte sie Stella das Gewand geschenkt.

Stella hatte ihre Mutter jeden Tag besucht, ihr manchmal stundenlang die Hand gehalten, und obwohl sie einander wenig zu sagen hatten, spürte Stella, dass die alte Frau mit dem Jesuskind eine Zeit der Sicherheit und Ordnung verband, in der noch nicht so viel zwischen ihnen zerbrochen war. Und dass sie mit dem Geschenk seines Gewandes nun der Hoffnung Ausdruck verlieh, dass ihre Tochter, so verschieden sie auch waren, sie in gutem Andenken behalten möge. Zu Katies Ärger hatte Stella die Jesuskind-Figur mitgenommen, als das Haus verkauft wurde, und in ihrem neuen Heim aufgestellt. Sie tat es mit einer Mischung aus Wehmut, Respekt, einem gewissen Humor und schlichter Verwunderung darüber, dass sie der Frau, die ihr das Leben geschenkt hatte, äußerlich und charakterlich so wenig ähnelte.

Jahre vor dem Tod ihrer Mutter hatte sie das einmal Jack Novak gegenüber erwähnt. Und er hatte kühl erwidert: »Du bist ihr über den Kopf gewachsen, Stella. Du hast gesehen, wie sie lebt, du hast all die Nonnen in der Schule gesehen. Dann hast du begriffen, dass Schwestern niemals Pfarrer werden.« Ein schwaches Lächeln spielte um seinen Mund. »Du willst nicht wie deine Mutter werden, geschweige denn wie Mutter Teresa. Du willst Kardinal werden, vielleicht sogar Papst.«

Sie wusste nicht, ob Jack genau das bezweckt hatte, jedenfalls überkam sie plötzlich die Angst, dass ihr Zögern, sich hinzugeben, mit einem gespaltenen Verhältnis zu ihrem Frausein zu tun haben könnte. Und so hatte sie in dieser Nacht noch mehr als in anderen Nächten zu beweisen versucht, dass sie eine Frau geworden war.

Die Katze kraulend, stieg sie die Treppe zu ihrem Schlafzimmer hinauf.

Auf ihrer Frisierkommode standen Fotos von ihren Eltern und von Katie. Sie blickten Stella ahnungslos aus der Vergangenheit an. Inzwischen war ihre Mutter tot, ihr Vater geistig umnachtet, und ihrer Schwester hatte sie sich seit jener Nacht, als sie wegen Jack Novak ihr Elternhaus verließ, entfremdet. Am Abend vor ihrem Auszug aus dem elterlichen Haus hatte Jack Stella zu einer Siegesfeier in einen protzigen Nachtclub in der City eingeladen. Er war in Hochstimmung. Mit derselben gelassenen Miene, mit der er in die Oper oder ins Ballett ging, wenn eine New Yorker Truppe in der Stadt gastierte, oder das schmucke neue Segelboot steuerte, das er aus einer Laune heraus gekauft hatte, hatte er eine Flasche Roederer Cristal bestellt. Das Leben meinte es gut mit Jack, und selten besser als an jenem Abend: Zu Arthur Brights Empörung war das Verfahren gegen Jacks Mandanten George Flood, einem Drogenbaron von der East Side, der mit fünf Kilo Kokain erwischt worden war, geplatzt. Und zwar deshalb, weil der beschlagnahmte Koks durch ein »administratives Versehen«, wie es die Polizei bezeichnet hatte, vernichtet worden war.

Mit dem samtigen Prickeln des Champagners auf der Zunge hatte Stella gesagt: »Ich verstehe nicht, wie ihr Freunde sein könnt, du und Bright. Er kommt mir wie ein Idealist vor.«

»Und ich wohl wie ein Zyniker?«, erwiderte Jack lächelnd. »Arthur und ich sind Freunde, und als Profis akzeptieren wir, dass wir in einer Art Symbiose leben. Aber ich will dir sagen, was für ein Idealist ich in Wirklichkeit bin, Stella. Wenn ich nämlich der liebe Gott wäre, würde ich den Drogenhandel legalisieren. Denk mal drüber nach. Wir würden Drogen verschreiben und hätten keine Rauschgiftsüchtigen mehr. Eiferer wie Arthur machen die Kette der Drogenhändler erst möglich und Leute wie mich unverzichtbar. Ich würde liebend gern aussteigen, aber Arthur lässt mich nicht.« Sein Lächeln erstarb. »Also muss ich ihn schlagen. Das ist das einzige Recht, das er mir zugesteht. Allerdings darf ich niemals jemanden verteidigen, der sich auf einen Handel mit ihm einlässt und bereit ist, den nächsten in der Kette zu verraten.«

Stella nippte an ihrem Champagner. »Weshalb denn nicht, wenn der Handel gut genug ist?«

Jack zuckte die Schultern. »Weil dieser Handel letzten Endes allen schadet. Einige Leute fangen an zu lügen. Andere werden einfach umgebracht.«

Stella verfiel in Schweigen. Schon damals begriff sie, wer von Jacks Arbeit am meisten profitierte: der Mann, der die Drogen lieferte. Doch Jack hatte Mandanten im Überfluss, Schwarze, Weiße, Asiaten, Haitianer, Latinos. Meist riefen sie ihn vom Knast aus an, und später brachten die Ehefrau oder ein Bruder einen Umschlag mit Geld in die Kanzlei. Stella kassierte ihr Gehalt, studierte abends Jura und hielt den Mund. So wie Jacks Klienten bei Arthur Bright den Mund hielten.

Woher stammte das Geld, hatte sich Stella damals gefragt. Und warum wurde bar bezahlt, obwohl Jack nicht den geringsten Versuch unternahm, seinen Wohlstand zu verbergen oder, jedenfalls soweit sie wusste, Steuern zu hinterziehen? Jack war offenbar ein Hauptakteur in einem komplizierten Spiel, dessen Regeln sie nicht kannte. Die Grundsätze, die sie im Studium gelernt hatte – Unschuldsvermutung bis zum Beweis der Schuld und das Recht selbst des gemeinsten Verbrechers auf sachkundige Verteidigung –, hatte eine Zeit lang die Bedenken einer arglosen Seele zerstreut, die glaubte, dass man die Gesetze achten, die Ordnung schützen und das Gute fördern sollte.

»Die Sache mit dem Kokain«, fragte sie Jack beim Dessert, »wie konnte das passieren?«

Jack lächelte. »Bürokratie. Dank Leuten wie Arthur werden so viele Anklagen wegen Drogenvergehen erhoben, dass die Asservatenkammer von Beweisgegenständen überquillt. Nach der Verhandlung müssen sie das Zeug vernichten, sonst ersticken sie bald in weißem Pulver. Sie füllen ein Formular aus, und der Koks löst sich in Rauch auf.« Er kicherte. »Anscheinend hat einer das Formular falsch verstanden. Aber einige Cops haben mit dem Lesen und Schreiben sowieso ihre Schwierigkeiten.«

»Zum Glück für dich.«

Jack nippte an seinem Brandy. »Glück«, sagte er aufgeräumt, »ist eine Frage des Talents.« Er setzte sein Glas ab und sah ihr, nun wieder ernst, ins Gesicht. »Das wahre Glück ist, wenn ich es mit dir teilen kann, Stella. Die Gewissheit, dass ich auf Stunden hinaus glücklich sein werde.«

Er machte ihr etwas vor. Und doch wusste Stella, dass er Recht hatte. In jener Nacht, als sie im Spiegel auf ihn zuging, nicht ahnend, dass zwei Stunden später ihre Familie zerbrechen würde, beschlich sie der Verdacht, dass Jack dem Glück ein wenig nachhalf, bei Gericht und bei ihr.

Fünfzehn Jahre später sah sie wieder diesen Augenblick vor sich, wie sie nackt vor ihm stand, nackt und verwirrt. Und dann sah sie das Bild von heute Abend, einen vom Glück verlassenen Jack, von denselben Spiegeln zurückgeworfen.

Sie zog sich aus, setzte Star auf das Kissen neben sich und löschte das Licht. Die Katze steckte ihre Nase in Stellas Haar und schnurrte, sodass ihr Körper zufrieden vibrierte. Dann verstummte das Schnurren, und die Katze war eingeschlafen.

Erst als es im Zimmer still war, weinte Stella. Sie wusste nicht recht, um wen.

Teil Zwei

JACK NOVAK

EINS

Am nächsten Morgen kam Stella unausgeschlafen und wie gerädert zur Obduktion von Tommy Fielding.

Sie erinnerte sich noch genau an ihre erste Obduktion: Micellis flinkes Skalpell hatte kaum die Organe des Mannes freigelegt, da zwitscherte der Assistent grinsend »Bitte recht freundlich« und machte Polaroidfotos. Seit damals beherrschten Gegenstände aus Metall ihr Bild vom Obduktionsraum – Micellis silberne Instrumente, die angelaufenen grauen Waschbecken und Schränke, die Waage zum Wiegen der Organe, die stählernen Sektionstische, auf die man die Leichen legte. Tommy Fielding lag auf dem einen. Auf dem anderen, mit leerem Blick an die Decke starrend, Jack Novak.

Stella ließ Micelli stehen und ging zu ihm hinüber.

Die Obduktion konnte sie gerade noch ertragen, doch das hier war zu viel. Sanft legte sie Jack die behandschuhten Finger auf die Augen und schloss seine Lider über den rot gesprenkelten Augen. Es machte den endgültigen Abschied, den letzten Blick in sein Gesicht etwas erträglicher. Dann breitete sie ein Tuch über seinen nackten Körper. Jetzt gehörte er nur noch ihrer Erinnerung.

Stella gab keine Erklärung für ihr Verhalten, und Kate Micelli verlangte keine. Die Gerichtsmedizinerin und ihr Assistent beugten sich über Fieldings Leiche und tauschten kurze Bemerkungen aus. Sonst war es still im Raum, und ihre Bewegungen hatten die sparsame Effizienz von Chirurgen im Operationssaal. Tief Luft holend, trat Stella neben die beiden und betrachtete Tommy Fielding in den letzten Augenblicken, in denen er noch dem Menschen ähnelte, der er gewesen war.

Stella empfand tiefes Mitgefühl für seine Eltern und eine stille

Ehrfurcht davor, was die Abwesenheit der belebenden Seele aus dem bloßen Fleisch machte. Der vor ihr liegende Tote hatte sich schon weit von dem Menschen entfernt, den seine Eltern gekannt oder zu kennen geglaubt hatten. Er war weiß, fahl und steif. Es fiel Stella schwer, ihn sich lebendig vorzustellen, als den Mann, der sich Sorgen um das Stadion gemacht hatte, das vor ihrem Fenster Gestalt annahm. Wie die Fotos vom Tatort schon hatten vermuten lassen, war er ein gut aussehender Mann gewesen, mit großen braunen Augen und den ebenmäßigen Zügen eines griechischen Standbilds. Auch sein Körper war der einer Statue, kräftig und wohlproportioniert, und ließ darauf schließen, dass Fielding regelmäßig Sport getrieben und sich gesund ernährt hatte. Selbst jetzt umgab ihn etwas Pingeliges, eine Aura der Sauberkeit, und als Stella ihn betrachtete, konnte sie Marsha Fieldings Schock und Ungläubigkeit verstehen.

»Sie können sich glücklich schätzen«, bemerkte Micelli. »Letzten Freitag hatten wir einen, der schon drei Wochen tot war.«

Stella wandte den Blick nicht von Fielding. »Was war mit Tina Welch?«

»Der Bericht liegt noch auf meinem Schreibtisch. Aber ich kann kurz das Wichtigste zusammenfassen. Sie war das Paradebeispiel für einen Junkie. Einstiche an den Armen und unter den Fingernägeln, subkutane Blutungen, hervorgerufen durch zahlreiche Injektionen, getrocknetes Blut um den letzten Einstich.« Micelli hielt inne und untersuchte Fieldings Oberkörper, dann seine steifen Arme. »Nichts zu sehen, nur der eine Einstich hier.«

Sie diktierte einige medizinische Beobachtungen in einen Rekorder, dann sprach sie wieder zu Stella. »Tina Welch litt unter einer Verdickung und Sklerose der subkutanen Venen, die typisch für Süchtige ist. Ich glaube nicht, dass wir das auch hier feststellen werden.« Mit einem behandschuhten Finger öffnete Micelli Fieldings Lippen und drehte seinen Kopf. »Bei beiden festzustellen ist hier ein dünner weißer Schaum. Das passt zu einer massiven Überdosis. Doch die Unterschiede sind offensichtlich. Tina Welch sah für ihre dreiundzwanzig Jahre verbraucht und krank aus. Wenn der Körper der Tempel der Seele ist, waren die beiden keine Seelenfreunde.«

Micelli diktierte erneut ein paar kurze Sätze, dann fügte sie hinzu: »Ach ja, Tina war HIV-positiv. Und sie hatte beginnende Fokalläsionen in der weißen Substanz des Gehirns, ein Anzeichen für Aids.«

»Alles zusammen eine wandelnde Tragödie«, sagte Stella.

Micelli nickte. »Der ein äußerst unangenehmer Tod bevorstand. Im Vergleich dazu war ihr tatsächlicher Tod eine Gnade – akute Atemlähmung, wie sie bei einer Überdosis Heroin auftritt. Dafür sprechen auch alle anderen körperlichen Anzeichen.«

»Aber was«, dachte Stella laut nach, »hatte Fielding mit ihr zu schaffen?«

»›Das Herz ist ein einsamer Jäger‹? Sie denken wohl an die Mordtheorie der Mutter.«

»Ja.«

Micelli deutete mit dem Kopf auf Novak. »In dieser Beziehung haben wir hier denselben Befund wie bei Ihrem Freund da drüben: keine Blutergüsse, keine Kratzer, keine Spuren von Gewaltanwendung, weder am Körper noch am Kopf. Nichts deutet darauf hin, dass er mit Tina Welch nicht ebenso kooperiert hätte wie, oberflächlich betrachtet, Mr. Novak mit seinem unbekannten Freund. Auch Tinas Leiche wies keine Spuren von Misshandlung auf.«

»Hatte Fielding Sex mit ihr?«

Micelli schüttelte den Kopf. »In seinem Penis sind keine Spuren von Sperma, wie's aussieht. Und Tina hatte ihre Kondome noch nicht ausgepackt. Vielleicht wollten sie sich vorher einen Schuss setzen. Eine tödliche Dosis Koitus interruptus.« Sie sprach erneut in ihr Gerät, dann bemerkte sie zu Stella: »Wir lassen den ganzen Plunder untersuchen, natürlich auch nach Fingerabdrücken. Vielleicht kommt ja was dabei heraus. Aber vergessen Sie eins nicht: Einen Menschen mit einer Überdosis

Heroin ins Jenseits zu befördern ist eine heikle Sache. Man muss sich mit Drogen auskennen. Und jeder, der sich mit Drogen auskennt, weiß, wie leicht man sich dabei verschätzen kann.«

»Wieso?«

»Heroin wird im Körper in Morphin umgewandelt und bewirkt eine starke Atemdepression. Aber selbst eine massive Dosis muss nicht unbedingt zum Tod führen. Schon gar nicht bei einer Süchtigen wie Tina Welch, die an das Zeug gewöhnt ist. Ihr Mörder müsste dageblieben sein. Vielleicht hat er sich den beiden sogar auf die Brust gesetzt, um auf Nummer sicher zu gehen.« Micelli griff nach dem Skalpell. »Damit wäre es ein Doppelmord. Wie viele Täter wären dazu nötig, und wie kaltblütig müssten sie sein?«

Stellas Augen folgten Micellis Hand. »Das habe ich mich auch schon gefragt.«

Mit zusammengekniffenen Augen machte Micelli einen Y-förmigen Schnitt in Fieldings Brust und Bauch. »Von mir kriegen Sie nur Fakten, Stella. Aber wir wissen beide, dass Mord meistens mit einer Schlächterei einhergeht. Und hier? Selbst Fieldings Schlafzimmer war wie geleckt. Wenn es ein Doppelmord war, dann war es wirklich saubere Arbeit. Und es müssten mehrere Täter gewesen sein.«

Die Gerichtsmedizinerin griff nun zu einer Handsäge. Die Muskeln vor Anstrengung anspannend, sägte sie den Brustkorb des Toten auf und legte die inneren Organe frei.

Stella zuckte bei dem Geräusch der Säge zusammen. »Können Sie etwas zum Todeszeitpunkt sagen?«, fragte sie. »Oder in welchem Abstand sie gestorben sind?«

»Bisher nicht. Sie waren beide kalt.«

Behutsam entfernte Micelli Tommy Fieldings Herz und Lunge. Ihr Assistent, ein junger Chinese mit Brille, trug die Organe zur Waage. Stella wandte kein Auge von Fieldings Gesicht.

Warum? fragte sie ihn stumm, so wie sie Novak gefragt hatte. Wie konntest du so enden? Das war es, was sie an Obduktionen so unbefriedigend fand. Micelli konnte dem Mann das Herz herausnehmen, aber sie konnte nichts über sein Innenleben sagen. Was war in ihm vorgegangen, wie war er an Tina Welch geraten? Als Micelli Herz und Lunge sezierte, dachte Stella an Fieldings Mutter.

»Tommy verabscheute Spritzen«, hatte sie gesagt.

Sorgfältig schob Micelli ein rosafarbenes Scheibchen Lunge unter ihr Mikroskop. »Wonach suchen Sie?«, fragte Stella.

Micelli blinzelte ins Okular. »Bei gewohnheitsmäßigem Heroinkonsum finden sich in der Lunge oft lange und dünne Fasern, die unter dem Mikroskop glitzern. Bei Tina waren sie deutlich zu sehen. Aber in Tommys Lunge haben wir nur normales Gewebe.«

»Also deutet nichts darauf hin, dass er früher schon mal gefixt hat.«

»Nein, bis jetzt jedenfalls nicht.« Micelli wandte sich an ihren Assistenten. »Nehmen Sie eine Probe von seinem Haar.«

Stella sah in Fieldings Augen, die trüb waren wie Marmor. »Ich frage mich die ganze Zeit, was Tina Welch wohl dazu bewogen hat, in die Wohnung eines Fremden mitzugehen. Stricherinnen arbeiten in der Regel in einem Hotelzimmer, im Auto oder, wenn's nicht anders geht, sogar auf der Straße. Dort haben sie alles besser unter Kontrolle und das Risiko, dass irgendein Psychopath sie in Stücke schneidet, ist relatv gering.«

»Tja«, erwiderte Micelli trocken, »ich warte wenigstens, bis sie tot sind.« Sie zuckte die Schultern. »Vielleicht hatte er sie davor schon mal aufgegabelt. Nathaniel Dance und die Leute von der Sitte werden sich unter Tinas Kolleginnen umhören müssen. Ich kann Ihnen nur sagen, was sie und Tommy als Leichen gemeinsam haben: die Todesursache.«

Ernst glitten ihre Augen über die blutigen Überreste von Fieldings inneren Organen. »Alles spricht für eine klassische Überdosis. Die Lungen sind mit Blut gefüllt, das Herz hat versagt, die Atmung ist zusammengebrochen. Tommy ist buchstäblich im eigenen Blut ertrunken.«

Die Gerüche, die aus der Leiche aufstiegen, wurden Stella unerträglich. Sie trat einen Schritt zurück. Micelli bemerkte es anscheinend nicht und fuhr fort: »Wir werden natürlich sein Blut auf Heroin hin untersuchen. Und wir werden Rückstände einer hohen Dosis finden. Vielleicht war das Zeug sogar gestreckt.«

Stella überlegte. »Tina müsste zuerst ihm den Schuss gesetzt haben, richtig? Deshalb starb sie mit der Spritze im Arm.«

»Möchte man meinen.«

»Und er war unerfahren, glauben Sie. Demnach könnte es ihn sofort umgehauen haben. Denn sie war erfahren, und trotzdem ist sie dran gestorben.«

Micelli fixierte Stella mit einem nachdenklichen Blick. »Mit anderen Worten: wäre beim Anblick des sterbenden Tommy der süchtigsten Fixerin nicht die Lust vergangen? Das würde ich vermuten. Aber ich kann Ihnen unmöglich sagen, wie schnell er reagierte und wie schnell sie sich spritzte.«

»Aber sie ist gestorben«, erwiderte Stella, »und zwar so schnell, dass ihr kaum Zeit blieb, die Nadel aus dem Arm zu ziehen.«

Micelli runzelte die Stirn. »Die Frage wäre also: Wer hat sie festgehalten? Und wie viele waren es? Aber wenn es so war, warum finden sich dann in seinem Schlafzimmer keine Kampfspuren? Oder an seinem Körper? Der Mann war immerhin gut durchtrainiert.«

»Genau.«

Micelli lächelte verhalten. »Und da finden Sie, dass ich von uns beiden diejenige mit dem schweren Job bin?«

»Aus meiner Sicht schon.«

Das Lächeln der Leichenbeschauerin erlosch. Sie warf einen Blick auf Novak, dann sagte sie ruhig zu Stella: »Sie haben eine Menge Arbeit vor sich, Stella. Ich denke, Sie haben ihr Versprechen den Fieldings gegenüber erfüllt. Ich rufe Sie an, falls ich noch etwas Interessantes finde.«

Stella war dankbar. Sie brauchte Kate Micelli nicht zu imponieren. Die Stahltür fiel hinter ihr zu, und das harte, kratzende Geräusch, mit dem Micellis Säge in Tommy Fieldings Schädel schnitt, verstummte.

ZWEI

Der Presseraum in der Bezirksstaatsanwaltschaft war überfüllt, und es war heiß. Arthur Bright und Stella saßen an einem Klapptisch Kameraleuten, Fotografen, Tontechnikern, Gerichtsreportern gegenüber und anderen Medienvertretern, deren Anwesenheit Stella weniger gewohnt war, den politischen Journalisten. Der ermordete Jack Novak hatte Bright finanziell unterstützt, es roch nach Skandal. Kaum hatte Bright seine Erklärung beendet, schnellte Dan Leary von der *Press* in die Höhe.

»Wie viel Geld«, rief er, »hat Jack Novak für Ihren Wahlkampf gesammelt?«

Drahtig und angriffslustig beugte er sich vor. Bright hingegen blieb ruhig und beherrscht. »Mr. Novak hat mir eintausend Dollar gegeben, Dan, soviel, wie er mir als Einzelspender geben darf. Darüber hinaus hat er ein Dinner gesponsert, bei dem siebenundvierzigtausend Dollar gesammelt wurden, und ein paar Freunde als Spender geworben. Das waren auch meine Freunde. Wie Sie wissen, genieße ich in Juristenkreisen breite Unterstützung.«

»Aber war es nicht ein Fehler, Geld von einem Anwalt anzunehmen, der Dealer verteidigt hat?«

Nervös dachte Stella wieder an George Walker. Zwischen seinem Sturz und Brights jetzigem Dilemma ließen sich beunruhigende Parallelen ziehen. Sie sah, wie Chefassistent Charles Sloan mit verschränkten Armen in einer Ecke stand und den Wortwechsel verfolgte. »Nein«, erwiderte Bright ohne Zögern. »Wir Juristen glauben, dass jeder das Recht auf einen fairen Prozess hat. Diese Überzeugung eint uns, ob wir als Ankläger oder als Verteidiger fungieren. Darauf basiert unser Rechtssystem.« Für Stellas Geschmack ließ er sich zu sehr in die Defensive drängen. »Seit zwanzig Jahren gehe ich mit aller Härte gegen Drogenhändler vor. Das hat noch nie jemand bestritten, am wenigsten Mr. Novak.«

»Arthur?« Stella wandte sich um und erblickte eine große, blonde Reporterin, Jan Saunders von Channel 6. »Novak wurde mit äußerster Brutalität ermordet. Außerdem sollen Drogen und perverse sexuelle Praktiken mit im Spiel gewesen sein. Stört es Sie nicht, dass ein Freund und politischer Anhänger unter solchen Umständen sterben musste?«

»›Stören‹ ist nicht der richtige Ausdruck.« Bright sah von Gesicht zu Gesicht. »Ich hätte nie gedacht, dass Jack Novak so enden würde. Nach allem, was ich über ihn wusste. Mehr als jeder andere hier möchte ich wissen, wie es dazu kommen konnte.«

»Aber«, hakte Jan Saunders nach, »schmälert ein so bizarrer Mord nicht Ihre Chancen, Bürgermeister zu werden?«

Bright starrte sie an. »Ganz und gar nicht«, erwiderte er. »Warum sollte er?«

Im Raum wurde es völlig still. »Können Sie uns sagen«, fragte Chet Winfield von Channel 2, »wer den Mord an Novak gemeldet hat?«

Stella griff zum Mikrofon. »Noch nicht. Aber die Polizei ermittelt ja erst seit knapp achtzehn Stunden.«

»Inwieweit schaltet sich Ihre Behörde in die Untersuchung ein?«

Unwillkürlich blickte Stella zu Charles Sloan. Sie wusste, dass er sie in jedem Fall kritisieren würde, ganz gleich wie sie die Frage beantwortete. »Ich bin Leiterin des Morddezernats«, sagte sie. »In dieser Eigenschaft bin ich gemeinsam mit der Polizei für unser weiteres Vorgehen verantwortlich.«

»Stehen Sie unter einem besonderen Erfolgsdruck«, unterbrach Jan Saunders, »weil Mr. Bright für das Amt des Bürgermeisters kandidiert?«

Stella schüttelte den Kopf. »Wenn ich unter Druck stehe, dann weil Mr. Novak tot ist.«

»Aber befürchten Sie denn nicht«, warf Leary ein, »dass ein Scheitern der Untersuchung Ihren eigenen politischen Ambitionen schaden könnte, die doch an Mr. Brights Ambitionen gekoppelt sind?«

In aller Öffentlichkeit sprach Dan Leary die komplizierte Situation an, in der Stella sich befand, den schwelenden Konflikt zwischen Sloan und ihr, der offen ausbrechen musste, falls Bright die Wahl gewann. »Ein Mann ist ermordet worden«, antwortete Stella gelassen. »Und ich muss die Hintergründe aufdecken.« Resignierend richtete sie sich auf eine längere Befragung ein, wohl wissend, dass Charles Sloan seine Absicht erreicht hatte – ihr Gesicht würde im Fernsehen zu sehen sein, so oder so.

Zwei Stunden später nahmen Stella und Sloan in Brights Büro Platz.

Sloan sank schwer auf seinen Stuhl. Durch seine ganze Haltung gab er zu verstehen, dass er es leid war, Fehler zu tolerieren. »Warum«, fragte er Stella, »haben Sie nicht gesagt, dass die Aufklärung des Mordes Sache der Polizei ist und dass wir nur die Aufgabe haben, Hilfestellung zu geben, wenn wir darum ersucht werden?«

»In so einem Fall?«, erwiderte Stella. »Sie haben die Leute doch gesehen, Charles. Mit einer solchen Antwort wäre ich nicht ungeschoren davongekommen.« Sie wandte sich an Bright. »Und wir kriegen Ärger, wenn wir Jacks Mandanten nicht unter die Lupe nehmen. Wie stehen wir denn da, wenn wir das unterlassen?«

»Und wie stehen wir da«, konterte Sloan, »wenn Novak von einem Dealer umgebracht wurde?«

»Und nicht von einem befreundeten Transvestiten?«, fragte Stella kühl. »Wenn die Alternativen so erbärmlich sind, halte ich mich doch lieber an die Wahrheit.«

Sloan runzelte die Stirn und wandte sich an Bright. »Sie haben den Journalisten Rede und Antwort gestanden. Jetzt sollten Sie sich wieder um Krajek kümmern und Nathaniel Dance den Mord an Jack Novak überlassen. Zumindest bis mehr Licht in die Sache kommt.«

Es klopfte an die Tür. Stellas Sekretärin, eine tüchtige Frau mittleren Alters, spähte zögernd in Brights Büro. »Ich habe zwei Nachrichten für Sie«, sagte sie zu Stella. »Von Captain

Dance und Kate Micelli. Ich habe mir gedacht, dass Sie sofort informiert werden wollen.«

Stella hatte das Telefongespräch mit Micelli gerade beendet und war noch dabei, ihre Gefühle in den Griff zu bekommen, als Arthur Bright in ihr Büro trat.

»Jack starb mit Kokain in der Nase«, sagte sie zu Bright. »Und seine Fingerabdrücke waren auf den Handschellen, die wir in seiner Schublade gefunden haben. Und seine Putzfrau erinnert sich, einen schwarzen Hüftgürtel und Damenstrümpfe in seinem Nachttisch gesehen zu haben, aber keine hochhackigen Schuhe. Das finde ich merkwürdig.«

Bright setzte sich ihr gegenüber hin und stützte das Kinn auf die gefalteten Hände. »Wieso?«

»Hätte nicht das komplette Outfit da sein müssen? Außerdem gibt es nach Micelli keine medizinischen Anzeichen dafür, dass Jack jemals Analverkehr hatte.«

Bright senkte nachdenklich die Lider. »Die Sache hat zwei Seiten, Stella. Geben und Nehmen. Wofür war das Amylnitrit?«

»Das wissen wir doch seit J. Edgar Hoover.« Ihre Stimme bekam einen harten Klang. »Wenn Jack eine Sadomaso-Beziehung mit einem schwulen Partner hatte, wussten auch andere davon. Nicht nur der Mörder.«

Bright schlug die Beine übereinander und rückte sorgfältig sein Jackett zurecht. »Und jetzt wollen Sie von mir wissen, ob Sie jeder Spur nachgehen dürfen, auf die Sie in Jacks Umfeld stoßen.«

Stella sah ihn unverwandt an. »Ich kann damit leben, wenn Sie es können. Charles ist so mit Lavieren beschäftigt, dass er ganz vergessen hat, wozu er eigentlich hier ist. Na ja«, setzte sie leicht verächtlich hinzu, »vielleicht hat er's ja auch nicht vergessen.«

Bright hob den Kopf und ließ bei aller Gelassenheit einen gewissen Unmut durchscheinen. »Ich habe gute Gründe, warum ich Charles auf seinem Posten belasse. Und Sie auf Ihrem.« Sein Ton wurde scharf. »Berichten Sie mir von Fielding.«

»Er ist zweifelsfrei an einer Überdosis gestorben. Vielleicht ist das alles. Aber wir können uns einfach nicht damit abfinden.« Sie kritzelte mechanisch auf einem Block herum. »Zunächst müssen wir die genauen Umstände klären. Woher kannte er Tina Welch? Und gibt es Hinweise darauf, dass er vorher schon einmal Heroin genommen hat? Dance spricht mit seiner Exfrau, mit den Prostituierten, die Tina kannten, mit den Kollegen vom Drogendezernat und den Leuten von Steelton 2000. Peter Hall eingeschlossen.«

»Und wenn nichts dabei herauskommt?«

»Dann gilt für Fielding dasselbe wie für Jack. Wenn niemand von seinem Doppelleben gewusst hat, ist irgendwas faul. Und wir haben wenigstens unsere Arbeit gemacht.«

Bright verzog den Mund zu einem flüchtigen Lächeln. »Manchmal tun Sie so, als wäre alles ganz einfach, Stella.«

Sie zuckte die Schultern. »Auf diese Weise kann ich mich besser konzentrieren. Und Sie sollten sich jetzt auf Ihren Wahlkampf konzentrieren, Arthur. In dem Punkt hat Sloan Recht. Schließlich wollen wir ja beide, dass Sie gewinnen.«

Bright bedachte Stella mit einem forschenden Blick. »Sie wollen also aggressiv vorgehen. Und – oder vor allem – in Jack Novaks Kanzlei herumstöbern.«

»So ist es. Ich glaube, es ist besser für Sie, wenn wir den Fall aufklären und nichts unter den Teppich kehren. Lassen Sie uns alle Kräfte mobilisieren, Arthur.«

Sein Blick verschleierte sich, und Stella hatte den Eindruck, dass er mit den Gedanken woanders war. Nach einer Weile sagte er: »Sie sollten mit Johnny Curran reden.«

»Dem Drogenfahnder?«

Bright nickte ungeduldig. »Gibt es noch einen Johnny Curran?«

Verdutzt durchforstete Stella ihr Gedächtnis. Sie war Curran nur einmal begegnet. Damals hatte sie noch bei Novak gearbeitet, und Curran hatte für Bright gegen einen Mandanten Jacks ausgesagt. Noch jetzt erinnerte sie sich lebhaft an ihn: Anfang vierzig, von kräftiger Statur, eisblaue Augen, volles, leicht ergrautes Haar, Schnurrbart und die selbstsichere, leicht verächtliche Miene eines Mannes, dem gerade ein zynischer Witz eingefallen ist. Danach war Curran für Jahre in die paranoide Welt des verdeckten Ermittlers abgetaucht, in der ungeschriebene Gesetze galten und jeder Fehler tödliche Folgen haben konnte. Im Kollegenkreis war er so etwas wie eine lebende Legende. Der weiße Cop, der auf der schwarzen East Side arbeitete.

»Ich muss an Harlell Prince denken«, sagte Stella.

Bright putzte sich die Brille, setzte sie wieder auf und sah Stella direkt an. »Den Typ, den Curran getötet hat?«

»Getötet oder ermordet?«

Bright stand auf, trat ans Fenster und blickte zu dem Gerippe des Baseballstadions hinüber, das am heutigen Montag von Arbeitern mit Schutzhelmen wimmelte. »Mit Bestimmtheit wissen wir nur, dass Harlell Prince ein Mörder war. Ein Auftragskiller aus Detroit, ein gewissenloser Irrer, der ein paar von Vincent Moros Leuten umgelegt und auf der East Side einen eigenen Drogenring aufgebaut hat. Und ein cleverer Kerl. Nicht mal Moro hat ihn gekriegt.«

Bright drehte sich wieder um und sah Stella an. »Dafür aber Curran. Er hat Princes Stellvertreter umgedreht und soweit gebracht, dass der Prince verpfeifen wollte. Dann, eines Tages, lag der Verräter vor Currans Haustür, ermordet, die Zunge herausgeschnitten. Aber Curran ließ nicht locker. Er machte sich auf die Suche nach Prince. Dann starb Princes Leibwächter. Und Prince selbst. Man fand ihn mit einer Pistole in der Hand, aus kurzer Entfernung ins Auge geschossen. Curran behauptete, es sei Notwehr gewesen.«

Stella musterte ihn. »Und der einzige Zeuge war der Leibwächter, den Curran schon getötet hatte.«

Bright nickte. »Welcher Cop hätte danach schon etwas gegen Johnny Curran unternommen? Harlell Prince war ein Killer, den jeder anheuern konnte. Kein Mensch trauert ihm nach.« Bright hielt inne und stützte die Hände auf die Rückenlehne seines Sessels. »Curran ist mir unheimlich. Aber er vertraut keiner Menschenseele, und er weiß alles über die Drogenszene in Steelton, sogar noch mehr als Dance. Wenn Sie unbedingt wegen Jack Novak herumfragen wollen, dann fangen Sie bei Johnny an.«

DREI

Um sechs Uhr saß Stella in der Bar des Steelton Club und wartete auf Saul Ravin.

Sie war kein Mitglied des Clubs, Frauen hatten überhaupt erst seit knapp zehn Jahren Zutritt. Männer mittleren Alters prägten das Bild. Die Bar aus Eichenholz war reich mit Schnitzereien verziert, und die dunkle Wandtäfelung schmückten dezent verteilte Schwarzweißfotos berühmter Mitglieder, die, ob Richter, Unternehmer oder Bürgermeister, allesamt männlichen Geschlechts und bereits tot waren. Die Sessel waren mit weichem grünen Leder bezogen, und leichter Tabakduft schwängerte die Luft. Doch am aussagekräftigsten fand Stella die Aussicht.

Der Club thronte gewissermaßen auf dem Dach der Steelton Trust Bank. Er lag im zwanzigsten Stock, und der Blick war ebenso privilegiert wie entrückend. Aus dieser Höhe stach der Verfall der Stadt weniger ins Auge, und das orangerote Glühen der letzten Hochöfen in der Dämmerung erweckte den Anschein ungebrochener Vitalität. Auch die Mitglieder vermittelten ein schiefes Bild von der Wirklichkeit. Die aufmüpfigen Minderheiten blieben außen vor. Stella entdeckte keinen Schwarzen und kein Gesicht mit slawischen Zügen. Und die Herren, die dicht gedrängt um kleine Tische saßen, waren ergraute angelsächsische Protestanten oder junge, mittelmäßige Streber derselben Herkunft, mit denen der Club neuerdings seine lichten Reihen auffüllte. Hier, so vermutete Stella, konnte der angelsächsische Mann noch an seine liebgewonnenen Vorrechte glauben, die sich von einer Generation auf die nächste vererbten. Doch mittlerweile lenkten Schwarze und Vertreter anderer Minderheiten die politischen Geschicke der Stadt, und die Machtverhältnisse verschoben sich weiter. Kluge Männer wie Peter Hall, die für altes Geld neue Anlagemöglichkeiten fanden, waren rar. Die Vorreiter des Wandels, die großen Anwaltskanzleien, beschäftigten unterhalb der Chefetagen zunehmend Frauen, Schwarze, Italiener, Osteuropäer und Juden. Wie aufs Stichwort erschien in diesem Moment Saul Ravin auf der Bildfläche.

Er war über siebzig, mit einem engelhaften Nimbus aus weißgelbem Haar, einem Hängebauch und dem schwerfälligen Gang eines Mannes, der nie viel Sport getrieben hatte und nun die Folgen davon zu spüren bekam. Doch seine blauen Augen waren klar und blitzten verschmitzt. Drei Jahre zuvor hatte er mit dem Trinken aufgehört, den unübersehbaren körperlichen Verfall gestoppt und sich den Respekt erhalten, der ihm als Doyen der Strafverteidiger Steeltons gebührte. Kürzlich hatte er die intelligente und charmante Witwe eines wohlhabenden Börsenmaklers geehelicht.

Stella, die an Läuterung glaubte und Sauls Stärken bewunderte, war darüber froh gewesen. Auf Sauls Betreiben trafen sie sich hin und wieder zum Lunch. Stella spürte, dass er ihren kollegialen Respekt erwiderte und zudem von ihr als Frau angetan war, was sie durchaus als schmeichelhaft empfand.

Sie setzten sich an einen Tisch, und Saul lächelte sie an. »Es ist schön, Sie zu sehen, Stella. Sie erinnern mich daran, was hier fehlt – außer Juden.«

»Was denn?«

»Jugend und Schönheit. Ich kann es mir bequem machen, weil ich weiß, dass Sie nicht das Zeitliche segnen, ehe ich mein Mineralwasser ausgetrunken habe.«

Zum ersten Mal seit Jack Novaks Ermordung brachte Stella ein ironisches Grinsen zustande. »Dann werde ich mir Mühe geben, keinen Herzinfarkt zu bekommen.«

Ein Schwarzer mit Brille erschien, der Kellner, so alt wie die meisten Mitglieder. Saul bestellte ein Mineralwasser und Stella ein Glas Rotwein.

»Ja, ja, Jack Novak«, sagte er. »Eine hässliche Art zu sterben.«

Stella griff nach ihrem Weinglas. »Zu hässlich, wie ich finde.«

Sauls Gesicht wurde ernst. »Ich nehme an, Sie fragen sich, ob Jack vielleicht Ärger mit einem Mandanten hatte. Und nicht mit einem Mitglied der, sagen wir mal, ›Lederfraktion‹.«

»Ich stelle mir viele Fragen.« Stella nippte an ihrem Wein. »Ich habe früher nämlich für Jack gearbeitet, müssen Sie wissen.«

Saul war nicht überrascht. »Ich erinnere mich. Zu der Zeit haben Jack und ich in ein paar Drogenprozessen zusammengearbeitet.«

Was, fragte sich Stella, mochte Jack von ihr erzählt haben? Saul machte das Pokergesicht eines Anwalts, der nicht verriet, was in ihm vorging. »Ich habe dabei an einen ganz bestimmten Prozess gedacht«, erklärte sie. »Sie haben den Dealer verteidigt und Jack den Lieferanten, George Flood.«

Saul lächelte schwach, doch seine Miene blieb ausdruckslos. »Flood wurde beschuldigt, meinem Klienten fünf Kilo Kokain verkauft zu haben. Das Beweismaterial verschwand.«

Stella nickte. »Arthur vertrat die Anklage, und der Polizist, der die Verhaftung vorgenommen hatte, war Johnny Curran, richtig?«

»Richtig.«

»Und wer war dieser George Flood?«

Sauls Miene blieb unverändert, doch in seinen Augen blitzte Interesse auf. »Einer von Vincent Moros Leuten.«

»Sie wussten das?«

»Niemand hatte es mir erzählt. Aber das war auch nicht nötig. Moro brauchte einen Schwarzen, der auf der East Side seine Geschäfte führte. Wäre Flood nicht sein Mann gewesen, hätte er ihn liquidiert. Flood war eine zu große Nummer und hatte sich zu lange behauptet.«

»Wenn Sie Recht haben, dann musste Moro ihn rausboxen.«

Alle Heiterkeit war aus Sauls Augen gewichen. »Ja. Ein Verteilernetz wie das von Flood aufzubauen ist eine mühsame Sache. Und wenn Sie Moro wären, würden Sie verdammt wenigen

Leuten trauen.« Behutsam setzte er sein Glas ab. »Noch wichtiger war, dass ein Mann in Floods Position tatsächlich etwas über Moro wissen konnte. Ein Deal zwischen Flood und Arthur wäre für Moro zu riskant gewesen.«

Stella ließ einen Augenblick verstreichen, dann fragte sie ruhig: »Und wie wurde das Beweismaterial vernichtet?«

Sauls Lächeln kehrte zurück. Doch es war freudlos, und sein Blick war jetzt kühl. »Woher soll ich das wissen?«

Stella sah ihn entschlossen an. »Was wissen Sie?«

Saul blickte aus dem Fenster. Vereinzelte Lichter blinkten in der Dunkelheit, dahinter lag die tintige Schwärze des Eriesees. Schweigend sah Stella zu, wie Ravin mit sich rang, ob er ihr helfen und damit gegen seine Schweigepflicht als Anwalt verstoßen sollte. Schließlich sagte er: »Mein Mandant ist tot, und für Vincent Moro habe ich nie gearbeitet.«

»Jack aber.«

»Natürlich. Moros Leute sind nicht von sich aus zu Jack gekommen. Moro sagt ihnen, wer ihr Anwalt ist und wen er dafür bezahlt.«

Selbst jetzt noch fröstelte Stella bei dem Gedanken. »Und was ist im Fall Flood passiert?«

Saul sah stur an ihr vorbei. »Inoffiziell?«, fragte er schließlich.

»Ja.«

Saul blickte sich kurz um. Die anderen schienen in ihre Gespräche vertieft, und Stella konnte sich nicht vorstellen, dass sie auch nur ahnten, was hier gesprochen wurde.

»Ich kann Ihnen nur sagen«, begann Saul, »dass mein Mandant zu einem Handel mit Bright bereit war. Die Verteidigung gestaltete sich äußerst schwierig, und trotzdem hatten wir beste Chancen. Es war mein Mandant, den Curran mit den Drogen erwischt hatte. Flood tischte irgendein Märchen auf von wegen, dass er rein zufällig in der Nähe gewesen sei. Deshalb brauchte Arthur uns. Und weil Flood ein dickerer Fisch war als mein Mandant, konnte ich das als Druckmittel benutzen. Mein Mandant war zu einem Handel bereit – er wollte Flood ans Messer liefern, wenn Arthur ihm garantierte, dass er selbst mit einem blauen Auge davonkam. Also nahmen Arthur und ich Verhandlungen auf. Die Sache ließ sich gut an, aber auf einmal machte mein Mandant einen Rückzieher.«

»Warum?«

Saul nippte an seinem Mineralwasser und wischte sich über die Lippen. »Ich kam nie ganz dahinter. Ich konnte ihm eine kurze Haftstrafe garantieren, aber ich konnte ihm nicht garantieren, dass er am Leben blieb, wenn er wieder aus dem Knast kam.« Er zuckte die Schultern. »Er sagte nur, er habe erfahren, dass der Fall nicht zur Verhandlung kommen würde. Wieso, wollte er mir nicht sagen.«

»Aber Sie glauben, dass Jack den Grund kannte?«

Saul lehnte sich zurück, das Glas in beiden Händen. »Ein Mann wie Vincent Moro hat tausend Möglichkeiten. Er kann Polizisten und Richter schmieren, oder auch Leute aus der Asservatenkammer. Er kann einen Gerichtsbediensteten bestechen, damit sein Mann einen milderen Richter bekommt, oder sogar einen Staatsanwalt. Ja, er kann sogar dafür sorgen, dass ›aus Versehen‹ Beweismaterial vernichtet wird.« Saul sah Stella in die Augen. »Es wäre durchaus möglich, dass Jack nur zufällig davon profitiert hat. Aber er ist nie dem Gerücht entgegengetreten, dass er als Anwalt gewisse Sachen deichseln könne. So ein Ruf ist gut fürs Geschäft.«

Stella fuhr mit dem Finger über den Rand ihres Glases. »Bis man einen Mandanten enttäuscht.«

Saul lächelte. »Sie meinen, Jack hat möglicherweise Versprechungen gemacht, die er nicht halten konnte?« Er stützte das Kinn auf seine mit Leberflecken gesprenkelte Hand. »In einer Hinsicht haben Sie Recht, Stella – seit Anfang der neunziger Jahre hat sich einiges verändert. Jack war Vincent Moros Anwalt in größeren Drogenfällen. Daraus ergeben sich mindestens zwei Folgerungen. Erstens: Jack hat dafür zu sorgen, dass seine Mandanten nicht auspacken, wobei seine Loyalität nicht ihnen, sondern Moro gilt. Zweitens: Jack bekommt sein Honorar in bar, denn Moro kann keine Schecks ausstellen, die sich bis zu ihm oder einem seiner ›legalen Unternehmen‹ zurückverfolgen lassen. Irgendwann nach 1990 steigt der Druck. Zum einen hat das FBI seine elektronischen Überwachungsmethoden enorm verbessert, zum anderen steht auf schwere Drogenvergehen jetzt lebenslänglich. Einen Mandanten dazu zu bringen, nicht durchzudrehen und ruhig das Risiko einer Verhandlung einzugehen, ist unter solchen Umständen nicht leicht. Wenn Jack einem Mandanten Hoffnungen gemacht hat, und der Kerl bekommt nachher lebenslänglich aufgebrummt – gut möglich, dass so ein Kerl sich an ihm rächen will.

Und auch der Bargeldtransfer wird zum Problem. Wer heutzutage mehr als zehntausend Dollar in bar einnimmt, muss den Finanzbehörden melden, von wem er das Geld hat. Wenn ein Anwalt wie Jack lügen muss und ein Mandant davon weiß, kann der Typ ihn hochgehen lassen. Oder Moro lässt den Typ umlegen, bevor Jack so in die Enge getrieben wird, dass er Moro verpfeift. Das ist wie in einem Spiegelsaal – jeder beobachtet jeden, und alle fühlen sich beobachtet. Es braucht nur eine Kleinigkeit schief zu laufen und schon …« Saul sah Stella lange und nachdenklich an. »Tja, so könnte das Ende eines Drogenanwalts aussehen. Denkbar ist aber auch, dass er an dem süßen Leben allzu sehr Geschmack findet – Drogen, leicht verdientes Geld, jede sexuelle Spielart, die man sich vorstellen kann. Er verliert die Bodenhaftung. Vielleicht ist das mit ihm passiert.«

»Meinen Sie wirklich?«

Saul zuckte die Schultern. »Ich habe Jack in letzter Zeit kaum noch gesehen. Aber ich hatte bei ihm immer das Gefühl, dass er zum Abheben neigte. Dass er ein Mensch war, der weder Maß noch Ziel kannte.« Saul ergriff sein Glas. »Ich habe allerdings nie gehört, dass er einen Prozess in den Sand gesetzt hätte. Wenn ein Drogenanwalt auf Abwege gerät, folgt das meist auf dem Fuß.«

Stella trank ihren Wein aus. Er hatte einen herben, billigen Nachgeschmack. »Und wenn es so war?«

»Vielleicht ist Jack seinen etwas abseitigen Neigungen zum

Opfer gefallen. Vielleicht hat ihn auch ein Mandant ermordet. Aber ich glaube nicht, dass Moro dahinter steckt. Der würde sich mit einer Kugel begnügen.«

Mit grüblerischer Miene lehnte Saul sich in seinem Stuhl zurück. »Hinter eine Sache bin ich allerdings nie gekommen. Warum hat Moro seinen alten Anwalt und Kumpel Jerry Florio abserviert und Figuren wie Flood ausrichten lassen, sie sollten Jack anrufen? Florio war in den besten Jahren, und Jack war ein blutiger Anfänger. Darüber haben sich einige gewundert. Plötzlich hatten alle Dealer, die unter Moros Schutz standen, Jacks Visitenkarte in der Brieftasche und riefen ihn aus dem Gefängnis an, wenn sie eingelocht wurden. Andererseits muss ich zugeben, dass Jack seine Sache glänzend machte.«

Eine Zeit lang starrte Stella schweigend in ihr leeres Weinglas. »Haben Sie Zeit für ein zweites Glas?«

Etwas in ihrer Stimme bewog ihn, den Kopf auf die Seite zu legen. »Warum?«

»Ich muss Ihnen eine Geschichte erzählen.«

VIER

Stella war dem haitianischen Dealer nur einmal begegnet, aber sie konnte sich noch gut an ihn erinnern. Ein glattes Gesicht, Zweitagebart, wässrige flehende Augen. Nur seine großen Geheimratsecken verrieten, dass er über dreißig war.

Er hieß Jean-Claude Desnoyers, und seine Fistelstimme und sein leicht melodischer Akzent passten zu seinem jugendlichen Aussehen. Er zog Fotos seiner Töchter aus der Brieftasche, zeigte sie Stella – Zwillinge mit strahlenden Augen in einem Kindergarten auf der East Side – und erzählte ihr, dass er eine Abschiebung nicht ertragen würde.

»In Haiti habe ich nichts zu erwarten«, sagte er. »Nur Armut und Tod.«

Sie saßen in Jack Novaks kleiner Bibliothek. Jack hatte tags zuvor die Kaution gestellt. Wie des Öfteren in den letzten Monaten war er bei Gericht aufgehalten worden und hatte Stella gebeten, mit dem neuen Mandanten zu sprechen, der um Mitternacht auf dem Parkplatz eines Motels mit fünf Kilo Heroin erwischt worden war. Während der Haitianer sprach, fragte sich Stella befremdet, wie ein zweifacher Vater so skrupellos sein konnte, anderen Menschen todbringende Drogen zu verkaufen. Und in ihrer Unerfahrenheit zweifelte sie nicht daran, dass Desnoyers auf der East Side ein wichtiger Dealer war, denn der Straßenverkaufswert von fünf Kilo Heroin war beträchtlich.

»Wie hat man Sie gefasst?«, fragte sie.

Der Haitianer sah sich um, als sei die Bibliothek eine Gefängniszelle. Er zuckte kurz die Schultern, eine Geste, die auf Stella wie ein nervöser Tick wirkte. »Ich habe dort öfter gedealt. Vielleicht bin ich dabei beobachtet worden.«

Stella legte den Stift weg. Anscheinend machte es den Mann nervös, wenn sie mitschrieb. Schweiß glänzte auf seiner Stirn. »Erzählen Sie mir, wie die Verkäufe abliefen.«

Er stierte vor sich hin. »Ich stellte den Wagen ab und ging in die Bar. Mein Lieferant hatte einen Kofferraumschlüssel. Ich trank ein Glas, er deponierte das Heroin im Kofferraum. Nach zehn Minuten verließ ich das Motel wieder, und er ging auf dem Parkplatz an mir vorbei. Ich steckte ihm den Umschlag zu – zwei Sekunden, maximal. Aber diesmal kam er nicht.« Der Haitianer stockte, erinnerte sich an seine Angst. »In diesem Moment wußte ich, dass etwas schief gelaufen war. Ich wollte nur noch weg. Ich lief zu meinem Wagen und stieg ein.« Er schloss die Augen. »Ein Typ kauerte auf dem Beifahrersitz. Bevor ich wusste, was los war, hielt er mir einen Revolver an den Kopf. Harlell Prince, dachte ich zuerst. Wildert in unserem Revier. Aber der Typ war ein Weißer, groß, mit grauem Schnurrbart. ›Schließ den Kofferraum auf‹, sagte er und klemmte mir einen Wisch unters Kinn.«

»Einen Durchsuchungsbefehl«, sagte Stella.

Der Haitianer schluckte, und seine Brust, dürr unter dem dünnen Baumwollhemd, bebte. »Ich bin kein Idiot. Und mein Lieferant ist auch kein Idiot. Ich dachte mir also, dass er Lunte gerochen hatte und mit dem Heroin wieder abgedüst war. Also machte ich den Kofferraum auf...«

Der Satz brach ab. Sorgenvoll schüttelte der Haitianer den Kopf.

Stella kannte den Rest. Jack konnte eigentlich nur hoffen, dass der Durchsuchungsbefehl nicht ordnungsgemäß war oder dass Arthur Bright einen Handel vorschlagen würde.

Zögernd fragte sie: »Wer ist Ihr Lieferant?«

Der Haitianer erstarrte. »Wenn ich den verpfeife...«

Stella sah ihm an, dass er bereits mit dem Gedanken gespielt hatte und nun die Risiken bedachte. Obwohl die Unterredung vertraulich war, beschloss sie, alles andere lieber Jack zu überlassen. Doch dann sagte Desnoyers mit starrem Blick auf den Tisch: »George Flood.«

George Flood: Jacks Mandant, der Schwarze, den man auf freien Fuß gesetzt hatte, nachdem der Polizei fünf Kilo Kokain »abhanden« gekommen waren. Stella verschlug es die Sprache.

Das Telefon klingelte.

Jack sei zurück, teilte ihr die Empfangsdame mit, und wünsche sie in seinem Büro zu sprechen. Stella sagte Desnoyers ein paar beruhigende Worte und ließ ihn allein.

Im Unterschied zur Bibliothek war Jacks Büro sorgfältig eingerichtet mit japanischen Vasen, zarten japanischen Aquarellen von einem im Ausland lebenden Franzosen namens Jacoulet. Stella vermutete, dass Jack diesen für Steeltoner Verhältnisse ausgefallenen Stil bewusst gewählt hatte, um sich von der Konkurrenz abzuheben. Sie nahm auf einem schwarzen Stuhl Platz und berichtete ihm, was sie soeben erfahren hatte. Erst als der Name George Flood fiel, verschwand der Ausdruck amüsierter Aufmerksamkeit aus Jacks Gesicht.

»Problematische Sache«, sagte er.

»Wieso?«

»George Flood war mein Klient und könnte es wieder werden. Das könnte zu Komplikationen führen.« Novak lehnte sich nachdenklich in seinem Stuhl zurück. »Hol ihn her.«

Stella tat, wie geheißen. Halb in der Erwartung, dass Jack sie zum Bleiben auffordern würde, um die zaghaft geknüpfte Beziehung zwischen ihr und Desnoyers zu vertiefen, verharrte sie auf der Schwelle.

»Komm später wieder«, sagte er zu ihr. Sie bemerkte noch, wie der Haitianer nervös aufschaute, dann schloss Jack die Tür.

Eine halbe Stunde später sah sie von der Bibliothek aus Desnoyers mit gesenktem Kopf durch den Empfangsbereich hasten. Er schien sie nicht zu bemerken.

Stella kehrte in Novaks Büro zurück. »Was ist passiert?«, fragte sie.

Jack runzelte die Stirn. »Er hat eine Heidenangst vor der Abschiebung.«

»Hättest du die nicht?«

Novak stützte das Kinn auf die Hände und blickte zu ihr auf. »Er hat davon gesprochen, zu Arthur zu gehen, Stella. Was hast du ihm erzählt?«

Stella fühlte, wie sie errötete. »Nichts.« Und halb neugierig, halb vorwurfsvoll fragte sie: »Und was hast du ihm erzählt?«

»Dass er sich einen anderen suchen muss, wenn er Flood verpfeifen will.« Jack musterte ihr Gesicht, dann fuhr er leiser fort: »Es ist ein klarer Interessenkonflikt, und ja, es widerspricht auch meinen moralischen Prinzipien. Der Mann hat Familie. Ohne entlastende Indizien wird ihm keine Jury der Welt ein Wort glauben. Was also wird Arthur tun? Ihn mit einem versteckten Mikrofon losschicken und George Flood in eine Falle locken? Wie lange hätte Desnoyers dann noch zu leben?«

Trotz ihrer persönlichen Abneigung empfand Stella nun doch Mitleid mit dem Haitianer und seiner Familie, die zwischen die Fronten geraten waren. »Es muss doch einen Ausweg geben.«

»Das ist jedenfalls keiner.« Jack senkte die Stimme noch mehr. »Er rennt in sein Verderben, Stella. Damit möchte ich nichts zu tun haben.«

Stella erwiderte nichts mehr. Aber in dieser Nacht schlief sie nicht bei Jack.

Mit ein Grund dafür war, dass sie für die Abschlussprüfungen des zweiten Studienjahrs lernen musste.

Zwei Tage später saß sie abends in der juristischen Bibliothek und starrte wie betäubt und frustriert auf ihre Mitschriften aus der Vorlesung über Steuerrecht. Der Bibliothekar ließ bereits die Lampen flackern, um darauf hinzuweisen, dass die Bibliothek in Kürze schloss.

Stella rieb sich die Augen. Wenn sie jetzt in ihre kleine Wohnung zurückkehrte, würde sie aufs Bett fallen und sofort einschlafen. Viel versprechender erschien ihr eine Möglichkeit, von der sie noch nie Gebrauch gemacht hatte: Sie konnte in Jacks Kanzlei fahren, sich eine Kanne Kaffee kochen und hoffen, dass der harte Holzstuhl am Tisch von Jacks kleiner Bibliothek ein Übriges tat, um sie wach zu halten.

Sie erstarrte, als sie Jacks Empfangsraum betrat.

Stimmengemurmel, zu gedämpft, um ein Wort zu verstehen. Ein Lichtstrahl fiel aus Novaks Büro.

Stella blieb unschlüssig stehen. Dann ging sie mit einem Prickeln unter der Haut leise über den Teppich auf das Licht zu.

Jacks Tür stand nur einen Spalt offen, Stella konnte nicht hineinsehen. »Haben Sie denn alles getan, alle Möglichkeiten ausgeschöpft?«, hörte sie jemanden fragen.

Es war eine Männerstimme – geschäftsmäßig, leidenschaftslos, irgendwie kalt. »Ich habe nichts unversucht gelassen«, antwortete Jack. »Aber er hört nicht auf mich.«

Jack sprach anders als sonst. Das war nicht der selbstgefällige Ton, den er Mandanten gegenüber anschlug. »Und?«, fragte die Stimme ruhig.

»Nichts ›und‹.« Jacks Stimme klang belegt.

Stella machte noch zwei Schritte und spähte durch den Spalt.

Nur Jacks Schreibtischlampe brannte. Der andere Mann saß mit dem Rücken zur Tür. Er war nicht groß, soweit Stella erkennen konnte, trug einen schwarzgrauen Anzug mit weißem Hemd, und sein angegrautes Haar hatte einen tadellosen und teuren Schnitt. Immer noch Novak zugewandt, hob er langsam den Kopf.

Dem Besucher waren Jacks Augen aufgefallen. Sie waren besorgt auf Stella gerichtet.

Verlegen trat sie ein. »Ich sah Licht«, sagte sie zu Jack. »Ich dachte schon, es sei eingebrochen worden.«

Der Mann drehte sich um und musterte sie im Halbdunkel. Sein Blick durchbohrte sie, und obwohl er erst Anfang vierzig sein mochte, standen um seine Augen Falten. »Das ist meine Anwaltsgehilfin«, brachte Jack hervor, »Stella Marz.«

Der Mann stand auf. Er war hager, aber wohlproportioniert, und jede seiner sparsamen Bewegungen wirkte geschmeidig. Seine Stimme klang sanfter als zuvor. »Sie sind eine sehr schöne Frau, Stella Marz.«

Bevor sie etwas auf das altmodische, leicht gönnerhafte Kompliment erwidern konnte, trat der Besucher voll ins Licht.

Er sah ungewöhnlich aus. Er besaß hohe Wangenknochen, schmale Lippen und ein leicht spitzes Kinn, und sein Gesicht bildete ein Muster aus Flächen und Winkeln, Licht und Schatten. Als er ihr die Hand entgegenstreckte und Stella dabei fest in die Augen sah, zuckte sie beinahe zurück.

Sie erkannte das Gesicht, obwohl sie dem Mann noch nie begegnet war.

Er ergriff ihre Hand und drückte sie mit beiden Händen. Sie fühlten sich trocken und kühl an. »Sehr schön«, wiederholte er sanft. »Aber wenn Sie uns jetzt entschuldigen würden…«

Ohne ein Wort schlüpfte Stella rückwärts aus der Tür.

Minuten später kam Novak in die Bibliothek.

Stella sah von den Notizen auf, in denen sie vergeblich zu lesen versucht hatte. Leise fragte Jack: »Was wolltest du hier?«

Stella hatte einen trockenen Mund. »Das war Vincent Moro, nicht?«

Es war keine Frage, und Novak gab keine Antwort. Er verschränkte die Arme und lehnte sich gegen den Türrahmen. »Es war etwas Geschäftliches.« Er senkte die Stimme. »Ich möchte nicht, dass du dir seinetwegen Gedanken machst oder über ihn sprichst. Er war nie hier. Du hast ihn nie gesehen. Hast du verstanden?«

Nein, dachte Stella. Sie verstand heute Abend überhaupt nichts mehr. Sie war übernächtigt, hatte keine Familie, der sie sich anvertrauen konnte, und brauchte das Geld, das sie bei Jack verdiente. Und doch wurde ihr in diesem Augenblick klar, dass Jack und seine Kanzlei für sie nie wieder dasselbe sein würden wie früher. Sie brauchte Zeit zum Nachdenken.

Stumm nickte sie.

Jack kam um den Tisch herum und küsste sie auf den Nacken. »Geh nach Hause«, sagte er. »Es ist zu spät, um noch etwas Sinnvolles zu tun.«

Am Tag nach ihrer Prüfung in Steuerrecht schlug Stella müde und niedergeschlagen die Morgenzeitung auf. Sie las nur flüchtig und trank Kaffee an ihrem Frühstückstisch. Dann stach ihr auf der letzten Seite des Lokalteils eine Überschrift ins Auge: »Mutmaßlicher Dealer ermordet.«

Sie stellte die Tasse weg.

Jean-Claude Desnoyer war aus dem Onondaga gefischt worden. Er hatte mit einer Kugel im Kopf unter einem Stahlpier getrieben.

Stella brauchte einige Zeit, bis sie die Nachricht verdaut hatte. Dann faltete sie die Zeitung zusammen, stand auf und fuhr in Novaks Kanzlei.

Jack saß hinter seinem Schreibtisch. Stella schloss die Tür und warf die Zeitung vor ihn hin. »Du hast ihn verraten, und Vincent Moro hat ihn umgebracht.«

Jack fuhr von seinem Stuhl hoch, dann spähte er an ihr vorbei zur Tür. Dieses kurze Zögern, das Eingeständnis seiner Angst, nahm seinem Zorn den Stachel. »Wie kannst du so was sagen? Du kennst mich doch.«

Stella trat vor ihn. »Nein«, entgegnete sie mit gezügelter Wut. »Anscheinend nicht.«

Jack errötete. »Warum, glaubst du, warne ich jeden davor, diesen Weg einzuschlagen? Weil er unter einem Pier endet. Vincent Moro braucht keinen Tipp von mir, wenn ein Dealer kurz vorm Durchdrehen ist. Er erfährt es auch so. In Steelton bleibt nichts geheim. Moro hat viele Informanten – andere Dealer, Polizisten, vielleicht sogar Leute aus der Staatsanwaltschaft. Desnoyers hat einfach nicht auf mich gehört.«

»Aber Moro«, erwiderte Stella stur. »Du bist sein Mann, stimmt's?«

»Ich bin ich, ich gehöre niemandem.« Jack packte Stella an den Schultern und schüttelte seinen Kopf, wie um sie und sich zu beruhigen. »Es war eine einmalige Sache. Moro wollte, dass ich mit Arthur rede und ihm sage, dass sein Kreuzzug gegen den Drogenhandel sinnlose Zeit- und Geldverschwendung sei. Von Arthurs politischer Zukunft ganz zu schweigen. Du hast zufällig mit angehört, wie ich ihm gesagt habe, dass ich nichts für ihn tun kann.«

Stella sah ihn verdutzt an. »Ich habe etwas anderes gehört.«

Zum ersten Mal, seit Stella Jack Novak kannte, sah sie Tränen in seinen Augen. Sie zögerte verwirrt.

»Bitte«, murmelte er. »Ich habe dir nie gesagt, wie viel du mir bedeutest. Bitte, Stella, glaube mir …«

Sie schloss die Augen.

Stella trank ihr Glas aus und sah Saul Ravin über den Tisch hinweg an. Die Bar begann sich zu leeren, die Clubmitglieder strömten in Richtung Speisezimmer.

»Ich habe mich immer gefragt«, sagte sie ruhig, »ob Jack diesen Desnoyers verpfiffen hat.«

Sauls Miene war noch immer so nichts sagend wie die eines Engels, der die guten und bösen Taten der Menschen aufzeichnet. »Ganz bestimmt, Stella. Das gehörte zu seinen Aufgaben.«

Schweigend sah sie aus dem Fenster.

»Und«, fuhr Saul fort, »seit gestern fragen Sie sich, wer außer den Desnoyers einen Grund gehabt haben könnte, Jack Novak so zu hassen, dass er ihn aufgeknüpft und ihm dann die Eier abgeschnitten hat.«

Stella blickte wieder zu Saul. »Ja.«

»Dann will ich Ihnen einen Rat geben.« Saul beugte sich vor, und sein Gesicht nahm einen ernsten und besorgten Ausdruck an, den sie noch nie an ihm gesehen hatte. »Sie leben für Ihren Beruf, und ob Sie ihn ausüben können, hängt davon ab, wie Sie sich selber beurteilen. Ob Sie von sich glauben, dass Sie ehrlich sind und die Regeln befolgen. Ich mache mich nicht darüber lustig, Stella. Manchmal wünsche ich mir sogar, ich könnte mich daran erinnern, dass ich selbst mal so war. Aber wenn ich Sie wäre, würde ich mich einen Dreck darum kümmern. Es ist schwierig genug, anständig zu bleiben, wenn man Arthur beerben will. Sie sind persönlich zu sehr involviert. Selbst eine Heilige könnte da die Orientierung verlieren.«

Stella lächelte, obwohl sie deprimiert war. »Ich bin keine Heilige, Saul. Die Chance auf eine Heiligsprechung habe ich vertan, als ich bei Jack angefangen habe.« Ihr Lächeln erlosch. »Mag sein, dass ich persönlich zu involviert bin. Trotzdem muss ich die Sache zu Ende bringen.«

Sauls Miene veränderte sich nicht. Doch er schüttelte leicht den Kopf, als wolle er sie warnen. »Aber fragen Sie sich vorher, warum.«

FÜNF

Am nächsten Morgen um zehn saß Stella mit Nathaniel Dance in einer heruntergekommenen Vorschule und wartete auf Tommy Fieldings Exfrau.

Auf dem Weg hierher waren sie durch die verwahrlosten Straßen der schwarzen East Side gefahren, und Stella hatte dabei an Arthur Bright gedacht. Wie mussten ihn diese Straßen geprägt haben und wie viel gehörte dazu, so zu werden, wie er war, und sich hier zu behaupten? Seit den Rassenkrawallen vor dreißig Jahren waren weite Teile der East Side verslumt. Aus geräumigen Häusern waren billige Absteigen für Bedrohte, Arme, Arbeitslose und Durchreisende geworden. Andere waren vernagelt, in Crack-Häuser umfunktioniert oder Treffpunkte für

Kriminelle. Eine ehemals noble Einkaufspassage, in den zwanziger Jahren errichtet, war zu einer müllübersäten Straße mit Waschsalons, Schnapsläden und Lebensmittelgeschäften verkommen, in denen Sozialhilfeempfänger mit Lebensmittelmarken einkauften, mit Secondhandshops und Trödelläden, deren Schilder mit verblichener Farbe oder in veralteter Schreibschrift bemalt waren. Nur zwei Blocks entfernt hatte Stella eine Gruppe von Teenagern gesehen, die, obwohl sie jetzt eigentlich in der Schule hätten sein müssen, in der Kälte einen Joint kreisen ließen. Dann fuhren sie an einem ausgemergelten Obdachlosen vorbei, der einen verbogenen Einkaufswagen mit einem Schlafsack darin vor sich herschob, an drei schwarzen Frauen in dicken Mänteln, die an einer Haltestelle auf den Bus warteten, der sie in weiße Vororte mit schmucken Häusern bringen sollte. Eine andere Frau hatte reglos im vergitterten Eingang eines Schnapsladens gelegen.

Danach waren sie an städtischen Wohnblocks vorübergekommen, riesigen, mit unentzifferbarer Graffiti bedeckten Plattenbauten, in denen die Hoffnungslosigkeit grassierte und intakte Familien die Ausnahme waren. Daneben stand eine Schule aus braunem Backstein mit eingeworfenen Fensterscheiben und einem Basketballfeld mit zwei Ringen ohne Netz, auf dessen nacktem Betonboden mit roter Farbe *Bloods Rule* gesprüht war. Seit sechs Jahren waren die Steeltoner Schulen pleite oder wurden bis auf weiteres vom Bundesstaat verwaltet, und die Grundkenntnisse im Lesen und Schreiben waren ebenso fragwürdig wie die Sicherheit derer, die sie besuchten. Stellas Dezernat hatte sich in jüngerer Zeit mit mehreren Schießereien zwischen Jugendbanden befasst, und in einem Fall hatte ein Schüler, der mit Drogen handelte, eine Lehrerin erschossen, weil sie ihm nicht gestattet hatte, während des Unterrichts zur Toilette zu gehen.

Hier und dort entdeckte Stella Zeichen der Hoffnung: renovierte Häuser oder geräumige Neubauten auf vormals brachliegenden Grundstücken, die die Stadt für einen Dollar an Polizisten, Feuerwehrleute oder Beamte verkauft hatte, die bereit waren, ein Risiko einzugehen, um das Viertel neu zu beleben. Die nach wie vor rührigen schwarzen Kirchen betrieben Kindertagesstätten und boten Jugendlichen neben ihren seelsorgerischen Diensten diverse Möglichkeiten zur Freizeitgestaltung, Nachhilfeunterricht und berufsbildende Maßnahmen an. An den Rändern dieses deprimierenden Stadtteils wuchs ein neuer Mittelstand von Angestellten und Selbstständigen heran, doch eine weitaus größere Zahl von Bewohnern war in Viertel geflüchtet, die mehr Sicherheit boten.

Natürlich war ihnen daraus kein Vorwurf zu machen. In Anbetracht der Armut und Diskriminierung, des Drogenmissbrauchs und des mittlerweile mindestens drei Generationen währenden sozialen Verfalls war es schwer, klare Antworten zu finden. Umso mehr bewunderte Stella Menschen wie Arthur Bright, die aus solchen Verhältnissen stammten und es dennoch zu etwas gebracht hatten. Es stimmte sie froh, dass Arthur in Steelton geblieben war, um sich, soweit das komplizierte politische Kalkül es zuließ, für die Sanierung dieses Viertels und die Zukunft seiner Stadt einzusetzen. Und gleichzeitig war sie neugierig darauf zu erfahren, was die Exfrau eines attraktiven weißen Managers, den sie nur aus dem Leichenschauhaus kannte, dazu bewogen hatte, an einer Vorschule in dieser gefährlichen Gegend zu arbeiten, in der Dealer wie George Flood mehr Macht hatten als die Polizei.

Die Vorschule war so, wie Stella es erwartet hatte. Als sie mit Nathaniel Dance auf dem Flur vor einem Spielzimmer wartete, empfand sie wie Dance den Kontrast zwischen den lebhaften Farben der selbstgemalten Bilder und Poster an den Wänden und den flackernden Neonlampen über dem abgetretenen, schmutzigen Linoleumfußboden und den abgelegten und vom vielen Waschen ausgebleichten Kleidungsstücken der Kinder. In der Mehrzahl waren es afroamerikanische Kinder, dazu eine Hand voll Asiaten und Latinos und ein haitianisches Mädchen mit strahlenden Augen und Pferdeschwanz, bei dessen Anblick Stella sich unwillkürlich fragte, was wohl aus den Zwillingen auf Jean-Claude Desnoyers' Foto geworden war. Viele der Kinder waren noch wissbegierig und eifrig. Stella sah minutenlang zu, wie das haitianische Mädchen mit Bauklötzen einen wackeligen Turm errichtete, und obwohl Stella wusste, welches Schicksal die meisten dieser Kinder erwartete, sah sie ihnen mit Vergnügen beim Spielen zu. Doch als Amanda Fielding aus dem Zimmer trat, war Stella schockiert.

Amanda schien viel älter als ihr Exmann zu sein. Sie war groß und mager, hatte einen schleppenden Gang und eine Figur, an der keine Proportion richtig stimmte. Die Brüste waren zu klein, die Hüften zu breit, die Fußknöchel zu dick. Sie war nicht geschminkt und trug ein gemustertes Kleid ohne erkennbaren Schnitt. Ihr Haar hatte ein undefinierbares Braun und fiel sorgfältig geschnitten mit einem Pony in die Stirn. Ihr Teint war blass, ihr Gesicht ausgezehrt, und die schlaffe Haut unter den Augen ließ sie noch erschöpfter aussehen. Stella empfand den Gegensatz zwischen ihr und dem jungen Adonis auf Micellis Seziertisch ähnlich krass wie den zwischen Fielding und Tina Welch auf den Polizeifotos. Nur Amandas ernste graue Augen – intelligente Augen, die ruhig und forschend blickten – ließen ahnen, was an ihr attraktiv gewesen sein mochte.

Amanda gab zuerst Stella die Hand, dann Dance. »Ich habe ein Büro am Ende des Flurs«, sagte sie ohne Vorrede. »Dort können wird uns unterhalten.«

Ihre Stimme war kultiviert und hatte einen Ostküstenakzent. Vermutlich war sie eine gebildete Frau aus der Oberschicht oder Intellektuellenkreisen, die auf Äußerlichkeiten keinen Wert legte. Dance und Stella folgten ihr in ein Büro, das kaum mehr als ein Kabuff war, und nahmen auf zwei Plastikstühlen Platz. Als Stella sah, wie sich Dance auf dem für ihn viel zu kleinen Stuhl niederließ und zusammenzuckte, weil eins seiner Knie knackte, musste sie grinsen, und auch Amanda Fielding schien amüsiert.

»Ich kann Ihnen einen größeren Stuhl holen«, sagte Amanda trocken.

»Nein, danke«, erwiderte er. »Ich halte es für besser, wenn ich jetzt nicht den Versuch mache aufzustehen.«

Diese humorvolle Bemerkung, die die einschüchternde Wirkung von Nathaniel Dances Erscheinungsbild abmilderte, bestätigte in Stellas Augen einmal mehr, wie klug er war. Als er seinen Kassettenrekorder auf den Schreibtisch stellte und anschaltete, erhob Amanda keinen Einwand.

Dance begann mit Routinefragen: Wann Amanda ihren Exmann zum letzten Mal gesehen habe, wie ihre Beziehung in letzter Zeit gewesen sei – freundschaftlich, aber nicht intim, antwortete sie –, und ob Fielding ihres Wissens jemals Drogen genommen habe, was sie entschieden verneinte. Von sich aus sagte Amanda jedoch nichts. Stella war über ihre Emotionslosigkeit verwundert und fragte sich, wie sie es verarbeitet hatte, dass der Vater ihres Kindes auf so jämmerliche Weise gestorben war. Instinktiv fragte sie: »Wie hat Julia es aufgenommen?«

Dieses Thema war Amanda Fielding offensichtlich unangenehm. »Heute geht sie zum ersten Mal wieder zur Schule«, antwortete Amanda gefasst. »Peter Hall hat sie freundlicherweise besucht und zum Reiten auf sein Anwesen mitgenommen. Er weiß, wie sehr Tommy sie liebte und wie sehr auch sie ihn liebte. Julia erwartete ihren Vater immer an der Tür, schon im Mantel. Und wenn er dann vorfuhr, rannte sie zu ihm hinaus…« Mit einem kurzen Kopfschütteln unterbrach Amanda sich. »Sie kann es noch nicht verstehen.«

Eine Reihe von Bildern stieg vor Stella auf: der geliebte Vater, der ein seltener Stargast im Leben seiner Tochter geworden war; die Mutter, die sich um das tägliche Einerlei kümmerte und zusah, wie ein siebenjähriges Mädchen ihren Platz im Herzen ihres Exmannes einnahm. »Können Sie es denn?«, fragte Stella.

»Nein.«

»Wegen des Heroins?«

Amanda schlug die Augen nieder, drehte den Kopf von Dance weg und sah Stella dann mit einem Ausdruck gequälter Offenheit an. »Weil sie nackt waren.«

Dance rührte sich nicht. Die Atmosphäre im Raum hatte sich verändert. Stella legte sich nachdenklich einen Finger auf die Lippen und neigte, Amanda im Auge behaltend, den Kopf.

Amanda verschränkte schweigend die Arme. »Tommy hatte für Sex nichts übrig«, sagte sie nach einer Weile.

Stella senkte nun ihrerseits den Blick und signalisierte damit, dass sie ein so privates Thema rücksichtsvoll behandeln würde. »Mit niemandem?«

Amanda holte Luft. Ihr Blick glitt zu Dance, dann weiter, und Stella spürte, dass Amanda alles noch einmal bewusst in sich aufnahm – den reglos dasitzenden schwarzen Polizisten, den laufenden Kassettenrekorder, die fremde Frau, die sie über ihr Leben ausfragte. Dann füllten sich ihre grauen Augen mit Resignation.

»Ich weiß nicht, warum Tommy auf diese Weise gestorben ist«, sagte sie. »Aber ich kann Ihnen helfen, ihn zu verstehen. Und dazu müssen Sie zuerst einmal wissen, warum er mich geheiratet hat.«

Stella nickte. »Wir interessieren uns für alles, was Sie uns sagen können.«

Amanda blickte kurz zu Dance. »Ich war vierunddreißig, Miss Marz. Ich kam nach dem College hierher, ich hatte Sozialpädagogik studiert. Mir war damals schon klar, dass ich die Welt nicht verändern konnte, aber ich wollte etwas Sinnvolles tun. Wenigstens ein paar jungen Menschen helfen.«

Aus Amandas Worten war eine stille Sehnsucht nach der jungen Frau herauszuhören, die sie früher gewesen war, und Stella entsann sich, dass sie an ihrem ersten Tag in der Staatsanwaltschaft ähnliche Gefühle gehabt hatte. »Ich verstehe.«

»Ich dachte, ich könnte es«, sagte Amanda. »Aber es hörte nie auf – Kindesmisshandlung, Crack, Kokain, ungewollte Schwangerschaften. Und ich hatte kein Geld, um zu helfen.« Sie biss sich auf die Lippen. »Außerdem war ich einsam und konnte kaum mir selbst helfen. Und so begann ich zu trinken.« Die Arme noch immer verschränkt, blickte sie zur Decke. »Ich trank abends, allein. Und wenn ich es bei der Arbeit nicht mehr aushielt, meldete ich mich krank und trank schon am frühen Morgen. Dann fühlte ich mich besser. Schließlich stellte man mich vor die Wahl: Entziehungskur in einer Klinik oder Entlassung. Ich kündigte und suchte mir einen neuen Job.« Sie rang sich ein bitteres Lächeln ab. »Ich fing in einem Reisebüro in der Vorstadt an, damit ich weitertrinken konnte. Mir war inzwischen nämlich etwas klar geworden: Nicht die Arbeit war der Grund, warum ich trank, sondern das Alleinsein, meine Einsamkeit. Und die nahm ich überallhin mit, wohin ich auch ging.«

Die aufrichtigen Augen richteten sich wieder auf Stella, und Amanda schien in die Gegenwart zurückzukehren. »Und jetzt fragen Sie sich«, sagte sie erstaunlich gelassen, »was die Früchte einer sechsjährigen Psychotherapie mit Tommy zu tun haben. Eine ganze Menge.«

Amanda faltete die Hände und betrachtete sie, als beruhige sie diese Ablenkung. »Ich ließ mich in ein Reisebüro der Firma versetzen, in dem ausschließlich Clubreisen für Singles angeboten wurden. Ich wollte einen Mann kennen lernen – das Alter war mir inzwischen egal –, heiraten und ein Kind bekommen. Dann hätte ich keinen Grund mehr zu trinken. Aber für mich hatte sich noch nie ein Mann interessiert, ob jung oder alt. Es folgten zehn lange, traurige Jahre, in denen ich mich bemühte, so gute Arbeit zu leisten, dass man mir die Trinkerei nachsah. Und dann lernte ich Tommy kennen. Er kam ins Reisebüro, und es verschlug mir den Atem.« Amanda atmete aus, und die Erinnerung belebte ihre Stimme. »Er sah umwerfend aus und war angezogen wie ein Dressman. Er gab sich gut gelaunt, übertrieben gut gelaunt, sodass ich stutzig wurde und mich fragte, was so ein Mann in einem Reisebüro suchte, das sonst, offen gesagt, nur Leute anlockte, die älter und weitaus weniger attraktiv waren. Wir sahen uns zusammen ein paar Prospekte und die Reiseangebote des Clubs an.

Tommy verkörperte für mich die wahre Welt. Er hatte in Princeton studiert, war Betriebswirt und hatte einen guten Job bei der Hall Development. Als er mich das erste Mal zum Abendessen einlud, war ich geschockt, ängstlich und aufgeregt. Vielleicht, sagte ich mir, sucht er nur die Gesellschaft einer reiferen Frau. Wir stammten beide aus dem Osten, hatten eine gute Schulbildung und lasen offenbar auch die gleich Art Bücher.

Wir hatten uns bis dahin immer angeregt unterhalten.« Überdruss und Selbstverachtung klangen aus Amandas Stimme. »Als ich darauf wartete, dass er mich abholte, versuchte ich mir sogar einzureden, uns verbinde eine Art Seelenverwandtschaft. Aber diese Täuschung hielt nicht lange vor.«

Das Auf und Ab der Erinnerungen schien sie mit einem Male zu ermüden, und sie versank wieder in Niedergeschlagenheit.

»Was geschah dann?«, fragte Stella ruhig.

Amanda betrachtete immer noch ihre Hände. »Ich begann beim Essen zu trinken, wurde geschwätzig und lebhaft. Und irgendwann war ich nur noch betrunken.«

Dance lauschte mit unbewegter Miene, und Stella fragte sich unwillkürlich, ob er dies alles für das Gefasel einer privilegierten Weißen hielt, die nicht wusste, wie gut es ihr im Grunde ging. Doch der Polizist in ihm war offenbar gespannt, wie die Geschichte weiterging.

»Und danach«, sagte Stella, »hat er sie wieder eingeladen.«

Amanda sah sie überrascht an, dann nickte sie. »Immer wieder. Anscheinend störte es ihn nicht, dass ich trank. Beim ersten Kuss hoffte ich, er würde mit mir schlafen. Stattdessen machte er mir einen Heiratsantrag. Schließlich hatte ich, was ich wollte – eine Verlobung und mehr. Nur dass er mich kaum anrührte. Wenn er nicht arbeitete, trainierte er für irgendeinen Marathonlauf oder war einfach nur zu müde. Ich versuchte mit ihm darüber zu reden, doch er blockte ab. Tommy konnte mir von Büchern und Filmen erzählen, von der Arbeit, von den vielen Städten, in die er gereist war. Aber er konnte nicht intim sein.« Ihre Stimme wurde dünn und verbittert. »Und als ich seine Mutter kennen lernte, wurde mir schließlich klar, warum. Sie ließ Tommy kaum genug Luft zum Atmen.«

Stella vergegenwärtigte sich, welchen Eindruck sie selbst von Fieldings Mutter gewonnen hatte, und spürte, wie sich ein Teil zum anderen fügte. »Hat sie ihn mit ihrer Liebe erdrückt?«

»Erdrückt?« Amanda stieß ein kurzes höhnisches Lachen aus. »Das ist noch untertrieben. Sie hat ihn über alles ausgefragt, hat mich über alles ausgefragt, hat in meinem Beisein abfällig über mich geredet, allerdings nicht so abfällig, dass Tommy sie zur Rede stellen konnte. Sie konnte einfach den Gedanken nicht ertragen, dass ihr irgendeine Seite seines Leben verborgen blieb. Von klein auf hat Tommy das einzige Mittel der Gegenwehr, das ihm blieb, perfektioniert – er hat sich versteckt, vor Marsha und allen anderen Frauen, die er kannte. Sein Charme, seine tadellose Kleidung, seine Arbeitssucht und seine fanatische Lauferei, das alles war nur Ausdruck seiner Angst. Es war ja nicht nur so, dass er keinen Sex wollte. Er hatte regelrecht Angst davor. Tommy wollte in dieser Hinsicht einfach nur in Ruhe gelassen werden.«

Stella warf Dance einen Blick zu. Der Detektiv beobachtete Amanda konzentriert. Ob er dasselbe dachte wie Stella selbst – dass es in gewisser Weise ein ebenso intimer Akt war, sich zusammen mit einer Frau Heroin zu spritzen, wie mit ihr zu schlafen? »Trotzdem«, warf Stella ein, »haben Sie ihn geheiratet und ein Kind von ihm bekommen.«

Amanda lehnte sich zurück. »Eines Abends trank ich mir mit Wodka Mut an und stellte ihn zur Rede. Meine Einsamkeit und das Gefühl der Zurückweisung machten sich Luft. Ich kann keinen Mann heiraten, der mich nicht anrührt, sagte ich zu ihm, der mir weder seine Liebe noch ein Kind schenkt. Er wurde ganz blass. Ohne ein Wort zu sagen, küsste er mich. Ich half ihm…« Amanda verzog das Gesicht. »Und dann schlief Tommy ein, und ich lag da. Betrunken, wie ich war, begriff ich schließlich doch: Wir hatten ein Arrangement getroffen. Tommy tolerierte meine Schwäche, weil er spürte, dass ich seine Schwäche tolerieren würde und nicht in der Position war, härtere Forderungen zu stellen. Mein Alkoholismus kam ihm entgegen: Wenn er abends zu einer Frau nach Hause kam, die bis zum Umfallen getrunken hatte, hatte er es leichter. Wir würden heiraten, und ich würde ihn zu Gesellschaften begleiten. Dass wir nicht zusammenpassten, spielte keine Rolle. Solange ich nüchtern blieb und Konversation machen konnte, brauchte er nicht mit anderen Frauen auszugehen oder sich von jüngeren, hübschen Dingern Avancen machen zu lassen.

Er konnte Peter Hall und seiner lieben alten Mama eine Frau präsentieren, obwohl die sichtlich entsetzt war, als sie mich zum ersten Mal sah. Und ich konnte mich in unseren vier Wänden bis zur Besinnungslosigkeit betrinken. Ich ging nie ans Telefon, bis ich wieder nüchtern war.« Amanda zog die Schultern hoch. »Ich konnte Sex verlangen, wenn ich fruchtbar war. Schließlich würde ein Kind Tommy die Tarnung verschaffen, die er so dringend brauchte. Und Marsha würde das Enkelkind bekommen, das sie sich sehnlichst wünschte.«

Unvermittelt starrte Amanda auf den Kassettenrekorder, als erwache sie aus einem beklemmenden Traum. Sie sah von Dance zu Stella. »Eine Frau dafür bezahlen, dass sie mit ihm schläft? Tommy hätte eher dafür bezahlt, dass sie es nicht tut.«

»Und weshalb ließen Sie sich scheiden?«, fragte Stella.

»Wegen Julia.« Zum ersten Mal mischte sich Stolz in Amandas Ton. »Als ich erfuhr, dass ich schwanger war, hörte ich noch am selben Tag mit dem Trinken auf. Ich wollte nicht, dass mein Kind eine Trinkerin als Mutter hatte, und Tommy auch nicht. Das Dumme war nur, dass ich nun mit unerbittlicher Klarheit erkannte, in welcher Situation ich mich befand. Ich hielt durch, bis Julia drei Jahre alt war, ihr zuliebe. Drei Jahre, in denen mir Tommy mit Gleichgültigkeit begegnete und Marsha Fielding versuchte, mir meine Tochter abspenstig zu machen und sie dazu zu bringen, in ihrer Großmutter den wichtigsten Menschen in ihrem Leben zu sehen. Und noch etwas wurde mir klar. Die alten Fieldings führten eine ebenso lieblose Ehe wie wir. Wenn Marsha uns in Ruhe ließ, blieb ihr gar nichts mehr.

Nun wollte ich meine Tochter aber zu einer Erwachsenen erziehen und nicht zu einem erwachsenen Kind. Und unter gar keinen Umständen wollte ich sie dem Psychoterror ihrer Großmutter aussetzen. Also ging ich fort und versuchte, ein Mensch zu werden, den Julia respektieren konnte, anstatt sie zu zwingen, die Leere im Leben ihrer Mutter zu füllen.« Amanda hielt inne und lächelte freudlos. »Ich glaube, tief in seinem Innern hat Tommy das verstanden. Denn was ihm am meisten Angst machte, war der Tatsache ins Auge zu blicken, wie sehr er seine eigene Mutter verachtete.«

Die Härte in Amandas Stimme jagte Stella einen Schauer über den Rücken. »War Tommy ein guter Vater?«

Amandas Züge wurden milder. »Ein sehr guter. Und er war dankbar für seine Tochter. Sie war der lebende Beweis dafür, dass er heterosexuell war. Sie verhalf dem Workaholic, der kein Privatleben kannte, zu mehr Akzeptanz. Tommy hatte nie zuvor eine so unkomplizierte Beziehung gehabt, und Julia dürfte ihn kaum an mich erinnert haben.« Jetzt wurde Amandas Lächeln beinahe traurig. »Sie ist nämlich schön, wie Tommy. Er hat keinen Besuchssonntag ausfallen lassen.«

Dance beugte sich vor. »Was für ein Mensch war er, Mrs. Fielding? Wieso hat er sein Leben in Gefahr gebracht? War er vielleicht unglücklich?«

Amanda schüttelte energisch den Kopf. »Er hatte seine Probleme doch gelöst, wenigstens so gut es ging. Und selbst wenn er unglücklich gewesen wäre, hätte er niemals Drogen genommen. Dazu lebte er viel zu gesundheitsbewusst. Er mochte keine Rauschzustände. Er trank nur der Form halber, vielleicht mal ein Glas Wein. Und Fitness, gesunde Ernährung und Aerobic kamen bei ihm gleich nach der Arbeit.«

Stella erinnerte sich an die Obduktion, den durchtrainierten Körper auf dem Seziertisch. »Seine Mutter sagte, dass er immer Angst vor Spritzen gehabt habe.«

»Sagte sie das, ja? Ich glaube zwar auch nicht, dass Tommy Spritzen mochte. Aber solche Geschichten hat Marsha für ihr Leben gern erzählt. Ihr Sohn, das Kind, das ohne sie nicht zurechtkommt. Und besonders gern erzählte sie so was anderen Leuten, wenn Tommy daneben stand und wohl oder übel zuhören musste.« Amanda hielt plötzlich inne. »Aber undenkbar ist, dass Tommy mit einer ihm unbekannten Prostituierten ein und dieselbe Spritze benutzen würde. Tommy war ein Reinlichkeitsfanatiker, deshalb halte ich ein solches Szenario für ausgeschlossen. Und dann die Vorstellung, dass Tommy sich an einem Sexmagazin mit nackten schwarzen Frauen aufgeilt – völlig abwegig.«

Dance sah Amanda forschend an. »Vielleicht«, sagte er mit völlig ausdrucksloser Stimme, »stand Ihr Mann auf nackte schwarze Frauen und hat nur vergessen, es Ihnen zu sagen.«

Stella verkniff sich ein Grinsen, als sie sah, wie Amanda Fielding errötete und dann den Kopf schüttelte. »Die Betonung liegt nicht auf ›schwarz‹, Captain Dance, sondern auf ›Frauen‹.«

Dance verzog keine Miene. Selbst Stella fühlte sich durch den unverwandten Blick seiner schwarzen Augen eingeschüchtert. »Hat er mit Ihnen über seine Arbeit gesprochen?«

»Ja. Das war ein unverfängliches Thema, und das Stadion hatte es Tommy offensichtlich angetan. Seine Begeisterung war ansteckend. Er brachte Julia ein maßstabgetreues Modell mit und stellte es in ihrem Zimmer auf.« Zum ersten Mal klang Amandas Stimme nur traurig. »Er hatte Julia versprochen, sie dürfe am Tag der Einweihung die Schule schwänzen und sich mit ihm zusammen das erste Spiel der Blues ansehen. Er ließ sich sogar ein neues Nummernschild machen, auf dem als Wahlspruch *Play Ball* stand.«

»Gab es irgendetwas in seinem Leben«, fragte Stella, »irgendein Problem, das ihn veranlasst haben könnte, sein Verhalten zu ändern?«

Amanda sah vor sich hin. »Ich würde es selbst gern verstehen. Ich möchte, dass Julia es eines Tages versteht und so gut wie möglich von ihrem Vater denkt. In den letzten Wochen wirkte er tatsächlich etwas deprimiert. Anscheinend gab es Probleme mit dem Stadion. Jedenfalls hat er so was gesagt. Er hatte die Aufgabe, die Baukosten unter den Voranschlag zu drücken, um den Eindruck zu erwecken, Bürgermeister Krajek und die Stadt hätten ein glänzendes Geschäft gemacht, und um Peter Hall zusätzliche Kosten zu ersparen.« Amanda hob kurz den Blick und sah Stella an. »Als Mr. Bright das ganze Konzept kritisierte, fühlte er sich wohl auch noch politisch unter Druck gesetzt. Doch das sind alles nur Vermutungen. Ich habe keine Ahnung, worin Tommys Probleme bestanden, sofern er überhaupt welche hatte.«

Neugierig beugte sich Stella vor. »Nehmen wir mal an, der Druck wäre unerträglich geworden. Wie hätte Tommy reagiert?«

»Er hätte sich noch mehr in die Arbeit gekniet. Jedenfalls wäre er nicht davongelaufen. Und nie und nimmer wäre er losgezogen und hätte einen draufgemacht. Das war nicht seine Art.« Amanda blickte wieder zu Stella auf. »Deshalb ist mir Tommys Tod ein Rätsel. Es sei denn…«

»Es sei denn was?«, fragte Stella.

Amanda schenkte ihr ein letztes bitteres Lächeln. »Wenn er mit dieser schwarzen Frau zusammen war, dann nicht wegen Drogen oder Sex. Sondern um sich vorstellen zu können, wie seine Mutter zusah.«

Stella und Dance standen vor der Vorschule. Ein eiskalter, beißender Wind fegte durch die Straße. »Viele von den Mädchen da drin«, sagte Dance, »werden schwanger oder sterben, bevor sie überhaupt erwachsen sind.« Er wandte sich Stella zu. »Glauben Sie dieser Fielding?«

»Ja. Sie etwa nicht?«

Dance sah ihr ins Gesicht. »Ich glaube niemandem.«

SECHS

»So, so«, sagte Johnny Curran mit melodischer Stimme, »Bright hat Sie geschickt.«

Stella nahm Platz. »Ich brauche einen Schnellkurs über das Thema ›Steeltoner Drogenszene‹.«

Curran strich über seinen Schnurrbart und musterte Stella. Er gab sich keine Mühe, höflich zu sein – sein kühler, sezierender Blick sollte sie offenbar daran erinnern, dass sie eine Frau war, und außerdem eine Bittstellerin. Er war groß, massig in seinen Bluejeans und seinem irischen Pullover, und sein Bauch wölbte sich vor wie eine kleine, harte Kanonenkugel. Curran musste weit über fünfzig sein. Sein volles, ziemlich langes Haar war sogar schon weiß, und sein rotes Gesicht mit der blaugeäderten Nase ließ vermuten, dass er den beruflichen Stress mit Whisky abbaute. Es erinnerte Stella an die Leiden des Mannes, der einmal ihr Vater gewesen war. Doch Currans hellblaue Augen waren klar und kalt und blickten mit unerbittlicher Härte aus diesem verfallenden Gesicht. Stella konnte sich ohne weiteres vorstellen, wie dieser Mann Harlell Prince aus nächster Nähe eine Kugel ins Auge gejagt hatte. Selbst seine Stimme – sanft und leise, mit dem melodischen Tonfall eines irischen Tenors – hatte unterschwellig etwas Bedrohliches.

»Wegen Novak?«, fragte er. »Wozu die Mühe?«

Stella kannte diesen Mann keine zwei Minuten, und schon wusste sie, dass sie mit moralischen Argumenten nur ihre Zeit verschwenden würde. »Weil es mein Job ist.«

Curran lehnte sich zurück. Und wozu soll ich mit Ihnen reden? sagte seine Miene. Stella fragte ihn ohne Umschweife: »Novak hat Beamte bestochen und Verfahren manipuliert. Wie hat er das angestellt?«

Curran verzog keine Miene, nur sein Blick wurde noch kälter, und Stella bemerkte ein Funkeln in seinen Augen. »Tja, das ist ein schwieriges Thema.«

»Wieso?«

Curran betrachtete seine braunen Lederstiefel. Stella begriff, dass dieser Mann sich nichts vorschreiben ließ und dass genau dies ein wichtiger Zug seines Wesens war. »Seit dreiundzwanzig Jahren mache ich diesen Job, und davor war ich zehn Jahre bei der Sitte. Trotzdem weiß ich darauf keine Antwort. Und Sie kennen nicht mal die Frage.«

Es gab viele Cops, die gern Anekdoten erzählten, und einige brachten es darin zu wahrer Meisterschaft. Doch Curran hatte jahrelang als Undercoveragent gelebt. Er behandelte Worte wie Verräter, und selbst sein kahles Büro verriet nichts über sein Leben. »Wie muss die Frage denn lauten?«, fragte Stella.

Langsam hob Curran den Blick. Das Weiße um die eiskalten blauen Augen wirkte mitten in dem roten Gesicht erschreckend. »Wie Vincent Moro Verfahren manipuliert.«

Stella legte den Kopf schief. »Und deshalb bis heute überlebt hat.«

Curran lehnte sich zurück und schloss halb die Augen, müde und sichtlich gelangweilt wie jemand, der gezwungen ist, sich den Rest seines Lebens immer denselben Film anzusehen. »In der guten alten Zeit versuchten ein paar schwere Jungs aus Chicago, der Steeltoner Bande Konkurrenz zu machen. Die Einheimischen nahmen sie am Bahnhof in Empfang, machten mit ihnen eine Spazierfahrt, pusteten ihnen mit einer Schrotflinte die Birnen weg und schickten die sterblichen Überreste im Tiefkühlwaggon nach Chicago zurück. Den Cops war's egal. Was sollten sie mit Gangstern aus Chicago, wenn die, die sie schon kannten, anständig zahlten? Das Leben war so einfach.«

Die alte Geschichte schien ihn beim Erzählen plötzlich wieder zu amüsieren – die flüchtige Skizze einer Zeit, in der alles noch unkompliziert war. Stella beobachtete ihn.

»Die Drogen haben alles verändert«, fuhr er fort. »Heute geht es um zu viel Geld. Immer mehr Leute wollen ein Stück vom Kuchen abhaben und gehen dafür über Leichen. Und wir sollen etwas dagegen unternehmen. Deshalb muss sich Vincent Moro heute mit der Konkurrenz und außerdem auch mit uns herumschlagen. Konkurrenten werden erledigt, genau wie früher. Nur geht man heute eleganter zu Werke. Als ich Harlell Prince erledigte, konnte ich Vince förmlich lachen hören. Ich machte ihm damit ein Weihnachtsgeschenk – George Flood bekam sein Revier zurück.« Curran legte die Füße auf den Tisch. »Und als ich die Zunge meines Informanten mit der Post bekam, lachte natürlich auch ich. Denn Prince war bereits tot.«

Stella konnte sich lebhaft vorstellen, wie Curran beim Anblick der abgeschnittenen Zunge gegrinst hatte. »Kennen Sie Vincent Moro denn selbst?«

Ihre Überraschung belustigte ihn. »Wir sind im selben Viertel aufgewachsen. Wir haben zusammen Autos geknackt, ehe ich zur Polizei ging und Vince Profi wurde.«

Der erste Teil war nicht weiter verwunderlich – der Grat zwischen Polizist und Gangster war manchmal sehr schmal, gerade bei ehemaligen Straßenjungs ohne anständige Ausbildung, die, gleich welchen Weg sie einschlugen, am liebsten nach ihren eigenen Gesetzen lebten. Doch die Verbindung zwischen Curran und Moro machte Stella neugierig. Sie waren zwei knallharte Überlebenskünstler, die einander gut kannten, während nur wenige von sich behaupten konnten, auch nur einen der beiden zu kennen. »Was für ein Mensch ist Moro?«, fragte sie.

Der Sarkasmus verschwand aus Currans Miene. »Einer, der vor nichts Angst hat. Er hat nie viel geredet, aber was er sagt, tut er auch. Vor allen Dingen ist er clever. Er hat sich beim Autoklauen nie erwischen lassen. Und er hat sich nie dabei erwischen lassen, wie er Rechtsfälle regelt.«

Aus seiner Stimme klang Respekt – vielleicht, weil seine Beschreibung ebenso auf ihn selbst zutraf. »Warum ist er nie geschnappt worden?«, hakte Stella nach.

Curran bedachte sie wieder mit einem prüfenden Blick. Ruhig antwortete er: »Weil er zu viele Leute hat.«

Sie dachte an Saul Ravin und seine Behauptung, dass Moro ein Netz von Helfern habe. Novak, Richter, Gerichtsbedienstete, Polizisten, vielleicht sogar Staatsanwälte. Ebenso ruhig fragte sie: »Wie könnte ein Polizist Moro schützen?«

Currans Augen blickten nun eisig. »Sie meinen, wenn er nicht gerade ›aus Versehen‹ Drogen vernichtet?«

Wieder fühlte sich Stella überrumpelt. »Ja.«

Currans Augen verengten sich zu Schlitzen. Stella spürte, wie er sich in sich zurückzog, und stellte sich vor, wie er nun dreißig Jahre Revue passieren ließ und überlegte, wie viel oder ob er überhaupt etwas sagen sollte. Als er endlich zu sprechen begann, klang seine Stimme monoton: »Er kann einem Dealer einen Tipp geben. Er kann einen Spitzel verraten, sodass Vince ihn umlegen lassen kann. Er kann den Staatsanwalt bitten, einen Angeklagten zu schonen, weil er angeblich sein Informant ist. Er kann mit dem Passwort eines Kollegen in den Polizeicomputer eindringen und sich ansehen, woran die anderen gerade arbeiten. Er kann bei einer Durchsuchung absichtlich die Vorschriften verletzen und so dafür sorgen, dass die Anklage platzt. Er spitzt die Ohren. Hinterlässt nie eine Spur.«

Das war keine graue Theorie. Wie sich da Verrat an Verrat reihte, hatte etwas Erschreckendes. »Und Sie glauben, dass das alles passiert ist?«

Stille. Als Currans Augen sich weit öffneten, sprach aus ihnen die tiefe Einsamkeit eines Menschen, der wusste, dass er anders war als die anderen. »Wenn man als Undercoveragent arbeitet, belügt man die Leute. Man verrät sie. Man lernt, sich wie ein Junkie zu benehmen. Man lernt, in Gesichtern zu lesen. Man lernt, nie zu sagen, dass man irgendwo fremd ist, denn der Dealer, den man hochgehen lassen will, könnte auf die Idee kommen, einen umzulegen, wenn man dort nicht jeden Winkel kennt. Man traut keinem Menschen.« Der Tonfall vergessener Wut kehrte zurück. »Man wird so clever, wie es sich ein Jack Novak nicht einmal in seinen kühnsten Träumen hätte vorstellen können. Und man vermeidet alles, was Aufmerksamkeit erregen könnte.«

»Aber Sie glauben, dass dieser Typ existiert. Der unehrliche Cop.«

Curran fuhr sich durchs Haar und zuckte müde die Achseln. »Habe ich behauptet, dass es nur einer ist? Vielleicht sind es zwei oder drei. Im Lauf von zwanzig Jahren könnten es mehrere gewesen sein.« Er hielt wieder inne. »Wir sprechen nicht darüber. Und ich will nicht, dass Sie darüber reden. Vielleicht ist es vorbei – seit ein paar Jahren hat Vince anscheinend nicht mehr so viel Glück. Ich rede nur aus einem einzigen Grund mit Ihnen: Offensichtlich merken Sie nicht, dass die Sache ein paar Nummern zu groß für Sie ist. Sonst wären Sie niemals hergekommen und hätten mich nach Jack Novak gefragt.«

Stella schluckte ihren Ärger hinunter. »Oder nach einem haitianischen Dealer namens Jean-Claude Desnoyers? Sie haben ihn auf dem Parkplatz eines Motels hopsgenommen, erinnern Sie sich? Nachdem George Flood nicht aufgetaucht war.«

Curran starrte sie an. »Novak war käuflich«, sagte er schließlich. »Ich wollte Desnoyers umdrehen.«

Stellas Ton wurde kalt. »Flood hat schon zwei Mal Glück gehabt. Wie oft noch?«

Curran sah an ihr vorbei zur Wand. »Einmal«, sagte er knapp. »Soweit ich weiß.«

»Bei welcher Gelegenheit?«

»Bei einer Razzia. Wir bekamen das Rauschgift und machten Schlagzeilen. Aber Flood war auf und davon.«

»Und Sie haben nie mit Kollegen über diese Fälle gesprochen«, sagte Stella scharf. »Sie sind anscheinend nicht neugierig.«

»Neugierig?« Curran verschränkte die Arme und ließ sich jedes Wort auf der Zunge zergehen. »Neugierig bin ich am allerwenigsten. Wir haben im Drogendezernat fünfzehn verdeckte Ermittler und neun mit zwanzigjähriger Berufserfahrung. Dazu kommen fünf weitere Cops, die eine Zeit lang bei uns waren und noch aktiv sind, darunter der Kripochef. Die Wahrscheinlichkeit ist groß, dass zumindest einer von ihnen für Vince gearbeitet hat.« Seine Stimme schwankte zwischen Sarkasmus und Ekel. »Welchen von denen soll ich zu einem Geständnis auffordern? Keiner ist so dumm und lebt mit Vincents Geld auf großem Fuß wie Novak. Die warten bis zu ihrer Pensionierung, und dann machen sie die Fliege.« Er hielt inne und fügte leise hinzu: »Wenn ich sie nicht vorher zur Strecke bringe.«

Stella bekam eine Vorstellung von seiner Welt, einer paranoiden und gewalttätigen Welt, in der es kein Vertrauen gab. »Wie Harlell Prince«, sagte sie.

Curran bedachte sie mit einem rätselhaften Blick. »Prince ist kurz und schmerzlos gestorben. Insofern hatte er noch Glück. Wenn auch nicht so viel Glück wie Vincent.«

Der singende Tonfall, in den Curran nun wieder verfiel, war Furcht einflößender als sein Zorn. Eine weitere Dimension seiner Welt nahm Konturen an: ihr Organisationsprinzip. Ein schattenhafter Kampf zwischen Jugendfreunden, der Curran und Moro auch nach vierzig Jahren noch aneinander fesselte. Harlell Prince war für Currans Geschmack anscheinend zu schnell gestorben, und der Nächste, der ihm in die Quere kam, würde unter Umständen dafür büßen müssen.

»Und wer hat Novak umgebracht?«, fragte sie.

Curran zuckte wieder die Schultern. »Möglicherweise sein Schneider. Falls Sie an unzufriedene Klienten denken – mir fällt keiner ein, nicht mal einer, den wir eingelocht haben.«

»Sie waren früher doch bei der Sitte. Ist Ihnen da mal zu Ohren gekommen, dass Novak abartig veranlagt gewesen wäre?«

»Abartig veranlagt? Nie. Nur dass er auf Nutten stand. Keine Strichmädchen, sondern Moros Damen, vom Hostessendienst.« Curran war von den unterschiedlichen sexuellen Wünschen der Menschen offenbar so angeödet, dass ihn nichts mehr beeindruckte. »Novak stand auf Inszenierungen, hieß es, und manchmal muss man für seine Wünsche eben bezahlen.«

»Inszenierungen?«, wiederholte Stella.

Curran spreizte die Finger und zuckte vor Schmerz zusammen. Seine Hände sahen knotig, arthritisch aus, und die Gelenke waren rot und dick. Zu Stellas Überraschung hatte er tadellos gepflegte Fingernägel. Er drehte einen schweren Ring mit einem großen Rubin, der aus dem Fleisch seiner linken Hand zu wachsen schien. »Dreier«, fuhr er fort. »Habe ich gehört. Und er hat Regie geführt. Wie ein Filmregisseur.«

Stella wurde heiß. »Er hat also gern zugesehen.«

»Habe ich jedenfalls gehört.«

»Waren Jungs dabei? Wurden Fesseln benutzt? Hat ihm jemand geholfen, sich aufzuhängen?«

Curran sah von seinen Händen auf und durchbohrte Stella mit seinem Blick. »Was fragen Sie mich?«, sagte er. »So gut waren wir nicht miteinander bekannt.«

Die zweideutige Antwort brachte Stella für einen Moment aus der Fassung. Curran beobachtete sie und grinste, wobei er kurz die Zähne entblößte. »Manche Dinge«, setzte er träge hinzu, »sind Männerarbeit.«

Diesmal war es eine absichtliche Beleidigung: Curran ließ sie darüber im Unklaren, was er mit »Männerarbeit« meinte – das Aufhängen eines anderen Mannes, der einen Hüftgürtel trug, oder die Aufklärung des Mordes. Kühl erwiderte sie: »Wie Vergewaltigung, meinen Sie.«

Curran lachte kurz auf. »Und vieles andere.«

Stella faltete die Hände und blickte Curran direkt an. »Wissen Sie etwas über Tommy Fielding?«

Seine buschigen Augenbrauen zuckten in die Höhe. »Den Typ vom Stadion, der sich zusammen mit einer Nutte den goldenen Schuss gesetzt hat? Nein.«

»Und über die Frau? Tina Welch? Laut Dance wurde sie ein paar Mal in der Nähe des Theaterviertels festgenommen. In Scarberry.«

Curran blickte in die angeschlagene Kaffeetasse auf seinem Schreibtisch, wie um sich zu vergewissern, dass sie leer war. »Ich kenne die Namen nicht mehr. Es ist eine Ewigkeit her, dass ich bei der Sitte war. Die Nutten von damals haben heute wahrscheinlich keine Zähne mehr oder sind tot. Aber in Scarberry gibt es nach wie vor einen Straßenstrich. Die besorgen es einem hinter einer Mülltonne.«

Seine Verachtung für Frauen, davon war Stella überzeugt, beschränkte sich nicht auf Prostituierte. Gelassen erwiderte sie: »Auch das Drogendezernat ist in Scarberry aktiv.«

Curran stellte die Tasse wieder hin. »Ich arbeite heute nicht mehr verdeckt. Ich bin zu alt, zu bekannt. Aber manchmal fahre ich dort herum oder schicke meine Leute hin.«

»Um was zu suchen?«

»Heroinsüchtige. Viele Nutten sind süchtig. Die lassen sich leichter umdrehen als Dealer.« Currans Ton wurde abschätzig. »Und haben mehr Angst vor dem Knast. Wozu das Geschäft verlieren und außerdem einen Entzug machen? Das Problem ist nur, dass sie gewöhnlich bei miesen Dealern kaufen, mit denen sich nicht mal ein Jack Novak abgegeben hätte. Oder Tauschgeschäfte machen.« Wieder zog ein kurzes Grinsen über Currans Gesicht. »Versprechen Sie den Mädchen Stoff, und sie lutschen Rock Hudson den Schwanz. Oder helfen sogar, ihn auszubuddeln.«

»Aber würden sie ohne weiteres mit einem Mann mitfahren?«, erwiderte Stella unbeeindruckt. Mit einem müden Seufzer lehnte sich Curran in seinen Stuhl zurück. »Sie wollen also etwas über Nutten hören.«

»Über Nutten weiß ich Bescheid. Ich will etwas über den Scarberry-Bezirk hören.«

Curran machte eine Pause, als koste ihn jedes weitere Wort Überwindung. »Darüber kann Ihnen Dance was erzählen, und die Leute von der Sitte. Im Grunde ist Scarberry eine Kloake. Dort gibt's Drogen und Nutten der billigsten Sorte. Einige Nutten beklauen ihre Freier, ein paar haben Zuhälter, die meisten schaffen auf eigene Rechnung an.« Curran drehte wieder an seinem Ring. »Scarberry ist ein gefährliches Pflaster. Ein paar Nutten passen aufeinander auf und geben Acht, dass keine von einem Irren mit einem Steakmesser zerlegt wird. Dance weiß, wie man fragt. Wenn Fielding sie dort aufgegabelt hat, müsste jemand seinen Wagen gesehen haben.«

»Wo bedienen sie ihre Kunden?«

»Im Auto. In Seitengassen, wie ich schon sagte. In Absteigen, aber dann müssen sie den Typ am Empfang löhnen. Ein Freier, der sich einen blasen lassen will, zahlt höchstens fünf Dollar, wenn er gescheit ist, und warum soll die Nutte diese Kohle teilen? Und eine Nutte, die gescheit ist, fährt nicht mit einem Fremden mit.« Curran hob den Kopf und sah Stella nachdenklich an. »Geht sie mit ihm nach Hause? Nein, außer er bietet ihr Drogen an. Und vielleicht nicht einmal dann. Es sei denn, er lässt extra was springen oder sie kennt ihn von früher.«

Stella öffnete ihre Aktentasche. »Wann waren Sie das letzte Mal dort? Nicht zufällig am Donnerstag?«

»In der Nacht, in der er starb, meinen Sie? Nein. Aber ein paar Tage davor. Letzten Dienstag, glaube ich.«

Stella zog die Polizeifotos vom Tatort hervor und schob sie über den Tisch. »Haben Sie eines der Opfer schon mal gesehen?«

Curran breitete die Fotos vor sich aus. Er fasste in seine Schublade, setzte eine Lesebrille auf und warf einen Blick auf die beiden nackten Leichen. »Ihn nicht. Jedenfalls nicht in Scarberry. Bei ihr bin ich mir nicht sicher. Vielleicht habe ich sie mal im Dunkeln gesehen, vom Wagen aus. Die von der Sitte werden sie kennen.«

Curran gab ihr die Fotos zurück.

»Letzten Dienstag also«, sagte Stella. »Um wie viel Uhr?«

»Nicht spät. Neun, halb zehn. Weiß nicht mehr genau.«

Stella schob die Fotos in die Aktentasche. »Haben Sie ein gutes Gedächtnis für Autos?«

»Autos?« Wieder dieser ungeduldige Ton. »Identifizieren Sie so einen Dealer?«

»Wissen Sie noch, ob Sie vielleicht einen weißen Lexus gesehen haben? Baujahr 1999?«

Curran schwieg, dann sagte er leise: »Ein Luxuswagen. Wie man ihn vorm Country Club stehen sieht. Der Wagen hat ein paar Runden um den Block gedreht, als hätte der Fahrer etwas gesucht, und ist dann wieder abgedüst. Vielleicht musste er heim zu Mama.« Currans Blick wurde neugierig. »Hat Ihrer ein auffälliges Nummernschild?«

Stella fühlte, wie ihre Nerven und Muskeln sich anspannten. »›Play Ball‹«, antwortete sie.

Curran lehnte sich zurück und lachte schallend, als amüsiere ihn die Unausrottbarkeit menschlicher Torheit. Die Freude legte seinen Bauch in Falten, und die blauen Augen schienen nun zu tanzen. »Für den Burschen hat es sich ausgespielt«, sagte er.

»Wir haben ganz Scarberry abgegrast«, sagte Dance am Telefon. »Niemand erinnert sich an Fielding. Oder seinen Lexus.«

Von ihrem Schreibtisch aus betrachtete Stella das Stadion. Arbeiter krochen wie Ameisen über das Stahlgerippe. »Wenn Curran Recht hat, kannte ihn Tina möglicherweise von früher.«

»Curran.« Ein undefinierbarer Ton schwang in Dances Stimme. »Sind Sie mit ihm klargekommen?«

»Nicht besonders.« Stella zögerte und überlegte, ob sie ihm von Currans Verdacht berichten sollte. »Aber er meint, dass Jack Novak auf Prostituierte stand. Und auf Dreier.«

Dance schwieg. »Ich schlage vor, Sie kommen rüber«, sagte er endlich. »Ich bin auf dem Sprung zu Novaks Freundin. Wenn man ihr glauben darf, war sie die Letzte, die Novak lebend gesehen hat. Von seinem Mörder abgesehen.«

SIEBEN

Es war vier Uhr nachmittags, als Dance und Stella das Penthouse von Missy Allen betraten. Das Panoramafenster rahmte das fahle Licht der Wintersonne, die das trübe Grau des Sees kaum erhellte.

Dance und Stella setzten sich aufs Sofa. Allen blieb stehen. Sie machte fahrige Bewegungen, nahm ein leeres Glas vom Couchtisch, rückte einen Stapel Modezeitschriften gerade und sprach in abgerissenen Sätzen. Offenbar war ihr bewusst, dass sie unter Verdacht stand. Sie arbeite als Model, erzählte sie, wenn auch mit wechselndem Erfolg. Es gebe eben jüngere Mädchen. Sie habe zu viel Freizeit und denke zu viel über Jack und diesen Anruf nach. »Ich bin ja so froh, dass Sie hier sind«, platzte sie heraus. »Seit Jack … ich bin völlig durcheinander. Na ja, jedes Mal, wenn das Telefon klingelt, denke ich, der Mörder ist dran.«

Abrupt hielt sie inne und breitete mit einer theatralischen Geste der Hilflosigkeit und Verzweiflung die Arme aus. Missy hatte langes Haar mit blonden Strähnen und ein Gesicht, das zu glatt und zu faltenlos für eine Frau Ende dreißig war, dazu knallrote Nägel, die den Fächer ihrer gespreizten Finger betonten und Stella an ein Mannequin erinnerten. Stella ertappte sich bei der Frage, was sie mit ihr gemein haben konnte. Was hatte Jack Novak an ihnen beiden anziehend gefunden?

»Erzählen Sie uns doch mal, was an dem Abend geschah«, sagte Dance auf seine ruhige Art. »Alles, woran Sie sich erinnern.«

Missy verharrte reglos, als habe sie nicht gehört, dann erst nickte sie. »Alles«, wiederholte sie und begann mit einer Reihe von Geständnissen, während sie beim Sprechen nervös durchs Wohnzimmer stakste.

Sie habe bei ihm übernachten wollen. Ja, sie habe Kokain geschnupft, wie viele Mädchen in ihrer Branche. Anders stehe man das nicht durch, die endlosen Aufnahmen, den Stress, die knappen Ablehnungen, wenn man nicht dem erwünschten Typ entspreche. Aber Jack und sie hätten mit Kokain keine Probleme gehabt. Stella bezweifelte das im Stillen, und als Missy in Tränen ausbrach, fragte sich Stella, ob sie vielleicht auch jetzt unter Kokain stand. Dann setzte sich Missy abrupt, als sei sie mit ihren Käften am Ende.

Dance und Stella beobachteten sie einfach nur. Als mache sie das Schweigen der beiden verlegen, nahm Missy ihren Monolog wieder auf, ziemlich mitgenommen jetzt, und ein Schatten der Angst lag auf ihren Worten, als sie die Ereignisse jener Nacht schilderte, in der Jack Novak gestorben war.

Jack war leicht betrunken. Sie waren in dem Restaurant geblieben, bis es geschlossen hatte, und Jack hatte einen Single Malt Scotch nach dem anderen bestellt und sich über die Bedienung beschwert. Missy wusste, dass er auf der Herrentoilette gekokst hatte. Er wurde immer unberechenbarer und machte ihr Angst. Deshalb stritt sie auch nicht mit ihm, als er die Tür seiner Wohnung hinter sich zuzog und von ihr einen Strip verlangte. Sie bat ihn nur um Kokain.

Mit übertriebener Geduld und unter Zuhilfenahme einer Rasierklinge machte er auf dem Couchtisch einen schmalen weißen Streifen für sie bereit. Sowie sie das Pulver in ihrer Nase spürte, fühlte sie sich besser. Das Kokain überdeckte die Wirkung des Weißburgunders, den sie getrunken hatte, und der Raum nahm eine ernüchternde Klarheit an. Missy war zwar darin, aber kein Teil von ihm.

Das Licht war ihr zu hell. Als sie die Hand nach der Lampe am Ende des Sofas ausstreckte, sagte Jack leise: »Lass sie an.«

Sie wandte sich ihm zu. Im grellen Licht zeigte sein Gesicht die Spuren des Alters. Es war fleischiger geworden, zerfiel in Segmente, und mit den dunklen Tränensäcken sah er aus wie ein Dachs.

Verlasse ihn, sagte Missys Verstand, doch ihr Körper wollte nicht gehorchen. Als Model bekam sie immer seltener Jobs, und solange sie tat, was er von ihr verlangte, ließ er ihr das

Apartment, um das die anderen Mädchen sie beneideten. Wenn er zärtlich war, ihr den Rücken massierte oder Gedichte von Verlaine vorlas, meinte sie sogar, ihn zu lieben.

Jack verschwand im Schlafzimmer, und als er zurückkehrte, baumelten die Handschellen an seinem Finger.

Mit mechanischen Bewegungen zog sie sich aus, stumm, mit den Gedanken woanders. Sie hatte Schokolade gegessen – morgen würde sie dafür eine Stunde auf dem Heimtrainer strampeln. Als Jack hinter sie glitt, sah sie an sich hinunter und fragte sich, wie lange ihr Bauch wohl noch so flach bleiben würde.

Er küsste sanft ihren Nacken. Sie verstand das Zeichen. Gefügig streckte sie die Hände nach hinten. Als die Handschellen zuschnappten, erstarrte sie und blickte vor sich hin.

Das Geräusch, mit dem er den Reißverschluss seiner Hose öffnete, stimmte sie traurig, und das grelle Licht auf ihrem Körper verscheuchte die letzten Illusionen. Sie war schon viel zu lange mit ihm zusammen, so hatte sie es sich nicht vorgestellt. Sie hatte sich immer gewünscht, schön und begehrenswert zu sein, und später, wenn die Leidenschaft abkühlte, von einem Mann geliebt und versorgt zu werden. Als sie Jack kennen gelernt hatte, war die Zeit bereits knapp geworden, und sie hatte gehofft, er sei dieser Mann.

Unbeholfen sank sie auf die Knie. Der Teppich scheuerte ihr die Haut auf. Seltsam, wie schwer es war, mit Handschellen die Balance zu halten. Sie richtete sich auf und rutschte auf den Knien zu ihm.

Jack saß mit heruntergelassener Hose auf dem Sofa. Er hatte noch keine Erektion. Damit hatte er immer häufiger Schwierigkeiten, auch wenn das Amylnitrit manchmal zu helfen schien, oder wenn er zusah, wie sie mit jemand anders zusammen war.

Sie beugte sich vor und nahm ihn in den Mund. Langsam schloss sie die Augen und ließ ihre Gedanken schweifen.

Das Telefon klingelte.

Sie spürte, wie Jack zusammenzuckte. Das Klingeln gellte schrill durch das stille Apartment.

Zu ihrer Überraschung stand er auf und hob ab. Dankbar für die Ruhepause, lehnte sie das Gesicht an das Sofa.

Morgen, nach dem Training, würde sie ihre Mutter anrufen. Maggie Allen hatte ihr immer gesagt, dass sie schön sei – wie sie selbst, bevor sie ihre Kinder zur Welt gebracht hatte. Lange bevor Missy Brüste bekam, lernte sie von ihrer Mutter, wie eine Frau Make-up auflegte, sich anzog und Kleider vorführte. Maggie lächelte Missys Spiegelbild an und sagte, das sei für sie so, als sehe sie sich selbst im Spiegel. Und bald begann Missy, allein ihr Spiegelbild zu betrachten und nach der besonderen Schönheit zu suchen, die ihre Mutter so deutlich sah.

»Jetzt?«, hörte sie Jack fragen.

Wie spät war es? fragte sich Missy. Sie bekam Angst und fürchtete schon, Jack könnte jemand Fremden einladen, ihnen Gesellschaft zu leisten. Seine Stimme klang nervös und hellwach. »Geben Sie mir zehn Minuten«, sagte er, und sie schloss die Augen, als sie ihn über den Teppich gehen hörte.

Sie spürte einen leichten Ruck, als Jack nach den Handschellen griff, dann hörte sie ein Klicken, und die Fesseln glitten von ihren Handgelenken.

»Du musst gehen.«

Sein Ton war schroff und eindringlich, und sie wusste, dass er ihr keine Erklärung geben würde. Das tat er nie.

Missy zog sich an, und er ging unterdessen auf und ab, als sei sie schon fort. Wortlos öffnete sie die Tür.

Wieder spürte sie seine Lippen im Nacken. Sanft fragte er: »Kannst du noch fahren?«

Sie drehte sich um. Zu ihrer Überraschung standen Tränen in seinen Augen. Sie nickte stumm.

Er sah ihr forschend ins Gesicht. »Ruf mich an«, sagte er sanft. »Morgen, wenn du aufstehst.«

Missy küsste ihn flüchtig und schlüpfte in die kühle Nacht hinaus.

Stella spürte einen Knoten im Magen, nicht nur weil unangenehme Erinnerungen in ihr aufstiegen, sondern auch Zweifel.

Sie konnte sich ohne weiteres vorstellen, dass der unterdrückte Hass einer missbrauchten Geliebten sich unter dem Einfluss von Alkohol und Kokain in blinder Wut entlud. Es gehörte nicht viel Kraft dazu, einen Hocker wegzustoßen oder eine Leiche zu kastrieren. »Haben Sie beim Weggehen jemand gesehen?«, fragte Stella.

»Nein.« Missy sah erschöpft aus. »Ich weiß nur noch, dass Autos draußen parkten. Aber da parken immer welche.«

Stella holte Luft. »Sie wissen, wie Jack gestorben ist?«

Missy schaute weg und nickte. Sie war wirklich eine Schönheit: hohe Wangenknochen, strahlende braune Augen, ein ruheloser, ätherischer Blick, der ihr etwas Verletzliches gab. Doch die plastischen Operationen würden ihre Schönheit mit der Zeit zerstören. Schon jetzt war ihre Haut zu straff, und irgendwann würde ihr Gesicht so starr wirken wie das einer Porzellanpuppe. Stella empfand Mitleid mit dieser Frau. Doch nach allem, was sie wusste, hatte Missy Allen ihre Fingerabdrücke von dem Messer gewischt. Dance, der auf dem kleinen Sofa noch massiger als sonst wirkte, musterte die Frau schweigend. Ruhig fragte er: »Hat Novak Sie jemals gebeten, ihn zu fesseln?«

Missys Augen weiteten sich. »Nein.«

»Oder aufzuhängen?«

»Nein.« Ihre Stimme wurde schrill. »Davon weiß ich nichts.«

In ihren Worten lag eine routiniert gespielte Entrüstung, die Stella zu denken gab. Missy Allen war unsicher, neurotisch, haltlos. Stella hatte Erfahrung mit solchen Frauen. Sie waren notorische Lügnerinnen, weil sie Lügen für ein Mittel zum Überleben hielten, und wenn man sie dabei ertappte, tischten sie weitere Lügen auf und machten ein beleidigtes Gesicht, so wie Missy jetzt.

»Sie sagten, dass Leute Ihnen zugesehen haben«, sagte sie mit ausdrucksloser Stimme. »Meinten Sie Männer?«

Missy warf den Kopf zurück, und das volle Haar wallte in ihren Nacken. Stella fühlte sich an ein Model erinnert, das sich sammelte, ehe es auf den Laufsteg hinausging. »Und Frauen«, antwortete Missy.

Stella zögerte. Leise fragte sie: »Hatte Jack Sex mit ihnen?«

»Mit den Frauen, ja.« Missy kaute auf ihrer Lippe. »Meistens aber sah Jack mir zu. Er bat mich, bestimmte Sachen für ihn zu machen, mit Leuten, die ich nicht kannte. Manchmal mit Frauen, die Jack dafür bezahlte.« Ihre Stimme war kaum mehr als ein Flüstern. »Wenigstens haben sie mir nie wehgetan. So wie beim ersten Mal, mit seinem Klienten...«

Diesmal schloss Stella die Augen.

Es war Sommer, und der schmale Sandstreifen vor Jacks Haus am See glänzte feucht.

Stella saß da, die Füße im Wasser, und warf Kieselsteine in die sanften Wellen. Obwohl es noch früh am Nachmittag war, hatte sie schon zu viel Wein getrunken. Ihre Gedanken waren wirr, ihre Bewegungen wie von der Sonne gelähmt. Der String-Bikini, den Jack ihr geschenkt hatte, kam ihr jetzt nicht mehr ganz so knapp vor, aber vielleicht spürte sie ihn einfach nur weniger. Sie war Wein nicht gewöhnt.

Sie war immer gern mit ihm hierher gekommen. Hier fanden sie Erholung von Arbeit und Studium, von Jacks hektischem Leben. Doch jetzt trank sie, um ihren Kummer zu betäuben. Kummer über Jacks Verhalten, seine Ruhelosigkeit, sein unstillbares Verlangen nach immer neuen Kitzeln. Wie letzte Nacht.

Stella zog die Flasche aus dem Weinkühler und goss sich den Plastikbecher wieder voll. Sie beobachtete, wie die Wellen ihre Füße umspielten und das Wasser sich in der Nachmittagssonne tiefblau färbte.

Im dunklen Schlafzimmer hatte seine Frage wie eine verzweifelte Bitte geklungen. »Was für Fantasien?«, murmelte sie.

»Andere.« Er küsste ihren Hals und sagte mit tiefer, ruhiger Stimme. »Ich will es dir sagen.«

Ihr wurde schwindlig. Sie merkte, dass sie zu viel getrunken hatte. Sie sank verwirrt ins Bett zurück, und dann spürte sie Jacks Lippen auf ihrem Bauch. Vielleicht würde sie heute Nacht erfahren, was in ihm vorging.

Nach einiger Zeit drang er in sie ein. Sie bewegte sich mit ihm und hörte nur mit halbem Ohr zu, wie er flüsternd von dem Fremden erzählte, der ihnen aus der Dunkelheit zusah. Erst als Jack zu dem Höhepunkt seiner Geschichte kam, begriff sie, dass in seiner Fantasie der Fremde in sie eingedrungen war…

Jetzt, am Strand, trank Stella noch einen Schluck Wein und erinnerte sich. »Das war schön«, hatte Jack gesagt. »Dir zuzusehen.«

Er wartete im Haus. Beim Lunch hatte sie ihm gesagt, dass sie eine Weile allein sein wollte. Zu ihrer Erleichterung hatte er ihr keine Szene gemacht und sie mit einer zweiten Flasche Weißwein weggeschickt.

Fantasien. Warum hatte sie in Jacks Gegenwart immer das Gefühl, dass ihre eigenen Fantasien und Träume banal waren – ein Abschluss in Jura, ein Haus, ein Partner, der sie so gut verstand, wie Jack sie verstand, wenn er sich Mühe gab. Eines Tages vielleicht ein Ehemann, eine Tochter, ein Mädchen mit strahlenden Augen, das spürte, dass es geliebt wurde. Das ein Selbstwertgefühl entwickelte, nach dem sie selbst sich immer gesehnt hatte. Warum hatte sie nicht den Mut, mit Jack über solche Dinge zu sprechen?

Eine Zeit lang, sie wusste nicht, wie lange, schienen ihre Gedanken mit dem Sonnenlicht im Wasser zu verschmelzen. Als sie wieder nach der Weinflasche griff, war sie leer.

Stella stand auf und ging langsam zum Haus zurück.

Sie merkte, dass sie betrunken war. Sie schwankte bei jedem Schritt. Das Sonnenlicht war zu grell, und die Welt – der Rosengarten, die Bäume, die ihre Schatten auf das Haus aus Zedernholz warfen – erschien ihr beim Gehen zu schmal.

An der hinteren Veranda angelangt, legte sie eine Hand auf das Geländer und stützte sich vorsichtig ab. Dann öffnete sie die Fliegentür und ging hinein.

Im Wohnzimmer war es dunkel und kühl. Das leise Surren eines Deckenventilators drang in ihr Bewusstsein, dann die Musik aus Jacks Stereoanlage, der klagende Sopran aus Verdis Requiem. Das Haus entsprach nicht ihren Vorstellungen von einem Ferienhaus. Es war sorgfältig eingerichtet, und die vom

Boden bis zur Decke reichenden Regale füllten Kunstbände, neuere Hardcovers und ledergebundene Klassikerausgaben. Ihr Anblick beruhigte Stella und gab ihr ein Gefühl der Geborgenheit.

Sie sah sich nach Jack um und zuckte zusammen.

Ein großer, gut aussehender Schwarzer mit verblüffend grünen Augen hatte sich vom Sofa erhoben. Er trug enge Bluejeans und ein T-Shirt. Er war kräftig, und ein Lächeln umspielte seinen sinnlichen Mund.

»Wo ist Jack?«, fragte sie ihn.

Sie hatte Angst, ihr Stimme klang beklommen. Dann entdeckte sie Jack. Er beobachtete sie, ebenfalls lächelnd, aus einer Ecke, und unwillkürlich fragte sie sich, ob er alles so arrangiert hatte.

»Darf ich dir Diego Carter vorstellen«, sagte er leichthin. »Ein Klient. Und ein Freund.«

Stella konnte sich nicht rühren. Sie sah Jack flehentlich an, wartete auf eine Erklärung. Dann erkannte sie, dass sie keine Erklärung bekommen würde und dass sie auch keine brauchte.

»Kann ich mit dir reden?«, fragte sie leise.

»Klar.« Jack nahm sie wie ein Kind an der Hand und führte sie ins Schlafzimmer.

Sie stand da und ließ die Arme hängen.

Jack küsste sie sanft auf die Stirn, dann sah er ihr in die Augen. »Liegt es daran, dass er schwarz ist?«

Stella schüttelte den Kopf, zu keinem Wort fähig. Langsam, ehrfürchtig wie ein Verliebter, hakte er das Oberteil ihres Bikinis auf.

Es fiel zu Boden. Verwundert senkte sie den Kopf und starrte es an. Und mit einem Mal wusste sie, dass es zwischen ihnen aus war.

»Ist schon in Ordnung, Stella.« Jacks Stimme klang besänftigend, verriet aber seine Erregung. »Ich werde nie zulassen, dass dir jemand wehtut.«

Stella verspürte eine plötzliche Übelkeit. Sie wankte einen Schritt zurück.

Jack streckte die Arme nach ihr aus. Bestürzt und von Schmerz überwältigt hob sie die Hand und schlug ihm ins Gesicht.

Er taumelte zur Seite. Mit zitternder Stimme sagte sie: »Gib mir sofort die Autoschlüssel.«

Jack betastete seine Lippe. Mit verkniffenem Mund sagte er: »In dem Zustand kannst du nicht fahren. Das kann ich nicht zulassen.«

Sie war fertig mit ihm, das war sicher. Doch vielleicht war er noch nicht fertig mit ihr, und dieser Gedanke versetzte sie in neuerliche Panik. Sie sah sich schon als Spielzeug der beiden Männer und begriff, dass ihre Selbstachtung ebenso bedroht war wie ihr Körper. So ruhig wie möglich erwiderte sie: »Schick ihn fort.«

Jack sagte nichts. Sie sahen einander nur an.

»Mach schon«, zischte Stella.

Ein weiterer, für Stella quälend langer Augenblick verstrich, ohne dass Jack sich von der Stelle rührte. Dann endlich verließ er das Zimmer und schloss die Tür hinter sich.

Immer noch halb nackt, begann Stella zu weinen.

Fünfzehn Jahre später starrte sie Missy Allen an.

»Die Männer«, fragte sie schließlich, »die Jack angeschleppt hat. Wurde einer von denen mal böse auf Sie – oder auf ihn?«

»Ich weiß nicht.« Missy presste die Knie zusammen. »Nicht solange ich mit ihnen zusammen war. Ich kann mich jedenfalls nicht an so was erinnern.«

»Erinnern Sie sich noch an Namen?«

»Er hat sie mir nie vorgestellt.« Missy sah weg. »Manchmal trugen sie eine Maske.«

Stella blickte zu Dance. Wie gewöhnlich war keine Regung von seinem Gesicht abzulesen. Missy hätte ebenso gut die Bilder an Novaks Wänden beschreiben können. Doch Stella hatte feuchte Hände.

»Hat Novak jemals Damenstrümpfe getragen?«, fragte Dance. »Oder Stöckelschuhe?«

»Jack?« Missys Stimme wurde leiser, kehliger. »Nein. Ich.«

Stella holte Luft. »Wie war das in der fraglichen Nacht?«, fuhr Dance fort. »Haben Sie in der Wohnung noch mehr Scotch getrunken?«

Es entstand eine Pause, und dann verzog Missy das Gesicht, als müsse sie sich konzentrieren. »Ich nicht. Und Jack, glaube ich, auch nicht.«

Stella war klar, dass man der Frau Fingerabdrücke würde abnehmen müssen. Dance faltete die Hände vor dem Bauch. »Wie war Novak am Telefon? War er erschrocken? Oder besorgt?«

Missy schien zu überlegen. Der Kontrast zwischen ihrer anfänglichen Fahrigkeit und ihrer jetzigen Trägheit stimmte Stella noch bedenklicher. »Nicht direkt«, antwortete Missy. »Eher vorsichtig, oder respektvoll. Ich konnte nicht verstehen, warum er überhaupt rangegangen war.«

Stella auch nicht, vorausgesetzt, Missy sagte die Wahrheit. »Wissen Sie, ob er beruflichen Ärger hatte?«, fragte sie.

Nervös strich sich Missy die Haare zurück. »Er hat nie über seine Arbeit gesprochen. Ich glaube, es war ihm nicht recht, wenn ich zu viel wusste.« Sie senkte die Stimme. »Ich wollte einfach nur für ihn da sein, ihm geben, was er brauchte, um glücklich zu sein.«

Stella machte eine Pause. Sie fühlte, dass ihre Zweifel an Missys Geschichte im Widerspruch zu den Illusionen standen, die sie sich selbst damals gemacht hatte, der Hoffnung, sie könnte Jack irgendwie Frieden bringen. Und dann fiel ihr wieder ein, wie sie an jenem letzten Abend die Wagentür geöffnet hatte, sich nach Jack, der in der Dunkelheit stand, umgedreht und ihm zum Abschied gesagt hatte: »Dein Herz hat ein Loch, Jack. Ich kann hören, wie der Wind hindurchpfeift.« Damals hatte sie nicht geahnt, welch tiefe Wunde er ihr zugefügt hatte.

ACHT

»Wenn Sie sich eine Beziehung wünschen«, sagte Martin Breyer am nächsten Morgen, »sollten Sie sich mit dem Mann, den Sie beschreiben, lieber nicht einlassen. Es sei denn, Sie fassen den Begriff ›Beziehung‹ ziemlich weit.«

»Das wäre auch nötig«, erwiderte Stella. »Der Mann, von dem ich rede, ist nämlich tot.«

Breyer betrachtete sie durch seine Hornbrille. Für Stella gehörte die Brille ebenso wie die spartanische und unpersönliche Einrichtung des hellblau gestrichenen Beratungszimmers zur Standardausstattung eines Psychiaters, also einer Sorte Mensch, die im Privatleben ein Unbehagen bei ihr auslöste, das an Furcht grenzte. Doch als Staatsanwältin hatte sie es bisweilen mit einer Verteidigung zu tun, die auf Schuldunfähigkeit wegen krankhafter seelischer Störungen plädierte, und in Breyer hatte sie einen Sachverständigen gefunden, dessen Auffassung von individueller Verantwortlichkeit und freiem Willen sich mit ihrer deckte. Breyer hob die Brauen, eine Angewohnheit, die sein langes, schmales Gesicht und seine weiß bekränzte Glatze noch mehr betonte, und fragte: »Könnte es sein, dass wir über den bedauernswerten Mr. Novak sprechen?«

»Könnte sein. Unter uns gesagt.«

Breyer tippte sich mit einem dünnen silbernen Kuli an die Lippen. »Sie haben eine interessante Palette von Eigenschaften geschildert – Charme, Größenwahn, Geringschätzung gesellschaftlicher Normen, die ausgeprägte Fähigkeit, andere zu beeinflussen, tiefe Angst vor dem Gewöhnlichen, das verzweifelte Verlangen, eine innere Leere zu füllen. Im Grunde genommen ein ziemlich trauriger Fall.« Seine Augen verengten sich. »Gehe ich Recht in der Annahme, dass Sie ihn gut gekannt haben?«

Stella zögerte. »Ja. Eine Zeit lang.«

Wieder strebten die Brauen in die Höhe. »Gut genug, um einiges aus erster Hand zu erfahren.«

Es war keine Frage. Stella hielt seinem Blick stand. »Gut genug«, antwortete sie brüsk, »um herauszufinden, wo bei mir die Grenzen waren.«

Neugier blickte aus den grauen Augen des Psychiaters. »Aber offenbar nicht gut genug, um herauszufinden, wo Mr. Novaks Grenzen waren.«

Stella hielt inne, dann nickte sie. »Sofern er überhaupt welche hatte. Die Erfahrungen, die andere mit ihm in jüngerer Zeit gemacht haben, geben jedenfalls zu der Vermutung Anlass, dass nicht mehr viele Grenzlinien übrig waren. Und denken Sie an die besonderen Umstände seines Todes.«

Breyer schlug die Beine übereinander und drehte nachdenklich den Kuli in der Hand. Die Geste lenkte die Aufmerksamkeit auf seine langen Finger, die das Bild des gelehrten Asketen und alternden Professors noch verstärkten. »Sie haben von Voyeurismus gesprochen, und von einer Vorliebe für Gruppensex. Fangen wir damit an. Meines Erachtens zeugt das nicht nur von einem Bedürfnis nach einem besonderen Kick – das versteht sich von selbst –, sondern auch von dem Verlangen nach Macht.« Breyer presste die Lippen zusammen. Stella spürte, dass er die Sache möglichst taktvoll behandeln wollte und Verständnis dafür hatte, dass sie sich ihre Verlegenheit nicht anmerken lassen wollte. »Eine Geliebte, sofern dieses Wort hier angebracht ist, zu zwingen, anderen Männern zu Willen zu sein, ist das Gegenteil von Liebe oder Intimität. Dies lässt vermuten, dass ein Teil seines Vergnügens darin bestand, ihren Widerstand zu brechen und sie dazuzubringen, wie er selbst alle Grenzen zu überschreiten. Nur um sein Bedürfnis zu befriedigen, anders zu sein. Etwas Besonderes zu sein, potent zu sein.« Breyer senkte die Stimme. »Ich denke mir, dass dieser Wunsch über bloßen Sex hinausging. Und um ihn zu befriedigen, müsste der Mann, von dem Sie sprechen, über große Verführungskünste verfügen und ein untrügliches Gespür für die Schwächen der von ihm auserkorenen Frauen haben.«

Erst nach einer Weile fiel Stella auf, dass sie schwieg. »Nach und nach wurde mir bewusst«, sagte sie endlich, »dass er alles verstand, sogar Tränen.«

Breyer betrachtete sie mit verhaltener Neugier. »Wie alt waren Sie, als Sie ihn kennen lernten?« Aus seinen Worten war Mitgefühl herauszuhören.

»Anfang zwanzig.«

Der Psychiater sah von seinem Kuli auf. »Jede Frau, die vor diesem Mann geflohen ist, hat gut daran getan, einerlei wie alt sie war.«

Waren ihre Selbstzweifel so offensichtlich? fragte sich Stella. Breyers verständnisvolle Bemerkung war Balsam für ihre Seele. Vielleicht, so gestand sie sich ein, war das der eigentliche Grund für ihr Kommen, auch wenn sie nicht glaubte, dass sie jemals aus freien Stücken wiederkommen würde. »Jack hat mir gezeigt, wer ich war«, sagte sie. »Zumindest in einer Hinsicht.«

Breyer nickte. »Wir leben nach Regeln. Wir brauchen sie.« Er runzelte nachdenklich die Stirn. »Doch selbst abweichendes Verhalten hält sich an gewisse Regeln. Und deshalb hat mich Ihre Schilderung verwirrt.«

»Inwiefern?«

»Die Fesselfantasien passen ja noch einigermaßen ins Bild. Aber der Hüftgürtel und die Stöckelschuhe bereiten mir Kopfzerbrechen – dass er sie selbst getragen haben soll, meine ich. Dasselbe gilt für die autoerotischen Praktiken.«

Stella rutschte auf ihrem Stuhl hin und her. »Da bin ich selbst etwas ratlos. Der einzige Hinweis darauf ist bislang der Zustand, in dem wir ihn gefunden haben.«

Breyer drehte wieder seinen Kuli. »Ich will Ihnen sagen, was ich nicht verstehe. Vielleicht können Sie sich darauf einen Reim machen. Wie Ihre Dr. Micelli bereits angedeutet hat, sind Autoerotiker gewöhnlich bemitleidenswerte Einzelgänger, insbesondere, wenn sie gern Damenwäsche tragen. Sie sind einsam und schämen sich. Autoerotik wird zum Inbegriff tiefster Einsamkeit. Das zeigt sich im Flirt mit dem Tod, worin auch immer der Anreiz bestehen mag. Damit will ich nicht sagen, dass solche Menschen nie einen Partner finden. Einige tun das durchaus. Vielleicht spendet es ihnen einen gewissen Trost, dass sie jemanden haben, der ihren Schmerz nachempfinden kann. Aber bis es so weit ist, bis sie endlich jemanden finden, dürften sie ein hohes Maß an Raffinement erreicht haben. Sie haben SM-Literatur, ihre eigenen Lederriemen, Schals zum Schutz gegen blaue Flecken und Blutergüsse, und sie wissen genau, wie weit sie gehen können. Das bedeutet, die Verwendung von Hockern ist ihnen in aller Regel zu riskant. Auf den Zehenspitzen zu stehen genügt vollkommen.«

Unwillkürlich erlebte Stella noch einmal den Moment, als Micelli Jack Novaks nackte Leiche umgedreht hatte, um ihr zu zeigen, wie straff seine Hände zusammengebunden waren. »Sie können sich also nicht vorstellen«, sagte sie, »dass Jack einen Partner hatte.«

»Ich halte es für möglich, dass sein Mörder ein Sadist ist. Aber Novak ein Masochist? Das kann ich mir nicht vorstellen. Dass er kooperiert haben soll, erscheint mir doch ziemlich abwegig, zumal die Utensilien, die zur Verfügung standen, recht primitiv waren. Der Mann, den Sie mir beschreiben, scheint mir einen ausgeprägten Überlebensinstinkt zu haben und ein feines Gespür dafür, wen er ausnützen kann, wen er meiden muss, wie weit er in einer bestimmten Situation gehen kann. Man sollte eigentlich meinen, dass so ein Mann sich nicht von einem Partner täuschen lässt, der das heftige Verlangen hat, ihn umzubringen.« Breyers Ton wurde nachdenklich. »Die Sache ist mir ein Rätsel. Ich kann Ihnen leider nicht sagen, was da genau vor sich gegangen ist.«

»Eben das lässt auch mir keine Ruhe. Ich verstehe es einfach nicht.«

Breyer schien einen Augenblick zu zögern. »Und wollen es vielleicht auch gar nicht verstehen. Deshalb möchte ich Sie zur Vorsicht mahnen. Novak hat den besonderen Kick gesucht. Und sein Gefühl der Abstumpfung wurde durch das Kokain noch verstärkt. Von daher ist es nicht ausgeschlossen, dass er genauso gestorben ist, wie es den Anschein hat, und dass er seinen Partner schlicht und ergreifend falsch eingeschätzt hat.« Der Psychiater hielt erneut inne, als denke er darüber nach, ob er noch etwas hinzufügen sollte. Dann wurde sein Ton beinahe väterlich: »Diesen Fall würde ich meinem ärgsten Feind nicht wünschen, Stella. Was immer auch geschehen sein mag, ich hoffe, die Wahrheit ist für Sie nicht schmerzlicher als das, was Sie bereits durchgemacht haben.«

In Erinnerung an Saul Ravins Ermahnung verstummte Stella einen Augenblick. »Das kann ich mir nicht vorstellen«, erwiderte sie.

Im Büro herrschte ungewöhnliche Geschäftigkeit, als Stella zurückkehrte. Zwei uniformierte Polizisten rannten an ihr vorbei den schmalen Gang hinunter, und die Sekretärinnen vor Charles Sloans Büro versanken offenbar in Arbeit und waren schlecht gelaunt. Der beißende Geruch von angebranntem Kaffee lag in der Luft.

Stella trat in Sloans Büro und schloss die Tür hinter sich. Die Rivalität zwischen ihnen sorgte bereits für Gesprächsstoff, und es wurde gemunkelt, dass sie im Streit um Brights Nachfolge gegeneinander kandidieren würden. Stella verspürte kein Verlangen, alles noch schlimmer zu machen.

Sloan sah sie an. In gleichgültigem Ton fragte er: »Was kann ich für Sie tun, Stella?«

Unaufgefordert nahm sie Platz. »Ich brauche im Fall Novak Unterstützung.«

Seine Augen verengten sich. »Was für eine Art von Unterstützung?«

»Ich glaube immer noch, dass am Tatort alles nur arrangiert war. Dance übrigens auch. Angenommen, nur mal angenommen, Jack hatte gar keinen Gespielen. Dann war es klarer Mord.«

»Dafür«, erwiderte Sloan unwirsch, »ist Nathaniel Dance zuständig.«

»Das ist noch nicht alles. Ich glaube, jemand hat Jack geholfen, Beamte zu bestechen und Strafverfahren zu manipulieren. Saul Ravin und Johnny Curran glauben das auch. Es sind nicht viele Fälle, nur ein paar große.«

»Jemand?«,wiederholte Sloan kalt.

»Vielleicht die Cops. Erinnern Sie sich an den Fall George Flood?« Ihre Blicke begegneten sich. »Schließlich verschwinden nicht jeden Tag fünf Kilo Koks.«

Sloan sagte nichts. Doch Stella sah ihm an, dass er sein Gedächtnis durchforstete. »George Flood war ein Killer«, fuhr sie fort. »Und nicht der einzige unter Novaks Klienten. Angenommen, Novak hat mal wieder ein Wunder versprochen, diesmal aber nicht Wort halten können.«

Sloan beugte sich vor. »Am Abend nach dem Mord haben Sie behauptet, Jack Novak – ein Mann, der Arthurs Wahlkampf finanziell unterstützt hat – sei Vincent Moros Anwalt. Und jetzt behaupten Sie, dass er Leute bestochen und Strafverfahren gegen Dealer manipuliert hat. Warum gehen Sie nicht gleich den Flur runter und blasen Arthur das Gehirn raus? Oder noch besser, rühren Sie die Werbetrommel für Tom Krajek.«

Stella unterdrückte ihren Ärger. »Curran, Ravin und ich. Ich bezweifle, dass wir drei in Steelton die Einzigen sind, die sich über Jack Novak Gedanken machen. Stehen wir vielleicht besser da, wenn jemand anders Wind davon bekommt? Die *Press* zum Beispiel?« Eine Spur Sarkasmus mischte sich in ihre Stimme. »Ich weiß, ich habe nicht Ihre Erfahrung, Charles, aber ich war immer der Meinung, dass Integrität sich am Ende auszahlt. Sie sollten das wenigstens als Möglichkeit in Betracht ziehen.«

Sloan starrte sie an. »Ich will nur, dass Arthur zum Bürgermeister gewählt wird. Das ist mir wichtiger als ein toter Anwalt, zu dem *ich* keine Beziehung hatte.« Sloan unterbrach sich und bellte dann: »Wenn Sie damit ein Problem haben, werfen Sie einen Blick in den Spiegel.«

Stella lief rot an. Es kostete sie viel Mühe, ruhig zu antworten: »Wie wär's, wenn wir stattdessen zu Arthur gingen?«

Sloans sonst so ruheloser Körper erstarrte. Offensichtlich hatte sie ihn an seiner empfindlichsten Stelle getroffen – seiner Sorge um seine bevorzugte Stellung bei Arthur Bright. »Arthur«, entgegnete er unwirsch, »ist kein Klassenordner. Wie ich schon sagte, er kandidiert für das Amt des Bürgermeisters.«

»Und deshalb müssen wir ihn entscheiden lassen.«

Sloan zerknüllte eine Fastfood-Tüte, ließ sie aus der Hand gleiten und betrachtete die kleine Kugel. Nach einer Weile fragte er: »Was wollen Sie?«

»Jemand, der mir bei der Durchsicht von Novaks Akten helfen kann.« Stella zögerte. »Und es wäre nützlich, wenn er sich mit organisierter Kriminalität auskennt. Das schlägt nicht unbedingt in Dances Fach.«

»›Helfen.‹« Sloans Ton war ruhig, aber ätzend. »Wieso vergesse ich ständig, dass wir Arthur Bright ›helfen‹?«

Stella antwortete nicht. Sloan wandte sich ab, als könne er ihren Anblick nicht mehr ertragen. »Sie kriegen Ihre Hilfe«, knurrte er widerwillig. »Michael Del Corso wird ein paar Stunden für Sie abgestellt. Aber nur ein paar.« Er griff zum Telefon, hielt aber inne und funkelte sie an. »Ich möchte über jeden Schritt, den Sie in dieser Sache unternehmen, informiert werden. Über jede Kleinigkeit.«

Stella kehrte in ihr Büro zurück. Sie hatte noch etwas zu erledigen, das ihr besonders schwer im Magen lag.

Als Stella vor dem Haus ihrer Schwester parkte, war es kurz vor acht Uhr abends.

Katie Derwinsky öffnete ihr die Tür. »Komm rein.«

Mit ihrem rötlichen Haar und ihrer Stupsnase war Katie das Ebenbild ihrer Mutter, nur molliger. Doch ihre Stimme, weder freundlich noch abweisend, hatte einen ganz eigenen Ausdruck. Stella war überzeugt, dass Katie hart an ihm gearbeitet hatte und zu dem Ergebnis gekommen war, dass ihr Gleichgültigkeit am besten gefiel.

Es passte zu der reservierten Haltung, die Katie seit dem Tod ihrer Mutter und dem gesundheitlichen Verfall ihres Vaters Stella gegenüber einnahm. Stella hatte immer den Verdacht gehegt, dass Katies Umzug von Warszawa in eine aus fünfzig Ranchhäusern mit handtuchgroßen Rasenstücken bestehende Vorstadtsiedlung teilweise ein Protest gegen die rücksichtslose Entscheidung der großen Schwester war, das Elternhaus zu verkaufen. Katie hatte Stella damals ziemlich deutlich zu verstehen gegeben, dass sie in ihren Augen die Familie im Stich gelassen hatte und nur zurückgekehrt war, um endgültig mit der Vergangenheit zu brechen. Noch heute fand es Stella verwunderlich, dass zwei Schwestern, die im selben Elternhaus aufgewachsen und altersmäßig nur drei Jahre auseinander waren, alles, was sie gemein hatten – ihre Eltern, ihr Familienleben, selbst die simpelsten Erinnerungen –, aus so unterschiedlichen Blickwinkeln sahen, dass daraus Feindseligkeit erwuchs.

Stella folgte Katie in Richtung Küche. Geschrei drang aus dem Wohnzimmer. »Wenn's hart auf hart geht, zieht er den Schwanz ein«, hörte sie ihren Schwager rufen, »dieser millionenschwere, verhätschelte Feigling.«

Stella blieb an der Tür zum Wohnzimmer stehen. Seit Steelton sein Basketballteam verloren hatte, interessierte sie sich nur noch am Rande für diese Sportart und hatte ganz vergessen, dass Bobby ein Basketballfanatiker war. Er saß mit zwei Männern, vermutlich Kollegen aus der Ford-Fabrik, vor dem Fernseher. Wie Stella überrascht feststellte, richtete sich sein Spott gegen einen gut bezahlten schwarzen Abwehrspieler, der für seine protzigen Klunker und ständigen Prahlereien bekannt war.

Bobby selbst machte nicht viel her. Mit seinem Hängebauch, seinem Fu-Manchu-Bärtchen und seiner Baseballmütze mit dem Schriftzug der Steelton Blues, die er im Haus genauso trug wie draußen, sah er aus, als habe es ihn direkt aus einem Werbespot für Miller-Bier hierher verschlagen. Obwohl ihre beiden Kinder der lebende Beweis dafür waren, dass Katie mit ihm schlief, hatte Stella das nie begreifen können. Um ihrer Schwester willen konnte sie nur hoffen, dass die beiden auf die Missionarsstellung verzichteten.

Bobby schaute auf und bemerkte sie. Das gewohnte, provokante Grinsen erschien. »Lady Stella«, rief er – eine boshafte Anspielung darauf, dass sie als stellvertretende Bezirksstaatsanwältin etwas Besseres war und, wie Stella wusste, ein erster Schuss vor den Bug, da er den Zweck ihres Besuchs zu kennen glaubte. Sie wurde verlegen, dann gereizt.

»Für dich immer noch Prinzessin Stella«, erwiderte sie und setzte dann freundlicher hinzu: »Hallo, Bobby.«

Bobby besann sich auf seine Kinderstube und stellte sie den anderen mit den Worten vor: »Meine Schwägerin, Bezirksstaatsanwältin im Wartestand.« Nach einem kurzen Austausch von Höflichkeiten wandten sich die Männer wieder dem Spiel zu, und Stella folgte Katie in die Küche.

»Kaffee?«, fragte Katie.

Sie goss zwei Tassen ein, und die ungleichen Schwestern setzten sich an den Küchentisch. Stella sah sich um. Ihr Blick streifte den Keramik-Adler, die niedlichen Bauernfigürchen, und einmal mehr kam ihr der Gedanke, dass Katie die polnischen Nippsachen benutzte, um die Vergangenheit ihrer Familie zu verklären. Für ihren Geschmack hätte ein Stilleben mit Wodkaflasche neben einem stillgelegten Hüttenwerk aus Keramik besser gepasst.

Nach kurzem, betretenem Schweigen fragte Katie mit hörbarem Widerwillen: »Wie geht's ihm?«

»Oh, blendend«, antwortete Stella. »Vorletzten Sonntag hat er Lincolns komplette Gettysburg-Rede vorgetragen. Ich hatte ganz vergessen, dass er sie auswendig kann.«

Katie runzelte die Stirn, und Stella schämte sich plötzlich, dass sie in diesem Haus einen ironischen Ton angeschlagen hatte. Ruhiger sagte sie: »Sein Zustand ist unverändert, Katie. Er hat seit Monaten nicht mehr gesprochen. Ich bezweifele, dass wir jemals wieder seine Stimme hören.«

»Aber sonst ist er gesund?«

»Kerngesund. Sagen sie wenigstens.«

Katie nahm einen großen Schluck Kaffee und setzte die Tasse behutsam auf die Untertasse zurück. »Du hast das Haus verkauft, Stella. Und die Pflegerin entlassen.«

Stella zwang sich zur Ruhe. »Weil es so am besten für ihn war. Und das weißt du.«

»Ich weiß überhaupt nichts. Du hast alle Entscheidungen ganz allein getroffen.«

Stella hatte wieder das vertraute Gefühl, dass ein Gespräch

mit ihrer Schwester kein Meinungsaustausch, sondern ein Schlagabtausch war. »Irgendjemand musste sie treffen«, entgegnete sie. »Es war wie eine Rechenaufgabe in der achten Klasse. Wie lange wird er noch leben und was wird es kosten? Nur dass niemand die Antwort kennt.«

Mit umständlicher Geziertheit schüttete Katie noch etwas Sahne in ihren Kaffee und rührte um, bis sie zufrieden schien. »Du musst etwas wissen. Sonst hättest du nicht angerufen.«

Nein, dachte Stella in plötzlicher Wut, ich hätte mich ebenso wenig blicken lassen wie er. Gelassen erwiderte sie: »Es tut mir Leid, dass ich dich belästigen muss. Aber Dad atmet noch, und das Heim stellt es mir in Rechnung. So einfach ist das.«

Katie machte ein verkniffenes Gesicht. »Wir atmen alle noch, Stella. Wir haben all die Jahre über geatmet, in denen du kein Wort mit uns gesprochen hast. Während du Schlagzeilen gemacht hast, habe ich Bobby geheiratet und Kinder bekommen. Wir schicken dir keine Rechnungen, oder?«

Diese Ungerechtigkeit schnitt Stella ins Herz. »Du hättest sie vor die Alternative stellen können, Katie. ›Wenn Stella nicht zur Taufe kommen darf‹, hättest du sagen können, ›kommt überhaupt niemand.‹ Ich bin nicht weggeblieben, weil ich es wollte, sondern weil es dir so in den Kram gepasst hat. So konntest du ein Mitglied ›der Familie‹ bleiben, wie du dich immer ausgedrückt hast.« Stella senkte die Stimme. »Wir sind immer noch eine Familie. Aber Dad spielt nicht mehr den Schiedsrichter. Er kann sich an nichts mehr erinnern und braucht jemanden, der ihm die Windeln wechselt. Wir beide können das nicht für ihn tun.«

Katie verschränkte die Arme. »Es geht hier nicht um Dad. Es geht um Deb und Jimmy.« Ihre Stimme klang ungeduldig und gereizt. »Bobby wird niemals neunzigtausend Dollar im Jahr verdienen. Du hast dich nie damit befassen müssen, Stella, aber die öffentlichen Schulen kannst du vergessen. Wir bezahlen das Schulgeld für Holy Name, weil es unsere Kinder mal besser haben sollen.«

Immer noch gegen ihren Widerwillen ankämpfend, stellte

Stella ihre Tasse hin. »Ich möchte meine Nichte und meinen Neffen nicht ins finstere Mittelalter zurückschicken, Katie. Du musst doch wissen, wie ungern ich frage. Ich brauche nur ein wenig Unterstützung. Es wird nicht für immer sein.«

»Wer weiß? Du hast doch mit den Ärzten gesprochen, oder nicht? Und du rechnest damit, dass es bis 2001 dauert. Und du brauchst Geld, um Bezirksstaatsanwältin zu werden.«

Katie mochte sein, wie sie wollte, auf den Kopf gefallen war sie jedenfalls nicht. »Die Sache ist doch ganz einfach«, sagte Stella. »Es geht hier nicht um unseren Vater. Hier geht es um den Konflikt zwischen Hausfrau und Karrierefrau, und mir fällt dabei die Rolle des selbstsüchtigen Biests zu. Katie Marz' private Seifenoper.«

Katie fuhr in die Höhe. »Du hast sie im Stich gelassen, Stella. Du hast uns alle im Stich gelassen.« Sie hielt inne, wie um das Zittern in ihrer Stimme zu unterdrücken. »Du hast studiert, und du lebst allein. Deshalb kannst du dir es jetzt leisten, für ihn zu sorgen. Ich finde, das ist das Mindeste, was du tun kannst.« Und mit hasserfüllter Stimme fügte sie leise hinzu: »Oder nimmt es deine kostbare Zeit zu sehr in Anspruch, wenn du einen Scheck ausstellen musst?«

Stella spürte, wie der Damm der Wut in ihr brach und die letzten Reste von Höflichkeit fortgespült wurden. Nur ihr Gefühl der Überlegenheit hielt sie davon ab zu schreien. »Ich habe viel über unsere Kindheit nachgedacht«, sagte sie verächtlich. »Wie ungerecht es war, dass ich in die Rolle der cleveren Schwester gedrängt wurde, während du das nette Schwesterchen spielen durftest. Früher dachte ich, ich hätte trotz allem Glück gehabt, obwohl es bestimmt nicht leicht für mich war. Denn die Clevere konnte gehen, und die Nette musste bleiben. Ich habe mich getäuscht. Du bist zu clever, um nett zu sein, wenn niemand hersieht. Und nicht nett genug, um dich dafür zu schämen.« Stella stand auf und sah ihre Schwester an. »Es ist nicht meine Schuld, dass du so geworden bist, wie du bist, Katie. Und ihre Schuld ist es auch nicht. Was aus dir geworden ist, hast du dir selbst zuzuschreiben. Du hast es so gewollt.«

Katie erstarrte vor Wut. »Raus«, zischte sie.

Ein Bild aus der Kindheit stieg vor Stella auf – Katie, wie sie zu ihr ins Bett kroch, weil ein Albtraum ihr Angst gemacht hatte. Damals hatte Katie noch gewusst, dass sie bei Stella in Sicherheit war. Doch jetzt gab es kein Zurück mehr.

»Es tut mir Leid«, sagte Stella. »Um uns beide.«

Sie drehte sich um und ging. Katie und sie, davon war sie überzeugt, würden erst wieder miteinander sprechen, wenn ihr Vater gestorben war.

NEUN

Stella und Michael Del Corso saßen auf einer Bank am Steelton Square neben dem von Tauben beschmutzten gußeisernen Standbild Marschall Pilsudskis und aßen ihren Lunch. Es war für die Jahreszeit ungewöhnlich mild, und Straßenhändler verkauften Hotdogs und warme Brezeln. Für kurze Zeit waren sie der schneidenden Kälte des Winters entronnen, und Büroangestellte strömten aus den modernen Glastürmen und den verwitterten Gebäuden aus den dreißiger Jahren und blinzelten halb skeptisch, halb erwartungsfroh in die schwache Mittagssonne. Stella knabberte an einer Brezel.

Nach einem ersten Bissen von seiner polnischen Wurst bemerkte Michael: »So würden wir uns treffen, wenn Sie Vincent Moro wären – im Freien, wo Sie nicht abgehört werden können und Lauschangriffe schwieriger sind. Allerdings bei Nacht. Und an einem Ort, mit dem die Polizei nicht gerechnet hätte.« Er riss einen Brocken von seinem Brötchen ab und warf ihn einer Taube hin. »Und trotzdem hätten Sie Angst, ich könnte eine Waffe oder ein verstecktes Mikrofon bei mir tragen.«

Stella nippte an ihrem Apfelsaft. »Paranoid.«

»Nur konsequent«, korrigierte Michael sie. »Sie sind immer auf der Hut, lassen sich nie gehen, trinken nie einen über den Durst, lassen keinen nahe an sich herankommen. Die oberste Regel lautet: ›Keine neuen Leute.‹ Sie trauen nicht mal denen, die Sie seit Jahren kennen. Sie liquidieren jeden unsicheren Kantonisten, ehe er Gelegenheit bekommt, Sie zu verraten. Sie behaupten sich, weil kein anderer so wachsam ist, zumindest nicht über einen so langen Zeitraum hinweg.«

Stella betrachtete Michael genauer. Er war gut einen Meter fünfundachtzig groß, kräftig gebaut, und seiner Nase war anzusehen, dass sie einmal gebrochen worden war. Vermutlich hatte er in seiner Jugend Football gespielt. Sein lockiges schwarzes Haar war grau meliert, und die Lässigkeit seines Körpers mit dem leichten Fettansatz des Mittdreißigers verriet eine Abneigung gegen übertriebenen Aktionismus. Dunkle, nachdenkliche Augen mit schweren Lidern verstärkten den Eindruck eines Menschen, der bitteren Wahrheiten ins Auge gesehen hatte. Plötzlich lachte er über sich selbst, sodass er fast wie ein Junge aussah, und das Bild des sentimentalen Melancholikers verschwand.

»Wenn ich Moro als den letzten Revolverhelden hinstelle«, sagte er, »dann nur, um meine Rolle als Don Quixote unter den Bürokraten aufzuwerten.«

Diese Selbstironie überraschte Stella. »Aber ich werde ihn drankriegen«, sagte sie bestimmt.

Michael musterte sie. »Das FBI vielleicht«, entgegnete er. »Aber Sie nicht. Schon gar nicht für einen Mord, mit dem er nichts zu tun hat.«

»Wieso nicht ich? Oder – so hört es sich nämlich an – Sie?«

Ihre Frage fiel schroffer aus als beabsichtigt. Belustigung blitzte in seinen Augen auf. »Na schön«, sagte er. »Lassen wir Novak eine Weile da hängen und wenden wir uns Vincent Moro zu.«

Er sagte dies in einem lustlosen Ton, der die sarkastische Anspielung auf die näheren Umstände von Novaks Tod noch betonte. »Moro ist praktisch unangreifbar«, fuhr er fort. »Es gibt vielleicht drei oder vier Leute, die an ihn herankommen. Und über die hält er seine schützende Hand, als hinge sein Leben davon ab. Zumindest so lange, bis er einen von ihnen erledigen muss. Denn er ist ein Mafioso durch und durch.«

Michael hielt mit dem Essen inne. »Vor etwa vierzig Jahren«, sagte er, »brach Moro die High-School ab und schloss sich der Bande an. Ein paar Jahre später führte man ihn in einen geheimen, nur von Kerzen beleuchteten Raum. Wo und wann spielt keine Rolle, das Ritual ist seit Jahrhunderten unverändert. Sie klemmten ihm eine Heiligenkarte zwischen die Finger der rechten Hand, dann zündeten sie die Karte an. Moro ließ sie brennen, bis die Flamme erlosch.« Michael schenkte Stella ein flüchtiges Lächeln. »Wenn Ihnen das zu sehr nach dem ›Paten‹ klingt, dann geben Sie Moro mal die Hand. Seine Finger sind mit Narben übersät.«

Stella nahm noch einen Bissen von ihrer Brezel. Der beinahe schon vertraute Ton, in dem Michael über Moro sprach, erinnerte sie an Johnny Curran. Man konnte fast meinen, Michael wäre ebenfalls mit Moro zusammen aufgewachsen. Sie erwähnte nicht, dass sie Moro in Novaks Kanzlei begegnet war. Es war dunkel gewesen, und sie hatte nur auf Moros Augen geachtet, nicht auf seine Hände.

»Als Nächstes«, erzählte Michael weiter. »stachen sie ihm in die verbrannten Finger. Das sollte ihn daran erinnern, dass Verrat mit dem Tod bestraft wird. Natürlich wusste er das. In die Familie Scalisi führt jedoch nur ein einziger Weg: Man muss auf Befehl jemanden töten. In Moros Fall war es der eigene Cousin. Er hat die Regeln gelernt, und bis heute lebt er nach ihnen. Seine Leute wissen, dass ihr Leben keinen Pfifferling mehr wert ist, wenn sie ihn verraten. Es sei denn, sie bringen ihn vorher um. So wie er Tino Scalisi umgebracht hat.« Michael hatte anscheinend seinen Hotdog wieder entdeckt und hielt kurz inne. »Man sagt, dass Moro eine bestimmte Lektion nie vergisst, und zwar die, die er Tino Scalisi erteilt hat.«

»Sie reden ja so, als würden Sie ihn kennen«, erwiderte Stella.

Michael biss in seine Wurst, kaute andächtig und beobachtete dabei die Tauben. Stella wusste nicht viel über ihn, nur dass er Jura und Rechnungswesen studiert hatte und seit sechs Jahren im mühseligen Kampf gegen Wirtschaftskriminalität und das organisierte Verbrechen tätig war. Er kam ihr vor wie eine Mischung aus Prolet und kultiviertem Menschen, stolz, sensibel, mit einem Hang zum schwarzen Humor. Selbst seine Haltung zu Moro erschien ihr zweideutig. Die Feindschaft, die ihn beruflich mit dem Mann verband, stand im Widerspruch zu einer tieferen Vertrautheit, die an Respekt grenzte oder noch weiter ging.

Michael wandte sich ihr zu. »Ich bin in Little Italy aufgewachsen. Die Menschen dort haben sich Vincent Moro gefügt. Nicht nur weil sie Angst vor ihm hatten oder weil er ihnen Geld lieh oder Jobs besorgte. Er kannte sie, und sie kannten ihn.« Seine Stimme wurde sanft. »Sein Vater stammte aus Sizilien, wie meiner. Als ich Moro das erste Mal begegnete, spielte ich Baseball in einer von ihm gesponserten Schülermannschaft, und bei dem Spiel entschied ich mit dem längsten Homerun, der mir je gelungen ist, die Meisterschaft für uns. Hinterher schenkte Moro mir einen alten Baseball mit dem Autogramm von Yogi Berra drauf und sagte, er ziehe den Hut vor meiner Leistung. Er brauchte mir nicht zu sagen, wer er war oder warum ich mir darauf etwas einbilden konnte.«

»Und er wusste, dass Ihnen das unvergesslich bleiben würde.«

Michael nickte. »Er kennt die Schwächen der Menschen und weiß, wie er sie für sich gewinnt. Aber das ist es nicht allein. Es ist wichtig, was er von einem hält.«

Wieder erwachte Stellas Neugier. »Und wann haben Sie es sich mit ihm verdorben?«

»Im Jurastudium. Meine Eltern hatten ein ausgeprägtes Rechtsempfinden, und so nahm es ihr katholisch erzogener Sohn sehr genau mit dem Grundsatz, dass vor dem Gesetz alle gleich sind. Oder es zumindest sein sollten.« Michael blickte wieder auf den Platz hinaus. »Es muss wohl so sein, dass man gewisse Dinge empfindet, für die man sich selbst nicht leiden kann. Einen Mann zu bewundern, der sein Geld mit Drogen und Prostitution verdient und aus Profitgier mordet, ist schlimmer als Unwissenheit. Das ist böse.«

Der plötzliche Ernst in seiner Stimme brachte Stella auf einen beunruhigenden Gedanken. Vielleicht, so überlegte sie, klammerte sie sich nur deshalb so fest an die Regeln, weil sie sich selbst verachtete. Gewissermaßen als Schutz vor dem moralischen Verfall, den sie in dem Spiegel, der ihr von Jack Novak vorgehalten worden war, gesehen hatte. Vielleicht hatte Michael Del Corso, weil er sich kannte, ähnliche Ängste wie sie.

»Moro«, fuhr Michael fort, »macht sich das Böse in uns zunutze. Nehmen Sie nur das Hostessengeschäft – Edelprostitution. Moros Autoverleih bringt die Mädchen mit einem Luxusschlitten zum gewünschten Ort. Er hilft ihnen, Drogen an die Freier zu verkaufen, die sie für Sex bezahlen. Wenn der Kunde wichtig genug ist – ein wohlhabender Geschäftsmann oder auch ein Politiker – geht das Mädchen mit ihm in ein Apartment, in dem Moro eine versteckte Videokamera installiert hat, irgendwo in der Schlafzimmerwand. Wenn der Mann in Fahrt kommt und vielleicht sogar redselig wird, geht das Band an Moro.« Aus Michaels Stimme klang eher Überdruss als Empörung. »Das Material lässt sich für eine Erpressung verwenden: abartige sexuelle Neigungen, Kokainkonsum oder eine Bemerkung, die der arme Narr lieber nicht gemacht hätte. Aber Moro selbst bleibt im Hintergrund. Er kassiert durch Mittelsmänner. Wir können ihm allenfalls nachzuweisen versuchen, dass er das Geld in seinem Autoverleih waschen lässt. Aber es gibt keinerlei Belege. Die Bücher sind frisiert, und der Strohmann von Firmenchef weiß, was ihm blüht, wenn er verhaftet wird und Moros Mittelsmänner hochgehen lässt.« Michael sah Stella wieder an. »Es ist immer derselbe Ablauf. Und es hört nie auf.«

Stella spürte Michaels Resignation. Hin und wieder hatte sie die Anklage in einem Mafia-Mordprozess vertreten, bei dem der Angeklagte nur den Mund aufmachte, um sich ein Alibi zu verschaffen. Doch im Allgemeinen waren Morde viel simpler. Es waren Taten von Einzeltätern zur sexuellen Befriedigung, aus Habsucht oder aus niederen Beweggründen. Sie endeten mit langen Haftstrafen oder, für einige wenige, mit einem Todesurteil. Verglichen damit bemühte sich Michael, einen Augiasstall auszumisten und hatte längst den Glauben daran verloren, Vincent Moro jemals überführen zu können.

»Wozu dann die ganze Mühe?«, fragte Stella unverblümt.

Er zuckte die Schultern. »Es ist eine existentielle Frage. Wer hat noch mal gesagt, dass man so leben muss, als sei es wichtig – Sartre oder Camus?«

Stella hatte das Gefühl, dass sich hinter der halb scherzhaften Bemerkung etwas Elementares verbarg, nämlich die zähe Entschlossenheit eines Immigrantensohns, das Beste aus sich herauszuholen. Und sie wusste: verband sich das mit der Angst vor dem Bösen in einem selbst, so konnte die Angst von einem Besitz ergreifen.

»Erzählen Sie mir von Moros Drogenring«, sagte sie.

Michael nahm den Rest seines Brötchens und warf ihn einer vorbeistaksenden Taube hin. »Wie er funktioniert, wissen Sie ja bereits. Die Organisation ist darauf ausgerichtet, Moro zu schützen. Er steht an der Spitze. Der Einzige, mit dem er redet, ist Frank Falco, seine rechte Hand. Falco kümmert sich um die Verteiler. Moro selbst trifft sich nie mit ihnen. Nehmen Sie George Flood, den Drogenkönig auf der East Side, und den haitianischen Dealer, dessen Bekanntschaft Sie gemacht haben, diesen Desnoyers, den sie fertig gemacht haben. Für Moro ist Flood eine Schlüsselfigur – ein Schwarzer, der im Auftrag eines Italieners an Latinos, Asiaten und andere Schwarze Drogen verkauft. Aber Floods einziger Kontaktmann ist Falco, und einziger Kontaktmann des Haitianers ist Flood. Die Straßenverkäufer unter dem Haitianer bilden die fünfte Ebene. Festnahmen auf dieser Ebene sind das Äußerste, was Moro hinzunehmen gewillt ist. Novak hat dafür zu sorgen, dass seine Mandanten den Mund halten. Aber Johnny Curran ist ein gewiefter Bursche. Irgendwie dreht er einen Straßenhändler des Haitianers um, und der verpfeift seinen Chef, den Curran daraufhin auf einem Parkplatz verhaftet, um an George Flood ranzukommen.

Moro kann das nicht dulden. Vor allem kann er nicht dulden, dass der Haitianer Flood ans Messer liefert, denn die nächste Ebene darüber ist bereits Frank Falco. Gewiss, Flood und Falco werden sich hüten, etwas auszuplaudern. Trotzdem fühlt sich Moro bedroht. Der Haitianer hat sein Leben verwirkt, als er Novak eröffnet, dass er Flood hochgehen lassen will. Ein Wink von Novak an Moro genügt.« Michael schnippte mit dem Finger. »Und schon ist Ihr Haitianer ein toter Mann. Das ist jetzt fünfzehn Jahre her, und seitdem sind wir nie wieder so dicht an Moro dran gewesen. Das haben wir Novaks Loyalität zu verdanken.«

Michael sagte dies so verächtlich, dass Stella einen Augenblick lang das Gefühl hatte, seine Verachtung gelte auch ihr. Sie spürte, dass er sich seine eigenen Gedanken über die Frau machte, die früher für Novak gearbeitet hatte. Ohne sich darum zu kümmern, fragte sie: »Woher haben Sie dann Ihre Informationen über Moro?«

»Hauptsächlich vom FBI. Die sind technisch und personell so gut ausgestattet, wie wir es uns nur erträumen können. Die haben Agenten für Observationen, Abhörgeräte, Videokameras, ein Netz von Spitzeln und Informanten, Listen der Leute, mit denen Falco telefoniert, Listen der Unternehmen, zu denen er Kontakte unterhält. Und sogar eine Hierarchie der Familie Moro, die anscheinend ziemlich genau ist. Aber wissen und beweisen können, das sind zweierlei Stiefel. Die FBI-Agenten können filmen, wie Moro und Falco zusammen in ein Privatflugzeug steigen. Aber sie können nicht hören, was die beiden reden, wenn die Maschine in der Luft ist, und aus keinem anderen Grund benutzt Moro sie.« Wie getrieben von seinem Frust sprach Michael jetzt schneller, und Häme mischte sich in seine Stimme. »Und wir: Arthur und die Cops, ja sogar Johnny Curran? Wir sind für Moro allenfalls ein Ärgernis, und manchmal helfen wir ihm sogar.«

»Wieso?«

»Im Drogenschäft überleben nur die Härtesten und Cleversten. Aber mit Drogen ist so viel Geld zu verdienen, dass jeder Spinner und Gernegroß versucht, sich ein Stück vom Kuchen abzuschneiden. Nehmen wir wieder die East Side als Beispiel, George Floods Revier. Vor Jahren hat Flood dort nur einer Ärger gemacht, Harlell Prince. Der Schwarze, den Curran aus dem Verkehr gezogen hat. Heute sind es die Gangs – die Bloods, die Crips, Hell's Angels, dazu Skinheads, Schwarze, Jamaikaner, die sich einen Teufel um Tradition scheren. Manchmal muss Moro ein paar eliminieren. Manchmal tun wir es für ihn. Diese Leute sind Amateure. Sie verfügen nicht über Moros ausgeklügeltes Verteilersystem – Parkplätze, Autos, Kaufhäuser, Bordelle, Leute, die sich um das alles kümmern. Ebenso wenig über das dazugehörige Netz von korrupten Polizisten oder Juristen, mit deren Hilfe Moro verhindert, dass Arthur Bright seinen Ring auffliegen lässt. Die Möchtergerns kann Arthur haben. Aber das FBI traut uns nicht, es respektiert uns nicht mal.«

Michael hielt abrupt inne, als werde ihm seine eigene Verbitterung bewusst. Er beugte sich nach vorn. Jetzt erinnerte er Stella nicht mehr an einen jungen Footballspieler, sondern an einen Boxer, der gemerkt hatte, dass er es in seiner Gewichtsklasse nie weit bringen würde, und sich möglicherweise vor der Erkenntnis fürchtete, dass er den Sport, der ihn geprägt hatte, verachtete. Dann zuckte Michael die Schultern, und Stella fragte sich, ob sie nicht etwas sah, was gar nicht vorhanden war.

»Aber es heißt doch, die Mafia habe sich überlebt…«

Michael schwieg einen Augenblick und sprach dann mit ruhigerer Stimme weiter. »Es ist ein sehr langsamer Tod. Aber was Ravin Ihnen gesagt hat, stimmt: Der Druck auf Anwälte und Straßenhändler macht es der Bande schwerer, sich das FBI vom Hals zu halten. Hinzu kommen Lauschangriffe und das Zeugenschutzprogramm, das einem Mörder wie Sammy Gravano ›dem Stier‹, der fünfundzwanzig Menschen auf dem Gewissen hat, eine neue Identität und ein neues Leben garantiert, wenn er Vincent Moro verpfeift. Das FBI will aus Moro eine Art wandelnden Persilschein für Knastologen machen.« Wieder lachte Michael. »Vielleicht ist das der Grund, warum Moros Sohn Nick in juristischen Vorlesungen neben mir gesessen hat. Und warum es nicht Moro war, der Novak aufgehängt hat. Gewissenlose Leute wie Novak will man nicht verlieren, die sind zu nützlich.«

Stella dachte darüber nach. »Was ist, wenn er sich durch Novak irgendwie bedroht gefühlt hat?«

»Sie meinen, Novak könnte versucht haben, Moro zu verraten? Novak?« Vielleicht bildete Stella es sich nur ein, aber sie hatte den Eindruck, dass Michael sie nach diesen verächtlich ausgestoßenen Worten genauer musterte. »Vor einer Stunde habe ich mit einem Bekannten von der Drogenbehörde telefoniert. Wenn er die Wahrheit sagt, liegt beim FBI nichts gegen Novak vor. Und davon einmal abgesehen, gehört viel weniger Mut dazu, Geld von Moro zu nehmen, als ihn zu verraten.«

Stella dachte kurz an Jacks Hochstimmung an jenem Abend, als man George Flood auf freien Fuß gesetzt hatte, weil das Kokain auf wundersame Weise verschwunden war. So viele Seiten an ihm waren ihr rätselhaft geblieben. Seine Einsamkeit, seine Sprunghaftigkeit, die innere Leere, unter der er wohl gelitten hatte. Die Beziehung mit ihm hatte zwar tiefe Wunden bei ihr hinterlassen, doch am Ende hatte sie in einem Punkt, dem wichtigsten, Recht behalten: Auf den Charakter kam es an, und Jack Novak hatte keinen.

Michael blickte auf seine Armbanduhr. »Ich muss zurück«, sagte er und stand abrupt auf.

Stella fühlte sich brüskiert. Michaels Benehmen ließ den Respekt vermissen, den er ihr als Stellvertreterin Brights schuldete, und als junge Staatsanwältin war sie so lange herablassend behandelt worden, dass es für ein ganzes Leben reichte. Doch sie hatte auch gelernt, Geduld zu üben und den richtigen Zeitpunkt abzupassen, um sich Respekt zu verschaffen, und zwar mit so nachhaltiger Wirkung, dass die Despektierlichkeit sich nicht wiederholte.

Schweigend gingen sie unter dem grau werdenden Himmel in das Gebäude, stiegen in den Fahrstuhl und fuhren hinauf zu Michaels Büro.

Stella blieb in der Tür stehen und spähte in den Raum. Sie war noch nie hier gewesen. Mit dem Schreibtisch aus Metall, dem gefliesten Fußboden und den kahlen Wänden wirkte Michael Del Corsos Büro ebenso spartanisch und unpersönlich wie ihr eigenes. Bis auf ein kleines, gerahmtes Foto auf dem Aktenschrank hinter ihm. Es zeigte ein Mädchen, etwa sieben Jahre alt, mit dunklen Augen und dunklem Haar, das auffallend zierlich und hübsch war. Welcher unbekannten Frau ähnelte es? fragte sich Stella, und dann fiel ihr auf, dass Michael keinen Ring trug.

»Trotzdem«, sagte sie zu ihm, »ich brauche Ihre Hilfe, um Novaks Akten durchzusehen. Ich möchte ganz sichergehen, dass er nicht aus beruflichen Gründen ermordet wurde. Also lassen Sie mir meinen Willen.«

Der letzte Satz, mit trockenem Understatement gesprochen, sollte ihn daran erinnern, dass ihre Bitte ein Befehl war. Eine Veränderung in seinen Augen, die sich leicht verengten, zeigte ihr, dass er es begriffen hatte. Und vielleicht mehr: dass sie und Charles Sloan Rivalen waren und dass er eine Anlaufstelle hatte, wenn er aussteigen wollte.

»Klar«, erwiderte er.

ZEHN

Fünfzehn Jahre, nachdem Stella Jack Novak verlassen hatte, saß sie in seinem Büro.

Es war kurz nach neunzehn Uhr. Der Raum hatte keine Fenster; Stella fühlte sich von der Außenwelt abgeschnitten, eingesperrt in ihrer Vergangenheit. Die letzten fünfzehn Jahre schienen ausgelöscht.

Vor ihr stapelten sich fünf Akten, zusammengesucht in der Vergangenheit, die Arbeit mehrerer Stunden. Sie waren wie alle anderen Unterlagen auf Stellas Antrag hin sichergestellt worden. Aus der ersten, einer dünnen Kladde mit der Aufschrift »Jean-Claude Desnoyers«, hatte Stella ihre Gesprächsnotizen von damals genommen. Ihre enge, gewundene Handschrift hatte sich im Lauf der Jahre nicht verändert. »Handel vorschlagen?« hatte sie gekritzelt und dann die Worte unterstrichen.

Zwei Tage später war der Haitianer tot gewesen.

Die Bürotür schwang auf, und Nathaniel Dance trat ein.

Er setzte sich in den Besuchersessel, der unter seiner riesigen Gestalt winzig wirkte. Dance faltete die Hände und betrachtete Stella mit der gewohnten Gelassenheit.

»Was haben Sie gefunden?«, fragte er.

»Diese Akten. Ich glaube, die stammen alle aus der Zeit, als Sie noch im Drogendezernat waren.« Stella nahm die oberste vom Stapel. »Jean-Claude Desnoyers, ein Dealer, der gegen George Flood aussagen wollte. Curran bearbeitete den Fall – ich weiß bereits, was passiert ist. Bei den Übrigen brauche ich Hilfe.«

Dance sagte nichts. Sein Schweigen erschien Stella wie eine Waffe und Schutzmaßnahme zugleich, eine Gewohnheit, die er in der zwielichtigen Welt der Steeltoner Polizei angenommen hatte.

»Alle fünf Fälle betreffen Floods Drogenring. Im Ältesten wurde Floods Dealer von Saul Ravin vertreten und Flood selbst von Jack Novak.«

Dance lächelte schwach und freudlos. »Den Dealer habe ich damals selbst verhaftet. Louis Jackson. Wir hatten fünf Kilo Koks als Beweismittel.«

Stella schlug die Akte auf. »Dann kam es zu einem ›administrativen Versehen‹. Jemand aus der Asservatenkammer vernichtete das Kokain, und alle Angeklagten kamen auf freien Fuß. Saul sagt, dass Jackson bereit war, gegen Flood auszusagen.«

Dance nickte langsam und sah dabei Stella an.

»Wer«, fragte sie, »hat die Vernichtung des Kokains veranlasst?«

Dance verschränkte die Arme. »Nach den Büchern der Asservatenkammer lag eine Routinegenehmigung vor, in der stand, dass der Fall abgeschlossen sei. Doch wir haben dieses Schriftstück nie gefunden. Deshalb konnten wir nie ermitteln, wessen Versehen es war.«

»War es denn ein Versehen?«

Dance musterte sie. Stella war sicher, dass er sie nicht fragen würde, warum sie das wissen wollte. Er würde sich ihre Fragen anhören und dann seine eigenen Schlüsse ziehen. »Ein Versehen kann schon mal vorkommen«, sagte er. »Vielleicht war das eins.«

Stella beließ es dabei. »Der nächste Fall wurde ebenfalls von Johnny Curran bearbeitet. Er erwirkte einen Durchsuchungsbefehl für die Wohnung eines anderen Dealers, der für Flood arbeitete. Seinem Antrag nach hatte er von einem namentlich nicht genannten Informanten den Tipp erhalten, dass im Sofa des Dealers Kokain versteckt sei.« Stella grinste kurz. »In dem Sofa steckte nichts, darauf nahm Curran dem Typ die Schlüssel ab, ging in die Garage und fand dort den Koks im Kofferraum seines Wagens, transportbereit verstaut. Der Fall wurde Richter Freeman zugewiesen, dem großen Bürgerrechtskämpfer der East Side. Ich brauche Ihnen nicht zu sagen, wie die Sache ausging.«

Dance nickte wieder. »Freeman hat das Verfahren eingestellt, weil die Hausdurchsuchung unzulässig war. Curran war über den Rahmen der richterlichen Anordnung hinausgegangen.«

Stella legte die Akte auf die ersten beiden. »Sauber, nicht wahr.«

Dance lehnte sich im Sessel zurück. »Und Sie glauben, Moro hat dafür gesorgt, dass der Fall Freeman zugeteilt wurde?«

»Oder jemand hat dem Dealer den Tipp gegeben, das Kokain in einem anderen Teil des Hauses zu verstecken, für den die richterliche Anordnung nicht galt. Curran blieb kaum eine Wahl. Wäre er zum Richter zurückgegangen und hätte den Durchsuchungsbefehl erweitern lassen, wäre das Kokain vielleicht nicht mehr da gewesen. So war es wenigstens weg von der Straße.«

Dance stützte das Kinn in die Hand. »Wer war der Staatsanwalt?«

Seine Frage bewies wieder einmal, wie scharfsinnig er war. »Charles Sloan«, antwortete sie.

Dance lachte leise, sagte aber nichts.

»Auch der vierte Fall«, fuhr sie fort, »wurde von Curran bearbeitet – und Sloan. Es geht wieder um Louis Jackson, wieder um Kokainbesitz. Aber diesmal lässt Jackson sich von Jack Novak herauspauken.« Lässig warf sie die Akte auf den Stapel. »Er kommt mit einem Jahr davon, und fertig. Nicht viel schlimmer als ein Ausflug nach Disney World.«

»Worauf hat Novak die Verteidigung aufgebaut?«

»Ebenfalls unzulässige Hausdurchsuchung. Nur dass diesmal seine Begründung wenig stichhaltig war und der Fall nicht von Richter Freeman verhandelt wurde.« Stella griff zur letzten Akte. »Dieser Letzte war auch Ihr Fall.«

Dance legte einen Gleichmut an den Tag, der an Freundlichkeit grenzte. »Lassen Sie mich raten, welcher«, sagte er. »Jackson saß im Knast. Ich habe den Typen verhaftet, der seinen Platz eingenommen hatte und für Flood Heroin verteilte. Morgan Beach hieß er. Dank Novak wurde die Kaution ziemlich niedrig angesetzt, schlappe fünfzigtausend oder so. Wir haben Beach nie wieder gesehen.«

Interessant, wie viel er noch weiß, dachte Stella. Sie legte die Akte zu den anderen. »Wissen Sie noch, wer die Anklage vertrat?«

Dance nickte. »Sloan.«

Er sah sie erwartungsvoll an, offenbar überzeugt, dass sie dieser Sache genauer nachgehen würde. Stattdessen fragte sie: »Und was haben Sie herausgekriegt? Hatte Jack Novak wirklich abseitige Neigungen?«

Dance faltete die Hände. »Er hatte kein Postfach für Schwulenpornos oder Sado-Maso-Magazine. In den einschlägigen Läden erinnert sich niemand an ihn. Seine Sekretärin, seine Kollegen, seine Nachbarn – niemand kann sich vorstellen, dass er auf eine Praktik stand wie die, die zu seiner Ermordung geführt hat.« Dance zuckte träge die Schultern. »Auf Koks und Videos stand er aber mit Sicherheit. Seine Wohnung und sein Wochenendhaus waren voll davon – Männer jeden Typs treiben es in Gruppen mit Frauen jeden Typs. Aber keine Schwulen, keine Kinder, keine Tiere.«

Unwillkürlich musste Stella an ihr letztes Wochenende in

Jacks Haus am See denken. »Was ist mit Jacks Prozessen?«, fragte sie.

»Den neueren? Fehlanzeige. Nichts von Bedeutung, keine nennenswerten Probleme. Unsere Leute haben noch nichts entdeckt, was aus dem Rahmen fällt. Jedenfalls nichts, was Vincent Moro in Schwierigkeiten bringen könnte. Bisher deutet nichts darauf hin, dass der Mord im Zusammenhang mit Novaks Anwaltstätigkeit steht.«

»Und wer könnte ›private‹ Gründe gehabt haben, ihn umzubringen?«

Dance sah Stella durchdringend an. »Abgesehen von Missy Allen? Ich habe gerade mit Kate Micelli gesprochen. Die Fingerabdrücke, die unsere Leute in Novaks Apartment gefunden haben, stammen von ihm selbst, von Missy und von der Haushälterin, einer alten Tschechin. Kate vermutet, dass ein Glas abgewischt wurde und der Griff des Messers, mit dem man ihm die Eier abgeschnitten hat. Vielleicht war es Missy Allen, aber in diesem Fall müsste er kooperiert haben, erst dann hätte sie den Hocker unter ihm wegtreten können.« Dance hielt kurz inne und fragte dann bedächtig: »Können Sie sich vorstellen, dass sie ihn so gehasst hat?«

Als Stella nicht antwortete, wanderte sein Blick zu dem Aktenstapel vor ihr. »Das sind lauter alte Fälle, Stella.«

»Aber die Verfahren wurden manipuliert«, entgegnete Stella. »Und es gab einen Toten.«

Ihre Blicke begegneten sich. »Jean-Claude Desnoyers«, sagte er. »Möge er in Frieden ruhen. Seine Familie verließ die Stadt, nachdem man ihn aus dem Onondaga gefischt hatte. Kein Mensch in Steelton trauert ihm nach. Bis auf Sie.«

Und Sie, dachte Stella. »Ich vermute, Sie haben das überprüft.«

Dance nickte. »Gestern. Ich habe mich ebenfalls an Desnoyers erinnert.«

Bisher hatte Stella nichts überrascht. Sie legte die Hand auf die Akten. »Also, Nat«, sagte sie, »wer hat an diesen Verfahren gedreht? Außer Jack.«

Dance beugte sich vor. »Es war eine Verschwörung. Zwischen Novak, Curran, Sloan, Richter Freeman, einem Typ aus der Asservatenkammer und mir. Einmal im Monat halten wir ein konspiratives Treffen ab. Ach ja, und Arthur mischt auch mit.«

Stella stieß ein schwaches Lachen aus.

»Ich glaube nicht an Verschwörungen«, sagte Dance bestimmt. »So was ist viel zu kompliziert. Sie haben fünf alte Akten, drei mit Sloans Namen drauf. Na und?«

»Ich glaube nicht an Zufälle, jedenfalls nicht an fünf hintereinander. Irgendjemand hier ist korrupt. Deswegen ist Flood immer noch im Geschäft und verdient für Vincent Moro Geld.«

Dance sah Stella scharf an. »Ich dachte, Sie leiten das Morddezernat und wir ermitteln in einem Mordfall. Aber ich habe eher den Eindruck, dass es hier um eine persönliche Sache geht – oder um Politik.«

Stella zuckte die Schultern, erwiderte seinen Blick und wartete. *Er* war der Kripochef, und ihr unbeeindrucktes Schweigen genügte, um ihn daran zu erinnern.

»Was meint Curran?«, fragte er nach einer Weile.

»Dass es ein Cop sein könnte. Aber Genaueres weiß er nicht.«

Dance sah stumm an ihr vorbei, als sei er mit den Gedanken woanders. »Es gab bisher nur einen, von dem ich es mit Sicherheit wusste. Ein bulliger Kerl namens Steckler. Buffalohead war sein Spitzname.«

»Wie sind Sie ihm auf die Schliche gekommen?«

»Wir bekamen von Spitzeln den Tipp, dass Buffalohead Dealer hopsnahm und die Drogen anschließend selbst verhökerte.« Dance sah sie wieder an. »Dann wurden ein paar Dealer tot aufgefunden, und wenn wir hinkamen, waren ihre Wohnungen bereits durchwühlt worden. Leute, die nicht für Moro dealten, sondern auf eigene Rechnung arbeiteten. Die waren weniger riskant. Alles roch nach einem Cop, der Zugang zu Akten, Abhörgeräten und Spitzeln hatte und möglicherweise von Kollegen gewisse Informationen aufschnappte. Aber Buffalohead war schlau, und so konnte der Captain nicht mehr tun, als ihm einen Partner zuzuteilen.«

Stella beobachtete Dance. Seine Augen verengten sich leicht, und sie hatte das Gefühl, dass er sich die damalige Situation vergegenwärtigte, die nervliche Anspannung, die Gefahr.

»Sie«, sagte sie.

Dance zog den Knoten seiner Krawatte enger, eine zerstreute Geste, die bei ihm ungewöhnlich war. »Buffalohead«, sagte er, »bekommt den Tipp, dass ein Dealer namens DeJesus gerade eine Menge Heroin bekommen hat. Buffalohead hält dem Kerl einen Revolver an den Kopf und fragt ihn, ob es ihm was ausmachen würde, wenn er mal einen Blick in DeJesus' Schließfach wirft. Wir haben dafür keine richterliche Anordnung. Doch als wir DeJesus Handschellen anlegen und ihn auf den Rücksitz verfrachten, brummelt Buffalohead: ›Er hat sein Einverständnis gegeben, Nate – ich meine, wem wird der Richter glauben, uns oder dem Arschloch?‹

Ich sage nichts, denn mir ist klar, was passieren wird. Es ist schon nach Mitternacht, und am Bahnhof ist kaum noch jemand unterwegs. Buffalohead geht rein, und ich bleibe mit DeJesus im Wagen sitzen. Der Dealer ist schmächtig, und obwohl es kalt ist, läuft ihm Schweiß übers Gesicht. Und ich weiß: wenn er irgendwas in seinem Schließfach hat, ist er ein toter Mann.«

Stella spürte, dass Dance das Vergangene neu durchlebte.

»Dann kommt Buffalohead zurück«, fuhr er fort, »und sagt ›Nichts‹. Mehr nicht, als sei er empört. Dann dreht er sich zu DeJesus um und sagt: ›Ein Glück für dich, du Ganove. Schätze, wir müssen dich jetzt nach Hause bringen.‹ DeJesus glotzt ihn nur an. Die Straße ist menschenleer. Buffalohead checkt noch einmal die Lage, nur sicherheitshalber. In dem Moment, in dem er die Waffe des Dealers auf mich richtet, schieße ich ihm ins Gesicht. Der Schließfachschlüssel steckt noch in seiner Manteltasche. Ich lasse Buffalohead liegen – die Windschutzscheibe ist über und über mit Gehirn bespritzt, DeJesus jammert auf dem Rücksitz – und gehe in den Bahnhof. Im Schließfach finde ich einen Matchsack mit über einer Million in bar. Ich weiß, dass das Geld meine Rettung ist. Ich gehe zurück, hieve Buffalohead auf den Beifahrersitz und fahre mit ihm und DeJesus aufs Revier. Ich knalle dem Captain den Matchsack auf den Tisch und sage ihm, dass Buffalohead draußen im Wagen sitzt und kein Gesicht mehr hat.«

Stella bekam ein flaues Gefühl im Magen. »Buffalohead wollte Sie und DeJesus umbringen«, sagte sie. »Er hätte in der Wohnung des Dealers eine Schießerei vorgetäuscht: Sie und DeJesus hätten sich gegenseitig erschossen, und er hätte das Geld behalten.«

Dance starrte sie an. »Eine Million Dollar«, sagte er leise. »Ich konnte auf der Fahrt zum Revier an nichts anderes denken.«

Plötzlich begriff Stella, dass er ihr mit der Geschichte etwas anderes sagen wollte, als sie erwartet hatte. Die Moral lautete: *Beschuldigen Sie mich niemals.*

»Wenn es einen Buffalohead gab«, sagte sie verbindlich, »gab es oder gibt es vielleicht noch andere.«

Dance sah sie unverwandt an. »Seit damals hat sich einiges geändert. Wir arbeiten verstärkt in Zweierteams, machen Lügendetektortests, sogar psychologische Tests. Unsere Leute wechseln turnusmäßig zwischen Innen- und Außendienst. Wir überprüfen ihre Bankkonten, überwachen jeden, der in einem Lokal, das Moro und seinen Leuten gehört, gesehen worden ist. Und das FBI führt mittlerweile so viele Lauschoperationen durch, dass es einem korrupten Cop früher oder später auf die Schliche kommt. Außerdem«, schloss er ausdruckslos, »liegt der letzte Fall auf Ihrem Stapel über zehn Jahre zurück. Heute untersteht das Drogendezernat *mir.*«

»Und falls es außer Buffalohead noch ein schwarzes Schaf gegeben hat, so ist der Betreffende nicht mehr dabei, meinen Sie?«

Dance tippte mit seinem Zeigefinger auf die Akten. »Im Drogendezernat sind vielleicht noch neun Leute, die schon dort waren, als diese Fälle verbockt wurden. Wenn einer von denen für Moro arbeitet und so lange unentdeckt geblieben ist, dann muss er was ganz Besonderes sein. Er versteckt sein Geld, redet nie am Telefon, vertraut sich niemandem an. Er bleibt im Verborgenen. Es gibt nur eine Kontaktperson zwischen ihm und der Familie Moro. Er unterzieht sich einem Test am Lügendetektor, ohne ins Schwitzen zu kommen. Und er ist ein eiskalter Killer.« Dance senkte die Stimme. »Vielleicht ist Curran deshalb so angefressen. Weil nämlich da draußen einer sein könnte, der genauso ausgeschlafen ist wie er oder Vincent Moro.«

»Aber vor zehn Jahren gab es jemand«, beharrte Stella. »Die Akten belegen es.«

Dance runzelte die Stirn. »Es muss nicht unbedingt einer aus dem Drogendezernat sein. Sehen Sie sich die Liste der in Frage kommenden Personen an. Zur Asservatenkammer haben alle möglichen Leute Zutritt, nicht nur Polizisten.«

»Leute wie Sloan.«

Dance zuckte die Schultern, ohne den Blick von Stella zu wenden. »Und wie jeder Bezirksstaatsanwalt und andere mehr. Es sei denn, Sloan selbst hat Novak umgebracht. Deswegen sind Sie doch hier.«

Mit gesenkten Lidern warf Stella einen Blick auf die Akten. Zum wiederholten Mal hatte sie das Gefühl, dass Dance ablenken wollte.

»Warum reden wir nicht über Baseball«, sagte er. »Und Tommy Fielding. Sie wollten mit mir doch zu Peter Hall gehen, wissen Sie noch?«

ELF

Peter Hall, dessen Urgroßvater Stellas Urgroßvater nach Warszawa gelockt und für sieben Dollar fünfundzwanzig pro Woche in den Stahlwerken hatte schuften lassen, wohnte weit vor den Toren der Stadt, wo es möglich war, die verrostenden und veralteten Fabriken zu vergessen, die Männer wie Stellas Vater nicht mehr ernähren konnten.

Peter Hall betrieb eine Bauerschließungsfirma. Wie sein Vater verdiente er sein Geld beim Bau von Einkaufszentren in den

Vorstädten und mit Bürokomplexen, die dazu beigetragen hatten, Steelton das Leben auszusaugen. Als Stella mit dem schwarzen Kripochef an ihrer Seite das Wachhäuschen an Halls privater Zufahrtsstraße passierte, schoss ihr durch den Kopf, dass es nicht einer gewissen Ironie entbehrte, wenn sich Hall neuerdings als Retter des Steeltoner Baseballteams und der Inner City darstellte.

Das Dorf Stonebrook, in dem Hall residierte, war ein Stück nachempfundenes Neuengland. Die Grundstücke hatten eine Mindestgröße von einem Hektar, und die sanften Hügel waren mit Reif bestäubt oder von einem Muster aus dichten Eichen- und Birkenhainen und Häusern im Kolonialstil überzogen, die an Neuengland erinnern sollten, aber zu protzig ausgefallen waren. Stella und Dance gelangten an eine Holzbrücke, überquerten einen sprudelnden Bach, der Halls mindestens vierzig Hektar umfassendes Anwesen in zwei Teile zerschnitt, und fuhren dann noch eine Viertelmeile durch eine wellige Landschaft, die flüchtige Blicke auf einen weißen Pferdestall, weiß umzäunte Wiesen, niedrige, dekorative Mauern aus Natursteinen, einen Tennisplatz und weitere Haine eröffnete. Nur das Haus selbst stach von der ländlichen Idylle ab. Aus Stein, Holz und Glas errichtet, erinnerte es an den Baustil eines Frank Llyod Wright und ließ vermuten, dass sich hier der Modernist Peter Hall durchgesetzt hatte. Stella und Dance parkten in einer geschwungenen gepflasterten Auffahrt und wurden von einem freundlichen jungen Mann in blauem Blazer und Rollkragenpulli begrüßt, einem Butler des einundzwanzigsten Jahrhunderts.

Mit respektvoller Beflissenheit führte er die Besucher durch ein riesiges Wohnzimmer mit Oberlichtern, Steinfußboden und farbenfrohen abstrakten Gemälden. Stella erkannte einen Diebenkorn und einen Kandinsky. Große Fenster gingen auf einen gepflegten, italienisch gestalteten Garten mit abgedecktem Swimmingpool hinaus. Sie gelangten in einen Flur, in dem einhundert Jahre alte Schwarzweißfotos hingen: polnische Arbeiter, Amasa Hall, mit gestärktem Kragen oder bei Tisch mit seiner Familie. Die Wanderung endete in einem geräumigen, aber sparsam eingerichteten Büro, in dem Peter Hall einer Weide mit drei grasenden Pferden zugewandt in einem Ledersessel saß und in Geschäftspapieren las. Er erhob sich mit einem Blick, aus dem würdevoll-ernste Neugier sprach, dankte seinem jungen Mitarbeiter und gab den beiden Besuchern die Hand.

Stella und Dance setzten sich auf eine Couch, die schräg vor Halls Sessel stand. Hall wandte sich ihnen zu, schlug die Beine übereinander und legte die Fingerspitzen aneinander. Seine schwarzen Lederschuhe waren poliert, seine Kakihosen tadellos gebügelt, sein Pullover aus Kaschmirwolle. Und der Mann selbst: weiße, gleichmäßige Zähne, ein schönes, sonnengebräuntes Gesicht, das gerade so viele Falten und Kanten aufwies, dass es Charakter suggerierte, dichtes dunkelblondes Haar ohne eine einzige graue Strähne, klare blaue Augen, die Stella und Dance mit ungeteilter Aufmerksamkeit betrachteten. Stella fand ihn attraktiv; sie nahm an, dass es wenige Frauen kalt ließ, wenn ein schöner Mann – das Wort war hier durchaus angemessen – sie so direkt ansah.

»Ich bewundere Ihre Arbeit«, sagte Hall zu ihr. »Seit wann haben Sie keinen Prozess mehr verloren – seit sechs Jahren?«

Sein Benehmen hatte nichts Anbiederndes oder Gekünsteltes. Anscheinend störte es ihn nicht, ihr das Kompliment vor Nathaniel Dance zu machen, weil es berechtigt war. Seine Bemerkung verriet, dass er an den Ereignissen in Steelton Anteil nahm und von seinen Beratern – politischen und anderen – über alles auf dem Laufenden gehalten wurde. In Anbetracht seiner Interessen war Stella als Bezirksstaatsanwältin in spe mittlerweile eine wichtige Person.

Lächelnd antwortete sie: »Seit annähernd sieben Jahren.«

Hall erwiderte ihr Lächeln. Aus dem Augenwinkel sah Stella, dass Dance sie beide beobachtete. Auch Hall schien es zu bemerken. Er lehnte sich zurück und ließ, wieder ernster, den Blick zwischen Dance und ihr hin und her wandern.

»Tommy Fielding«, sagte er. »Ich kann es immer noch nicht fassen, dass er tot ist.«

Dance verharrte in Schweigen.

»Was können Sie mir über ihn erzählen?«, fragte Stella.

Hall überlegte einen Moment. »Erinnern Sie sich an das Gedicht ›Richard Cory‹?«, fragte er. »Von Edwin Arlington Robinson?«

Stella verstand die Frage als eine subtile Schmeichelei, als Hinweis darauf, dass sie trotz der sozialen Kluft zwischen ihnen dieselbe Bildung genossen hatten. »Der perfekte Mann«, antwortete sie, »bewundert von jedem in der Stadt. Dann geht er heim und schießt sich eine Kugel in den Kopf, und keiner weiß, warum.«

Hall nickte. »So geht es mir bei dem Gedanken, dass sich Tommy zusammen mit einer Prostituierten eine Überdosis gespritzt haben soll. Ich kann mir das von ihm genauso wenig vorstellen wie von mir selbst.«

Stella spürte, dass Dance sich vorerst damit begnügen wollte, sie und Hall zu beobachten. »Noch liegen nicht alle Befunde vor«, sagte sie. »Aber bis dato deutet alles darauf hin, dass sie an Heroin gestorben sind.«

Hall starrte nachdenklich vor sich hin. »Ich glaubte, ihn zu kennen, oder bildete es mir zumindest ein. Wir gingen zusammen aufs College, waren Mitglied in denselben Clubs, spielten zusammen Racketball. Mehr noch, wir waren Freunde. Ich konnte mich blind auf ihn verlassen. Er war pünktlich, ordentlich, ein Fitnessfanatiker, ein glänzender Organisator und in höchstem Maße kompetent. Wenn Tommy etwas in die Hand nahm, konnte ich unbesorgt sein. Ich wusste, wenn es einen Grund zur Besorgnis gab, würde er sofort damit zu mir kommen.«

»Gab es denn einen Grund zur Besorgnis?«, fragte Stella. »Oder stand er besonders unter Stress?«

Hall schaute auf und lächelte verhalten. »Tommy stand immer unter Stress. Und wenn ich mir Sorgen machte, dann um ihn, denn er übertrieb es mit der Arbeit. Man hatte immer das Gefühl, dass er zusammenklappt, wenn er aufhört. Wenn ich ihn in den Urlaub schickte, nahm er das Handy mit an den Strand.« Durch seinen Tonfall gab Hall zu verstehen, dass dies nicht seiner eigenen Lebensweise entsprach, dass man einen Ausgleich im Leben brauchte. »Das Stadion«, fuhr er fort, »war unser größtes Projekt, etwas völlig Neues für unser Unternehmen. Das Wohl der Stadt hängt davon ab, dass wir gute Arbeit leisten. Und Tommy hat sich voll reingekniet. Er konnte nicht anders.«

»Amanda Fielding glaubt«, sagte Stella mit flacher Stimme, »dass es Probleme gab.«

Hall legte den Kopf schief. »Hat Sie gesagt, welcher Art?«

»Nein. Nur dass er einen sehr besorgten Eindruck machte.«

Hall hob die Brauen. »Seit wann?«

»Seit ein paar Wochen.«

Hall drehte sich weg, betrachtete das gerahmte Foto einer hübschen, aschblonden Frau Ende dreißig. Stella erinnerte sich, dass Halls Frau bei einem Autounfall ums Leben gekommen war. Anscheinend merkte Hall, dass sie ihn beobachtete, und wandte sich wieder ihr zu.

»Vielleicht«, schlug sie vor, »könnten Sie uns erklären, welche Aufgaben Tommy hatte.«

Peter Hall stützte die Ellbogen auf die Sessellehnen, sorgsam darauf bedacht, Stella wie auch Dance anzusehen. »Tommy war unser Projektleiter. Das heißt, er hatte die Zusammenarbeit zwischen unserem weißen und unserem schwarzen Generalunternehmen zu überwachen. Sie waren doch bei der Debatte, bei der Bürgermeister Krajek das Geschäft erläutert hat. Die Hall Development garantiert der Stadt, dass der Bau des Stadions nicht mehr als zweihundertfünfundsiebzig Millionen Dollar verschlingen wird. Alle etwaigen Mehrkosten tragen wir. Kriegen wir es billiger hin, teilen wir uns die Kostenersparnisse mit der Stadt. Das ist unser Anreiz, die Baukosten zu drücken, während die Baufirmen natürlich versuchen, so viel wie möglich herauszuschlagen. Tommy hatte unter anderem die Aufgabe, Kosten einzusparen. Im Erfolgsfall winkten ihm zehn Prozent unseres Anteils. Dies führte naturgemäß zu einem durchaus gesunden Interessenkonflikt zwischen ihm und den Baufirmen, und möglicherweise bei ihm selbst. Denn er hatte auch dafür

Sorge zu tragen, dass die Kosteneinsparungen nicht zu Lasten der Qualität gingen.«

Stella beobachtete, wie draußen vor dem Fenster ein Reh mit seinem Kitz auf einen entlaubten Wald zujagte. Hall wieder ansehend, fragte sie: »Und was tat Fiedling ganz praktisch jeden Tag?«

Hall zählte die einzelnen Punkte an den Fingern seiner Hand ab. »Zunächst einmal musste er die Rechnungen der Generalunternehmen prüfen und gegebenenfalls beanstanden, ebenso die der Architekten und Subunternehmen. Ferner jede Auftragsänderung absegnen – Mehrkosten für Änderungen, die vorgenommen werden mussten, in den Bauplänen aber nicht vorgesehen waren. Und natürlich musste er dafür sorgen, dass Bürgermeister Krajeks Versprechen eingelöst wurde und ein bestimmer Prozentsatz der Aufträge an Minderheitenfirmen ging.« Hall lächelte wieder. »Und bei all dem immer darauf achten, dass am Ende Geld übrig blieb.«

Zum ersten Mal ergriff Nathaniel Dance das Wort. »Und trotzdem gab es keine Probleme«, sagte er mit einer Stimme, die tiefe Skepsis verriet.

»Haben Sie schon mal Ihre Küche umbauen lassen?«, erkundigte sich Hall freundlich. »Dabei treten immer Probleme auf, und man berechnet Ihnen immer zu viel.«

Die leichte Belustigung, mit der Dance sein Gegenüber betrachtete, wirkte weit weniger freundlich. »Das kann ich nicht beurteilen«, erwiderte er. »Ich habe unsere Küche selbst umgebaut.«

Halls Blick blieb verbindlich; er änderte sich nur insofern, als er ausdrückte, dass zwischen Dance und ihm ein Unterschied bestand. »Tommy klagte über die ständigen Änderungen. Und mit gutem Grund. Immerhin gingen sie auch zu Lasten seiner Kostenersparnisprämie. Aber das war kein Problem. Ich wollte ja, dass es so lief…«

»Was war mit Frauen?«, unterbrach ihn Dance.

»Frauen?« Halls Miene wurde ernst. »Ich kenne nur seine Exfrau.«

»Hat die Heirat sie überrascht?«, fragte Stella. »Oder die Scheidung?«

»Weder noch.« Hall fixierte Stella mit seinen blauen Augen. »Wir reden über eines der großen Geheimnisse des Lebens. Was das Verhältnis zwischen Mann und Frau angeht, kann mich nichts mehr überraschen. Betroffen machen vielleicht, aber …« Nachdenklich zog er die Mundwinkel nach unten. »Amanda war nicht unbedingt die Frau, die ich erwartet hätte, das stimmt. Nicht wegen ihres Alters oder ihres Aussehens oder ihrer geistigen Gaben. Sie war ohne Frage intelligent und gebildet – durchaus dazu angetan, Tommy zu interessieren. Andererseits hat mich die Scheidung auch nicht überrascht. Amanda war eine Neurasthenikerin und wirkte irgendwie verbittert, und sie war mit einem Workaholic verheiratet.«

»War sie mit einem Homosexuellen verheiratet?«, fragte Dance.

Hall sah ihn an. Seine Miene zeigte keine Spur von Überraschung. »Nicht dass ich wüsste. Und Tommy war nicht der Typ, der mir von anderen Männern – oder Frauen – erzählt hätte.« Hall blieb unbeirrt freundlich. Ruhig, gelassen, kooperativ.

»Oder von Prostituierten?«, fragte Stella.

Er schüttelte den Kopf. »Nein. Aber wenn ich mir Tommy als Freier vorstellen müsste, dann höchstens mit einem Zweitausend-Dollar-Callgirl mit Collegeabschluss, das Safer Sex praktiziert.« Mit verhaltenem Lächeln fügte er hinzu: »Und Französisch spricht wie eine Pariserin.«

Sein leicht ironischer Tonfall verriet Erstaunen. Dann verschwand das Lächeln völlig. »Sie haben das Stadion gesehen«, sagte er mit Nachdruck zu Stella. »Es entsteht vor unseren Augen, so was hat das Land noch nicht gesehen. Im April 2001 werden die Blues dort spielen, und wir werden Steelton ein neues Gesicht geben. Und Tommy hat seinen Beitrag dazu geleistet. Zusammen mit seiner Tochter wollte er von meiner Loge aus zusehen, wie Larry Rockwell den ersten Ball wirft. Und jetzt dieser tragische Verlust.« Hall senkte die Stimme. »Verlangen Sie keine Erklärung von mir.«

»Aber wenn Sie eine geben müssten?«, beharrte Stella.

Hall stieß einen Seufzer aus. »Dann vielleicht die, dass Tommy sein Leben lang versucht hat, vollkommener zu sein, als Gott uns zugestanden hat. Und dass er am Ende daran zugrunde gegangen ist.«

Einen Augenblick lang war es still im Raum, dann lächelte Hall wieder, schwach und freudlos. »Wenn Sie mich jetzt entschuldigen würden. Was auch immer in Tommy vorgegangen sein mag, er hat mir einen Berg Arbeit hinterlassen.«

Auf der Rückfahrt betrachtete Dance schweigend die Landschaft in Peter Halls Welt, die so anders war als seine eigene.

»Wissen Sie, was mir keine Ruhe lässt?«, sagte Stella nach einer Weile.

Dance lächelte gequält. »Dass Curran gesehen hat, wie Fielding durch die Scarberry Street fuhr? Oder dass Fielding zweifelsfrei an einer Überdosis Heroin gestorben ist, zusammen mit einer aidskranken Nutte, und dass angeblich jeder, der ihn gekannt hat, vor einem Rätsel steht?«

»Dass Steelton 2000 sein Leben war«, erwiderte Stella. »Und dass wir nicht das Geringste über das Stadion wissen.«

Dance starrte weiter aus dem Fenster. »Wenn es tatsächlich etwas mit seinem Tod zu tun hat«, sagte er schließlich, »brauchen Sie einen Wirtschaftsfachmann.«

Ich werde Michael Del Corso brauchen, dachte Stella, und dann stellte sie sich freudlos vor, wie sie Charles Sloan darum bitten würde.

Zurück in ihrem Büro, blickte Stella zum Stadion hinüber. Das Gerippe aus schwarzen Stahlträgern war komplizierter geworden und bekam langsam Ähnlichkeit mit der Schüssel, die eines Tages das grüne Innenfeld umschließen sollte. Stella stellte sich vor, wie sie spätabends noch hier saß und arbeitete und dabei den weiß-gelben Lichtschein sehen konnte, der signalisierte, dass noch ein Spiel im Gang war. Obwohl das Stadion vor ihren Augen Gestalt annahm, hatte sie noch nie die Baustelle besucht.

Sie griff zum Telefon und rief Kate Micelli an.

»Liegen die Befunde für Fielding und Tina Welch vor?«

Wie immer antwortete die Gerichtsmedizinerin kurz und knapp. »Null Komma acht Mikrogramm Heroin pro Milliliter. Eine typische Überdosis, die zum Tod führen kann, aber nicht unbedingt muss.«

»Diesmal hat sie offensichtlich gereicht«, erwiderte Stella. »Bei beiden. Waren Fingerabdrücke auf der Spritze?«

»Nein. Aber das ist nicht ungewöhnlich bei einer so kleinen Kunststofffläche. Abgewischt wurde sie aber nicht.« Eine kurze Pause. »Wieso fragen Sie?«

»Ich bin mir nicht sicher. Einerseits spricht aus medizinischer Sicht alles dafür, dass es ein Unfall war. Außerdem glaubt Johnny Curran, Fieldings Wagen davor schon in der Scarberry Street gesehen zu haben. Das könnte bedeuten, dass Fielding nicht zum ersten Mal eine Prostituierte aufgegabelt hat. Andererseits deutet nichts darauf hin, dass er früher schon mal gefixt hat oder fixen wollte.«

»Viele Leute führen ein Doppelleben, Stella. In gewisser Weise tun wir das alle.«

Von wem, fragte sich Stella, hatte sie das schon einmal gehört? Dann fiel es ihr ein: Arthur Bright hatte es im Zusammenhang mit Jack Novaks Tod gesagt. *Was,* hatte er gefragt, *wissen wir wirklich über einen Menschen?* Und Stella musste zugeben, dass auch sie viele Geheimnisse hatte.

»Stella?«

Micellis ungeduldige Stimme holte sie in die Gegenwart zurück. »Aber«, fuhr Stella fort, »Sie haben nichts gefunden, was darauf hindeutet, dass Fielding früher schon mal gefixt hat. Und wir auch nicht.«

Es trat eine kurze Pause ein, und Micelli überlegte. »Ich habe von Fielding eine Haarprobe genommen. Ich könnte damit einen Test durchführen, der Aufschluss darüber gibt, ob Fielding im letzten Monat Heroin genommen hat. Von seiner letzten Nacht abgesehen, natürlich.«

Stella dachte darüber nach. Fiel der Test negativ aus, würde das nichts an der unmittelbaren Todesursache ändern. Fiel er aber positiv aus, würde sie das beruhigen. Obwohl ihr Fieldings Innenleben ein Rätsel war, würde sie dann wenigstens wissen, dass er bereits vor seinem Tod mit Heroin in Berührung gekommen war.

»Machen Sie den Test.«

ZWÖLF

Stella legte auf, und ihre Gedanken kehrten zu Arthur Bright zurück.

Sie rief seine Sekretärin, Brenda Waters, an und erfuhr von ihr, dass Bright auf einer Wahlkampfveranstaltung war. Brenda erwartete ihn gegen sechzehn Uhr zurück. Vielleicht könne er dann ein paar Minuten für Stella erübrigen.

Stella legte auf. Brendas Stimme mit dem angenehmen Tonfall einer liebenswürdigen Schwarzen, mollig und um die sechzig, hallte noch in ihrem Kopf wider.

Stella kannte sie aus der Zeit, als sie noch Jura studiert hatte. Damals wie heute verfügten nur wenige Dezernatsleiter über ein eigenes Vorzimmer, das ihren Sekretärinnen ersparte, in einem lauten, überfüllten Raum zu arbeiten. Als Chef des Drogendezernats hatte Bright zu diesen wenigen Glücklichen gehört. Stella hatte bei ihrem ersten Besuch, damals vierundzwanzigjährig, ängstlich in Brendas Raum gewartet. Jack Novak hatte ihr einen Termin bei Bright besorgt.

»Ich kann nicht mehr bei dir arbeiten«, hatte sie zwei Tage nach ihrem letzten gemeinsamen Wochenende zu Jack gesagt.

»Wieso nicht?«, fragte er.

»Wieso nicht?«, wiederholte sie mit verhaltenem Zorn. Eigentlich hätte sie kündigen müssen, nachdem sie Vincent Moro in der Kanzlei gesehen hatte und wenig später der Haitianer ermordet worden war.

Sie würdigte seine Frage keiner Antwort und sah Jack nur so fest wie möglich in die Augen.

Er ließ die Arme hängen. »Na schön«, sagte er mit müder Resignation, »du glaubst, dass das Wochenende nicht dein Ding war, oder willst es glauben. Deshalb hast du jetzt Angst. Aber das hat nichts mit der Arbeit zu tun. Sollten wir nicht versuchen, uns wie erwachsene Menschen zu benehmen?«

Er ist mein Gegner geworden, dachte Stella, wie mein Vater. »Wie erwachsene Menschen?«, erwiderte sie scharf. »Darunter stelle ich mir etwas anderes vor. Beruflich und privat.«

Ihre Stimme zitterte, aber sie klang immer noch entschieden genug. Jack, der in seinem Armani-Anzug mit blauem Einstecktuch blendend aussah, musterte sie. »Und was stellst du dir vor?«, fragte er.

Zwei schlaflose Nächte lang hatte sie ihr Gewissen erforscht und war zu dem Ergebnis gelangt, dass sie mit ihm brechen musste. »Ich möchte eine Stelle in der Bezirksstaatsanwaltschaft«, antwortete sie. »Vincent Moro gehört ins Gefängnis. Ich möchte nicht, dass er deine ›Mandanten‹ umbringt oder deine Anzüge bezahlt.«

Jack kicherte. »Das ist es also. Wollen diese Hände denn nie rein werden? Arme Lady Macbeth! Du hast mir nie geglaubt, habe ich Recht?«

Stella errötete. »Es geht um mehr. Ich brauche einen Job, an den ich glauben kann.«

Die Antwort schien ihn zu ernüchtern. »Mag sein, Stella. Aber wie um alles in der Welt willst du an so einen Job kommen?«

Sie wusste es nicht. »Ich werde schon einen Weg finden«, beharrte sie. »Ich bin Drittbeste meines Jahrgangs.«

Nach kurzem Zögern lächelte er. »Ich kann ja mal Arthur Bright anrufen, wenn du willst. Dann kannst du in Sachen Vincent Moro gleich loslegen.«

Wieso sollte Arthur Bright sie auf Jacks Empfehlung hin einstellen? Ein Anruf von ihm würde ihr mehr schaden als nützen oder sie, falls er wider Erwarten Erfolg haben sollte, noch stärker an ihn binden. »Das mache ich schon selbst«, erwiderte sie stur.

Jack schüttelte den Kopf. »Nichts für ungut, Stella, aber die Schlange der intelligenten jungen Leute, die einen Job in der Bezirksstaatsanwaltschaft möchten, reicht von hier bis zum Eriesee. Wer da reinkommen will, braucht ein Empfehlungsschreiben vom demokratischen Bezirksvorsitzenden oder von einem Stadtrat, der sich in seinem Wahlbezirk für Arthurs Boss, den ehrenwerten Francis X. Connolly, stark gemacht hat. Bei Neueinstellungen hat nicht einmal Arthur freie Hand. Du brauchst zwangsläufig einen Fürsprecher.« Seine Stimme klang besänftigend. »Ich habe für den alten Francis Spenden gesammelt. Außerdem bin ich seit dem Studium mit Arthur befreundet und kenne seine beruflichen Ambitionen. Er weiß, dass ich für ihn da bin, wenn Connolly mal die Treppe rauffällt.«

Obwohl sie Jack verlassen wollte, führte er sie erneut in Versuchung. Seine sarkastische Beschreibung der Einstellungspraxis in Francis Connollys Behörde klang glaubhaft. Als könne er ihre Gedanken lesen, fügte er hinzu: »Lass mich das noch für dich tun, Stella, dann bist du frei. Was kann ich dir schon anhaben, wenn wir nicht mehr zusammen sind und du woanders dein Geld verdienst?«

Stella setzte sich aufrechter hin. »Ich müsste immer daran denken, warum ich den Job bekommen habe.«

»Weil du gut bist. Ich sorge bloß dafür, dass Arthur sich die Zeit für ein Gespräch mit dir nimmt.« Seine Stimme wurde warm, fast intim, und seine Augen hielten Stellas Blick fest. »Es tut mir weh, dich zu verlieren, Stella, wie schlecht du jetzt auch von mir denken magst. Lass mich das für dich tun, dann kann ich mir vielleicht einreden, dass wir uns als Freunde getrennt haben. Und wenn alles nach Wunsch läuft…«

Seine Stimme verlor sich und ließ den Rest unausgesprochen. Zu ihrer Überraschung spürte Stella, wie sie feuchte Augen bekam. Jack bemerkte es und lächelte, und auf einmal fürchtete sie, dass ihr Leben, wenn sie seine Hilfe annahm, hinterher seinen Stempel tragen würde. Und dass er genau das bezweckte.

Sie starrte zu Boden und schüttelte langsam den Kopf.

Sie hörte, wie Jack aufstand und um den Schreibtisch herumkam. Sanft legte er ihr die Hände auf die Schultern und küsste sie auf die Stirn. »Bitte«, sagte er, »lass mich ein letztes Mal selbstsüchtig sein.«

Eine Woche später bestellte er sie in sein Büro. »Ich habe mit Bright gesprochen«, sagte er. »Dein Lebenslauf gefällt ihm, und er möchte dich sehen.«

Stella erzählte ihm nicht von den Nächten, in denen sie das Für und Wider abgewogen und sich schließlich mit einem unguten Gefühl dazu durchgerungen hatte, seine Hilfe zu akzeptieren. »Aber ob er mich einstellen wird?«, überlegte sie laut.

Jack schmunzelte. »Selbstverständlich. Ich habe Arthur gerade erzählt, wie motiviert du bist.«

Seine Stimme klang wehmütig. Er stützte sich auf den Ellbogen und sah sie traurig an. »Ich habe dich vermisst, Stella.«

Stella sah weg. »Es ist aus. Endgültig.«

Er stritt nicht mir ihr. Und er versuchte weder bei dieser noch irgendeiner späteren Gelegenheit, sie in einer Weise zu berühren, die es am nötigen Respekt fehlen ließ oder über das Maß an Herzlichkeit hinausging, das zwischen befreundeten Kollegen üblich war. Doch sein Gesicht nahm in diesem Augenblick einen Ausdruck an, den sie noch nie an ihm gesehen hatte und auch später nie wieder sah.

Schließlich murmelte er: »Ich werde immer an dich denken.«

Auch ich werde immer an dich denken, hatte sie stumm geantwortet und gewusst, dass es die Wahrheit war.

DREIZEHN

Um zwanzig vor fünf rief Brenda zurück. Bright gebe ihr fünf Minuten, Stella solle sofort herüberkommen.

Als sie durch die gefliesten Korridore zu Bright eilte, musste sie daran denken, wie groß der Unterschied doch war zwischen ihrem heutigen Besuch als Leiterin von Brights Morddezernat und dem vor vierzehn Jahren. Sie war als Bittstellerin zu ihm gegangen, unsicher und nervös, die nicht wusste, was die Zukunft brachte oder was er von ihr halten würde.

Damals hatte Brenda die Tür hinter ihnen geschlossen. Stella fühlte sich linkisch in ihrem marineblauen Kostüm, dem einzigen, das sie besaß, und nahm Bright gegenüber Platz. Sie versuchte, den Eindruck einer intelligenten und dynamischen jungen Frau zu machen, während er sich abweisend gab und mechanisch ihren Lebenslauf mit ihr durchging.

Sie hatte ihn im Gerichtssaal erlebt und wusste, dass er ein überzeugender Redner sein konnte und schauspielerische Talente besaß. Doch jetzt wirkte er irgendwie geistesabwesend, als sei er gezwungen, seine Zeit mit einem Menschen zu vergeuden, den er gar nicht zu sprechen wünschte. War er überhaupt für Einstellungen zuständig? Oder hatte Jack ihm von Mann zu Mann anvertraut, dass sie ein Paar seien, und Bright hatte sich daraufhin bereit erklärt, ihr eine elegante Abfuhr zu erteilen, indem er ihr unverbindlich einen Posten in Aussicht stellte, den sie niemals bekommen würde?

Bright sah von ihrem Lebenslauf auf. Seine schmächtige Gestalt erinnerte Stella an einen Wissenschaftler, und die Reserviertheit, mit der er ihr begegnete, verriet nicht nur Vorsicht, sondern auch Misstrauen. »Warum«, fragte er endlich, »wollen Sie bei Jack Novak aufhören und auf die Seite der Guten wechseln? Um Erfahrungen zu sammeln?«

Stella schüttelte den Kopf. »Ich habe fast zwei Jahre bei Jack gearbeitet. Es war interessant, und ich habe eine Menge gelernt, was ich hier gut gebrauchen könnte. Aber ich bin keine Strafverteidigerin.«

»Aha.«

Stella zögerte. Obwohl Bright Jacks Bitte gefolgt war und sie eingeladen hatte, hatte er von ihm keineswegs mit mehr Wärme gesprochen, als er Stella entgegenbrachte. Doch sie hielt es für das Sicherste, wenn sie Bright schlicht und einfach die Wahrheit sagte. »Die meisten von Jacks Mandanten sind schuldig«, fuhr sie fort. »Er weiß es und Sie wissen es. Unser System gesteht ihnen das Recht auf Verteidigung zu, und durch ihre Anwälte nehmen sie dieses Recht wahr. Ich finde das richtig. Aber leben will ich damit nicht. Mir ist das zu abstrakt, und der Schaden, den Drogen anrichten, ist sehr konkret.«

Bright runzelte unbeeindruckt die Stirn, obgleich er sie eingehend musterte. Leichte Skepsis schwang in seiner Stimme. »Sie interessieren sich also besonders für Drogenkriminalität?«

Stella holte Luft. »Nein. Ich hatte gehofft, Sie könnten in einer anderen Abteilung eine Stelle für mich finden.«

Bright sah sie mit einem leichten, humorlosen Lächeln an. »Wollen Sie denn nicht mit mir zusammenarbeiten?«

Stella hatte den Augenblick kommen sehen und gefürchtet. »Doch, sehr gern sogar«, antwortete sie. »Aber es wäre, glaube ich, nicht richtig.« Sie sah ihn direkt an. »Ich hatte fast die ganze Zeit, in der ich für Jack gearbeitet habe, eine Beziehung mit ihm, Mr. Bright. Und ohne seine Fürsprache wäre ich jetzt gar nicht hier, nicht wahr?«

Bright hob die Brauen. »Das liegt Ihnen wohl im Magen?«

»Jetzt, wo ich hier bin, macht es mir nichts mehr aus. Ich glaube, dass ich in meinem Beruf wirklich so gut bin, wie Jack behauptet hat, und dass ich aufgrund meiner Leistungen im Studium für eine Stelle hier durchaus qualifiziert bin.« Sie merkte, dass sie zu schnell sprach, und bremste sich ein wenig. »Aber möglicherweise werde ich Jack immer persönlich verbunden bleiben, auch wenn sich unser Verhältnis abgekühlt hat. Und falls ich bei Ihnen eine Stelle bekomme, stehe ich nicht nur in Jacks Schuld, sondern werde auch vor Gericht gegen ihn antreten müssen. Das mag keine ethischen Probleme aufwerfen, aber mir scheint, das wären keine idealen Voraussetzungen für die Arbeit einer Staatsanwältin. Das will ich nämlich werden, Staatsanwältin. Und es ist mir egal, wo ich anfange.«

Bright faltete die Hände, und seine überraschte Miene nahm freundlichere Züge an. »Nun«, sagte er nach einer Weile, »Sie sind von erfrischender Offenheit.«

Wenn sie schon die Wahrheit sagte, konnte sie gleich mit allem herausrücken. »Ich dachte, Sie hätten das gewusst.«

»Jack hat es nicht erwähnt.« Bright hielt inne und fügte dann hinzu. »Ein wahrer Gentleman, dieser Jack Novak.«

Die Bemerkung war eindeutig ironisch gemeint und überraschte sie aus dem Mund eines Mannes, der so zurückhaltend war, und das umso mehr, als Bright sie überhaupt nicht kannte. »Jack wollte, dass ich blieb«, sagte sie einfach. »Aber ich kann nicht mehr.«

Bright musterte sie weiter. Wer mit diesem Mann zusammenarbeitet, dachte Stella, muss lernen, Schweigen zu ertragen. »Ich glaube, Sie haben sich richtig entschieden«, sagte er in milderem Ton. »Ich glaube, Sie haben in allem Recht. Und das ist umso bedauerlicher, als in meiner Abteilung gerade eine Stelle frei wäre.«

Trotz ihrer Entschlossenheit war Stella zutiefst enttäuscht. Ihre mühsam zurückgewonnene Selbstachtung forderte ihren Preis. Sie faltete die Hände. »Das Bedauern ist ganz auf meiner Seite. Aber da kann man wohl nichts machen.«

Brights Augen verengten sich. Diesmal erweckte sein Schweigen den Eindruck, als gehe er mit sich zu Rate, bilde sich eine Meinung über sie und gelange zu einer Entscheidung. »Vielleicht doch«, sagte er. »Ich habe gehört, dass in der Abteilung für Bagatellvergehen etwas frei ist. Trauen Sie sich zu, einen Kreuzzug gegen Verkehrssünden von Fußgängern zu führen?«

Sein Lächeln wirkte nun aufrichtig. Es war der Ausdruck eines Mannes, der sie, möglicherweise wider Erwarten, sympathisch fand und beschlossen hatte, ihr einen Gefallen zu tun, der mit Jack Novak nichts zu tun hatte.

»Verkehrswidriges Verhalten von Fußgängern?«, erwiderte Stella in resolutem Ton. »Wenn man ihnen das heute durchgehen lässt, kippen sie morgen ihren Müll auf die Straße.«

Zu ihrer großen Überraschung brach Arthur Bright in lautes Lachen aus.

Vierzehn Jahre später öffnete sie Brights Tür.

Er stand am Fenster und sah in der anbrechenden winterlichen Dämmerung zum Stadion hinüber. Vielleicht faszinierte es ihn ebenso wie sie, wie Krajeks und Halls Denkmal vor ihren Augen aus dem Boden wuchs. Er drehte sich um und sagte: »Sie haben Novaks Mörder gefunden, stimmt's? Wenn ich das vor Krajek bekannt geben kann, bringt mir das in den Umfragen drei Prozentpunkte.«

Stella setzte sich. »Wir haben noch nichts. Aber ich habe mir ein paar von Jacks alten Akten angesehen. Und wie's aussieht, hat er mit Hilfe von Bestechung Strafverfahren manipuliert.«

Bright starrte sie an. »Wie?«

»Keine Ahnung. Aber in alle Fälle war George Flood verwickelt, Moros Mann auf der East Side. Oder zumindest einer von Floods Leuten.«

Sie schilderte ihm kurz die Fälle. Bright beobachtete sie aufmerksam, und als sie fertig war, sagte er: »Was hat das mit dem Mord an Jack zu tun?«

»Wahrscheinlich nichts. Aber andererseits haben wir auch keinen Beweis dafür gefunden, dass Jack auf Fesseln, Strangulieren oder andere sadomasochistische Praktiken stand, die ihn das Leben gekostet haben könnten.«

»Aber er stand doch auf Gruppensex, oder?« Obwohl Bright leise sprach, klang seine Frage scharf, und Stella vermutete, dass er mit Dance gesprochen hatte. »Und auf Fremde. Und immer neue Kicks. Es gibt immer ein erstes Mal, wenn jemand auf so verrückte Sachen steht. Und dann wäre da noch Missy Allen.« Seine Stimme wurde noch leiser. »Sie kannten Jack doch, Stella.«

Obwohl das stimmte, fühlte Stella sich manipuliert und empfand es als unfair, dass er ihre Vergangenheit gegen sie ins Feld führte. Sie hielt es nicht für nötig zu antworten.

Bright ging zum Schreibtisch und sank müde auf seinen Stuhl, als habe er selbst das Gefühl, er sei zu weit gegangen. »Sagen Sie mir nur ruhig, dass so ein Ende überhaupt nicht zu Jack passt. Sagen Sie mir, dass man ihn unmöglich hassen konnte.«

»Das kann ich nicht. Ich habe Ihnen nur gesagt, dass Jack mit Hilfe von Bestechung Verfahren manipuliert hat. Beunruhigt Sie das denn überhaupt nicht, Arthur?«

Er blickte zu ihr auf. »Es waren meine Fälle, Stella. Und sie haben mich damals durchaus beunruhigt.«

»Und?«

»Aus unterschiedlichen Gründen. Mal hatten wir einen schlechten Richter, mal ist ein Zeuge auf Kaution frei gekommen und untergetaucht…«

»Was ist mit den niedrigen Kautionen«, unterbrach Stella, »und dem toten Zeugen?«

Bright verschränkte die Arme. »Verschwundene oder tote Zeugen sind in Drogenfällen keine Seltenheit. Ich konnte damals keinen Zusammenhang zwischen den Fällen sehen und sehe ihn auch heute noch nicht.« Seine Stimme wurde wieder ruhiger. »Dance hat Recht, und Sie wissen es. Wir würden zu viel Staub aufwirbeln und zu viele Leute in Verdacht bringen.«

Sie hatten also miteinander geredet. »Eventuell auch Leute aus Ihrer Drogenabteilung?«

Bright verharrte reglos. »Wenn einer meiner Leute absichtlich eine Anklage verbockt hätte, würde ich es wissen.« Er schnalzte mit den Fingern. »So schnell hätte der sich im Knast wieder gefunden. Ich kannte diese Fälle ganz genau. Jede knifflige Entscheidung habe ich selbst getroffen.« Er hielt inne, dann setzte er energisch hinzu: »Und die Kaution habe ich so niedrig ansetzen lassen, damit der Angeklagte aus der Stadt verschwinden konnte.«

Stella starrte ihn entgeistert an. »Dann war er also ein Spitzel.«

»*Mein* Spitzel. Er hatte Angst und bat mich um Hilfe.« Bright grinste sarkastisch. »Nach dem Ehrenkodex der Dealerszene schuldete ich ihm einen Gefallen. Also sagte ich Charles Sloan, er solle gegen Jacks Kautionsantrag keinen Einspruch erheben. Aber ich konnte niemandem sagen, warum, nicht einmal Dance. Mein Mann hatte eine Heidenangst. Er vermutete, dass Moro einen geheimen Draht zur Polizei hatte, auch wenn ich nie einen Beweis dafür gefunden habe.«

Das war ein ziemlicher Dämpfer für Stella. Sie kam sich dumm vor. »Das ist nur ein Fall«, erwiderte sie. »Es gibt mindestens vier weitere. Oder wollen Sie mir erzählen, dass Sie der Einzige waren, der eine Anklage in den Sand setzen konnte?«

»Im Drogendezernat, ja.« Er sah sie durchdringend an. »Vielleicht mit Ausnahme von Charles Sloan. Aber das vermuten Sie ja eh schon die ganze Zeit.«

Brights versteckter Vorwurf, dass sie hinter Sloan her sein könnte, verschlug ihr die Sprache. Die Dämmerung war rasch hereingebrochen, und die Neonleuchte über Arthurs Schreibtisch tauchte den Raum in ein gelbliches Licht, das die dunklen Ringe unter seinen Augen noch deutlicher hervortreten ließ.

»Wissen Sie, was mich am meisten stört?«, sagte er nach einer Weile. »Diese Fälle sind so alt, dass sie schon Moos angesetzt haben. Zu alt, um sie mit dem Mord an Jack in Verbindung zu bringen. Aber sie fallen in die Zeit, in der Sie mit Jack zusammen waren. Es stört mich nicht, wenn Sie in Ihrer Freizeit Ihr Gewissen erforschen. Aber die Leichenschändung, die Sie momentan betreiben, könnte unangenehme Folgen in der Gegenwart haben. Und zwar für mich.« Er beugte sich vor. »Oder glauben Sie vielleicht, dass Krajek oder die Presse noch feine Unterschiede machen, wenn sie erfahren, dass Sie einen meiner Anhänger verdächtigen, Beamte bestochen und Drogenverfahren manipuliert zu haben?

Wen juckt es da noch, dass man meine finanziellen Verhältnisse wie bei jedem Amtsträger gründlich unter die Lupe genommen hat oder dass Charles Sloan noch weniger betucht ist als ich? Krajek und die Medien bräuchten keinen Bestechungsvorwurf. Jacks Spenden würden ihnen genügen, um mich fertig zu machen.« Brights Monolog endete abrupt mit einem deutlichen Tadel. »Charles hat in dieser Sache verdammt Recht. Wie gewöhnlich.«

Stella erstarrte. Bright hatte sie daran erinnert, wenn es denn einer solchen Erinnerung überhaupt bedurfte, dass ihre politischen Ambitionen davon abhingen, ob er ihr den Vorzug vor Sloan geben würde – und dass sie sich mit ihrem augenblicklichen Verhalten keinen Gefallen tat. Ruhig erwiderte sie: »Die

Leute, die Jack geholfen haben, sitzen vielleicht noch da draußen. Das können wir doch nicht einfach ignorieren.«

»Das verlange ich auch nicht von Ihnen. Die Frage ist, welche Prioritäten wir setzen und wie wir unerwünschte Konsequenzen vermeiden können. Jede Minute, in der Sie darüber nachdenken, was Novak angestellt hat, als Sie mit ihm zusammen waren, ist Zeitverschwendung. Das bringt Sie keinen Schritt weiter.« Er lächelte nun gelassener. »Die Frage ist, wer ihn ermordet hat. Darüber sollten Sie sich Gedanken machen. Das ist nicht nur Ihre eigentliche Aufgabe, sondern auch das Einzige, was uns beiden jetzt weiterhilft.«

Sein Lächeln erlosch. Offensichtlich hatte sie seine Geduld auf eine harte Probe gestellt und seine Erwartungen enttäuscht. Entmutigt ließ sie von ihrem zweiten Vorhaben ab, nämlich ihn und nicht Sloan darum zu bitten, Michael Del Corso auf Halls Stadion-Deal anzusetzen. Solche taktischen Manöver fielen ihr schwer, solange sie an ihren eigenen Beweggründen zweifelte.

Sie dankte Bright und ging.

Es war kurz vor achtzehn Uhr, als Stella sich auf den Weg zu Sloans Büro machte. Auf dem Stockwerk war Ruhe eingekehrt. Die Schreibkräfte waren bereits nach Hause gegangen, und in den meisten Büros brannte kein Licht mehr. Doch sie wusste, dass Sloan wohl noch ein paar Stunden arbeiten würde. Zumindest in dieser Hinsicht waren sie einander ähnlich.

»Ich möchte Sie um einen Gefallen bitten«, sagte Stella zu ihm.

Ihr bescheidener Ton schien Sloan zu überraschen, insbesondere nach ihrem letzten Wortwechsel. Er nahm einen Schluck aus der allgegenwärtigen Coladose und sagte recht höflich: »Sie wollen, dass Michael Del Corso sich den Stadion-Deal vornimmt.«

Blieb in dieser Behörde denn gar nichts geheim? Stella hatte mit niemandem über ihre Absicht gesprochen. Aber für Sloan war Information Macht, speziell wenn es um Stella ging. Wahrscheinlich hatte er Dance über ihr Gespräch mit Hall ausgequetscht, daraus abgeleitet, was sie vorhatte, und beschlossen, sie daran zu erinnern, dass seine Wachsamkeit nie erlahmte. Als sei dies nicht der Erwähnung wert, sagte Stella: »Fieldings Frau glaubt, dass es bei Steelton 2000 Probleme gab. Vielleicht ist da nichts dran – das behauptet jedenfalls Hall –, und Fielding entpuppt sich als notorischer Schwarzseher. Aber wir wissen nicht genug über den Deal, um sagen zu können, was mit ›Problemen‹ gemeint sein könnte.«

Sloan trank noch einen Schluck Pepsi. »Oder warum Steelton 2000 ihn dazu getrieben hat, sich eine Überdosis zu spritzen und zu Nutten zu gehen. Wenn Johnny Curran sagt, dass er Fieldings Nummernschild gesehen hat, dann können Sie sich darauf verlassen, dass es stimmt.«

Im Unterschied zu seiner Reaktion auf den Verdacht, den sie gegen Novak ausgesprochen hatte, klang das nicht nach Abfuhr. »Fielding ist für uns ein unbeschriebenes Blatt«, sagte sie. »Wir wissen, dass er an einer Überdosis gestorben ist, aber wir wissen nicht, wie und warum.«

Sloan runzelte die Stirn. »Was hat die Obduktion erbracht?«

Stella schüttelte den Kopf. »Kate kann nur sagen, dass sie nichts gefunden hat, was gegen einen Unfall spricht, zum Beispiel keine Spuren von Gewaltanwendung. Aber das schließt Gewalt nicht aus. Und selbst wenn Curran ihn in der Scarberry Street gesehen hat, so verrät uns das nicht, wie die beiden Opfer zwei Nächte später umgekommen sind.« Stella hielt inne und sah aus dem Fenster zum Stadion hinüber, das sich wie ein Schatten zwischen den verstreuten Lichtern der Stadt erhob. »Mit Gewissheit wissen wir nur, dass Tommy Fielding am Bau des Stadions mitgewirkt hat.«

Sloan grinste und sah sie forschend an. »Ich dachte, Ihnen gefällt das Projekt.«

»Das tut es auch. Aber was hat das mit Fielding zu tun?«

Mit unverhohlen skeptischer Miene schien Sloan ihre Motive abzuwägen. Darin lag in Stellas Augen seine Schwäche: Sloan kannte sich nur zu gut und schloss von sich auf andere. In dem Punkt konnte sie Bright teilweise zustimmen. Durch Geld ließ sich Charles Sloan vielleicht nicht korrumpieren, aber Ehrgeiz und Selbstsucht konnten das schon viel früher besorgt haben. Nach einer Weile fragte er: »Was wollen Sie von Del Corso?«

Stella sah ihm an, dass er ihrem Vorhaben nicht abgeneigt war. Er war in derselben Lage wie sie. Seine beruflichen Wünsche konnten nur in Erfüllung gehen, wenn Bright Bürgermeister wurde, und Probleme im Zusammenhang mit Steelton 2000 konnten das Ansehen Bürgermeister Krajeks beschädigen, solange nicht der Eindruck entstand, dass der politische Gegner dahinter steckte. »Eine wirtschaftliche Analyse«, antwortete sie. »Wer außer Hall kann bei dem Projekt Geld verlieren und verdienen? Außerdem könnte er vielleicht einen Blick in Fieldings Akten werfen und sich ein Bild davon machen, was über seinen Schreibtisch lief.«

Sloan schürzte die Lippen und atmete geräuschlos aus. »Damit könnten wir uns Ärger einhandeln.«

»Nicht, wenn wir behutsam vorgehen. Und neutral bleiben.«

Sloan kniff nachdenklich die Augen zusammen. »Schön«, antwortete er schließlich, »der Vorschlag gefällt mir besser als Ihr letzter.«

Stella lächelte. »Ich danke Ihnen.«

Sloan quittierte ihren leisen Sarkasmus mit einem kurzen bellenden Lachen. »Ich sage Del Corso Bescheid. Ich bin sicher, dass er Ihnen gern zur Hand gehen wird.«

Sein Tonfall ließ vermuten, dass er Grund hatte, das Gegenteil anzunehmen. Doch Stella hoffte, dass sie sich das nur einbildete. Schließlich war sie mit Michael Del Corso zum Abendessen verabredet.

VIERZEHN

Little Italy war eine weiße Enklave auf der East Side. Schmale, von Hornsträuchern gesäumte Straßen und zweistöckige Backsteinhäuser, von sauber gestutzten Hecken umschlossen, prägten das Bild. Das Leben schien hier stärker zu pulsieren als in

Warszawa. Der Naples Boulevard, die wichtigste Einkaufsstraße, atmete mit seinen hübschen Geschäften, Restaurants, Trattorias, Dolcerias und Feinkostläden süditalienisches Flair. Konventionelle Verbrechen gab es so gut wie nicht. Obwohl Vincent Moro wie Peter Hall längst auf einem Anwesen vor der Stadt wohnte, hatte er Little Italy nach wie vor fest im Griff. Er forderte seinen Tribut, und niemand wagte es, gegen ihn aufzumucken. Die Straßen hatten sich seit den zwanziger und dreißiger Jahren kaum verändert. Hier hatten sich Michael Del Corsos Eltern nach ihrer Einwanderung niedergelassen, und wie Stella erfahren hatte, lebte auch Michael noch hier, zusammen mit seiner Tochter Sofia.

Sofia war der Grund für dieses Abendessen. Michael hatte am Nachmittag aus Novaks Kanzlei angerufen. Wie von Stella angewiesen, habe er Novaks Akten und Bücher durchgesehen und sei dabei auf etwas Merkwürdiges gestoßen. Doch leider habe er jetzt keine Zeit für nähere Erklärungen, denn seine siebenjährige Tochter habe eine Tanzvorführung. Aber heute Abend sei Sofia zum Abendbrot bei ihren Großeltern, und er gehe in Little Italy essen. Wenn es Stella nichts ausmache, würde er sich freuen, wenn sie sich ihm anschließe.

Stella war einverstanden. Da sie die Absicht hatte, noch mehr von seiner Zeit in Anspruch zu nehmen, brauchten sie eine Arbeitsbeziehung, die besser war, als sie es ihres Erachtens bisher gewesen war. Sie hatte sich schon unzählige Male mit männlichen Kollegen zum Essen getroffen, beschützt von der Regel, die sie seit ihrer Affäre mit Jack Novak eisern befolgte – keine Romanzen mit Kollegen, nicht einmal der kleinste Flirt.

Michael hatte das Guardino's vorgeschlagen, ein neapolitanisches Restaurant, dessen derzeitiger Besitzer, ein knorriger ehemaliger Boxer namens Frankie Scavullo, die Gäste im schwarzen Smoking an der Tür empfing. In dem Aufzug erinnerte er Stella an einen alternden Vater, der die Gäste bei der Hochzeit seiner fünften und letzten Tochter höflich angrinst und dabei sorgenvoll an die Rechnung denkt. Scavullo schenkte ihr ein strahlendes Lächeln – ein Mund voll makellos weißer

Zahnkronen –, und obwohl sie zum ersten Mal hier war, sagte er ihr, dass er sich freue, ihr schönes Gesicht wieder zu sehen.

»Ich fühle mich geschmeichelt, dass Sie sich an mich erinnern«, versicherte sie ihm, und als Scavullo hörte, dass sie Michaels Gast war, geleitete er sie unter Komplimenten feierlich zu dessen Tisch, eine Hand ritterlich an ihrem Arm. Wie um die galante Posse zu komplettieren, erhob sich Michael Del Corso und machte – Stella hätte es schwören können – eine leichte Verbeugung.

»Was für eine schöne Frau«, sagte Scavullo zu Michael und eilte davon. Stella fragte sich mit einem Blick in Michaels amüsiertes Gesicht, welche Saite er mit dieser letzten Bemerkung angeschlagen hatte.

Ihr gegenüber Platz nehmend, sagte Michael: »Frankie ist ein Erlebnis, finden Sie nicht? Und sein Lokal auch.«

Keine Frage. Die Kellner trugen Smoking, und die Wände schmückte eine dunkelrote Velourstapete, die einem Bordell alle Ehre gemacht hätte. Unter einem protzigen Kronleuchter spuckte ein verschnörkelter altrömischer Brunnen in Gestalt eines nacktes Kindes Wasser in ein riesiges Becken.

»Ich bin vielleicht nicht schön«, sagte sie, »aber ich bin neugierig.«

Im ersten Moment wirkte Michael irritiert. Dann zuckte er viel sagend die Schultern: Stella wurde ihrem Ruf gerecht, stets unpersönlich und dienstlich zu sein. »Ich habe mir fünf Fälle vorgenommen«, sagte er gelassen, »und nachgeprüft, ob Novak um dieselbe Zeit größere Geldsummen erhalten oder ausbezahlt hat. Was zu erwarten wäre, wenn er jemanden bestochen hat.«

»Und?«

Von ihrem Kellner unterbrochen, einem kräftigen Mann mit rotbraun gefärbtem Haar, blickte Michael auf. »Cocktails?«, fragte der Kellner.

»Perrier. Mit Zitrone, ohne Eis«, sagte Stella.

Michael nahm ihre Bestellung zur Kenntnis, als müsse ihr Verzicht auf Alkohol Teil ihrer Berufsethik sein. Was ja auch stimmte.

»Chianti«, sagte Michael zu dem Kellner. »Danke.«

Er blickte dem Mann nach, bis er weit genug weg war, dann sagte er mit gedämpfter Stimme: »Gehen wir die Fälle der Reihe nach durch. Da wäre zunächst der ermordete Haitianer, Desnoyers. Seine Leiche wurde an einem Dienstag gefunden. Am Donnerstag darauf erhielt Novak fünfzigtausend Dollar. In bar.«

Obwohl im Grunde nicht überrascht, zuckte Stella zusammen. »Von wem?«

»Von der Firma Crown Limousine.« Michael hielt inne. »Das ist eine von Moros Geldwaschanlagen. In Novaks Büchern ist das Geld als Beratungshonorar ausgewiesen.«

Stella schüttelte energisch den Kopf. »Unsinn. Jack war Strafverteidiger. Alles, was er über Nobelkarossen wusste, war, dass man sich damit zum Flughafen chauffieren lässt.«

Michael nickte. »Die Sache stinkt. Wie aus den Akten hervorgeht, wollte Crown Limousine von Novaks Geschäftstüchtigkeit lernen.«

Ihre Getränke kamen. Stella blickte sich um, dann fragte sie: »Hat Jack von diesem ›Honorar‹ etwas weitergeleitet?«

»Es gab keine größeren Abhebungen.« Michael beugte sich vor. »Und im Zusammenhang mit diesem Mord macht das auch keinen Sinn. Wem hätte Novak denn Geld zukommen lassen sollen? Moro hat ihn nicht gebraucht, um einen Killer anzuheuern. Und Novak selbst hat Desnoyers bestimmt nicht beseitigen lassen.«

Stella starrte auf den Tisch. »Vielleicht war es eine Art Dankeschön.«

»Wofür?«

»Dafür, dass er seinen Mandanten verraten hat.«

Michael betrachtete nachdenklich sein Weinglas, den Anflug eines Lächelns in den Augen. Es war kein vergnügtes, sondern ein wissendes Lächeln. Nach jahrelangen fruchtlosen Ermittlungen gegen Männer wie Moro waren ihm solche Fälle von Verrat so vertraut, dass er Stellas Theorie nicht kurzerhand verwerfen konnte.

»Im nächsten Fall«, fuhr er fort, »beantragt Novak eine niedrige Kaution. Die Staatsanwaltschaft erhebt keinen Einspruch, und Floods Dealer macht sich aus dem Staub. Ein Typ namens Morgan Beach.«

Stella nickte. »Ich habe Arthur bereits darauf angesprochen. Beach war ein Informant. Wir haben einen Rückzieher gemacht, um ihn zu schützen.«

Michael schwieg einen Augenblick, dann sah er Stella direkt an. »Ein paar Tage später bekommt Novak zwanzig Riesen. Wieder von Crown Limousine. Und auch diesmal wird nichts weitergeleitet. Novak zahlt das Geld ganz normal auf der Bank ein, wie ein ehrlicher Bürger, der jeden Dollar angibt.«

Diesmal erschrak Stella wirklich. »Wieso?«, fragte sie. »Jack hatte doch überhaupt nichts getan – wir waren das.«

»Das setzt voraus, dass Ihre Theorie stimmt, nämlich dass Novak das Geld für bestimmte Leistungen bekam.« Michael nippte an seinem Wein. »Eins steht jedenfalls fest: mit dem Geld sollten keine Leute bestochen werden. Sonst wären Ausgaben verbucht. Und man hätte die Zahlungen gar nicht erst über die Bücher laufen lassen.«

Stella rührte ihr Mineralwasser nicht an. »Zwei wichtige Entdeckungen«, sagte sie. »Ein Mann tot, ein Zeuge verschwunden. Zwei rätselhafte Beratungshonorare …«

»Aber keine Schmiergelder. Vielleicht hatte Novak im zweiten Fall einfach nur Glück. Möglicherweise hat er gewollt, dass sein Mandant aus der Stadt verschwindet, aber ich wette, er hat nicht gewusst, dass Beach für Arthur den Spitzel spielte. Sonst hätte ihn Moro gleich mit erledigen lassen.«

»Natürlich wusste Moro nichts davon«, erwiderte Stella. »Er dachte, Novak hätte wieder ein Wunder vollbracht. Ich bin mir sicher, dass Jack selbst davon überzeugt war.«

Nachdenklich rieb sich Michael über den Nasenrücken. »Dann war Moro ein dankbarer Kunde und ließ für außergewöhnliche Dienste eine Sonderprämie springen.«

»Hat er sich auch bei anderer Gelegenheit ›dankbar‹ gezeigt?«

»Zweimal.« Michael schlug beiläufig die Speisekarte auf und sprach so leise weiter, dass nur Stella ihn hören konnte. »Einmal in dem Fall, bei dem Curran unerlaubt die Garage durchsuchte. Der Fall wurde Richter Freeman übertragen, nachdem Novak den ursprünglich vorgesehenen Richter wegen Befangenheit abgelehnt hatte. Freeman stellte das Verfahren ein, und Novak bekam wieder dreißig Riesen von Crown Limousine.«

»Und die blieben ebenfalls auf seinem Bankkonto?«

»Ja.« Michael studierte die Speisekarte. »Die letzte Zahlung erfolgte im Zusammenhang mit dem Fall Louis Jackson – dem zweiten Verfahren gegen Floods Laufburschen.«

Charles Sloans Fall, dachte Stella. »Novak macht mit dem Ankläger einen Handel, und Jackson kommt mit einem Jahr Gefängnis glimpflich davon. Wenn die Zahlungen tatsächlich Prämien waren, wie Sie vermuten, bekam Novak dafür weitere vierzigtausend.«

Stella dachte darüber nach. »Was ist mit dem letzten Fall«, fragte sie, »bei dem in der Asservatenkammer ›aus Versehen‹ fünf Kilo Kokain vernichtet wurden und die Anklage gegen Flood und Jackson deshalb aufgehoben werden musste?«

Michael schüttelte den Kopf. »Dafür bekam Novak nichts. Nur das übliche Honorar, natürlich in bar. Bezahlt hat sein Mandant Jackson.«

Stella griff nach ihrem Glas und kostete das perlende Wasser. »Und was ist mit anderen Prozessen, die Jack gewonnen hat? Irgendwelche Prämien?«

Zum ersten Mal war sich Michael seiner Sache offenbar nicht sicher. »Das ist der Punkt, der mich stutzig macht. Ich habe ungefähr zwei Jahre durchgesehen. In der Zeit hat Novak mehrere Prozesse gewonnen, aber keine Prämie erhalten.«

Stella stellte das Glas wieder hin. »Aber er bekam Prämien für ungewöhnliche Resultate – einen toten Zeugen, eine zu niedrig angesetzte Kaution, einen günstigen Handel mit dem Staatsanwalt, die Weiterleitung eines Falles an unseren unterweltfreundlichsten Richter.«

»So ist es.«

Stella sah sich im Raum um. Die anderen Gäste – ältere Ehepaare, Familien, ein großer Tisch mit drei Generationen von Italoamerikanern – schienen sich gut zu unterhalten. »Aus diesen Büchern mag nicht hervorgehen«, sagte sie, »dass Jack in Moros Auftrag Schmiergelder verteilt hat. Aber sie beweisen auch nicht das Gegenteil.«

Michael nickte. »Wahrscheinlich hätte Novak Schmiergelder nicht über die Bücher laufen lassen. Bei einer Buchprüfung hätte das nicht nur merkwürdig ausgesehen, er hätte das Geld auch versteuern müssen oder sagen müssen, an wen das Geld geflossen war. Möglich wäre aber auch, dass ein anderer das Geld weitergeleitet hat. Oder überhaupt niemand.« Stirnrunzelnd klappte Michael die Karte zu. »Überlegen Sie doch mal. Wenn Moro jemand anders bestochen hat, warum sollte er Novak als Verteiler benutzen? Oder ihm eine Sonderprämie für die Arbeit anderer Leute zahlen? Und noch was: Warum sollte Vincent Moro das Risiko eingehen und einen Dritten, noch dazu einen Feigling wie Novak, ins Vertrauen ziehen?«

Stella schwieg dazu. Nun, da die Analyse abgeschlossen war, hatte Michael Resignation in seine Stimme einfließen lassen. Sie entnahm seinem Verhalten, dass er ihre Überlegungen durchaus interessant fand und sich sogar, rein theoretisch, Ergebnisse davon versprach. Aber offensichtlich glaubte er nicht daran, dass Vincent Moro beizukommen war.

Stellas Gedanken kehrten wieder zu Jean-Claude Desnoyers zurück. Sie war davon überzeugt, dass Jack Novak ihn an Moro verraten und dafür eine Belohnung erhalten hatte, nachdem ein anderer die Leiche des Haitianers in den Fluss geworfen hatte. Unklar blieb in den letzten drei Fällen, in welcher Weise Novak zur Lösung der Probleme beigetragen und in welcher Beziehung er zu dem Unbekannten gestanden hatte, der Moro geholfen hatte, George Flood zu schützen. Und, wie Bright, Sloan und Dance sofort fragen würden, was diese Fälle mit Novaks Tod zu tun hatten.

»Ich weiß nicht«, antwortete Stella schließlich.

FÜNFZEHN

Der Kellner nahm ihre Bestellung auf: Carpaccio und Saltimbocca für Michael, einen gemischten Salat und Pasta mit Gemüse für Stella. »Wein?«, fragte Michael sie.

Stella zögerte. »Vielleicht ein Glas.«

Michael lächelte. »Sie können mich nach Hause fahren«, sagte er und bestellte eine Flasche Chianti.

Während der Kellner ihnen einschenkte, sah Michael sich zufrieden im Restaurant um. Die Stimmung war gut, alle Tische waren belegt, Gelächter erfüllte den Raum, der Lautstärkepegel stieg. Als der Kellner sich entfernte, fragte Michael: »Da wir gerade von Crown Limousine gesprochen haben – was wissen Sie über Geldwäsche?«

Stella nahm anstandshalber einen kleinen Schluck Wein. Er war herb, hatte aber einen angenehmen Nachgeschmack. »Auf diese Weise legalisiert man seine Gewinne. Aber ich habe mich nie eingehender damit beschäftigt.«

»Schön.« Trotz des zunehmenden Lärms sprach Michael normal und entspannt weiter. »Die ›Honorare‹, die Novak erhielt, kamen zwar von Crown Limousine, aber Sie können darauf wetten, dass es sich um illegal erworbenes Geld handelte. Organisierte Kriminalität. Mit Drogen, Prostitution und Glücksspiel lassen sich riesige Summen verdienen. Die parkt man nicht auf dem Girokonto. Und Sie können sicher sein, dass Moros Leute von Dealern keine Verrechnungsschecks nehmen.«

»Es gibt kein Vertrauen mehr!«

»Sie sagen es. Und warum Spuren in den Büchern hinterlassen? Aber auch Bargeld hinterlässt Spuren. Moro kann es sich nicht unter die Matratze stopfen, und mit seinem Lebensstil ist er der Steuerfahndung ein Dorn im Auge.« Michael grinste. »So haben sie schließlich Al Capone beim Wickel gekriegt – nicht wegen der Leichen im Chicago River, sondern wegen Steuerhinterziehung. Moro hat dasselbe Problem. Wie jeder andere muss er sein Geld zur Bank bringen und anlegen. Und die Geldinstitute müssen es melden. Gut, er kann Geld außer Landes schmuggeln, aber mit Sicherheit nicht alles. Schließlich muss sein offizielles Einkommen seinem Lebensstil entsprechen.«

Michael machte eine Pause und nahm einen kräftigen Schluck Wein. »Also«, fuhr er fort, »kauft er sich in legale Unternehmen ein, in denen Bargeld über den Tisch geht. Gastronomiebetriebe, Autovermietungen, Firmen, die Automaten aufstellen oder Parkplätze bewirtschaften und so weiter. Das illegal erworbene Geld wird durch diese Firmen geschleust, die peinlich genau über jeden Cent Buch führen, dann werden die Bücher frisiert, und die Einnahmen aus dem Heroingeschäft verschwinden. Es sieht aus, als hätte er Milliarden Mal Saltimbocca verkauft.«

Stella bemerkte, dass Michaels Augen vor Belustigung funkelten. Steif stellte sie ihr Weinglas ab. »Hier?«

Michael nickte. »Der Laden gehört Moro. Das Essen ist übrigens vorzüglich.«

Seine Gelassenheit ärgerte sie. »Wieso sind wir dann hier?«

Michael sah sie ungerührt an, immer noch amüsiert. »Weil es kein besseres Anschauungsmaterial gibt. Das Guardino's und Frankie Scavullo sind hier im Viertel Institutionen. Niemand möchte sie missen. Und das Restaurant erwirtschaftet so viel Gewinn, dass es hier besonders leicht ist, Drogengelder zu waschen. Frankie ist der führende Gastwirt in Little Italy. Sein Restaurant unterstützt katholische Wohltätigkeitsvereine, sponsort katholische Jugendmannschaften und beliefert Bedürftige, die ans Bett gefesselt sind, mit Gratismahlzeiten. Niemand versucht, Frankie auszuplündern oder ihm Ärger zu machen. Und Frankie will es sich mit Vincent Moro nicht verscherzen, unter keinen Umständen. Das ist das andere Problem, vor dem wir stehen. Denn für viele Leute ist es das Beste, wenn sie einfach mitmachen. Und das Sicherste.«

»Wieso«, wiederholte sie, »sind wir hier?«

Michaels Lächeln erstarb. »Ich komme seit meiner Kindheit hierher. Ich weiß, was Frankie treibt, und er weiß, dass ich es weiß. Wir haben vor langer Zeit ein Arrangement getroffen.

Ich bezahle meine Rechnung, und er gibt mir nützliche Tipps, solange sie nicht Moro betreffen. Das mag Ihnen vielleicht nicht gefallen, aber es ist zweckmäßig und das Beste, was ich tun kann. Denn Frankie und ich wissen auch, dass ich nicht die Mittel habe, monatelang über seinen Büchern zu brüten. Und das wäre nötig, um schlau daraus zu werden. Wenn jemand Frankie zu fassen kriegt – und dazu wird es wahrscheinlich nie kommen –, dann das FBI, nicht wir. Aber auf jeden Kellner, der hier herumspringt, kommt vermutlich ein Angestellter, dem Frankie ein Gehalt zahlt, obwohl er nie zur Arbeit erscheint. Weil er in Wirklichkeit für Vincent Moro arbeitet.«

»Als Mann fürs Grobe?« Michael zuckte die Schultern. »Mann fürs Grobe, Schläger – soviel ich weiß, stand der Kerl, der Ihren Haitianer liquidiert hat, auf Frankies Gehaltsliste. Aber Frankie weiß bestimmt auch nichts Genaues. Das ist eine weitere Facette von Moros Talenten.«

Stella starrte Michael an und versuchte, sich darüber klar zu werden, weshalb sie so wütend war. Michael hatte sie kompromittiert, mit klammheimlicher Freude, denn er war kleine Unkorrektheiten wie im Guardino's zu essen gewohnt. Und wie realistisch seine Haltung gegenüber Moro auch sein mochte, sie war defätistisch.

Ihr Schweigen irritierte Michael. »Sind Sie etwa sauer?«

»Allerdings. Ich habe das Gefühl, Sie spielen hier den Clown und amüsieren sich auf meine Kosten.« Sie senkte die Stimme. »Und woher wollen Sie eigentlich wissen, dass unter dem Tisch keine Wanze versteckt ist?«

Sein starrer Blick verriet, dass er selbst in Wut geriet. Doch in diesem Augenblick kam ihr erster Gang, und Michael verkniff sich die scharfe Erwiderung, die ihm offensichtlich auf der Zunge lag.

Mit demonstrativer Sorgfalt bestrich er sein Carpaccio mit Senf, dann schaute er auf und sagte: »Ich bin kein Dummkopf, Stella. Ich weiß vom FBI, dass dieses Restaurant nicht verwanzt ist. Außerdem würde Vincent Moro nie zu solchen Mitteln greifen. Schließlich ist heimliches Abhören verboten.« Er sprach in einem ruhigen, aber schneidenden Ton. »Sie haben gerade erst gelernt, wie das organisierte Verbrechen funktioniert, obwohl sie für Novak gearbeitet haben. Und Sie sind darüber empört. Ich sage, schön – zeigen Sie mir, wie wir Moro hinter Schloss und Riegel bringen können, und ich opfere Ihnen jede Minute meiner Zeit. Aber solange Sie das nicht können, versuchen Sie wenigstens, Dinge zu respektieren, die Sie nicht verstehen. Und nennen Sie mich nie wieder einen Clown.«

Stella biss sich auf die Lippe und erwiderte seinen Blick. Er hatte noch einen Rest von Stolz, und das hatte sie nicht bedacht. Es war ja auch nicht so, dass sie sich als Leiterin des Morddezernats nie mit einem Mörder arrangierte, um einen anderen zu überführen, oder nie potenzielle Zeugen hofierte, die sie unter anderen Umständen als verlogenes Pack verachtet hätte. Entscheidend war, dass sie Michael Del Corso brauchte.

»Es tut mir Leid«, sagte sie ruhig. »Sie haben heute gute Arbeit geleistet, und ich weiß das durchaus zu schätzen. Ich mag es nur nicht, wenn ich erst beim Essen erfahre, dass ich in einem Mafialokal sitze.«

Michael faltete die Hände. »Verstehe«, antwortete er schließlich. »Ich werde Sie nie wieder hierher ausführen.«

Der beißende Witz, der in seiner ironischen Verdrehung ihrer wahren Beziehung steckte, brachte Stella zum Lächeln. Sie stocherte in ihrem Salat und spürte sein Schweigen über den Tisch hinweg. »Mir ist das wirklich sehr unangenehm«, wagte sie zu sagen. »Es könnte nämlich sein, dass ich auch in einer anderen Angelegenheit Ihre Hilfe brauche.«

Michael, der sein Carpaccio aufgegessen hatte, bedachte sie mit einem Blick, aus dem weder Begeisterung noch Ablehnung sprach. »Worum geht's?«

»Steelton 2000. Tommy Fielding, der Projektmanager, ist an einer Überdosis Heroin gestorben. Aber niemand kann es so recht glauben. Und seine Exfrau behauptet, dass er sich Sorgen wegen des Stadionbaus gemacht hat. Leider ist mir nicht ganz klar, wie der Deal funktioniert, wer dabei Geld verdient oder worin Fieldings Aufgabe bestand.«

Michaels Gesicht nahm einen mäßig interessierten Ausdruck an. »Es gibt einen Haufen Leute, die mit dem Bau von Stadien ihr Geld verdienen. Wirtschaftsprüfer, Investment-Banker, Bauunternehmer. Bei denen müssen Sie anfangen. Danach könnte sich jemand wie ich die Sache eventuell genauer ansehen.«

Stella hielt es für ratsam, ihn nicht zu drängen. »Könnten Sie wenigstens herausfinden, an wen ich mich wenden sollte?«

Michael zögerte. »Ich vermute, Sie haben mit Sloan gesprochen?«

»Ja.«

Einen Moment lang machte er wieder ein amüsiertes Gesicht. Die Spannungen zwischen Sloan und Stella waren in der Staatsanwaltschaft mittlerweile so bekannt wie der politische Streit zwischen Bright und Bürgermeister Krajek um Steelton 2000. Unverblümt fragte Michael: »Kandidieren Sie für das Amt des Bezirksstaatsanwalts?«

Seine Direktheit überraschte sie. »Warum fragen Sie?«

Michael musterte ihr Gesicht. »Weil Sloan es tut. Und weil viele Kollegen nervös sind. Schließlich kann sie der nächste Bezirksstaatsanwalt nach Belieben auf die Straße setzen. Deshalb fragen sie sich, wen sie unterstützen sollen und wen sie unter Umständen vor den Kopf stoßen könnten. Oder sie hoffen, dass der Sieger es ihnen nicht übel nimmt, wenn sie einfach nur ihren Job behalten wollen. In Steelton findet man nämlich nicht so leicht einen neuen.«

Ganz besonders als allein erziehender Vater mit einer siebenjährigen Tochter, dachte Stella. Wenn er das tatsächlich war. »Erst muss Arthur mal gewinnen«, erwiderte sie. »Viel hängt davon ab, wie Steelton 2000 bei den Wählern ankommt. Und Charles Sloan weiß das, darauf können Sie wetten.«

Michael lachte. »Dann kann mir ja nichts passieren.«

Er klang nicht übermäßig besorgt. Stella meinte allmählich zu spüren, dass sich hinter seiner beruflichen Frustration ein unerschütterliches Selbstvertrauen verbarg. »Nicht das Geringste«, erwiderte sie. »Nur ist Sloans Interesse politischer Natur, und ich will den Fall aufklären. Er will, dass das Stadionprojekt in Misskredit gerät und Arthur gewählt wird, und ich will, dass Arthur gewählt wird und die Blues noch in Steelton spielen, wenn ich achtzig bin. Aber nur, wenn ich herausbekomme, warum Fielding gestorben ist.«

Der Kellner kam zurück. Lächelnd fragte er, ob alles zu ihrer Zufriedenheit sei, dann servierte er das Hauptgericht. Michaels Saltimbocca roch köstlich, und Stella bereute es, dass sie so streng auf ihre Linie achtete.

»Dann sind Sie also ein Baseballfan«, sagte Michael nach dem ersten Bissen.

Er machte Smalltalk. Das brauchten sie jetzt, und es konnte nicht schaden, wenn Stella ein wenig von sich preisgab. »Mehr als ein Fan«, antwortete sie. »Ich habe auf der Highschool Softball gespielt, als Werferin und Center-Field. Bis zu meinem vierzehnten Lebensjahr habe ich davon geträumt, später mal in Larry Rockwells Fußstapfen zu treten. Ich konnte mich nur schwer damit abfinden, dass die Blues mich nicht nehmen würden.« Sie lächelte kurz. »Manchmal habe ich das Gefühl, ich kann es noch immer nicht.«

Michael sah sie fragend an. »Bezirksstaatsanwältin ist kein schlechter Ersatz.«

Stellas Lächeln erlosch. »Vielleicht. Aber erst muss Arthur gewinnen.«

Michael betrachtete sie weiter, dann blickte er auf die Uhr. »Neun. Ich muss meine Eltern anrufen.« Er zog ein Handy aus der Tasche und meinte: »Bevor Sofia auf die Welt kam, habe ich diese Dinger gehasst.« Dann drückte er die Memory-Taste und die Eins.

Stella blickte auf ihren Teller mit der Pasta. »Mom?«, hörte sie Michael sagen. »Ich komme demnächst. Wie geht es mit Sofia?« Michael lauschte schweigend, dann antwortete er: »Gut. Hat sie gebadet, ja? Ihre Haare mussten mal gewaschen werden.«

Die Antwort fiel offenbar positiv aus, und dann folgte ein längerer Monolog Mrs. Del Corsos, der Michael mit unentwegtem Kopfnicken begleitete, als könne er die Sache dadurch beschleunigen. »Danke Mom«, sagte er schließlich. »Ich liebe dich.« Und kappte die Verbindung.

Stella legte ihre Gabel weg. »Alles in Ordnung?«

»Bestens.« Er klappte das Handy zu. »Manchmal ist es ihr nicht geheuer, dass ein Mann ihre Enkelin großzieht. Als sei ich genetisch nicht in der Lage, mit ihr zum Zahnarzt zu gehen.«

Also war er doch allein erziehender Vater. »Wie war die Tanzvorführung?«

Michael lächelte wieder. »Haben Sie schon mal gesehen, wie eine Schar Zweitklässlerinnen in Trikots versucht, synchron zu tanzen? Aber ich hatte nur Augen für meine Prinzessin. Sie war hinreißend.« Seine Miene wurde wieder ernst. »Für Sofia ist es sehr wichtig, dass sie stolz auf sich sein kann. Das liegt mir mehr am Herzen als alles andere.«

Stella schloss aus dieser Bemerkung, dass es Probleme gab, oder zumindest früher gegeben hatte. Doch sie traute sich nicht, danach zu fragen.

Sie aßen rasch zu Ende. »Soll ich Sie jetzt mitnehmen?«, fragte sie.

»Wenn es Ihnen nichts ausmacht. Ich habe meinen Wagen bei meinen Eltern stehen lassen. Es sind nur ein paar Blocks.«

Stella bestand darauf, dass sie sich die Rechnung teilten, dann traten sie in die kalte Nacht hinaus. Auf der Fahrt zu Michaels Eltern schwiegen sie.

Die Del Corsos wohnten in einem bescheidenen Einfamilienhaus, und Stella fühlte sich wehmütig an das Haus erinnert, in dem sie die ersten dreiundzwanzig Jahre ihres Lebens verbracht hatte. Durch das Wohnzimmerfenster im Erdgeschoss sah sie im schwachen Licht ein dunkelhaariges Mädchen, das die Arme über die Rückenlehne eines Sofas baumeln ließ und nach seinem Vater Ausschau hielt. Sofias Mutter, dachte Stella wieder, muss sehr schön gewesen sein.

Im Wagen drehte sich Michael zu ihr um. »Danke fürs Mitnehmen«, sagte er und stieg aus, um Sofia abzuholen.

SECHZEHN

Am nächsten Morgen hatte Stella viel zu tun: eine Vorverhandlung, eine Sitzung mit ihren Mitarbeitern, auf der anhängige Verfahren des Dezernats besprochen wurden, Einstellungsgespräche mit Jurastudenten, zwei Anrufe von Leuten, die Stellas Kandidatur unterstützten und sie einluden, eine Rede zu halten. Es war bereits nach elf, ehe sie dazu kam, Dance anzurufen und nach Tina Welch zu fragen, der Prostituierten, die an Tommy Fieldings Seite gestorben war.

Die Polizei hatte endlich Welchs Mutter ausfindig gemacht, wie Dance Stella berichtete. Sie war Hausfrau, wohnte auf der East Side und kümmerte sich um den dreijährigen Sohn ihrer Tochter. Die Frau schämte sich offenbar für Tinas Lebenswandel und war fassungslos über ihren Tod. Sie hatte gewusst, dass ihre Tochter heroinsüchtig war und womit sie ihren Lebensunterhalt verdiente, aber sie kannte weder Tommy Fielding noch den Vater ihres Enkels. Tina war eines morgens nicht nach Hause gekommen, und dann erfuhr sie, dass ihre Tochter tot war. Dance leierte die Fakten lustlos herunter. Seiner Stimme war anzuhören, dass er das alles schon erlebt hatte und trotzdem immer wieder deprimierend fand.

»Was ist mit der Scarberry Street?«, fragte Stella. »Hatten Sie dort Glück?«

»Kein Mensch erinnert sich an Fieldings Wagen. Curran ist nach wie vor der Einzige.«

»Und was ist mit Tina? Prostituierte haben in der Regel ein festes Revier. Irgendjemand muss sie doch gesehen haben.«

»Wenn, dann rücken sie nicht damit heraus. Die Kollegen von der Sitte kannten sie, und wir haben alle Ecken, an denen sie gewöhnlich stand, abgeklappert. Aber die meisten Nutten hassen die Bullen, vor allem die von der Sitte. Keine will sich an irgendetwas erinnern. Eine Nacht ist wie die andere, verstehen Sie, ein Dutzend Mal französisch für zehn Dollar.« Einen

Augenblick lang hatte seine tiefe Stimme den Tonfall einer verlebten Prostituierten aus dem Ghetto angenommen.

»Ich vermute, Sie haben Handzettel verteilt«, sagte Stella.

»Mit Fotos von Fielding und Tina. Fehlanzeige.«

Stella blätterte die Zettel mit unbeantworteten Anfragen durch, die vor ihr lagen: eine von Jan Saunders von Channel 6 und zwei von Dan Leary von der *Press.* »Aber Jack Novaks Mörder haben Sie gefunden, stimmt's?«

Dance stieß einen Laut aus, der halb wie ein Grunzen, halb wie ein Lachen klang. »Es kann sich nur noch um Stunden handeln.« Er hörte sich frustriert an. »Wir haben Missy Allen noch mal verhört und ihre Bude auf den Kopf gestellt. Keine Kleider mit Blutflecken, auch nichts in der Reinigung oder in ihrem Müll, niemand, der ihr einen Mord zutraut. Sie wiederholt nur immer wieder, dass dieser mysteriöse Anrufer der Mörder sein muss und dass sie Novak schrecklich vermisst.«

»Was halten Sie davon?«

Aus dem Hörer drang wieder der Grunzlaut. »Über Geschmack lässt sich streiten.« Dance verstummte, dann sagte er: »Bei einem Mord im Affekt hinterlässt der Täter irgendwelche Spuren am Tatort, zum Beispiel Fingerabdrücke. Oder jemand sieht oder hört ihn, wenn er in Panik flieht. Für einen brutalen Mord war es wirklich saubere Arbeit: rein in die Wohnung, Novak an den Schrank hängen, Eier abschneiden und spurlos verschwinden.«

Stella warf einen Blick auf die heutige Ausgabe der *Press,* die in ihrem Papierkorb steckte. »Keine Spur im Mordfall Novak«, lautete die Schlagzeile. Wie von einer Zeitung, die Krajek und den Stadionbau unterstützte, zu erwarten, wurde Novak in dem Artikel als »enger Vertrauter Arthur Brights« bezeichnet.

»Wenn es kein Mord im Affekt war und auch nicht um Sex ging«, sagte Stella, »wieso hat Jack dann alles brav mitgemacht?«

»Vielleicht hat ihm der Mörder eine Kanone an den Kopf gehalten.«

Er klang nicht überzeugt, und auch Stella war skeptisch. »Mal sehen, was Kate dazu meint«, sagte sie.

Kate Micelli obduzierte gerade ein sechsjähriges Mädchen, das vergewaltigt und umgebracht worden war, während seine Mutter in einer Bar saß, und rief erst nachmittags zurück.

»Mit vorgehaltener Schusswaffe gezwungen?«, fragte Kate und dachte eine Weile darüber nach. »Klingt nicht sehr überzeugend. Kein Mensch ist so fügsam. Sobald der Mörder den Hocker unter ihm wegkickt, kämpft Novak um sein Leben – das ist ein Reflex, egal wie groß die Angst ist, erschossen zu werden. Er hätte an seinen Fesseln gezerrt, und das hätte Schrammen an den Handgelenken hinterlassen, und auch am Hals würde man stärkere Abschürfungen erwarten.«

Ein Gedanke kam Stella in den Sinn, und wenn sie die plötzliche Stille in der Leitung richtig deutete, war der Gerichtsmedizinerin derselbe Gedanke durch den Kopf geschossen. »Das würde doch auch gelten«, sagte Stella, »wenn es ein Sexpartner getan hätte.«

Micelli zögerte. »Gewiss.«

»Wie hoch war Jacks Blutalkoholgehalt? Und wie viel Kokain hatte er genommen? Nach Allen hat er ordentlich einen über den Durst getrunken und anschließend in der Wohnung noch gekokst. Und wie die Untersuchung der beiden Cocktailgläser ergeben hat, hat er auch noch mit jemandem Scotch getrunken. Obwohl Allen schwört, dass sie es nicht gewesen sei.«

»Würden Sie Ihrem Mörder einen Drink einschenken?«, fragte Micelli skeptisch.

Stella lehnte sich in ihrem Stuhl zurück. »Schon möglich, wenn ich ihn kenne. Allen sagt, Novak habe einen Anruf bekommen und sie plötzlich nach Hause geschickt.«

»Aus juristischer Sicht war er volltrunken. Hatte eins Komma sechs Promille. Aber in Anbetracht seines Lebenswandels und Körpergewichts gehe ich davon aus, dass er sich noch gut auf den Beinen halten konnte. Allen sagt das auch, stimmt's?«

»Wenn man ihr glauben darf.«

»Das ist gar nicht nötig. Das Kokain hätte ihn wieder auf Vordermann gebracht.«

Stella musste daran denken, wie Jack am Schrank gehangen hatte, das Gesicht grauenhaft verzerrt. »Wenn Sie keine Fragen mehr haben«, sagte Micelli, »hätte ich noch was für Sie.«

»Was?«

»Es geht um den Test, den wir mit Fieldings Haar durchgeführt haben. Er ist das glatte Gegenteil von Novak. Meines Erachtens hat er im letzten Monat keinerlei Drogen genommen. Und laut Blutprobe war sein Blutalkoholgehalt nicht der Rede wert. Er hat vielleicht aus dem halben Glas Bier getrunken, das wir in seiner Küche gefunden haben.«

Stella erhob sich und ging auf und ab. »Wenn Sie heroinsüchtig wären, und wenn auch erst seit kurzem, würden Sie es dann einen Monat ohne Stoff aushalten?«

»Wahrscheinlich nicht. Aber es gibt immer ein erstes Mal. Ich kann es nicht mit Bestimmtheit sagen, aber ich vermute mal, dass es für ihn die Premiere war.«

Novak, Fielding, Tina Welch – Fragen über Fragen, keine Antworten. Stella legte auf und blickte aus dem Fenster zu dem langsam wachsenden Stadion hinüber, wie es mittlerweile ihre Gewohnheit war.

»Mist«, sagte sie laut.

Ehe sie es merkte, hatte sie eine halbe Stunde aus dem Fenster gesehen und den Rohbau angestarrt, die Stahlträger, die sie teilweise schon umhüllende Betonschüssel, die Männer mit ihren Helmen, stumpfes Metall unter dem trüben Himmel. Dreißig Prozent Angehörige von Minderheiten, wie Thomas Krajek den Wählern versichert hatte, eine wahre Regenbogenkoalition. Und eine halbe Stunde lang hatte Stella gezaudert.

Es war ein Fehler gewesen, wie sie jetzt einsah. Das Gefühl, eine Enttäuschung nach der anderen zu erleben und vor einem Berg ungelöster Fragen und offener Probleme zu stehen, hatte sie gelähmt. Aber sie wusste auch, was sie dagegen tun konnte – irgendein Detail herausgreifen, wie banal es auch sein mochte, und sich an die Arbeit machen. Wenn sie wieder richtig in Schwung kam, ergab sich der nächste Schritt von allein.

Also beschloss sie, mit dem Fahrstuhl in den Keller zu fahren, ins Aktenarchiv.

Dort unten war es stickig, staubig und feucht. Der Raum war voll gestopft mit drei Meter hohen Eisenregalen, die in langen Reihen nebeneinander auf dem schmutzigen Linoleumboden standen. Es herrschte völlige Stille. Das Aktenarchiv war das Mausoleum alter Fälle – Verfahren, die eingestellt oder beendet, Prozesse, die gewonnen oder verloren worden waren, dokumentiert bis zur letzten Instanz. Niemand kam hierher, es sei denn, ein Fünkchen der Vergangenheit konnte Licht in das Dunkel der Gegenwart bringen.

Der Raum erinnerte Stella an einen Friedhof ohne Gärtner. Zwar führte ein Angestellter aus der Registratur ein Register und trug die Eingänge in dicke Mappen ein, doch weder das dünne Rinnsal der Besucher noch Arthurs überlasteter Etat ließen es geraten erscheinen, eigens jemanden einzustellen, um hier die Aufsicht zu führen. Die korrekte Benutzung war Ehrensache. Staatsanwälte, die Akten mitnahmen, trugen ihre Namen in ein Kontrollbuch ein, daneben den Namen der Akte und das Aktenzeichen. Laut Kontrollbuch war seit dem Mord an Jack Novak niemand mehr hier unten gewesen.

Novaks Akten, die fünf Fälle George Flood, hatten Stella veranlasst, diesen düsteren Raum aufzusuchen. Sie hatte viel aus diesen Akten erfahren, doch viele Fragen waren noch offen. Vielleicht fand sie hier Hinweise auf Morgan Beach, den verschwundenen Spitzel, und seine Beziehung zu Arthur Bright oder Charles Sloan. Oder einen Eintrag, der Aufschluss darüber gab, warum Sloan oder Bright im Verfahren gegen Louis Jackson, Floods rechte Hand, einem Handel zugestimmt hatten, sodass Jackson mit einem Jahr Gefängnis wegen Kokainbesitzes davongekommen war. Oder Aktennotizen, die enthüllten, wie es dazu gekommen war, dass der Fall Green, bei dem Johnny Curran Kokain beschlagnahmt hatte – und zwar unrechtmäßig, wie das Gericht später befand –, Richter Freeman zugewiesen wurde und nicht seinem ursprünglich vorgesehenen Kollegen. Oder, wenn Stella Glück hatte, ein Memo, das Hinweise darauf lieferte, wie die fünf Kilo Kokain aus der Asservatenkammer verschwunden waren. Oder irgendeinen Vermerk, der belegte, dass der Anklagevertreter – abermals Sloan – von Jean-Claude Desnoyers Absicht, Flood zu verraten, gewusst hatte. Seit sie ihre eigenen Notizen mit den hingekritzelten Worten »Handel vorschlagen?« gelesen hatte, war ihr die verzweifelte Hoffnung des Haitianers wieder so gegenwärtig, als sei das alles gestern gewesen.

Stella sah im Register nach. Alle Fälle waren aufgeführt: *Staat gegen Flood, Staat gegen Desnoyers, Staat gegen Green, Staat gegen Jackson,* eine zweite Akte *Staat gegen Flood.* Eine Litanei gescheiterter Versuche, Moros Drogenring zu sprengen.

Im Grunde wusste sie nicht genau, warum sie eigentlich gekommen war. Vielleicht war es nur das unbestimmte Gefühl, dass irgendjemand log oder zumindest die Wahrheit verschwieg. Oder auch nur der Wunsch, sich Gewissheit darüber zu verschaffen, dass die hier aufbewahrten Akten nichts enthielten, was sie wissen musste.

Stella notierte die Aktenzeichen auf einem Zettel und machte sich daran, die Regale abzusuchen.

Die Akten waren wie in einer primitiven Bücherei geordnet. Jedes Regal war mit einem Klebestreifen versehen, auf den mit Filzstift eine Zeitspanne und Aktenzeichen geschrieben waren. Stella schleppte eine Trittleiter zu dem Regal, das die Akte *Staat gegen Desnoyers* enthalten musste, und blieb davor stehen.

Es war die oberste Reihe. Stella stieg auf die Leiter und suchte. Obwohl die Regale sonst voll gestopft waren, fiel ihr eine Lücke auf, durch die ein schmaler Lichtstrahl fiel, und ein Ordner war zur Seite gekippt.

Staat gegen Desnoyers fehlte.

Stella hielt inne, sog den muffigen Geruch von Staub und altem Papier ein. Nacheinander zog sie jeden Ordner aus dem Regal, um sich zu vergewissern, dass keiner am falschen Platz stand. Keiner stand falsch.

Sie kletterte wieder hinunter und strich an den Regalen entlang, bis sie das Regal mit *Staat gegen Flood* gefunden hatte – der erste Fall, bei dem die Beweismittel verschwunden waren. Diesmal war es leichter. Das Brett befand sich in Augenhöhe.

Stella entdeckte wieder eine Lücke, und wieder eine Akte, die zur Seite gekippt war. Eine Minute später hatte sie die Gewissheit, dass *Staat gegen Flood* verschwunden war.

Reglos blickte sie auf den Zettel in ihrer Hand.

Laut Register stand im nächsten Regal *Staat gegen Jackson.* Doch der Ordner war nicht da.

Die Luft hier drin war zum Ersticken, viel zu warm und verbraucht. Mit einem unbehaglichen Gefühl, das an Besorgnis grenzte, suchte Stella die letzten beiden Akten, inzwischen davon überzeugt, dass sie ebenfalls fehlten. Zu Recht, wie sich zeigte. Stella kehrte zum Kontrollbuch zurück. Beim Durchblättern stellte sie fest, dass die Einträge bis ins Jahr 1996 zurückgingen. Auf der Liste ihrer Kollegen erschien Michael Del Corsos Name neben der Akte zu einem Unterschlagungsfall. Aber es fanden sich keine Einträge von Arthur Bright oder Charles Sloan. Laut Kontrollbuch hatte niemand die Akten, die Stella suchte, mitgenommen.

Sie stand da, die Hände in die Hüften gestemmt, und ließ den Blick durch den düsteren Raum schweifen. Die Stille bedrückte sie.

Sie öffnete die Tür und ging.

Michael war in seinem Büro. Stella verharrte auf der Schwelle. Er sah von einem Stapel Papiere auf.

»Wie geht es Sofia?«, erkundigte sich Stella.

»Gut, danke.« Er lächelte trocken. »Nur hat sie letzte Nacht versucht, zu mir ins Bett zu kriechen, und mich um den Schlaf gebracht. Sie tut das gelegentlich, wenn ich aus war.«

Was ist mit der Mutter, fragte sich Stella. War sie tot, oder nur fort? Michaels Bemerkung ließ vermuten, dass das Mädchen verunsichert war, möglicherweise aufgrund eines plötzlichen Verlusts. Vielleicht war das der Grund, warum sie am Fenster nach ihm Ausschau gehalten hatte.

»Ich habe die Akten zu den Drogenfällen gesucht«, sagte Stella. »Sie haben sie nicht zufällig?«

Michael machte ein, gelinde ausgedrückt, mäßig interessiertes Gesicht. »Sind sie nicht da?«

»Und im Kontrollbuch ist nichts eingetragen. Aber möglicherweise hat sie jemand schon vor Jahren geholt und nie zurückgebracht.«

»Alle fünf?« Sein Blick wurde ernster, dann zuckte er die Schultern. »Ich war es jedenfalls nicht. Ich habe in einer Bücherei noch nie Mahngebühren bezahlen müssen.«

Stella lächelte schwach. »Waren Sie nie säumig?«

»Nie.«

»Ich auch nicht.«

Stella wandte sich zum Gehen. »Haben Sie schon mal was von Megaplex gehört?«, fragte Michael. »Das ist der größte Sportstättenbauer in Amerika. Ich habe gerade mit einem der Vizepräsidenten des Unternehmens gesprochen. Paul Harshman.«

Er ist wirklich tüchtig, dachte Stella. Aber vielleicht hielt er es auch nur für klug, eine Frau zu beeindrucken, die eines Tages Bezirksstaatsanwältin werden konnte.

»Ist Harshman bereit uns zu helfen?«, fragte sie.

»Solange es inoffiziell bleibt. Er will sich nicht in unsere Kommunalpolitik einmischen. Aber anscheinend ist er über Steelton 2000 im Bilde. Vielleicht sollten Sie nach New York fliegen und sich mit ihm unterhalten.«

Stella überlegte. »Wie wär's, wenn Sie das übernehmen?«

Michael machte ein skeptisches Gesicht. »Ich kann nur dolmetschen«, erwiderte er, »verstehen müssen Sie es selbst.«

Stella zögerte. »Und wenn wir beide hinfliegen? Es geht doch nur um einen Tag, oder?«

Michael senkte den Blick. »Ich weiß nicht, ich muss mal sehen. Wegen Sofia.«

Stella schwieg betreten. Sie hatte einen Mann in die Enge getrieben, der sie nicht begleiten, ihr aber auch keine Bitte abschlagen wollte. Einen Vater, der die Verantwortung für eine siebenjährige Tochter trug.

»Ich hatte Sofia ganz vergessen«, sagte sie.

»Und Sloan«, erwiderte Michael trocken. »Möglicherweise scheut er die horrenden Kosten für zwei Flugtickets.«

»Wenn es um Steelton 2000 geht? Sagten Sie nicht, dass Sloan Bezirksstaatsanwalt werden will?«

Die Bemerkung entlockte ihm ein Schmunzeln. »Ich rede mit meinen Eltern. Und Sie fragen Sloan.«

»Danke«, sagte Stella.

Sie machte sich auf den Weg zu Sloan. Doch ihre Gedanken kreisten erneut um die verschwundenen Akten. Novaks rätselhafter Tod und seine korrupten Machenschaften jagten ihr Angst ein.

Als sie Sloans Büro erreichte, beschloss sie, die fehlenden Akten nicht zu erwähnen.

Sloan hörte sich ihre Bitte an, und ein anzüglicher Glanz stahl sich in seine Augen. »Sie und Del Corso«, sagte er.

»Es ist ja nur für einen Tag, Charles.«

Er faltete die Hände über dem Bauch. »Glauben Sie, das reicht, um herauszufinden, warum das Stadion Mist ist?«

SIEBZEHN

Von einem Ecktisch aus beobachtete Stella das bewegte Straßenbild in SoHo. Sie hatten ihre Dienstreise nach Manhattan gleich am Tag nach Sloans Einwilligung angetreten, denn Paul Harshman von Megaplex konnte nur am nächsten Morgen etwas Zeit für sie erübrigen und danach auf Wochen hinaus nicht mehr. Und so kam es, dass Stella bei Raoul's saß, einem netten Bistro mit guter Küche und gemischtem Publikum, während Michael auf dem Gehweg draußen mit seinem Handy auf und ab ging und mit Sofia telefonierte.

Nach einer Weile kam er zurück. Geistesabwesend drehte er sein Weinglas zwischen den Fingern.

»Ich habe ein schlechtes Gewissen«, sagte Stella, »weil ich Sie mitgeschleppt habe.«

Michael schaute auf, und ein ironischer Ausdruck erschien auf seinem Gesicht. »Manchmal tue ich mich ziemlich schwer. Ich mache mir Sorgen. Wenn ich ihr nicht das Gefühl gebe, wichtig zu sein …«

Er beendete den Satz nicht. Stella schwankte zwischen Achtung vor seiner Privatsphäre und der Befürchtung, Desinteresse könnte ihn in der Ansicht bestärken, sie sei gefühlskalt. »Verzeihen Sie mir«, sagte sie schließlich, »aber ich frage mich schon die ganze Zeit, was mit Sofias Mutter ist.«

Sie ist tot, erwartete sie halb von ihm zu hören. Stattdessen antwortete er: »Sie lebt in Australien.«

Er gab keine nähere Erklärung, und Stella schwieg betreten. Michael stierte mit zusammengekniffenen Augen vor sich hin, und sie bereute es, dass sie gefragt hatte. »Glauben Sie an Vorahnungen?«, fragte er nach einer Weile. »Wir sehen einen Menschen zum ersten Mal und wissen, ohne sagen zu können, warum, dass er unser Leben verändern wird.«

In seinem Ton mischten sich Ehrfurcht und das betrübliche Wissen, wie seine Ehe geendet hatte. »So etwas ist mir nie passiert«, sagte Stella aufrichtig. »Und ich bin froh darüber. Denn es hätte mich erschreckt, dass jemand so viel Macht über mich hat.«

Michael nickte. »Das geht mir auch durch den Kopf, wenn ich Sofia im Schlaf betrachte. Sie erinnert mich dann so an Maria. Und ich stelle mir vor, wie ich zu ihr sage: ›Ist schon in Ordnung, deinetwegen ist alles so gekommen.«

Welch eine schwere Bürde für Vater und Tochter, dachte Stella. »Was ist denn passiert?«, fragte sie.

Er verzog die Mundwinkel zu einem Lächeln. »Wollen Sie das wirklich wissen?«

»Sonst hätte ich nicht gefragt.« Sie las den Zweifel in seinen Augen und fügte ruhig hinzu. »Ja, wirklich.«

Michael sah aus dem Fenster. »Wir gingen in die sechste Klasse«, sagte er schließlich, »als es passierte. Zweiundzwanzig Jahre später konnte ich mich an keine Zeit mehr erinnern, in der ich sie nicht geliebt hätte. Es klingt vielleicht nostalgisch, aber es hat nie eine andere für mich gegeben. Ich brauchte Maria nur anzusehen, und schon war ich glücklich.

Unsere Eltern stammten aus derselben Gegend, wir hatten dieselben Freunde, und wir gingen in dieselbe Kirche. Wir wussten alles voneinander. Ich weiß noch, wie Maria ihre erste Periode bekam, mein Gott, war ihr das peinlich.« Er hielt inne und schüttelte belustigt den Kopf. »Die meisten Menschen können sich nicht vorstellen, jemanden zu heiraten, mit dem sie aufgewachsen sind. Wir konnten uns nichts anderes vorstellen.«

Früher, vermutete Stella, hätte Stolz aus diesen Worten gesprochen, nicht das Wissen um zwei Menschen, die ahnungslos auf einen Abgrund zugingen. »Aber das änderte sich«, sagte sie.

»Maria änderte sich.« An ihrem Tisch in der Ecke, einer Oase der Ruhe in der lärmenden Enge des von Yuppies und Paaren aus dem Viertel besuchten Bistros, schien Michael ganz in Erinnerungen zu versinken. »Wir hatten große Pläne. Maria machte ihren Abschluss in Betriebswirtschaft, und ich arbeitete bei British Petroleum, um anschließend weiterzustudieren. Später wollten wir eine Familie gründen und in ein hübsches Haus irgendwo in der Vorstadt ziehen, wo es gute Schulen gab. Wir nahmen uns fest vor, mit den Kindern immer in die Messe nach Little Italy zu gehen und sonntags bei ihren Großeltern zu essen. So wie es unsere Eltern mit uns getan hatten.«

Stella lächelte. »War es John Lennon, der gesagt hat: ›Das Leben ist das, was passiert, während man andere Pläne macht.‹ Ich habe es nie glauben wollen.«

Michael musterte sie neugierig. »Hatten Sie immer Pläne?«

»Ich habe sie noch.«

Michael begann, mit seinem Besteck zu spielen, es abwesend hin- und herzuschieben. »So war es bei uns auch. Ich beendete das Studium und nahm eine Stelle bei Arthur an, um Erfahrung zu sammeln, wie ich mir dachte. Und Maria bekam Sofia. Und dann sagte sie, dass sie wieder arbeiten wolle. Das war in Ordnung. Wir konnten das schaffen. Unsere Eltern konnten uns helfen, und ich wollte nicht, dass Maria das Gefühl hatte, zu Hause zu versauern. Trotzdem hatte ich Bedenken. Ich liebte Sofia über alles. Aber Maria schien nicht so viel Freude an ihr zu haben und wirkte irgendwie unzufrieden mit unserem Leben. Sie war nicht mehr so liebevoll und lebenslustig, irgendwie war sie ein anderer Mensch geworden.

Vielleicht langweilte sie sich mit ihr. Vielleicht liebte sie ihr Kind nicht so, wie sie es erwartet hatte, und plötzlich wurde ihr bewusst, dass sie schon dreißig war und ein Leben führte, für das sie sich mit zwölf entschieden hatte. Aber mir sagte sie immer noch, dass alles in Ordnung sei, denn sie konnte nicht anders.

Ich spürte nur, dass sie sich verändert hatte. Dann, eines Abends, kam sie nach Hause und gestand mir, dass sie sich in einen Kollegen, einen Australier, verliebt habe und mit ihm nach Australien gehen wolle. Ich saß fassungslos da. Ständig diese Geschäftsessen, die Geschäftsreisen, und ich Esel hatte nichts gemerkt. Denn die Frau, die ich seit der sechsten Klasse kannte, würde mich nie anlügen, niemals.« Er senkte die Stimme. »Ich redete mir ein, dass sie immer noch derselbe Mensch sei, dass sie sich unmöglich so verändert haben konnte. Doch sie war mir fremd geworden. Die Maria, die ich geliebt hatte, war tot.«

Stella spürte, dass seine Worte, obwohl leise gesprochen, sein Innerstes offenbarten. Michael trauerte, und deshalb stellte er alles in seinem Leben in Frage, alles bis auf die Liebe zu seiner Tochter.

»Haben Sie sie jemals wieder gesehen?«

»Nein.« Er nippte an seinem Wein. »Ich glaube, Maria blieb gar nichts anderes übrig, als fortzugehen. Sie hatte ihr ganzes Leben hier verbracht, kannte eine Menge Leute. Sie konnte doch niemandem mehr in die Augen sehen, ihrem Mann und ihrem Kind, den Eltern und Verwandten, den vielen Bekannten. So gesehen war nicht einmal Sidney weit genug weg.«

Diese Formulierung klang so, als habe er Monate gebraucht, um es selbst zu verstehen. »Und Sofia?«, fragte Stella.

Er schloss einen Moment die Augen. »Elf Monate ist das jetzt her, und immer noch fragt sie, wann Mommy wieder nach Hause kommt. Wie soll ich ihr sagen, dass Maria nie wieder zurückkommen wird, dass sie einen anderen liebt?«

»Und was sagen Sie ihr?«

Michael stützte die Ellbogen auf den Tisch und schien in sich zusammenzusacken. Stella fand, dass er trotz seiner grauen Schläfen noch jung aussah, doch manchmal machte er den gedrückten Eindruck eines Mannes, der vom Leben nicht mehr viel erwartete. »Dass Maria eine Stelle angenommen hat, um uns zu helfen. Und dass wir deshalb nicht wissen, wann sie nach Hause kommen kann.« Verhaltener Groll klang jetzt aus seiner Stimme. »Auf mein Drängen hin schickt Maria Sofia jeden Monat eine Postkarte. Sie sind im Plauderton geschrieben und unpersönlich, so wie eine Tante einer Nichte schreiben würde, die sie nicht besonders gut kennt. Nur dass sie mit ›in Liebe, Mom‹ unterschrieben sind.«

Stella wusste nicht, was sie sagen sollte, und schwieg. Dann kam das Essen. Nach zwei Gläsern Wein blickte Stella dankbar auf. Während der Ober ihr nachschenkte, merkte sie, dass sie sich wohler fühlte und ungezwungener benahm als sonst, wenn sie mit jemandem zusammen war, den sie nicht kannte. »Ich habe keine Kinder«, wagte sie zu sagen, »nur eine Nichte und einen Neffen. Ich bin die Tante, die sie nicht besonders gut kennt. Was ich dazu sagen kann, beruht also nicht auf Erfahrung.«

Michael schaute auf. »Schießen Sie los.«

»Ich frage mich, ob es gut für Sofia ist, wenn sie es für normal hält, dass Mütter ihre Töchter so behandeln und einfach verschwinden. Oder wenn sie später erfährt, dass Sie ihr etwas vorgemacht haben, um Maria zu decken.«

Michael schluckte seinen ersten Bissen Lamm. »Und was würden Sie vorschlagen?«

Stella dachte an das Schweigen in ihrer Familie, an das Gefühl der Einsamkeit, das immer stärker von ihr Besitz ergriffen hatte. »Vielleicht sollten Sie ihr die Wahrheit sagen«, antwortete sie. »So behutsam wie möglich.«

Michael starrte sie an. »Ihr sagen, dass ihre Mutter uns wegen eines andern verlassen hat?«

Stella spürte, wie sein Groll gegen Maria sich mit Empörung über ihren Vorschlag vermischte. »Vielleicht gibt es überhaupt keine Lösung«, räumte sie ein. »Aber für Sofia ist Maria zu einer Phantasiegestalt geworden, die jeden Moment zur Tür hereinspazieren kann. Und Sie wissen, dass das nicht geschehen wird. Vielleicht ist es das Beste für Sofia, wenn sie die Dinge so sieht, wie sie sind. Wenn sie älter wird, begreift sie vielleicht, dass sie nicht die Schuld am Verhalten ihrer Mutter trägt und gewinnt inneren Abstand. Manchmal ist Distanz die einzige Hoffnung.«

Die Worte waren heraus, ehe Stella begriff, wie viel sie über sich selbst verraten hatte. Zum ersten Mal an diesem Abend musterte Michael sie mit lebhaftem Interesse. »Mir scheint, Sie sprechen doch aus Erfahrung.«

Stella zögerte. Instinktiv schreckte sie davor zurück, etwas über sich preiszugeben. Aber vielleicht konnte ihre Vergangenheit wenigstens heute Abend jemandem von Nutzen sein. »In meiner Familie blieben alle wichtigen Dinge unausgesprochen«, sagte sie schließlich. »Mein Vater trank, weil er frustriert und zornig war. Meine Mutter war verängstigt und tat so, als sei nichts geschehen. Und von Katie und mir wurde erwartet, dass wir das Theater mitspielten. Solange ich denken kann, habe ich die drei wie eine Anthropologin beobachtet. Aber Katie entwickelte das Stockholm-Syndrom.« Stella legte den Kopf schief. »Sie wissen doch, was das ist, nicht?«

»Ja. Wenn das Opfer einer Entführung sich mit seinen Entführern identifiziert. Weil es Angst davor hat, sie so zu sehen, wie sie sind.«

Stella nickte. »Katie erdachte sich ein Zuhause, das niemals existiert hat. Voller Wärme und Verständnis, und die Familie Marz war für sie etwas ganz Besonderes. Aber ich machte da nicht mit. Katie nimmt es mir heute noch übel, dass ich nicht mit ihrer Lüge leben wollte, und meinem Vater nimmt sie es übel, dass er nicht mehr er selbst ist. Dagegen ist meine Mutter nach ihrem Tod in Katies Phantasie zu einer Heiligen geworden.« Stella trank einen Schluck Wein. »So schwer es für mich war, ich hätte nie mit Katie tauschen wollen. Und vielleicht tut sich auch Sofia leichter, wenn sie begreift, dass nur noch ihr Vater da ist. Es ist besser, man sieht der Realität ins Auge. Wer sich ihr verschließt, holt sich leicht einen psychischen Knacks.«

Das gab ihm offensichtlich zu denken. Nach einer Weile fragte er: »Sie sagten, Ihr Vater sei nicht mehr er selbst?«

»Er hat Alzheimer.«

Ihre Stimme klang nicht so, als wollte sie darüber sprechen. »Das ist schlimm«, sagte er einfach nur.

»Für ihn nicht. Zumindest nicht mehr.«

Stella verspürte ein beklemmendes Gefühl in der Brust. »Es war ein Schock«, sagte sie nach einer Weile. »Eines Tages rief er mich aus heiterem Himmel im Büro an und warf mir vor, ich hätte ihm Schande gemacht. Nur war die Frau, mit der er telefonierte, vierunddreißig Jahre alt, und die Tochter, über die er sich beklagte, war dreiundzwanzig. Und er bemerkte den Unterschied nicht.«

Michael spitzte die Lippen zu einem stummen Pfiff. Stella erinnerte sich so lebhaft, als sei es gestern gewesen. Sie war nach Warszawa gefahren. Hatte mit klopfendem Herzen das dunkle Haus betreten, genau wie in jener Nacht, als sie für immer fortgegangen war. Hatte sich vorgestellt, was sie und Armin Marz einander sagen würden, elf Jahre nachdem sie zum letzten Mal seine Stimme gehört hatte. Doch der Mann, den sie vorfand, war von den Jahren gebeugt, sein Haar ein schütteres gelbliches Grau, seine Haut eine Hülse, die an seinen Knochen zu hängen schien. Mit meckerndem Lachen sah er sich *Family Court* an. Die Leere in seinen Augen entsetzte Stella.

Sie hätte am liebsten geschrien. Elf Jahre lang hast du dich geweigert, mit mir zu sprechen, und jetzt hast du es vergessen.

»Ich wusste, was mit ihm los war«, sagte sie zu Michael. »Von da an ging es nur noch bergab. Meine Mutter hat ihn bis zu ihrem Tod gepflegt und wie immer alles vertuscht. Ich war beinahe erleichtert, als ich beim Trauergottesdienst sah, dass er aufrichtig um sie trauerte. Hinterher gingen wir mit ein paar Freunden aus der Nachbarschaft nach Hause.«

Sie erinnerte sich an seine Augen. So stumpf wie durchgebrannte Glühbirnen. »Er wartete, bis die anderen gegangen waren, dann packte er mich am Handgelenk und sagte: ›Deine Mutter hat mich sitzen lassen.‹«

Michael legte einen Ellbogen auf den Tisch, und der Blick seiner braunen Augen, die tief in seinem markigen Gesicht lagen, wirkte durch den Kontrast zu seinen Zügen noch mitfühlender. Doch Stella konnte ihm nicht sagen, dass ihr Vater, als sie ihm zum wiederholten Male erklärte, dass ihre Mutter an Krebs gestorben sei, sie angebrüllt hatte: Sie ist gegangen, weil du für Novak die Hure gespielt hast.

»Dann haben Sie ihn in ein Pflegeheim gebracht?«, fragte Michael.

»Katie wollte ihn noch im Haus behalten. Das Haus sei für ihn voller Erinnerungen, sagte sie. Aber wenn er sich umsah, merkte ich, dass er niemand auf den Fotos erkannte. Er hatte vergessen, wo was stand, bekam Angst und wurde wütend. Es ist eine Qual, wenn man sich in seinem eigenen Haus nicht mehr auskennt.« Stella hielt inne und blickte aus dem Fenster. »Kate wollte das einfach nicht wahrhaben. Schließlich eröffnete ich ihr, dass ich die Krankenschwester nicht mehr bezahlen wollte.«

Du herzlose Hexe, hatte Katie erwidert.

»Wer bezahlt das Pflegeheim?«, fragte Michael.

»Ich.«

»Steuert Ihre Schwester nichts bei?«

Stella wandte sich ab und ließ den Blick durch das Restaurant schweifen. »Sie sagt, sie könnten sich das nicht leisten«, antwortete Stella. »Aber ich glaube, in ihren Augen ist das die gerechte Strafe dafür, dass ich von Zuhause fortgegangen bin und sie ihrem Schicksal überlassen habe. Ich muss dafür büßen, was ich ihrer Phantasiefamilie angetan habe.«

Michael neigte den Kopf zur Seite. »Und Ihr Vater?«

»Erinnert sich an nichts und niemand. Bei meinem letzten Besuch saß er in einem Kreis mit anderen Patienten und hielt Händchen mit einem Schwarzen.« Beim Gedanken daran musste Stella lachen. »Ich dachte, mich trifft der Schlag, aber dann begriff ich. Er hat vergessen, dass er Rassist war.«

Michael schmunzelte. Doch noch etwas konnte sie Michael nicht erzählen. Wie sie sonntags neben der Hülse saß, die ihr Vater geworden war, und davon träumte, sich mit ihm zu versöhnen. Und dass sie sich bis heute nur schwer damit abfinden konnte, dass sie ihm, obwohl er ihr immer noch wichtig war, nicht das Geringste bedeutete.

Schließlich sagte sie: »Wie's scheint, haben wir über alles gesprochen, nur nicht über das Treffen morgen.«

Michael spielte mit seiner Kaffeetasse. »Das stimmt.«

»Um es gleich vorwegzunehmen, ich bin nicht Sloan. Ich bin nicht hier, um zu beweisen, dass Steelton 2000 ›Mist‹ ist.«

Michael lehnte sich zurück und sah sie neugierig an. »Selbst wenn es Arthur hilft?«

»Wir helfen Arthur, wenn wir unsere Arbeit machen. Ich will herausfinden, weshalb Fielding bei seinem Job unter Druck geraten ist und mit wem er sich überworfen haben könnte.«

Michael sah sich um. In zweifelndem Ton fragte er: »Sie glauben doch nicht etwa, dass ihn jemand umgebracht hat? Dafür würde doch niemand eine heroinsüchtige Prostituierte anheuern. Außerdem ist sie ja selbst dabei umgekommen.«

»Klingt plausibel«, erwiderte Stella gelassen. »Aber dann erklären sie mir mal, wie sie an Tommy Fielding geraten ist.«

»Keine Ahnung.«

»Das ist unser Problem. Solange Arthur versteht, warum wir hier sind, können uns alle anderen egal sein.«

Seine Augen verengten sich leicht. »Auch Sloan?«

Stella rief sich in Erinnerung, dass Michael eine Tochter zu versorgen und eine Hypothek abzuzahlen hatte und dass er bei personellen Turbulenzen im Amt in Schwierigkeiten geraten könnte. »Sloan ist kein Narr. Er weiß, dass gute Mitarbeiter etwas für seine Reputation tun, auch wenn er selbst nicht im Gerichtssaal steht. Und soweit ich weiß, haben Sie niemals Zweifel daran geäußert, dass er der Richtige für den Posten des Bezirksstaatsanwalts wäre.«

Michael bedachte Stella mit einem langen, ernsten Blick, und einen Augenblick lang hatte Stella das Gefühl, dass er gern ihr Freund wäre. »Aber was ist mit Ihnen?«, fragte er schließlich. »Was könnte Sie von einer Kandidatur abhalten?«

Mein Vater. Denn mit jedem Monat, den er lebt, schrumpfen meine Ersparnisse weiter zusammen. Diesen Notgroschen brauche ich, um eine Kampagne auf die Beine zu stellen. Und mit den Ersparnissen schwinden meine Hoffnungen. Denn die üblichen Spender halten es mit Sloan.

»Bescheidenheit«, antwortete Stella.

Nach dem Kaffee fuhren sie mit dem Taxi in ihr bescheidenes Hotel in der East Fifty-third. Ihre Zimmer lagen sich gegenüber. Vor Stellas Tür blieben sie stehen. Die Hände in den Taschen vergraben, wirkte Michael plötzlich verlegen. Aus ihrem dienstlichen Gespräch war eine sehr private Unterhaltung geworden, und Stella hatte das Gefühl, dass er das zum Ausdruck bringen wollte, aber nicht wusste, wie.

Schließlich sagte er: »Was Sie vorhin beim Essen gesagt haben, hat mir sehr geholfen. Das hätte ich nicht erwartet.«

Sie selbst auch nicht. Der Wein hatte sie offensichtlich etwas verwirrt. Stella rang sich ein Lächeln ab. »Normalerweise unterhalte ich die Menschen nicht mit meiner Familiengeschichte. Ich weiß nicht, ob ich ihnen damit etwas Gutes tue.«

Im nächsten Augenblick bereute sie ihre Bemerkung. Der Mann arbeitete für sie, und doch fand sie ihn so sympathisch, dass sie eine nochmalige Bestätigung wollte. Sanft sagte er. »Doch, mir schon.«

Stella fiel auf, dass er näher getreten war. Sie sah ihm ins Gesicht.

Er zögerte, dann legte er ihr kurz die Hand auf die Schulter. »Danke«, sagte er. »Für alles.«

»Keine Ursache.« Sie wandte sich von ihm ab, schloss die Tür auf und trat in das dunkle Zimmer. Sie spürte noch seine Berührung an der Schulter.

In dieser Nacht träumte Stella vom Archiv im Keller.

In dem höhlenartigen Raum war es dunkel, und sie hatte Angst. Aber sie konnte nicht hinaus. Jack Novak hatte versprochen, sich mit ihr dort zu treffen und ihr endlich die Wahrheit zu sagen. Solange er das nicht tat, würde sie nie frei sein.

Blind tastete sie sich von Regal zu Regal.

Jack war ermordet worden. Sie wusste das. Doch er hatte versprochen, sich ein letztes Mal mit ihr zu treffen.

Sie suchte mit den Händen ein Regal ab und fühlte eine Lücke. Hier hatte die Akte gestanden, die nach dem Mord an Jean-Claude Desnoyers geschlossen worden war. Abgelegte Akten, ein toter Haitianer, eine Sackgasse.

Ein toter Jack.

Das einzige Geräusch, das Stella hörte, war ihr eigener, stoßweise gehender Atem. Ihre Haut fühlte sich klamm an.

Jemand stand hinter ihr.

Ängstlich schloss sie die Augen. Es war ein Mann, jemand, den sie kannte; woher sonst dieses plötzliche Gefühl der Vertrautheit. Aber sie fühlte sich nicht sicher.

Wenn es Jack war, warum sagte er dann nichts? Sie spürte seinen Atem im Nacken.

Sie sind eine sehr schöne Frau, Stella Marz.

Kühle Finger berührten ihren Arm …

Stella schreckte aus dem Schlaf hoch, verstrickt in einem Knäuel feuchter Laken.

Es war dunkel im Zimmer. Aber sie wusste, wo sie war – nicht im Archiv, sondern in New York, verstört von einem beklemmenden Albtraum. Haarsträhnen klebten feucht an ihrer Stirn.

Sie sah sich um und versuchte, sich zu orientieren.

Normalerweise gab sie wenig auf Träume, zumal sie sich selten an mehr als Bilderfetzen erinnerte, zusammenhanglosen Unsinn, der ihr nichts sagte. Doch diesmal war leicht zu entschlüsseln, was den Traum mit dem Wachzustand verband – Einsamkeit und Paranoia. Warum, wenn die geflüsterten Worte aus Moros Mund stammten, glaubte sie, dass die Finger, die sie berührt hatten, einem anderen gehörten?

Sie wankte zum Fenster, suchte Licht. Doch unter ihr klaffte eine enge Betonschlucht, die East Fifty-third Street, grau im ersten Licht des Tages. Das einzige Geräusch war ein metallisches Klirren, das hydraulische Schnaufen eines Müllautos.

Stella kehrte zum Bett zurück und setzte sich auf die Kante.

Es gab einen Zusammenhang, davon war sie überzeugt. Die Akten aller manipulierten Fälle fehlten. Irgendjemand bei den Strafverfolgungsbehörden hatte Moro und Novak möglicherweise geholfen und sich nun Zugang zu den Akten verschafft. Doch nur Staatsanwälte hatten einen Schlüssel zum Archiv im Keller.

Wer war vor ihr dort gewesen? Und wer war heute Nacht bei ihr gewesen? Sie wusste nicht, ob sie sich nur einsam fühlte oder langsam durchdrehte – eine Frau, die keinem Menschen traute und deshalb begann, ihre Träume zu analysieren.

Kurz vor dem Treffen rief sie Nathaniel Dance an. Er hatte im Mordfall Novak keine Neuigkeiten für sie. Stella sagte ihm nichts von den fehlenden Akten.

ACHTZEHN

»Wie ich schon sagte«, meinte Paul Harshman, »ich beantworte gern Ihre Fragen, aber ich möchte unseren Namen nicht in der Zeitung lesen.«

»Ich verstehe«, sagte Stella und nahm neben Michael Platz.

Harshmans Eckbüro besaß zwar einen wunderbaren Blick auf den Hudson hinaus, war aber bescheiden eingerichtet und ließ ahnen, dass man in seiner Branche weit weniger Wert auf Repräsentation legte als Anwälte oder Investment-Banker. Vielleicht lag das daran, dass er ein konkretes Produkt anzubieten hatte. Die Flure besaßen geometrische Strenge, und Glasscheiben stießen an kahle weiße Wände, deren einziger Schmuck in Farbfotos von Sportarenen bestand, die Megaplex gebaut hatte: Camden Yards in Baltimore, Jacobs Field in Cleveland, Turner Field in Atlanta und, zuletzt, das Pac Bell Stadium in San Francisco. Alle diese Stadien waren so etwas wie moderne Pyramiden und symbolisierten nicht nur einen neuen Lokalpatriotismus, den sich die Städte Hunderte von Millionen Dollar kosten ließen, sondern auch den Schweiß und das Blut ihrer Bürger, die in diesen Bauwerken ebenso verewigt waren wie Stahl und Beton – die hitzigen Debatten im Vorfeld, die Vorwürfe der Profitgier, die Grundstücksspekulationen, die Umsiedlung von Anwohnern, die Verheißung neuer Arbeitsplätze, die Warnungen vor einem finanziellen Kahlschlag im Schulsystem, Klassenkampf, die Gewinner und Verlierer, der Beginn oder das Ende politischer Karrieren. Das war das Bigbusiness, ebenso profitabel wie schnelllebig, und Harshman erwies ihnen einen Gefallen, wenn er sich Zeit für sie nahm.

Er goss für Stella und Michael Kaffee in zwei Megaplex-Becher und schob sie über den Tisch. Harshman war groß gewachsen, mittleren Alters, mit grauem Haar und schweren Lidern und sprach mit der jovialen Aufgeräumtheit eines Mannes aus dem Mittleren Westen, der sich gerne im Freien aufhält und einen guten Schluck nicht verachtet. Er hatte die forsche, unkomplizierte Art eines Menschen, der kein Blatt vor den Mund nahm und Dinge erst glaubte, wenn er sie sah. »Jammern«, bemerkte er lakonisch, »ist nicht gut fürs Geschäft.«

Michael nippte an seinem Kaffee. »Hat Steelton Ihnen denn Grund zum Jammern gegeben?«

Harshman lachte. »Die haben uns abblitzen lassen. Wir durften nicht mal an der Ausschreibung teilnehmen. Das ist uns zum letzten Mal vor siebzehn Jahren passiert.«

»Wissen Sie, warum?«

»Politik. Ihr Bürgermeister wollte sich damit profilieren, dass nur ansässige Firmen mitmachen, und das sind wir nun mal nicht.« Ein Lächeln zuckte um seinen Mund und seine Augen. »Wenn einer Kommunalanleihen im Wert von zweihundertfünfundsiebzig Millionen ausgibt wie Ihr Bürgermeister, braucht er rund vierhundert Millionen, um sie auszulösen. Bei einer solchen Summe müssen sie mit allen möglichen Versprechungen locken, und Aufträge für lokale Firmen sind wichtiger als Sachverstand.«

»Aber«, fragte Stella, »wissen Sie denn Näheres über Steelton 2000?«

»Ja. Solche Projekte enthalten immer politischen Sprengstoff. Bevor Sie an einer Ausschreibung teilnehmen, müssen Sie wissen, was bei dem letzten Projekt passiert ist: wo sind Mehrkosten entstanden, was hat die Leute verärgert, warum ist ein Projekt gelungen oder gescheitert. Und Steelton ist ein Ausnahmefall. Seit fünf Jahren geht der Trend eindeutig zur privaten Finanzierung.«

Stella sah auf den Hudson hinaus, ein kaltes Violett im Morgenlicht der Januarsonne. Trocken bemerkte sie: »Wir waren verzweifelt.«

Harshman lächelte nicht mehr. »Dazu hatten Sie auch allen Grund. Schlechtes Image, kleiner Medienmarkt und ein Stadion, in dem sich mehr Nachkommen der ersten Ratten tummelten als zahlende Zuschauer. Wenn Peter Hall das Team verlegt, bekommt er ein neues Stadion und ein stattliches Trinkgeld – schlappe fünfzig Millionen etwa. Und er ist der stolze Besitzer der Silicon Valley Blues oder Laptops oder wie sie dann auch immer heißen mögen.«

»Dann verliert er also Geld, wenn er bleibt?«, fragte Michael.

»Nicht unbedingt, auf lange Sicht. Das ist der Witz dabei.« Harshmans Blick wanderte von Michael zu Stella. »Vielleicht sollten wir damit anfangen, die Sache mal von Peter Halls Warte aus zu betrachten. Das führt uns über kurz oder lang zu ihrem Toten, diesem Fielding. Zunächst müssen Sie wissen, dass Peter Hall momentan Geld verliert. Wenn Clubbesitzer heute über Verluste klagen, dann durchaus zu Recht. Letztes Jahr haben nur vier größere Teams der Liga Geld verdient. Die Spielergehälter im Baseball sind zu hoch und verschlingen die gesamten Einnahmen aus TV-Rechten.« Harshman lehnte sich in seinem Ledersessel zurück und trank einen Schluck Kaffee. »Das ist der Grund, warum die Murdocks, Turners und Disneys Lizenzen aufkaufen. Wer sonst kann sich das leisten?

Für Hall ist das der Knackpunkt. Baseball ist kein lukratives Geschäft mehr. Für schwerreiche Egozentriker ist ein Baseballteam das ultimative Spielzeug. Und die Zahl der Baseballteams ist begrenzt. Es sind nur sechsundzwanzig, und diese Milliardäre treiben die Preise in die Höhe. Verglichen mit diesen Leuten ist Hall ein armer Schlucker. Er hat sein Geld mit Stahl und Einkaufszentren gemacht, nicht mit Filmen, Fernsehsendern und Medienimperien. Hall hat nur eine Chance kräftig abzukassieren: Entweder er verlegt sein Team oder er verhökert es an einen Konzern.«

Michael stellte seine Tasse hin. »In beiden Fällen«, warf er ein, »würden die Blues aus Steelton weggehen.«

»Außer man baut ihnen ein Stadion.« Harshman ließ ein Lächeln aufblitzen und entblößte eine Reihe überraschend weißer, gleichmäßiger Zähne. »Auch in den neunziger Jahren hängt das Baseballgeschäft vom Zuschauerzuspruch ab, daran hat das Fernsehen nichts geändert. Aus diesem Grund sind die Stadien heute keine reinen Sportstätten mehr, sondern regelrechte Vergnügungsparks, die zwar noch nostalgische Gefühle wecken, aber allerhand Komfort und vielfältige Zerstreuungen bieten. Es gibt Luxuslogen, allerlei Spezialeffekte, Videospielhallen, günstig gelegene Parkplätze, Bewirtung vom Feinsten – alles, was die zahlungskräftige Kundschaft anlockt, die Otto Normalverbraucher ersetzt hat. Das alles hat Ihr altes Erie County Stadium nicht zu bieten.«

Unvermittelt stand Harshman auf, hob die Arme und streckte sich. »Bauen Sie Peter Hall ein Stadion, dann werden er und Mr. Rockwell, sein neuer schwarzer Teilhaber, im Geld schwimmen. Spätestens wenn sie an den nächsten Rupert Murdock verkaufen. Und darüber hat Hall todsicher mit Rockwell gesprochen, als er sich nach einer Galionsfigur für die schwarzen Wähler umgetan hat. Die Sache mit Rockwell ist reine Mache, und darauf kommt es an. Wenn man zweihundertfünfundsiebzig Millionen plus Zinsen ausgibt, um einem reichen Mann wie Hall unter die Arme zu greifen, sorgt das in einer krisengeschüttelten Stadt wie Ihrer zwangsläufig für Unmut.« Harshman grinste erneut. »Nichts für ungut. Andererseits will sich Ihr Bürgermeister Krajek nicht nachsagen lassen, er habe die Blues vertrieben.

Vielleicht will er ja eines Tages Senator werden. Er muss die Wähler also davon überzeugen, dass die öffentlichen Mittel, die er ausgibt, nicht nur in Steelton bleiben, sondern auch Rendite abwerfen.«

Stella fühlte sich durch Harshmans offene Worte in ihrem Stolz getroffen. Sie hatte gehofft, die Stadt würde sich wirtschaftlich erholen und zu altem Selbstbewusstsein zurückfinden. Die Vorstellung, sie sei eine wertlose Immobilie, eine Art Badstraße in einem Monopoly-Spiel für Milliardäre, gefiel ihr nicht.

»Normalerweise«, fuhr Harshman fort, »werden zwei Argumente ins Feld geführt: Sanierung der Innenstadt und Imagegewinn. Aber Hall und Krajek sind noch einen Schritt weiter gegangen. Zuerst haben sie sich überlegt, wer unmittelbar an dem Projekt verdient: die Grundstücksbesitzer, die Leute, die das Gelände erschließen, der Architekt, der Bauherr – dass das ausgerechnet Hall ist, halte ich für einen hübschen Einfall –, die Baufirma, die Subunternehmen, die Wirtschaftsprüfer, die Anwälte, die Leute, die die Kommunalanleihen verkaufen, die Konzessionäre, die den Parkraum bewirtschaften, für die Bewirtung sorgen, Fanartikel und anderen Krimskrams verkaufen oder Spielautomaten aufstellen. Dann haben sie beschlossen, dass alle Beteiligten aus Steelton stammen müssen. Und um der Sache die Krone aufzusetzen und Leuten wie Mr. Bright den Wind aus den Segeln zu nehmen, holten sie mit Rockwell einen Schwarzen ins Boot und verpflichteten sich, einen bestimmten Prozentsatz der Aufträge an Unternehmen und Subunternehmen zu vergeben, die Angehörigen von Minderheiten gehören.«

»Was sie offensichtlich ja auch getan haben«, sagte Michael.

»Das schon.« Harshman nippte an seinem Kaffee. »Das Problem ist nur, dass mir kaum einer dieser Läden bekannt ist, angefangen beim Architekturbüro bis hinunter zu der Firma, die Hotdogs verkaufen soll. Das ist kein Stadion, das ist ein Selbstbedienungsladen für Amateure. Und das ist wahrscheinlich auch der Grund, warum es keine öffentliche Ausschreibung gegeben hat und warum der Steuerzahler so kräftig zur Kasse gebeten wird.«

»Aber es gibt eine Kostenbegrenzung«, betonte Stella. »Wenn die veranschlagten zweihundertfünfundsiebzig Millionen überschritten werden, muss Hall für die Mehrkosten aufkommen.«

Harshman betrachtete sie mit einer Miene, die Geduld und Nachsicht ausdrückte. »Ich hätte es erwähnen sollen. Das ist der zweite Grund, warum Steelton 2000 so teuer ist. Man hat von vornherein sichergestellt, dass Peter Hall niemals einen Cent bezahlen muss. Vergessen Sie die ›garantierte Kostenobergrenze‹ und reden wir vom ›garantierten Mindestprofit‹. Dann wird klar, wie raffiniert dieses Arrangement in Wirklichkeit ist. Jeder in Steelton, der an diesem Projekt beteiligt ist, macht garantiert Profit, jeder bis auf die Stadt selbst.«

»Peter Hall«, warf Stella ein, »verweist darauf, dass es eine Kostenersparnisklausel gibt. Wenn es ihm gelingt, die Kosten unter die zweihundertfünfundsiebzig Millionen zu drücken, die durch die Emission der Anleihe hereinkommen, geht die Hälfte der eingesparten Summe an die Stadt und die andere Hälfte an die Hall Development. Wenn für die Hall Development also ein Anreiz besteht, den Baufirmen auf die Finger zu gucken, sagt er, hilft das auch der Stadt, Geld zu sparen.«

Harshman, der immer noch stand, verschränkte die Arme. »Und das ist ein weiterer Pluspunkt für Hall und Krajek. Doch Sie sollten sich über eins im Klaren sein: Richtig realisiert, würde das Projekt nicht mehr als zweihundert Millionen Dollar kosten. Das ergibt ein Polster von fünfundsiebzig Millionen. Ein Teil davon geht dafür drauf, dass man Leuten Aufträge gibt, die keine wirkliche Erfahrung haben, und für all den Pfusch und die Mehrkosten, die daraus resultieren. Nehmen wir einmal an, nur als Beispiel, dass dafür fünfundzwanzig Millionen verschwendet werden. Dann geht immer noch die Hälfte der verbliebenen fünfzig Millionen an Peter Hall. Normalerweise erhält ein Bauleiter vier Prozent. Bei zweihundert Millionen ergibt das ein Honorar von acht Millionen Dollar. Das ist nicht schlecht. Aber längst nicht so gut wie fünfundzwanzig Millionen, die ihm die Kostenersparnisklausel als Prämie garantiert.« Wieder grinste Harshman. »Ein Bombengeschäft für die Stadt Steelton. Sie bekommt fünfundzwanzig Millionen zurück, die sie gar nicht hätte aufbringen müssen, für die sie aber Zinsen berappen muss. Und die Hall Development streicht die anderen fünfundzwanzig Millionen ein. Ich bin nur froh, dass Bürgermeister Krajek nicht meine Finanzen verwaltet.«

Michael warf Stella einen Blick zu. Sie mochte vielleicht nicht beweisen können, dass Hall die Stadt betrog, drückte seine Miene aus, doch für Bright und Sloan war die Sache ein gefundenes Fressen. Dann ging ihr auf, dass dem vielleicht doch nicht so war.

»Nehmen wir mal an, Sie haben Recht«, sagte sie zu Harshman. »Das Projekt kostet nur zweihundert Millionen, und was übrig bleibt, teilt sich Hall mit der Stadt. Wer profitiert am meisten von den anderen fünfundzwanzig Millionen?«

Harshman lehnte sich zurück und schaute, ohne zu lächeln, stehend auf sie herunter. Dann drehte er sich um, als habe ihn ein Ausflugsboot abgelenkt, das auf Ellis Island und die Freiheitsstatue zusteuerte. Doch seine Augen waren Schlitze, seine Lippen geschürzt, und Stella spürte, dass er seine Worte sorgsam abwog. Als er sich umdrehte, sprach ein neuer Ernst aus seinen Augen und seiner Stimme.

»Ich bin kein Rassist. Ich halte es für richtig, dass man die Baubranche solchen Unternehmen öffnet, die Angehörigen von Minderheiten gehören, den so genannten MBEs. Auf lange Sicht ist das für sie die einzige Chance, sich Kompetenzen anzueignen und ein Stück vom Kuchen zu sichern. Dazu stehe ich, denn ich habe mit vielen erstklassigen MBEs zusammengearbeitet. Doch in meiner Branche ist es ein offenes Geheimnis, dass Quoten für MBEs mitunter dazu führen, dass man inkompetente Leute auszahlen muss, die nur aus Gründen der politischen Korrektheit angeheuert wurden. In dem Moment, in dem Krajek erklärt, dass ein bestimmter Prozentsatz der Aufträge an Firmen gehen soll, die Angehörigen von Minderheiten gehören, sitzt er in der

Patsche. Dreißig Prozent müssen nicht nur aus Steelton sein, sondern obendrein auch noch Schwarzen, Latinos oder Asiaten gehören. Ob sie gut sind, spielt keine Rolle.«

Harshman hielt inne und kam zum Tisch zurück. Er nahm Stella gegenüber Platz und sah ihr direkt in die Augen. »Ich schätze, Steelton hat den amerikanischen Traum verwirklicht – gleiche Chancen für Stümper aller Rassen, Hautfarben und Glaubensrichtungen, für ein überteuertes Stadion Geld von der Stadt zu ergaunern. Aber seien Sie versichert: ein Grund für die Mehrkosten ist, dass Krajek die Wünsche der MBEs dazu benutzt hat, Arthur Bright in Schach zu halten.« Harshmans Lächeln war kurz und freudlos. »Wie ich höre, stehen Sie vor einer Wahl.«

Mit dieser scheinbar nur beiläufigen Bemerkung gab Harshman zu verstehen, dass ihm nicht entgangen war, worauf Stellas Frage abzielte. Durch die Einbeziehung von MBEs hatten Hall und Krajek jede Kritik an den Baukosten für Bright zu einem höchst riskanten Unterfangen gemacht. »In der Politik«, sagte sie, »wird mit harten Bandagen gekämpft. Aber welche Rolle spielt Tommy Fielding?«

»Er steht sozusagen im Kreuzfeuer. Als Projektmanager prüft er alle Rechnungen der Generalunternehmen und aller Subunternehmen und sämtliche Auftragsänderungen. Außerdem hat er darüber zu wachen, dass die Arbeit, für die er zahlt, ordnungsgemäß ausgeführt wird. Oder überhaupt ausgeführt wird. Er hat die Aufgabe, der Hall Development von den eingesparten Millionen einen möglichst großen Batzen zu sichern. Aber Tag für Tag gerät er mit den Firmen aneinander, die auf dasselbe Geld scharf sind, auch mit den MBEs. Und Woche für Woche muss er der Stadt bestätigen, dass dreißig Prozent der Aufträge an MBEs gehen, ob sie nun irgendwelche Arbeiten ausführen oder nicht. Denn wenn er es nicht tut...« Harshman hielt inne und zuckte die Schultern. »...dann ist der Teufel los, und keiner ist mehr sicher. Auch nicht Hall und Krajek.«

»Dann sitzt Fielding also an der Quelle«, sagte Michael,

»und alle anderen warten darauf, dass das Wasser sprudelt. Doch nur Fielding kann den Hahn auf- und zudrehen.«

»Sagen wir lieber auf einem Pulverfass, das jeden Moment hochgehen kann.«

Stella versuchte sich vorzustellen, welcher Druck auf Tommy Fielding gelastet hatte: ein Perfektionist, der nur für die Arbeit lebte und ein Projekt zu managen hatte, bei dem nicht nur viele Millionen auf dem Spiel standen, sondern auch die Zukunft der Stadt und der Männer, die ihre politischen Geschicke lenken wollten. Vielleicht hatte er diesem Druck nicht mehr standgehalten, hatte ihm mit allen Mitteln entfliehen wollen. »Glauben Sie«, fragte Harshman sie, »dass ihn jemand umbringen wollte?«

Jetzt war es an ihr, die Schultern zu zucken. »Wollen ist eine Sache. Es wirklich tun eine andere. Es sieht nach einem Unfall aus.« Sie zögerte, dachte über das eben Gehörte nach. »Sie sagen, Fielding hat die Rechnungen geprüft. Könnten Sie mir an einem Beispiel erklären, wann das zu Problemen führen kann?«

»Da gibt es viele Möglichkeiten. Zum Beispiel, wenn die Auftragsänderung übertrieben oder ungerechtfertigt ist. Oder wenn für Löhne oder Material zu viel berechnet wird.« Harshman kostete von seinem Kaffee, fand ihn offenbar inzwischen zu kalt und stellte ihn mit leicht verdrießlicher Miene wieder ab. »Mit den MBEs gibt es sicherlich ungleich mehr Schwierigkeiten, denn sie haben Fielding und auch Hall und Krajek fest in der Hand. Sie können aus Protest die Arbeit einstellen, dann sind die Berichte, die in Sachen Minderheitenquote an die Stadt gehen, nur noch Makulatur. Sie können auch Rechnungen für Leistungen vorlegen, die sie gar nicht erbracht haben. Statt sich mit ihnen herumzustreiten, bezahlt Fielding lieber, um auf die Quote zu kommen, und gibt einer anderen Firma den Auftrag, den sie nicht ausgeführt haben. Möglicherweise sind sie auch gar nicht in der Lage, den Auftrag auszuführen, weil die Handwerker, deren Arbeitsstunden sie in Rechnung stellen, nur auf dem Papier existieren. Es gibt tausend Möglichkeiten. Aber wenn Sie Näheres erfahren wollen, müssen Sie sich schon selbst die Finger schmutzig machen.«

Michael nickte. »Wir müssten uns durch Fieldings Akten wühlen und herausfinden, um welche Firmen es sich handelt, dann auf die Baustelle gehen und nachsehen, wer überhaupt vor Ort ist.«

Harshman lächelte wieder. »Und das würde ziemlich auffallen.«

Skepsis schwang in seiner Stimme, und Stella wusste, warum. Brights Kritik an Steelton 2000 war grundsätzlicher Natur. Die Einleitung von Ermittlungen wäre für ihn mit großen Risiken verbunden. Harshman blickte auf seine Uhr. »In einer halben Stunde muss ich zum Flughafen La Guardia.«

Stella blickte Hilfe suchend zu Michael. »Wenn ich Sie recht verstehe«, sagte Michael zu Harshman, »machen also alle einen guten Schnitt, nur nicht die Stadt. Aber das Stadion gehört der Stadt, daran gibt es nichts zu deuteln, und sie verdient an Veranstaltungen wie Rockkonzerten oder Events wie einem Papstbesuch in Steelton. Können Sie uns das im Einzelnen erklären? Wer außer Hall und den Baufirmen verdient bei der Sache, und warum kann Steelton mit den Einkünften aus Veranstaltungen die Anleihen nicht zurückzahlen?«

Harshman bedachte Michael mit einem Blick, in dem mehr Respekt lag als zuvor. »Beginnen wir mit der ersten Frage: Wer profitiert davon? Wie ich schon sagte, profitiert zunächst einmal jeder, der ein Grundstück auf dem Gelände besitzt, auf dem Steelton 2000 entstehen soll. Die Grundstückspreise schnellen in die Höhe, auch in der näheren Umgebung. Dann folgt die Bauphase. Wir haben schon darüber gesprochen: Die Baufirmen, die MBEs und insbesondere die Hall Development, sie alle bereichern sich wie Banditen. Aber wir haben uns noch nicht damit befasst, wie Peter Hall in seiner Eigenschaft als Besitzer der Blues von dem neuen Stadion profitiert. Da sind zunächst einmal die Namensrechte. Sie sind der Grund, warum das Stadion in San Francisco nach einer Telefongesellschaft und das in Denver nach einer Biermarke benannt ist.« Harshman lehnte sich zurück, offensichtlich beeindruckt von Halls geschicktem Deal. »Die Blues haben die Namensrechte behalten und dann an MCI verkauft, für vierzig Millionen Dollar. Steelton 2000 wird in den nächsten zwanzig Jahren folglich MCI Stadion heißen. Das klingt fast so herzerwärmend wie Ma Bell Field.«

Michael lachte laut auf.

»Dann wären da noch die Luxuslogen«, fuhr Harshman aufgeräumt fort. »Hundert an der Zahl, die für hunderttausend Dollar pro Saison vermietet werden. Das macht noch einmal zehn Millionen. Dazu kommen die Einnahmen aus den Konzessionen.« Er hielt inne und sah Stella an. »Etwas aus dem Rahmen fällt, dass die Blues sich mit niedrigen Konzessionsgebühren von den Parkraumbewirtschaftern, Gastronomen, Fanartikelhändlern und so weiter begnügen. Für die Konzessionäre ist das sehr erfreulich, speziell für Firmen, von denen ich noch nie gehört habe. Das sind Kleinunternehmen, die Bargeld einnehmen, und normalerweise teilen sich die Konzessionäre ihre Gewinne mit dem Club. Trotzdem sind die jährlichen Gebühren, die an den Club fließen, nicht schlecht – zweieinhalb Millionen für Parkraumbewirtschaftung, zwei Millionen für Bewirtung und eine Million für Fanartikel und Ähnliches. Das macht weitere viereinhalb Millionen für die Blues, von denen die Stadt keinen Cent sieht. Und noch haben die Blues keine einzige Eintrittskarte verkauft.« Harshman drosselte seinen Redefluss, um seinen Worten mehr Nachdruck zu verleihen. »Bringen die Blues ihre Dauerkarten an den Mann, sind sie schon fast in der Gewinnzone. Und das erhöht den Preis, den Hall verlangen kann, wenn er das Team zur Versteigerung anbietet.«

»Und die Stadt?«, fragte Michael.

»Bekommt eine bescheidene Miete. Eine Million Dollar pro Jahr. Krajek behauptet, dass sich durch das Stadion die Steuereinnahmen erhöhen – Vergnügungssteuer und so weiter – und dass er damit die Zinsen für die Anleihen bezahlen kann. Doch die Stadt muss auch die Grundstücke aufkaufen, ganz zu schweigen von den Investitionen in neue Zufahrtsstraßen, Buslinien und Sicherheitsmaßnahmen sowie den umfangreichen Wartungskosten, die in einem Stadion anfallen, bis hinunter zu den Glühbirnen. Krajeks Rechnung geht nie und nimmer auf.«

Stella dachte darüber nach. »Wenn das Geschäft so leicht zu durchschauen ist«, fragte sie, »warum hat dann noch keiner auf die Nachteile hingewiesen?«

»Jemand wie Bright, meinen Sie? Wer soll es für ihn tun?« Harshman tippte mit dem Zeigefinger auf den Tisch. »Praktisch jeder, der etwas von solchen Geschäften versteht, profitiert von ihnen – Firmen wie unsere, die Leute, die unsere Finanzierung sichern, die Wirtschaftsprüfer, die Hall und Krajek mit all den tollen Schaubildern und Cash-Flow-Prognosen versorgen. Keiner will den Ast absägen, auf dem er sitzt.«

Abrupt stand Harshman auf und schob die Hände in die Taschen. »Das mag zynisch klingen, ist aber nicht so gemeint. Diese Stadien sind politische Streitobjekte, und ich hinterfrage nur die politischen Argumente. Ob es wirklich stimmt, dass die Minderheiten etwas davon haben, ob die Einnahmen der Stadt ihre Ausgaben decken, ob mehr Leute ihr Geld ins Stadion tragen. Das sind die Argumente, mit denen Politiker hausieren gehen, und es besteht immer die Gefahr, dass diese Politiker kurzsichtig sind oder schlicht und ergreifend lügen. Aber in meinen Augen ist das gar nicht die eigentliche Frage.«

Harshman sah auf Stella herunter. »Es geht nicht nur ums Geld, Miss Marz. Es geht um Emotionen, um die Stimmung in einer Stadt. Was bedeutet es für Cleveland und das Selbstverständnis seiner Bürger, dass es im Land nicht mehr als verwahrlostes Provinznest gilt, sondern als Stadt mit einem schmucken Stadion und Neubauten im Umland? Was ist es wert, dass wieder junge Leute in die Innenstadt kommen? Was wäre es Ihnen wert, wenn in Steelton dasselbe passieren würde? Und was wäre es unseren Kindern wert?

Im Leben ist nichts vollkommen. Wahrscheinlich wurde auch beim Bau des Taj Mahal kräftig geschmiert und viel Geld verschwendet, mit dem man den Armen hätte helfen können. Aber große Städte unterhalten Kunstmuseen, Konzertsäle und alle möglichen öffentlichen Denkmäler. Und damit tun sie für das

Wohlbefinden der Menschen nur einen Bruchteil von dem, was ein Wiedererstarken der Steelton Blues bewirken würde. Und sie erreichen nur einen weit kleineren Teil der Bevölkerung.«

Zum ersten Mal gab Harshman zu erkennen, wie sehr ihm seine Arbeit am Herzen lag. Und auf einmal musste Stella an ihren Vater denken, an einen der wenigen schönen Augenblicke in einer trostlosen Zeit, als sie einmal spät abends, zu einer Zeit, zu der sie normalerweise schon längst im Bett lag, auf seinem Schoß saß und im Radio hörte, wie Larry Rockwell mit einem Homerun den Sieg über die Yankees perfekt machte. »Ihr Boss hatte Recht, was das Geld angeht«, sagt Harshman zu ihr. »Wie Recht, weiß er wahrscheinlich selber nicht oder will es auch gar nicht wissen. Und weiß der Himmel, weshalb dieser Fielding sterben musste. Aber in einem Punkt hat Krajek Recht, auch wenn er sich vielleicht gar nicht darüber im Klaren ist. Eine Stadt braucht Träume, sonst geht sie zugrunde. Deshalb hat Krajek den Sieg verdient.«

Auf der Fahrt zum Flughafen sprachen sie nicht viel. Dort angekommen, fragte Michael schließlich: »Was denken Sie?«

Stellas Blick wanderte über die Abfluganzeige. »Dass ich immer noch nicht erklären kann, wie und warum Tommy Fielding an einer Überdosis Heroin gestorben ist. Dieser Frage muss ich nachgehen und alles andere zurückstellen.«

»Und was ist mit dem Wahlkampf?«

Stella sah ihn an. Es war nicht die Frage eines Untergebenen, und sie hatte Michael möglicherweise Grund zu der Annahme gegeben, er sei für sie mehr. Aus seinem Blick und seiner Stimme sprach ehrliche Besorgnis. »Um die Politik«, antwortete sie, »werden sich Sloan und Arthur kümmern. Ich möchte nur den Hinweisen nachgehen, die uns Paul Harshman gegeben hat. Solange uns niemand davon abhält.«

»Arthur zum Beispiel?«

»Oder Sloan.« Stella entschuldigte sich und ging zu einem Münzfernsprecher, um über Telefon ihren Anrufbeantworter abzuhören.

Es war kurz vor dreizehn Uhr. Seit dem Morgen hatte Stella sieben Nachrichten erhalten – eine von Dance, die sich bereits erledigt hatte, zwei von Journalisten, die Informationen zu Novak und Fielding wollten, eine vom Gericht wegen eines Terminproblems, eine von ihrem voraussichtlichen Wahlkampfmanager. Bei der letzten Nachricht drückte sie sich fest den Hörer ans Ohr. Die Anruferin sprach mit undeutlicher, monotoner Stimme, und Stella vermutete, dass es sich um eine junge Schwarze handelte.

»Ich habe Sie im Fernsehen gesehen«, glaubte Stella zu verstehen. »Es geht um Tina …«

Stille, und dann sagte die Frau: »Vielleicht ruf ich später noch mal an.«

Die Verbindung brach ab.

NEUNZEHN

Es war kurz nach sechzehn Uhr, als Stella im Büro eintraf. Kaum eine Viertelstunde später erhielt sie einen Anruf von Charles Sloan, der von ihrer Rückkehr erfahren hatte. Er bat sie zu einer Unterredung mit ihm und Bright. Vor Brights Schreibtisch sitzend, berichtete Stella ihnen umgehend von ihrem Gespräch mit Harshman. Sloan bombardierte sie mit Fragen, Bright hörte nur zu. Seine reservierte Gelehrtenmiene, die Stella häufig wie eine Art Tarnung vorkam, war noch undurchdringlicher als sonst.

Schließlich ergriff Bright das Wort. »Hinter diesen MBEs«, sagte er, »verbergen sich bestimmt Krajeks Leute. Einige von denen bekommen Geld für nichts, darauf können Sie wetten. Da es keine öffentliche Ausschreibung gab, brauchte Krajek Peter Hall nur eine Liste mit seinen Günstlingen zu geben. Die Frage ist nur, wie viel öffentliche Mittel in Krajeks Kampagne zurückfließen.«

Die Bemerkung überraschte Stella. »Woher wollen Sie das wissen?«

»Es liegt auf der Hand.« Bright faltete die Hände. »Man hört so einiges, Stella. Es gibt qualifizierte Minderheitenfirmen, die sich um Aufträge beim Stadionbau bemüht haben. Sie sind allesamt abgeblitzt. Das Schmerzensgeld in Millionenhöhe hält Hall davon ab, sich zu beklagen.«

»Was ist mit Fielding?«

Bright lächelte schwach. »Sein Job war, sich mit den Realitäten abzufinden. Und dafür zu sorgen, dass das Stadion gebaut wird.«

Stella sah zu Sloan. »Wie in Chicago.«

»Chicago«, erwiderte Bright sarkastisch, »ist keine Stadt, sondern ein Geisteszustand.«

Sloan war unruhig auf seinem Stuhl hin- und hergerutscht. Jetzt wandte er sich an Bright und sprach dabei so leise, als sei ihm Stellas Anwesenheit unangenehm. »Was ist mit Ihrer Basis? Wenn Sie hergehen und Krajek vorwerfen, dass er unqualifizierte Schwarze mit Jobs versorgt, stehen Sie doch wie einer von den Knallköpfen da, die ständig an Programmen gegen Rassendiskriminierung herumnörgeln. Die Weißen werden nicht plötzlich umschwenken und Sie wählen. Krajek ist immer noch ihr Mann, und die meisten wollen das Stadion. Aber einige schwarze Wähler könnten es vorziehen, zu Hause zu bleiben.« Sloan senkte die Stimme noch mehr. »Besser, Sie attackieren Peter Hall, so wie bisher. Hall ist hier das Problem, und nicht die paar Brosamen, die für schwarze Scheinfirmen abfallen. Die Reichen finden immer einen Weg, wie sie noch reicher werden können. Hall und Krajek machen gemeinsame Sache und verschleudern Steuergelder in Millionenhöhe.«

»Aus diesem Grund«, erwiderte Bright, »haben sie dafür gesorgt, dass Larry Rockwell, der erste große schwarze Spieler, den die Blues hatten, ein Stück vom Kuchen abbekommt. Das ist, als ob man Muhammad Ali zur Begrüßung vor Caesars Palast stellt.«

Trotz seines bitteren Untertons konnte Bright eine gewisse Bewunderung für Krajeks raffinierten Schachzug nicht verhehlen. Und Stella sah es nicht anders: Mit großem Geschick nutzte Krajek die Rassengegensätze zu seinem Vorteil, sammelte schwarze Wählerstimmen und machte es Bright gleichzeitig unmöglich, seine besten Trümpfe gegen ihn auszuspielen, ohne sich selbst dabei in Gefahr zu bringen. Doch das Gespräch hatte eine Wendung genommen, die Stella nicht behagte.

»Ich habe zwei Tote am Hals«, sagte sie. »Was soll ich mit ihnen anfangen?«

Das Kinn in die Hand gestützt, sah Sloan sie leicht ungehalten an. »Die beiden sind an einer Überdosis Heroin gestorben. Tina Welch war süchtig, und Fielding hat sich in Scarberry rumgetrieben. Eines Abends sind sie sich begegnet und…«

Seine Stimme verlor sich – ein Beispiel menschlicher Schwäche, über das zu sprechen nicht lohnte. »Und was?«, fragte Stella, »was geschah dann? Und warum? Es gibt bei uns durchaus noch Leute, die das interessiert.«

Stella hatte den Eindruck, dass Bright peinlich berührt war. Er schien nachzudenken, dann wandte er sich an Sloan. »Nat Dance soll rüberkommen.«

Um achtzehn Uhr fünfundvierzig war es bereits seit einer Stunde dunkel, und das Stadion vor Brights Fenster war nur noch ein Schatten zwischen den Lichtern der Stadt. Die drei Männer und Stella saßen an Brights Konferenztisch und stocherten in weißen Pappschachteln mit chinesischem Essen. Zu Stellas Überraschung aß Dance mit Stäbchen.

»Tommy Fielding«, fasste Dance zusammen, »wohnte in einem Stadthaus in Steelton Heights. Er hatte viele Nachbarn links und rechts, aber keiner will ihn näher gekannt haben. Er stand früh auf, kam spät nach Hause. Aber alle erinnern sich an Fieldings Tochter.« In seiner Stimme verschmolzen Frustration und lakonischer Humor. »Mehrere Damen haben mir erzählt, dass er sie öfter huckepack getragen hat. Wir dürfen also davon ausgehen, dass wenigstens das gesichert ist.«

Dance war offenbar genauso ratlos wie Stella. Seine dürftige Beschreibung lieferte keinen Anhaltspunkt dafür, dass der

Mann verzweifelt gewesen wäre. »Und in seiner Firma?«, fragte Stella.

Der Kripochef wandte sich ihr zu. Doch statt zu antworten, überraschte er sie mit der Gegenfrage: »Glauben Sie Johnny Curran?«

Einmal mehr bewunderte Stella seinen Scharfsinn. »Ich glaube, dass Curran Fieldings Wagen ein paar Tage vor Fieldings Tod in der Scarberry Street gesehen hat«, antwortete sie. »Zumindest glaubt er es. Doch angenommen, Fielding war nur auf der Durchfahrt...«

»Scarberry«, unterbrach Dance in scharfem Ton, »liegt nicht auf der Strecke nach Steelton Heights.«

Stella zuckte die Schultern. »Ich will damit Folgendes sagen: Fielding hat nie zuvor Drogen genommen, hat seine Lebensgewohnheiten nicht geändert und niemand weiß von einer Frau in seinem Leben. Dann, eines Nachts, zieht er los und stirbt neben einer Frau mit einer Spritze. Und das einzige Verbindungsglied zwischen vorher und nachher ist Johnny Currans Aussage.«

Ihre Hartnäckigkeit schien Dance neugierig zu machen. Sie spürte, dass Bright und Sloan sie beobachteten und über das Gehörte nachdachten. »Inzwischen«, sagte Dance zu ihr, »haben wir auch die Mitarbeiter von der Hall Development befragt, bis runter zum Nachtwächter. Kein auffälliges Verhalten, nichts Ungewöhnliches, außer dass Fielding etwas angespannt wirkte. Nach Auskunft seiner Sekretärin hatte er in letzter Zeit öfter starke Kopfschmerzen.«

»Was hat er dagegen genommen?«

»Tylenol. Keine verschreibungspflichtigen Mittel.« Dance lehnte sich zurück und blickte in die Runde. »Er hat bis spät in die Nacht gearbeitet. Nach seinen Parkscheinen hat er das Parkhaus fast jeden Abend erst nach elf verlassen.«

»Und an dem Abend, an dem Curran ihn in der Scarberry Street gesehen hat? Curran sagte, es sei zwischen neun und halb zehn gewesen.«

Dances Gesichtsausdruck wurde unergründlich. »Zwanzig

Uhr sechsunddreißig. Er hatte vorher gesagt, dass ihm nicht gut war.«

Also hatte sich Dance dieselbe Frage gestellt. »Und an dem Abend, an dem er starb?«, fragte Stella.

»Er ging um zehn nach sieben. Seine Sekretärin sagt, er habe schlecht geschlafen, sei den ganzen Tag müde gewesen und habe über Kopfschmerzen geklagt. Am nächsten Morgen habe sie ein leeres Fläschchen Tylenol auf seinem Schreibtisch gefunden.«

Sloan stach mit seiner Plastikgabel in einen Haufen gebackenen Reis. »Fielding dreht langsam durch. Eines Abends macht er sich auf die Suche nach Tina und einem Mittel gegen seine Schmerzen, das es nicht im Erste-Hilfe-Kasten gibt. Beim zweiten Versuch bekommt er, was er will.«

Dance sah Stella an, ohne ein Wort zu sagen. »Vielleicht«, bemerkte Stella an Sloan gewandt. »Vielleicht hat auch ein MBE durchgedreht. Er ist sauer auf Fielding, weil der für nicht erbrachte Leistungen kein Geld herausrücken will, pumpt ihn mit Heroin voll und benutzt Welch, um es zu vertuschen. Ein Ablenkungsmanöver, wie Sie es wohl nennen würden.« Sie hielt inne, dann fügte sie leise hinzu. »In Wahrheit wissen Sie einen Scheißdreck. Wie wir alle.«

Der unflätige Ausdruck, ungewöhnlich für Stella, brachte Dance zum Lachen. Sein Gelächter riss Bright offensichtlich aus seinen Gedanken. »Wie weit sind wir im Fall Novak?«, fragte er.

»Keine Verdächtigen«, antwortete Dance. »Kein Motiv. Die Leute sterben einfach so, und keiner sagt, warum.«

Mit seiner ironischen Bemerkung spielte er auf einen Umstand an, dessen sich auch Stella bewusst war, die beiden anderen möglicherweise aber nicht: Mord, das brutalste aller Verbrechen, gab nur selten so viele Rätsel auf wie in diesem Fall, und wenn, dann hatte das seinen besonderen Grund. Unausgesprochen blieben Stellas Fragen bezüglich der manipulierten Strafverfahren und Vincent Moro. Mit neuerlichem Unbehagen fragte sie sich, welcher dieser drei Männer, wenn überhaupt, vor ihr das Kellerarchiv aufgesucht hatte. »Allmählich beginne ich zu hoffen«, sagte Sloan schließlich, »wir werden es nie erfahren. Lassen wir Novak in Frieden ruhen.«

Stella vermochte nur schwer abzuschätzen, was Arthur politisch mehr schaden würde – dass sein Freund einem Sumpf von Korruption oder einem außer Kontrolle geratenen sadomasochistischen Ritual zum Opfer gefallen war. Doch es war ihre Aufgabe, die Antwort zu finden, und in diesem Fall war es ihr auch ein persönliches Anliegen. »Sagen Sie das den Medien«, erwiderte sie.

Sloan blies die Backen auf, und Bright rührte sich nicht. Er schien in einen Abgrund zu blicken, und Stella hatte das Gefühl, dass er sich, bei allem Mitleid mit Novak mittlerweile wünschte, er wäre ihm niemals begegnet. »Was ist mit Fielding?«, fragte sie ihn.

Abermals hatte Stella den Eindruck, dass er mit seinen Gedanken ganz woanders war. »Überstürzen Sie nichts«, antwortete er. »Mir gefällt es auch nicht, dass Krajek schwarze Schwindelfirmen bezahlt. Aber wir sind hier nicht auf einem Angelausflug, wir haben immerhin zwei Tote. Sie und Del Corso können sich die Hall Development vornehmen. Aber nicht zu lange, es sei denn, Sie finden Beweise dafür, dass Fieldings Tod etwas mit seiner Arbeit zu tun hat.« Mit einem Blick in Richtung Sloan schloss er leise: »Die Leute könnten sonst auf die Idee kommen, wir verfolgen politische Absichten.«

In der nächsten Stunde schob Stella zerstreut die Papiere auf ihrem Schreibtisch hin und her. Es waren Polizeiberichte über Festnahmen, ein Computerausdruck zu den aktuellen Fällen, eine Akte mit Zeugenaussagen vor dem Geschworenengericht. Den Umschlag mit den Polizeifotos aus Novaks Wohnung rührte sie nicht an. Sie sagten ihr zu viel und doch überhaupt nichts. Sie wollte gerade gehen, als das Telefon klingelte.

»Stella Marz«, meldete sie sich.

Die Stimme war kaum zu hören, nur ein gehauchtes Flüstern. »Ich will keine Bullen«, sagte die Frau.

Es war dieselbe Stimme. Ihr Klang brachte Stellas Nerven zum Vibrieren. »Sie wissen etwas über Tina.«

Stille. »Ich rede nur mit Ihnen«, sagte die Frau. »Nicht mit den Bullen.«

Die Entschlossenheit in ihrer Stimme war nicht zu überhören. »In Ordnung«, erwiderte sie. »Wo finde ich Sie?«

Wieder Stille, länger diesmal. Die Anruferin überdachte offenbar noch einmal ihre Entscheidung und deren mögliche Folgen. »Al's Corner«, sagte sie. »In der Flower Street.«

Also im Bezirk Scarberry. Damit waren Stellas letzte Zweifel beseitigt – die Stimme gehörte einer Prostituierten, die Tina Welch gekannt hatte, aber nichts mit der Polizei zu tun haben wollte. »Woran erkenne ich Sie?«

Ein letztes kurzes Schweigen. »Ist nicht nötig«, antwortete die Frau. »Ich kenne Sie aus dem Fernsehen.«

ZWANZIG

Scarberry war ein armseliger, trister Stadtbezirk. Als Stella den Wagen abstellte, pfiff ein schneidender Wind über den See herüber und durch den schmutzigen Korridor, der sich am Onondaga River hinzog und Flower Street hieß. Der Name der Straße war über hundert Jahre alt und stammte aus einer Zeit, als Stahlarbeiter wie Stellas Urgroßvater Carol Marzewski hier noch ihr Gemüse oder sogar Rosen kauften, die am Straßenrand auf Karren feilgeboten wurden.

Das hatte sich bald geändert. Der unpassende Straßenname hatte weitere Verwandlungen überdauert – das pulsierende, etwas schrille Leben in den zwanziger Jahren, als die Straße mit ihren Bars und Nachtclubs dem nobleren Theaterviertel als Vergnügungsmeile diente. Dann, während der Prohibition, die Zeit der anrüchigen Speakeasies, in denen schwarz gebrannter Schnaps aus den nahen Lagerhäusern ausgeschenkt wurde. Und schließlich, in den vierziger Jahren, das letzte Aufflackern der Kneipenkultur. Nach dem Krieg versetzte der Exodus in die

Vororte dem Herz der Stadt den endgültigen Todesstoß. In den großen Theatern gingen die Lichter aus, und die Vergnügungshungrigen hielten sich von Scarberry fern. Drogen traten an die Stelle des Alkohols, und die wenigen Hotels, ohnehin nie der Stolz des Viertels, verkamen zu billigen Absteigen. Aus Scarberry wurde ein schmutziger, von Graffiti verunstalteter Slum, in dem Prostituierte, kleine Dealer oder brabbelnde Obdachlose auf die spärliche Zahl der Besucher harrten, deren Gründe für ihr Kommen Stella ebenso deprimierend fand wie das Viertel selbst.

Stella blickte die Straße hinauf und hinunter und versuchte sich dabei vorzustellen, wie Tommy Fielding in einem properen weißen Lexus an ihr vorüberglitt.

Das war nicht leicht. Nur drei Leute waren auf der Straße: ein Penner, der einen Einkaufswagen schob, und zwei Prostituierte in knalligen Kleidern und billigen Kunststoffstiefeln. Die eine blies Rauchkringel in die Nacht, die andere hielt sich die Hände vor den Mund und wärmte ihre klammen Finger. Die wenigen Neonreklamen leuchteten nur matt oder flackerten, und die Hotels, Bars und Waschsalons hielten es offenbar nicht für nötig, ihre Reklameschilder zu reinigen. Auf dem Weg zu Al's Corner entdeckte Stella in einer Seitengasse einen Mann, der gegen eine Mülltonne gelehnt auf dem Boden saß.

Al's Corner entpuppte sich als eine schmuddelige Mischung aus Bar, Restaurant und Eckladen. Es gab Zigaretten, Snacks und verschiedene Gerichte, deren gemeinsamer Nenner Fett war, dazu einfache Drinks und die üblichen Biersorten. Unter den wenigen Gästen fiel Stella eine ausgemergelte junge Schwarze auf. Sie schaute mit müden Augen von ihrem Ecktisch auf, und ihre Blicke begegneten sich.

Stella blieb stehen. Sie bedauerte es, dass sie Dance nicht hatte mitbringen können. Dann durchmaß sie den Raum. »Sind Sie mit dem Wagen da?«, fragte die Frau.

Stella nickte.

»Gehen Sie zurück zum Wagen. Ich komme nach.«

So machte sie es wohl jeden Abend – ein Freier sprach sie an, sie wurden sich handelseinig, und sie folgte ihm zum Wagen. Vermutlich hatte sie ihre Schicht kurz vor fünf Uhr nachmittags angetreten, wenn ihre Kunden von der Arbeit kamen und sich vielleicht noch etwas Mut antranken, bevor sie auf dem Weg zu ihren Familien einen Abstecher in die Flower Street machten und sich einen blasen oder herunterholen ließen.

Stella zögerte. Einige Strichmädchen trugen Messer bei sich. Als könne die Prostituierte ihre Gedanken lesen, raunte sie ihr zu: »Die Sitte isst hier umsonst.«

Die Hände in den Taschen ihres Regenmantels vergraben, nahm Stella die Frau genauer in Augenschein. Ihr rotbraun gefärbtes Haar war entkraust und wirkte so unnatürlich wie eine Perücke, und ihre Augen waren mandelförmig geschnitten, fast wie Stellas eigene. Doch die Augäpfel glühten wie Brandlöcher.

Stella musste sich entscheiden. Ohne ein Wort drehte sie sich um und ging zur Tür.

Sie blickte sich nicht um, vernahm keine Schritte hinter sich. Auf der Straße hatte sich nichts verändert, nur eine der beiden Prostituierten war nicht mehr zu sehen.

Vor ungefähr einer Woche, überlegte Stella, war Tina Welch aus dieser Gegend verschwunden, am Ende eines ausweglosen Lebens angelangt, als Kind möglicherweise missbraucht, als Teenager schwanger, dann Prostitution, Heroinsucht und Aids. Zu viel für ein so kurzes Leben.

Zügig ging Stella zu ihrem Wagen, stieg ein und entriegelte die Beifahrertür.

Wie ein Schatten tauchte die Frau vor der Windschutzscheibe auf. Sie spähte kurz nach allen Seiten, dann schlüpfte sie in den Wagen und schloss sachte die Tür. Plötzlich erstarrte sie, als warne sie eine Art siebter Sinn vor einer Gefahr. Stella bemerkte im Rückspiegel zwei Lichtkegel, die Scheinwerfer eines Polizeiwagens. Mit einem Mal war die Straße leer.

Ihre Begleiterin duckte sich. Der Van drosselte kurz das Tempo und beschleunigte dann wieder, um Block für Block nach menschlichem Strandgut abzusuchen.

Die Frau hob den Kopf. »Es ist kalt hier drin.«

Die einfache Bemerkung, eher eine Feststellung als eine Beschwerde, beruhigte Stella etwas. Sie ließ den Motor an und drehte die Heizung auf.

»Erzählen Sie mir von Tina.«

Die Frau sah sich um, das Gesicht zeichnete sich im Halbdunkel schmal ab. »Wir haben hier gearbeitet. Fast jeden Abend. Wir haben versucht, immer um dieselbe Zeit hier zu sein.«

In Stellas Beruf erfuhr man Dinge, von denen die wenigsten Menschen wussten. In einem ihrer ersten Fälle hatte sich ein Zimmermann verantworten müssen, der mehrere heruntergekommene Prostituierte ermordet hatte. Wie sich herausstellte, war seine Mutter eine gewesen.

»Zu Ihrem Schutz«, sagte Stella.

»Wir halten die Augen offen.« Die Frau stieß ein leises Lachen aus, das Stella überraschte. »Es heißt, dass mehr Ehefrauen als Prostituierte umgebracht werden, und vielleicht stimmt das ja auch. Aber dann ist Steelton die große Ausnahme.«

»Haben Sie vor jemand Bestimmtem Angst?«

Ein Feuerzeug spie in die Dunkelheit, und die Frau zündete sich eine Mentholzigarette an. Sie fragte nicht um Erlaubnis, sie nahm sich einfach die kleine Freiheit, wie ein Obdachloser, der unachtsam über die Straße ging. Langsam eine Rauchwolke in die Luft blasend, antwortete sie: »Vor Freiern, Straßenräubern, Mördern. Und Cops.« Das letzte Wort betonte sie scharf.

»Von der Sitte?«, fragte Stella.

Die Frau starrte durch die Windschutzscheibe. »Was wissen Sie über die?«

Stella öffnete das Fenster einen Spalt und überlegte, was sie antworten sollte.

»Zur Sitte steckt man Cops«, sagte die Frau, »die für das Drogendezernat zu abgedreht sind und Frauen von Haus aus hassen.«

Obwohl ungerecht, enthielt die Antwort ein Körnchen Wahrheit. Zum ersten Mal wandte sich die Frau Stella zu.

»Diese Schweine verhaften keine Huren«, sagte sie ausdruckslos, »sie vergewaltigen sie auf dem Rücksitz eines Streifenwagens und klauen ihnen hinterher ihre Kohle. Sie setzen sie auf Entzug, wenn sie nicht auspacken. Sie nehmen ihnen den Führerschein weg, wenn sie ihnen nicht einen blasen.« Ihre Stimme wurde schrill. »Ich kenne einen, der nimmt dich nachts im Wagen mit, fährt mit dir in den Steelton Park, verprügelt und vergewaltigt dich und lässt dich dann am Straßenrand liegen. Der kann sich das erlauben.«

»Ist Ihnen das passiert?«

Die Frau fletschte die Zähne und verzog die Lippen zu einem Grinsen, mit dem sie zu verstehen gab, wie dumm die Frage war. »Die haben ihre Grundsätze. Wie heißt das Wort – Arroganz?«

»Ja.«

»Arroganz heißt, eine Hure aufgabeln, sie in Stücke schneiden, in ein Ölfass stecken und in den Fluss werfen. Das ist einer Freundin von mir passiert. Der Mörder wurde nie gefunden, habe ich Recht?«

Stella starrte sie an. Der Fall hatte, auch wenn er schon fünfzehn Jahre zurücklag, seinerzeit viel Aufsehen erregt. Diese Frau hatte sich offensichtlich schon als Halbwüchsige verkauft. »Ja«, antwortete Stella.

»Weil es ein Cop war.«

»Woher wissen Sie das?«

»Das Mädchen ist einfach verschwunden.« Trauer erfüllte die Stimme der Frau. »Wenn einer so durchgeknallt ist, merken wir das. Keine Hure fährt mit so einem mit. Außer der Typ ist ein Cop.«

»Nennen Sie mir Namen!«

Das Halbdunkel verschleierte die Züge der Frau, doch Stella hatte den Eindruck, dass ihre schwarzen Augen glühten. »Kommt nicht in die Tüte, Frau Staatsanwältin. Bei dem Ausflug in den Steelton Park hatte ich noch Glück. Der Kerl hat mir klar gemacht, was passiert, wenn ich mich für seine Aufmerksamkeiten nicht dankbar zeige. Also zeige ich mich dankbar.«

Stella haderte mit sich und rief sich in Erinnerung, warum sie gekommen war. »Zurück zu Tina. Wäre sie mit einem Mann mitgefahren, den sie nicht kannte? Von einem Cop mal abgesehen.«

Die Frau nahm einen tiefen Zug von ihrer Zigarette, deren Spitze orangerot aufglühte. »Vielleicht wegen Drogen«, antwortete sie. »Tina war süchtig, ziemlich schlimm. Aber sie hätte versucht…« Sie senkte die Stimme. »Tina kannte die Regeln, und sie liebte ihren Jungen über alles.«

»Wie lauten diese Regeln?«, fragte Stella.

»Dass man ins Hotel geht. Fünf Dollar für zwanzig Minuten. Oder es auf der Straße macht. Manche Freier fühlen sich im Wagen sicherer, auf dem Rücksitz, bei verriegelten Türen. Dann können sie nicht von Drogensüchtigen ausgeraubt werden. Aber wir fahren nie mit einem Unbekannten mit.«

Die nüchterne Antwort passte in Stellas Augen zu der trostlosen Umgebung, zu der Stille, der Dunkelheit, der Atmosphäre von Heimlichkeit in dieser Grauzone zwischen Legalität und Illegalität. Stella beobachtete, wie die verbliebene Prostituierte mit einem schmächtigen, humpelnden Mann in einer Gasse verschwand. Ob es dabei um Sex oder Drogen ging, vermochte sie nicht zu sagen. Sie fragte sich, warum es hier eigentlich keine Straßenlaternen gab. »Hatte Tina einen Zuhälter?«, fragte sie.

»Als Beschützer?« Aus den Worten klang Verachtung. »Die meisten Huren in Scarberry lassen es drauf ankommen. Ein paar bemühen sich, aufeinander aufzupassen – wie Tina und ich.« Aber nicht genug, schien die Frau sagen zu wollen.

»Wie haben Sie das angestellt?«, fragte Stella.

Die Frau nahm einen letzten Zug. »Wir haben über Cops geredet. Auf wen sie es abgesehen hatten, welche ein Zivilfahrzeug hatten. Oder wir haben Zeichen ausgemacht, um uns gegenseitig zu warnen.« Die Frau stieß die Beifahrertür auf, schnippte die Kippe hinaus und schloss die Tür rasch wieder. Doch der Schwall kalter Luft, eine Erinnerung an die Welt draußen, schien sie zu ernüchtern. »Das Problem ist nur, dass Fixerinnen wie Tina irgendwann nicht mehr klar denken können. Sie erwischen eine Überdosis, sie werden krank, sie werden umgebracht. Tina war längst tot, als sie starb.«

Stella musterte sie. »Kennen Sie einen Cop namens Johnny Curran?«

Die Frau rührte sich nicht. Stella sah ihr an, dass sie überlegte.

»Ein Drogenfahnder«, half ihr Stella. »Vor Jahren war er bei der Sitte.«

Die Frau beobachtete die Straße. »Wie sieht er aus?«

Stella ordnete ihre Eindrücke. »Mitte fünfzig. Stämmig, volles weißes Haar, weißer Schnurrbart, rotes Gesicht. Kalte blaue Augen. An die Augen würden Sie sich erinnern.«

Die Frau steckte sich noch eine Zigarette an. »Könnte schon sein«, sagte sie bedächtig, »wenn ich ihm mal begegnet wäre. Das muss vor meiner Zeit gewesen sein.«

Wann hatte sie angefangen, fragte sich Stella, und wie hatte sie so lange durchgehalten? Diese Frau war bestimmt älter als Tina, aber höchstens Anfang dreißig, und ihr starres Gesicht hatte den Alles-schon-erlebt-Ausdruck. »Wir erinnern uns immer an Gesichter«, fügte die Frau leise hinzu, »und Autos. Tina und ich haben uns Nummernschilder eingeprägt. Das war es, was ich Ihnen erzählen wollte.«

In den folgenden Minuten hörte Stella schweigend zu, bis die Ereignisse jener Nacht, in der Tina Welch gestorben war, mit der Deutlichkeit einer Halluzination vor ihrem geistigen Auge standen.

Die Frau hatte bereits fünf Freier bedient, den letzten in einem Zimmer im Royal, in dem die Lampe kaputt war und die Tapete sich von der Wand löste. Als sie in die Halle zurückkehrte und dem Typ am Empfang das Geld hinschob, zeigte die Uhr hinter ihm halb elf.

Draußen war es bitterkalt. Tina wartete vor dem Hotel, glitt aus dem Dunkel ins fahle Licht der Neonreklame. Ihre Pupillen waren wie Stecknadelköpfe, ihre Haut glänzte feucht, und sie hatte die Arme verschränkt – das typische Bild einer Süchtigen, die Entzugserscheinungen hatte. Sie sprach kaum ein Wort.

Eine tote Frau, dachte ihre Freundin und fragte sich, was aus

Tinas dreijährigem Sohn werden sollte. In zehn, fünfzehn Jahren würde wahrscheinlich auch er tot sein. Sie konnte spüren, wenn es mit einem Menschen zu Ende ging. Und genau dieses Gefühl hatte sie heute bei Tina.

»Bist du in Ordnung?«, fragte sie Tina.

Tina starrte zu Boden und schüttelte den Kopf. Tränen standen ihr in den Augen. Doch sie sagte nichts. In stummem Einverständnis trennten sie sich, und Tina ging ein Stückchen die Straße runter zu ihrem Arbeitsplatz. Sie sah wie ein Gespenst aus, eine dürre Gestalt in roten Kunststoffstiefeln.

Mehrere Minuten vergingen. Dann tauchten an der nächsten Ecke weiß-gelbe Scheinwerfer auf und hielten auf sie zu. Ihr Rhythmus war der Frau vertraut. Sie wurden langsamer, je näher sie kamen – wie Augen in der Nacht, zielstrebig, auf der Suche. Sie erfassten Tina und stoppten. Kein Bremsenquietschen, kein Motorgeräusch.

Blinzelnd nahm die Frau den Wagen in Augenschein. Selbst in der Dunkelheit der Flower Street konnte sie erkennen, dass es ein teurer Wagen war, weiß, in tadellosem Zustand. Ein Wagen, der auf ein geregeltes Leben in gesicherten Verhältnissen schließen ließ.

Tina, die Arme an die Brust gedrückt, rührte sich nicht.

Ein Augenblick verstrich. Schließlich beugte sich Tina vor und spähte in den Wagen, als habe sich ein Fenster geöffnet. Sie zögerte, dann machte sie zwei Schritte.

Jede Bewegung verriet Argwohn. Tina neigte den Kopf zur Seite, als lausche sie, hielt aber immer noch Abstand. Dann schaute sie zu Boden.

Von innen wurde die Beifahrertür aufgestoßen.

Zuerst verharrte Tina reglos. Dann schlurfte sie, wie angezogen von etwas, das sie sah oder hörte, auf den Wagen zu. Die Frau spürte, wie sich ihr Gesicht anspannte und ihr Magen zusammenzog. Dann verschwand Tinas Schatten im Wagen.

Lautlos fuhr der Wagen an. Richtig unheimlich, dass man einen so leisen Motor bauen konnte.

Die Scheinwerfer wurden größer. Die Frau sah nach dem

Nummernschild. Der Wagen glitt vorüber, und sie erhaschte einen kurzen Blick von Tina, die zu ihr heraussah. Dann bog der Wagen um eine Ecke und war verschwunden.

Die Frau atmete aus. Wenigstens hatte sie sich das Kennzeichen gemerkt.

Auch Stella spürte einen Knoten im Magen. Sie wusste, wie die Fahrt geendet hatte, sie hatte die Fotos als Beweis.

»Sie kannten den Wagen also nicht?«

Die Frau schüttelte den Kopf. »Tina auch nicht. Das war ihr anzumerken.«

»Glauben Sie, dass er ihr Heroin angeboten hat?«

Die Frau sog an einer neuen Zigarette, hielt dann inne, den Filter noch an den Lippen. »Bestimmt. Oder Geld, damit sie sich welches kaufen konnte. Tina hatte an dem Abend noch nichts gehabt.«

»Wer war ihr Dealer?«

Die Frau wandte den Kopf und sah Stella müde an. »Niemand Bestimmtes. Ein Typ aus der Scarberry Street hat ihr manchmal was verkauft, wenn sie flüssig war. Aber den hatte ich den ganzen Abend nicht gesehen.«

»Und den Fahrer haben Sie auch nicht gesehen?«

»Zu dunkel.« Die Frau nahm noch einen kräftigen Zug, und ihre folgenden Worte drangen aus einem wirbelnden Kringel aus Qualm und Menthol. »Hat der Wagen dem Spinner gehört, mit dem sie gestorben ist?«

»Ja.«

Die Frau nickte bedächtig und stieß einen leisen Seufzer aus. Er hörte sich so an, als seien nun ihre letzten Zweifel beseitigt. Als sei alles so gekommen, wie sie es vorausgesehen hatte.

Sie warf die Zigarette hinaus.

Stella schwieg und dachte nach. Die Hand der Frau glitt in die Manteltasche, und als sie wieder zum Vorschein kam, lag eine Nagelschere darin.

Stella zuckte zurück. Mit einem ruckartigen Reflex packte sie die Frau am Handgelenk und drückte so fest zu, dass die Frau kurz aufschrie. Doch die Schere blieb, wo sie war, ruhte in ihrer Handfläche, und die Frau betrachtete Stella mit glühenden Augen und einem bitteren Lächeln.

»Zum Schutz«, sagte sie schroff. »Damit steche ich denen die Augen aus.« Und nach einer Pause fügte sie, nun wieder ruhig, hinzu: »Sie haben noch nicht viel herausgekriegt, stimmt's?«

Langsam ließ Stella ihr Handgelenk los. »Wie heißen Sie?«

Die Frau schüttelte den Kopf. »Die Arbeit ruft, Frau Staatsanwältin«, sagte sie und öffnete die Wagentür.

Sie war draußen, ehe Stella noch etwas sagen konnte. Sekunden später war die Straße leer. Alles, was an die Frau erinnerte, war die kalte Luft, die durch die offene Tür gedrungen war, und der Geruch von Rauch.

Teil Drei

TOMMY FIELDING

EINS

Am Sonntag, genau eine Woche nach Novaks Tod, saß Stella an derselben Stelle wie bei Dances damaligem Anruf – an ihrem Schreibtisch, vor sich einen Stapel Papiere.

Diese Wiederholung der Situation verwirrte und beunruhigte sie. Vor vierzehn Jahren hatte sie in der Staatsanwaltschaft eine sichere Zuflucht gefunden. Das geregelte Leben, die Vorschriften, ihre Verpflichtung, ihr zugewiesene Fälle mit der nötigen Mischung aus Eifer und Augenmaß zu bearbeiten, das alles half ihr, über den Bruch mit ihrer Familie hinwegzukommen und nach der Affäre mit Jack Novak ihr inneres Gleichgewicht wieder zu finden. Nun aber hatte der Mord an Jack die Vergangenheit in den Mittelpunkt einer Gegenwart gerückt, in der sie plötzlich keinem Menschen mehr traute, nicht einmal sich selbst.

Aus welchem Grund auch immer Jack hatte sterben müssen, er war in eine Korruptionsaffäre verwickelt gewesen, in die mit Sicherheit auch andere verstrickt waren. Und Tommy Fielding war an einer Überdosis Heroin gestorben, doch sie konnte nicht erklären, was diesen Workaholik ohne Sexualleben dazu bewogen hatte, eine Prostituierte aus Scarberry mit Heroin zu versorgen. Sie wusste nur, dass zwischen diesen beiden rätselhaften Fällen und den Ambitionen von Männern wie Moro, Bright, Sloan, Dance, Krajek und Hall irgendein Zusammenhang bestand. Und dass diese Ambitionen ihren eigenen gefährlich werden konnten.

Stella hinterfragte nur ungern ihre Motive. Oft hatte sie dabei das Gefühl, dass sie zu kritisch mit sich ins Gericht ging. Aber noch mehr fürchtete sie, dass sie sich selbst etwas vormachen könnte. Sie musste von der Lauterkeit ihrer Motive restlos überzeugt sein. Dieses Bedürfnis konnte unter ungünstigen Umständen den Blick auf die Realität verstellen.

Neuerdings verschwieg sie Kollegen und Vorgesetzten bestimmte Erkenntnisse, zum ersten Mal in ihrer Karriere. Oberflächlich betrachtet, hatte sie dafür gute Gründe: die fehlenden Akten, die Angst einer Prostituierten vor der Polizei. Doch möglicherweise steckte mehr dahinter. Zum Beispiel Stellas Bedürfnis, Licht in Jack Novaks Leben zu bringen und für ihre Vergangenheit zu sühnen. Ihr Drang, sich immer wieder aufs Neue zu beweisen. Ihr Wunsch, Arthur Bright zu beerben, ein Wunsch, der zum Mittelpunkt ihres einsamen Lebens geworden war.

Plötzlich konnte Stella dieses Büro nicht mehr ertragen. Konnte sich selbst nicht mehr ertragen. Konnte es nicht mehr ertragen, dass sie niemanden hatte, zu dem sie gehen konnte.

Natürlich blieb ihr noch die Katze. Oder ihr Vater.

Trotz ihrer gedrückten Stimmung musste sie lachen. Von diesen Ansprechpartnern würde sie nur einer erkennen, und der hatte vier Beine. Doch Stella hatte ihren Vater letzten Sonntag nicht besucht; ein letztes Mal, dachte sie mit bitterem Humor, war Jack Novak zwischen sie getreten. Also würde sie am heutigen Sonntag wieder eine Zeit lang neben der Hülse ihres Vaters sitzen. Es war weniger ein Besuch als ein Ritual, wie der sonntägliche Kirchgang, wenn man nicht mehr an Gott glaubte. Doch manchmal schöpfte sie einen merkwürdigen Trost aus seinem Schweigen. So wie ihre Hoffnung auf Liebe lag auch ihr Krieg weit hinter ihnen. Nur dass Jacks Tod sie daran erinnert hatte, wie sehr sie verletzt worden war.

Genug. Sie beschloss, ihren Vater zu besuchen und anschließend nach Hause zu gehen.

Auf dem Weg durch den unbeleuchteten Korridor sann sie darüber nach, was »nach Hause« einmal für sie bedeutet hatte: ein düsteres Haus in Warszawa. Dann meinte sie eine Mädchenstimme zu hören und zuckte zusammen. Es dauerte einen Augenblick, ehe sie begriff, dass die Stimme keine Einbildung war.

Das Mädchen lachte, und ein Mann stimmte in sein Lachen ein. Es klang zugleich fremd und vertraut – ein Vater, der mit seiner Tochter lachte –, und es kam aus Michael Del Corsos Büro.

Neugierig ging Stella nachsehen.

Michael saß an seinem Schreibtisch. Bei der Arbeit unterbrochen, begutachtete er schmunzelnd ein Bild. Das hübsche Mädchen, das Stella am Wohnzimmerfenster von Michaels Eltern gesehen hatte, hatte es gemalt. Die Augen des Mädchens, damals so ernst, blickten jetzt verschmitzt und triumphierend. Stella kam sich wie ein Eindringling vor, wie eine Fremde, die ein intimes Gespräch belauschte.

»Das wäre was«, sagte Michael zu Sofia, »wenn ich die Zeit so weiterdrehen könnte.«

Stella hielt es für besser, sich bemerkbar zu machen. »Wie?«, fragte sie.

Überrascht schauten Michael und Sofia auf, und dann wandte sich Michael an seine Tochter. »Zeige Miss Marz, was du gemalt hast.«

Das Mädchen zögerte, hin- und hergerissen zwischen Stolz und Schüchternheit, und dann siegte sein Stolz auf die Freude seines Vaters. »Daddy hat gearbeitet«, sagte Sofia, »und mir war so langweilig. Da habe ich den Tag kürzer gemalt.«

Stella betrachtete das Bild. Für eine Siebenjährige hatte Sofia den Blick aus Michaels Fenster genau wiedergegeben – ein paar Häuser, eine Wolke, den See, eine schwache Sonne. Nur dass die Sonne, die in Wirklichkeit recht hoch über dem Horizont stand, auf Sofias Bild im See versank. »Wir müssen jetzt gehen«, sagte das Mädchen. »Das habe ich gemalt.«

Stella lächelte verwundert. Sie selbst war als Kind eher nüchtern, um nicht zu sagen prosaisch gewesen. »So muss es wohl sein«, sagte Michael zu ihr, »wenn man Phantasie hat. Vielleicht sollte ich es selbst mal probieren.«

Sofia stemmte die Hände in die Hüften und setzte eine gebieterische Miene auf. »Kommst du jetzt?«

Auch das überraschte Stella. Sie hatte sich Sofia als verschlossenes und irgendwie schutzbedürftiges Kind vorgestellt, und nun fragte sie sich, wie sie darauf gekommen war. Michael appellierte an die Vernunft seiner Tochter: »Auf deinem Bild mag es Abend sein, aber in meinem Büro ist es Tag, und ich habe noch zu arbeiten.«

Sofias Miene verfinsterte sich augenblicklich. Ihre Augen wurden so ernst, wie Stella sie in Erinnerung hatte. Sie legte den Buntstift weg, krabbelte auf Michaels Schoß und schmiegte das Gesicht an seinen Hals. »Bitte«, flehte sie. »Ich bin so allein.«

Er schloss die Augen, und einen Augenblick lang hatte Stella das Gefühl, dass auch Michael an das Alleinsein dachte. Dann hellte sich seine Miene auf, und er küsste Sofia auf die Stirn.

Das Mädchen spürte, dass es vertröstet werden sollte, und war den Tränen nahe. »Aber du hast versprochen, dass wir zum Bowling gehen.«

Nun tun Sie ihr schon den Gefallen, dachte Stella unwillkürlich. Das Wort ›versprochen‹ hatte ein besonderes Gewicht und enthielt die Bitte, nun auch Wort zu halten. Doch Michael hatte es bestimmt nicht leicht – allein mit einem Kind, das ebenso im Stich gelassen worden war wie er, von einer Frau, die er immer noch liebte. »Sofia«, fragte Stella, »könntest du noch ein Bild malen?«

Sofia beäugte Stella misstrauisch von der Seite. Du versuchst nur, mich abzulenken, sagte ihr Blick, aber ich möchte jetzt mit meinem Dad zusammen sein.

»Ein Bild von dir und deinem Dad beim Bowlen«, erklärte Stella. »Wenn du damit fertig bist, ist auch er vielleicht fertig.«

Das Mädchen wirkte unglücklich, und Stella kam sich ungeschickt vor. Michael griff ein: »Das ist eine gute Idee, Sofia. Ich verspreche dir, dass ich nicht mehr lange brauche.«

Er hilft mir aus der Verlegenheit, dachte Stella. Sofia drehte sich um und musterte das Gesicht ihres Vaters, und plötzlich machte sie auf Stella den Eindruck eines frühreifen Kindes, das von seinem Vater ebenso behütet werden wollte, wie es ihn selbst behütete. Dann wandte sie sich an Stella und hielt ihr den Stift hin: »Mal du es«, sagte sie resigniert.

Stella nahm den Stift. In den kommenden Minuten würde sie

auf dieses frühreife Mädchen aufpassen, indem sie ihm half, ob ihm das passte oder nicht, auf seinen Vater aufzupassen.

»Danke«, sagte Michael zu beiden.

Sie setzten sich zusammen im Schneidersitz auf den Fußboden, und im Vergleich zu dem robusten kleinen Mädchen, das Stella in dem Alter gewesen war, kam ihr Sofia zart und zerbrechlich vor. Nach den ersten Strichen fiel Stella noch etwas anderes ein: Schon damals hatte sie immer alles selber machen wollen und es nicht ertragen können, wenn man etwas für sie tat, was sie selbst zu können glaubte.

Stella zeichnete die Bowlingbahn fertig und sagte, Sofia den Stift reichend: »Ich kann nicht besonders gut malen.«

Sofia starrte auf das Papier. Dann zog sie mit überraschender Sorgfalt mehrere Linien, die wie Geburtstagskerzen aussahen. Während Stella ihr zusah, fühlte sie sich von Michael beobachtet. Vielleicht dachte er, dass dieses Mädchen, wenn es noch eine Mutter hätte, nicht die Hilfe einer Fremden brauchte, um sich die Zeit zu vertreiben. Einer Frau, die von Kindern nur wenig verstand und auf die Erfahrungen zurückgreifen musste, die sie selbst als Kind gemacht hatte.

Wie, fragte sich Stella, wäre ihr eigenes Leben verlaufen, wenn das Schicksal ihrem Vater nicht so übel mitgespielt hätte? Vielleicht bräuchte sie dem Kind neben sich nur zuzusehen, um zu wissen, was sie tun oder sagen sollte.

Sie bemerkte, dass Sofia zuerst die Figur eines Mannes gemalt hatte. Dann eine kleinere Gestalt, die, nach den dunklen Locken zu urteilen, sie selbst darstellte. In der einen Hand hielt sie eine Bowlingkugel, die andere lag in der Hand ihres Vaters.

Am Rand, in einiger Entfernung von Vater und Tochter, malte sie nun eine dritte Figur.

Stella sah neugierig zu. Sofia schien es zu spüren und zögerte. Dann fügte sie weitere Striche hinzu – ein Kleid, wallendes lockiges Frauenhaar.

Ruhig fragte Stella: »Wer ist das?«

»Mommy.« Wieder eine Pause. »Sie ist in Australien und sieht uns beim Bowlen zu.«

Mit sieben musste Sofia wissen, dass dies praktisch unmöglich war, so wie sie bestimmt auch wusste, dass man die Zeit nicht vordrehen konnte, indem man einen Sonnenuntergang malte. Doch sosehr sie sich über ihren Einfall auch freute, ihre Stimme hatte tonlos geklungen. Michael saß wie versteinert am Schreibtisch.

Stella wusste nicht, was sie sagen sollte. Und so konnte sie nichts weiter tun, als mit gebührender Aufmerksamkeit zuzusehen, wie Sofia ihre Mutter zu Ende malte.

»Ich bin fertig«, rief Michael plötzlich. »Wir können gehen.«

Sofia war so in ihr Bild vertieft, dass sie nicht antwortete. Mit übertriebener Geschäftigkeit warf Michael Papiere in einen Aktenkoffer, um ihre Aufmerksamkeit auf sich zu ziehen. Endlich hob das Mädchen den Kopf und fragte: »Kann sie mitkommen?«

Es dauerte einen Moment, ehe Stella begriff, dass mit »sie« nicht die Mutter auf dem Bild gemeint war, sondern sie selbst. Das Mädchen sah sie nicht an.

»Hätten Sie Lust?«, fragte Michael.

Dieses Wasser ist sehr tief, dachte Stella. Und sie war keine besonders gute Schwimmerin.

Zögernd drehte sich Sofia zu ihr um.

Stella dachte an Armin Marz, dessen Geist umnachtet war und der nicht wusste, dass er auf sie wartete. »Ist das dein Ernst?«, fragte sie Sofia. »Ich kann nämlich ziemlich gut bowlen.«

Im Bowlingcenter Fiore in Little Italy herrschte Hochbetrieb, und Familien, Senioren, Teenagercliquen und junge Paare sorgten dafür, dass der Lärmpegel im Verlauf des Nachmittags stetig anstieg. Schreie ertönten, Gelächter, das Poltern purzelnder Kegel. Stella gewann drei Spiele hintereinander.

»Du bist wirklich gut«, lobte Sofia sie.

Stella lächelte. Gegen solche Gegner zu glänzen war kein Kunststück. Sofia war keine Athletin. Mit schlurfenden Schritten, die in einem damenhaften Hüpfer endeten, schickte sie die schwere Kugel auf eine quälend langsame Reise, die jedes Mal einen unvorhersehbaren Verlauf nahm. Michael hingegen setzte auf rohe Gewalt. Gäbe es Sonderpunkte dafür, dass die Kegel wie Anmachholz auseinander flogen, wäre er zweifellos in die Ruhmeshalle der Bowler eingezogen. Nur mit der Treffsicherheit haperte es. Die Kegel, die nach seinem ersten Wurf noch standen, blieben allzu oft unbehelligt.

»Ich stamme von Polen ab«, sagte Stella zu Sofia. »In meinem Viertel hat man Bowling sehr ernst genommen. Da musste ich einfach gut werden, ob ich wollte oder nicht.«

Das entsprach nicht ganz der Wahrheit. An der High-School hatte sie im Sport einen brennenden Ehrgeiz an den Tag gelegt, der ihrer Angst zu verlieren entsprang. Die anderen Mädchen beugten sich ihr. Da sie überdies ruhig und beherrscht war und mit Ratschlägen nicht geizte, wurde sie von jedem Team zur Spielführerin gewählt. Beim Bowling, einer Sportart, die sie nur mäßig interessierte, glänzte sie nur, weil sie mit weniger nicht zufrieden war.

Michael griff ihre letzte Bemerkung auf und sagte mit einem neckischen Grinsen: »Erzählen Sie Sofia von Bürgermeister Bureks Bowlingabend.«

Diese alte Geschichte, obwohl wahr, hatte Stella nie besonders witzig gefunden. Sie stammte aus der Zeit der Polenwitze und sollte illustrieren, wie provinziell die Bewohner Warszawas waren, wenigstens in den Augen der anderen. Aber Sofia machte mittlerweile einen ganz zufriedenen Eindruck und freute sich, an den Späßen der Erwachsenen teilzuhaben.

»Der Bürgermeister stammte aus meinem Viertel«, erzählte Stella Sofia. »Eines Tages lud der Präsident der Vereinigten Staaten Bürgermeister Burek und seine Frau zum Essen ins Weiße Haus ein. Weißt du, was das ist?«

Sofia verschränkte die Arme und spielte die Ungeduldige. »Klar. Da wohnt der Präsident. Mit all den Juristen.«

Sofia wusste, dass sie etwas Witziges gesagt hatte, auch wenn sie nicht recht verstand, was daran witzig war. Sie schielte aus dem Augenwinkel zu ihrem Vater und suchte Bestätigung. Er rutschte hinter sie. »Du vorlautes Gör. Eines Tages muss ich dich noch hinter Schloss und Riegel bringen.«

Sofia schmiegte sich an ihn, und er legte den Arm um sie. Nun, da sie seinen Beifall gefunden hatte, wandte Sofia sich wieder Stella zu. »Was passierte mit dem Bürgermeister?«

Mit einem trockenen Lächeln sah Stella zu Michael. »Er wollte nicht ins Weiße Haus. Weil es der Bowlingabend seiner Frau war.«

Sofia war verblüfft. »Das ist alles?«

»Nein. Aber der Teil, der deinem Vater am besten gefällt.«

»Und wie geht's weiter?«

»Der Präsident war Richard Nixon, die Verkörperung des Bösen.« Stella fing Michaels Blick auf und fragte mit gespielter Feierlichkeit: »Weißt du, wie er genannt wurde?«

»Wie?«

»Der Pate.«

Michael schnitt eine Grimasse. Sofia blickte von Stella zu ihrem Vater, entzückt über die Neckerei. »Komm«, sagte Stella zu ihr, »ich bringe dir das Bowlen bei.«

Sofia zögerte, sah Stella ernst an und kroch noch tiefer in Michaels Arm. »Ich möchte, dass mein Dad das tut.«

Die Zurückweisung versetzte Stella einen kleinen Stich. Dann murmelte sie ungläubig: »Er?«

Das Mädchen ging auf den Scherz nicht ein. Offenbar rang sie mit Gefühlen, die sie nicht verstand. Mit gedämpfter Stimme sagte sie: »Dann möchte ich, dass du zu uns nach Hause kommst. Zum Abendessen.«

Stella schwieg betreten. Weder Vater noch Tochter sahen sie an. Das Kind wirkte durcheinander, Michael verzog keine Miene und hatte die Lider gesenkt. Stella vermutete, dass Sofias Rolle ein Grund für die Verwirrung des Kindes war: einerseits war sie Michaels Tochter und hatte Angst, ihn mit einem anderen Menschen zu teilen, andererseits war sie selbst der Ersatz für die verschwundene Mutter, halb Kind, halb Frau. Doch was immer die Gründe sein mochten, sie wollte sich da nicht hineinziehen lassen. Dann sagte Sofia zu ihrer Überraschung leise. »Bitte.«

Ohne nachzudenken, strich Stella dem Mädchen über die Wange. Michael blickte zu Sofia herunter, deren Kopf an seiner Brust ruhte, dann wieder zu Stella. Sie las die Bitte in seinen Augen, seiner Tochter den Gefallen zu tun.

»Es gibt Spaghetti«, sagte er leichthin. »Es bleiben immer welche übrig. Sofia isst so wenig wie ihre Mom.«

Die Wohnung war ordentlich, aber klein: ein Wohnzimmer, ein Esszimmer, eine enge Küche mit Gasherd und einem alten asthmatischen Kühlschrank. Die Einrichtung wirkte auf Stella wie ein Andenken an Michaels Leben mit Maria: gekauft von dem Geld, das nach Tilgung der Studiendarlehen noch übrig war, die Möbel eher funktional als dekorativ. Stella stellte sich dieses Leben vor: die vielen Abendessen mit Pasta und einer Flasche Chianti, den Verzicht auf jeglichen Luxus, das Geld, das für den Traum gespart wurde, vor dem Maria davongelaufen war – ein Haus in der Vorstadt, Geschwister für Sofia. Eins war jedenfalls sicher – Stella gehörte nicht hierher.

Während Michael kochte und der Duft einer Weinsauce aus der Küche drang, zeigte Sofia Stella ihr Zimmer.

Es sah freundlicher aus als der Rest der Wohnung. Zwar war es klein und nicht besonders hell, doch Kissen, Decken und Vorhänge setzten fröhliche Farbtupfer. Die Regale waren bis oben hin mit Büchern gefüllt, das Bett mit Puppen übersät. Auf dem Nachttisch stand ein Bild von Sofias Mutter.

Stella konnte nicht anders, sie musste es anstarren. Die Frau auf dem Foto war schön, fast ätherisch, mit wallendem Haar, das die feinen Züge kontrastierte, und einem Mund, der weniger sinnlich als perfekt geformt war. Das Bild war in einem Fotostudio aufgenommen. In dem weichen Licht, das typisch war für kitschige Familienfotos, hätte Maria leicht als selig gesprochene Märtyrerin durchgehen können, als aufopferungsvolle Jungfrau aus einer mittelalterlichen Sage. Bis auf die Augen. Schwarz und klar schnitt ihr Blick mit verblüffender Schärfe durch das milchige Licht. Gab es so etwas wie den Blick einer zornigen Heiligen?

Stella merkte, dass Sofia sie beobachtete. Sie drehte sich um und sagte: »Du siehst deiner Mutter sehr ähnlich.«

Sofia neigte den Kopf und sah sie an. Stella hatte das unangenehme Gefühl, dass sie Informationen von ihr erwartete, so als befürchte sie, dass sogar eine Fremde über die echte Maria Del Corso, jene, die außerhalb des Bildes lebte, mehr wusste als sie.

Eine Weile sahen sie einander einfach nur an. »Komm, wir helfen deinem Dad«, sagte Stella dann.

Das Abendessen gestaltete sich schwieriger als das Bowlen.

Sie saßen bei Kerzenlicht an einem Holztisch im Esszimmer, dessen Ausziehplatten herausgenommen waren, damit er nicht zu groß für Vater und Tochter war. Stella malte sich aus, wie die beiden jeden Abend hier saßen und miteinander sprachen, und wenn sie Sofia nach Freunden oder der Schule fragte, erhielt sie die einsilbigen Antworten eines Kindes, das mit den Gedanken woanders war. Bei der ersten sich bietenden Gelegenheit entschuldigte sich Sofia, wenn auch höflich, und ging in ihr Zimmer. Plötzlich herrschte betretenes Schweigen. Stella wusste nicht, was sie sagen sollte, jede Bemerkung erschien ihr unangebracht. Sie war einfach nur eine Frau, für die dieser Mann arbeitete, und sie bereute ihr Kommen.

»Ich glaube, sie denkt jetzt an Maria«, sagte Michael unvermittelt. »An das Ende.«

Falls das ein Versuch war, etwas gegen Stellas Unbehagen zu tun, dann war es der falsche Weg. »Warum sagen Sie das?«

»Wir haben immer zusammen gegessen. Und nach dem Essen hat Sofia ein Buch geholt, und einer von uns hat ihr daraus vorgelesen.« Er hielt inne, trank einen Schluck Wein und blickte dabei in die flackernde Kerze zwischen ihnen. »Ein paar Monate, bevor sie gegangen ist, hat Maria damit aufgehört, Geschichten vorzulesen. Eine Zeit lang hat Sofia ihr trotzdem das Buch in die Hand gedrückt. Dann, eines Abends, hat sie damit aufgehört.«

Stella schwieg. Maria spukte in diesem Haus wie ein Gespenst. Ihre eigene Unbeholfenheit vergessend, fragte Stella sich, wer mehr zu bedauern war, Michael oder Sofia. Sofia, entschied sie, denn die Wunden der Kindheit waren schwerer zu begreifen und blieben. Der Verstand konnte sie nicht heilen.

Im nächsten Augenblick blickte Michael in Richtung Flur.

Dort, außerhalb des Kerzenscheins, stand Sofia und beobachtete sie.

Wieder hatte Stella das Gefühl, dass sie das Gleichgewicht der Kräfte im Haus gestört hatte, die unsichtbare, starke Anziehungskraft, die Maria Del Corso ausübte. Dann kam Sofia näher, trat ins Licht und blickte von Stella zu ihrem Vater. Stella spürte einen Knoten im Magen, als Sofia ihr das Buch in die Hand legte.

»Kannst du mir daraus vorlesen?«, fragte sie.

Als Sofia endlich im Bett lag und schlief, kehrte Stella zu Michael ins Wohnzimmer zurück. Er nippte an einem Glas Rotwein, auf dem Couchtisch stand ein zweites für sie. Michael reichte es ihr mit den Worten: »Tut mir Leid, dass Sie so eingespannt wurden. Normalerweise ist das mein Job.«

»Macht nichts.« Stella setzte sich ans andere Ende der Couch. »Ist es immer dieselbe Geschichte?«

»Nicht immer. Aber oft. Maria hat sie ihr vorgelesen.« Mehr sagte er nicht dazu. »Eben, bevor Sie reinkamen, habe ich über Fielding nachgedacht.«

Der Themenwechsel überraschte Stella, aber vielleicht hatte er das Gefühl, wie sie selbst im Übrigen auch, dass sie sich zu weit in sein Leben vorgewagt hatte. »Worüber speziell?«, fragte sie.

»Was für ein Musterknabe er war. Jeder dachte, er hätte nur ein Problem, nämlich Steelton 2000.« Michael schlug die Beine übereinander und umschloss das Weinglas mit beiden Händen. »Mir geht's wie Ihnen – ich kann es einfach nicht glauben, dass er losgezogen und auf diese Weise gestorben ist.«

Stella nippte an ihrem Wein. Langsam bekam sie ein schlechtes Gewissen, weil sie ihm ihren Ausflug nach Scarberry verschwieg. »Wenn ich Ihnen jetzt etwas erzähle«, sagte sie, »behalten Sie es dann für sich? Zumindest bis ich über die Sache gründlich nachgedacht habe?«

Michael sah sie an. »In Ordnung.«

In aller Kürze berichtete sie ihm von der namenlosen Prostituierten, deren Angst vor der Polizei, deren Behauptung, dass Tina in Fieldings Wagen gestiegen sei. Michael lauschte aufmerksam, ohne Fragen zu stellen.

»Damit wäre der Fall wohl geklärt«, sagte er am Ende. »Erstens, Johnny Curran sieht Fielding durch die Scarberry Street fahren. Zwei Nächte später sieht eine Prostituierte, wie Tina Welch mit ihm wegfährt. Ich weiß nicht, warum, aber Fieldings Leben war offensichtlich aus den Fugen geraten.«

»Aber wieso fährt sie mit ihm weg? Tinas Freundin sagt, dass sie lange gezögert hat.«

»Wahrscheinlich wollte sie sich ihn erst mal genauer ansehen. Tina sieht einen properen Kerl, der in einem properen Wagen sitzt und mit Geldscheinen wedelt. Und sie braucht dringend einen Schuss. Sie muss einfach mitfahren.« Michael rutschte noch tiefer ins Sofa und starrte zur Decke, als male er sich aus, was dann geschah. »Die Spritze hat sie bereits in ihrer Handtasche, und sie weiß, wo sie für Fieldings Kohle Stoff bekommt. Sie fahren also dorthin und anschließend weiter zu Fieldings Haus.«

»Aber wieso stirbt er an einer Überdosis Heroin?«, fragte Stella. »Weil Tommy Fielding, der wahrscheinlich vorher nie gefixt hat, das Gefühl hat, dass er mal was Verrücktes tun muss? Immerhin ist Tina Welch eine heroinsüchtige Nutte, und er kennt sie erst seit einer Stunde. Ist doch selbstverständlich, dass er ihr sein Leben anvertraut.«

Michael lachte laut auf. Stella nicht.

»Er geht um halb acht nach Hause«, fuhr sie fort, »weil er Migräne hat. Er macht sich einen Happen zu essen, Sandwich und Bier. Man würde erwarten, dass er jetzt den Fernseher anschaltet und sich ein Basketballspiel ansieht. Aber nein, er nimmt eine halbstündige Fahrt nach Scarberry auf sich.« Sie stellte ihr Glas ab. »Wenn einer so endet, findet man normalerweise ein halbes Dutzend Leute, die behaupten, sie hätten es kommen sehen. Diesmal sagt das nicht einer.«

Michael war wieder ernst geworden. »Das muss nichts bedeuten, Stella. Ich habe Kate Micellis Obduktionsbericht gelesen, und jetzt haben Sie eine Zeugin.«

»Die mir möglicherweise nicht alles gesagt hat, was sie weiß.«

Michael zuckte die Schultern. »Vielleicht, was die Sitte angeht, obwohl sie mir leicht paranoid vorkommt. Ich glaube jedenfalls nicht, dass dort lauter Jungs rumlaufen, die zum Spaß Huren abschlachten. Aber ich habe nicht den Eindruck, dass sie in Bezug auf Tina etwas verschwiegen hat.«

Den Eindruck hatte Stella auch. Schweigend betrachtete sie ihren Wein.

»Und was ist mit Steelton 2000?«, fragte Michael vorsichtig. »Wollen Sie den Deal immer noch unter die Lupe nehmen?«

Stella zögerte, dann nickte sie. Sie gab ihm keine Erklärung.

Michael verstummte ebenfalls, und Stella spürte, dass er versuchte, ihre Gedanken zu erraten. »Was ist mit den fünf Akten?«, fragte er endlich. »Sind die wieder aufgetaucht?«

Die Frage überraschte sie. Möglicherweise erkundigte er sich nur höflichkeitshalber, doch das bezweifelte sie. Worauf wollen Sie mit all dem hinaus? schien er zu fragen, und wen haben Sie im Verdacht? Doch sie konnte es ihm nicht sagen, selbst wenn sie gewollt hätte. »Nein«, antwortete sie. »Ich habe die Suche aufgegeben.«

Michael schien sie immer noch zu mustern. Wieder kam sie sich beobachtet vor, wie vorhin von Sofia. »Es ist spät«, sagte sie. »Ich gehe jetzt besser.«

Ihr plötzlicher Entschluss irritierte ihn offenbar. Ein neuer Ausdruck legte sich auf sein Gesicht. Er wirkte unschlüssig, beinahe verlegen. Dann fasste er sich ein Herz.

»Ich möchte Ihnen dafür danken, was Sie heute für Sofia getan haben.« Michael richtete sich auf und sah ihr ins Gesicht. »Ich weiß, dass Sie im Moment sehr beschäftigt sind. Aber ich habe Sofia und Sie beobachtet. Der Umgang mit einer anderen

Frau außer ihrer Großmutter tut Sofia gut. Mit einer Freundin, die sie mag.«

Stella lächelte. »Ich mag sie auch. Ich verstehe nicht viel von Kindern, aber mir scheint, Sie machen Ihre Sache ganz gut.«

Michael sann darüber nach. Sein Blick verschleierte sich, und Stella hatte das unbestimmte Gefühl, dass er jetzt an Maria dachte, die, obgleich noch in diesem Haus, sich von ihnen entfernte.

»Sagen Sie Sofia, dass ich ihr danke«, sagte sie. »Und dass ich einen schönen Tag hatte.«

Sie ging rasch.

ZWEI

Am nächsten Morgen fuhr Stella in aller Frühe nach Steelton Heights.

Die Straße schlängelte sich bergauf. Hinter Stella lag die Stadt, das Flusstal mit den rostenden Stahlfabriken, den Betonstraßen, den gedrungenen Lagerhäusern, dem Nebeneinander von alten Sandsteingebäuden und schnittigen Bürotürmen aus Glas und Stahl, dem neben dem See emporragenden Stadion und, näher, den trostlosen Straßen der East Side. Dann erreichte sie die bewaldeten Hügel, und mit einem Mal erschien ihr die Stadt weit weg, wie ein Gespenst, das hin und wieder zwischen den kahlen Bäumen hervorlugte.

Die Häuser hier oben waren solide, quadratisch und zweistöckig, im Stil des frühen zwanzigsten Jahrhunderts. Sie waren von der ersten Generation reicher Stahlfabrikanten erbaut worden, und trotz der Entfernung gewährten sie einen Blick auf die Stadt, der sie ihre Existenz verdankten. Zwei weitere Generationen hatte es gedauert, ehe begüterte Familien der Stadt vollends den Rücken kehrten und sich auf elegante Landgüter wie das Anwesen Peter Halls zurückzogen. Stella vermutete, dass es leichter war, sich aus der Verantwortung zu stehlen, wenn man nichts sah.

Knightsbridge Court, die Straße, in der Tommy Fielding gewohnt hatte, stammte aus derselben Zeit, bestand jedoch aus einer Reihe zweistöckiger Häuser, die Stella an Boston erinnerten und die eine schmale, kopfsteingepflasterte Straße säumten. Wegen ihres Alters hatten diese Häuser keine Garagen, was in den strengen Wintern ein Nachteil war. Sie boten dafür aber ein gepflegtes Ambiente, das besonders junge Besserverdienende ansprach, und auf der Seite auf der Fielding gewohnt hatte, blickte man auf ein herrliches Panorama von Stadt und See.

Fieldings Haus war das zweitletzte von sechs auf der rechten Seite. Stella parkte direkt davor und stieg aus.

Die Tür war verschlossen und versiegelt. Sie war mit einem Kranz geschmückt, der Stella daran erinnerte, dass Weihnachten noch keine vier Wochen zurücklag. Ob Fielding ihn seiner Tochter zuliebe hatte hängen lassen? Das Mädchen war erst sieben, wie Sofia, und somit in einem Alter, in dem Weihnachten noch voller Geheimnisse und Wunder war. So war es jedenfalls in Stellas Kindheit gewesen, als die Fabriken noch mit Hochdruck produzierten, Armin Marz sein Schicksal noch in der Hand hatte, und er in dem Haus, an das er sich heute nicht mehr erinnerte, für seine Töchter Geschenke versteckt hatte.

Fieldings Haus war so gut in Schuss, wie Stella es erwartet hatte. Die Sträucher waren gestutzt, die Fensterläden gestrichen, und an die Rückseite schmiegte sich eine Backsteinveranda mit schmiedeeisernem Tisch und Stühlen. Von hier aus hätte Fielding im kommenden Frühjahr bei Nacht das Flutlicht des Stadions sehen können.

Jetzt atmete das Haus die Atmosphäre des Todes. Es war dunkel und still, die Vorhänge waren zugezogen. Vor zehn Tagen hatte Fielding Tina Welch aus Scarberry hierher gebracht. Niemand hatte sie gesehen. Wie Geister waren sie in das Schmuckkästchen geschlüpft und am nächsten Morgen darin tot aufgefunden worden. Nun, da Stella hier war, irritierte sie diese Vorstellung noch mehr.

Die Wirtschafterin hatte die Leichen gefunden; ein anonymer Anrufer hatte Jack Novaks Putzfrau einen ähnlichen Schock erspart. In beiden Fällen, so vermutete Stella, hatte niemand außer den beiden Frauen einen Schlüssel. Wenn man Missy Allen glauben durfte, war Jack Novaks letzter Besucher gekommen und wieder gegangen, ohne eine Spur zu hinterlassen. Bis auf Novaks Leiche.

Stella kehrte zu ihrem Wagen zurück und fuhr nach Scarberry.

Scarberry war um diese Zeit eine Geisterstadt. Die Prostituierten waren verschwunden, die dunklen Schaufenster der schäbigen Ladenfronten waren vergittert. Bloß der eisige Wind und der Obdachlose waren unverändert gegenwärtig wie bei Stellas nächtlichem Treffen mit Tina Welchs Freundin. Nur dass der Mann jetzt in einer Seitengasse neben einer Mülltonne kauerte. Sie versuchte sich Fieldings weißen Lexus vorzustellen, wie er Tina hier abholte, ein Flüstern in der Stille.

Stella blickte auf ihre Armbanduhr. Für die Fahrt von Steelton Heights hierher, im morgendlichen Verkehr etwas länger, hatte sie fünfunddreißig Minuten gebraucht.

Sie fuhr weiter ins Büro. Unterwegs griff sie zum Autotelefon und rief Nat Dance zu Hause an.

Seine Stimme klang weder erfreut noch verärgert.

»Erinnern Sie sich an das Pornoheft«, fragte sie, »das Sie in Fieldings Schublade gefunden haben?«

»Ja. Voller nackter schwarzer Frauen.«

Stella hielt an einer roten Ampel. »Hat die Wirtschafterin das Heft vorher schon mal gesehen? Oder etwas Ähnliches?«

»Nein.«

»Gut. Sie haben doch in Sexshops und so weiter nachgeprüft, ob Novak auf S & M stand. Haben Sie sich da auch nach Fielding erkundigt?«

Sie stellte sich vor, wie Dance jetzt reglos dastand, wie immer, wenn er nachdachte. Er fragte nicht nach dem Grund für ihre Frage. »Das wird ein paar Tage dauern«, antwortete er. »Ich gebe Ihnen Bescheid.«

Zurück im Büro, setzte Stella erst einmal Kaffee auf. Dann rief sie Kate Micelli an.

Kate telefonierte gerade. Stella wartete und sah zum Stadion hinüber. Es war kurz vor halb neun, und die Betonschüssel war noch leer. Die Kräne und Bagger standen reglos da. Um neun würden sie zum Leben erwachen.

Einen Selbstbedienungsladen für Amateure hatte Paul Harshman das Stadion genannt. Jeder, der damit zu tun habe, mache garantiert ein gutes Geschäft.

Kate Micelli meldete sich.

»Ich habe eine simple Frage«, sagte Stella. »Wie lange brauchte Tommy Fielding, um sein Schinkensandwich zu verdauen?«

»Seine letzte Mahlzeit? Ich glaube, er hatte es noch nicht ganz verdaut. Aber ich muss in meinen Unterlagen nachsehen. Warum fragen Sie?«

»Die Verdauung hört doch mit dem Tod auf. Wenn es möglich ist, würde ich gern von Ihnen wissen, wie lange er nach dem Verzehr des Sandwichs noch gelebt hat.« Stella ging auf und ab. »Er hätte mindestens eine Stunde gebraucht, um nach Scarberry zu fahren, Tina aufzulesen und nach Steelton zurückzukehren. Noch länger, wenn sie unterwegs irgendwo Heroin besorgt haben.«

»Vielleicht ist er vorher gar nicht nach Hause gefahren.«

»Nein? Er gabelt also zuerst eine Hure auf, fährt nach Hause, macht sich ein Sandwich, schenkt sich ein Bier ein und spritzt sich erst dann das Heroin?«

Micelli lachte. »Vielleicht hatte er Hunger. Und Tina nicht. Vielleicht war er ein schlechter Gastgeber.« Sie hielt einen Augenblick inne. »Nein, ich glaube, ich weiß, was Sie meinen. Sie wollen, dass der Ablauf einen Sinn ergibt. Sofern man das hier überhaupt erwarten kann.«

Stella ließ unerwähnt, dass Tinas Freundin Fieldings Lexus gegen halb elf gesehen haben wollte. »Er hat um sieben sein Büro verlassen«, sagte sie. »Weil er Migräne hatte, wie er behauptet hat. Wir wissen nicht, was danach passiert ist.«

»Ich glaube nicht, dass das Sandwich Ihnen weiterhelfen wird«, erwiderte Micelli. »Aber ich sehe nach und rufe dann zurück. Aber frühestens in zwei Stunden.«

Es war einer dieser Tage, an denen Stella das Gefühl hatte, unter Strom zu stehen. Ihre Nerven vibrierten vom Koffein, und Fragen über Fragen gingen ihr durch den Kopf. Sie schaute drei Mal in Michaels Büro vorbei, ehe sie ihn antraf.

Er hängte gerade seinen Mantel auf. Bei ihrem Anblick lächelte er. »Es war nett gestern Abend«, sagte er. »Nochmals danke, dass Sie mitgekommen sind.«

Etwas aus dem Konzept gebracht, zwang sich Stella zerstreut zu einem Lächeln. »Wie geht's Sofia?«

»Heute Morgen war sie sehr vergnügt. Aber sie ändert ihre Laune schnell.« Er stutzte und fragte: »Was ist los?«

Stella setzte sich. »Ich habe über Jack Novak nachgedacht. Über die mysteriösen Zahlungen, den ungewöhnlichen Ausgang der fünf Verfahren. Dass wir uns überhaupt damit befassen, liegt doch nur daran, dass ich mich aus meiner Zeit bei Novak an ein paar Fälle erinnert habe. Deshalb sind sie so alt.«

»Stimmt. Aber Dance hat nichts gefunden, was auf Probleme in jüngerer Zeit hinweist, richtig?«

Stella nickte. »Aktuelle Probleme«, verbesserte sie ihn. »Und das, obwohl Sie und Saul Ravin mir sagen, dass der Drogenhandel in den letzten zehn Jahren brutaler geworden ist und der Druck auf Vincent Moro enorm zugenommen hat, vonseiten der Polizei und der Konkurrenz. Folglich muss auch Novak stärker unter Druck geraten sein. Er musste Resultate vorweisen und Moro abschirmen.«

Michael dachte darüber nach. »Zehn Jahre sind eine lange Zeit. Wir müssten ganze Aktenberge durchackern, ohne zu wissen, wonach wir eigentlich suchen.«

»Fangen wir doch bei seinen Büchern an. Wenn Sie auf größere Beraterhonorare stoßen wie die von Crown Limousine, können Sie sich die Akten der Fälle ansehen, die ungefähr in diese Zeit fallen.«

Michael machte ein skeptisches Gesicht. »Das ist trotzdem sehr zeitraubend. Manche Fälle ziehen sich lange hin.«

Stella überlegte. »Dann nehmen Sie sich nur die letzten vier Jahre vor.« Unausgesprochen ließ sie, dass Arthur Bright seit vier Jahren Bezirksstaatsanwalt war und Charles Sloan, heute Erster Assistent, in diesem Zeitraum keine Drogenfälle mehr bearbeitet hatte. Ob Michael diesen Zusammenhang sah, vermochte sie nicht zu sagen.

»Sie glauben also«, erwiderte er, »dass Novak Mist gebaut hat und deswegen sterben musste?«

»Oder etwas wusste und deshalb sterben musste. Was denn sonst?«

»Ich weiß nicht.« Er hielt inne und sah sie mit unverhohlener Neugier an. »Was hat Dance herausgefunden?«

»Nichts.«

Stella spürte, dass er unzufrieden war. Aber er erhob keinen Einwand mehr. »Ich wollte heute Morgen eigentlich aufs Rathaus gehen«, sagte er, »und mir die Berichte über die Einhaltung der MBE-Quote beim Stadionbau ansehen. Was soll ich zuerst tun?«

So ist es immer, dachte Stella. Die Staatsanwaltschaft war chronisch unterbesetzt; selbst in so brisanten Fällen wie diesen musste sie Prioritäten setzen und stets damit rechnen, dass Charles Sloan Rechenschaft von ihr verlangte. »Steelton 2000«, antwortete sie. »Moro läuft uns nicht weg, und Jack macht niemand wieder lebendig.«

DREI

Es war kurz nach sechzehn Uhr, als Michael in Stellas Büro trat und ein Bündel Papiere auf ihrem Schreibtisch ausbreitete. »Wenn man glauben darf, was da drin steht, ist Steelton 2000 der Inbegriff sozialer Gerechtigkeit.«

»Was ist das hier?«

»Eine erste Spur.« Säuberlich verteilte Michael die Blätter auf vier Stapel und zeigte auf den ersten. »Hier haben wir die Vereinbarungen zwischen der Hall Development und der Stadt. Darin verpflichtet sich Steelton 2000, dreißig Prozent der Aufträge an MBEs und dreißig Prozent der Jobs an Angehörige von Minderheiten zu vergeben. Und hier haben wir Halls Vertrag mit dem Minderheiten-Generalunternehmen, einer Firma namens Alliance Company.« Er tippte auf den dritten Stapel. »Das sind die Berichte, die jeden Monat von der Hall Development an die Stadt gehen und bestätigen, dass die geforderten Minderheitenquoten erfüllt werden.«

Er drehte die Dokumente so herum, dass Stella sie lesen konnte, und deutete auf die Unterschrift unter »Hall Development Corporation«. In sauberer Handschrift, die Buchstaben so exakt wie auf einer Blaupause, las Stella »Thomas R. Fielding«.

»Der letzte Stapel«, schloss Michael, »sind Bescheinigungen, die der zuständige städtische Beamte unterschrieben hat. Sie bestätigen, dass Fieldings Quotenberichte korrekt sind. Für jeden Bericht gibt es eine Bescheinigung.«

Michael nahm Platz und wartete, bis Stella die Papiere durchgesehen hatte. Fieldings Berichte waren sehr genau und umfassten mehrere Seiten mit detaillierten Zahlen für jeden Monat. Nach allem, was sie über ihn wusste, hatte Stella nichts anderes erwartet. Doch sie spürte, dass Michael sie erwartungsvoll beobachtete.

»Und wo ist der Haken?«, fragte sie.

»Zunächst mal bei den Datumsangaben auf Fieldings Berichten.«

Stella sah sie sich an, eine nach der anderen. Vor ihr lagen die Berichte für die ersten elf Monate bis einschließlich Oktober, jeweils binnen zwei Wochen nach Monatsende eingereicht. Doch sie fand keinen Bericht für November und Dezember, obwohl es inzwischen Mitte Januar war.

Sie blickte zu Michael auf. »Er war einen Monat im Verzug«, sagte sie.

»Werfen Sie mal einen Blick in den Vertrag zwischen Hall

und der Stadt. Seite zwei wird eine Frist für die Einreichung der Quotenberichte vereinbart.«

Stella schlug die Seite auf. »Die Quotenberichte«, las sie vor, »müssen spätestens am zwölften Werktag nach Ablauf jedes Monats eingereicht werden.«

»Was sagt uns das?«, fragte sie Michael.

»Nur das, was offenkundig ist: dass Fielding im Verzug war oder überhaupt aufgehört hatte, Berichte zu schreiben.«

Stella musste an ihr Gespräch mit Peter Hall denken. *Was auch immer in Tommy vorgegangen sein mag,* hatte Hall gesagt, *er hat mir einen Berg Arbeit hinterlassen.*

»Der zweite Punkt«, fuhr Michael fort, »ist der Vertrag zwischen Hall und dieser Baufirma, Alliance Company. Ich weiß nicht, ob es den Gepflogenheiten in der Branche entspricht, aber wenn die Firma garantiert, dass die zwischen Hall und der Stadt vereinbarten Minderheitenquoten eingehalten werden, bekommt sie zehn Prozent vom Anteil der Hall Development an der Kostenersparnisprämie. Das könnte zusätzlich ein paar Millionen bringen.«

Stella überlegte. »Was wissen wir über diese Firma?«

»Bis jetzt kennen wir nur den Namen ihres Präsidenten. Er hat den Vertrag unterzeichnet.«

Stella blätterte rasch zur letzten Seite des Vertrags. Der Name des Präsidenten lautete Lawrence J. Rockwell. Sie musste grinsen. »Larry Rockwell. Das also machen ehemalige Center Fielders, außer dass sie Mitbesitzer von Baseballteams werden. Sie gehen ins Baugewerbe.«

Michael beugte sich vor, stützte die Hände auf die Knie und sah Stella an. »Und kassieren Prämien. Solange Tommy Fielding brav Berichte abliefert.«

»Wollen Sie damit sagen, dass an der Sache etwas faul ist?«

Michael schüttelte den Kopf. »Fieldings Berichte sind beeindruckend. Aber wie Harshman schon sagte, Fielding stand im Kreuzfeuer.«

Schweigend betrachtete Stella das Datum auf Fieldings letztem Bericht. Es war der 9. November – zwei Monate vor seinem

Tod. »Ich frage mich, warum er in Verzug geraten ist. Zu viele Migräneanfälle? Als Zauderer hat ihn niemand beschrieben.«

Michael sagte nichts. Die Umstände, unter denen Fielding gestorben war, ließen Stella keine Ruhe. Die Todesursache war klar, doch sie erschien völlig abwegig.

Frustriert trat sie ans Fenster und starrte zur Baustelle hinüber.

Jeder in Steelton, der an diesem Projekt beteiligt ist, hatte Harshman zu ihr gesagt, *macht garantiert Profit, jeder bis auf die Stadt selbst.*

»Wissen Sie noch, was da vorher war?«, fragte sie.

»Nicht viel. Ein oder zwei alte Lagerhäuser, eine stillgelegte Gleisanlage, ein Privatflugplatz, den niemand genutzt hat. Erwerb und Räumung des Geländes dürften nicht allzu teuer gewesen sein. Hätte die Stadt dort gebaut, hätte sie mit Sicherheit Geld gespart, und zum Wohnen ist die Gegend wahrscheinlich so gut wie jede andere.«

»Nur dass es dort im Frühjahr kalt und windig ist. Der Wind vom See her kommt direkt aus Kanada.« Sie wandte sich Michael zu und fragte: »Wissen wir, wie viel die Stadt dafür bezahlt hat?«

»Nein. Aber das kann ich herausfinden.«

»Das würde mich interessieren«, erwiderte Stella. »Und dann sollten wir uns mal die Baustelle ansehen. Ich möchte mit eigenen Augen sehen, was Tommy Fielding gesehen hat.«

Stella hörte die Anrufe auf dem Anrufbeantworter ab. Einer war von Kate Micelli. Sie rief sofort zurück.

Micelli klang abgespannt. »Ich habe mir die Autopsieunterlagen angesehen«, sagte sie ohne Vorrede. »Fielding hatte das Sandwich kaum verdaut. Das bedeutet, dass er kurz nach dem Verzehr gestorben ist.«

»Was bedeutet ›kurz‹?«

»Knapp eine Stunde später, würde ich sagen.«

»Dann müsste er das Sandwich gegessen haben, nachdem er Tina aufgelesen hat. Und kurz bevor sie gefixt haben.«

»So scheint es. Tut mir Leid, Stella, aber ich muss jetzt nach Scarberry.«

»Weswegen?«

»Eine Nutte in einer Mülltonne. Nat sagt, dass man ihr die Kehle durchgeschnitten hat.«

Plötzlich fröstelte Stella. »Wir treffen uns dort.«

Der Abend dämmerte, und es war kalt und dunstig, als Stella ankam.

Mehrere Streifenwagen parkten vor einer Seitengasse der Flower Street, rote Lichter zuckten im Halbdunkel. Aus einem Fahrzeug, dessen Tür nur angelehnt war, schlug Stella das Rauschen eines Funkgeräts entgegen. Die Scheinwerfer eines anderen Wagens waren in die Gasse gerichtet, tauchten sie in ein unbestimmtes Gelb und verloren sich im Dunkel der hereinbrechenden Nacht.

Dance und Micelli standen zusammen neben einer Mülltonne, in die gerade ein Kriminaltechniker spähte. Am anderen Ende der Gasse sprachen zwei Detectives in Zivil leise mit dem Obdachlosen, den Stella am Morgen gesehen hatte. In der Stille klapperten ihre Absätze laut über den schmutzigen Asphalt.

Dance sah zu ihr herüber. Seine Augen weiteten sich leicht und verrieten seine Überraschung. Was wollen Sie denn hier? sagte seine Miene. Stella hätte ihm dieselbe Frage stellen können. Seit wann interessierte sich der Kripochef für den Tod einer kleinen Hure?

»Was ist passiert?«, fragte sie.

Dance nickte in Richtung des Obdachlosen. »Der da hat sie gefunden, als er nach etwas Eßbarem gesucht hat. Angeblich hat er keine Ahnung, was passiert ist.«

Stella nahm dem Kriminaltechniker die Taschenlampe aus der Hand, trat an die Mülltonne und leuchtete hinein.

Die Frau lag zwischen Kartons, Pappbechern und Fastfood-Verpackungen. Stella sah zuerst die Füße, dann richtete sie den Strahl langsam auf das Gesicht.

Sie starrte Stella an. Doch ihre Augen waren keine Brandlöcher mehr. Das Leben war aus ihnen gewichen, und mit ihm der Zorn.

Stella starrte zurück.

Eine tiefe Schnittwunde klaffte am Hals der Frau. Ihr Kopf war unnatürlich verdreht.

Dann wandte Stella sich an Dance. »Wissen wir, wie sie heißt?«

»Natasha Tillman, laut ihrem Führerschein.«

»Was noch?«

Micelli trat ins grelle Licht. Ihr Habichtsgesicht wirkte jetzt noch strenger, wie ein Porträt von Goya. »Sie liegt schon länger hier, seit gestern Nacht, schätze ich. Der Körper ist kalt, die Leichenstarre hat bereits eingesetzt.«

Stella blickte zu dem Obdachlosen. »Seit wann ist er hier?«

»Seit heute Morgen. Genau weiß er es nicht. Hat wohl seine Armbanduhr zu Hause vergessen.«

Stella verschränkte die Arme. Sie zitterte in der Kälte. Heute Morgen, als sie hier vorbeigekommen war, hatte Natasha Tillmans Leiche schon mehrere Stunden in der Mülltonne gelegen. Sie war offensichtlich in der Nacht davor umgebracht worden, einige Zeit, nachdem Stella Michael Del Corsos Wohnung verlassen hatte.

In der Nacht davor hatte diese Frau in ihrem Wagen gesessen. Weniger um ihr zu helfen, wie sie jetzt vermutete, sondern um Näheres über den Tod Tina Welchs zu erfahren.

Ob sie beobachtet worden waren? Stumm sah Stella zu, wie der Kriminaltechniker in die Tasche von Tillmans Regenmantel fasste. Eine Nagelschere glitzerte in seiner Hand.

Wie Natasha Tillman auch gestorben sein mochte, sie hatte offenbar keine Anstalten gemacht, sich zu wehren. Stella überkam das unbestimmte, aber quälende Gefühl, dass sie Mitschuld an ihrem Tod trug.

Dance trat näher. Sein Atem war wie ein dünner Schleier in der kalten Luft. »Wieso interessiert Sie das?«, fragte er.

Stella sah ihn an. »Welch hat hier in der Gegend gearbeitet«, antwortete sie. Mehr sagte sie nicht.

VIER

Am nächsten Morgen gingen Stella und Michael vom Büro zur Baustelle hinüber.

Es war kalt. Vom Eriesee wehte eine steife Brise herüber, und ihre Mäntel flatterten wie Wäsche auf der Leine. Stellas Gesicht fühlte sich taub an.

»Scheußliches Wetter«, sagte Michael. »Man fragt sich, ob es überhaupt noch mal Frühling wird.«

Das halb fertige Stadion ragte vor ihnen auf wie eine Ruine, und das Gelände davor glich einer Landschaft nach einem Krieg. Nur dass hier Kräne schwenkten, Betonmischer rumpelten, Lastwagen Stahl und Bauholz abluden, eine Männerstimme in der Ferne Befehle brüllte. Hier, wo vor Monaten noch Stille und Verfall geherrscht hatten, schlug für Stella das Herz des Wiederaufschwungs.

Sie blieben im Schatten des Stadions stehen und hoben den Blick zu dem Stahlgerüst, das sich gen Himmel reckte. Von Stellas Fenster aus wirkte der Bau wie ein maßstabgetreues Modell aus dem Baukasten eines Kindes. Doch hier, zu seinen Füßen, fühlte sie seine Größe und Majestät.

»Beeindruckend«, murmelte Michael.

Sie nickte. Zwischen ihnen und dem Stadion stand ein behelfsmäßiger Zaun aus Maschendraht, gut drei Meter hoch, mit einem Tor, das breit genug war, um Lastwagen, Planierraupen und andere schwere Baumaschinen durchzulassen. Stella und Michael gingen zum Tor und hielten dem Wächter, einem uniformierten Schwarzen, ihre Ausweise hin.

Lustlos und mürrisch beäugte er die beiden Besucher, das Weiße in seinen Augen von Wind und Kälte gerötet. Dann sagte er ihnen, sie sollten warten. Sie taten es zitternd, bis der Wächter in Begleitung eines Weißen zurückkehrte, unter dessen Helm ein schwarzer Haarschopf hervorquoll und dessen schmales, wettergegerbtes Gesicht wie ein Streifen Dörrfleisch aussah.

Der Mann stellte sich als Chuck Panos vor, Vorarbeiter der

Firma Farrelli Brothers. Er sparte mit Worten, als habe ihm der Wind die Sprache fortgeweht.

»Wir würden gern mit jemandem von der Alliance Company sprechen«, sagte Stella. »Wenn Sie uns bitte behilflich wären, deren Vorarbeiter zu suchen.«

Panos verschränkte die Arme und verlagerte leicht das Gewicht. »Keine Ahnung, ob der im Moment da ist.«

Michael trat vor, kräftiger als Panos und einen halben Kopf größer. Mit undurchdringlichem Gesicht knurrte er leise, aber deutlich: »Die haben doch einen Bauwagen, oder?«

Es war keine Frage und auch keine Bitte. Panos schaute zu Michael auf, zuckte die Schultern und ließ sie wortlos durch das Tor.

Sie standen am Fuß eines riesigen Stahlpfeilers. Darüber spannte sich ein Netz aus Stahl und Draht, und von oben drangen die Stimmen von Arbeitern herunter. Im Innenraum des Stadions rollten Betonmischer und Bagger über die narbige, gefrorene Erde. Links von ihnen standen im Halbkreis Bauwagen, die mit den Namen von Unternehmen und Subunternehmen beschriftet waren. Panos führte sie an mehreren ramponierten Wagen vorbei, bis sie vor einem anlangten, auf dem »Alliance« stand. Statt sich zu verabschieden, öffnete er selbst die Tür des Wagens und trat vor ihnen ein.

Drinnen war es sauber und kahl. Es gab ein paar Schreibtische mit Resopalplatten und wenigen Papieren darauf. Stella fühlte sich an ein verwaistes Schulzimmer erinnert. Es war niemand da bis auf eine junge Schwarze, die an dem einzigen Tisch mit Telefon saß. Panos deutete mit dem Daumen auf Stella und Michael: »Die suchen den Boss.«

Die Frau schielte durch ihre Nickelbrille. »Mr. Spain?«, fragte sie. »Der ist nicht da.«

Michael trat zwischen Panos und die Frau. »Und wann kommt er wieder?«

Die Frau hob leicht die Schultern. Nach kurzem Schweigen legte Stella ihre Karte auf den Tisch und sagte ruhig, aber bestimmt: »Bestellen Sie Mr. Spain, dass er mich anrufen soll.«

Panos öffnete die Tür und trat zur Seite. Er wartete, bis Stella und Michael hinausgegangen waren, dann schloss er die Tür hinter ihnen.

»Ist Mr. Spain denn im Normalfall hier zu finden?«, fragte Stella sachlich. »Oder sonst jemand?«

Aus dem Augenwinkel sah sie, wie Michael vor sich hin grinste und zu den Arbeitern auf dem Gerüst über ihnen hinaufsah. »Kommt drauf an, wie viel zu tun ist«, antwortete Panos knapp und stapfte in Richtung Tor. Stella folgte ihm, bemerkte aber, dass Michael zurückblieb.

Er drückte sich in der Nähe des Alliance-Bauwagens herum und sah sich, die Hände in den Taschen vergraben, in aller Gemütlichkeit um. Er schien zu pfeifen, zu leise, als dass man es hätte hören können.

Die Hände in die Hüften gestützt, beobachtete ihn Panos, die Ungeduld in Person.

Michael beachtete ihn nicht. Es dauerte einige Zeit, ehe er zu ihnen aufschloss.

Panos öffnete das Tor, und sie traten hinaus. Stella hörte, wie es klirrend hinter ihnen wieder zufiel.

Schweigend gingen sie auf die schmucke Beaux-Arts-Fassade zu, hinter der ihre schäbigen Büros lagen.

»Was ist Ihnen aufgefallen?«, fragte Stella.

»Das Telefon hat nie geklingelt.« Michael wandte sich ihr zu. »Haben Sie Schwarze gesehen?«

»Den Wächter. Die Sekretärin. Einen auf dem Gerüst.«

Michael nickte. »Vielleicht sind sie ja morgen wieder da«, sagte er nach einer Weile. »Mein Vater meinte immer, dass sie keine Kälte vertragen.«

Wieder im Büro, rief Stella Dance an. Er war nicht da, und sie hinterließ ihm eine Nachricht. Keine fünf Minuten später klingelte das Telefon.

»Nat Dance«, sagte die vertraute Stimme. Obwohl scheinbar neutral, klang sie in Stellas Ohren deutlich unterkühlt.

»Gibt es was Neues im Fall Tillman?«, fragte sie.

»Nicht viel. Wie's scheint, hat sie letzte Nacht allein an der Ecke gearbeitet.« Er hielt inne, dann fügte er hinzu: »Ein Hotelangestellter hat sie letzte Nacht während einer Zigarettenpause in einen Wagen steigen sehen, ein älteres Modell, braun, zerbeult. Die Marke hat er sich nicht gemerkt.«

»Hat er sie auch wieder aussteigen sehen?«

Abermals eine Pause. »Er ist weggefahren, mit der Tillman.«

»Ist das alles?«

»Seitdem hat sie keiner mehr lebend gesehen.«

Stella überlegte. »Tillman muss zurückgekommen sein. Warum sollte der Mörder ihr irgendwo anders die Kehle durchschneiden, dann nach Scarberry zurückfahren und sie in die Mülltonne werfen? Das ergibt doch keinen Sinn.«

»Möchte man meinen.«

Täuschte sich Stella, oder hörte sie einen leisen Vorwurf in seiner Stimme? Sie beschloss, das Thema zu wechseln. »Haben Sie bei Ihren Ermittlungen im Fall Fielding auch die Baustelle besucht?«

»Natürlich.«

»Haben Sie mit Leuten von der Alliance Company gesprochen?«

»Ja. Mit einem gewissen Spain.«

»Wer war sonst noch im Bauwagen?«

Dance zögerte. »Er. Eine Sekretärin. Und ein Buchhalter, glaube ich.«

»Und Arbeiter? Hatten Sie den Eindruck, dass genug von ihnen Angehörige von Minderheiten waren?«

»Ich habe sie nicht gezählt. Aber einige waren schon da. Etwa so viel, wie man erwarten durfte.« Sein Ton wurde spitz. »Sie waren wohl dort?«

Stella zögerte. »Ja«, sagte sie knapp. »Praktisch nur Weiße. Weißer geht's nicht. Bei Alliance war nichts los.«

Dance grunzte unverbindlich.

»Hatten Sie Ihren Besuch angekündigt?«, fragte Stella.

Dance schien darüber nachzudenken. »Ja. Ich habe vorher angerufen. Ich wollte mit den Bossen sprechen.«

»Mit wem haben Sie das Treffen arrangiert?«

»Mit Hall.«

Stella dankte ihm und legte auf.

Sie bemerkte, dass Michael in der Bürotür stand.

Er wirkte ganz anders als noch vor wenigen Augenblicken – zögerlich, schüchtern. »Ich frage nur sehr ungern«, sagte er, »aber könnte ich mir Ihren Wagen borgen? Sofias Schule hat angerufen. Sofia hat Bauchschmerzen. Meine Eltern sind beim Einkaufen, und ich bin mit dem Bus gekommen.«

Er klang sehr frustriert. Er hatte sich voll in die Arbeit gekniet und wurde nun schmerzlich daran erinnert, dass die Launen und Bedürfnisse eines Kindes unberechenbar waren. Was Stella als Selbstverständlichkeit betrachtete, war für ihn ein Luxus. Stella vermutete, dass er mit Kollegen nur selten über Sofia sprach. Sie hatte den Eindruck, dass es ihm auch jetzt peinlich war, aber Stella kannte Sofia wenigstens.

»Klar«, antwortete Stella und fischte ihren Schlüsselbund aus ihrer Handtasche. »Ich hoffe, es ist nichts Ernstes.«

»Aber nein. Kindern wird hin und wieder eben schlecht.« Er nahm die Schlüssel. »Eigentlich wollte ich mir heute Nachmittag die Grundstückskäufe für das Stadion vornehmen.«

»Das kann warten.« Stella lächelte. »Sehen Sie nur zu, dass Sie vor sieben zurück sind. Am Schlüsselbund hängt auch mein Hausschlüssel. Ich will hier nicht übernachten.«

Die drei Stunden bis zu seiner Rückkehr vergingen wie im Flug. Zunächst musste sie Leary von der *Press* abwimmeln, der nach »neuen Erkenntnissen« im Mordfall Novak fragte. Dann führte sie eine Reihe von Telefonaten, und dazwischen fand sie immer wieder etwas Zeit, über bestimmte Fragen nachzudenken: Bestand zwischen Fieldings Tod, Tillmans Ermordung und Steelton 2000 ein Zusammenhang? Wer aus der Staatsanwaltschaft konnte die verschwundenen Akten entwendet haben? Weshalb kam ihr Dance irgendwie verdächtig vor? Und dann, als sie mehr Ruhe hatte, fragte sie sich, warum sie niemandem außer Michael von ihrem Treffen mit Tillman erzählt hatte.

Mit der Miene eines geplagten Familienvaters stürmte Michael durch die Tür und warf Stellas Schlüssel auf den Schreibtisch.

»Wie geht es Sofia?«

»Bestens.« Er hielt inne, setzte sich dann abrupt und meinte: »Wissen Sie, was ich glaube? Sie hatte überhaupt nichts mit dem Magen. Sie wollte nur sehen, ob ich wirklich komme.«

Stella musterte ihn. Es war bemerkenswert, wie ein Mann, der Stunden zuvor noch so viel Selbstsicherheit ausgestrahlt hatte, so verletzlich wirken konnte. Ruhig ergänzte sie: »Oder ob Sie auf und davon sind.«

Michael zog die Mundwinkel nach unten, sodass sein markiges Gesicht müde aussah. »Das vielleicht auch. Ja, vielleicht.« Er schien in seinem Stuhl zusammenzusacken. »Ich würde Sie gern zu einem Drink einladen, Stella. Ich könnte jetzt einen vertragen.«

Stella sah ihn an, im Zwiespalt zwischen Vorsicht und freundschaftlichen Gefühlen. »Auch das kann warten«, antwortete sie.

FÜNF

Es dauerte weitere zwei Tage, an denen Stella keinen Schritt weiterkam, ehe Michael sich einen Überblick über die Grundstücksgeschäfte verschafft hatte. Und erst um fünf Uhr nachmittags gewährten ihnen Bright und Sloan eine Unterredung.

»Erzählen Sie ihnen von der Lakefront Corporation«, forderte Stella Michael auf.

Sie blickte in die Runde. Der Bezirksstaatsanwalt saß ein Stück von den anderen entfernt am Kopfende des Konferenztisches, frisch und gepflegt, obwohl er einen Wahlkampftag hinter sich hatte. Sein Zweireiher sah immer noch tadellos aus. Dagegen erinnerte Sloans Aussehen an ein ungemachtes Bett – die Haare zerzaust, die Krawatte schief, und das weiche Kissen seines Bauches drückte gegen sein Hemd. Doch beide waren sichtlich gespannt.

»Der Firma Lakefront«, begann Michael, »hat das Gelände gehört, auf dem jetzt gebaut wird. Und die angrenzenden Grundstücke gehören ihr immer noch.«

Sloan warf Bright einen Blick zu. »Alle?«

»So ist es.«

Sloan wandte sich wieder Michael zu und fragte mit argwöhnischer Stimme. »Seit wann?«

»Sie hat sie im richtigen Moment gekauft«, antwortete Michael ruhig. »Kurz bevor Krajek den Deal mit Hall bekannt gegeben hat.«

Stella beugte sich vor. »Sie wussten Bescheid«, sagte sie zu Bright. »Sie wussten, was Krajek vorhatte und wo das Stadion entstehen sollte. Sie haben billig gekauft und teuer verkauft.«

Bright nahm die Brille ab und putzte sie, während er nachdenklich auf den Tisch starrte.

»Wie teuer?«, fragte Sloan.

Stella sah Michael an. »Mit rund fünf Millionen Dollar Gewinn«, antwortete er.

Bright setzte die Brille wieder auf. Leise fragte er Michael: »Wer verbirgt sich hinter Lakefront?«

»Die Verträge hat ein gewisser Conrad Breem unterzeichnet, wer immer das ist.« Michaels Ton wurde ironisch. »Offensichtlich ein gerissener Geschäftsmann. Um nicht zu sagen ein Hellseher.«

»Oder ein Strohmann.« Sloan wandte sich an Bright. »Krajek muss davon gewusst haben, Arthur. Ich wette mit Ihnen um vier Jahresgehälter, dass Tom Krajeks Busenfreunde hinter Lakefront stecken.«

»Möglich«, erwiderte Bright bedächtig. »Aber manchmal haben Leute eben einen guten Riecher, speziell Immobilienhaie. Wo sonst sollte man in der Innenstadt ein Stadion bauen?« Bright wandte sich an Stella. »Warum sind unsere Freunde von den Medien nicht dahinter gekommen, was mit Lakefront los ist?«

»Weil die Spuren geschickt verwischt worden sind«, warf Michael ein. »In den meisten Fällen hat Lakefront die Firma gekauft, der das Grundstück gehört hat, und es dann unter deren Namen weiterverkauft. Ich habe zwei Tage gebraucht, um das herauszufinden, und ich weiß immerhin, wo man suchen muss.«

»Sind Sie immer noch der Meinung, dass hier alles mit rechten Dingen zugeht?«, fragte Sloan seinen Chef. »Das ist ein ausgemachter Immobilienbetrug. Irgendjemand verdient sich eine goldene Nase.«

»Wer?«, fragte Bright.

»Derjenige«, antwortete Stella, »der hinter Lakefront steckt. Michael meint, es wird eine Weile dauern, bis wir das herausgefunden haben.«

»Ich müsste im Handelsregister nachsehen«, erklärte Michael. »Doch selbst das bringt uns nicht unbedingt weiter. Man stößt unter Umständen auf eine Reihe von Scheintochterfirmen, die jeweils der nächsten gehören, bis man schließlich bei einem Laden auf Bimini landet, der weiß der Himmel wem gehört.«

»Ob uns das weiterbringen würde?«, warf Sloan ein. »Wer sich so viel Mühe gibt, ist ein Gauner.«

Bright sah ihn an. »Wer?«, wiederholte er leise.

Stella begriff, dass die Interessen der beiden Männer in diesem Punkt auseinander gingen, und zwar deutlicher, als sie sonst zu zeigen bereit waren. Die demokratischen Vorwahlen, obwohl für den Ausgang der Bürgermeisterwahl entscheidend, fanden erst in drei Monaten statt. Bright wollte nicht den Eindruck erwecken, er lasse sich zu einer Verzweiflungstat hinreißen, und Sloan fürchtete, Bright könnte unterliegen und damit seine Hoffnungen zunichte machen, ihn zu beerben. Ausnahmsweise einmal, dachte Stella, waren sie und Sloan Verbündete. Doch sie verstand Bright. Er war immer noch Bezirksstaatsanwalt, und von seiner Umsicht hing die Glaubwürdigkeit der Behörde ab.

»Stellen Sie Krajek zur Rede«, beharrte Sloan. »Fragen Sie ihn bei der nächsten Diskussion.«

»Und was soll ich sagen, wenn Tom im Gegenzug mich fragt, wer sich hinter Lakefront verbirgt? Soll ich ihn attackieren wie

Charles Laughton in *Zeugin der Anklage,* attackieren und fragen: ›Sagt Ihnen der Name Conrad Breem etwas?‹«

Sloan ließ sich nicht irritieren. »Sie setzen eine Anklagejury ein. Und rufen Mr. Breem in den Zeugenstand.«

»Wozu?« Brights Sarkasmus war nun offenkundig. »Bevor man jemanden in den Zeugenstand ruft, sollte man wissen, was man ihn fragen will.«

»Das wissen Sie doch«, bellte Sloan. »Wem gehört Lakefront? Warum haben Sie diese Grundstücke aufgekauft? Wer hat Ihnen gesagt, dass Sie sie kaufen sollen?«

»Es wäre schön«, warf Stella ein, »wenn wir auch die Antworten kennen würden. Wir sollten zumindest herausfinden, wer dieser Breem ist.«

»Das könnten Sie übernehmen«, sagte Bright zu Michael. »Anschließend nehmen Sie sich das Handelsregister vor.« Er wandte sich an Sloan, im Ton jetzt versöhnlicher. »Ich kann nicht auf einen bloßen Verdacht hin eine Anklagejury einsetzen, Charles. Das wissen Sie.«

Sein sonst so zappeliger Stellvertreter rührte sich nicht. Langsam, aber mit Nachdruck erwiderte Sloan: »Dazu ist sie da.«

»Nicht so kurz vor einer Wahl. Wir haben zu wenig handfeste Anhaltspunkte.«

Stille trat ein. »Vielleicht haben wir doch etwas«, sagte Stella schließlich. »Eine Sache im Zusammenhang mit Tommy Fielding ist doch recht fragwürdig.«

Bright wirkte bestürzt. »Was?«

»Es geht um das Minderheiten-Generalunternehmen Alliance. Wie sich herausgestellt hat, ist Larry Rockwell sein Präsident.« Sie hielt inne und blickte zu Sloan. »Vor zwei Tagen waren wir im Stadion. Alliance hat zwar einen Bauwagen, aber von der Firma war kaum jemand da. Und auf der gesamten Baustelle waren ungefähr so viele Afroamerikaner wie in diesem Raum.«

Bright lächelte frostig. »Krajek, der Freund unserer schwarzen Mitbürger. Steelton 2000 ist für uns ein wahrer Segen.«

»Diesen Eindruck erwecken auch Fieldings Quotenberichte, die von der Stadt abgesegnet wurden. Nur leider ist er gestorben, nachdem er mit seinen Berichten zwei Monate in Verzug geraten war.« Stellas Ton wurde spitz. »Sie sagten, Sie hätten gehört, dass kompetente schwarze Firmen keine Aufträge bekommen haben.«

Bright wandte sich ab und starrte nachdenklich aus dem Fenster.

»Wollen Sie damit andeuten«, sagte Sloan zu Stella, »dass Larry Rockwell eine Art Allzweck-Strohmann ist?«

»Ich weiß es nicht. Wir wissen nur, dass die Firma Alliance einen ordentlichen Batzen von der Kostenersparnisprämie abbekommt, wenn sie dafür sorgt, dass die MBE-Quoten erfüllt werden. Aber natürlich nur, wenn Fielding seine Berichte abliefert und der zuständige Beamte der Stadt sie absegnet.«

Stella bemerkte, dass Bright wieder aufmerksam zuhörte. »Wer bekommt sonst noch Geld außer Alliance?«, fragte Sloan. »Wenn MBEs dafür bezahlt werden, dass sie keine Leistung erbringen, und Alliance dafür bezahlt wird, dass sie Aufträge bekommen, wird die Hall Development doppelt beschissen.«

Michael grinste. »Genau.«

»Aber«, warf Bright ein, »Fielding hat doch die Berichte als Halls Bevollmächtigter abgeliefert, und die Stadt hat sie abgesegnet. Es sei denn, er und die städtischen Beamten haben gemeinsame Sache gemacht und seinen Chef betrogen.«

Sloan nickte. »Was mich daran stört, ist, dass wir vor aller Welt erklären müssten, dass Larry Rockwell nur ein Alibischwarzer ist.«

Stella wandte sich an Bright. »Vielleicht könnten wir Rockwell vor die Anklagejury bringen. Dazu ist sie da.«

Bright lachte laut, ein bellendes, freudloses Lachen. Sloan starrte Stella mit offener Feindseligkeit an. »Sie haben mit dem Mist angefangen. Was soll uns das bringen?«

Bright hob beschwichtigend die Hand. »Wir wollen uns doch vertragen.«

»Wir könnten uns zunächst mal Fieldings Unterlagen ansehen«, schlug Michael vor. »Die Kopien der Quotenberichte, Rechnungen von Alliance und schwarzen Subunternehmen.«

Bright wandte sich von Michael ab und sah Stella an. »Wenn wir Indizien hätten, die dafür sprechen, dass Fielding möglicherweise ermordet worden ist, wären wir längst nicht so angreifbar.«

Stella hielt seinem Blick stand, doch ihr Gewissen regte sich. Bright zu täuschen, widerstrebte ihr, auch wenn sie manchmal verdrängen konnte, dass sie ihr Treffen mit Natasha Tillman allen außer Michael verschwiegen hatte. Oder dass sie, aus Scham oder irgendeinem anderen Grund, Michael nichts von Tillmans Tod erzählt hatte. Aber in dieser Runde wurde so getan, als habe Natasha Tillman niemals existiert. Ob Bright oder Sloan von ihr wussten, zum Beispiel durch Dance, vermochte sie nicht zu sagen.

Stirnrunzelnd brach Bright das Schweigen: »Gibt es etwas Neues über Jack?«

»Nichts«, antwortete Stella. »Keinen Täter, kein Motiv.«

Brights Blick wurde wieder reserviert. »Fühlen Sie diesem Breem auf den Zahn«, sagte er zu ihr. »Anschließend nehmen Sie sich Fieldings Unterlagen vor. Hall wird Wind davon bekommen, was Sie treiben, aber lassen Sie ihn über Ihre Gründe im Unklaren. Und seien Sie diskret.«

Seine Haltung machte deutlich, dass das Gespräch damit beendet war. Sloan fuhr sich mit den Fingern durchs Haar, den Blick auf den Tisch gerichtet. Offenbar wusste er nicht recht, was er von der Entwicklung halten sollte. Im Moment hatte Stella mit Sicherheit die besseren Karten.

Michael folgte Stella in ihr Büro. Er warf einen Blick in den Flur, dann schloss er die Tür hinter ihnen.

»Und?«, fragte sie.

Er lehnte sich gegen die Tür. »Keine Ahnung.«

Sie schüttelte den Kopf. »Ich arbeite jetzt seit dreizehn Jahren mit Arthur zusammen und werde immer noch nicht schlau aus ihm. Aber er hat Recht. Wir müssen vorsichtig sein. Wir haben nicht sehr viel in der Hand, und eine Anklagejury in Sachen Steelton 2000 könnte ihn den Kopf kosten. Das hat auch Sloan begriffen, als die Rede auf Larry Rockwell kam.«

Michael grinste. »Sie haben mit harten Bandagen gekämpft.«

Aber im Rahmen des Erlaubten, dachte Stella. Bis ich nicht mehr wusste, was noch erlaubt war. Schulterzuckend antwortete sie: »Wir haben, was wir wollten. Vorläufig wenigstens.«

Einen Augenblick lang sah er sie fragend an.

»Und jetzt«, sagte sie, »muss ich ein paar Leute anrufen.«

Er wandte sich zum Gehen, zögerte aber. »Ich wollte Sie noch etwas fragen.«

Stella machte sich auf eine Frage nach Tillman gefasst. »Heraus damit.«

»Sofia hat sich gefragt…« Er unterbrach sich, lächelte kurz. »Wir beide haben uns gefragt, ob Sie am Samstag etwas Zeit hätten. Vielleicht am Nachmittag.«

Der letzte Satz klang wie eine Entschuldigung. Ich weiß, dass Sie sehr beschäftigt sind, schien er sagen zu wollen, ich möchte Sie nicht von der Arbeit abhalten.

Stella war überrascht. »Ich weiß nicht recht.« Sie schob nicht die Arbeitsbelastung als Grund vor, aus ihrer Stimme sprachen andere Zweifel.

Er schien darüber nachzudenken, dann gab er sich einen Ruck. »Ich will neue Freunde finden«, sagte er zu ihr. »Und Sofia auch. Sie sollen kein Ersatz für Maria sein.«

Seine Direktheit beruhigte Stella etwas. Trotzdem gab es noch viel zu bedenken. »Ich werde es mir überlegen«, antwortete sie.

Wieder allein, überlegte Stella angestrengt, was sie ihm antworten sollte. Alles wäre leichter gewesen, wenn sie für Sofia oder, wie sie sich eingestehen musste, für Michael nichts empfunden hätte. Zu weit durfte sie nicht gehen. Sie wusste nicht, was er unter »Freund« verstand, und eine Freundschaft unter Kollegen war das Äußerste, was sie einem Mann bieten durfte, der für sie arbeitete.

Stella rief sich in Erinnerung, dass sie einige Leute anrufen musste. Der Erste war Dance.

»Wir haben über Fielding gesprochen«, sagte sie. »Charles, Arthur und ich. Gibt es etwas, was wir wissen sollten?«

Die Frage war weit gefasst, doch Dance zog es vor, sie eng auszulegen. »Sie wollten wissen, ob er auf Pornographie stand. Fehlanzeige. Er hat weder Magazine abonniert, noch hat er sich in Pornoläden herumgetrieben. Vielleicht hat er die *Black Beauties* geschenkt bekommen.«

»Finden Sie das nicht merkwürdig?«, hakte Stella nach.

Längeres Schweigen folgte. »Sie?«, fragte Dance leise. »So merkwürdig wie die Sache mit der Tillman, meinen Sie?«

Stella lehnte sich zurück.

Die Stimme des Kripochefs wurde flach. »Sie können mit mir reden, Stella. Jederzeit.«

Bevor sie antworten konnte, legte Dance auf.

Die Fahrt nach Hause kam ihr lang vor.

Gedankenverloren stapfte sie die Eingangstreppe hinauf, öffnete mechanisch die Tür und zog sie hinter sich zu. Dann spürte sie etwas unter ihren Füßen und hörte ein Knacken.

Sie zuckte zurück und fasste nach dem Lichtschalter an der Wand. Sie verfehlte ihn, tastete umher und fand ihn schließlich. In der Diele und im Wohnzimmer ging das Licht an. Wie es sein sollte.

Das Prager Jesuskind lag zu ihren Füßen, in Scherben. Der Kopf war abgeschlagen, nur der Umhang war unversehrt.

Tränen traten ihr in die Augen.

Irgendwas stimmte nicht. Ganz und gar nicht.

Der Wandschalter.

Stella bekam eine Gänsehaut.

Jeden Abend, wenn sie nach Hause kam, knipste sie ihn an und schaltete damit die Lampen in Diele und Wohnzimmer zeitgleich an. Die Gewohnheit einer Frau, die allein lebte. Ein Schnipsen mit dem Finger, das dunkle Haus erstrahlte, sie fühlte sich sicherer. Nur nicht heute Abend.

Im Haus war es dunkel gewesen, doch der Schalter hatte nach oben gestanden. Jemand war ins Haus eingedrungen, hatte die

Figur zerschlagen, jede Lampe einzeln abgeschaltet und den Wandschalter in seiner Stellung belassen. Mit oder ohne Absicht.

Im Haus war es still.

Star war nicht da. Eigentlich müsste die Katze ihr jetzt um die Beine streichen, Futter oder Zuwendung fordern. Nur dieser Umstand hielt Stella davon ab, sofort wieder zu gehen.

Sie blieb stehen und lauschte.

Stille.

Mit einem mulmigen Gefühl suchte sie das Erdgeschoss ab – Wohnzimmer, Esszimmer, Küche – und überprüfte alle Fenster und Türen. Kein Hinweis auf einen Einbruch, keine Spur von der Katze.

Langsam stieg sie die Treppe hinauf. Oben zögerte sie ängstlich. Schließlich schaltete sie das Licht im oberen Flur an.

Das Schlafzimmer war leer. Dann bemerkte Stella eine leichte Mulde in ihrer Tagesdecke.

Sie sah sich um und kniete sich auf den Boden. Aus dem Dunkel unter dem Bett starrten ihr grüne Augen entgegen.

Star hatte sich vor dem Eindringling versteckt.

Stella streckte die Arme nach ihr aus, und Star leckte an ihrem Zeigefinger. Sie zog die Katze hervor und nahm sie auf den Arm. »Keine Angst, mein Liebling. Ich bin ja da.«

Die Katze kraulend, suchte sie das restliche Haus ab.

Nichts.

Zögernd ging sie wieder nach unten und gab der Katze etwas zu fressen. In der Diele starrte sie auf die zerbrochene Figur.

Dann fegte sie die Scherben zusammen. Sie schlief erst im Morgengrauen ein.

SECHS

Am Samstagmorgen saß Stella in ihrem Büro.

Draußen war es grau wie bei Einbruch der Dämmerung. Ein windgepeitschter Schneeregen ging nieder und verdunkelte die Stadt und die Stahlpylonen des Stadions, die gespenstisch aus dem Grau ragten. Vor ihr auf dem Schreibtisch lagen die Leichenfotos von Tommy Fielding und Tina Welch.

Sie sagten ihr nichts Neues. Fielding wirkte immer noch wie ein Adonis, den der Schlaf übermannt hatte, Welch dagegen ausgebrannt, lebensmüde. Die Spritze steckte noch in ihrem Arm. Doch inzwischen hatte sich vieles verändert. Stella hatte mit zwei Zeugen gesprochen, deren Aussage Fielding mit Scarberry in Verbindung brachte – Curran und eine Prostituierte. Und die Zeugin, die Welch in sein Auto hatte steigen sehen, war ermordet worden. Und jetzt war auch noch jemand in Stellas Haus eingedrungen.

Star war eine lebhafte Katze. Es war durchaus möglich, dass sie die Figur heruntergestoßen und sich dabei erschreckt hatte. Doch was den Lichtschalter anging, war sich Stella ihrer Sache ziemlich sicher, und wenn sie genauer darüber nachdachte, glaubte sie auch die Motive des Eindringlings zu kennen. Er hatte nichts gestohlen und bis auf die Figur nichts beschädigt. Der heimliche Besuch war eine Warnung: Stella sollte sich bedroht fühlen und, wenn sie sich Hilfe suchend an Bright oder die Polizei wandte, als Paranoikerin dastehen. Was so abwegig gar nicht war, dachte sie trübselig, denn mittlerweile traute sie keinem Menschen mehr.

Sie betrachtete das Foto von Tommy Fielding. Ein friedlicher Ausdruck lag auf seinem Gesicht. Stella konnte sich gut vorstellen, wie er sich ein Sandwich machte und ein halbes Bier trank, nicht aber, dass er nach Scarberry fuhr, was er vorher getan hatte, oder sich von Welch eine Spritze setzen ließ. Ebenso unvorstellbar war für sie, dass Jack Novak in schwarze Nylonstrümpfe schlüpfte und sich von einem gehässigen Sexpartner an die Schranktür hängen ließ.

Wer hatte ihn in jener Nacht angerufen? Wer konnte ihn so einschüchtern, dass er das Liebesspiel mit Missy Allen unterbrach, und war doch ein so guter Bekannter, dass er ihm einen Scotch einschenkte? Oder log Missy Allen? Ein anderer Gedanke kam Stella in den Sinn: Jacks Mörder hatte nicht mehr Spuren hinterlassen als der Unbekannte, der in ihr Haus eingedrungen war. Nur das, was gefunden werden sollte – eine zerbrochene Figur, eine verstümmelte Leiche.

Stella schlug die gelben Seiten auf und rief zwei Firmen für Sicherheitstechnik und Alarmanlagen an. Dann legte sie die Fotos der beiden Toten weg und fuhr nach Warszawa.

Kaum hatte Stella St. Stanislaus betreten, spürte sie, wie die Kirche sie umfing.

Michael und Sofia standen reglos neben ihr und schwiegen. Das kleine Mädchen blickte mit großen Augen zu der mächtigen Decke empor, die sich in schwindelnder Höhe über ihnen wölbte, und Stella musste daran denken, dass sie in Sofias Alter nirgendwo eine so tiefe Ehrfurcht empfunden hatte wie hier. Und dann ergriff Sofia ihre Hand.

Stella erschrak, wie klein die Hand war. Wie zart musste Sofia sein. Doch sie hatte so wenig Erfahrung mit Kindern, dass sie diesen Augenblick, unter dem Eindruck ihrer Kindheitserinnerungen, wie im Traum erlebte.

Eigentlich wunderte sich Stella, dass sie überhaupt gekommen war. Michael hatte Stella am Morgen angerufen und gefragt, ob sie sich zum Lunch treffen wollten. Stella hatte in der Küche ihres allzu stillen Hauses gestanden und an den leeren Platz gedacht, den das Prager Jesuskind ihrer Mutter hinterlassen hatte, und dann hatte sie Michael gefragt, ob Sofia schon einmal in Warszawa gewesen sei.

Jetzt ging sie neben Sofia in die Hocke. »Was hast du?«, fragte sie.

»Sie ist so groß«, antwortete Sofia. »Ich habe Angst.«

Ich auch, dachte Stella, und mehr, als ich dir sagen kann oder mir selbst bewusst ist. »Hatte ich früher auch«, erwiderte sie. »Dann habe ich mir gesagt, wie schön es hier ist, und das hat mich beruhigt. Soll ich sie dir zeigen?«

Sofia sah Stella ernst an. Dann streckte sie die Arme aus. Stella begriff, was das Kind wollte. Sie hob Sofia hoch. Sie war federleicht in ihren Armen, Stella spürte, wie sie atmete.

Michael vergessend, standen sie im Mittelschiff.

Mit leiser Stimme erzählte Stella dem Mädchen von den Stahlarbeitern, die hierher gekommen waren. Von den Fresken und von Familien wie der ihres Urgroßvaters, die durch jahrelangen Verzicht und Selbstaufopferung die Kosten für den Bau der Kirche aufgebracht hatten. Von den folgenden drei Generationen, die wie ihre Schwester Katie hier geheiratet hatten. Sie erzählte nur von den schönen Seiten, alles andere ließ sie aus: den hässlichen Teil der Legende, wie das Buntglasfenster, auf dem die Ermordung des heiligen Stanislaus dargestellt war, und den hässlichen Teil der Realität, wie dass sie von der Hochzeit ihrer Schwester Katie ausgeschlossen worden war. Dazwischen sprach sie über die Kindheit, die sie sich gewünscht hätte.

Stella erzählte von den Hochzeiten, den Tanzfesten, der Schule nebenan, dem Geruch nach Kohl oder den Piroggen ihrer Mutter – halbmondförmigen Pasteten aus Hefeteig, gefüllt mit Kartoffeln und Käse, die so köstlich schmeckten, dass ihre Mutter das Rezept wie ein Geheimnis hütete. Unerwähnt ließ sie die Verbitterung ihres Vaters, die Angst ihrer Mutter, ihr fehlendes Verständnis für ihre Tochter, die Konsequenzen, die sie daraus zog. Doch Stella wusste, dass es darauf nicht ankam. Sofia wollte nur ihre sanfte Stimme hören, mehr nicht.

Nach einer Weile rutschten sie in eine Kirchenbank aus poliertem Roteichenholz.

Sofia war jetzt ganz still. Die Geschichten aus Stellas Kindheit hatten sie beruhigt. Doch so schmerzlich die ganze Wahrheit auch sein mochte, diese Kirche war noch immer ein Teil von Stella. Die ledergebundenen Bände, in denen Tausende von Geburten und Sterbefällen, Hochzeiten und Taufen verzeichnet waren; das Denkmal neben der Kirche mit der Inschrift *Ku Wiecznej Pamieci* und den Namen der zweiundsiebzig Männer, die wie ihr Großonkel im Zweiten Weltkrieg gefallen waren; die ungebrochene Treue der Polen zu dieser Stadt, die wegen Amasa Halls Habgier ihre neue Heimat geworden war, eine Treue, die Halls Nachkommen der Stadt nicht bewahrt hatten. Stella verspürte eine innere Ruhe, endlich einmal war sie unbelastet von Mord, Verrat, ihrer eigenen Angst. Und so saß sie da, mit dem Kind einer anderen Frau, das sich an sie schmiegte und dessen Vater nun neben ihnen Platz nahm. Von ihnen abgesehen war St. Stanislaus leer.

Irgendwann fragte Michael: »Backen Sie Piroggen wie Ihre Mutter? Oder hat sie das Rezept auch vor Ihnen verheimlicht?«

Stella musste lächeln. Er hatte also zugehört. »Ich verstehe mich besser darauf, Leute vor Gericht zu bringen. Aber wenn Sofia mir zur Hand geht, könnte es vielleicht klappen.«

Stellas und Sofias Piroggen erinnerten nur entfernt an die sauber geschwungenen Halbmonde der Helen Marz. Doch der Duft aus Stellas Küche machte den Piroggen ihrer Mutter alle Ehre.

»Wenn du ihm nicht verrätst, wie komisch sie aussehen«, sagte Stella, »halte auch ich den Mund.«

Sofia konnte nicht wissen, wie komisch sie aussahen. Doch ihre Augen funkelten vor Freude über ihre Verschwörung. Stella erinnerte sich, dass Kinder von Erwachsenen vor allem ernst genommen und um ihrer selbst willen geliebt werden wollen. Mit einem Holzlöffel schubste Sofia die unförmigen Piroggen in eine Schüssel. »Ist es so richtig?«, fragte sie.

Das Prinzip war so ziemlich dasselbe wie in der Medizin, dachte Stella – vor allem keinen Schaden anrichten. So gesehen, konnte Sofia ihr Abendessen kaum verderben. Doch plötzlich fragte sich Stella, ob dasselbe auch für eine Fremde galt, die in einem Augenblick der Einsamkeit und Schwäche Sofia angesehen und sich dabei vielleicht allzu bereitwillig an sich selbst erinnert hatte.

»Prima«, versicherte Stella ihr.

Nach dem Essen spülte Michael das Geschirr. Stella und Sofia saßen auf dem Sofa, und Star lag ausgestreckt zwischen ihnen. Sofia tätschelte die Katze, die skeptisch zu Stella schielte.

»Woher hast du Star?«, fragte Sofia.

Also erzählte ihr Stella die Geschichte – wie die Katze halb verhungert in einem Keller gefunden und ins Tierheim gebracht worden war. Sofia hörte kommentarlos zu und betrachtete Star nachdenklich. Als die Geschichte zu Ende und die Katze gerettet war, beugte sie sich tief zu Star hinunter und sagte: »Na, jetzt bist du ja in Sicherheit.«

Stumm sah Stella zu, wie Sofia das Tier streichelte, und sann über die großen und kleinen Veränderungen nach, die mit dem Erwachsenwerden einhergingen. Sie war davon überzeugt, dass vieles im Leben vorherbestimmt war. Sie selbst war ihren Eltern vielleicht schon bei der Geburt fremd gewesen. Doch Sofias Mutter hatte ihr Kind verlassen und dadurch dessen Welt in den Grundfesten erschüttert. Und sie hatte Vater und Tochter die Bürde aufgeladen, mit dem Schmerz des anderen fertig zu werden. Es war erstaunlich, wie gern das Kind mit einer Frau zusammen war, die es kaum kannte.

»Wir können keine Katze halten«, sagte Sofia. »Es ist niemand da, der sich um sie kümmern kann.«

Stella konnte nicht in ihrer Miene lesen. Die Augen unter den langen, ungewöhnlich dichten Wimpern blieben auf Star gerichtet. Doch Sofias Ton war nicht Mitleid heischend. Ihre Bemerkung war eine Feststellung. Sofia, das Kind, wünschte sich eine Katze, und Sofia, die Frau und Partnerin ihres Vaters, nahm Rücksicht auf ihre Lebensumstände.

»Star ist den ganzen Tag allein«, sagte Stella zu ihr. »Es scheint ihr nichts auszumachen.«

Das Kind hob den Blick. »Aber sie hat ja dich.«

Stella bemerkte, dass Michael mit einer Videokassette in der Tür stand. Sie wusste nicht, wie lange er ihnen schon zusah. »Ich habe mir gedacht, ich lege *Schweinchen Babe* ein«, sagte er zu Sofia. »Vielleicht kann Stella uns zeigen, wo wir es abspielen können.«

Die beiden Erwachsenen saßen auf dem Sofa und tranken Scotch mit Eis. Unterdessen sah sich Sofia oben in Stellas Schlafzimmer an, wie Schweinchen Babe dem Schlachtermesser entging, mindestens zum fünfzehnten Mal nach Michaels Schätzung.

»Sie mag Geschichten von wunderbaren Rettungen«, sagte Michael trocken.

Fragt sich nur, in welcher Rolle, dachte Stella bei sich und antwortete: »Sie mag es, wenn ich ihr von Star erzähle. Aber das würde wohl den meisten Kindern gefallen.«

Michael schüttelte ernst den Kopf. »Das ist nicht der einzige Grund. Sie können gut mir ihr umgehen.«

Nein, dachte Stella, ich bin bloß egoistisch und habe Gesellschaft gebraucht. Aber sie wollte ihm keine Erklärung geben. Stattdessen nahm sie noch einen Schluck von ihrem Scotch.

»Wie waren Sie in dem Alter?«, fragte Michael.

Stella lachte. »Mit sieben? Ein Wildfang. Einige finden, ich bin es immer noch. Ich war nicht so wie die anderen Mädchen in unserer Gegend.«

Michael lächelte. »Wollten Sie denn so sein?«

»Ich habe nie geglaubt, dass ich es sein könnte. Aber ich hatte Glück. Als ich älter wurde, schien sich niemand mehr daran zu stören.«

Sie erzählte ihm nicht, wie Wanda Lutoslawski, ihre Nachbarin, sie genannt hatte: »die eigenwillige Katze«. Und das in einem Ton, der an Bewunderung grenzte. Und sie konnte ihm auch nicht sagen, wie erleichtert sie gewesen war, als sie feststellte, dass andere in ihr eine Leitfigur sahen, ein Mädchen, das sich nie umblickte, um zu sehen, wer ihm folgte. Wenn der Preis Einsamkeit war und der Eindruck, dass sie nichts und niemanden brauchte, so wurde sie dafür mit dem Respekt der anderen und Selbstachtung entschädigt. Erst bei Jack Novak hatte sie sich gefragt, wie sie sein sollte. Seitdem hatte sie niemanden mehr so nahe an sich herangelassen, dass er ihr wehtun konnte.

Michael sah ihr ins Gesicht. »Sie treffen doch sicherlich noch Leute, mit denen Sie aufgewachsen sind.«

»Meistens in der Kirche.« Stella überging die Jahre, in denen sie St. Stanislaus ferngeblieben war und damit die Entscheidung ihres Vaters respektiert hatte, als sei es ihre eigene gewesen. »Sie erzählen mir von ihren Kindern«, fuhr sie lächelnd fort, »und fragen mich nach Mordprozessen. Einige Frauen nennen mich immer noch Star.«

Michael erwiderte ihr Lächeln. »Für das lateinische Wort ›Stella‹.«

Stella nickte. »Das fing in der neunten Klasse an, als ich Margaret Stupak aus unserem Basketballteam erzählte, dass ich meinen Namen nicht leiden könne. Schon verrückt, woran sich die Leute erinnern. Außerhalb von Warszawa kennt mich kein Mensch unter dem Namen.«

»Also haben Sie ihn der Katze gegeben.«

Stella streckte die Hand aus und kraulte Star an der Stirn, ihrer Lieblingsstelle. »Nein«, erwiderte sie, »sie hat ihn sich genommen.«

Danach saßen sie eine Weile schweigend im Licht der Wohnzimmerlampe. Michael hatte offensichtlich keine Lust, Konversation zu machen, nur um etwas zu sagen, und Stella fand das beruhigend. Nichts anderes brauchte Sofia von ihr – das Gefühl, dass es ihr genügte, mit einem Kind zusammen zu sein, und dass sie nicht mehr wollte.

»Spricht Sofia eigentlich oft von Maria?«, fragte Stella.

Michael blickte in sein Glas. »Nicht oft. Meistens sind es Erinnerungen.«

Stella überlegte kurz, ob sie weitersprechen sollte. »Sofia weiß es. Sie weiß, dass Maria nicht zurückkehrt.«

»Wie kommen Sie darauf? Weil sie verunsichert ist?«

»Ja, auch. Und weil ich das Gefühl habe, dass sie auf Sie aufpasst.« Stella senkte die Stimme. »So als ob sie wüsste, dass Sie ebenfalls leiden.«

Michael rutschte nachdenklich hin und her. Einmal mehr fiel Stella der Gegensatz auf zwischen seiner Männlichkeit, seinem selbstsicheren Auftreten und seiner Unsicherheit als Vater.

Sie beugte sich zu ihm hinüber. »Sofia erinnert mich daran, wie ich selbst in dem Alter war. Ich habe Dinge gespürt, ehe ich sie in Worte fassen konnte. Zum Beispiel, wie unglücklich meine Eltern waren. Und dass mein Vater zornig war, weil er Angst hatte. Auch Sofia spürt gewisse Dinge. Ich glaube nicht, dass ihr verborgen geblieben ist, was Maria Ihnen und ihr angetan hat. Deshalb ist es wichtig, dass Sie Sofia helfen, darüber hinwegzukommen, so gut es eben geht.«

Mit zusammengekniffenen Augen blickte Michael auf das Sofa. »Vielleicht ist sie deshalb so gern mit Ihnen zusammen. Sie sind lustig und unbeschwert.« Er hob den Kopf und sah Stella in die Augen. »Und wenn Sie da sind, macht sie sich möglicherweise keine Sorgen um mich.«

»Und das wiederum macht mir Sorgen.«

»Warum?«

Stella holte Luft. »Weil ich fürchte, dass ich sie am Ende enttäuschen könnte, ohne es zu wollen. Und das wäre das Letzte, was sie jetzt braucht.«

Michael verzog die Mundwinkel zu einem Grinsen. »Dass die Maria in ihrer Phantasie durch eine Stella ersetzt werden könnte.«

Er sprach es offen aus, und mit einem Mal kam sich Stella überheblich vor. »Sofia will einen Ersatz, auch ohne unser Zutun«, erwiderte sie. »Solche Gefühle brauchen ein Ventil, Michael. Deshalb habe ich gezögert, Ihre Einladung für heute anzunehmen.«

»Dann sollten wir vielleicht darüber reden.«

Sein Ton war ruhig, sachlich. Doch Stella hatte eine Vorahnung und spürte, wie ihr das Blut in die Wangen schoss.

»Ich habe Sie nicht Sofias wegen eingeladen«, sagte er. »Sondern weil ich selbst Sie sehen wollte.«

Stella sah ihn schweigend an.

Er neigte den Kopf. »Ich hoffe, das ist Ihnen nicht unangenehm.«

Sie schüttelte den Kopf. »Es ist mir nicht unangenehm.«

»Aber Sie haben jemanden.«

»Nein. Da ist niemand. Aber wir arbeiten zusammen, Michael. Wie viele Büroliebschaften enden damit, dass sich zwei Menschen nicht mehr in die Augen sehen können?«

»Trauen Sie mir so etwas zu?«, fuhr Michael auf und sagte dann leiser: »Ich bin gern mit Ihnen zusammen, und ich fühle mich zu Ihnen hingezogen. Das ist das erste Mal seit Maria, dass ich so etwas empfinde.«

Einen verwirrenden Moment lang stellte sich Stella vor, wie es wäre, mit ihm zu schlafen. Sie hatte einen Kloß im Hals. Sie hatte zu Unrecht geglaubt, dass sie für ihn nur freundschaftliche Gefühle empfand.

»Auch ich bin gern mit Ihnen zusammen«, erwiderte sie, »und ich mag Sofia, sogar sehr. Aber wenn wir versuchen, mehr als Freunde zu sein, werden wir uns nur gegenseitig wehtun. Sie lieben Maria immer noch – zumindest die Frau, die Sie in ihr gesehen haben. Und ich bin vermutlich zu egozentrisch. Das wäre nicht gut für Sie und Sofia.«

Michael legte einen Arm auf die Rückenlehne des Sofas. Ruhig fragte er: »Glauben Sie das wirklich?«

Stella hätte gern nein gesagt. Doch sie war sich nicht sicher. »Sie waren zwölf, als Sie sich für Maria entschieden haben. Jetzt wollen Sie mit einer Frau zusammen sein, für die Sie sich als Mittdreißiger entschieden haben. Aber Sie werden einige Zeit brauchen, bis Sie herausgefunden haben, was für ein Mensch sie ist.«

Michael stellte sein Glas auf den Tisch, und dann beugte er sich vor und berührte Stellas Arm. Sie dachte an New York, an das erste Mal, das letzte Mal, als er sie berührt hatte. »Wollen wir es nicht auf einen Versuch ankommen lassen?«, fragte er.

Stella antwortete nicht. Sie fühlte ihr Herz schlagen.

Langsam hob Michael die Hand und umfasste zärtlich ihren Nacken. Als sein Gesicht näher kam und ihr Blick in seinem versank, schloss sie die Augen. Sie drehte sich nicht weg.

Sein Mund war warm, seine Lippen voll, und er schmeckte leicht nach Scotch. Sie ließ sich von ihm küssen, und einen Augenblick lang erwiderte sie seinen Kuss. Dann senkte sie den Kopf. Doch die Wärme blieb in ihr.

»Ich bitte dich nur um etwas Zeit«, murmelte Michael.

Sie lehnte sich zurück und sah ihm ins Gesicht. »Ich brauche auch Zeit. Zum Nachdenken. Das kommt alles ziemlich überraschend.«

Michael streichelte zärtlich ihr Gesicht. Stella lächelte. »Der Schweinchen-Film dürfte zu Ende sein, Michael. Ich glaube nicht, dass Sofia eine Doppelvorstellung braucht.«

Michael lächelte ebenfalls. »Ich seh mal nach ihr.«

Wenig später kam er wieder die dunkle Treppe herunter, ein schlafendes Kind auf der Schulter. »Schätze, sie kennt das Ende schon.«

Stella öffnete ihnen die Tür. »Danke für alles«, sagte Michael. »Von uns beiden.«

»Ich möchte mich auch bedanken«, erwiderte Stella.

Einen Augenblick lang wünschte sie sich, dass sie blieben, und sie bedauerte es, dass sie ihm nicht von der zerbrochenen Figur erzählt hatte, von ihrer Angst. Stattdessen sah sie ihnen von der Tür aus nach, wie sie zum Wagen gingen, der Schatten eines Mannes und eines Kindes auf dem Gehweg.

Als sie die Tür hinter sich schloss, ertappte sie sich dabei, wie sie auf den leeren Platz starrte, wo das Prager Jesuskind gestanden hatte.

In dieser Nacht machte Stella kein Auge zu. Gedanken über Michael und Sofia schwirrten ihr durch den Kopf, und die Gefühle, die Michael in ihr entfacht hatte, wollten sie nicht zur Ruhe kommen lassen.

Sie nahm jedes Geräusch wahr – das gedämpfte Brummen eines vorbeifahrendes Autos, das Zischen der alten Heizung, die Katze, die aufwachte, sich putzte und schnurrte, ehe sie wieder einschlief. Dann hörte sie, wie vor dem Haus ein Auto parkte, wie mit einem leisen Tuckern der Motor ausging.

Sie lauschte auf das Zuknallen einer Tür, Schritte auf dem Gehweg.

Nichts.

Ohne Licht zu machen, schlüpfte sie in ihren Morgenmantel und trat ans Fenster.

Der Gehweg lag im Dunkeln, kaum erleuchtet von der Straßenlaterne drei Häuser weiter. Doch an der Stelle, wo Michael geparkt hatte, stand ein Wagen, den Stella nicht kannte – alt, eine ihr unbekannte Marke, wahrscheinlich ein japanischer Kompaktwagen, dunkle Farbe. Es war kein Auto eines Nachbarn.

Sie beobachtete ihn minutenlang, ohne sich zu rühren. Dann durchquerte sie das Schlafzimmer und knipste das Licht im Treppenhaus an.

Die Katze regte sich, blinzelte. Stella wartete, ehe sie zum Fenster zurückkehrte. Unten sprang hustend ein Motor an.

Sie spähte hinaus. Der Platz vor dem Haus war leer. Stella sah rote Rücklichter aufleuchten. Sie entfernten sich, und Stella konnte gerade noch sehen, dass die vorderen Scheinwerfer des Wagens nicht brannten.

Stella sank auf die Bettkante und dachte über die gestrige Nacht nach.

Wie war der Eindringling ins Haus gelangt, ohne die Tür aufzubrechen? Plötzlich fröstelte es sie.

SIEBEN

Am nächsten Morgen ging Stella joggen, die Lider gerötet vor Müdigkeit.

Die Sonne war gerade aufgegangen, eine helle, scharf umrissene Scheibe, und Stellas Atem dampfte weiß in dem kalten Wind, der in Böen vom See herüberpfiff. Die Straße führte am Rand einer niedrigen Klippe am Ufer entlang. Wellen klatschten gegen die Felsen und spritzten weiße Gischt in die Luft. In der Ferne glitzerten die Bürotürme der Stadt wie Häuser aus einem Kinderbaukasten. Stella sah keine Menschenseele, und bis auf das Pfeifen des Windes war es still.

Im Laufen schaute sie sich um.

Hart am Straßenrand und zu weit entfernt, als dass sie den Fahrer oder das Nummernschild hätte erkennen können, folgte ihr ein brauner, zerbeulter Wagen, möglicherweise ein Toyota, aber so zerbeult, dass man ihn für eine Rostlaube halten konnte, die die Polizei abgeschleppt hatte. Nur dass er aus eigener Kraft fuhr, und auffallend langsam.

Stella blickte wieder nach vorn, in Richtung Stadt. Sie zählte bis dreißig, dann spähte sie erneut über die Schulter.

Der Wagen war noch hinter ihr. Er fuhr im selben Tempo, im selben Abstand.

Fieberhaft überlegte sie, was sie tun sollte. Sie konnte stehen bleiben und beobachten, ob der Wagen ebenfalls anhielt. Doch sie war allein. Wenn das alles kein Zufall war, wenn sie tatsächlich verfolgt wurde, hatte sie wenig Möglichkeiten, sich zu schützen. Dann dämmerte ihr, dass der Wagen innerhalb von Sekunden neben ihr sein konnte.

Sie bog scharf vom See ab und tauchte in eine Seitenstraße ein, die zu ihrem Haus führte.

Stella überquerte zwei Kreuzungen, ohne sich umzusehen. Als sie die Haustür hinter sich schloss und sich von innen dagegen lehnte, lief ihr Schweiß über das kalte Gesicht. Der Wagen war nirgends zu sehen.

Armin Marz saß im Dunkeln.

Wie immer war Stella in den ersten Minuten ruhelos, als spüre sie die Gegenwart des Todes. Sie konnte sich nicht erklären, warum sie das Gefühl hatte, leise gehen und sprechen zu müssen – sie hätte genauso gut schreien können, es hätte keinen Unterschied gemacht.

Ihr Vater war mittlerweile schon lange in diesem Zustand. Versunken in den hintersten Winkeln seines Bewusstseins, mit leerem Blick, jede Bewegung so quälend langsam, dass Stella sich immer gespannt fragte, ob er sie würde vollenden können. Wenn er ein Sandwich aß, konnte das Minuten oder auch Stunden dauern. Der angebissene Rest blieb in seiner Hand, unbeachtet, und dann, auf einmal, bewegte sich die Hand wieder. Die Augen blieben ausdruckslos.

Vorbei war die Zeit des sporadischen Aufbegehrens, als er noch Listen geführt hatte, um sich etwas zu merken. Listen, auf die er immer wieder dasselbe schrieb. Vorbei die Zeit, als er stundenlang das Foto seiner Frau anstarrte und, weil er sich ihrer nicht erinnern konnte, so aus der Fassung geriet, dass Stella das Foto schließlich entfernte. Vorbei auch die Zeit, als sie herauszufinden versuchte, ob er sie noch erkannte. »Ich bin deine Tochter«, hatte sie gesagt, und in den Worten hallte das Echo der Jahre, in denen er sie verleugnet hatte.

Wieder einmal nahm sie ihm gegenüber Platz. Eine leichte Veränderung seiner Haltung verriet, dass er ihre Gegenwart spürte, als habe er in der Ferne ein belangloses Geräusch gehört. Aus den einstmals so grimmig blickenden Augen sprach weder Interesse noch Ablehnung.

»Da bin ich wieder«, sagte sie.

Stella fragte sich, ob ihre Stimme Erinnerungen weckte, die zu tief in sein Gedächtnis eingebrannt waren, um in Vergessenheit zu geraten, oder ob sie für ihn so nichts sagend war wie das Gemurmel, das vom Gang ins Zimmer drang, Stimmen aus einem Fernseher. Die Ärzte konnten es ihr nicht sagen, und vermutlich spielte es auch keine Rolle. Die Besuche waren ein Akt der Menschlichkeit, der auch ihr selber galt. Deshalb legte sie Wert darauf, dass er in einem sauberen Pflegeheim untergebracht war, dass er ein helles Zimmer hatte, dass das Personal, geduldig und gut ausgebildet, ihn noch immer mit seinem Namen ansprach. Deshalb kam sie für die Kosten auf.

»Hallo, Dad«, sagte sie wieder.

Er antwortete nicht. Sie lächelte in sich hinein. Verglichen mit dem Vater, den sie gekannt hatte, dem Mann, der sie verstoßen und gefürchtet hatte, empfand sie sein Schweigen als gütig. Sie hatte es sich zur Gewohnheit gemacht, sich vorzustellen, dass die Hülse, die ohne jeden Groll neben ihr saß, ihren Worten lauschte und Interesse zeigte.

»Eine schlechte Woche«, erzählte sie ihm. »Ich habe noch keine Spur von Jacks Mörder oder den fehlenden Akten. Der einzigen Zeugin im Fall Fielding hat jemand die Kehle durchgeschnitten. Ich traue niemandem mehr und sage niemandem, was ich tue. Ich traue nicht mal mir selbst. Oh, erinnerst du dich an das Prager Jesuskind? Jemand ist in mein Haus eingedrungen und hat es zerschlagen. Und jetzt werde ich auch noch verfolgt.«

Armin Marz drehte sich leicht, als habe ihn der Klang ihrer Stimme dazu veranlasst. Dass sich ihre Blicke begegneten, war Zufall. Einen Augenblick lang, nicht länger, erschien er ihr wie der Mann, der ihr Vater gewesen war.

Sie ergriff seine Hand. Leise fragte sie: »Kannst du mich hören?«

Er rührte sich nicht. Von alten Sehnsüchten ergriffen, bildete sie sich ein, dass er sich bemühte, ihr zuzuhören. Sie sah weg.

»Ich habe einen Mann kennen gelernt«, sagte sie.

Sie wusste, dass er sie nicht hörte. Mit jedem Stadium seines Verfalls hatte sie sich mit mehr abfinden müssen: dass er sie für eine Freundin aus Warszawa hielt, ein Mädchen, das er mit sechs gekannt hatte; dass er dann auch die Freundin vergaß; dass ihn die simpelsten Entscheidungen aufregten; und dann, kurz bevor er die Sprache verlor, dass ihn überhaupt nichts mehr aufregte. Schließlich hatte er zu der Akzeptanz gefunden, die Stella früher ersehnt hatte.

»Er heißt Michael«, murmelte sie. »Und hat eine Tochter.«

Sie hielt immer noch seine Hand. Stella bemerkte, dass die andere Hand, die seitlich herunterhing, sich bewegte, so langsam, als habe sie ein Eigenleben. Wie eine gleitende Schlange, die den Kopf hob.

»Ich glaube, ich könnte ihn gern haben. Ich glaube, ich könnte beide gern haben. Doch ich habe Angst.« Sie hielt inne, den Blick auf seinen Schoß gerichtet, seine Hand umklammernd, und fragte leise: »Hast du das auch gefühlt?«

Es folgte eine lange Stille. Stella hörte das Echo ihres Geständnisses, die Sinnlosigkeit ihrer Frage. Und dann, mit gewohnt quälender Langsamkeit, setzte sich die andere Hand ihres Vaters wieder in Bewegung und legte sich auf ihre.

Tränen traten ihr in die Augen. Als sie ihm wieder ins Gesicht sah, war er eingeschlafen.

Als Stella nach Hause kam, sah sie sich um. Nichts war in Unordnung gebracht, und Star strich um ihre Beine. Der Wandschalter funktionierte, wie er sollte.

Sie wollte gerade in die Küche gehen und den Fressnapf der Katze füllen, da sah sie, dass der Anrufbeantworter blinkte. Ihr Herz schlug höher: Michael…

Sie drückte den Abspulknopf.

»Hi«, sagte Sofia, »Dad und ich fanden es schön mir dir.« Dann Gemurmel im Hintergrund. Sofia fragte etwas, und ihr Vater ergänzte: »*Sehr* schön…«

Stella schmunzelte. Dann ging sie nach oben und schaltete CNN ein.

ACHT

Stella hatte sich kaum die erste Tasse Kaffee eingeschenkt, als die Empfangsdame anrief und ihr sagte, dass Dan Leary von der *Press* warte. »Er kennt den Weg«, erwiderte Stella und nutzte die folgenden Minuten, um sich zu wappnen.

Ihre Politik gegenüber der Presse war einfach: niemals lügen und nichts verschweigen, außer wenn man der Presse etwas nicht mitteilen konnte oder durfte. Doch die Fälle Novak und Fielding waren heikel, nicht zuletzt wegen Stellas persönlicher Ambitionen. Leary war kein Gerichtsreporter, sein Ressort war die Kommunalpolitik. Ein Fehler ihrerseits konnte Charles Sloan die Munition liefern, die er brauchte, um sie aus dem Rennen zu werfen. Oder, was ebenso schlecht wäre, Arthur Bright zu schaden. Als Leary durch die Tür trat, verriet Stellas Gesicht dennoch nichts als Gelassenheit und den Wunsch, behilflich zu sein.

»Was führt Sie zu mir?«

Leary nahm Platz. Er war schlank, hatte ein scharf geschnittenes Gesicht und graues Haar, und im Unterschied zu anderen Reportern unternahm er selten den Versuch, sich einzuschmeicheln. Normalerweise schwankte seine Haltung zwischen Wachsamkeit, Misstrauen und Überheblichkeit. »Es geht um Jack Novak«, antwortete er. »Mir sind gewisse Informationen zugetragen worden, und es ist nur fair, wenn ich zuerst mit Ihnen darüber spreche.«

Stella vernahm eine leise Alarmglocke. »Einverstanden.«

Er lehnte sich zurück, den Stift schreibbereit über dem Block, und sah sie an. »Sie und Novak waren ein Liebespaar«, sagte er emotionslos.

Stella wurde vollkommen ruhig. Es war bei ihr mittlerweile ein Reflex, bei Gefahr ihre Gefühle auszuklammern und nur ihre kleinen grauen Zellen zu aktivieren – das Ergebnis vieler unliebsamer Überraschungen im Gerichtssaal. »Das klingt wie eine Feststellung«, entgegnete sie. »Doch es müsste eine Frage sein. Neuerdings spricht Jack nicht mehr sehr viel.«

Learys Lächeln, wenn es denn eines war, unterstrich die Neugier in seinen hellen Augen. »Dritte wissen davon, Stella.«

»Ach ja? Wer denn?«

»Sie wissen, dass ich Ihnen das nicht sagen kann.« Sein Ton wurde kecker. »Hören Sie, entweder es stimmt oder es stimmt nicht.«

»Was heißt hier ›stimmt‹? Sie tischen mir eine Klatschgeschichte auf, und ich soll mich dazu herablassen, sie zu kommentieren.« Stellas Stimme blieb ruhig. »Ich spiele nicht Verstecken. Sagen Sie mir, was Sie zu haben glauben und woher es stammt, dann gebe ich Ihnen eine Antwort. Zum Beispiel, wann ich diese Affäre gehabt haben soll.«

Wie um einem Schlag auszuweichen, kippte Leary im Stuhl zur Seite. »Ich bitte Sie. Ich möchte doch nur überprüfen, ob meine Quellen verlässlich sind.«

»Quellen? Ich glaube nicht, dass Sie Quellen haben, Dan. Ich glaube nicht, dass Sie überhaupt etwas haben.« Stella schlug einen schärferen Ton an. »Sie kennen mich nicht sehr gut. Deshalb lassen Sie sich eins gesagt sein: Ich lüge nicht, und ich mag es nicht, wenn man um den heißen Brei herumredet. Jemand benutzt Sie.«

Leary wirkte gekränkt, doch dann schien er, ganz Profi, seinen verletzten Reporterstolz hintanzustellen. »Ich habe einen anonymen Anruf erhalten.«

»Welchen Inhalts?«

»Dass Sie jahrelang eine Affäre mit Novak gehabt haben.

Und dass Sie aufgrund Ihrer privaten Beziehung zu ihm in diesem Mordfall nicht objektiv sein können.«

Stella starrte ihn an. »Wann endete die Affäre? Nur um meinem Gedächtnis auf die Sprünge zu helfen.«

Learys Miene blieb gelassen und unbeeindruckt. »Das wurde mir nicht mitgeteilt.«

»Dann wollen Sie von mir also ein Geständnis. Kein Geständnis, keine Story.«

Leary zuckte die Schultern. »Ich bin zuerst zu Ihnen gekommen, Stella. Es geht auch anders.«

»Oh, keine Sorge – ich werde Ihre Fragen beantworten. Aber vorher hätte ich selbst noch ein paar Fragen. Einfache Fragen. War der Anrufer ein Mann oder eine Frau?«

Leary zupfte einen nicht vorhandenen Fussel von seinem Sakko. »Weiß ich nicht.«

Stella setzte zu einer höhnischen Bemerkung an, da tauchte ein Bild vor ihr auf: Jack Novak, der nackt in einem Spiegel hing, und sie hörte Kate Micelli sagen: »Der Anrufer hat seine Stimme so verstellt, dass es ein Mann oder eine Frau gewesen sein könnte.«

»Wie hat die Stimme geklungen?«, fragte Stella nur.

»Als hätte man ein Gerät benutzt, das die Stimme verzerrt und viel tiefer erscheinen lässt.« Leary war anzumerken, dass er nun selbst neugierig geworden war. »Ich hatte das Gefühl, mit Boris Karloff zu sprechen.«

Oder mit Jacks Mörder, dachte Stella. »Haben Sie eine private Telefonleitung?«

Leary sah interessiert auf, als errate er Stellas Gedanken. »Ja.«

»Kam der Anruf über Ihre Leitung, oder wurde er von der Zentrale durchgestellt?«

»Über meine Leitung.«

»Wer hat die Nummer?«

»Meine Frau, Sie – Leute, mit denen ich beruflich telefoniere.«

»Aber gewöhnliche Sterbliche müssen sich von der Zentrale

mit Ihnen verbinden lassen.« Stella dachte nach. »Also haben Sie nichts Handfestes. Nur einen Anrufer, der mir Unannehmlichkeiten bereiten will und seine Stimme verstellt, aber gut informiert ist und Ihre Nummer kennt. Was schließen Sie daraus?«

»Dass der Anrufer – oder sein Auftraggeber – nicht will, dass Sie Bezirksstaatsanwältin werden.«

»Vielleicht auch nur, dass ich die Finger von dem Fall lasse.«

»Möglich.« Learys kurzes, beifälliges Grinsen ähnelte einer nervösen Zuckung. »Weil die Sache mit Ihnen und Novak stimmt, und weil der Anrufer das weiß.«

»Und weil er weiß, dass ich nichts abstreiten werde.« Stella holte Luft. »Bereit?«

Leary nickte und nahm die Haltung ein, die von einem Journalisten erwartet wurde, den Stift schreibbereit über dem Block.

»In meiner Studienzeit«, begann Stella, »habe ich nebenher als Anwaltsgehilfin in Jacks Kanzlei gearbeitet. Kurz vor dem Juraexamen 1986 habe ich gekündigt. Bis dahin hatten wir etwa anderthalb Jahre lang ein Verhältnis. Ich möchte darauf nicht näher eingehen, nur so viel: Wir haben nicht zusammengelebt. Vor vierzehn Jahren habe ich hier angefangen, und seitdem sind wir uns nur noch gelegentlich über den Weg gelaufen – ich habe nie in der Drogenabteilung gearbeitet. Seit zwei Jahren leite ich das Morddezernat. Vor zwei Wochen hat jemand Jack ermordet, und der Fall ist auf meinem Schreibtisch gelandet. Das ist alles.«

»Mitnichten, Stella. Novak war immerhin Ihr Exgeliebter, Ihr Exchef und der Freund Ihres heutigen Chefs. Und der Mord ist so unappetitlich wie schon lange keiner mehr. Können Sie da noch objektiv bleiben?«

Stella erinnerte sich an ihre schmerzlichen Erfahrungen mit Jack, an Moros Besuch, an den Tod des Haitianers, an die manipulierten Fälle, die sie veranlasst hatten, das Kellerarchiv aufzusuchen. Sie war in der Tat nicht objektiv, sie war persönlich in den Fall verstrickt. Und das war auch der Grund, warum sie ihn unbedingt lösen wollte und warum jemand versuchte, sie davon abzuhalten. In skeptischem Ton fragte sie Leary: »Wollen Sie damit andeuten, dass Sie es moralisch für bedenklich halten, wenn ich den Fall bearbeite? Dann erklären Sie mir doch mal, was eine Affäre, die fünfzehn Jahre zurückliegt, mit Novaks Ermordung zu tun haben soll.«

Stella wollte nur auf den Busch klopfen. Doch entweder hatte Learys Informant keine Ahnung oder Leary wollte nichts preisgeben. »Hier geht es nicht um Moral«, sagte er unverblümt. »Hier geht es nur darum, was politisch opportun erscheint. Das Opfer hat Arthur Bright politisch sehr nahe gestanden. Von daher wäre es vielleicht besser, Arthur würde den Fall einem Mitarbeiter übertragen, der Novak privat nicht so nahe gestanden hat. In Ihrer beider Interesse.«

Stella schluckte ihren ersten Ärger hinunter: Dan Leary, der selbst ernannte Kämpfer für mehr Sauberkeit in der Politik. Sie und Bright hatten ein Problem, und sie hätte es kommen sehen, wenn sie emotional nicht so involviert wäre. Ruhig erwiderte sie: »Wenn ich zu einer Belastung werde, wird diese Behörde schon für Abhilfe sorgen.«

Leary hob die Brauen. »Trotzdem werde ich das morgen bringen. Sie können Arthur von mir ausrichten, dass er endlich meine Anrufe beantworten soll. Sofern er Wert darauf legt, dass die Wähler erfahren, was er zu der Angelegenheit zu sagen hat.«

Noch lange, nachdem Leary gegangen war, starrte Stella auf den Tisch.

Der Tag war ihr verdorben. Im Augenblick spielte es keine Rolle, wer Leary angerufen hatte und was er damit bezweckte. Sie griff zum Telefon und bat Brenda Waters herauszufinden, wo Arthur sich im Moment aufhielt.

Es war bereits Mittag, als es ihr endlich gelang, Arthur im Steelton Palace Hotel abzupassen, wo er wenige Minuten später bei einem Wohltätigkeitsessen sprechen sollte, dessen Erlös der Stiftung gegen Gewalt in der Familie zugute kam. Die Angelegenheit war für sie beide wichtig, deshalb konnte Stella keine Rücksicht darauf nehmen, dass er in Eile war. Neben der Saaltür wartete nervös ein Mitarbeiter Arthurs, und sie war froh, dass Arthur selbst die Ruhe bewahrte.

»Vor fünfzehn Jahren!« Seine Stimme klang mitfühlend. »Wer erinnert sich denn daran noch?«

»Nur ein paar Leute – meine Familie, Jacks Empfangsdame, seine Sekretärin. Sie, weil ich es Ihnen gesagt habe. Und die Leute, denen Jack eventuell davon erzählt hat. Ich selbst hatte damals wenige Kontakte. Ich habe nie mit jemandem darüber gesprochen.«

Brights Seitenblick war zugleich taktvoll und bohrend.

»Am Tatort«, setzte Stella hinzu, »hatte ich irgendwie das Gefühl, dass auch Nat Dance Bescheid weiß. Obwohl ich mir das nicht erklären kann.«

Der Blick hinter Brights Goldrandbrille wurde nachdenklich. »Niemand kann vor seiner Vergangenheit davonlaufen. Auch Sie nicht, Stella. Und das ist auch der einzige Grund, warum Sloan es nicht mag, wenn Sie in Jacks Drogenfällen wühlen.«

Stella verschränkte die Arme. »Was glauben Sie, wie weit würde er gehen, um seinen Willen durchzusetzen?«

»Glauben Sie etwa, dass er Leary angerufen hat?« Bright richtete sich auf, und seine Miene wurde streng. »So etwas würde Charles niemals tun. Erstens, weil er nicht der Machiavelli ist, für den Sie ihn halten. Zweitens, weil er auch mir schadet, wenn er Ihnen schadet. Außerdem habe ich ihm nie erzählt, dass Sie etwas mit Jack hatten. Wozu auch, Sie wollten ja nie im Drogendezernat arbeiten. Nein, Mädchen«, er verfiel in einen ironischen Singsang, »es wird Zeit, dass wir Klartext reden. Novak ist für uns beide ein Problem, und Sie haben mir Ihres nie verschwiegen. Also bleibt der Schwarze Peter bei mir hängen. Wie üblich.«

Stella sagte nichts dazu. Dass sie ihm sehr wohl gewisse Dinge verschwieg, machte seine Absolution nur noch unangenehmer. »Wenn ich Ihnen den Fall wegnehmen wollte«, fuhr Bright fort, »dann nur wegen einer Verfehlung, die Sie sich nach Novaks Ermordung zu Schulden kommen lassen. Täte ich das wegen dieser alten Affäre, nimmt mich die *Press* wegen einer Geschichte in die Mangel, von der ich die ganze Zeit wusste. Ich würde alt aussehen, und Sie auch. Und wir hängen doch beide an unserer Karriere. Ich werde Leary also sagen, dass Sie eine hervorragende Mitarbeiterin sind und dass ich Sie deshalb zur Leiterin des Morddezernats gemacht habe. Und wenn Sie mir erklären, dass Sie diesen Fall übernehmen können, dann soll mir Leary einen Grund nennen, der dagegen spricht. Dass Sie vor Ihrem Juraexamen etwas mit Jack Novak hatten, reicht jedenfalls nicht aus.«

Trotz ihrer Erleuchtung dachte Stella an eine verstörte Katze, an eine zerbrochene Figur. »Ganz meiner Meinung. Aber irgendjemand ist hinter mir her.«

Bright warf seinem Mitarbeiter einen Blick zu. Dann wandte er sich wieder an Stella und lächelte verhalten. »Glauben Sie wirklich, dass man hinter *Ihnen* her ist?«

Bevor sie antworten konnte, drehte er sich um und steuerte auf die Saaltür zu, ein Kandidat, der eine Rede zu halten hatte.

»Hi«, sagte Michael.

Stella schaute auf und sah ihn in der Tür stehen. Mit zögerndem Lächeln und forschendem Blick sah er sie an. Sie freute sich und war zugleich besorgt und unsicher. »Kein berauschender Tag«, sagte sie. »Schließ bitte die Tür.«

Er kam ihrer Bitte nach und setzte sich mit besorgter Miene auf einen Stuhl. »Was ist los?«

»Erstens, ich habe ein kleines Problem mit der *Press.*« Sie faltete die Hände. »Als ich in Jack Novaks Kanzlei gearbeitet habe, waren wir beide ein Paar. Ein anonymer Anrufer hat es Dan Leary erzählt.«

Michaels Gesicht drückte mehrere Gefühle aus – Ungläubigkeit, Neugier, sogar Eifersucht. Er sah Stella unverwandt in die Augen. »Unter den Umständen dürfte es nicht leicht sein, den Mord zu untersuchen«, sagte er.

»Das stimmt. Jacks Tod rührt viele Dinge auf, über die ich nicht gerne nachdenke. Schon damals wusste ich zu viel über ihn. Zumindest hatte ich einen gewissen Verdacht.« Sie hielt inne und sprach dann ruhig weiter. »Die Zeit mit Jack war schlimm. Es war eine bittere Erfahrung für mich. Vorübergehend verlor ich völlig den Boden unter den Füßen.«

Er sah sie lange und ernst an. »Seinetwegen?«

»Ich hatte niemanden, Michael. Jack Novak spürte das, und er erkannte meine Schwäche. Obwohl ich ihn möglicherweise genauso benutzt habe wie er mich. Er half mir, von meinem Vater loszukommen, und er hat mir diesen Job vermittelt.«

»Und seitdem hat er eine Menge Schaden angerichtet.«

Stella zögerte, unschlüssig, was sie sagen sollte. Sie war es nicht gewohnt, über ihre Gefühle zu sprechen oder sich bemitleiden zu lassen. Sie empfand eine Mischung aus Angst und Anlehnungsbedürfnis, die ihre Selbstbeherrschung untergrub. »Ich vermute es«, sagte sie einfach nur.

Michael beugte sich vor, als ob er sie berühren wollte, aber wüsste, dass er es nicht konnte. »Es gibt so viel, was ich von dir wissen will. Ich wünschte, wir könnten einfach blaumachen, irgendwohin fahren und miteinander reden.«

Stella schüttelte den Kopf. »Das ist eine der Schwierigkeiten, wenn man zusammen arbeitet. Wir sitzen hier und sprechen bei geschlossener Tür über Jack Novak, als hätte ich nur den einen Wunsch, von dir in den Arm genommen zu werden.« Sie rang sich ein Lächeln ab. »Und vielleicht will ich das ja auch, Michael. Aber ich kann nicht anders, ich muss herausfinden, wer ihn ermordet hat. Und warum. Ganz zu schweigen davon, warum es jemand auf mich abgesehen hat.«

Den Blick gesenkt, schien Michael nachzudenken. »Du hast Bright davon erzählt, vermute ich.«

»Er wusste von Jack, bevor ich hier anfing. Er nimmt mir den Fall nicht weg.«

Michael hob den Kopf und sah sie an.

»Hältst du das für einen Fehler?«, fragte sie.

»Unter uns gesagt, ja – falls etwas schief geht. Besonders im Hinblick auf eure Kandidatur.«

Sie wusste das, und dennoch deprimierte es sie, die Wahrheit aus seinem Mund zu hören. »Ich darf jetzt nicht kneifen.«

»Jemand hat es auf dich abgesehen.«

Mehr als du ahnst, dachte sie. »Dann hilf mir, ja?«

»Wie?«

»Ich hatte dir doch gesagt, dass Jacks Akten warten könnten. Das gilt jetzt nicht mehr. Ich möchte, dass du sie dir jetzt gleich vornimmst. Konzentriere dich auf die letzten paar Jahre. Such nach Fällen, die einen fragwürdigen Ausgang genommen haben, bei denen möglicherweise manipuliert wurde. Suche nach allem, was darauf hindeutet, dass jemand in Jacks Umfeld geschmiert wurde. Ein Cop, zum Beispiel, oder ein Richter.«

Michael rieb sich den Nasenrücken, ohne den Blick von Stella zu wenden. »Du glaubst immer noch, dass Moro dahinter steckt, stimmt's?«

»Solange mich niemand vom Gegenteil überzeugt.«

Michael überlegte kurz. »Gut, dann stelle ich Steelton 2000 eben zurück.«

Stella hörte den enttäuschten Unterton in seiner Stimme. Offenbar fühlte er sich in seinem Elan gebremst. »Nur vorübergehend«, beschwichtigte sie. »Gibt es was Neues in Sachen Stadion?«

»Nicht viel. Ich habe diesen Conrad Breem überprüft, den Präsidenten der Lakefront Corporation. Er ist Steueranwalt und handelt nebenbei mit Immobilien, hauptsächlich mit Apartmenthäusern. Soweit wir wissen, besteht zwischen ihm und Krajek keine Beziehung. In Krajeks Spenderlisten taucht er ebenso wenig auf wie die Firma Lakefront.« Michael hielt inne, und sein Ton wurde spitz. »Dafür aber die Alliance Company. Aber das ist keine Überraschung.«

»Rockwells Baufirma? Nein, das ist wirklich keine Überraschung.« Stella begriff, dass dies der Grund für Michaels Enttäuschung war. »Ich vermute, du wolltest der Hall Development einen Besuch abstatten und dir Fieldings Akten ansehen.«

Michael nickte. »Zumindest alle Rechnungen der Alliance sicherstellen. Wir wollen doch nicht, dass sie abhanden kommen.«

»Dazu brauchen wir Arthurs Zustimmung. Die Sache ist politisch brisant. Aber ich glaube nicht, dass jemand Rechnungen vernichten wird. Wie sollten sie dann nachweisen, dass sie die MBE-Quote erfüllen?«

Michael nickte skeptisch. Er widersprach nicht, doch es war offensichtlich, dass er diesmal an der Richtigkeit ihrer Entscheidung zweifelte und andere Prioritäten setzen würde. Seine Reaktion erinnerte Stella daran, dass es problematisch war, in ihrer Beziehung einen Schritt weiter zu gehen. Ruhig sagte sie: »Wir werden auf Steelton 2000 zurückkommen.«

Es kostete ihn sichtlich Mühe, gelassen zu bleiben, und das machte Stella noch verlegener. Mit unsicherem Lächeln fügte sie hinzu: »Siehst du, jetzt redest du schon nicht mehr mit mir.«

Zu ihrer Erleichterung lachte er auf. Dann wurde sein Blick wieder ernst. »Ich möchte dich verstehen, Stella, das ist mir wichtiger als alles andere. Ich möchte mich nie wieder in einem Menschen täuschen.«

Er stand auf, fasste in seine Tasche und zog eine kleine Gummimaus hervor. »Die ist für Star. Von Sofia. Sie macht sich Sorgen um sie, weil sie zu Hause ganz allein ist.«

Stella amüsierte der Gedanke, dass ihre selbstständige Katze, die von Sofia so aus der Ruhe gebracht worden war, das Mitleid des kleinen Mädchens erregt hatte. Aber Projektion wurde Kindern wohl zur zweiten Natur. »Sag Sofia, dass ich sie heute Abend anrufe und ihr berichte, wie die Maus Star gefällt.«

Michael lächelte. »Das wäre nett. Aber nur, wenn sie Star nicht völlig kalt lässt.«

Stella erwiderte sein Lächeln. »In bestimmten Angelegenheiten darf ich für Star sprechen.«

Er verabschiedete sich und ging. Die Spannungen, die zwischen ihnen bestanden hatten, waren vorläufig entschärft.

Dennoch fühlte Stella sich unbehaglich. Sie war persönlich zu sehr in den Fall Novak involviert, und es war verständlich, dass Michael sich für ihre Vergangenheit interessierte. Doch auch unabhängig von Jack barg die Zusammenarbeit mit Michael Gefahren in sich. Weitere Spannungen und Missverständnisse waren vorprogrammiert. Schon allein die Tatsache, dass sie hinter geschlossener Tür miteinander gesprochen hatten, dürfte nicht unbemerkt geblieben sein.

Das Telefon klingelte und riss Stella aus ihren Gedanken.

»Hier spricht Peter Hall«, sagte der Anrufer. »Ich muss Sie um einen Gefallen bitten, und ich hoffe, Sie sagen ja.«

Der Klang seiner Stimme, selbstsicher, aber freundlich, löste bei Stella ein prickelndes Gefühl aus. Sie war darüber selbst überrascht. Doch sie hatte keine Zeit, über den Grund nachzudenken. Trocken erwiderte sie: »Einen großen Gefallen?«

»Könnten wir uns morgen treffen? Zum Lunch?«

Noch eine Überraschung. Stella zögerte. »Ich weiß nicht recht. Geht es um Tommy Fielding?«

»Wenn Sie so wollen. Aber ich hoffe, wir können über Sie reden.« Stella war verdutzt, und Hall unterbrach ihr Schweigen mit der Feststellung: »Alles Weitere würde ich mir gern für morgen aufheben, wenn es Ihnen nichts ausmacht.«

Stella stand auf. Sie schwankte zwischen Vorsicht und Neugier. Normalerweise hätte sie keine Bedenken gehabt, sich mit einem Mann wie Hall zum Lunch zu treffen, obschon sie bezweifelte, dass er sie unter anderen Umständen überhaupt eingeladen hätte. Doch sie musste darauf Rücksicht nehmen, was für einen Eindruck ein solches Treffen machen würde. Immerhin ermittelte sie, wenn auch nur indirekt, gegen die Hall Development. Andererseits konnte sie bei der Gelegenheit manches erfahren – zum Beispiel, was Hall bewogen hatte, sich an sie zu wenden.

»Einverstanden«, sagte sie schließlich.

NEUN

Die Hall Development residierte in der obersten Etage eines vierzigstöckigen Büroturms aus Glas und Stahl, und Peter Halls Panoramafenster gingen auf das Hafengebiet hinaus. Stella und Hall setzten sich an einen Glastisch in der Ecke, mit Blick auf das Rathaus, das Gerichtsgebäude und die düstere graue Oberfläche des Eriesees. Direkt unter ihnen, so tief, dass es Stella schwindelte, lag das Stadion.

Hall folgte ihrem Blick. »Deswegen haben wir diese Büros genommen«, sagte er. »Für uns ist das Stadion nichts Abstraktes und mehr als eine Reihe von Plänen. Wir haben zugesehen, wie es aus dem Nichts entstanden ist.«

Er sagte das mit der ruhigen Leidenschaft eines Künstlers oder Filmemachers, der über seine Arbeit sprach. Und dieser Eindruck wurde durch sein Äußeres verstärkt, die Bluejeans, das Jeanshemd, das dichte, blonde Haar, das ihm lässig in die Stirn fiel. Er bot das Bild eines Mannes, der ganz in seiner Aufgabe aufging. Und das offenkundige Fehlen von Selbstzweifeln ließ ihn noch attraktiver erscheinen.

»Was empfinden Sie dabei?«, fragte sie.

Hall sah sie an. »Mein Urgroßvater hat die Stahlwerke gebaut. Und die nachfolgenden Generationen haben davon gelebt. In den letzten beiden Generationen – der meines Vaters und meiner – haben wir der sterbenden Stadt den Rücken gekehrt. Aber jetzt habe ich das Gefühl, dass wir wieder etwas aufbauen.«

Für Stella war seine kleine Rede voll bitterer Ironie. Halls Vater, ein reicher Mann, hatte ihren Vater seinem Schicksal überlassen. Aber Halls Vision, die Stadt wieder zu beleben und ihr dabei zu helfen, wieder auf die Beine zu kommen, deckte sich mit Stellas Wünschen für die Stadt.

»Und was ist mit dem Hafenviertel?«, fragte sie. »Haben Sie auch dafür Pläne?«

Hall zögerte, als denke er über den Grund ihrer Frage nach, aber nur einen Augenblick. »Tom Krajek hat Pläne. Wenn das Stadion ein Erfolg wird, wird ein zweites Bauprojekt folgen, Restaurants, Geschäfte, vielleicht ein Einkaufszentrum. Krajek meint, dass sich aus dem Hafenviertel was machen lässt.«

Also liegt Michael doch nicht so schief, dachte Stella. Das Stadion war möglicherweise nur die erste Etappe eines Immobiliengeschäfts, das den Eigentümern der angrenzenden Grundstücke einen warmen Geldregen versprach. Sie stocherte in ihrem Salat, dann sah sie sich um. Auf dem Schreibtisch standen Fotos eines Jungen und eines Mädchens, beide blond, beide knapp über zehn. Kurz dachte sie darüber nach, wie Halls Privatleben wohl aussah, dann besann sie sich wieder auf ihre Aufgabe. »In Ihrer Position kennen Sie sich in der Steeltoner Baubranche bestimmt gut aus«, sagte sie.

Hall sah sie wieder ruhig an, und das Kornblumenblau seiner Augen schimmerte unter langen Wimpern. Am meisten überraschte Stella seine Natürlichkeit. Doch vielleicht bestand die größte List gerade darin, sie zu zeigen. »Ich kenne viele Leute«, antwortete Hall. »Zumindest die wichtigsten.«

»Haben Sie schon mal von der Lakefront Corporation gehört? Oder einem Steueranwalt namens Conrad Breem?«

Hall neigte den Kopf zur Seite und lächelte schwach. »Weder noch. Warum klingen Ihre Fragen nach einem Verhör?«

»Weil ich Staatsanwältin bin. Aber das hat nichts mit Ihnen zu tun.«

Hall nippte an seinem Mineralwasser. Er unternahm keinen Versuch, seine Neugier zu verbergen. »Gestern erwähnten Sie Tommy.«

Stella nickte. »Vielleicht ist es ja ohne Bedeutung, und es gibt bislang keine handfesten Indizien dafür, dass er durch Fremdeinwirkung gestorben ist. Aber wussten Sie, dass Fielding mit seinen MBE-Berichten zwei Monate im Verzug war?«

»Ja.« Zum ersten Mal klang Hall bekümmert. »Ich muss das Versäumte nachholen.«

»Sieht Fielding das ähnlich?«

Hall sah Stella in die Augen. »Nein.« Er hielt inne, dann sagte er unverblümt: »Sie machen sich über Alliance Gedanken.«

Hall war von einer überraschenden Direktheit. »Sie nicht?«, fragte sie.

Er stützte sein Kinn auf. Seine Augen, starr auf den Tisch gerichtet, verengten sich nachdenklich. »Ich weiß nur nicht, wie ich mich ausdrücken soll«, sagte er nach einer Weile.

Stella wartete ab. In ihrer langjährigen Praxis hatte sie gelernt, dass es besser war, potenziellen Zeugen keine Brücke zu bauen. Hall schaute auf, als habe er das erkannt, und lächelte. »Was ich Ihnen jetzt sage, wird Sie nicht schockieren. Ich will ein Stadion bauen, und der Bürgermeister will die Wahl gewinnen. Deshalb musste die Hall Development garantieren, dass dreißig Prozent der Aufträge an Minderheitenfirmen gehen. Also haben wir uns an Larry Rockwell gewandt. Ist er der tollste schwarze Bauunternehmer der Welt? Das bezweifle ich. Wird die Zusammenarbeit mit Alliance uns und die Stadt Geld kosten? Ohne jeden Zweifel. Tommy war derselben Meinung. Er hatte dafür zu sorgen, dass Rockwells Firma ihre Leistungen erbrachte und ihren Anteil bekam, und gleichzeitig hatte er die Aufgabe, die Mehrkosten für uns möglichst gering zu halten.«

Stella fühlte sich durch Halls Offenheit ebenfalls zu mehr Offenheit genötigt. »Hat Alliance die geforderten Leistungen tatsächlich erbracht? Und auch die MBEs, bei deren Suche die Firma Ihnen geholfen hat?«

Hall bedachte sie mit einem langen, kühlen Blick. »Wollen Sie damit andeuten, dass Tommy Fielding die Hall Development und die Inspektoren der Stadt betrogen hat? Das hätte er nie getan.«

Stella schüttelte den Kopf. »Ich will nur wissen, ob generell betrogen worden ist. Ich habe keine Meinung dazu, wie man es bewerkstelligt haben könnte oder wer dahinter steckt.«

Nur der sanfte, fragende Ton verhinderte, dass ihre Bemerkung wie eine Beleidigung klang. Hall blieb weiterhin höflich. »Ihrer Behörde stehen mehr Mittel zur Verfügung als mir. Wenn es solche Fragen gibt, sollten Sie selbst eigentlich die Antworten finden.« Er hielt inne, und zum ersten Mal klang seine Stimme gereizt. »Solange dabei das Interesse der Stadt im Vordergrund steht, und nicht die Bürgermeisterwahl.«

Stella erwiderte seinen Blick. »Arthur hat nichts damit zu tun. Die Sache ist auf meinem Mist gewachsen.«

Hall hielt ihrem Blick stand, dann nickte er bedächtig. »Ich werde Ihnen unsere Unterlagen zur Verfügung stellen, mehr kann ich nicht tun. Eine richterliche Anordnung wird nicht nötig sein. Ich brauche etwa eine Woche.«

Hall war bewundernswert direkt – keine Anwälte, keine Hinhaltetaktik, keine Verdunklung. »Dann rufe ich Sie in einer Woche an«, erwiderte Stella.

»Gut.« Hall blickte auf ihren Teller. »Sie haben nicht viel gegessen. Darf ich Ihnen etwas anderes bestellen?«

»Nein. Danke.«

Er hatte um die Unterredung gebeten, um, wie er gesagt hatte, über Stella selbst zu sprechen. Doch sie wollte auf keinen Fall den Eindruck erwecken, als sei sie erpicht darauf, mehr zu erfahren. Sie legte ihre Serviette auf den Tisch, als mache sie Anstalten zu gehen.

Hall lehnte sich zurück und musterte sie mit einem fragenden Lächeln. »Ich hatte einen Grund, warum ich sie angerufen habe. Aber Sie haben mir die Sache nicht unbedingt leichter gemacht.«

Stella lächelte verbindlich. »Das tut mir Leid.«

Hall betrachtete sie, als sei er unschlüssig, dann kam er zur Sache. »Ich habe Dan Learys Artikel gelesen. Offenbar will Ihnen jemand Unannehmlichkeiten bereiten.«

Das war eine echte Überraschung. Der Artikel war gar nicht so schlecht gewesen, wie Stella befürchtet hatte. Leary hatte von dem anonymen Hinweis berichtet, aus ihrer Stellungnahme zitiert und auch erwähnt, dass Bright hinter ihr stehe. Bislang hatte Stella nur einen weiteren Anruf erhalten, von einem Fernsehsender. Doch Stella verstand den anonymen Anruf als Warnschuss, und der Artikel war ihr peinlich. Wie es schien, sah Hall die Sache ganz ähnlich.

»Glücklicherweise«, sagte sie, »ist mein Leben so langweilig, dass man fünfzehn Jahre zurückgehen musste, um was auszugraben. Das sind nun wirklich alte Kamellen.«

Hall legte die Fingerspitzen aneinander. »Haben Sie immer noch die Absicht zu kandidieren?«

Stella betrachtete ihn mit unverhohlener Neugier. »Warum fragen Sie?«

»Nicht um Sie im Voraus mit Beschlag zu belegen, falls Sie das denken sollten. Tatsächlich ist mir dieses Gespräch jetzt viel unangenehmer, als es noch vor einer Stunde gewesen wäre. Trotzdem würde ich Ihnen gerne zwei Dinge sagen.«

Stella zögerte, dann erlag sie der Versuchung. »Einverstanden.«

»Erstens, Charles Sloan ist ein ausgebuffter Parteisoldat. Er steht für alle Auswüchse unserer Kommunalpolitik: Vorteilsnahme, Vetternwirtschaft, Perspektivlosigkeit.« Hall hielt inne und lächelte. »Oder wollen Sie das bestreiten?«

Stella wog ihre Worte sorgsam ab, bedachte Halls Abneigung gegen den Bezirksstaatsanwalt und fand die passende Antwort. »Sagen wir mal so: Sloan ist nicht Arthur Bright.«

Hall biss sich auf die Lippe, dann brach er in Lachen aus. Und er wirkte dabei ungemein charmant, wie ein Mann, der sich aus Sympathie für eine Frau aus dem Konzept bringen ließ. »Eins zu null für Sie. Meinen Sie, ich könnte es noch mal versuchen?«

»Nur zu.«

»Auch Sie sind nicht Arthur Bright.« Seine Miene wurde wieder ernst. »Ich weiß, dass Sie für das Stadion sind. Deshalb hoffe ich auf Ihre Fairness. Mehr verlange ich nicht, wie ich ausdrücklich betonen möchte. Und aus demselben Grund sind Sie mir auch lieber als Sloan. Die Politik in unserer Stadt ist an einem toten Punkt angelangt. Rasse gegen Rasse, Interessengruppe gegen Interessengruppe, eine Schar kleiner Neros zupft die Laute, während Rom in Flammen steht. Selbst Tom Krajek – er ist kein Visionär, nur ein Mann, der bis einundfünfzig Prozent zählen kann und weiß, welche Themen er ansprechen muss, um am Ruder zu bleiben. In diesem Punkt muss ich Bright sogar bis zu einem gewissen Grad beipflichten. Wenn genug andere ebenso denken, könnte er Bürgermeister werden.« Hall beugte sich vor und fügte leiser hinzu: »Womit wir wieder bei Ihnen wären.«

»Inwiefern?«

»Wenn Bright Bürgermeister wird, haben Sie die Chance, seinen Platz einzunehmen. Trotz Learys Artikel besteht sogar die Möglichkeit, dass die *Press* Sie unterstützt. Nach allem, was ich gehört habe, vertreten Sie die richtigen Positionen. Sie wollen die Verbraucher schützen, strenger gegen häusliche Gewalt vorgehen, sich stärker um Familienväter bemühen, die versagt haben. Das ist mehr als der übliche Ruf nach Gesetz und Ordnung. Aber Sloan kauert schon seit Jahren in den Startlöchern. Er hat Beziehungen, ist bekannt und hat jeden schwarzen Politiker in der Stadt auf seiner Seite. Außer vielleicht den, auf den es am meisten ankommt.« Wieder senkte Hall die Stimme. »Bright hält sich bedeckt, Stella. Besteht denn Hoffnung, dass er Sie unterstützt?«

Stella rang mit sich, ob sie antworten sollte. Doch Halls Offenheit, seine Kenntnis ihrer Forderungen, sein Urteil über die Kommunalpolitik hatten sie neugierig gemacht. »Ja«, antwortete sie. »Eine gewisse Hoffnung besteht.«

»Brights Unterstützung wäre hilfreich. Aber um zu gewinnen, brauchen Sie Geld, ob Ihnen das gefällt oder nicht. Mir zum Beispiel gefällt es nicht besonders. Geld für Berater, Postwurfsendungen, Anzeigen, Werbespots in Rundfunk und Fernsehen, den Aufbau einer Organisation, Büroräume. Für all das, was eine relativ unbekannte junge Kandidatin braucht, um gegen einen Mann wie Sloan zu gewinnen.«

Halls Analyse war so entmutigend wie zutreffend. Stella dachte wieder an ihre schrumpfenden Ersparnisse, an das Siechtum ihres Vaters, die Verbitterung ihrer Schwester. »Da ist nichts zu machen«, sagte sie. »Bei Bezirkswahlen sind nur Wahlkampfspenden bis fünfhundert Dollar erlaubt. Ich müsste mir das Geld schon leihen. Falls ich kandidiere, muss ich mich eben mächtig ins Zeug legen und das Beste daraus machen.«

Hall beobachtete sie scharf. »Haben Sie einen Berater?«

»Noch nicht.«

»Das habe ich mir gedacht. Nehmen wir mal an, Bright gewinnt die Wahl. Wie wird sein vorläufiger Nachfolger gewählt?«

»Es kommt zu einer Sonderwahl. Aber zuerst kürt die Demokratische Partei ihren Kandidaten. An der Abstimmung nehmen rund zweitausend Delegierte der Bezirksausschüsse teil.« Der Gedanke an die Schwierigkeiten stimmte sie gereizt. »Ich weiß das alles. Diese Abstimmung läuft auf eine Wahl hinaus, und die meisten Delegierten kennen Sloan schon seit einer Ewigkeit.«

»Richtig. Und wo liegt die Obergrenze für Spenden bei einer solchen Sonderwahl?«

Mit einem Mal begriff Stella. Sie kam sich dumm vor, fühlte sich erniedrigt, und gleichzeitig schöpfte sie wider besseres Wissen erneut Hoffnung. Sie sah Hall direkt in die Augen. »Wenn ich Sie recht verstehe«, sagte sie ruhig, »wollen Sie mir sagen, dass es keine gibt.«

Hall berührte kurz ihre Hand, eine beschwichtigende Geste. »Ich weiß, was Sie jetzt denken. Aber lassen Sie mich Ihnen darlegen, wie ich die Sache sehe. Ich setze mich wieder für diese Stadt ein. Ich möchte nicht, dass Leute wie Charles Sloan die Geschicke von Steelton bestimmen. Und ich weiß: Wenn eine attraktive Kandidatin in Rundfunk und Fernsehen präsent ist und über eine gut gefüllte Kasse für die allgemeinen Wahlen verfügt, wird selbst der begriffsstutzigste Parteilakai schwach.« Halls Ton wurde eindringlicher. »Das würde den Wahlkampf von Grund auf verändern. Nehmen Sie Steelton 2000 meinetwegen unter die Lupe. Ich wollte das eigentlich nicht erwähnen. Aber ich mache mir Sorgen. Diese Geschichte mit Novak oder Geldmangel könnten ihre Chancen zunichte machen. Dasselbe gilt, wenn Bright beschließen sollte, Sloan zu unterstützen. Ich möchte nur, dass Sie im Rennen bleiben.«

Stella versuchte, sich über ihre Gefühle klar zu werden: ihren Glauben an das Gesetz, ihre Angst, einer Versuchung zu erliegen, ihr Misstrauen gegen diesen reichen Mann, die unverhoffte Aussicht, dass zum ersten Mal in ihrem Leben die Verwirklichung ihrer Ziele nicht am fehlenden Geld scheitern würde. Sie überlegte, ob Peter Hall sich vorstellen konnte, was in ihr vorging. Und als sie ihm ins Gesicht sah, las sie darin nur den aufrichtigen Wunsch, ihr behilflich zu sein. »Ich weiß Ihr Angebot zu schätzen«, sagte sie. »Aber es wäre mir lieber, ich hätte es nicht gehört.«

Sie erwartete, dass er darauf irgendwie gekränkt reagierte – ein einflussreicher Mann, der sich eine Abfuhr geholt hatte.

Doch Hall nickte nur bedächtig. »Ich weiß. Durch eine Gesetzeslücke zu schlüpfen ist keine ideale Lösung. Aber Charles Sloan den Wahlsieg zu überlassen auch nicht.«

Er stand auf und trat ans Fenster. Im Profil, schlank, das blonde Haar zerzaust, sah er aus, als blicke er aufs Meer hinaus.

»Wissen Sie, was Geld tut?«, fragte er. »Es vermehrt sich. Ich bin reich, ohne dass ich einen Finger dafür rühren musste. Und wenn das Stadion erst mal steht, werde ich noch reicher. Sie haben selbst etwas aus sich gemacht. Ich dagegen verdanke alles meinem Urgroßvater. Ich will nicht klagen, aber alles, was ich tun kann, ist, mit meinem Geld etwas Vernünftiges anzufangen. Deshalb verkaufe ich mein Haus in Stonebrook und ziehe wieder nach Steelton. Wäre meine verstorbene Frau nicht gewesen, hätte ich das schon längst getan.« Hall drehte sich um und sprach langsam und ernst weiter. »Das mag sentimental erscheinen, vielleicht sogar unglaubhaft. Aber meine Vorfahren sind auf dem Rücken ihrer Vorfahren reich geworden und haben mich zu dem gemacht, was ich heute bin. Ich würde meine Schuld gern abtragen und der Stadt etwas Gutes tun.«

Stella war skeptisch und bewegt zugleich. »Ich weiß das zu schätzen. Aber wir können darüber nicht sprechen, jedenfalls nicht jetzt. Ich darf mich davon nicht beeinflussen lassen, weder bei meiner Arbeit noch bei meiner Bewerbung für das Amt des Bezirksstaatsanwalts. Diese Probleme müssen sich aus eigener Kraft lösen.«

Hall lächelte schwach. »Wenn es so weit ist, Stella, dürfte ich Sie dann wenigstens zum Abendessen einladen?«

ZEHN

Es war kurz vor zehn Uhr abends, als Stella nach Hause kam. Sie hatte über vieles nachzudenken. Doch ihr erster Gedanke war, dass sie sich hier nicht mehr sicher fühlte.

Star strich um ihre Beine. Anscheinend war alles in Ordnung.

Stella ging in die Küche, fütterte die Katze, goss sich ein Glas Wein ein und setzte sich ins Wohnzimmer.

Heute Abend hatte sie vor der Anwaltskammer des Erie County gesprochen, und es war gut gelaufen. Sie hatte einen wahren Balanceakt vollführt: Auf der einen Seite hatte sie über die Verurteilungsrate bei Gewaltverbrechen berichtet, die ein gutes Licht auf Bright und sie warf, auf der anderen Seite hatte sie vorsichtig angedeutet, dass sie der Behörde neue Impulse geben könnte. Doch es war leichter ihr gewohntes Publikum von Juristen zu beeindrucken als eine Versammlung von Ausschussmitgliedern der Partei, die gegen ihre Loyalitätsgefühle davon überzeugt werden mussten, dass sie, Stella, und nicht Sloan der beste Kandidat der Demokraten für das Amt des Bezirksstaatsanwalts war. Und dieser Gedanke brachte Stella wieder auf Peter Hall.

Was sie zu ihm gesagt hatte, entsprach der Wahrheit: Es wäre ihr lieber gewesen, sie hätte sein Angebot nicht gehört. Aber sie hatte es gehört. Und künftig würde sie nie wieder an Steelton 2000 denken können, ohne zu wissen, dass Peter Hall ihre beste Chance darstellte, den Kampf um Brights Nachfolge zu gewinnen. Gegen ihren Willen zog sie mit Hall nun an einem Strang.

So fing es wohl immer an. Erst zierte man sich, dann folgten kleine Kompromisse, schließlich heiligte der Zweck die Mittel. Und war es nicht tatsächlich besser für die Stadt, begehrte ihre innere Stimme auf, wenn sie Bezirksstaatsanwältin wurde – sie war die Beste. Doch bisher war sie sich selbst immer treu geblieben, und wenn sie jetzt von ihrer Linie abwich, war sie dann noch anders, besser als Sloan? Im Augenblick wusste Stella nicht einmal, ob sie noch dieselbe Frau war, die sie vor ihrem Besuch bei Hall gewesen war.

In gewisser Weise hatte sie längst die Orientierung verloren. Ihr Verdacht war so vage, dass sie niemandem mehr traute – Bright, Sloan, Dance, Micelli, nicht einmal Michael. Sie tappte völlig im Dunkeln, sie hatte sich verrannt. Sie hatte Angst vor ihrer Arbeit. Angst vor ihrer Angst, Angst vor sich selbst.

Stella ging nach oben, zog sich aus und legte sich ins Bett. Ungezählte Minuten, oder Stunden, wälzte sie sich in einem Zustand zwischen Wachen und Schlafen hin und her. Als das Telefon klingelte, schreckte sie hoch und begriff, dass sie schließlich doch eingeschlafen war.

Das Telefon gellte schrill in dem stockfinsteren Raum. Stella setzte sich halb benommen auf die Bettkante. Die roten Ziffern ihrer Nachttischuhr zeigten zwei Uhr siebzehn.

Wie oft hatte es schon geklingelt? Sie stand auf, wagte nicht, den Hörer abzuheben, hatte aber auch Angst davor, es nicht zu tun. Vor Jacks Tod wäre sie ohne Zögern ans Telefon gegangen.

Als sie endlich abhob, war sie selbst über ihre ruhige Stimme überrascht. »Stella Marz.«

Die Stimme klang undeutlich, verzerrt. »Hallo, Stella Marz.«

Es war, als werde ein Tonband zu langsam abgespielt. Dann fiel ihr Dan Learys Beschreibung ein, und sie korrigierte sich: Es war die Stimme eines Rummelplatzmonsters. Stella verspürte eine plötzliche Übelkeit in der Magengegend.

»Ich möchte mit Ihnen über Ihren neuen Freund reden«, fuhr die Stimme fort.

Stella schluckte. Sie fühlte sich besudelt, in ihrer Privatsphäre verletzt, schutzlos, beobachtet, bespitzelt. »Sie denken über seine Frau nach«, sagte die Stimme. »Sie verstehen nicht, wie sie ihre Tochter verlassen konnte.«

Stella antwortete nicht.

»Andererseits«, fuhr die verzerrte Stimme fort, »akzeptieren Sie kein Kind von einem Mann, der für Vincent Moro arbeitet.«

Stella schloss die Augen.

»Fragen Sie ihn, wer sein Studium finanziert hat. Fragen Sie ihn, warum er für Bright arbeitet. Fragen Sie ihn, warum Maria ihn verlassen hat.« Die Stimme war nun kaum mehr als ein Flüstern. »Vielleicht sagt er es Ihnen, wenn Sie mit ihm vögeln.«

Den Hörer ans Ohr drückend, setzte sich Stella wieder. Die Stimme zitterte, und das machte sie noch unheimlicher. Der Verstand sagte Stella, dass der Anrufer seine Stimme mit Hilfe eines Geräts verzerrte, damit er unerkannt blieb. »Warum erzählen Sie mir das?«, fragte sie.

»Weil ich mir Ihretwegen Sorgen mache. Eine Frau wie Sie, ohne wirkliche Freunde, könnte einsam sterben. Es wird Zeit, dass Sie den einen oder anderen Fall abgeben.«

Stella holte Luft. »Welchen Fall?«

Ein tiefes, grollendes Lachen antwortete. »Das zeigt mir, wie wenig Sie wissen. Sie werden raten müssen, und hoffen wir in Ihrem Interesse, dass Sie das Richtige treffen.«

Unwillkürlich fuhr Stella in die Höhe.

»Gute Nacht«, sagte die Stimme, »und vergessen Sie nicht, die Katze zu füttern.«

Ein Knacken unterbrach die Verbindung.

Stella stürzte ins Badezimmer und übergab sich.

Stella starrte in den Badezimmerspiegel. Ihre Haut war bleich, feucht, auf ihrer Stirn glänzte Schweiß. Ihr leerer Magen brannte und verkrampfte sich. Stella hob die Hand vor ihr Gesicht. Sie zitterte.

Denk nach, sagte sie sich.

Mit gesenktem Kopf starrte sie ins Waschbecken.

Er hatte sie angerufen, um ihr Angst einzujagen. Aber vielleicht wollte er sie auch dazu bringen, Schutz zu suchen, sich jemandem anzuvertrauen, dem sie nicht vertrauen sollte. Oder jemandem zu misstrauen, dem sie vertrauen sollte.

Wenn Michael für Moro arbeitete, wozu es ihr sagen? Vielleicht, weil es sich ohnehin nicht beweisen ließ. Und weil der Anrufer sie davon überzeugen wollte, dass ihre Lage hoffnungslos war, dass sie von Verrätern umgeben war. Aber warum war sie dann eine Bedrohung? Und für wen?

Das zeigt mir, wie wenig Sie wissen. Auch von Michael.

Zu Bright konnte sie nicht gehen. Sie hatte zu wenig in der Hand. Sie wusste nicht, wo sie anfangen sollte. Fest stand nur: sie konnte nicht auf eigene Faust weitermachen.

Zitternd trat sie ans Schlafzimmerfenster. Die Straße war schwach erleuchtet, das Dunkel dahinter undurchdringlich.

Sie werden raten müssen, und hoffen wir in Ihrem Interesse, dass Sie das Richtige treffen.

Sie griff zum Telefon. Star war aufgewacht und nagte auf dem Teppich neben ihr an Sofias Maus.

»Dance«, antwortete eine tiefe Stimme. Selbst um diese Uhrzeit, mitten aus dem Schlaf gerissen, war der Kripochef auf alles vorbereitet – einen Mord, den Tod eines Polizisten, auf den Anruf eines Informanten, der in Gefahr war.

»Ich bin's, Stella«, sagte sie, ohne sich zu entschuldigen. »Ich muss Sie sprechen, sofort.«

Nathaniel Dance warf einen riesigen Schatten durch Stellas Fenster, als er auf der Veranda stand und leise an die Tür klopfte. Sie knipste das Licht an und sah, dass sein Atem weiße Wölkchen in der kalten Nachtluft hinterließ.

Wortlos ließ sie Dance herein. Er ging ins Wohnzimmer. Vielleicht lag es daran, dass sie ihn heute besonders genau beobachtete, doch zum ersten Mal fiel ihr auf, dass er sich geschmeidig und leise wie eine Katze bewegte. Er setzte sich auf das Sofa, legte die Hände auf die Knie und sah Stella mit völlig ausdrucksloser Miene an.

»Ich habe uns Kaffee gemacht«, sagte sie.

Er schüttelte ablehnend den Kopf und musterte sie.

»Neulich ist jemand nachts hier eingedrungen«, sagte sie. »Ohne eine Spur von Gewaltanwendung zu hinterlassen. Ich weiß nicht, wer es war und wie er hereingekommen ist. Er hat nur eine Figur zerschlagen, um mir zu zeigen, dass er drin gewesen ist. Und heute Nacht hat mich jemand angerufen. Die Botschaft war simpel: Ich soll aufhören. Nur hat er nicht gesagt, womit ich aufhören soll und was geschieht, wenn ich es nicht tue. Das zu erraten hat er mir überlassen.«

Dance verharrte regungslos, und einen Augenblick lang hatte Stella das beunruhigende Gefühl, dass er den Rest kannte – was der Anrufer über Michael gesagt hatte. Schließlich sagte Dance: »Sie haben mich verschaukelt, Stella.«

Sie setzte sich ihm gegenüber. »Verschaukelt? Jemand hat mich hintergangen.«

Er faltete die Hände, eine Geste, die Stella verriet, dass er mühsam seine Wut im Zaum hielt. »Und Sie verdächtigen mich.«

Stella fühlte sich erschöpft, hatte immer noch Angst. Die späte Stunde und Dances versteinerte Miene verliehen dem Augenblick etwas Unwirkliches. »Schon möglich«, erwiderte sie. »Aber Sie haben mich ebenfalls verschaukelt. Und vermutlich, weil Sie mir ebenso wenig trauen.«

Seine Augen verengten sich. »Fangen Sie an.«

Stella zögerte kurz. Dann berichtete sie ihm von den verschwundenen Akten, ihrem Treffen mit Natasha Tillman, ihren Zweifeln im Fall Fielding, den nicht eingereichten MBE-Berichten. »Ich weiß nicht, was das alles zu bedeuten hat«, schloss sie, »aber das Verschwinden der Akten und der Mord an Tillman können kein Zufall sein.«

Dance verzog keine Miene. »Zwischen den beiden Fällen besteht keinerlei Verbindung.«

»Die Verbindung bin ich, Nat.«

Dance rührte sich nicht. Sein Gesicht und sein Körper waren so starr, dass seine Brust, die sich bei jedem Atemzug hob, wie ein Blasebalg wirkte. »Wer weiß noch davon?«, fragte er.

In der halben Stunde zwischen ihrem Anruf und seinem Eintreffen hatte Stella darüber nachgedacht: nur Michael Del Corso, der Mann, dem sie auch ihre Schlüssel geliehen hatte. Sie schüttelte den Kopf, als sei sie in einem Zustand zwischen Wachen und Träumen gefangen. »Ich bin mir nicht sicher.«

Dance runzelte die Stirn. »Irgendjemand weiß Bescheid. Und wenn wir nicht herausfinden, wer, wird wahrscheinlich noch jemand sterben. Sie, zum Beispiel.«

Stella spürte, wie sich alles in ihr dagegen sträubte. Es konnte unmöglich Michael sein. Aber das Vertrauen, das sie in ihn hatte, stützte sich nur auf ein Gefühl, und zumindest in Jacks Fall hatte ihr Gefühl sie getrogen. »Drehen wir den Spieß mal um, Nat. Sie haben mir ebenso wenig vertraut. Wieso nicht?«

Dance dachte über die Frage nach, dann bedachte er Stella mit einem Blick, der etwas versöhnlicher wirkte. »Nicht weil ich gedacht hätte, dass Sie ein doppeltes Spiel spielen«, antwortete er. »Sondern weil ich der Meinung war, dass Sie Recht hatten.«

»In Bezug worauf?«

»Novak. Natürlich hat er diese Fälle manipuliert. Das weiß ich seit Jahren. Ebenso weiß ich, dass ihm jemand geholfen haben muss. Nur weiß ich nicht, wer, und ich wollte nicht, dass Sie den oder die Betreffenden warnen.« Er hielt inne und schloss leise: »Vermutlich haben Sie das bereits, daher dieser Anruf.«

»Was macht Sie da so sicher?«

»Sie sind mit Ihrer Theorie hausieren gegangen, bei Bright, Sloan, Curran, Del Corso, Saul Ravin und mir …«

»Bright und Sloan reden nicht darüber«, fiel sie ihm ins Wort. »Das können Sie mir glauben.«

Dance schenkte ihr ein flüchtiges Lächeln. »Ich weiß. Aber Ihr Verdacht ist heraus. Also können Sie davon ausgehen, dass die Leute, hinter denen Sie her sind, Wind davon bekommen haben. Wozu sonst der Anruf?«

Stella dachte darüber nach. »Das würde bedeuten, dass Jacks Helfer noch aktiv ist – oder sind. Und das würde auch erklären, warum man mich einschüchtern will. Aber was ist, wenn es dabei um Fielding geht?«

Dance runzelte die Stirn. »Steht Ihre Nummer im Telefonbuch?«

»Natürlich nicht.«

»Wer hat sie?«

»Freunde. Kollegen. Sie, natürlich. Die anderen Polizisten im Morddezernat.«

Dance beugte sich vor. Seine massige Gestalt ließ die Möbel klein erscheinen und den Raum zu einer Puppenstube zusammenschrumpfen. »Vor etwa fünfzehn Jahren«, sagte er, »erhielt ich einen ähnlichen Anruf wie Sie vorhin. Unmittelbar nachdem der haitianische Dealer liquidiert worden war. Ich war damals noch im Drogendezernat. Und ebenfalls hinter George Flood her. Nur hatte damals ich die Absicht, mir dieselben Fälle vorzunehmen, die Sie jetzt ausgegraben haben, und Jack Novak umzudrehen. Egal wie.«

Plötzlich fröstelte Stella.

»Ich wusste allerdings nicht«, fuhr Dance leise fort, »dass ich über Novak an Moro hätte herankommen können. Das weiß ich erst seit zwei Wochen. Seit Sie uns erzählt haben, dass Sie Moro eines Nachts in Novaks Kanzlei gesehen haben. Sie glauben, dass Novak den Haitianer an Moro verraten hat, stimmt's?«

»Und Sie?«

Dance antwortete nicht. »Der Anruf kam spät in der Nacht. Wie in Ihrem Fall. Die Stimme war ebenfalls unkenntlich gemacht. Aber der Anrufer war alles andere als freundlich.« Seine Stimme wurde flach, tonlos. »Er sagte, dass meine Tarnung aufgeflogen sei und dass die Dealer wüssten, wer ich sei. Ich sollte mich in ein anderes Dezernat versetzen lassen, sonst würden er und seine Freunde meine Frau und meine Töchter vergewaltigen und anschließend umbringen. Er wusste, wo wir wohnten, wo Beatrice arbeitete, in welche Schule die Mädchen gingen. Wir haben Zeit, sagte er, wir warten auf eine günstige Gelegenheit, und keine Sorge, dir wird nichts passieren, bevor wir uns deine Frau oder deine Töchter vornehmen. Ich sollte mitkriegen, welche sie als Erste vergewaltigten und umbrachten. Meine jüngste Tochter sei seine Favoritin, sagte er zu mir. Die würde nämlich am meisten leiden und am lautesten schreien.« Dance hielt inne, als denke er daran zurück, und schloss dann: »Einer aus unseren Reihen hatte ihnen einen Tipp gegeben.«

Stellas Schläfen begannen zu pochen. »Was haben Sie getan?«

»Buffallohead war eine Geschichte, Beatrice und die Mädchen eine andere. Ich wollte Bea davon erzählen, aber ich konnte es nicht.« Dance schüttelte langsam den Kopf. »Ich dachte einen Tag lang darüber nach. Dann ging ich zum Captain und bat um meine Versetzung. Alles ging blitzschnell über die Bühne. Bis heute kennt niemand meine Gründe.« Er sprach langsam und leise weiter. »Und Sie werden niemandem davon erzählen, Stella. Weder heute noch sonst irgendwann.«

»Und Sie fragen sich immer noch, wer es war.«

Dance starrte sie an. »Dank Ihnen frage ich mich nicht mehr, wer den Befehl dazu gegeben hat. Es war Moro. Ich weiß nur nicht, wer von meinen ›Freunden‹ ihm gesteckt hat, dass ich hinter Novak her war.«

Dances Gesicht drückte einen unerbittlichen Hass aus. Es war ein Ausdruck, den Stella noch nie bei ihm gesehen hatte. Sie versuchte, sich vorzustellen, wie es war, wenn man um das Leben seiner Kinder fürchtete. Unwillkürlich dachte sie an Sofia. Dann kamen ihr wieder die Worte des Anrufers in den Sinn: *Andererseits akzeptieren Sie kein Kind von einem Mann, der für Vincent Moro arbeitet.*

Erschüttert fragte sie Dance: »Wer könnte es gewesen sein?«

»Das ist einfach. Jeder bis auf Arthur.«

Zweifel stiegen in Stella auf. Wem konnte sie noch vertrauen, wenn Dances Geschichte stimmte? Woran noch glauben? Der Kripochef, der sie forschend ansah, schien ihre Gedanken zu erraten. »Vermutlich hat er nie mit Ihnen darüber gesprochen. Erinnern Sie sich noch an Ihr Vorstellungsgespräch bei Arthur?«

»Natürlich. Er hat es mir nicht gerade leicht gemacht.«

»Vor dem Gespräch rief er mich an und sagte mir, dass Novak Sie geschickt hätte. Ich sollte Ihnen heimlich auf den Zahn fühlen. Also habe ich ein bisschen herumgeschnüffelt. Ich habe Sie sogar zwei Abende lang beschattet.« Sein Ton wurde ironisch. »Ich kann nicht behaupten, dass ich etwas Interessantes gefunden hätte. Aber ich kam dahinter, dass Sie mit Novak eine Beziehung hatten, und gab das an Arthur weiter. Ich hatte nicht den Eindruck, dass er darüber sehr erfreut gewesen wäre.«

Dance hielt inne, spreizte überraschend graziös seine Finger zu einem Fächer und inspizierte seine Fingernägel. »Dann rief mich Arthur zurück. Er sagte, Sie hätten mit Novak Schluss gemacht und wollten nicht im Drogendezernat arbeiten.«

Stella gingen mehrere Lichter auf. Jetzt war ihr klar, warum sie am Tatort, in Jacks Wohnung, das Gefühl gehabt hatte, dass Dance von ihrer Affäre wusste. Warum Bright bei ihrem Vorstellungsgespräch so reserviert gewirkt und warum er ihr schließlich doch eine Stelle angeboten hatte. Die vielleicht wichtigste Entdeckung sprach sie laut aus: »Arthur hat Jack nicht getraut, habe ich Recht?«

»Kein bisschen. Er nahm von ihm zwar Spenden an, aber er sah es nicht gern, wenn Novak in den Büros rumlungerte. Er war nämlich davon überzeugt, dass Novak jemand anheuern wollte, der ihm Informationen zuspielte.«

Stella begann zu ahnen, wie sich jeder von ihnen dreien abschottete, den anderen Informationen vorenthielt und keinem vertraute. »Seit Novaks Ermordung ist Arthur nicht unbedingt versessen darauf, diese Dinge aufzuklären.«

Dance sah sie an. »Warum sollte er? Er will Bürgermeister werden. Nehmen wir mal an, der Verräter sitzt in seiner Behörde. Es wäre doch tödlich für ihn, wenn das ausgerechnet jetzt herauskommt.« Dance hielt inne und fügte ruhig hinzu: »Natürlich haben Sie ihm nie erzählt, dass Akten fehlen. Wer, glauben Sie, hat sie verschwinden lassen? Arthur selbst? Oder Sloan?«

Stella errötete, dann dachte sie wieder an Michael. »Irgendjemand aus der Staatsanwaltschaft. Wer, weiß ich nicht.«

»Sie wissen sogar noch weniger. Das Archiv wird nicht bewacht. Jeder in unserer Behörde hätte sich Zutritt zu dem Raum verschaffen können, jederzeit.« Dances Stimme wurde kühl. »Ich, zum Beispiel.«

Stella erstarrte. »Ja, warum eigentlich nicht? Sie sind mit Arthur befreundet. Sie wollen ihm Scherereien ersparen.« Und, dachte sie bei sich, Sie verfolgen Ihre eigenen Ziele, wie ich.

Dances Blick war hart, seine Stimme gelassen. »Ich will den anonymen Anrufer. Und den Typ, der mich verraten hat. Deshalb hoffe ich, dass es keiner von Arthurs Leuten war.«

Eine Zeit lang schwiegen sie. Dann fragte Stella: »Wer hat Jack umgebracht?«

»Das weiß ich noch nicht. Missy Allen jedenfalls mit ziemlicher Sicherheit nicht.« Er zögerte, dann fügte er offen hinzu: »Schon eher der Kerl, der hier eingedrungen ist und Sie heute Nacht angerufen hat.«

Stella verschränkte die Arme. »Deutet das nicht auf Moro hin?«

»Durchaus möglich.« Er stand auf, trat ans Fenster und sah hinaus. »Ich werde dem Captain des zuständigen Reviers sagen, dass ein anonymer Anrufer sie belästigt.«

Stella beobachtete ihn. »Versuchen wir es mit einer anderen Frage, Nat – Natasha Tillman. Wieso waren Sie am Tatort?«

Dance drehte sich zu ihr um. »Mehr oder weniger aus demselben Grund wie Sie: zwei Nutten in zwei Wochen. Eine ziemlich hohe Sterblichkeitsrate für einen einzigen Block in Scarberry.« Kurze Pause, dann ließ er einen zweiten Rüffel folgen. »Insbesondere seit ich von Ihnen weiß, dass die Tillman gesehen hat, wie ihre Freundin Welch verschwunden ist.«

Da war noch etwas anderes, Stella spürte es. Doch Dance war offenbar entschlossen, sie in die Defensive zu drängen. Sie hatte das deutliche Gefühl, dass er nicht bereit war, ihr alles zu sagen, was er wusste. So wie sie umgekehrt nicht bereit war, ihm von Michael zu erzählen, ohne vorher noch einmal gründlich darüber nachzudenken. »Und was machen wir jetzt?«, fragte sie.

»Wir?« Sein Lächeln war wie immer nur flüchtig. »Ich bin Kripochef, meine Kinder sind mittlerweile erwachsen. Deshalb habe ich die Absicht, die Rechnung zu begleichen. Aber was ist mit Ihnen? Nach Lage der Dinge müssen Sie sich entscheiden, wie weit Sie noch gehen wollen. Genau wie ich vor fünfzehn Jahren.«

Irgendwie passt alles zu gut zusammen, dachte Stella plötzlich – zuerst der Drohanruf heute Nacht, dann Dances Geschichte von einem anderen Anruf. Vielleicht hatte Dance niemals einen solchen Anruf erhalten, vielleicht war seine Geschichte erstunken und erlogen und hatte nur den einen Zweck, ihr Angst einzujagen. Und dann stieg ein neuer Verdacht in Stella auf: Möglicherweise war Dance selbst der Anrufer und seine Geschichte nur ein Test, um herauszufinden, wie nahe sie Michael stand. Mit Sicherheit wusste sie nur eins: Sie musste unbedingt mit Arthur Bright sprechen.

»Ich habe keine Kinder«, sagte sie zu Dance.

ELF

Bright schwieg, nachdem Stella ihren Bericht beendet hatte. Im Büro herrschte Stille – eine Friedhofsstille, wie Stella sarkastisch dachte. Doch es war auch erst kurz vor sieben Uhr morgens.

»Ich habe es mir anders überlegt«, sagte Bright schließlich. »Ich muss Ihnen den Fall Novak entziehen.«

Stella war geschockt. »Wieso denn?«

Die Frage kam ihr selbst töricht vor. Bright machte ein finsteres Gesicht, in dem Sorge und Missfallen miteinander rangen. »Aus mehreren Gründen. Sie sind persönlich zu stark involviert. Und was noch schlimmer ist, Sie haben Ihr Urteilsvermögen verloren. Sie trauen niemandem mehr.« Er senkte die Stimme. »Wenn Sie nicht mal mehr Ihrem Vorgesetzten trauen, wird es Zeit, über einen Wechsel nachzudenken.«

Stella konnte ihm kaum noch in die Augen sehen. Er hatte ihr öffentlich den Rücken gestärkt, und sie hatte ihm in Gedanken unrecht getan. »Es tut mir Leid. Aber es ist Charles, dem ich nicht traue. Die Akten sind ja schließlich nicht von selbst rausspaziert.«

»Wohl wahr. Aber Charles hat sie nicht genommen.« Brights Haltung duldete keine Widerrede.

»Von den Akten einmal abgesehen, habe ich Ihnen nie etwas verheimlicht, Arthur. Sie haben immer von meinem Verdacht gegen Jack Novak gewusst.« Sie hielt inne, dann schloss sie: »Und Sie müssen ihn auch seit vielen Jahren im Verdacht gehabt haben, Arthur. Sonst hätten Sie Nat Dance nicht den Auftrag gegeben, mich zu überprüfen.«

Bright schwieg dazu, dann nickte er zustimmend.

»Sie können mich feuern«, sagte Stella mit vorsichtigem Humor. »Aber von selber gehe ich nicht. Es war zu schwierig, den Job zu kriegen.«

Bright lächelte kaum merklich, aber seine Haltung blieb reserviert. »Es gibt noch mehr Gründe. Allen voran Ihre persönliche Sicherheit.«

Stella fühlte die Wut der letzten Nacht in sich aufsteigen. »Sind wir schon so weit gekommen, Arthur? Ein Anruf genügt, um eine Staatsanwältin abzuschießen?«

»Nicht, wenn die Staatsanwältin ihren Pflichten nachkommt.« Seine Stimme verriet ebenfalls Wut. »Sie waren nicht ehrlich zu mir. Deshalb ist es keineswegs selbstverständlich, dass ich um Ihre Sicherheit besorgt sein müsste.«

Er ist im Recht, dachte Stella, obwohl ihr seine Bemerkung einen Stich gab. Sie schwieg betreten.

Dass sie ihm nicht widersprach, schien ihm den Wind aus den Segeln zu nehmen. Er stieß einen langen Seufzer aus. »Na schön, auch für mich war der Mord an Jack ein Schock. Und ich habe ihn nicht mal mit eigenen Augen ohne Eier da hängen sehen müssen. Aber die Sache wird langsam brenzlig für Sie, Stella. In mehrfacher Hinsicht.«

Stella begriff, dass er damit auf ihre Kandidatur anspielte. Sie hielt es für das Beste, dazu nichts zu sagen.

»Wenn Sie nicht ehrlich zu mir sind«, fuhr er fort, »setzen Sie nicht nur Ihren Job aufs Spiel, von den negativen Auswirkungen auf Ihre Leistung ganz zu schweigen. Sie bringen auch mich in Gefahr, in meiner Eigenschaft als Bezirksstaatsanwalt und als Bürgermeisterkandidat. Und davon bleibt auch Ihre Zukunft nicht unberührt.«

Stella beschloss, ihm die Wahrheit zu sagen, ihm zu sagen, welche Reaktion sie von ihm erwartet hatte, als sie sich dazu durchgerungen hatte, ihn aufzusuchen. »Welche Zukunft, Arthur? Ich wusste, dass ich jede Aussicht auf Ihre Unterstützung verliere, wenn ich Ihnen von den Akten erzähle.«

Das kaum merkliche Lächeln kehrte zurück. »Das habe ich Ihnen bereits als Pluspunkt gutgeschrieben. Denn ich wusste, dass Sie das dachten.«

Einmal mehr musste Stella feststellen, dass sie ihrem eigenen Urteil misstraute, dass sie in dem Spiegelsaal gefangen war, von dem Saul Ravin gesprochen hatte. Und doch meinte sie aus Brights Worten herauszuhören, dass sie durchaus noch auf seine Unterstützung hoffen konnte. Oder bildete sie sich das in ihrer

Verzweiflung nur ein? Wieder hielt sie es für ratsam zu schweigen.

»Ihr erster Selbstmordversuch ist gescheitert, Stella. Sie stehen dafür nur auf der Liste der gefährdeten Personen. Ich habe beschlossen, Sie vor sich selber zu schützen.«

Brights unausgesprochene Botschaft war klar: Stella musste seinen Interessen Vorrang einräumen. »Ich hätte Ihnen von den Akten erzählen sollen«, räumte sie ein. »Aber Sie retten mich nicht, indem Sie mir den Fall Novak wegnehmen. Sie bestätigen damit nur, dass an Dan Learys Artikel etwas dran ist, und dann hat der anonyme Anrufer seinen Zweck erreicht.«

Bright nickte. »Deswegen tun wir es in aller Stille – ohne großes Trara, ohne Streit. Eine simple administrative Maßnahme.«

Über die irgendjemand die *Press* informieren würde, davon war Stella überzeugt. Vielleicht der Anrufer. Oder Charles Sloan. Große Angst überkam sie – womöglich würde der Mord an Jack niemals aufgeklärt werden. »Wem wollen Sie den Fall geben?«

»Sloan.«

Arthurs Ton und Haltung blieben unnachgiebig. Leise bat Stella: »Geben Sie mir noch zwei Wochen, Arthur. Bitte.«

Bright musterte sie mit einer merkwürdigen Mischung aus Frostigkeit und Mitgefühl. »Eine Woche«, antwortete er schließlich. »Und dann bekommt Charles die Akte.«

Michael war in seinem Büro. Hinter ihm klatschte kalter Regen gegen die Fensterscheibe. Bei Stellas Anblick lächelte er.

»Wie geht's der Maus? Ist noch was von ihr übrig?«

Trotz ihrer Entschlossenheit brachte sie sein Scherz aus dem Konzept. Sie spürte, wie von neuem ihr Misstrauen erwachte, und versuchte erst gar nicht, sein Lächeln zu erwidern.

Er legte den Kopf schief. »Ist was?«

Stella meinte in seiner Stimme versteckte Zärtlichkeit zu hören, und das brachte sie noch mehr aus der Fassung. »Ja«, antwortete sie schroff, »Jack Novak ist immer noch tot, und ich frage mich immer noch nach dem Grund.«

Michael starrte sie an, und sie vermochte nicht zu sagen, ob das der Blick eines heimlichen Feindes oder eines gekränkten Freundes war.

»Ich bin noch nicht fertig«, sagte er, »falls du das wissen willst. Ein Tag reicht nicht, um die Drogenfälle deines Freundes aus den letzten vier Jahren durchzusehen. Aber wenn du wissen willst, ob ich auf etwas Verdächtiges gestoßen bin, lautet die Antwort nein. Jedenfalls nicht in dem halben Jahr, das ich bisher überprüft habe.«

Er rechtfertigte sich, auch wenn die Anspielung auf ihren »Freund« eine deutliche Spitze gegen sie war. Doch dieselbe Antwort hätte man auch von einem Mann erwarten können, der mit Vincent Moro gemeinsame Sache machte. Stella nahm Platz und fragte ruhiger: »Wann bist du fertig?«

»Das dauert noch. Selbst wenn ich alles andere liegen lasse, brauche ich ein bis zwei Wochen.«

Alles, was er ihr jetzt sagte, ließ sich auf unterschiedlichste Weise interpretieren, und das spiegelte nur Stellas inneren Zwiespalt wider. Sollte sie ihn zur Eile antreiben, weil sie ihn für einen Lügner hielt? Oder sollte sie ihr Misstrauen zeigen, indem sie die Akten an sich nahm und damit Moro signalisierte, dass sie sich nicht kleinkriegen ließ? »Ich möchte dich etwas fragen, Michael. Nehmen wir mal an, Jack hat Verfahren manipuliert, als ich bei ihm gearbeitet habe, wovon ich ausgehe. Nehmen wie ferner an, du findest in den letzten Jahren keine Hinweise mehr auf ähnliche Fälle. Was würdest du an meiner Stelle daraus schließen? Dass Jack seine Sünden bereute?«

»Nein«, antwortete Michael. »Sondern dass Jack Novak immer Hilfe gebraucht hat. Und dass Moro niemanden mehr hatte, der Jack helfen konnte.«

Die prompte Antwort, in der eine leise Wut mitschwang, verunsicherte Stella noch mehr. Sie schlug die Augen nieder und tat so, als denke sie nach. »Ich habe mit Peter Hall gesprochen. Er wird uns Fieldings Akten zur Verfügung stellen. Ich schlage vor, du bereitest dich darauf vor und beschäftigst dich wieder mit

Steelton 2000, mit Lakefront, Alliance, den MBE-Berichten. Und ich nehme mir den Rest von Novaks Akten vor.«

Michael musterte sie stumm. Jeder Augenblick mit ihm kam Stella wie ein Rohrschach-Test vor, der ihre wachsende Paranoia widerspiegelte. Wie sollte sie seine Reaktion deuten? Als Verwirrung über eine Frau, für die er Zuneigung verspürte? Als Enttäuschung über ihre neuen Anweisungen? Oder steckte etwas viel Schlimmeres dahinter?

»In Ordnung«, sagte er.

Stella stand auf und wandte sich zum Gehen. Er blickte zu ihr auf, kühl und sachlich, ohne jede Wärme. »Apropos Steelton 2000«, sagte er. »Krajek gibt heute Nachmittag eine Pressekonferenz. Es geht um das nächste Bauvorhaben. Ich dachte mir, du möchtest vielleicht hingehen.«

Was steckte dahinter? Berufliche Neugier? Oder wollte er sie nur ablenken? »Gehen wir doch zusammen hin, Michael. Mich würde interessieren, was du davon hältst.«

Bei Krajeks Pressekonferenz herrschte großer Andrang, und da Stella und Michael spät kamen, mussten sie mit einem Stehplatz ganz hinten vorlieb nehmen.

Ein Krajek in doppelter Ausführung empfing sie: einer aus Fleisch und Blut, der als schmächtige Gestalt auf der Bühne stand, und einer, der von einer riesigen Bildwand auf sie herabsah. Der Bürgermeister war von Requisiten umgeben, die alle Blicke auf sich zogen: einer Reliefkarte des Hafenviertels mit unterschiedlichen Blautönen für die verschiedenen Wassertiefen des Sees, einer Luftaufnahme des Ödlands rund um den halb fertigen Rohbau des Stadions und, am interessantesten von allem, einem maßstabgetreuen Modell desselben Geländes mit dem Stadion in der Mitte, wie es nach Krajeks Vorstellung im Jahr 2003 aussehen würde. Der Bürgermeister stand hinter dem Modell, ein Mikrofon in der einen Hand, mit der anderen auf jede Attraktion seines futuristischen Steelton deutend.

Liebevoll strichen seine Finger über einen ausladenden Komplex aus Glas und weißem Marmor. »Hier«, sagte er, »haben wir das Steeltoner Kongresszentrum, ein ebenso modernes Bauwerk wie das Stadion. Und wie das Stadion wird es der Stadt zu neuen Steuereinkünften in Millionenhöhe verhelfen und den Wohlstand unserer Bürger mehren.«

Krajek war in seinem Element. Vor der Bühne, auf der er stand, reihte sich eine Kamera an die andere; Mikrofongalgen ragten aus der Menge wie Speerspitzen; mit Hilfe der Technik wurde sein Gesicht vergrößert und seine Stimme verstärkt. Sein Vorschlag kam überraschend. Krajeks kleine Gestalt schien sich aufzuplustern wie ein Bühnenschauspieler im Augenblick höchster Dramatik. Seine Stimme, sonst eher schrill, klang heute feierlich-getragen. Die Freude, die es ihm bereitete, Bright zu übertrumpfen – und Bright war zweifellos der Hauptadressat dieser Vorführung – war selbst aus der Entfernung fast mit Händen zu greifen. Stella schoss ein Gedanke durch den Kopf, den ihre Verachtung für den ehemaligen Mitschüler und unermüdlichen Wahlkämpfer bislang nicht zugelassen hatte: Möglicherweise sah sie einen zukünftigen Gouverneur vor sich. Und eine zweite Erkenntnis kam ihr: Peter Hall hatte ihr, was Krajeks Pläne anging, die Wahrheit gesagt. Dass sie ihm dafür dankbar war, wertete sie als weiteren Beweis dafür, wie wenig sie allen anderen traute.

Michael, der stand neben ihr und sah stur nach vorn. Was er auch wissen mochte, er hatte gespürt, in welcher Stimmung sie war. Er hielt sich abseits, als existiere sie nicht für ihn.

»Rund um das Stadion«, fuhr Krajek fort, »wird ein Einkaufszentrum entstehen, mit dem größten Kaufhaus in der Geschichte unseres Staates als Kernstück.«

Stella war hin- und hergerissen. Als Staatsanwältin hatte sie viele Fragen, in deren Mittelpunkt das Thema Lakefront Corporation stand, doch als Steeltonerin, die mit Bedauern den Niedergang der Stadt miterlebt hatte, wünschte sie sich, sie hätte keine Fragen. »Der See selbst«, fuhr Krajek fort, »blieb bisher weitgehend ungenutzt.« Er drehte sich um und schritt zu der Reliefkarte des Sees. »Mit der Anleiheemission, die ich vorschlage, werden wir das Hafengebiet zu neuem Leben erwecken. Wir werden den Hafen ausbaggern und mehr Platz schaffen für Vergnügungsboote und Ausflugsdampfer. Und warum laufen sie unseren Hafen an? Weil Restaurants, Nachtclubs und Geschäfte das Ufer säumen werden...«

»Was soll das denn?«, murmelte Stella. »Wozu sollte jemand im Januar nach Steelton kommen? Um im Eis zu angeln?«

Michael, den Blick konzentriert auf die Bildwand gerichtet, antwortete nichts.

Stella und Michael blieben auf der Marmortreppe stehen, nachdem sie das Rathaus verlassen hatten. Ein eisiger Wind wehte vom See herüber, und die Gesichter wurden ihnen ganz taub vor Kälte. Michael hüllte sich weiter in Schweigen.

»Was soll das?«, fragte Stella erneut.

Michael sah sie mit erhobenen Brauen an und wartete ab. »Ich war mit ihm einig«, sagte sie, »bis er davon sprach, den Hafen auszubaggern. Der Hafen wird doch nie und nimmer eine Touristenattraktion.«

Michael verschränkte die Arme, um sich gegen die Kälte zu schützen. »So, wie Krajek sich das vorstellt, jedenfalls nicht. Mit Restaurants und Boutiquen ist es nicht getan.«

»Was verschweigt er uns? Wenn er weitere Anleihen im Wert von fünfhundert Millionen Dollar auflegen will, wird er damit nicht nur bei Arthur auf Kritik stoßen. Selbst wenn er Bundeszuschüsse bekommt und neuen Investoren Steueranreize bieten will, wie er behauptet.«

Michael nickte und wurde etwas gesprächiger. »Eins hat uns Krajek auf jeden Fall verschwiegen: Der Stadionbau ist nur die erste Etappe eines riesigen Immobiliengeschäfts, genau wie ich es vermutet habe. Wenn dieses zweite Projekt durchgeht, werden die Leute, denen die angrenzenden Grundstücke gehören, noch reicher. Ob das Projekt ein Reinfall wird oder nicht.«

Es war so schön, auf diese Weise miteinander zu reden! Wenn Stella nur sicher hätte von der Voraussetzung ausgehen können, dass sie Michael vertrauen konnte. Da es nicht um Novak ging, konnte sie zumindest diesmal ohne Bedenken weitersprechen.

»Vor der Pressekonferenz war ich der Ansicht, dass Hall Krajek benutzt. Jetzt frage ich mich, ob es nicht umgekehrt ist. Vielleicht benutzt Krajek das Stadion nur als eine Art Trojanisches Pferd, das die ganze Sache ins Rollen bringt.«

»Wie kommst du darauf?«

»Hall hat mir gesagt, dass ihm der Name Lakefront Corporation nichts sagt. Ich frage mich, was Krajek sagen würde.«

Michael runzelte die Stirn. »Und ich frage mich, was Arthur dazu sagen wird. Oder Sloan. Wir wollten Fieldings Tod untersuchen, doch was tun wir mittlerweile? Wir beschäftigen uns mit den MBEs. Was ist, wenn Hall oder Fielding mit der zweiten Phase des Sanierungsprojekts gar nichts zu tun haben? Wie weit können wir dann noch gehen?«

Stella zögerte. »Juristisch? Ich weiß nicht.«

»Ich meine politisch. Aber du hast was übersehen. Ist dir schon mal der Gedanke gekommen, dass möglicherweise Hall hinter Lakefront steckt oder vielleicht auch seine Hall Development einen Großteil der Bauaufträge in der zweiten Phase bekommt? Wenn die Sache wie geplant über die Bühne geht, könnte Hall den alten Amasa wie einen Anfänger aussehen lassen. Und nur, weil er einflussreiche Freunde hat.«

Stella schoss ein beschämender Gedanke durch den Kopf, der Michael glücklicherweise verborgen blieb: der Gedanke, dass sie sich möglicherweise wie eine Närrin anstellte und mit subtileren Mitteln als Geld für Halls Zwecke einspannen ließ. Und dass es Hall, wenn Michael Recht hatte, sehr gelegen käme, wenn sein Schützling Stella Marz Bezirksstaatsanwältin wurde.

»Nein«, gab sie zu. »Daran habe ich noch nicht gedacht.«

Michael zwinkerte, wie um seine Augen vor dem Wind zu schützen. »Womit wir wieder bei Arthur wären. Was Krajek da drin vorgetragen hat, ist noch kein konkreter Vorschlag. Es ist nur ein Traum, eine List im Kampf ums Rathaus. Doch es ist ein verlockender Traum in Technicolor mit hübschen kleinen Modellen. An Arthurs Stelle würde ich es mir zwei Mal überlegen, ob ich dagegen grobes Geschütz auffahre. Zumal Krajek,

Hall und Larry Rockwell die PR-Schlacht ums Stadion bereits gewonnen haben.«

Der Einwand war berechtigt. Doch für Stellas Gefühl argumentierte Michael allzu sehr wie Sloan. Wieder verstärkten sich ihre Zweifel, Argwohn war bei ihr zu einem Reflex geworden. Und das erinnerte sie schmerzlich daran, dass sie im Fall Novak nur noch eine Woche Zeit hatte.

»Du konzentrierst dich jetzt auf Fieldings Unterlagen und gibst mir den Rest von Jacks Akten. Ich rede mit Arthur.«

Bright war jedoch – wie konnte es anders sein? – in Sachen Wahlkampf unterwegs. Und so konnte Stella nur Vermutungen darüber anstellen, was er gesagt hätte und was er davon hielt, dass Krajeks neues Projekt das Topthema in den Abendnachrichten sein und für Schlagzeilen in der morgigen Presse sorgen würde.

Stella kehrte in ihr Büro zurück. Zettel mit Mitteilungen und ungelesene Papiere stapelten sich auf ihrem Tisch. Die Pressekonferenz hatte sie wertvolle Zeit gekostet, die sie, wie immer, durch Überstunden hereinholen musste. Gleich morgen früh, so nahm sie sich fest vor, würde sie sich hinter Jacks Akten klemmen. Und wenn sie selbst in sein Büro gehen musste, um sie zu holen.

Stella starrte auf die rosafarbenen Zettel mit den Telefonnotizen, ehe sie merkte, dass sie eine Viertelstunde lang fast wie in Trance dagesessen hatte. Sie griff zum Telefonhörer und rief Micelli an.

»Ich habe eine Frage zu Novak«, sagte sie. »Erinnern Sie sich, wie Sie sagten, dass er nicht bewusstlos gewesen sei, als man ihn aufgehängt hat?«

»Wenn ich mich recht erinnere«, verbesserte Micelli sie, »habe ich nur gesagt, dass Novak meines Erachtens nicht betrunken genug war, um nicht zu merken, wie ihn jemand auf den Hocker stellte und aufhängte.

»Sind Sie da ganz sicher?«

»Stella, wer so bewusstlos ist, ist dem Tod verdammt nahe.

Und das war Novak nicht. Er ist erstickt, und zwar an dem Gürtel, den er um den Hals hatte, als wir ihn fanden. Alles klar?« Ungeduld klang in ihrer Stimme.

»Viel zu tun?«, fragte Stella.

»Ja. Reden wir später weiter, falls es noch etwas zu besprechen gibt.« Ohne eine Antwort abzuwarten, legte die Gerichtsmedizinerin auf.

ZWÖLF

Es war bereits nach acht, als Stella nach Hause kam. In der Diele brannte Licht.

Stella erstarrte. Sie bekam Angst, ein Schauder überlief sie. Das Licht durfte nicht brennen.

Auf der Veranda stehend, durchforstete sie ihr Gedächtnis. Bevor sie morgens das Haus verließ, tat sie immer dasselbe, gewohnheitsmäßig, ohne darüber nachzudenken. Sie füllte Stars Fressnapf, schaltete den Geschirrspüler an, löschte das Licht. Sie würde sich daran erinnern, wenn sie etwas anders gemacht hätte, und heute Morgen hatte sie nichts anders gemacht.

Sie hatte das Licht gelöscht.

Jemand war im Haus gewesen und wollte, dass sie es merkte. Vielleicht war er noch drin.

Eine Frau wie Sie, ohne wirkliche Freunde, könnte einsam sterben.

Stella rührte sich nicht von der Stelle. Bis auf die Diele war das Haus dunkel. Das einzige Geräusch, das sie hörte, war das Jaulen eines Hundes in der Ferne.

Ihre Hände zitterten. Sie musste hier weg, einfach davonrennen. Sie drehte sich um und suchte die Straße nach fremden Wagen ab, entdeckte keinen. Eine neue Angst durchzuckte sie wie ein Stromschlag.

Sie schluckte. Immer noch zitternd, schob sie den Schlüssel ins Schloss. Bei dem Geräusch des zurückschnappenden Riegels fuhr sie zusammen.

Sie trat in die Diele.

Ihr Fuß stieß gegen etwas Weiches, Schweres. Sie schloss unwillkürlich die Augen, dann sah sie auf den Boden.

Star lag zu ihren Füßen. Die Katze war in das Mäntelchen des Prager Jesuskindes gehüllt.

Stella erschauderte. Sie kniete sich hin und streichelte Stars Stirn. Tränen traten ihr in die Augen.

Vergessen Sie nicht, die Katze zu füttern …

Das Fell der Katze fühlte sich kühl an. Ihre Augen starrten entsetzt. Einen solchen Blick hatte Stella noch nie in ihrem Leben gesehen. Das Schluchzen erstarb in ihrer Kehle.

Zärtlich hob sie die Katze auf und nahm sie in den Arm.

Ich habe keine Kinder …

Tränen liefen ihr über die Wangen, doch sie zwang sich zur Ruhe.

Der Eindringling konnte überall sein. Fort, oder im Wohnzimmer. Oder im Schlafzimmer.

Sie sollte sofort zu ihrem Wagen rennen, die Polizei verständigen. Aber sie rührte sich nicht. Ihr Atem raste, ihre Gedanken überschlugen sich.

Wenn der Eindringling sie töten wollte, hätte er dann Star als Warnung liegen lassen?

Stella richtete sich wieder auf, drückte die Katze an sich, als schlafe sie nur, als wolle sie Star nach oben ins Schlafzimmer tragen. Mit leisen Schritten trat Stella in die Küche, überwältigt von Trauer und Wut und der Angst um ihr Leben.

In der Küche war es still.

Stella sah sich um, wartete, bis sich ihre Augen an die Dunkelheit gewöhnt hatten. Lauschte, ob da jemand war. Sie konnte nichts hören.

Behutsam legte sie Star auf den Küchentisch.

Erst nach einiger Zeit brachte sie es über sich, der Katze das Leinenmäntelchen auszuziehen. Wieder stiegen ihr Tränen in die Augen, Liebe und Hass erfüllten ihr Herz. Sie hatte nicht nachgegeben, und jetzt hatten sie ihr das angetan.

Wer auch immer sie waren.

Stella schaltete das Licht an. Sich wappnend, beugte sie sich über die tote Katze und streichelte ihr das Fell. Dann ging sie zum Telefon und rief Micelli zu Hause an.

»Hallo?«, meldete sich die Gerichtsmedizinerin.

»Ich bin's, Stella.« Ihre Stimme klang ruhig, aber dünn. »Ich möchte, dass Sie an meiner Katze eine Obduktion vornehmen.«

Micelli wartete am Vordereingang der Gerichtsmedizin. Sie sah abgespannt aus, wie nach einem langen Arbeitstag, und ihr schwarz gefärbtes Haar ließ ihren blassen Teint noch bleicher erscheinen. Mit einem Blick auf die Tüte in Stellas Hand knipste sie den Lichtschalter an und ging voran ins Kellergeschoss.

Sie schritten durch einen langen Korridor auf eine doppelte Pendeltür aus Stahl zu. Der Korridor bot einen tristen Anblick: grün gefliester Fußboden, verschlossene Türen. Stella erinnerte sich, wie sie als frisch gebackene Staatsanwältin ihr Grauen unterdrückt hatte, indem sie Micelli fragte, ob sich hinter diesen Türen Lagerräume für die Ersatzteilchirurgie verbargen. Heute sagte sie nichts. Der leere Flur hallte von ihren Schritten wider.

Schweigend gingen sie durch die Pendeltür, und Micelli machte Licht. Alles im Obduktionsraum glänzte – die stählernen Tische, die stählernen Ausgussbecken, Micellis Waage und Instrumente. Bei ihrem letzten Besuch hatte Stella Novaks Gesicht mit einem Tuch bedeckt und dann zugesehen, wie die Gerichtsmedizinerin Tommy Fielding seziert hatte. Jetzt zog sie Star aus der Tüte und legte die Katze auf den Tisch, auf dem Fielding gelegen hatte.

Micelli streifte sich Handschuhe über, schlüpfte in ihren weißen Kittel und beugte sich über die Katze. »Wegen eines toten Tiers habe ich noch nie Überstunden gemacht!«

Stella sah zu, wie die Gerichtsmedizinerin ihre Instrumente auf den Tisch legte. Star starrte sie an, als sei sie entsetzt über diesen Verrat.

»Tut mir Leid«, murmelte Stella.

Micelli legte ihr eine Hand auf die Schulter. »Setzen Sie sich da drüben hin.«

»Da drüben« war ein Metallstuhl neben einem Ausgussbecken. Stella nahm Platz, stützte die Arme auf das Becken und blickte gegen die kahle Wand.

Geräusche drangen an ihr Ohr. Micellis Skalpell. Das Rascheln ihres Kittels am Seziertisch. Als die Säge kreischte, schloss Stella die Augen.

Sie dachte daran, wie sie die Katze aus dem Tierasyl gerettet hatte. Star war völlig abgemagert gewesen, verstört und krank. Stella hatte sie impfen lassen, herausgefunden, was sie gerne fraß, und sie lieben gelernt, lange bevor sie gesund und geschmeidig wurde, eine treue Gefährtin ihrer Nächte, eine warme Kugel, die neben ihr lag, eine Freundin, mit der sie ironische Gespräche über ihren Tag am Gericht führte. An diese Augenblicke erinnerte sich Stella jetzt lebhaft. Der stählerne Raum, das Neonlicht, das Kratzen von Micellis Säge schienen dagegen nur in ihrer Einbildung zu existieren.

»Herr Gott noch mal…«

Micelli hatte einen Fluch ausgestoßen.

Stella fuhr herum. Die Gerichtsmedizinerin starrte auf den Tisch. Star streckte alle Viere von sich, blutiges Fleisch lappte aus ihrem Fell. Micelli sah herüber und bedeutete Stella mit erhobener Hand, sich nicht von der Stelle zu rühren.

Micelli wandte sich wieder ihrer Arbeit zu, und Stella drehte sich weg. Ihre Hände zitterten. Sie beugte sich vor und klemmte die Hände unter die Arme, bis das Zittern aufhörte. Dann bemerkte sie, dass Micelli neben ihr stand.

Dumpf fragte Stella: »Und?«

Die Gerichtsmedizinerin hatte sich wieder gefasst. »Ich muss noch ein paar Tests machen«, sagte sie mit matter Stimme. »Aber Ihre Katze ist an einer schweren Atemdepression gestorben. Wenn mich nicht alles täuscht, hat man sie mit Heroin vollgepumpt.«

Fragen Sie ihn, warum Maria ihn verlassen hat.

Stella raste durch die Stadt. Ihre Gedanken glichen Bruchstücken eines Traums: eine erhängte Leiche, eine zerschmetterte

Puppe, die starren Augen einer toten Katze, eine Prostituierte, die mit durchschnittener Kehle in einer Mülltonne lag, ein beklemmender düsterer Raum, in dem Akten fehlten, dann eine Hand auf ihrer Schulter. Die Wärme von Michaels Mund, ihr Verlangen.

Vielleicht sagt er es Ihnen, wenn Sie mit ihm vögeln.

Selbstverachtung stieg in ihr auf, bitter wie Galle. Nicht Sofia hatte Rettungsphantasien, sondern sie selbst, und das war ihr offenbar so deutlich anzumerken, dass Michael ihr nur ein wenig Hoffnung auf eine Liebe zu machen brauchte, die sie niemals erfahren hatte. Er hatte sie hintergangen, und sie war sich in einer Weise untreu geworden, die noch erniedrigender war als die Affäre mit Jack. Stella hatte ihre mühsam erworbene Selbstachtung selbst zerstört und einem Mann vertraut, der sich über ihre Schwächen, die ihre berufliche Stellung nur unzulänglich kaschierte, köstlich amüsiert haben musste. Stella Marz, Leiterin des Morddezernats, Bezirksstaatsanwältin im Wartestand. In ihrer maßlosen Wut konnte sie endlich nachempfinden, was in ihrem Vater vorgegangen sein musste, als er ihr ins Gesicht schlug und seinem aufgestauten Ärger Luft machte. Mit quietschenden Reifen kam ihr Wagen vor Michaels Haus zum Stehen.

Ich hatte niemanden, Michael. Jack spürte das …

Sie knallte die Tür hinter sich zu und rannte zum Haus. Ohne Atem zu schöpfen, sprang sie auf die Veranda und drückte auf die Klingel. Ein scharfes Läuten zerriss die Stille der Nacht.

Nichts rührte sich. Sie klingelte noch einmal.

Das Licht ging an.

Die innere Tür öffnete sich, Michael erschien hinter der Fliegentür, eine dunkle Gestalt in Bluejeans und T-Shirt, mit den Augen eines Menschen, der aus dem Schlaf gerissen worden war. Stella starrte ihn durch die Fliegentür an.

»Stella? Um Himmels willen, was ist?«

Sie antwortete nicht.

Er öffnete die Fliegentür. Stella drängte sich durch die Tür und holte mit aller Kraft aus.

Ihre flache Hand klatschte gegen sein Gesicht. Michael taumelte und riss erstaunt und zornig die Augen auf. Er packte ihre linke Hand, als sie sich wegdrehte, dann die rechte und drückte sie mit gespreizten Armen an die Wand. Blut tropfte von seiner Lippe. Stella fühlte seinen warmen Atem in ihrem Gesicht. Sie war so außer sich, dass sie seinen Griff nicht spürte.

Sie bäumte sich auf und versuchte, sich ihm zu entwinden. »Du arbeitest für Moro«, stieß sie aus. »Du hast ihm meine Schlüssel gegeben.«

Michael starrte sie entgeistert an, dann flog sein Blick ins Innere des Hauses. Er drückte noch fester zu. »Bist du noch bei Trost?«, zischte er.

»Du hast ihm verraten, was ich über Jack wusste.« Sie sprach abgehackt. »Du hast ihnen gesagt, wann ich abends länger gearbeitet habe, wann ich nach Hause kommen würde, wie sie mir Angst machen können. Du hast ihnen von Star erzählt.«

»Von Star?«

»Du hast ihnen gesagt, dass der Anruf nichts bewirkt hat. Deshalb hat Moro meine Katze umbringen lassen.«

»Stella.« Seine Augen schauten sie an, als habe er eine Wahnsinnige vor sich, doch seine Stimme blieb beherrscht. »Denk an Sofia«, flüsterte er.

Sie akzeptieren kein Kind von einem Mann, der für Vincent Moro arbeitet…

Unwillkürlich spähte Stella in den Flur und suchte das Mädchen.

»Jemand hat Star getötet?«, fragte Michael.

Wütend setzte sich Stella wieder zur Wehr. »Du gehörst zu Moros Leuten«, sagte sie mit erstickter Stimme.

»Blödsinn!«

»Er hat deine Ausbildung finanziert, dein Studium bezahlt, dir in Brights Behörde einen Posten verschafft…«

Er presste ihr die Hand auf den Mund und drückte sich gegen sie. Stella wand sich in ohnmächtiger Wut, vermochte sich aber nicht loszureißen. »Hör zu«, flüsterte er. »Hör mir jetzt zu. Wir können miteinander reden, ich kann dir alles erklären. Aber nicht so…«

»Wozu?« Stella keuchte, und seine Hand dämpfte ihre Worte. »Willst du etwa die Polizei verständigen?« Diese Drohung war ein Reflex. Schon im nächsten Moment fiel ihr wieder ein, dass sie auch der Polizei nicht vertrauen konnte. Das Gesicht abwendend, stieß sie hervor: »Wie wär's, wenn du Arthur anrufst?«

Er presste sich so fest gegen sie, dass sie kaum noch Luft bekam. Und während sie sich ihm entgegenstemmte, wurde ihr mit bitterer Klarheit bewusst, dass sie ihn noch vor wenigen Nächten so hatte spüren wollen. Wütend biss sie ihm in die Schulter. Er schrie vor Schmerz auf, dann packte er sie am Hals und drückte ihren Kopf gegen die Wand. »Ich tue das nur sehr ungern«, zischte er. »Aber ich möchte nicht, dass Sofia hört, was du hier von dir gibst.«

Stella schluckte, ihr Kopf dröhnte.

»Hör mir zu«, drängte er, »dann lass ich dich los. Gib mir eine Minute. Danach kannst du tun, was du willst, Hauptsache, du gehst.«

Weiße Punkte flimmerten ihr vor den Augen. Doch sie gab ihm keine Antwort.

Einen Augenblick später lockerte er seinen Griff. Aber sein Körper presste sie immer noch gegen die Wand, und sein Gesicht war nur Zentimeter von ihrem entfernt.

»Ich habe zwei Mal in den Sommerferien für Moro gearbeitet«, sagte er. »Nicht für ihn, sondern für Dioguardia Security. Aber jeder wusste, dass er die Firma dazu benutzte, ein paar seiner Schläger zu bezahlen. Vielleicht wollte er etwas für seinen Ruf tun und hat deshalb ein paar jungen Leuten aus dem Viertel auf diese Weise das Geld gegeben, das sie fürs College brauchten. Ich habe ein Lagerhaus von Moros Lebensmittelgroßhandel bewacht. Ich wusste, wessen Geld es war. Aber ich habe es genommen, weil ich es gebraucht habe.«

Sie starrte ihn an, ihr Atem ging schwer.

»Du hast für Novak gearbeitet. Ich habe für Moro gearbeitet. Nach zwei Jahren habe ich aufgehört, so wie du.«

Der Vergleich empörte sie. »Du hast nie aufgehört«, fuhr sie ihn an. »Du hast die Akten gestohlen. Du hattest meine Schlüssel. Du hast mir nachspioniert...«

»Dir nachspioniert? Ich habe mich nicht darum gerissen, dir im Fall Novak zu helfen, von dem du regelrecht besessen bist. Sloan hat mich dir zugeteilt, schon vergessen?«

»Weil er ebenfalls für Moro arbeitet.«

Michael schüttelte fassungslos den Kopf. »Ich weiß nicht, wer für Moro arbeitet. Ich jedenfalls nicht.«

»Deshalb hast du mir nichts von dem Ferienjob erzählt.« Stellas Stimme bebte vor Zorn. »Von Frankie Scavullo hast du mir regelrecht vorgeschwärmt, aber das mit dem Job hast du mir verschwiegen.«

»Na schön. Und was habe ich noch verbrochen?« Groll klang in seiner Stimme. »Hast du mir nun genug vorgeworfen? Jedenfalls schon mal alles vom Katzenmord bis zu Spitzeldiensten für Moro.«

Stella stemmte sich gegen seine Brust und verschaffte sich etwas Luft. »Du hast nicht nur Star umgebracht, sondern auch Natasha Tillman.«

»Moment mal. Wer ist Natasha Tillman?«

»Richtig. Den Namen habe ich dir nicht genannt. Ich habe dir nur von Tina Welchs Freundin erzählt.«

»Tina Welch ist ein anderer Fall, Stella. Du bist so außer dir, dass du alles durcheinander bringst.«

»Ich habe dir von Tillman erzählt, und wenig später hat ihr jemand die Kehle durchgeschnitten.«

Michael schüttelte müde den Kopf. »Ich werde nichts mehr fragen. Ich glaube, mittlerweile ist mir alles vollkommen egal.«

Zum ersten Mal legte sich ihr Zorn etwas. Sie erkannte, dass der Mord an Natasha Tillman sich nicht so einfach mit ihren bisherigen Anschuldigungen in Verbindung bringen ließ. »Maria wusste, für wen du gearbeitet hast«, erwiderte sie. »Als sie es nicht mehr ausgehalten hat, ist sie davongelaufen. Der Preis war Sofia.«

Michael trat zurück und ließ sie los. Stella starrte ihn überrascht an.

Mit fester Stimme sagte er: »Ich habe noch nie eine Frau geschlagen. Aber bei dir könnte mir die Hand ausrutschen.« Seine Brust hob und senkte sich. »Was weißt du von Maria und mir? Woher hast du das alles?«

»Jemand hat mich angerufen.«

»Wer, verdammt noch mal?« Michael verschränkte die Arme. »Jemand will dich irremachen. Ich wünschte, ich könnte Mitleid mit dir haben. Aber du bist selbst schuld an deinem Elend.«

In der beklemmenden Stille hörte Stella Schritte.

Sofia stand verängstigt im Flur und blickte von Michael zu Stella.

»Mein Gott«, murmelte Michael. Es war ein stummer Vorwurf an Stella, voller Wut und Verzweiflung.

Sofia starrte die beiden an. »Geh wieder ins Bett«, sagte Michael sanft. »Ich komme gleich zu dir.«

Flehentlich sah das Mädchen Stella an. Stella wurde übel. Sie fühlte sich hilflos, war zu keiner Bewegung, keinem Wort fähig.

»Geh ins Bett«, befahl Michael.

Langsam drehte das Mädchen sich um. Die beiden Erwachsenen sahen ihm nach, bis es verschwunden war.

Michael wandte sich wieder Stella zu. »Geh damit zu Bright, wenn du nicht anders kannst. Vielleicht bringst du ihn ja dazu, mich rauszuschmeißen.«

Wieder fühlte sie Wut in sich aufsteigen, diesmal verstärkt durch Scham. Selbst in dieser Situation wusste Michael, wie er sie erweichen konnte. »Sofia wird es überleben«, erwiderte sie.

Michael erstarrte. »Ich will nichts mehr mit dir zu tun haben, weder dienstlich noch außerdienstlich. Ganz gleich was du tust.«

Stella starrte ihn an, verwirrt, entrüstet, verletzt. Abrupt drehte sie sich um und ging. Sie hörte, wie die Tür hinter ihr ins Schloss fiel.

Es war eine kalte Nacht. Ihre Katze war tot, und Stella hatte sich nie einsamer gefühlt. Sie hatte keinen Platz zum Schlafen.

DREIZEHN

Stella und Arthur Bright sahen den Kriminaltechnikern zu, die unter Dances Leitung das Haus nach Fingerabdrücken absuchten.

Es war kurz nach sieben Uhr morgens. Stella war von Michaels Haus ins Büro gefahren, weil sie sich nicht nach Hause getraut hatte. Da sie keinen anderen Ausweg mehr sah, hatte sie bei Tagesanbruch Nat Dance und anschließend Bright angerufen. Und so kam es, dass Dance jetzt ihr Haus durchsuchte, so wie er Novaks Wohnung durchsucht hatte. Der Eindringling, so hatte er erklärt, hätte ebenso gut Stella umbringen können.

Stella saß neben Bright auf dem Sofa im Wohnzimmer, trank Kaffee und versuchte angestrengt, wieder Ordnung in ihre Gedanken zu bringen. »Wir müssen über Lakefront reden«, sagte sie zu Bright. »Ganz gleich, was geschieht...«

Ihre Stimme verlor sich. Gedankenverloren putzte Bright mit einem Taschentuch seine Brille und sagte so leise, dass kein anderer es hören konnte: »Reden wir lieber von Ihrer Kandidatur für das Amt des Bezirksstaatsanwalts.«

Stella sah ihn verdutzt an. Er putzte weiter seine Brille. »Sie unterstützen mich im Bürgermeisterwahlkampf, aber Sie sind keine ausgewiesene Gegnerin des Stadions. Das könnte sich als geschickter politischer Schachzug erweisen. Und jetzt will Peter Hall auch noch Ihr Verbündeter werden. Warum wollen Sie sich da noch mehr Ärger aufhalsen?« Er hielt inne und schien seine Worte sorgsam abzuwägen. »Ich habe keine Lust, Sie im Leichenschauhaus zu besuchen. Ebenso wenig möchte ich, dass Sie politisch kaltgestellt werden. Das wäre auch für mich nicht gut.«

Stella fiel keine Antwort ein. Ihr Verstand arbeitete nur träge. In den letzten zehn Stunden war sie völlig aus dem Gleichgewicht geraten, und die Erwähnung praktischer Politik ließ die Ereignisse der vergangenen Nacht nur noch unwirklicher erscheinen. Bright setzte seine Brille wieder auf und fügte mit derselben Offenheit hinzu: »Ich will damit sagen, dass Sie Sloan den Fall Novak überlassen sollen, und Del Corso soll sich mit den Kollegen vom Dezernat für Wirtschaftskriminalität um Lakefront, die MBEs und Steelton 2000 kümmern.«

»Was ist mit Fielding? Mit Welch? Und mit Tillman?«

Bright schielte zu den Leuten von der Spurensicherung hinüber, dann sah er Stella wieder an. »Soweit wir wissen, war die Sache mit Fielding und Welch ein Unfall, und Tillman wurde ermordet wie andere Prostituierte auch – eine Art Berufsunfall. Selbst wenn, und ich betone das ausdrücklich, selbst wenn die Kollegen vom Dezernat für Wirtschaftskriminalität bei Lakefront oder Alliance hinter irgendeine krumme Sache kommen, die mit Fielding im Zusammenhang steht, heißt das noch lange nicht, dass er ermordet worden ist. Und Ihr Dezernat ist für Mord zuständig, nicht für Korruptionsfälle. Bringen Sie mir Beweise, dass es ein Mord war, dann machen wir weiter. Bis jetzt haben Sie und Dance nichts in der Hand. Irgendjemandem gefällt nicht, was Sie tun, und das hat sicherlich mit Jack zu tun.« Bright tätschelte ihre Hand. »Und noch wichtiger: warum wollen Sie Peter Hall und all die anderen vergrätzen, die an Steelton 2000 und Krajeks Vision vom Wiederaufschwung glauben, auch wenn die Sache nach Korruption stinkt? Warum halten Sie sich nicht raus und überlassen Del Corso und mir die Drecksarbeit? Warum wollen Sie sich nicht von uns helfen lassen?«

Stella fühlte sich verloren. Eine so lange und persönliche Rede war untypisch für Bright. Trotz ihrer Müdigkeit begriff sie, was er ihr anbot. Er wollte sie aus der Schusslinie bringen und politischen Flurschaden vermeiden, indem er das Dezernat für Wirtschaftskriminalität einschaltete. Das war aus ermittlungstechnischer Sicht absolut vertretbar und hätte noch einen positiven Nebeneffekt, von dem Bright nichts wusste: Sie und Michael Del Corso könnten ihre Arbeitsbeziehung beenden, ohne dass sie darum ersuchen müssten. Und das wiederum würde Stella die Möglichkeit geben, ihr Wissen um Michaels frühere – oder gegenwärtige – Kontakte zu Vincent Moro für sich zu behalten.

Schweigend starrte sie zu Boden. Wie oft hatte sie ihren Besuch in Michaels Haus noch einmal Revue passieren lassen: ihre Wut, ihre Anschuldigungen, sein Eingeständnis, sein Leugnen. Die Gefühle – Hilflosigkeit, Verwirrung, Angst –, die über Sofias Gesicht gehuscht waren.

Du bist selbst schuld an deinem Elend, hatte Michael gesagt.

Eine düstere Wahrheit dämmerte ihr. Auf welch schwachen Füßen ihre Zufriedenheit doch gestanden hatte! Sie dachte wieder an Star.

Wenn mich nicht alles täuscht, hat man sie mit Heroin vollgepumpt.

»Nehmen Sie sich ein paar Tage frei«, sagte Bright gerade. »Dance wird Ihr Haus bewachen lassen. Danach möchte ich, dass Sie mir in einer anderen Angelegenheit helfen.«

Stella sah ihn an. »Wobei?«

»Können wir einen Moment nach draußen gehen?«

Auf dem Weg zur Haustür nahm Stella eine Skijacke aus dem Schrank. Sie traten in den bescheidenen Vorgarten, dessen welkes Gras eine Reifschicht bedeckte.

»Auf der West Side liege ich zurück«, sagte Bright. »Meine Umfrageergebnisse dort sind erbärmlich. Ich brauche Sie in Warszawa. Und anderswo.« Er sah Stella durchdringend an. »Sie könnten sich dabei profilieren. Und mir wären Sie eine echte Hilfe. Sie sind eine Weiße, und Sie sind eine Frau. Sie können etwas für mich tun, was Charles nicht kann.«

Normalerweise hatte Stella eine schnelle Auffassungsgabe, doch jetzt streikte ihr Verstand, und ihre Gefühle trogen sie. Ihr fiel nur auf, dass Bright von sich aus, ohne Not, von Sloan gesprochen hatte. »Was wollen Sie damit sagen, Arthur? Dass Sie meine Kandidatur unterstützen, wenn Sie gewinnen?«

Wäre sie nicht so müde gewesen, hätte sie sofort begriffen und nicht so plump geantwortet. Es war nicht der Ehrgeiz, der aus ihr sprach, dafür war sie zu deprimiert. Allerdings nicht zu deprimiert, um neugierig zu werden.

Bright war über ihre Frage offensichtlich weniger überrascht als sie selbst. Dennoch schien er seine Worte abzuwägen.

»Wenn Sie mir zum Sieg verhelfen und sich dabei selber als attraktive Kandidatin bekannt machen, sind das zwei gute Gründe. Ich brauche mehr Unterstützung von Ihnen, als ich dachte.«

Jetzt dämmerte ihr, wie raffiniert sein Angebot war. Er wollte nicht nur sie vor den Folgen des Falls Novak schützen, sondern auch sich selbst. Sloan würde im Fall Novak wahrscheinlich Brights politische Interessen über die Aufklärung des Mordes stellen. Brights eigentlicher Schachzug war, dass er Stella in dieser prekären Position durch Sloan ersetzte. Indem er sie zusätzlich gegen Steelton 2000 abschirmte, so erkannte sie mit Erstaunen, förderte er seine und ihre Interessen, und Sloan musste die möglichen Folgen tragen. Nicht zum ersten Mal fragte sich Stella, ob sie Bright um diese Kombination aus Flexibilität, Egoismus und Einfühlungsvermögen beneiden sollte.

Schließlich sagte sie: »Ich bin heute Morgen etwas schwer von Begriff.«

Bright lächelte und sah sie an, als ob er ihre Gedanken errate. »Reine Übungssache, Stella. Ich habe mich als Schwarzer in einer von Weißen beherrschten Stadt nach oben arbeiten müssen. Das schärft den Verstand.«

Seit wann schon wollte Arthur Bürgermeister werden? Hatte er schon vor dreißig Jahren davon geträumt, als er bei der High-School-Abschlussfeier die Abschiedsrede hielt und noch kein schwarzer Politiker in Steelton ein nennenswertes Amt bekleidete? Wie viele Überlegungen hatte er seitdem angestellt, Tag für Tag, in all den Jahren. Hatte seine Ambitionen verheimlicht, Interesse an einem bestimmten Ziel vorgetäuscht, während er bereits ein neues im Visier hatte, Sympathie für Männer geheuchelt, die er verabscheute, darunter vielleicht auch Jack Novak, und darauf gewartet, dass andere Schwächen zeigten oder Fehler begingen, um daraus Kapital zu schlagen? So wie er jetzt möglicherweise darauf lauerte, dass Stella sich eine Blöße gab. Und dennoch glaubte sie an Arthur und an das, was er erreicht hatte.

»Manchmal träume ich, wie ich vom Dach eines Hauses stürze«, sagte sie. »Und erst kurz bevor ich unten aufschlage, wache ich auf. Träumen Sie so etwas auch?«

Bright nickte. »Aber in meinem schlimmsten Albtraum kommt man dahinter, dass ich durchs Juraexamen gerasselt bin und deshalb nicht länger Bezirksstaatsanwalt bleiben kann. Der Schwindel fliegt auf – wie Sie sehen, habe ich vor Entlarvung mehr Angst als vor dem Tod. Aber ja, Ihren Traum hatte ich auch schon.«

Sie verschränkte die Arme, denn sie fror trotz der Skijacke. »So wie in dem Traum fühle ich mich im Moment. Ich bin gerade aufgewacht und weiß nicht genau, wo ich bin. Und dass ich noch lebe, weiß ich nur, weil ich Todesangst habe.«

Bright sann darüber nach. »Manchmal denke ich an George Walker, der bei der letzten Bürgermeisterwahl kandidiert hat. Ich war fest davon überzeugt, dass er gewinnen würde. Doch dann hat man ihn wegen Kokainbesitzes drangekriegt, und ich wurde der neue Hoffnungsträger der Schwarzen. Ich bin in derselben Situation wie George Walker damals. Ich stehe kurz vor dem Ziel. Und Sie vielleicht auch.«

Wie bei ihrem Gespräch mit Hall war Stella einen Augenblick lang fasziniert, wie ein Kind, das einem Zaubertrick zusah. Dann dachte sie an ihren toten Exliebhaber, an ihre tote Katze. »Sie sind mein Vorgesetzter«, erwiderte sie. »Wie im Fall Novak können Sie entscheiden, was ich mit Steelton 2000 machen soll. Und wenn Sie mehr Unterstützung im Wahlkampf brauchen, gut, ich habe noch genug Urlaub, den ich dafür nehmen kann. Trotzdem will ich die nächsten sechs Tage weiter am Fall Novak arbeiten.«

Brights Blick wurde kühl. Er stellte ihr eine rosige Zukunft in Aussicht, sagte seine Miene, und sie feilschte weiter. Aber sie hatte etwas, das er wollte. »Na schön«, sagte er schließlich. »Aber gehen Sie kein Risiko ein. Bis morgen arbeitet mein Wahlkampfteam einen Plan für Sie aus.«

Bright klopfte ihr auf die Schulter. Da nun alles zwischen ihnen geregelt war, eilte er zu seinem Wagen und stürzte sich in einen neuen Wahlkampftag.

Als Stella ins Haus zurückkehrte, untersuchte Dance gerade die rückwärtige Küchentür. Neben ihm auf dem Boden stand in einem matten Sonnenstrahl Stars Fressnapf mit Futterresten ihrer letzten Mahlzeit. Bei dem Gedanken, dass sie den Napf nicht mehr zu füllen brauchte, schaute Stella weg. Dance, über das Türschloss gebeugt, nahm keine Notiz von ihr.

»Immer noch kein Hinweis auf einen Einbruch?«, fragte sie.

Ohne sich umzudrehen, grunzte Dance verneinend. Seine Laune war anscheinend wenig besser als ihre.

»Wie macht man das, Nat? Wie dringt man ohne Schlüssel in ein Haus ein, ohne Spuren zu hinterlassen.«

»Das schafft keiner. Außer vielleicht ein Einbrechergenie. Haben Sie eine Putzfrau? Oder kommt sonst jemand ins Haus, wenn Sie weg sind?«

»Seit Monaten nicht mehr.« Seit die Pflegekosten ihres Vaters sie zu weiteren Einsparungen gezwungen hatten, um genau zu sein.

Dance hob den Kopf, und seine schwarzen Augen blickten ohne jede Wärme. »Hat sonst jemand einen Schlüssel?«

Stella spürte, wie sie sich verkrampfte, nicht nur wegen seines Blicks, sondern weil sie eine Entscheidung treffen musste. Zum wiederholten Mal dachte sie an Sofia.

Du hast für Novak gearbeitet. Ich habe für Moro gearbeitet. Nach zwei Jahren habe ich aufgehört, so wie du…

»Ich muss nachdenken«, antwortete Stella.

»Tun Sie das.« Dance baute sich vor ihr auf, das Gesicht so ausdruckslos wie eine afrikanische Maske. »Wie ich vorgestern Nacht zu Ihnen gesagt habe – Sie müssen sich entscheiden. Irgendjemand schickt Ihnen ständig Botschaften und hat offenbar den Eindruck, dass Sie sie nicht kapieren.«

Von Kummer und Misstrauen erfüllt, drehte Stella sich um und ließ ihn stehen.

Sie fuhr in Novaks Kanzlei.

Sie folgte ihrem Verstand wie auch ihrem Gefühl. Ihrem Verstand, weil Jacks Akten die einzigen Beweismittel waren, die sie hatte, und ihrem Gefühl, weil sie auf diese Weise Michael aus dem Weg gehen konnte. Stella setzte sich in Jacks Stuhl und verscheuchte die beklemmenden Erinnerungen. Dann rief sie ihre Sekretärin an, gab ihr Jacks Telefonnummer und nahm sich die Akten vor.

Sie begann mit dem halben Jahr, das Michael bereits durchgesehen hatte. Erst sieben Stunden später, um sechzehn Uhr, war sie damit fertig.

Stella hatte nichts Verdächtiges gefunden. Das konnte zweierlei bedeuten. Erstens, dass Moro – wie Michael zu ihr gesagt hatte – niemanden mehr hatte, der Novak bei Manipulationen helfen konnte. Oder, zweitens, dass Michael alle Akten vernichtet hatte, die das Gegenteil bewiesen. Und Stella wusste nicht, was sie glauben sollte.

Erschöpft spähte sie in die restlichen Kartons, die mit Papieren und Ordnern voll gestopft waren. Dreieinhalb Jahre. Wenigstens lenkte sie das von Star ab und lieferte ihr einen Grund, nicht nach Hause zu gehen.

Das leise Summen von Jacks Telefon ließ sie zusammenfahren.

Es war Micelli. Ohne Vorrede sagte die Gerichtsmedizinerin: »Ich habe letzte Nacht nach der Sache mit der Katze noch mal nachgedacht. Über Novak.«

Stella setzte sich auf. »Und?«

»Sie wollten von mir wissen, wie es möglich war, ihn an den Schrank zu hängen. Haben Sie schon mal von der Droge Flunitrazepan gehört?«

Stella kramte in ihrem Gedächtnis. »Die Vergewaltigungsdroge«, antwortete sie. »Man schüttet sie einem Mädchen bei einer Party heimlich ins Getränk. Das Mädchen wird benebelt und bekommt Gedächtnisschwund. Sie wehrt sich nicht und kann sich hinterher nicht mehr erinnern, was der Typ oder die Typen mit ihm angestellt haben. Sehr praktisch.«

»Außerdem ist die Droge im Blut kaum nachzuweisen. Wohl aber im Urin. Das heißt, wenn man danach sucht.« Micelli räusperte sich. »Natürlich hatte ich eine Urinprobe von Novak.

Ich habe sie im Labor untersuchen lassen. Sie enthielt deutliche Spuren von Flunitrazepan.«

Das fensterlose Büro erschien Stella noch dunkler, noch kühler. »Dann hat ihn jemand damit betäubt. Missy Allen, oder die Person, die Jack Missys Aussage nach erwartet hat.«

»Sieht ganz danach aus. Auf jeden Fall spricht das gegen ein autoerotisches Ritual: Novak hätte die Droge nicht genommen, da sie seine Empfindungen dämpfte. Doch das wirft eine andere Frage auf – wenn er erst mal wie ein Sack Kartoffeln daliegt, wie soll dann eine Frau wie Allen seine neunzig Kilo hochstemmen?«

Stella dachte darüber nach. »Unmöglich. Aber vielleicht hat sie ihm die Droge in den Scotch getan und dann einen Komplizen in die Wohnung gelassen. Wie auch immer, jedenfalls war alles eiskalt und raffiniert geplant. Wahrscheinlich ein Profi.«

Noch während sie sprach, verspürte sie widerstrebende Gefühle: freudige Erregung über die wichtige Entdeckung und neuerliches Grauen darüber, was Menschen einander antun konnten. Was jemand Jack angetan hatte. Noch mehr entsetzte sie jedoch die Vorstellung, dass möglicherweise dieselbe Person in ihr Haus eingedrungen war. Sie war davon überzeugt, dass die Spurensicherung keine brauchbaren Hinweise finden würde.

»Sie könnten ihn also betäubt haben«, sagte sie langsam, »und ihm anschließend den Hüftgürtel und die Stöckelschuhe angezogen haben.«

»So könnte es gewesen sein. Warum sie sich allerdings so viel Mühe gemacht haben, fällt in Ihr Ressort.«

»Um eine falsche Fährte zu legen?«, mutmaßte Stella. Doch das war nicht überzeugend. Warum sollte ein Profi einen solchen Aufwand betreiben? Micelli schwieg dazu.

»Danke, Kate. Sie haben mir sehr geholfen.«

Während sie den Hörer auflegte, dachte sie an Moro. Sie wurde kühl bis ins Mark.

Du warst es, Moro, du mieser Kerl. Die manipulierten Fälle, der Haitianer, die verschwundenen Akten, Star. Auch wenn ich es vielleicht nie beweisen kann, aber du warst es.

Du, und ein anderer.

Das war das eigentliche Problem: der andere.

Wenn sie nicht lockerließ, lief sie Gefahr, von Moro umgebracht zu werden, und sie würde nicht einmal wissen, warum. Flunitrazepan. Nach dem Mord an Jack konnte sie sich unschwer vorstellen, welchen Tod sie sich für sie ausdenken würden.

Ihr war klar, dass sie Arthur von Micellis Anruf unterrichten musste, und anschließend Dance, der möglicherweise ebenfalls für Moro arbeitete. Und, wenn sich ihre schlimmsten Befürchtungen bewahrheiteten, der letzte Besucher in Jacks Apartment gewesen sein könnte.

Wieder summte das Telefon.

»Stella?«

Sie erkannte Dances Stimme sofort. Wieder stieg der Argwohn in ihr auf, und sie fragte sich, ob man Jacks Telefon angezapft hatte. »Ja?«

»Haben Sie sich entschieden?«

Er sprach mit gewohnt ausdrucksloser Stimme. Stella überlegte, was sie antworten sollte. »Ich bin hier, wenn Sie das meinen.«

»Wie Sie wollen.« Seine Worte ließen keine Regung erkennen. »Ich habe etwas, das Sie interessieren könnte. Eine Zeugin will Welch und Fielding kurz vor ihrem Tod zusammen gesehen haben.«

VIERZEHN

Das Haus, das Fieldings Haus gegenüberlag, stammte aus der Beaux-Arts-Periode, und sein Bewohner, ein dreißigjähriger Investment-Banker namens Roger Blechman mit Hornbrille und geschniegelter Frisur, hatte die hohen Fenster und das Gesims in ländlich-französischem Stil geschmückt. Er selbst sei am fraglichen Tag in Toronto gewesen, sagte er zu Dance und Stella, und habe den Toten kaum gekannt. Doch seine Freundin,

Susanna Patch, habe hier übernachtet, um das Haus zu hüten und seinen Dobermann auszuführen.

Zwei Tage zuvor habe ihm Susanna beim Abendessen von einer Beobachtung erzählt, die ihn stutzig gemacht habe. Ein Blick in seinen Terminkalender habe bestätigt, dass sie sich nicht im Datum geirrt habe. Und im Unterschied zu ihr habe er sich sofort erinnert, was an diesem Tag geschehen sei. Gemeinsam hätten sie beschlossen, die Kriminalpolizei anzurufen.

Roger Blechman erstattete seinen Bericht mit der beflissenen Miene eines Mannes, der es auch mit Angelegenheiten, die nicht seiner Verantwortung unterlagen, sehr genau nahm. Susanna, eine Studentin der Kunstgeschichte, die sich das naturblonde Haar schlicht nach hinten gekämmt hatte, ertrug seine Wichtigtuerei mit Geduld. Erst als Dance von Roger genug gehört hatte und zu der Überzeugung gelangt war, dass der Mann nichts Wichtiges wusste, schaltete er den Kassettenrekorder ein und richtete seine Fragen an Susanna.

Sie antwortete ernst und reserviert, mit einem leichten Ostküstenakzent. Eine Zeit lang hörte Stella nur zu, bemüht, ihr Misstrauen gegen Nathaniel Dance zu verbergen, und dann fügten sich ihre Theorie und die Ereignisse jener Nacht, in der Welch und Fielding gestorben waren, langsam zusammen.

Es war schon spät; Susanna wusste es, weil sie sich gerade den Wetterbericht in den Zehn-Uhr-Nachrichten ansah. Plötzlich fiel ihr ein, dass sie den Mülleimer noch rausstellen musste. Die Steeltoner Müllabfuhr sei so unzuverlässig, hatte Roger ihr eingeschärft, dass man keinen Termin versäumen dürfe.

Susanna schlüpfte in ihren Morgenmantel, trat durch die Hintertür ins Freie und rollte die Kunststofftonne auf den Bürgersteig vor dem Haus.

Die Luft war frostig, und die stille klare Mondnacht ließ sie noch kälter erscheinen. Die Mülltonnen der Nachbarn standen bereits aufgereiht an der Straße. Susanna vergewisserte sich, dass der Deckel verschlossen war – Roger hatte vor streunenden Katzen gewarnt, und kehrte wieder ins Haus zurück.

Ein Geräusch drang die Straße herauf, das leise, kaum hörbare Schnurren eines näher kommenden Autos. Susanna drehte sich um und erblickte zwei Scheinwerfer, die sich durch das Spiel von Licht und Schatten der schmiedeeisernen Bogenlampen tasteten, für deren Aufstellung Roger und seine Nachbarn Geld gesammelt hatten. Als der Wagen durch einen Lichtkegel glitt und das Tempo drosselte, bemerkte Susanna, dass er weiß war. Obwohl sie sich nur mäßig für Autos interessierte, erkannte sie, dass es ein Luxuswagen war.

Ohne besonderen Grund, nur weil es in der Straße gewöhnlich ruhig war, blieb Susanna stehen.

Der Wagen hielt auf der anderen Straßenseite an, ungefähr drei Häuser von ihr entfernt. Trotz der Straßenlaternen, hatte der Fahrer an einer Stelle geparkt, wo der Lichtkegel einer Lampe endete und der einer anderen begann, und die Umrisse des Wagens waren im Licht des schwachen Halbmondes nur schemenhaft zu erkennen.

Susanna vernahm ein dumpfes Geräusch, wie von einer Autotür, die sanft geschlossen wurde. Sie verharrte im Schatten von Rogers Veranda, beobachtete und lauschte.

Sie vernahm Schritte, sah eine Gestalt vorn um den Wagen herumgehen, dann ein zweites leises Schnalzen – die Beifahrertür wurde geöffnet, wie sie vermutete. Es dauerte überraschend lange, ehe das dumpfe Geräusch einer Tür, die geschlossen wurde, ihre Vermutung bestätigte.

Wieder die Schritte, langsamer, schwerfälliger. Merkwürdig. Obwohl zwei Türen geöffnet worden waren, hörte Susanna nur die Schritte einer einzelnen Person.

Mittlerweile hatten sich ihre Augen an die Dunkelheit gewöhnt. Obwohl sie fror, wartete sie.

Am Rand eines Lichtkegels sah sie zwei dunkle Gestalten. Ein paar Sekunden lang wurden sie angestrahlt. Was Susanna sah, überraschte sie: ein Mann, der eine offenbar betrunkene Frau halb schleifte, halb trug. Er steuerte auf ein Haus zu, in dem kein Licht brannte.

Plötzlich waren sie verschwunden. Susanna hörte nur noch,

wie die Haustür auf und zu ging. Und das Letzte, was sie sah, war ein gelblicher Lichtschein, der durch das vordere Fenster fiel.

Fröstelnd ging sie ins Haus.

»Wie groß war die Frau?«, fragte Stella.

Sie spürte Dances Seitenblick. Susanna Patch dachte angestrengt nach. »Groß. Obwohl sie an ihn gelehnt war und er aufrecht dastand, reichte ihr Kopf über seine Schulter hinaus.«

»Kannten Sie eine der beiden Personen?«

Susanna schüttelte den Kopf. »Ich hatte sie nie zuvor gesehen.« Sie blickte zu ihrem Freund, dann zu Dance. »Aus den Nachrichten weiß ich, dass er ein Weißer war und sie eine Schwarze. Aber ich hätte Ihnen das nicht sagen können, es war zu dunkel. Aber es muss er gewesen sein, denn er ist ja ins Haus gegangen.«

Stella hielt kurz inne. »Erinnern Sie sich an seine Figur?«

Susanna blickte zur Decke. »Groß, glaube ich. Kräftige Schultern. Aber vielleicht bilde ich mir das nur ein, weil sie so schmal wirkte und weil sie ziemlich weggetreten war. Ich habe mehr auf die Frau geachtet.«

Stella verfiel wieder in Schweigen, und Dance setzte die Befragung fort.

Nachdem sie sich verabschiedet hatten, standen sie einen Augenblick auf dem Bürgersteig. Es war eine klare kalte Nacht, und obwohl es noch relativ früh war, erst kurz nach acht, lag die Straße genauso verlassen da, wie Susanna sie beschrieben hatte. »Ich möchte mir Fieldings Haus ansehen«, sagte Stella.

Dance nickte. Vor ihrem Besuch bei Roger Blechman hatte Stella ihn gebeten, einen Nachschlüssel anfertigen zu lassen. Sie überquerten wortlos die Straße.

Fieldings Haus war dunkel. Sie traten ein, und Stella machte Licht. In den ersten Sekunden hatte sie ein mulmiges Gefühl. Zwei Leichen waren hier gefunden worden, und obwohl das Haus jetzt hell erleuchtet war, gab es untrügliche Anzeichen dafür, dass es nicht mehr bewohnt wurde – die muffige Luft und die Kälte, die daher rührte, dass der Thermostat heruntergedreht war. Stella fühlte sich ans Leichenschauhaus erinnert.

Es behagte ihr nicht, mit Dance allein zu sein.

Ohne auf ihn zu achten, ging sie von Raum zu Raum. Das Wohnzimmer war steril und funktional eingerichtet, wie das eines viel beschäftigten Mannes, der sich gerade von seiner Frau getrennt und seine Möbel in der alten Wohnung zurückgelassen hatte. Auch die Küche war spärlich ausgestattet. Gerade genug Geschirr für Vater und Tochter. Oder, wie Stella dachte, für Fielding und einen Gast.

Stumm blickte sie in den Ausguss. Die Polizei hatte hier ein Schinkensandwich und ein Glas Bier gefunden, und daneben, wie Fremdkörper, die Fixerutensilien. Das alles ergab keinen Sinn, weniger denn je. Oder, und zum ersten Mal, vielleicht doch.

Sie ging ins Schlafzimmer und betrachtete das Doppelbett.

Stella erinnerte sich noch gut an die Polizeifotos: Fielding und Welch, nackt, zwei Menschen, die selbst im Tod nichts zu verbinden schien. Auf den Fotos nicht zu sehen war das Bild von Fieldings Tochter auf dem Nachttisch. Sie war auf ihre Weise ebenso hübsch wie Sofia.

Stella spürte, dass Dance hinter ihr wartete. Leise sagte er: »Sie glauben, dass sie bereits tot war.«

Stella, angespannt, drehte sich nicht um. Seit zwei Stunden fragte sie sich, ob Dance sie deshalb gebeten hatte, ihm bei Susanna Patchs Vernehmung zu helfen, weil er sie aushorchen wollte, und wenn ja, zu welchem Zweck. Jetzt musste sie sich entscheiden, was sie sagen und was sie verschweigen wollte.

»Nein«, antwortete sie. »Ich glaube, dass *er* bereits tot war.«

Dance ging um Stella herum, setzte sich schwerfällig aufs Bett und blickte zu ihr auf. »Das würde einiges erklären«, bemerkte er. »Zum Beispiel das Sandwich.«

»Was halten Sie von Curran?«

»Curran?« Dance sah sie scharf an. »Einer von der ganz harten Sorte. Aber nehmen wir an, Fielding wurde ermordet, und der Täter hat sich seinen Wagen geborgt. Wir wissen, dass Fielding zwei Tage vor seinem Tod abends nach Hause fuhr, weil ihm nicht gut war. Vielleicht wusste das der Mörder. Er schnappt sich Fieldings weißen Lexus, unternimmt eine Spritztour nach Scarberry und tut sich nach einer Prostituierten um. Dabei könnte Curran ihn gesehen haben. Und Ihre Freundin Natasha Tillman hat zwei Tage später gesehen, wie der Mörder Tina Welch aufgelesen hat.«

Stella verschränkte die Arme. Sie hatte schon allerhand Scheußlichkeiten erlebt, aber kaltblütig einen zweiten Mord zu planen, um einen ersten zu tarnen, und ein x-beliebiges Opfer dafür auszusuchen, das war eine Kategorie für sich. »Micelli würde jetzt einwenden«, sagte sie, »wie der vermeintliche Mörder es angestellt haben soll, Fielding ohne vorausgegangenen Kampf die Spritze zu geben, geschweige denn sicher sein konnte, dass die Überdosis genügte, um beide zu töten. Das spricht eher für einen Unfall.«

Dance runzelte die Stirn. »Was ist mit Susanna Patch? Wir alle wissen, dass auf Augenzeugen kein Verlass ist, am wenigsten auf die, die von sich behaupten, sich an jede Einzelheit zu erinnern. Aber wenn man ihr glauben darf, war Tina Welch schon bewusstlos, als sie hier ankam. Ist sie also aufgewacht, hat Fielding das Heroin gespritzt und dann sich selbst?«

Stella zuckte die Schultern. Oberflächlich betrachtet, führten sie ein dienstliches Gespräch unter Kollegen, die Hypothesen austauschten. Doch Stella hatte das Gefühl, dass sie ein Spiel auf zwei unterschiedlichen Ebenen spielten. Hier die Theorien, dort das andere, das jeder dem anderen verschwieg.

»Das Problem bei der Mordtheorie ist Tina Welch«, sagte sie schließlich. »Nicht Fielding.«

»Wieso?«

»Nach Susanna Patchs Aussage ist Welch bewusstlos hier angekommen. Und nach Tillmans Aussage ist sie eine gute Stunde zuvor in Fieldings Lexus gestiegen, und zwar putzmunter. Sie kannte den Mann, der sie aufgelesen hat – gut genug, um in den Wagen zu steigen und unterwegs zu drücken. Ich könnte mir vorstellen, dass Fielding zu diesem Zeitpunkt bereits tot war. Doch der Gedanke, dass ein anderer zwei Mal in einer Woche mit seinem Wagen durch Scarberry gefahren sein könnte, erscheint mir doch weit hergeholt.« Stella sah Dance unverwandt in die Augen und hoffte, dass ihre Ausführungen plausibel klangen. »Wenn Curran den Lexus zwei Abende zuvor gesehen hat, dann muss Fielding am Steuer gesessen haben. Das würde jedenfalls erklären, warum Tina am Abend ihres Todes zu ihm in den Wagen gestiegen ist. Weil sie nämlich vorher schon mal mit ihm zusammen war. So seltsam das auch erscheinen mag.«

Ein Streifenwagen stand vor ihrer Tür, als Stella nach Hause kam, und ein uniformierter Polizist hatte auf der Veranda Posten bezogen. Sie bedankte sich bei ihm und öffnete die Tür. In der Diele blieb sie abrupt stehen und starrte auf die Stelle, wo sie Star gefunden hatte.

Stella holte tief Luft und ging nach oben. Sie streckte sich auf dem Bett aus und legte sich einen kühlen Waschlappen auf die Augen, um die Kopfschmerzen zu lindern, die in ihren Schläfen dröhnten.

Gedanken schwirrten ihr durch den Kopf. Star. Novak. Michael und Sofia. Fielding und Tina Welch. Natasha Tillman. Halls Angebot, dann Brights Vorschlag. Ihre hoch gesteckten Ziele. Die Unruhe, die sie veranlasst hatte, Dance nicht alles zu sagen.

Bis jetzt, hatte Arthur gesagt, *haben Sie und Dance nichts in der Hand.*

Aber möglicherweise stimmte das gar nicht, und nur Stella – und der Mörder – wusste, warum. So verblüffend die Wahrheit auch sein mochte.

Sie griff zum Telefon auf ihrem Nachttisch, lauschte auf ein Knacken, eine Störung des Amtszeichens, die verriet, dass die Leitung angezapft war. Sie hörte kein verdächtiges Geräusch, wartete aber trotzdem eine Weile, ehe sie Micelli zu Hause anrief.

»Tut mir Leid«, sagte sie zu der Gerichtsmedizinerin, »ich will das nicht zur Gewohnheit werden lassen. Aber ich habe ein paar dringende Fragen.«

»Solange es nicht um Katzen geht«, meinte Micelli gleichmütig. »Was wollen Sie wissen?«

»Wissen Sie noch, wie groß Tommy Fielding war? Und Welch?«

»Nicht genau. Er war etwa einsfünfundachtzig. Aber sie war auch nicht klein. Fast einssiebzig.«

Das deckte sich mit Stellas Erinnerung. »Haben Sie zufällig ihren Urin auf Spuren von Flunitrazepan hin untersucht?«

»Dazu bestand keine Veranlassung.« Die Antwort kam prompt, verriet aber Micellis Überraschung. »Besteht denn jetzt eine?«

»Ja«, antwortete Stella. »Und beeilen Sie sich.«

FÜNFZEHN

Am nächsten Morgen ging Stella in Michaels Büro.

Er sah von den Papieren auf, die ausgebreitet vor ihm lagen. Seine erste Reaktion war Überraschung, gefolgt von Misstrauen und Groll. Er kochte innerlich, und sein Blick verriet, dass er in Stella eine Bedrohung sah. Was das über seine Schuld oder Unschuld aussagte, vermochte sie nicht zu beurteilen. Er rührte sich nicht, sagte kein Wort und verspürte offenbar auch kein Verlangen danach.

Auch Stella fiel es nicht leicht, die rechten Worte zu finden. Sie setzte sich auf einen Stuhl vor seinem Schreibtisch und sah ihn an.

»Ich muss dir etwas sagen«, sagte sie.

»Dann musst du vorher zu Bright, sonst läuft gar nichts. Sloan hat gesagt, dass ich nicht mehr für dich arbeite.« Eine deutliche Kampfansage.

Sie zögerte, aber nur kurz. »Falls du auf eine Entschuldigung wartest, kannst du lange warten, außer was Sofia betrifft. Alles, was ich vorletzte Nacht gesagt habe, ist wahr.« Sie sprach leise, gefasst. »Als ich mich hier um einen Job beworben habe, habe ich Arthur von meinem Verhältnis mit Jack erzählt. Aber du hast verschwiegen, dass Vincent Moro deine Ausbildung finanziert hat. Weiß der Himmel, was du sonst noch verheimlichst. In mein Haus ist nicht eingebrochen worden, Michael. Der Eindringling hatte einen Schlüssel. Sag mir, wem du ihn gegeben hast.«

Michael starrte sie an. »Niemandem«, antwortete er, halb in die Höhe fahrend. »Rufen wir Bright an – sofort. Ich habe genug von diesen hysterischen Anschuldigungen.«

Stellas Nerven waren zum Zerreißen gespannt. »Sag deinen Freunden, dass ich herausfinden werde, wer Jack Novak umgebracht hat. Wer den Befehl dazu gegeben hat und warum. Und dann bist du an der Reihe.« Die Stimme drohte ihr zu versagen. »Bevor ich zu dir gekommen bin, habe ich einen Brief geschrieben und in einem Safe hinterlegt. Da steht alles drin, was du meiner Meinung nach getan hast. Sag ihnen das, bevor sie mir was antun wollen. Dann können sie sich überlegen, wie wichtig du ihnen bist.«

Der Zorn in seinen Augen wich Ungläubigkeit. Erstaunt sagte er: »Du meinst es wirklich ernst.«

Sie stand auf. »Wer steckt hinter Lakefront, Michael?«

Er sah sie verwirrt an. »Woher soll ich das wissen? Ich war es doch, der dir diese Frage gestellt hat. Ohne mich könntest du mich das jetzt gar nicht fragen.«

Stella lächelte ihn kühl an und ließ sich nicht beirren, als hinge davon ihr Leben ab. Was es wohl auch tat, wie sie fürchtete. »Dann finde die Antwort«, sagte sie und ging hinaus.

Die nächsten Stunden verbrachte Stella in Jack Novaks Kanzlei. Obwohl die Zeit drängte, schweiften ihre Gedanken immer wieder ab, kreisten zuerst um Michael, dann um Jack und ihr letztes demütigendes Wochenende in seinem Haus am See, um ihre letzte Erinnerung an ihn, den schlaffen Körper, die vorquellenden Augen.

Der Mörder hatte Jacks Wohnung durchsucht.

Beweise dafür hatte sie nicht. Dennoch war sie davon überzeugt, denn sie kannte Jacks Gewohnheiten. Jeden Morgen, an dem sie bei ihm aufgewacht war, hatte sie zugesehen, wie er gewissenhaft jede Schublade schloss, bevor er die Wohnung verließ. In bestimmten Dingen hatte er stets Ordnung gehalten, auch wenn das seinem sonstigen Lebenswandel widersprechen mochte. Selbst seine Akten vom letzten Jahr waren sauber, ordentlich, lückenlos.

Und sie enthielten nicht den geringsten Hinweis.

Es gab keine zweifelhaften Absprachen, keine übertrieben milden Urteile. Jack hatte offenbar seine Kontakte verloren, es sei denn, Michael hatte gewusst, wo er suchen und welche Akten er vernichten musste.

Oder Moro hatte sich neue Ziele gesteckt und andere Mittel gefunden, sich zu schützen. Vielleicht waren seine Freunde in den Strafverfolgungsbehörden befördert worden.

Stella griff zum Telefon und rief Micelli an. »Was machen die Tests?«

»Geben Sie mir noch zwei Stunden.« Die Stimme der Gerichtsmedizinerin klang nicht genervt, sondern beklommen. »Und dann möchte ich, dass Sie zu mir kommen.«

Ohne nach dem Grund zu fragen, legte Stella auf. Sie wühlte sich durch weitere Akten, vergeudete aber nur ihre Zeit. Sie fand nichts. Keine Gerichtsurteile, die aus dem Rahmen fielen, keine Hinweise darauf, dass George Flood oder Vincent Moro begünstigt worden wären. Aber mittlerweile hatte sie nichts anderes mehr erwartet.

Kurz nach vier Uhr fuhr sie in die Gerichtsmedizin.

Mit ernster Miene erhob sich Micelli von ihrem Schreibtisch, und das kalte Neonlicht ließ ihre Gesichtszüge hart wirken. Sie gab ihrer Sekretärin über die Sprechanlage die Anweisung, keine Anrufe mehr durchzustellen. Dann ging sie zur Tür und schloss sie.

»Ich wollte nicht am Telefon darüber reden.«

Stella verspürte leichte Übelkeit. »Was gibt's?«

»Wo soll ich anfangen? Sie wissen, wie wir arbeiten, Stella. Es gibt alle möglichen Tests, aber wir können nicht alle durchführen. Nehmen Sie Novak. Wir haben sein Blut auf Drogen und

Alkohol hin untersucht, weil uns das sinnvoll erschien. Aber mit solchen Tests lassen sich nicht unbedingt andere Substanzen nachweisen…«

»Wie Flunitrazepan.«

»Genau. Dafür gibt es einen speziellen Test. Es wäre mir nicht in den Sinn gekommen, ihn zu machen, bis Sie mir einen Grund lieferten. Dasselbe gilt für Welch und Fielding.« Micellis Stimme wurde merkwürdig sanft. »Bei Welch fiel er negativ aus, Stella. Bei Fielding positiv.«

Angst legte sich wie Kälte auf Stellas Haut. »Novak«, sagte sie langsam. »Und Fielding.«

Micelli nickte. Ihre Haltung machte deutlich, dass sie Stella noch einen Schritt voraus war. »Welch war süchtig, die brauchte man nicht zum Fixen zu zwingen. Im Gegensatz zu Fielding. Bliebe das Problem der tödlichen Überdosis. Der Täter müsste Fielding Flunitrazepan ins Bier getan und dann dafür gesorgt haben, dass beide an einer Überdosis starben. Ich zog verschiedene Möglichkeiten in Erwägung. Dann fielen mir ein paar Todesfälle ein, die sich in Baltimore ereignet hatten. Ursache war ein Heroin, das mit einem Medikament namens Fentanyl versetzt war. Kein glücklicher Griff: Fentanyl ist ein Narkotikum, aber ungefähr doppelt so stark wie Morphium. Eine Überdosis Heroin und Fentanyl leisten ganze Arbeit.« Micelli faltete die Hände vor der Brust. »An solchem Heroin sind Welch und Fielding gestorben.«

Stella schwieg. Sie spürte, wie ihr Verdacht zur Gewissheit wurde. Ein raffinierter, ein teuflischer Plan. Derselbe Mann, der Jack Novak ermordet hatte, hatte auch Welch und Fielding umgebracht, und nur Susanna Patch hatte ihn gesehen. Derselbe Mann, davon war Stella überzeugt, der Natasha Tillman die Kehle durchgeschnitten hatte. Und der sie bedroht hatte und in seinen Drohungen immer massiver geworden war, um sie zu zermürben, um ihr zu zeigen, dass auch sie vor ihm nicht sicher war. Doch angenommen, Novak wurde wegen seiner korrupten Praktiken umgebracht – und ein anderes Motiv konnte Stella sich nicht vorstellen –, was hatte das mit dem Mord an den anderen zu tun?

»Reden wir über unseren Mörder«, sagte Micelli.

»Gut.«

»Unter Collegestudenten ist die Vergewaltigungsdroge recht bekannt. Aber Fentanyl? Ich würde sagen, der Mörder ist im Drogenhandel aktiv oder er verfügt über medizinische oder andere Fachkenntnisse.« Die Gerichtsmedizinerin hielt inne. »Derselbe Mann hat Ihre Katze getötet, Stella. Das sollten Sie nicht vergessen.«

Stella fand keine Antwort darauf.

Als Stella die Gerichtsmedizin verlassen hatte, blickte sie die Straße hinauf und hinunter.

Ein eiskalter Wind pfiff durch die Häuserschluchten, über die Dächer heruntergekommener Läden, alter Bürogebäude, eines Esslokals, das bereits geschlossen hatte. Vier Straßenzüge von hier begann Scarberry, und dahinter, am Onondaga River, ragte das Stahlpier ins Wasser, unter dem die Leiche des Haitianers Jean-Claude Desnoyers getrieben hatte. Stella schauderte. Obwohl die neuen Bürotürme, die zusammen mit dem Stadion die Zukunftshoffnungen der Stadt verkörperten, nicht fern waren, herrschte in diesen Downtown-Straßen eine beängstigende Stille. Viele Weiße waren in andere Viertel oder in die Vororte geflohen, weil sie nicht wollten, dass ihre Kinder in diesen Straßen aufwuchsen. Und wie andere Frauen fürchtete sich Stella vor deren Leere.

Sie sah keine Menschenseele. Als sie die Straße überquerte und zu ihrem Wagen ging, dachte sie an das Verschwinden von Welch und Tillman, und dann, urplötzlich, an Desnoyer, der in seinen Wagen gestiegen war und plötzlich den Lauf von Johnny Currans Revolver an seiner Schläfe gespürt hatte.

Stella blieb neben ihrem Wagen stehen und spähte durch das Seitenfenster ins Innere, um festzustellen, ob jemand auf sie wartete. Erst als sie keine dunkle Gestalt entdeckte, fiel ihr auf, dass der Puls an ihrem Hals pochte.

Sie brauchte ein Versteck, einen Platz, wo sie in Ruhe nachdenken konnte, und im Moment kam dafür nur einer in Frage.

Stella stieg in den Wagen und fuhr nach Warszawa, immer wieder in den Rückspiegel blickend, um sich zu vergewissern, dass sie nicht verfolgt wurde.

Wie immer war die schwere Tür von St. Stanislaus offen.

Stellas Hand ruhte auf dem handgeschnitzten Holz. Wie alle Priester in den letzten hundert Jahren ließ auch Pater Kolak die Kirche rund um die Uhr geöffnet, um all jenen, die Frieden suchten, eine Zuflucht zu bieten; Carol Marzewski, Stellas Urgroßvater, hatte dazu beigetragen, dass es so war, und nun machte seine Urenkelin in ihrer Not von dieser Möglichkeit Gebrauch.

Rasch trat sie ein.

Sie wusste, dass Carol nur wenig Englisch gesprochen hatte und dass die Messen, die er besucht hatte, wie ihre erste Messe in Latein abgehalten worden waren. Jetzt war es still in der Kirche. Eine Frau aus dem Viertel kniete vor dem von Kerzen erleuchteten Altar und bekreuzigte sich. Stellas Schritte hallten auf dem Steinfußboden wider.

In nomine Patris et Filii et Spiritui Sancti.

Stella im Alter von vier Jahren. Beim Trauergottesdienst für ihren Großvater, neben ihren Eltern kauernd. Es war ihre erste klare Kindheitserinnerung. Die Besuche in dieser Kirche zogen sich wie ein roter Faden durch ihr Leben. Tausend Mal war sie hier gewesen, bis ihr Vater es ihr verboten hatte. In diesen schmerzlichen Jahren war sie nur einmal hergekommen, nach dem letzten Wochenende mit Jack Novak, als sie sich, wie heute Nacht, nach allen Seiten umgeschaut hatte, um sicherzugehen, dass niemand sie sah. Auch damals hatte sie sich an die Messe für ihren Großvater Emil Marz erinnert.

Gegrüßet seist du, Maria, voll der Gnade … bitte für uns Sünder, jetzt und in der Stunde unseres Todes.

Auch an jenem Wochenende hatte sie das Gefühl gehabt, sie sei einen partiellen Tod gestorben.

Ist schon in Ordnung, Stella, hatte Jack gesagt, und sie hatte gespürt, dass der andere Mann draußen lauschte. *Tu es mir zuliebe. Uns zuliebe …*

Stella kniete nieder, fühlte, wie die hohen schattigen Mauern sie umfingen. Sie hatte einen weiten Weg zurückgelegt, und nun war sie doch wieder hier, immer noch verfolgt von Jack Novak, immer noch auf der Suche nach einem Ausweg.

Nach dem Beten, so hoffte sie, würde sie wieder klar denken können. Der Verstand war ihre beste Gottesgabe.

Eine Zeit lang, wie lange genau, wusste sie nicht, ließ sie die Gebete und diese Umgebung still auf sich wirken. Schließlich versuchte sie es wieder mit der Logik der Staatsanwältin.

Der Mörder hatte zuerst Fielding, dann Novak umgebracht. Um seine Motive zu verschleiern, hatte er einen Tod ersonnen, der die Opfer erniedrigen sollte. Fielding starb an der Seite einer schwarzen Prostituierten einen Drogentod, Novak auf dem Höhepunkt eines sadomasochistischen Rituals. Tod als Täuschung.

Der Tod der Frauen hatte, für sich betrachtet, keine Bedeutung. Welch hatte er nur ermordet, um das Bild abzurunden, und Tillmans Tod war die Folge unglücklicher Umstände: Der Mörder war Stella nach Scarberry gefolgt, hatte gesehen, wie Tillman zu ihr in den Wagen stieg, und zu Unrecht um seine Sicherheit gefürchtet. Weil Tillman etwas über ihn wusste.

Das musste es sein, was Fielding und Novak miteinander gemein hatten – Wissen. Es ging weder um Drogen noch um Jacks unsaubere Machenschaften, die über zehn Jahre zurücklagen. Es ging um Wissen, worin es auch bestanden haben mochte, und um die daraus resultierende Macht, anderen zu schaden.

Aber was konnten Jack und Fielding gewusst haben?

Sicherlich ging es dabei nicht um Sex, jedenfalls nicht, wenn man Amanda Fielding glauben durfte. Stella ließ ihren Gedanken freien Lauf.

Bei der Durchsuchung von Fieldings Haus hatten sie Pornomagazine gefunden. Der Mörder hatte sie dort deponiert, um eine sexuelle Vorliebe vorzutäuschen, die gar nicht existierte, davon war Stella mittlerweile überzeugt. Bei Jack war das nicht nötig gewesen.

Novak habe auf Inszenierungen gestanden, hatte Curran gesagt. Missy Allen hatte das bestätigt – eine innere Leere, die unablässige Suche nach einem Kick hatten Jacks Leben beherrscht. Und doch musste es einen Grund dafür geben, warum er so und nicht anders gestorben war.

Immer noch kniend, überlegte Stella weiter.

Der Mörder, so glaubte sie, hatte Jacks Wohnung durchsucht. Wonach konnte er gesucht haben? Was konnte das mit Tommy Fielding zu tun haben? Und wenn er es gefunden hatte, warum versuchte er dann immer noch, Stella einzuschüchtern? Warum hielt er ihre Ermittlungen für so gefährlich, dass er sie immer massiver bedrohte?

Vielleicht hatte er gar nicht gefunden, was er suchte.

Verwirrt ging Stella noch einmal durch, was sie wusste. Die Polizei hatte Novaks Kanzlei auf den Kopf gestellt und den Safe geöffnet, in dem er sein Testament aufbewahrt hatte. War zu seinem Wochenendhaus hinausgefahren…

Erinnerungen stiegen in ihr auf. Sie schloss die Augen.

Immer noch halb nackt, begann sie zu weinen.

Durch die Schlafzimmertür konnte sie Stimmen hören, Jack und den Mann, mit dem sie hätte schlafen sollen, das verächtliche Lachen des Mannes. Schließlich hörte sie, wie die Haustür geöffnet und wieder geschlossen wurde. Stille.

Sie zitterte vor Erleichterung. Die Schlafzimmertür ging auf.

Jack sah sie an. »Diego ist gegangen.«

Tränen rannen ihr übers Gesicht. Mit erstickter Stimme sagte sie: »Ich gehe auch.«

Jack setzte sich neben sie aufs Bett, streichelte ihr Haar, ihre nackte Haut.

»Nein.« Sie fuhr in die Höhe, griff nach dem Oberteil ihres Bikinis. Doch sie war so aufgeregt, dass es ihren Fingern entglitt. Instinktiv hob sie die Arme und bedeckte ihre nackten Brüste.

»Du brauchst doch keine Angst zu haben«, sagte er. »Es wird nichts geschehen, was du nicht willst.«

Sie wandte sich von ihm ab und begann, sich anzuziehen. Seine Stimme blieb sanft, als er weitersprach. »Es war doch nur ein Experiment, Stella. Wir hätten zuerst darüber reden sollen.«

Sie wirbelte herum. »Reden? Du wolltest mich betrunken und willenlos machen. Und dich hinterher, wenn mir klar geworden wäre, was ich getan hatte, an meinem Anblick weiden.«

Er schüttelte den Kopf. »Du bist misstrauisch wie ein Bauer. Wie dein Vater.«

Er hielt inne, als er den Ausdruck auf ihrem Gesicht sah. »Entschuldige. Das war nicht fair. Aber du tust mir Unrecht.«

Sie stand da, starr vor Entsetzen über seine Charakterlosigkeit, bestürzt über ihr plötzliches Verlangen, ihren Vater gegen diesen Mann zu verteidigen. Widerstandslos ließ sie sich von ihm ins Wohnzimmer führen.

Mitten im Raum blieb Jack stehen und küsste sie zärtlich auf die Stirn. »Nächste Woche beginnt die Konzertsaison, Stella. Ich war noch nie mit dir im Konzert. Du wirst wunderbar aussehen.«

Wie erniedrigend. Selbst jetzt glaubte er noch, sie würde sich geschmeichelt fühlen und mit ihm kommen.

Er ließ sie los, trat ans Bücherregal und zog einen ledergebundenen Band heraus.

Stella sah ihm zu wie ein Kind, das etwas beobachtet, was es nicht versteht. Sie war noch immer vom Alkohol benebelt. Die Gegenwart kam ihr nicht wirklicher oder unwirklicher vor als das, was vorausgegangen war. Das Buch in beiden Händen haltend, kehrte er zu ihr zurück.

»Hier«, sagte er.

Wollte er ihr das Buch zum Lesen geben? Dann schlug er es auf, und sie sah, dass es hohl war.

In dem Buch lagen drei mit Gummibändern zusammengehaltene Bündel Hundert-Dollar-Scheine – Drogengeld, wie Stella sofort begriff.

»Mein Schweizer Bankkonto«, sagte Jack. »Für Notfälle.«

Stella starrte das Geld an, dann Jack.

Er lächelte. »Für das Konzert, Stella. Für dein neues Kleid. Und was du sonst noch dazu brauchst.«

Jack hatte ihr damit sagen wollen, was sie ihm bedeutete. Aber da war noch etwas Schlimmeres – sie wusste, von wem das Geld stammte. Sie dachte an einen verängstigten Dealer, der sich ihr anvertraut hatte. Dann an Vincent Moro, wie er, ein paar Tage vor dem Tod des Haitianers, in Jacks Büro aus dem Schatten ins Licht getreten war.

Wutentbrannt schlug sie Jack das Buch aus der Hand.

Die Geldbündel purzelten vor seine Füße, das Buch blieb mit dem Einband nach oben liegen, sodass Stella den Titel auf dem Buchrücken lesen konnte. *Verbrechen und Strafe*. Ein zynischer Scherz Jack Novaks.

Sie blickte in sein hochrotes Gesicht, in seine entsetzten Augen.

»Bring mich nach Hause«, sagte sie.

An diesem Punkt öffnete Stella die Augen.

Sie drehte sich um und betrachtete das Buntglasfenster, das die verschiedenen Abschnitte vom Martyrium des Heiligen Stanislaus erzählte. Wie damals half es ihr heute, sich daran zu erinnern, wer sie war.

An jenem Wochenende hatte sie sich das letzte Mal privat mit Jack getroffen. Und auch in seinem Haus war sie nie wieder gewesen. Der bloße Gedanke, dorthin zurückzukehren, erfüllte sie mit Schrecken, als könne sie sich allein dadurch, dass sie es betrat, wieder in die Frau verwandeln, die Jack sich gewünscht und vor der sie selbst sich gefürchtet hatte. Dennoch hatte sie den Schlüssel, den ihr Jack gegeben hatte, wie einen Talisman aufbewahrt. In einem letzten Versuch, ihre Freundschaft zu retten, hatte er ihr vorgeschlagen, in seinem Haus für ihr Examen zu lernen. Der Schlüssel lag in einer Schublade neben den Scherben des Prager Jesuskinds.

Immer noch kniend, sprach Stella ihr letztes Gebet, dann erhob sie sich.

Draußen suchte sie wieder mit den Augen die Straße ab. Dann fuhr sie nach Hause, holte den Schlüssel und machte sich auf den Weg zu Jacks Haus am See.

Teil Vier

NATHANIEL DANCE

EINS

Knapp zwei Stunden später bog Stella von der Hauptstraße in den langen Schotterweg ein, der zu Jacks Haus führte.

Sie fuhr langsamer, und während die Lichtkegel der Scheinwerfer über die Wiesen strichen, blickte Stella immer wieder in den Rückspiegel, um sich zu vergewissern, dass niemand ihr folgte. Sie sah nichts. Doch das beruhigte sie nicht. Hier draußen war sie allein und in Gefahr. Es waren ihr Zweifel gekommen, ob sie allein hätte herkommen dürfen. Sie war einer Eingebung gefolgt, und je näher sie ihrem Ziel kam, desto größer wurden ihre Zweifel. Dennoch kehrte sie nicht um.

Am Ende der Zufahrt stand eine kahle Weide, und daneben, direkt am dunklen Wasser des Eriesees, Jacks Wochenendhaus. Stella parkte und stieg aus. Das dumpfe Raunen des Sees umfing sie und gemahnte an seine Größe und Tiefe. Es wurde vom Klatschen der Wellen ergänzt, die an den schmalen Strand liefen. Sonst hörte Stella nur das Knarren von Ästen im Wind und das Knirschen ihrer Schritte auf Eis und Schotter.

Das Haus zeichnete sich dunkel gegen den sternenlosen Himmel ab. Ein reicher Steeltoner Bürger hatte es sich um 1900 bauen lassen. Obwohl nur einstöckig, war es geräumig, ein roh behauenes Holzhaus mit gemauertem Kamin, hohen Decken und freiliegenden Balken. Stella konnte sich noch deutlich an die Einrichtung erinnern. Ob sie sie jedoch wirklich wieder sehen würde, hing davon ab, ob der fünfzehn Jahre alte Schlüssel noch passte.

Sie steckte ihn ins Schloss.

Er ließ sich nicht drehen. Stella lehnte sich gegen das Holz der Tür und rüttelte am Schlüssel. Ein Klicken, und der Riegel schnappte zurück. Sie zuckte zusammen.

Langsam drückte sie die Tür auf.

Drinnen war es stockfinster. Stella tastete nach dem Lichtschalter.

Hinter ihr strahlte eine Wandleuchte auf und warf ein mattes Licht in die Mitte des großen Raumes, sodass dessen Ecken im Dunkeln blieben. Stella rührte sich nicht.

Alles war noch so, wie sie es in Erinnerung hatte: der Kamin, der Stapel Holzscheite, selbst das Teakholzmodell eines Schoners, das sie Jack zum achtunddreißigsten Geburtstag geschenkt hatte. Achtunddreißig. Inzwischen war sie selbst achtunddreißig. Der Gedanke war beklemmend und traurig zugleich und erinnerte sie daran, wie viel Zeit inzwischen vergangen war und dass Jack nicht mehr älter werden würde. Der Raum erschien ihr wie ein Museum.

Hier waren die Dinge, die Jack zu brauchen glaubte, um glücklich zu sein – kostbare Perserteppiche, eine Stereoanlage der Spitzenqualität, Hunderte von Klassik-CDs, ein Regal mit erlesenen Weinen, Fotos seines schmucken weißen Segelboots. Doch nichts hatte ihn zufrieden gestellt. Denn die einfachste und wichtigste Kunst hatte Jack nie beherrscht – zur Ruhe zu kommen, um seinen inneren Frieden zu finden.

Langsam durchschritt Stella den Raum.

Die Regale, die Jacks riesigen Fernseher rahmten, waren mit Büchern voll gestopft – Kunstbänden, ledergebundenen Klassikern, Büchern übers Segeln oder über Astronomie, Lesefutter für Jacks alles verschlingenden Geist. Alles, nur keine historischen Themen, dachte sie. Selbst als Leser war Jack dem Hier und Jetzt verhaftet gewesen. Wovon er sich keinen Nutzen versprach, das interessierte ihn nicht. Seien es Dinge oder Menschen.

Stella erinnerte sich, wie Jack nach dem Lederband gegriffen hatte.

Sie fand ihn ziemlich schnell. Wieder spürte sie Jack Novaks Gegenwart; bis zuletzt hatte er Ordnung gehalten, und das Buch stand noch am selben Platz. Stella las die goldumrandeten Lettern: *Verbrechen und Strafe*.

Im Buch lag eine Videokassette.

Es war eine selbst bespielte Kassette. Und Jack hatte sie, untypisch für ihn, nicht beschriftet. Aus der Marke, die sie als VHS-Kassette auswies, schloss Stella, dass sie relativ alt war und aus den achtziger Jahren stammte. Die Tatsache, dass Jack sie versteckt hatte, machte die Stille im Haus noch unheimlicher.

Mit der Kassette in der Hand trat Stella ans vordere Fenster. Sie konnte draußen wenig erkennen, aber soweit sie sah, war sie allein. Nervös ließ sie die Rollos herunter.

Der Videorekorder stand unter dem Fernseher. Vor Aufregung gelang es Stella nicht sofort, die Kassette richtig einzulegen. Als sie endlich fertig war, hielt sie kurz inne, schöpfte Atem und drückte die Starttaste.

Der Fernseher knisterte. Ein weißer Blitz schoss über den Bildschirm, gefolgt von gräulichem Schnee. Stella setzte sich mit gekreuzten Beinen auf den Teppich und wartete.

Plötzlich erschien ein Bild.

Es war ohne Ton, unwirklich – ein leeres Zimmer, darin nur ein Bett, ein Schrank. Das Bild war körnig, und der Blickwinkel änderte sich nicht, als sei die Kamera fest installiert. Stella konnte nicht den ganzen Raum einsehen, doch sie vermutete, dass er keine Fenster hatte oder dass das Video bei Nacht aufgenommen worden war.

Minutenlang tat sich nichts, wie beim Bild einer Überwachungskamera. Es zerrte an Stellas Nerven, auf eine unbelebte Szene zu starren. Sie wandte sich zur Seite und blickte in den Raum hinter ihr.

Als sie sich wieder umdrehte, war eine Frau ins Bild getreten.

Die Frau war jung, Anfang zwanzig. Ihr nackter Körper schimmerte silbern im gedämpften Licht.

Der Kamera den Rücken zukehrend, ging sie zum Schrank und öffnete ihn.

Im Schrank stand ein Hocker.

Die Frau nahm ihn heraus. Stellas Blick fiel auf die Schranktür. Sie zwinkerte und sah genauer hin. Ihr stockte der Atem.

Oben an der Tür war ein Haken aus Metall angebracht, eine Art Kleiderhaken, nur viel größer. Und um den Haken war ein Lederriemen geschlungen.

Mit erwartungsvoller Miene blickte die Frau in den Teil des Raumes, den die Kamera – eine versteckte Kamera, wie Stella mittlerweile vermutete – nicht erfasste. Stella wartete mit wachsender Unruhe. Und als sei die Frau ein Spiegelbild ihres Unbehagens, wurde auch sie jetzt nervös.

Ein Mann erschien und kam auf sie zu.

Er war ebenfalls nackt. Stella konnte sein Gesicht nicht sehen. Doch was sie sah, jagte ihr einen Schrecken ein. Der Mann trug einen Hüftgürtel und Nylonstrümpfe. Mit seinen Stöckelschuhen wirkte er unbeholfen, Mitleid erregend, wie ein Delinquent, der zu seiner Hinrichtung ging.

Unwillkürlich sprang Stella auf.

Was sie sah, war eine Inszenierung von Jack Novaks Tod, so wie der Mörder ihn geplant hatte, davon war Stella plötzlich überzeugt. Nur dass dies eine Art Prophezeiung war und der Film Jack selbst gehört hatte.

Der Mann drehte sich um, streifte die Stöckelschuhe ab und stieg auf den Hocker.

Im Halbdunkel konnte Stella sein Gesicht nicht deutlich erkennen. Mit den unsicheren Bewegungen eines Menschen, der unter dem Einfluss von Alkohol oder Drogen stand, legte er sich den Riemen um den Hals. Dennoch hatte Stella das Gefühl, dass ihm dieses Ritual vertraut war, dass er unter einem unwiderstehlichen Zwang handelte. Vermutlich war er nicht zum ersten Mal in diesem Raum.

Die Frau ging vor ihm in die Knie und nahm ihn in den Mund.

Stella verschränkte die Arme. Sie zwang sich, hinzusehen: Der Mann stand auf den Zehenspitzen, den Hals in der Schlinge, während die Frau ihre Arbeit machte.

Mit einer Drehung trat der Mann den Hocker unter sich weg.

Wie um sich selbst zu umarmen, verschränkte Stella die Arme noch fester. Der schlanke Körper des Mannes zitterte beim Höhepunkt.

Plötzlich zoomte die Kamera. Das Gesicht des Mannes erschien in Großaufnahme. Es war eine grässliche Fratze der Ekstase und Erniedrigung.

»Nein«, stieß Stella hervor. »Nein.«

Auf dem Bildschirm schloss Arthur Bright langsam die Augen.

Stella erkannte, dass er jünger war als bei ihrer ersten Begegnung, und sie wünschte sich, sie hätte ihn niemals kennen gelernt.

Der Bildausschnitt veränderte sich wieder.

Die Frau schob Bright den Hocker unter die Füße, half ihm, den Kopf von der Schlinge zu befreien.

Er stieg herunter, taumelte benommen zur Seite. Dann sackte er an der Wand zusammen.

Als die Frau sich umdrehte und in den Raum blickte, war Arthur ohnmächtig geworden.

Der zweite Mann war ein ganz anderer Typ.

Stella erschrak, als er ins Bild trat.

Er war kräftig gebaut, ein Bulle: seine Nacktheit hatte etwas Tierisches, Vulgäres. Die Art, wie er auf die Frau zuging, wirkte nicht Mitleid erregend, sondern bedrohlich.

Stella trat näher. Sie konnte das Gesicht des Mannes nicht sehen, doch seine geschmeidigen Bewegungen kamen ihr bekannt vor. Sie bekam eine Gänsehaut. Auch die Frau schien sich zu fürchten. Sie wich vor dem Mann einen Schritt zurück, dann noch einen, bis sie mit dem Rücken an die Wand stieß.

Der Mann blieb stehen, sagte etwas zu ihr. Die Frau schüttelte den Kopf. Jede ihrer Gesten verriet, dass sie Angst hatte.

Katzengleich schnellte der Mann vor und schlug ihr ins Gesicht.

Ihr Kopf flog zurück. Der Mann ballte die Fäuste. Der nächste Schlag, ansatzlos und brutal, traf sie am Kinn. Ihr Kopf schlug gegen die Wand. Noch ehe sie vornüber zu Boden fiel, wusste Stella, dass etwas Schreckliches geschehen war. Ihr Sturz hatte etwas Endgültiges, Unwiderrufliches.

Die Reaktion des Mannes zeigte, dass er es ebenfalls bemerkt hatte, und noch ehe er der Kamera das Gesicht zuwandte, wusste Stella, wer er war.

Johnny Curran beugte sich über die Frau und drehte sie grob auf den Rücken.

Ihre Augen standen offen. Sie war nicht bewusstlos, ihr starrer Blick war der Blick einer Toten. Currans Gesicht verriet nur Ärger.

Stella wurde übel.

Sie war eben Zeugin eines Mordes geworden. Und jetzt konnte sie sehen, wie Curran reagierte – nicht mit Abscheu wie sie, sondern mit Gelassenheit. Jede seiner Bewegungen zeugte von kühler Überlegung, von Empfindungslosigkeit. Er fühlte der Frau den Puls, horchte, ob ihr Herz noch schlug, legte ihr zwei Finger auf die Lippen.

Als er sich vergewissert hatte, dass sie tot war, stand er auf, stellte Bright auf die Füße und zog ihn von der Leiche weg. Brights Kopf kippte auf die Seite.

Das Video endete abrupt.

Fassungslos sank Stella auf den Teppich.

Sie brauchte Minuten, vielleicht länger, bis sie das Gesehene verarbeitet hatte. Und noch viel länger, um es in seiner Tragweite zu erfassen. Dann erst dachte sie an die Gefahr, in der sie schwebte, und überlegte, welche Entscheidungen sie zu treffen hatte. Auch wenn die Folgen sich jetzt noch gar nicht übersehen ließen.

Stella stand wieder auf, ging zur Tür und öffnete sie so leise wie möglich einen Spalt.

Draußen war es still, der Wind hatte sich gelegt. Das dumpfe, unablässige Raunen des Sees hatte etwas Bedrohliches.

Sie schloss die Tür wieder und führte zwei Telefongespräche. Das zweite mit Arthur Bright.

Er war gerade von einem langen Wahlkampfabend in den weißen Bezirken zurückgekehrt und klang abgespannt und mutlos. Stella wusste nicht, was stärker war – ihre Wut, ihre Angst oder ihr Mitleid.

»Ich muss mit Ihnen reden«, sagte sie unverblümt. »Sofort.«

Es war seltsam. Nun, da sie die Wahrheit kannte, und sei es auch nur ein kleiner Teil davon, hatte sie zu einer gewissen Ruhe zurückgefunden. Sie merkte es an ihrer Stimme.

»Sofort?«, fragte er unwirsch. »Es ist Mitternacht.«

»Das ist mir egal, Arthur. Es geht um den Mord an Jack. Die Sache kann nicht warten. In Ihrem eigenen Interesse.«

Stille. Sie stellte sich vor, wie es in seinem Kopf arbeitete. Schließlich sagte er: »Treffen wir uns im Büro.«

»Sagen wir, um halb drei. Ich habe vorher noch was zu erledigen.« Stella legte auf, ohne eine Antwort abzuwarten oder ihm zu sagen, wo sie war.

Sie nahm die Kassette und verließ das Haus. In der ebenso lächerlichen wie abergläubischen Hoffnung, unbemerkt zu bleiben, falls ihr doch jemand auflauerte, schlich sie auf Zehenspitzen.

Aber da war niemand. Sie gelangte zu ihrem Wagen und schloss auf. Dann ließ sie hastig den Motor an und fuhr davon, ohne sich umzublicken.

Auf der Fahrt nach Steelton ging sie in Gedanken noch einmal durch, was sie zu erledigen hatte. Nach Hause fahren. Das Band kopieren, die Kopie in einen an sie selbst adressierten Umschlag stecken und in einen Briefkasten werfen.

Es war kurz vor halb drei, als sie Brights Büro betrat. Dass er bereits wartete, überraschte sie nicht.

ZWEI

Übernächtigt, ohne das Adrenalin, das ihn im Wahlkampf auf Trab hielt, wirkte er noch schmaler als sonst und so verletzlich, wie er sich insgeheim fühlen musste. Nur Stellas Verbitterung verhinderte, dass sie Mitleid mit ihm empfand.

»Ich muss Ihnen etwas zeigen«, sagte sie. »In meinem Büro.«

Ihr Ton duldete keinen Widerspruch. Bright stand auf und folgte ihr.

Sie hatte den Videorekorder vom Konferenzraum in ihr Büro

gerollt. Bei seinem Anblick prallte Bright zurück und lehnte sich gegen die Wand, als ziehe er es vor zu stehen.

Stella schloss die Tür hinter ihnen. Schweigend beobachtete Bright, wie sie das Gerät einschaltete.

Auf dem Bildschirm war ein leerer Raum zu sehen.

Bright öffnete den Mund, gab aber keinen Laut von sich. Er starrte auf den Bildschirm wie in einen Abgrund.

Leise sagte Stella. »Das Ende gefällt mir nicht besonders.«

Plötzlich sprang Bright vor und schaltete den Rekorder aus. Wut und Scham funkelten in seinen Augen, und Stella hatte das Gefühl, in seine Seele zu blicken.

»Falls es Sie interessiert«, sagte sie zu ihm. »Ich habe eine Kopie gezogen.«

Bright verschränkte die Arme. Er schien seine letzten Kraftreserven zu mobilisieren, doch seine Stimme klang halb wie ein Flüstern, halb wie ein Krächzen.

»Was wollen Sie?«, fragte er.

Die Frage war ein Versuchsballon – vielleicht ließ sich die Angelegenheit ja noch in Ordnung bringen. Und trotz ihrer Empörung über seinen Verrat überlegte sich Stella, ohne es eigentlich zu wollen, einen Augenblick lang, welchen Vorteil sie aus der Situation ziehen könnte. Dann gab sie ihm die einzige Antwort, die sie geben konnte: »Ich will die Wahrheit. Von Anfang bis Ende.«

»Die Wahrheit?«, echote Bright. »Sie haben Ihr ganzes Leben in Steelton verbracht, Sie haben in Novaks Kanzlei und dann in dieser Behörde gearbeitet. Und trotzdem tun Sie noch so, als gebe es nur Recht oder Unrecht und als genüge Ihnen die ›Wahrheit‹, um zwischen beiden unterscheiden zu können?«

»Verschonen Sie mich, Arthur. Sie haben sich mindestens der Beihilfe zum Mord schuldig gemacht. Ihren moralischen Relativismus können Sie sich also sparen.«

Bright zuckte zusammen. In all den Jahren hatten sie in einem Klima gegenseitigen Vertrauens zusammengearbeitet, das Stress und Interessenkonflikte erträglicher gemacht hatte. Nun schien es ihm wehzutun, dass sie ihren Glauben an ihn verloren hatte.

Stella konnte es ihm nachfühlen. Vor vierzehn Jahren hatte sie als Bittstellerin bei ihm vorgesprochen. Er hatte ihr einen Job gegeben, ihre Ehrlichkeit honoriert. Nun plötzlich gebot sie über seine Zukunft, und ihre. Ein Schwindelgefühl überkam sie. Auch wenn sein Schicksal jetzt in ihren Händen lag, in Gefahr waren sie beide.

Sie zwang sich, ihn anzusehen.

Nach einer Weile schlug er die Augen nieder.

Er drehte sich um, sank auf ihren Stuhl und starrte auf die Stadt hinaus, die verstreuten Lichter in der Nacht, das schwarze Loch, das das Stadion verbarg. »Die Wahrheit«, wiederholte er. »Meinen Sie die Wahrheit, die ich entdeckte, wenn ich alleine zu Hause war, mir wünschte, meine Mutter sei da, und anfing, ihre Kleider anzuprobieren? Wollen Sie hören, wie ich mich schämte, wie große Angst ich davor hatte, erwischt zu werden? Oder wie es mich erregte, wenn ich mich im Spiegel betrachtete? Aber vielleicht wollen Sie auch hören, wie wichtig es für mich war, in der Schule glatte Einsen zu bekommen, wenn ich es in dieser verfluchten Stadt zu etwas bringen wollte. Genau wie Sie.« Seine Stimme klang verbittert, und Wut rang darin mit dem Wunsch, Verständnis bei ihr zu finden. »Wir haben alle unsere Geheimnisse, Stella. Damals, vor so vielen Jahren, wäre Novaks Interesse an Ihnen schnell erlahmt, wenn Sie nicht bestimmte Dinge getan hätten, von denen Sie heute nichts mehr wissen wollen.«

»Ich habe damit Schluss gemacht, Arthur«, fuhr Stella ihn an. »Jack hatte Sie auf Video. Sie haben Ihre Seele verkauft, ich nicht.«

Sie starrten einander an, und dann schien Arthur in sich zusammenzusacken. »Ich habe mir eingeredet, es sei nur vorübergehend, ich könnte aus der Geschichte irgendwie wieder herauskommen, so wie ich aus dem Ghetto herausgekommen bin, und doch noch der Mensch werden, der ich sein wollte.«

Stella betrachtete den Mann, der nun so dicht vor dem Abgrund stand. Ein Teil von ihr wollte innehalten und über die ebenso irrelevante wie zutiefst menschliche Frage nachdenken, wie es so weit mit ihm hatte kommen können. Schließlich fragte sie: »Wie ist es passiert?«

Er massierte sich die Schläfen, als sei er benommen. »Niemand wusste davon. Am wenigsten Lizanne. Ich war ein aufstrebender junger Staatsanwalt und engagierte mich in der Drogenbekämpfung. Das war der Mann, der ich sein wollte. Der andere brauchte nur alle paar Wochen eine Nacht.« Bright schluckte. »Aber das ging nur, wenn ich mich vorher mit Alkohol und Drogen betäubte. Erst dann konnte ich eine Prostituierte das tun lassen, was ich wollte. Was ich brauchte und wofür ich mich verabscheute.«

»Fesseln.«

Brights Gesicht zuckte. »In der übrigen Zeit dachte ich, ich könnte ein anständiges Leben führen. Sie haben ja eben gesehen, wohin das geführt hat.«

»Zu Johnny Curran. Unter anderem.«

Bright setzte sich aufrecht hin und fasste sich. »Curran hat sich an mich herangemacht, mir Drinks spendiert, mir bei der Zusammenarbeit mit anderen Polizisten geholfen. Ich fasste Vertrauen zu ihm. Mein Gott! Eines Morgens kam er zu mir ins Büro. Er schloss die Tür und sagte, ihm seien gewisse Dinge zu Ohren gekommen. Dann erzählte er, als plauderten wir über Baseball, was ich alle paar Wochen tat. Ich konnte ihm nicht ins Gesicht sehen. Ich hatte nur einen Gedanken: Jetzt haben sie dich. Deine Karriere ist im Eimer. Lizanne und die Kinder werden es erfahren. Ich wollte nur noch sterben. Curran legte mir die Hand auf die Schulter, wie ein Onkel. Es gebe andere Mittel und Wege, mir meine Wünsche zu erfüllen, sagte er, und zwar bei Leuten, die zu viel Angst hätten, um uns zu verraten. Und es gebe Mittel und Wege, dafür zu sorgen, dass meine heimlichen Neigungen niemals ans Licht kämen.«

Stella musste daran denken, wie Curran über Fieldings Tod gelacht hatte. »Ich denke, er hätte das arrangieren können.«

»Das dachte ich auch. Deswegen bin ich mit ihm mitgegangen.« Bright sah aus, als versuche er, sich seiner Schande zu stellen. »Und weil er mir geben konnte, was ich brauchte.«

Es war das zweite Mal.

Deshalb wusste Arthur bereits, wie es ablaufen würde. Curran brachte ihn nachts in eine ihm unbekannte Wohnung. Die Frau rauchte Dope und trank Bourbon mit ihm, bis er bereit war, sich auszuziehen.

Dabei erfuhr sie, was er sich wünschte.

Wie in Trance ging er auf sie zu.

Er war betrunken, bekifft. Sein Gesichtsfeld hatte sich verengt, seine Angst vor Entdeckung war betäubt. Er sah nur noch die Frau, sonst nichts.

Sie würde ihm geben, wonach er sich sehnte. Er würde tun, was sie verlangte.

Alles andere ergab sich wie von selbst. Das Letzte, was er noch registrierte, war der Druck gegen seinen Hals, dann Lichtblitze vor seinen Augen, ein Schaudern vor Scham und Leidenschaft, der Gedanke, dass der Tod eine Erlösung für ihn wäre. In seiner Erschöpfung war dies sein größter Wunsch – eintauchen in die Dunkelheit.

Er wachte in einer fremden Wohnung auf, fühlte sich wie gerädert.

Er lag auf einer Couch. Johnny Curran saß ihm gegenüber in einem Sessel, die blauen Augen wie Schlitze. Der Ausdruck zynischer Belustigung war verschwunden.

Bright war verwirrt. Mit matter Stimme fragte er: »Was ist passiert?«

Curran sah ihn scharf an. »Die Nutte ist tot. Die wird nie wieder den Mund aufmachen.«

Obwohl ohne hörbare Regung gesprochen, klangen die Worte für Bright wie eine Drohung. Er wagte Curran nicht zu fragen, wie die Frau gestorben war. Ob er sie zum Schweigen gebracht hatte. Was mit ihrer Leiche geschehen war. Entscheidend war, dass sein Geheimnis die Frau das Leben gekostet hatte.

Er beugte sich vor, würgte, kämpfte gegen seine Übelkeit an. Currans Stimme schnarrte verächtlich: »Wird alles erledigt. Und Sie gehen morgen wie gewohnt ins Büro.«

Bright schloss die Augen.

Den Rest erlebte er wie im Traum. Den bitteren Geschmack schwarzen Kaffees. Wie Curran ihn nach Hause fuhr. Wie er neben seiner schlafenden Frau ins Bett fiel. Das Bild einer nackten Frau, das wie das grelle Licht eines Blitzes über seine Netzhaut zuckte. Das Vergessen im Schlaf.

Der nächste Tag war sonnig und klar. Alles, was blieb, waren kurze, albtraumartige Bilder im Dunkel seines Blackouts, für die Erinnerung für immer verlorene Stunden, der verzweifelte Wunsch zu glauben, er habe dieses Bett nie verlassen.

Bright fuhr wie ein Roboter ins Büro.

Seine Sekretärin lächelte ihn an. Die Akten seiner neuen Fälle lagen auf dem Schreibtisch, wo er sie gestern, halb gelesen, hatte liegen lassen.

Zwei Tage vergingen, zwei schlaflose Nächte. Am dritten Morgen traf er in der Cafeteria den Bezirksstaatsanwalt. Es war ein freundlicher Ire namens Francis X. Connolly, und er sprach gerade mit dem Leiter seines Morddezernats, einem bärbeißigen, älteren Mann. »Da kommt selbst den Maden das Kotzen«, sagte er.

»Worum geht's?«, fragte Bright.

Connolly drehte sich zu ihm um. »Um die zunehmende Umweltverschmutzung. Heute Morgen hat man ein Fass mit Leichenteilen aus dem Onondaga gefischt. Fein säuberlich zusammengesetzt, ergeben sie eine nackte Frauenleiche. Sie mussten eine Nutte bitten, sie anhand des Kopfes zu identifizieren.«

Brights Magen verkrampfte sich. »Anhand ihres Kopfes?«, wiederholte er dumpf.

Connolly lachte auf. »Ja. Zum Glück war es eine Rothaarige. Davon gibt's in Scarberry nicht allzu viele.«

Bright stürzte auf die Toilette und übergab sich.

Stella schluckte beim Zuhören.

»Wie heißt das Wort«, hatte Natasha Tillman sie gefragt. *»Arroganz?«*

»Ja.«

»Arroganz heißt, eine Hure aufgabeln, sie in Stücke schneiden, in ein Ölfass stecken und in den Fluss werfen. Das ist einer anderen Freundin von mir passiert. Der Mörder wurde nie gefunden, habe ich Recht?«

»Ja.«

»Weil es ein Cop war.«

»Woher wissen Sie das?«

»Das Mädchen ist einfach verschwunden. Wenn einer so durchgeknallt ist, merken wir das. Keine Hure fährt mit so einem mit. Außer der Typ ist ein Cop.«

Bright schien Stellas Gesichtsausdruck aufzufallen. Leise fragte er: »Erinnern Sie sich an den Fall?«

»Ja.«

Er sah weg. »Damals schwor ich mir, nie wieder irgendeine Droge oder einen Tropfen Alkohol anzurühren. Lieber wollte ich mich umbringen, als noch einmal dieser Schwäche nachzugeben.« Er senkte die Stimme. »Mir einfach eine Kugel in den Kopf jagen…«

»Vielleicht hätten Sie das tun sollen.«

Bright schloss die Augen. »Es ist nie wieder passiert, Stella. Von da an habe ich mich in die Arbeit gestürzt, als hinge mein Leben davon ab. Ein Jahr später hat mich Connolly zum Leiter des Drogendezernats gemacht.«

Die unversöhnliche, kalte Wut half Stella, einen klaren Kopf zu behalten. »Und Sie konnten mit Johnny Curran zusammenarbeiten!«

Nach einiger Zeit sah Bright ihr in die Augen. »Da war nie wieder was. Mit Curran, meine ich. Er hat mich nie um etwas gebeten.«

»Und Sie haben nie mit jemandem über die Sache gesprochen. Weil Sie einer Mordanklage entgangen waren.«

Bright starrte an ihr vorbei. »Bis Novak angerufen hat. Er wollte mir etwas zeigen, genau wie Sie.«

Sie trafen sich am Abend in Jacks Kanzlei. Außer ihnen war niemand da. Sie waren beide erst Mitte dreißig, doch Novak sah deutlich älter aus. Er hatte dicke Tränensäcke, und es wurde gemunkelt, dass seine Kanzlei nicht besonders gut lief. Bright hatte ihn ohnehin nie gemocht, auch wenn sie Klassenkameraden gewesen waren.

Novak schien dies zu wissen, und dass er ein umso breiteres Lächeln aufsetzte, war wie eine Parodie auf ihr kühles Verhältnis. Er bot Bright mit der Würde eines Paschas einen Stuhl an, und Bright hätte sich nicht gewundert, wenn er dabei gesagt hätte: »Mögest du tausend Jahre leben.« Er war vor Sorge wie gelähmt.

Novak deutete auf seine Bar. »Etwas zu trinken, Arthur?«

Bright rührte keinen Tropfen mehr an und hatte das ungute Gefühl, dass Novak das wusste und auch den Grund kannte oder ahnte. Bemüht, die Ruhe zu bewahren, antwortete er: »Nur Wasser, danke.«

Novak schnitt eine Grimasse, als sei er über die schlechte Laune seines alten Schulkameraden enttäuscht. Dann bemerkte Bright das Videogerät in der Ecke.

»Eis?«, erkundigte sich Novak zuvorkommend.

Bright schüttelte den Kopf, und Novak reichte ihm ein Kristallglas. »Château Onondaga. Ein Wunder, dass nichts drin rumschwimmt.«

Bright starrte ihn an. Ein Bild schoss ihm durch den Kopf – ein Fass, das in einem Fluss trieb. Novak erhob sein Glas. »Auf sauberes Wasser, Arthur. Und ein sauberes Leben.«

Arthur nippte, ohne Novak aus den Augen zu lassen. Und wartete ab.

Dann fiel Bright auf, wie angespannt sein Gegenüber war. Ein Schauder lief ihm über den Rücken.

Betont lustlos, als öde es ihn an, Interesse zu heucheln, fragte Bright: »Was machen die Geschäfte?«

»Könnte besser sein.« Novaks Ton wurde sanft. »Aber du kannst mir helfen. Deswegen habe ich dich zu mir gebeten.«

Er stand abrupt auf und ging zum Videorekorder. »Ich schalte das Licht aus. Ich hab es schon mehrmals gesehen. Aber du vermutlich noch nicht.«

Novak drückte die Starttaste, dann knipste er das Licht aus.

Auf dem Bildschirm erschien ein leeres Zimmer, Brights Albtraum.

Mit Entsetzen und Faszination erlebte Bright sein anderes Ich.

Novak schwieg. Gemeinsam verfolgten sie die Stadien von Brights Ekstase und Erniedrigung – Hocker, Lederriemen, die kniende Frau. Als sein Gesicht in Großaufnahme erschien, schauderte Bright.

Novak drückte die Stopptaste.

Hilflos betrachtete Bright sein verzerrtes Gesicht, erstarrt in der Zeit. Novak machte wieder Licht.

Er durchquerte den Raum und schlüpfte wieder hinter seinen Schreibtisch. Der einzige Unterschied zu vorher war der eingeschaltete Bildschirm mit Brights Gesicht.

»Woher hast du das?«, fragte Bright mit belegter Stimme.

»Von einer Klientin.« Novak sprach leise, als sei ihm ebenfalls beklommen zumute. »Sie hat die Kamera bedient. Als die Sache aus dem Ruder lief, ist sie mit dem Band auf und davon. Ich habe es als Honorar genommen.«

Bright vermochte das Zittern in seiner Stimme nicht zu unterdrücken. »Das bin nicht ich.«

»Aber du warst es.« Novak zeigte sich geduldig, und unter anderen Umständen hätte Bright sein Verhalten wohl als freundlich bezeichnet. »Reg dich nicht unnötig auf, mein Freund. Ich werde dich nur gelegentlich um einen Gefallen bitten, mit Umsicht und Augenmaß. Du wirst weiter mit gewohntem Eifer Drogenfälle bearbeiten. Bis auf ganz wenige Ausnahmen.«

»Und wenn ich mich weigere?«

Novaks Miene wurde eisig. »Warten wir doch ein paar Prozesse ab, Arthur. Dann bleibt immer noch Zeit, Lizanne das Video zu zeigen.«

Stella hatte kein Auge von Bright gewandt. Doch was sie sah, war Novak, der sie im Spiegel betrachtete. Der Mann, der sie dazu gebracht hatte, sich gegen ihren Vater aufzulehnen. Der Mann, der Desnoyers an Vincent Moro verraten hatte.

»Hinter eine Sache bin ich nie gekommen«, hatte Saul Ravin zu ihr gesagt. *»Warum hat Moro seinen alten Anwalt und Kumpel Jerry Florio abserviert und Figuren wie Flood ausrichten lassen, sie sollten Jack anrufen?«*

Jetzt wusste Stella, warum.

»Jack hat Moro wissen lassen, dass er Sie in der Hand hat«, sagte sie. »Er hat nur ein paar Prozesse gebraucht, um zu demonstrieren, was er leisten konnte.«

Bright legte die Fingerspitzen aneinander. »Ich war ahnungslos, bis Jack mich in der Sache George Flood anrief.«

»Und Sie kamen damit durch. Sie haben Jack zum wichtigsten Drogenanwalt von Steelton gemacht.« Stella verlor die Beherrschung und fuhr in die Höhe. »Sie selbst haben die Akten gestohlen, zum Donnerwetter. Um zu vertuschen, dass Sie die Verfahren gegen Jacks Mandanten manipuliert haben.«

»Nicht alle. Ich habe weder das beschlagnahmte Kokain vernichtet, noch habe ich Desnoyers getötet.«

»Nur weil Jack Sie dazu nicht gebraucht hat.« Stella rang um Fassung. »Sie haben mich zu Curran geschickt. Angeblich um mich zu informieren, wie Sie sagten. Doch in Wahrheit war es genau umgekehrt. Ich sollte Curran etwas erzählen. Der Mann ist kein gewöhnlicher Mörder. Er ist eine Bestie.«

Bright packte sie am Handgelenk. »Ich musste Sie aufhalten!«

»Sie haben mich hintergangen, Arthur. Sie haben der *Press* erzählt, dass ich Jacks Geliebte war. Das hat Ihnen als Vorwand gedient, mir den Fall wegzunehmen, angeblich um meine politische Zukunft zu retten.« Ihre Stimme bebte vor Wut. »Waren Sie auch der Anrufer? Oder haben Sie das jemandem überlassen, der mehr Mumm hat?«

Brights Griff wurde fester. »Hören Sie zu. Ich weiß nicht, wer Dan Leary angerufen hat. Ich weiß nicht, wer Sie angerufen hat. Ich weiß nicht, wer in Ihr Haus eingedrungen ist und Ihre Katze getötet hat. Ich weiß nur, dass ich eine Scheißangst um Sie hatte.«

»Aber nicht so viel Angst wie um Ihre eigene Haut. Haben Sie Jack umgebracht? Oder haben Sie einen anderen damit beauftragt?«

Bright hielt immer noch ihren Arm fest, als habe er Angst, sie loszulassen. »Sie wollen einfach nicht verstehen!«

»Und ob ich verstehe. Sie sind korrupt, und Sie tun alles, um sich zu retten.«

»Und warum, glauben Sie, habe ich dann Nat Dance beauftragt, Sie zu überprüfen, bevor ich Sie eingestellt habe? Verdammt noch mal, ich wollte nicht, dass Novak die gesamte Staatsanwaltschaft nach seiner Pfeife tanzen lässt.«

»Aber immerhin Sie!«

Bright ließ Stellas Hand fahren, wich zurück und atmete tief durch. »Nach meiner Wahl zum Bezirksstaatsanwalt dachte ich, es sei vorbei. Der Wahlsieg war meine Fahrkarte in die Freiheit. Ich teilte Novak mit, dass wir miteinander fertig seien, da ich auf die Arbeit im Drogendezernat nun keinen Einfluss mehr nehmen könne, ohne uns alle zu verraten. Und dass ich es auch gar nicht erst versuchen würde.« Die Worte sprudelten nun aus ihm hervor. »Jack hatte nur Dealer als Mandanten, und ich konnte nichts mehr für ihn tun. Er war außer sich. Er hatte sich einen Vorteil davon versprochen, wenn er mir zum Wahlsieg verhalf. Er hätte nie damit gerechnet, dass ich die Wahl dazu benutzen würde, ihn loszuwerden. Aber genau das habe ich getan.«

»Aber nicht ganz«, erwiderte Stella. »Deshalb musste Jack diesen grässlichen Tod sterben.«

Bright starrte sie an, dann wandte er sich ab.

»Ja«, antwortete er.

DREI

»Hallo, Arthur«, hatte Jack gesagt.

Es war kurz nach sieben Uhr abends und bereits dunkel, als Novak in Brights Büro schlüpfte. Bright hatte sich auf einen seiner seltenen freien Abende und ein ruhiges Essen mit Lizanne gefreut. Ihre Ehe hatte so viele Stürme überstanden, mehr, als Lizanne hoffentlich jemals ahnen würde. Mit jedem Jahr dankte Bright seiner Frau mehr dafür, dass sie ihn liebte und an ihn glaubte, als Ehemann, als Vater und als Politiker dieser Stadt. Und obwohl es nur ein kleines Dankeschön für ihre Treue war, wenn er sich einen Abend lang ganz allein ihr widmete, hatte sie sich darüber gefreut wie über ein unverhofftes Geschenk. Doch dann hatte Jack angerufen.

Die Angelegenheit könne nicht warten, hatte er gesagt, ihrer beider Zukunft stehe auf dem Spiel. Bright wusste, dass er im Grunde keine Wahl hatte. Seit vier Jahren hatte er keine Verfahren mehr manipuliert, doch ein Treffen konnte er Novak schwerlich verweigern. Jack besaß immer noch das Video, das ihr Geheimnis war.

»Setz dich, Jack.«

Bright war höflich-distanziert. Er hatte gelernt, sich nicht mehr zu ducken. Er hatte eine Grenze gezogen, und Jack wusste das. Es ist doch seltsam, dachte Bright, wie sich am Ende alles ausgleicht. Er selbst war in diesen Jahren kaum gealtert, doch Jack Novak sah fürchterlich aus.

Als er Platz nahm, schien sein Körper wie unter der Last des Lebens in sich zusammenzusacken. Seine Tränensäcke glichen blauen Flecken, und Bright vermutete, dass er sich bald einer Schönheitsoperation unterziehen würde. Doch seine innere Leere würde er damit nicht ausfüllen können. Jack hatte immer nur für sein Vergnügen gelebt. Selbst wenn er großspurig auftrat, bot er nun den Mitleid erregenden Anblick eines Mannes, dem die Zeit davonlief, und der wusste, dass er zu wenig vorzuweisen hatte.

All diese Gedanken schossen Bright durch den Kopf. Was blieb, waren Misstrauen und Antipathie. Jack Novak war zu gefährlich, zu niederträchtig, als dass man sich Mitleid mit ihm leisten konnte. Während Novak Bright verstohlen beobachtete, erschien jenes Funkeln in seinen Augen, das nichts Gutes verhieß.

»Du führst einen großartigen Wahlkampf, Arthur. Du bist

drauf und dran, der erste schwarze Bürgermeister von Steelton zu werden.«

Sein Zynismus empörte Bright. Und der gönnerhafte Ton dieses Mannes, der gekommen war, um eine überfällige Schuld einzutreiben, beunruhigte ihn zutiefst. »Ein großer Augenblick in der Geschichte der Schwarzen«, erwiderte er, »keine Frage. Aber ich werde dafür sorgen, dass auch die Weißen gut damit leben können. Wenigstens die meisten.«

Die indirekte Abfuhr überraschte Novak. »Oh, ganz bestimmt«, sagte er nach einer Weile. »Aber ich will dir einen Rat geben. Bisher habe ich mich damit sehr zurückgehalten – ich habe nur zugesehen und gejubelt. Aber jetzt wird es Zeit für einen bescheidenen Vorschlag.«

Unwillkürlich blickte Bright zur Tür. Dann musterte er Novak im fahlen Licht. »Bescheiden? Worum geht's?«

Novaks Lächeln glich einer nervösen Zuckung. Seine Augen blieben wachsam, ängstlich.

»Um Steelton 2000.«

Bright brach in ein übertriebenes Lachen aus. »Tom Krajeks Stadion? Willst du mir etwa sagen, dass ich es gut finden soll?«

Novaks Lächeln erlosch. »Genau, Arthur, du findest es gut.«

Es war kein Scherz, auch keine Bitte. Novaks Ton ließ keinen Zweifel daran, was er meinte.

Bright bekam ein mulmiges Gefühl.

Plötzlich begriff er. Er stand jemandem im Weg, und Jack Novak hatte versprochen, etwas dagegen zu unternehmen. Bright fragte sich, wer außer ihnen das Video gesehen hatte. Widerwillig stellte er sich vor, wie Kopien bei der *Press* eingingen. Er war Novak also doch noch nicht los. Sein Gegner hatte einfach nur gewartet, bis sich eine günstigere Gelegenheit bot, bis noch mehr auf dem Spiel stand. Bright bekam feuchte Hände.

»Wie gut finde ich es?«

»Du bist ganz begeistert. Zunächst mal hörst du auf, gegen das Stadion zu stänkern. Und nächste Woche erklärst du, dass es der Stadt, speziell den Afroamerikanern, nur Vorteile bringt. Und zwar so große Vorteile, dass du und deine Behörde keinen Ärger machen werden, ganz gleich was passiert.«

Jacks ruhiger Ton stand im Widerspruch zu seinem Verhalten. Er war so angespannt, so auf der Hut, dass auch Brights Anspannung wuchs. »Was verstehst du unter ›Ärger‹? Was soll denn passieren?«

Novak beugte sich vor. »Es ist ernst, Arthur. Du hast ja keine Ahnung, wie ernst. Für uns beide.«

Auf einmal bekam Bright Angst. Jede Ironie war aus Novaks Stimme und Miene gewichen, und einen Augenblick lang hatte er das befremdende Gefühl, einem Freund gegenüberzusitzen, der vor Problemen warnte, die ihnen über den Kopf zu wachsen drohten. Novaks Augen waren blutunterlaufen.

»Wer hat dich geschickt?«

Novak sah ihn einfach nur an, und erst nach einer Weile dämmerte Bright, dass sein Schweigen die Antwort war.

Abrupt stand Novak auf. Er ging zur Tür, ohne ein weiteres Wort zu sagen. Bright rührte sich nicht von der Stelle.

Novak blieb stehen und drehte sich, mit der Hand auf der Klinke, um: »Dir bleibt keine Wahl, Arthur. Bitte, glaube mir. Denn ich kann mir keinen Fehlschlag leisten.«

Bright antwortete nicht. Novak sah ihn ein letztes Mal an, dann ging er.

Als Bright nach Hause kam, brannten im Esszimmer Kerzen.

An jedem anderen Abend hätte ihm das ein Lächeln entlockt. Er betrachtete Lizanne über den Tisch hinweg: ihre feinen Züge, ihre vollen Lippen, ihre sanften Augen. Sie sah so schön aus, dass es ihn bis ins Innerste aufwühlte.

»Was ist?«, fragte Lizanne.

Seine Augen verschleierten sich. »Ich war in Gedanken. Ich habe über dich nachgedacht.«

Über meine Liebe zu dir. Über die beiden liebenswerten Kinder, unseren Sohn und unsere Tochter. Über das, was du verdienst – und was du nicht verdienst. Aber Lizanne konnte das nicht wissen. Sie neigte erfreut den Kopf und lächelte ihn an. Dann nahm sie ihn bei der Hand.

Sie gingen nach oben. Er liebte sie mit einem Gefühl der Verzweiflung. Hinterher hielt er sie umschlungen, bis sie eingeschlafen war.

Am nächsten Morgen fuhr Bright bedrückt zu einer Morgenandacht mit anschließendem Frühstück, dann zur Eröffnung eines Seniorenzentrums. Er war gerade auf dem Weg zu einer Strategiesitzung, als sein Handy klingelte.

»Es ist etwas passiert«, sagte Dance. »Ich dachte mir, Sie sollten es wissen.«

Obwohl er den Kopf voll hatte, wurde er hellhörig. Dance ließ ihm immer einen Hinweis zukommen, wenn die Polizei auf etwas Wichtiges gestoßen war. Sein Motiv war klar. Aus Solidarität und aus persönlichem Ehrgeiz wollte er, dass Bright Bürgermeister wurde. Bright hielt vor einer roten Ampel und drückte sich das Telefon ans Ohr.

»Um was handelt es sich?«

»Ein Typ namens Tommy Fielding, wohnhaft in Steelton Heights, ist heute Morgen von seiner Wirtschafterin tot aufgefunden worden, neben einer schwarzen Prostituierten. Vermutliche Todesursache ist eine Überdosis Heroin, aber er war kein gewöhnlicher Junkie.«

»Sondern?«

»Der Mann hat für Peter Hall gearbeitet. Er hat den Bau des Stadions geleitet, das Sie so lieben.«

Bright schloss die Augen. Hinter ihm hupte jemand. Die Ampel war auf Grün gesprungen.

»Halten Sie mich auf dem Laufenden«, sagte er zu Dance.

Im Mittelpunkt der Strategiesitzung stand seine Debatte mit Krajek.

Sie sollte in vier Tagen in Warszawa stattfinden. Zerstreut folgte Bright den Ausführungen seiner Chefberaterin, einer scharfzüngigen Schwarzen namens Etta Rogers, die für die anderen Anwesenden – einen Redenschreiber, einen Demoskopen, seinen Wahlkampfmanager und einen Sekretär – die Chancen und Gefahren analysierte. Dass sie die einzige Frau am Tisch war, nahm sie offenbar zum Anlass, eine noch deutlichere Sprache zu sprechen als sonst.

»Krajek wird für sein Stadion die Werbetrommel rühren. Sie wissen, was das bedeutet. Er schafft Arbeitsplätze und tut was für den Fortschritt, und Sie verhätscheln Zuhälter und Schmarotzer, die der Stadt auf der Tasche liegen, und träumen von einem Wohlfahrtsstaat. Da spielt es keine Rolle, dass dieses Monstrum von einem Stadion eine Spielwiese für Reiche wird.« Etta sah Bright an. »Dass wir uns mit Warszawa einverstanden erklärt haben, war ein Fehler. Krajek weiß, dass er dort ein Heimspiel hat. Jeder Fernsehzuschauer wird miterleben, wie er den Beifall einheimst und Sie sang- und klanglos untergehen. Sie haben zwei Möglichkeiten: Sie können über Steelton 2000 unverbindlich schwafeln, dann werden Sie wenigstens nicht ausgebuht, wenn Sie Glück haben. Oder Sie entschließen sich, das Projekt zu attackieren.«

Bright registrierte, dass er die Diskussion verfolgt hatte, als gehe sie ihn gar nichts an. »Wozu raten Sie mir?«, raffte er sich auf zu fragen.

Ein sarkastisches Grinsen huschte über Ettas Gesicht. »Sie wollten doch selbst diese Debatte. Ich nehme an, Sie hatten dafür Ihre Gründe.«

Bright mobilisierte seine Kraftreserven. Ihm war, als hätte er diese Entscheidung, von deren Richtigkeit er so überzeugt gewesen war, in einem anderen Leben getroffen. »Warszawa birgt ein Risiko«, antwortete er. »Aber wenn ich mich von anderen schwarzen Politikern nicht abhebe, kann ich nicht gewinnen. Und falls ich trotzdem gewinne, kann ich die Stadt nicht regieren.«

Aus Rogers' Blick sprach bittere Belustigung. »Na schön, dann kriegen Sie eben dieses Publikum aus wissbegierigen, vorurteilsfreien Polen, die auf Piroggen, Bowling und die Steelton Blues stehen. Was wollen Sie ihnen sagen?«

Bright blickte in die Runde. Er dachte an Lizanne, die rothaarige Frau, den neuen, beunruhigenden Todesfall, von dem Dance berichtet hatte. *Dir bleibt keine andere Wahl, Arthur,* hatte Novak gesagt.

Aber er war nicht Jack Novak, hätte er am liebsten hinausgeschrien.

»Dass sie hinters Licht geführt werden«, sagte er zu Rogers. »Dass Steelton 2000 ein Schwindel ist.«

Voller Hoffnung und Verzweiflung fuhr Bright ins Büro. Er zwang sich, Novak anzurufen, bevor sein Adrenalinspiegel wieder sank.

Novak meldete sich. »Arthur?«

»Du kannst dir das Videoband in den Arsch schieben.« Er empfand ein seltsames Hochgefühl. »Das kannst du deinen Freunden von mir ausrichten. Dann wissen Sie wenigstens, warum du wie auf Eiern daherkommst.«

Er knallte den Hörer auf.

Endlich, vielleicht zu spät, hatte er eine Entscheidung getroffen. Er hoffte nur, er konnte die Konsequenzen ertragen.

In der Nacht vor der Debatte riss ihn das schrille Klingeln des Telefons aus einem unruhigen Schlaf.

Er knipste die Nachttischlampe an und sah auf die Uhr. Es war zwei. Lizanne neben ihm hatte sich kaum gerührt. Sie war die Frau eines Politikers, schien ihr Gesicht zu sagen, und Anrufe zu jeder Tages- und Nachtzeit gehörten zu ihrem Leben.

Bright griff nach dem Hörer.

»Arthur.« Es war Novak, und Bright spürte sofort, dass er unter Drogen stand und in Panik war. »Sie kommen, du verdammte Schwuchtel…«

»Halt's Maul.« Bright eilte auf den Treppenabsatz hinaus und fügte mit heiserem Flüstern hinzu: »Hörst du mich, Jack? Von mir aus kannst du das Video im Fernsehen abspielen, aber ruf mich nie wieder um diese Zeit zu Hause an.«

»Kapierst du denn nicht? Ich muss ihm etwas geben, sonst ist es aus mit uns. Endgültig, verstehst du?«

Bright setzte sich auf die dunkle Treppe. »Ich weiß nicht, was mit dir los ist. Aber ich will nichts damit…«

»Zum Teufel mit dir.« Novaks Stimme überschlug sich. »Vier Jahre lang hast du mich schmoren lassen. Sag mir, dass du mitmachst, dass du morgen bei der Debatte damit anfängst. Sonst gebe ich ihnen das Band.«

In einer plötzlichen Eingebung verstand Bright alles. »Ich glaube dir kein Wort, Jack. Was hättest du ihnen dann noch zu bieten?«

»Arthur!« Es folgte eine lange Pause, in der Novak um Fassung rang. »Du brauchst mich als Mittelsmann zwischen ihnen und dir. Wenn…«

Er unterbrach sich abrupt. Bright vernahm das leise Läuten einer Türglocke. Hastig sagte Novak: »Ich rufe später noch mal an…«

Er tat es nicht.

Beim Zuhören erinnerte sich Stella an einen anderen Moment. Es war vor drei Wochen gewesen, in Warszawa, kurz nach Brights brillanter und scharfer Attacke gegen Steelton 2000.

»Wie ist es passiert?«, fragte Bright.

»Schlimme Sache. Er wurde mit seinem eigenen Gürtel an der Schranktür erhängt, und er hatte Damenstrümpfe und hochhackige Schuhe an.«

Bright starrte sie an, öffnete die Lippen, brachte aber kein Wort heraus. Dann drehte er sich weg und blickte durch die Windschutzscheibe. Er schien kaum zu atmen.

Stella ahnte, wie Bright sich gefühlt haben musste. Auch sie musste an Jack Novak denken, der in den letzten Augenblicken seines Lebens ein Opfer seiner Gier geworden war.

»Sein Tod war eine Botschaft«, sagte sie nach einer Weile. »Die Täter wollten Ihnen auf diesem Weg mitteilen, dass sie das Band hatten. Danach haben Sie alles getan, um mich auf eine falsche Fährte zu locken. Um sich vor ihren eventuellen Sanktionen zu schützen.«

»Um uns alle zu schützen«, sagte Bright einfach nur.

Der letzte Anruf kam in der Nacht, als er von Novaks Ermordung erfahren hatte.

Lizanne schlief, und Bright war in der Küche. Eine Stunde lang war er wie ein Geist von Zimmer zu Zimmer gewandert. In seiner Verwirrung dachte er zuerst, es sei Jack Novak, der fragen wollte, ob er es sich inzwischen anders überlegt hatte.

»Arthur?« Die Stimme klang verzerrt, unheimlich. »Ich nehme an, Sie haben unsere Botschaft erhalten?«

Bright erschrak. »Ja.«

»Dann wissen Sie ja, was Sie zu tun haben. Sonst werden Lizanne und die Kinder erfahren, wie apart Sie mit Hüftgürtel aussehen. Wir haben eine Kopie für Ihre Familie und eine für Dan Leary. Vielleicht lassen wir Sie am Leben, damit Sie ihre Gesichter sehen können.«

Die Verbindung wurde unterbrochen.

Bright und Stella starrten einander an.

»Es ist zu spät«, sagte sie zu ihm. »Sie können die Dinge nicht mehr aufhalten.«

Er konnte weder zustimmen noch widersprechen. Die Folgen waren unabsehbar und entzogen sich seinem Einfluss.

Leise öffnete Stella die Tür. Bright drehte sich um und erschrak.

Dance sah ihn an. Es dauerte einige Sekunden, ehe der Kripochef murmelte: »Mein Gott, Arthur.«

Ausnahmsweise einmal drückte seine sonst so gelassene Miene Mitgefühl aus, seine Stimme eine Art Ehrfurcht. Dies schien Bright mehr über seinen Sturz zu verraten, als Stella jemals hätte in Worte fassen können.

Als Bright wegsah, wandte sich Dance an Stella.

»Curran«, sagte er.

VIER

Gegen Viertel vor sechs am Morgen klingelte Stella an Johnny Currans Wohnungstür.

Drinnen rührte sich nichts. Sie klingelte noch einmal und baute sich so vor dem Spion auf, dass Curran sie sehen konnte. Am Rande ihres Gesichtsfelds drückte sich Dance mit dem Rücken an die Wand.

Die Tür öffnete sich einen Spalt und Stella sah Currans Gesicht, seine kalten blauen Augen über der Sicherheitskette, den Revolver in seiner Hand.

»Was wollen Sie?«

Stellas Herz klopfte. »Können wir das nicht drinnen besprechen?«

Er musterte sie, dann spähte er in den Flur hinter ihr. Sie sah ihm an, dass er überlegte. »Ich habe Bürostunden.«

Stella zögerte. »Es geht um Jack Novak.«

Curran verzog keine Miene. Stella versuchte, nur an die nächsten Sekunden zu denken.

Langsam fasste Curran nach der Kette.

Sie rasselte, fiel herunter. Die Tür öffnete sich ein Stück. Curran trat ein, zwei Schritte zurück, den Revolver auf Stellas Bauch gerichtet.

Er nickte in Richtung Tür.

Dance löste sich von der Wand, stieß die Tür auf und sprang in die Wohnung.

Überrumpelt zuckte Curran zurück. Dance stürzte sich auf ihn und rammte ihm Kopf und Schulter in die Brust.

Curran fiel nach hinten, sein Revolver flog durch die Luft. Dann war Dance über ihm, ein Knie auf seiner Brust, das andere auf seinem Hals. Er drückte ihm den Lauf seines Revolvers an die Stirn. Ihre Gesichter waren nur Zentimeter voneinander entfernt. Curran keuchte. Die blauen Augen starrten ihn eisig an.

Langsam schob Dance den Lauf zwischen Currans Augen und spannte den Hahn. Er brauchte nur leicht den Finger zu krümmen, um ihm eine Kugel in den Kopf zu jagen. »Leck mich«, zischte Curran.

Stella schloss die Tür und legte die Kette wieder vor.

Sie trat neben die beiden Männer. »Notwehr«, sagte Dance zu Curran. »Sie kann es bezeugen.«

Stellas Gesicht fühlte sich feucht an, ihr Kopf brummte. Currans flackernde Augen suchten sie.

Leise sagte sie: »Sie haben meine Katze getötet.«

Mit der freien Hand drehte Dance Currans Gesicht so, dass er ihn ansehen musste.

»Sie haben Desnoyers ermordet. Sie haben in Moros Auftrag Harlell Prince umgelegt. Sie haben unsere Ermittlungen sabotiert. Sie haben mich und meine Familie bedroht. Sie haben uns zwanzig Jahre lang hintergangen.«

Currans Blick blieb ungerührt.

Wutentbrannt schlug ihm Dance den Griff seiner Waffe gegen den Mund.

Zähne krachten. Stella zuckte zusammen. Curran hatte keinen Laut von sich gegeben.

Eine Blase aus rotem Speichel quoll zwischen seinen Lippen hervor. »Sie werden mich nicht erschießen«, krächzte er, »weil Sie nichts in der Hand haben. Sie wollen etwas von mir.«

Stella drehte sich um und ging zu der Stelle, wo sie ihre Handtasche hatte fallen lassen. Sie kniete nieder und zog ein Videoband hervor, dann trat sie wieder zu den Männern. Curran starrte auf das Band in ihrer Hand.

»Wir haben gesehen, was Sie unter einem Vorspiel verstehen«, sagte sie zu ihm. »Ich wundere mich, dass Sie ihr den Kopf erst abgeschnitten haben, als sie tot war.«

Eine leichte Zornesröte überzog Currans fleckige Haut.

»Sehen Sie mich an«, befahl Dance.

Curran gehorchte.

»Novak hatte eine Kopie gezogen, Johnny. Es ist aus. Im Knast warten sie schon auf Sie – all die lieben Jungs, die Sie eingebuchtet haben. Sie wissen, was einem Cop im Knast blüht. Da herrscht sexueller Notstand. Die Jungs werden sich zusammentun und Sie vergewaltigen. Die Sadisten werden Ihnen ein paar Finger am zweiten Glied abschneiden. Irgendein Dealer wird Ihnen ein Auge ausquetschen. Sie werden alles tun, um einen halben Menschen aus Ihnen zu machen. Wenn Sie Glück haben, einen Dreiviertel-Menschen, für eine Weile. Und es wird nie aufhören. Sie werden sich wünschen, Stella hätte die Todesstrafe beantragt.«

Curran zeigte keine Regung.

»Aber das werde ich nicht«, sagte Stella. »Ich glaube an die Unantastbarkeit des menschlichen Lebens. Und in Ihrem Fall ganz besonders.«

Curran sagte nur ein einziges Wort, langsam und bedächtig: »Fotze.«

Dance schob ihm den gespannten Revolver in den Mund.

»Erschießen Sie ihn nicht«, rief Stella. »Bitte.«

Curran blickte sie hasserfüllt an. »Wer von euch beiden trägt ein verstecktes Mikrofon bei sich?«

»Keine Mikros«, antwortete sie. »Keine Aufnahmen. Wir haben Sie.«

Curran wandte sich an Dance. »Das genügt mir nicht.«

Dance zögerte. Dann stand er auf, den Revolver auf Curran gerichtet.

Curran betrachtete ihn mit einem halben Grinsen. Er erhob sich ungelenk, Stella hörte ein Kniegelenk knacken. Doch Currans Miene drückte ungebrochene Macht aus, eine Mischung aus Würde und Brutalität.

Er sah Dance an und sagte: »Sie zuerst.«

Dance legte ihm eine Hand auf die Schulter und drückte ihm den Revolver ans Ohr. Leise ermahnte er ihn: »Schön sachte, Johnny. Sonst bekomme ich nervöse Zuckungen.«

Dance in die Augen sehend, klopfte Curran ihm Brust und Rücken ab. Dann ging er in die Hocke und tastete sich an den Beinen des Kripochefs entlang. Dances Revolver bohrte sich in seinen Nacken.

Curran richtete sich wieder auf. »Und jetzt Sie«, sagte er zu Stella.

Er trat dicht an Stella heran. Dance glitt hinter ihn. Currans Augen blickten so kalt wie die des Kripochefs, der den Revolver auf Currans Hinterkopf richtete.

Curran legte Stella die Hände auf die Hüften und betrachtete sie. Ein schwacher Geruch nach Whiskey entströmte seinem blutenden Mund. Dann begannen seine Hände, ihr Rückgrat abzusuchen.

»Tempo«, befahl ihm Dance.

Curran bückte sich leicht. Durch die Jeans befühlten seine Finger Stellas Schenkel und Waden. Dann richtete er sich wieder auf, sah ihr ins Gesicht und fuhr mit der hohlen Hand langsam über ihre Brüste.

Dance rammte ihm den Revolver in den Nacken. Curran grinste. Es gab nur einen Mann auf der Welt, den Stella mehr hasste.

»Nichts«, raunte Curran ihr zu. »Aber auch rein gar nichts.«

Stella trat zurück. Sie reckte das Kinn und ballte die Fäuste.

Curran bemerkte es und grinste erneut. »Ist ja schon gut. Ich kann euch bis ins Kleinste erzählen, was ich getan habe, und ihr könnt mir nicht das Geringste nachweisen.«

Es stand zu viel auf dem Spiel, Stella durfte sich von Curran nicht irremachen lassen. Sie zwang sich, das Zimmer zu inspizieren.

Es war klein, kahl, unsäglich banal. Grüne Wände, Allerweltsmöbel, ein billiger Kunstdruck eines Gebirgsbachs, ein ramponiertes Fernsehgerät und, zu ihrer Überraschung, ein silbernes Kruzifix. Die Dämmerung war noch nicht angebrochen, und der matte Schein einer einzigen Lampe spiegelte sich in Currans schwarzen Fenstern.

Stella ließ die Rollos herunter.

Als sie sich wieder umdrehte, war die Spannung im Raum subtiler geworden. Die Sache wurde zu einer Nervenprobe. Dance saß mit seinem Revolver in einem Sessel, Curran ihm gegenüber mit demonstrativer Lässigkeit auf dem Sofa. »Es stimmt, was Sie gesagt haben«, bemerkte er zu Dance. »Ich habe die Regeln gemacht, und ihr anderen habt nicht mal gewusst, worin sie bestehen. Immerhin habe ich Sie aus dem Drogendezernat vertrieben, oder nicht?«

Arroganz lag in seiner Stimme. Zum ersten Mal bekam Stella eine Ahnung davon, wie Curran sich selber sah: ein Mann, der durch die nächtliche Stadt streifte, nur nach seinen eigenen Gesetzen lebte und – wie außer ihm nur noch ein einziger anderer Mann – wusste, wo alle Fäden zusammenliefen und wer die Macht besaß. Eine Macht, an der er teilhatte. Dance ließ sich nicht anmerken, was in ihm vorging, doch Stella spürte, dass er ebenso kochte wie sie.

»Auf Befehl eines anderen«, erwiderte Dance. »Wer war es, Johnny?«

»Oh, das kann warten. Erst mal sehen, ob wir uns arrangieren können.« Curran sah von Stella zu Dance. »Von wem soll ich zuerst erzählen, von Fielding, Novak oder den beiden Nutten?«

Dance blieb äußerlich völlig gelassen, doch Stella sah ihm an, dass es in seinem Kopf arbeitete. »Gehen wir doch der Reihe nach vor.«

Curran sah ihn an. »Dann also Fielding.«

Curran hatte eine Woche, um Fieldings Gewohnheiten zu studieren und Ort und Zeit festzulegen. Der Mord sollte nach einem Unfall aussehen und das Opfer erniedrigen. Als Fielding am dritten Tag zum dritten Mal ins Fitnesszentrum fuhr, kam Curran eine Idee. Er musste lachen.

Von der Methode einmal abgesehen, stellte die Beseitigung Fieldings keine große Herausforderung dar. Desnoyers hatte gewusst, dass ihm nach seinem Verrat der Tod drohte, doch Fielding war völlig ahnungslos und daher leicht zu überrumpeln. Er arbeitete viel, hatte keine Freunde, lebte allein. Curran beschattete ihn fünf Tage lang, und Fieldings einziger Besuch in dieser Zeit war seine Tochter.

Curran war nicht mitgeteilt worden, warum Fielding sterben musste. Doch er war überzeugt, dass die Gründe wie bei Desnoyers oder Harlell Prince geschäftlicher Natur waren. Daran ließ sich ermessen, wie das Leben in Steelton sich veränderte.

Als sein Plan feststand, folgte er Fielding in einem unauffälligen Wagen.

Es war Nacht. Er parkte einen Block entfernt, stülpte sich eine Wollmütze und Handschuhe über und nahm eine Sporttasche aus dem Kofferraum. Als er über den Gehweg zu Fieldings Haus schlenderte, rümpfte er verächtlich die Nase. Steelton Heights war nicht Little Italy. Hier lebte jeder für sich, keiner wusste oder interessierte sich dafür, wer gegenüber wohnte. Currans größte Befürchtung war, einem Yuppie mit Hund zu begegnen.

Er klingelte an der Tür.

Fielding öffnete. Er trug eine Freizeithose und ein kurzärmeliges Hemd mit Ralph-Lauren-Logo. Obwohl er den ganzen Tag gearbeitet hatte, sah er aus wie ein Schönling aus einem Modemagazin für Männer. Fielding legte die Stirn in Falten und beäugte Curran wie ein Mann, der sich auf die Bettelmasche eines dubiosen Wohltätigkeitsvereins gefasst machte.

Curran lächelte. »Officer Curran«, stellte er sich vor. »Drogendezernat. Könnte ich Sie einen Moment sprechen?«

Fielding sah ihn verdutzt an. Seine Augen wanderten argwöhnisch zu der Sporttasche in Currans linker Hand. »Kann ich Ihren Ausweis sehen?«

Du bist gar nicht so blöd, dachte Curran. Ich wette, man hat dir in der Grundschule eingetrichtert, niemals einem Fremden zu vertrauen. Er zückte seinen Ausweis und wartete auf der Eingangsstufe, während Fielding ihn studierte.

Fieldings Miene entspannte sich und nahm den Ausdruck an, der Curran immer wieder aufs Neue amüsierte. Er verriet Fieldings Bemühen, sich als gesetzestreuer Bürger zu erweisen. »Kommen Sie rein«, sagte Fielding.

Curran trat ein und sah sich um, während Fielding die Tür schloss. »Gibt es irgendein Problem?«, fragte Fielding.

Curran nickte. »Jemand aus der Straße nimmt Heroin.«

»Wer?«

Curran zog seinen Revolver und richtete ihn auf Fieldings Kopf. »Sie.«

Fielding war geschockt. Er zuckte zusammen, taumelte rückwärts, das Blut wich aus seinem Gesicht.

»Wo befindet sich Ihr Schlafzimmer?«, erkundigte sich Curran freundlich.

Fielding zitterte, sein Adamsapfel hüpfte.

»Machen Sie sich nicht in die Hose«, sagte Curran. »Zeigen Sie mir nur, wo es ist.«

Mit erhobenen Armen, wie das Opfer eines Überfalls in einem Stummfilm, taumelte Fielding den Flur entlang. Noch amüsanter fand Curran die Vorstellung, was jetzt wohl in Fieldings verwirrtem Kopf vorging. Der Mann würde sterben, ehe er sich einen Reim auf die Sache machen konnte.

»Ausziehen«, befahl Curran.

Schweiß glänzte auf Fieldings Stirn, ein roter Fleck breitete sich in seinem Gesicht aus. Er rührte sich nicht.

Curran durfte ihm keinen Schrecken einjagen. Widerstand würde seinen Plan verderben. »Machen Sie schon. Ich will Sie nur ausrauben, mehr nicht.«

Fielding glotzte ihn mit offenem Mund an.

Er kehrte Curran den Rücken zu, während er sich auszog. Curran fühlte sich an einen Zwölfjährigen vor seiner ersten Gemeinschaftsdusche erinnert. Fieldings Körper war blass, glatt, muskulös, ohne ein Gramm Fett. Curran fragte sich, ob er schwul war. Die meisten Typen mit einem so perfekt gestylten Körper waren es.

Fielding drehte sich wieder um, sah Curran aber nicht an. Curran deutete mit dem Kopf auf ein gerahmtes Foto auf dem Nachttisch. »Süß, die Kleine.«

Fieldings Lippen zitterten. »Danke.«

Curran bekam einen Lachanfall. Die Waffe in seiner Hand zitterte.

Fielding sah wie ein Häufchen Elend aus.

Als Curran sich wieder beruhigt hatte, sagte er: »Jetzt die Küche.«

Der nackte Fielding tapste voran, Curran folgte ihm. Auf der Spüle standen Reste eines Sandwichs und ein Glas Bier.

Perfekt, dachte Curran.

Ohne Fielding eine Sekunde aus den Augen zu lassen, fasste er in seine Sporttasche und zog das Flunitrazepan hervor. Er schüttete die Droge in Fieldings Bierglas.

»Trinken Sie«, befahl er.

Mit zittriger Hand griff Fielding nach dem Glas. »Wollen Sie mich vergewaltigen?«

Curran zuckte die Schultern. »Ich hatte nicht die Absicht. Wäre es Ihnen denn recht?«

Fielding schloss kurz die Augen. Dann blickte er in das Glas.

»Keine Sorge«, sagte Curran. »Sie werden nicht daran sterben.«

In Fieldings jämmerlicher Miene glomm Hoffnung auf – vielleicht war es ja nur ein Beruhigungsmittel. Er zögerte, dann trank er hastig einen Schluck.

Curran nickte in Richtung Küchentisch. »Setzen Sie sich da hin, solange ich koche.«

Fielding sank schwer auf den Stuhl, wie ein Sack voller toter Katzen. Er sah Curran nicht an.

Curran legte den Revolver auf die Spüle, zog ein Fixerbesteck hervor und bereitete das Heroin vor.

Als er damit fertig war, war Fielding weggetreten. Curran schleppte ihn ins Schlafzimmer und legte ihn aufs Bett. Fieldings Lider flatterten wie bei einem übermüdeten Kind, das unbedingt aufbleiben wollte.

Curran stach ihm die Spritze in den Arm.

Das Fentanyl schoss durch seinen Körper. Augenblicke später zuckte er, als habe er einen Albtraum und renne vor einem Feind davon. Er starb still.

Curran sah auf ihn hinunter. Nicht die kleinste Schramme, dachte er. Wie eine Statue von Michelangelo.

Steelton war eine merkwürdige Stadt.

Eine halbstündige Fahrt, und man stieg vom Walhalla der Yuppies hinab in die Hölle, nach Scarberry.

Curran hatte das Viertel immer gefallen – die Heimlichkeiten, der Uringestank, das Pulsieren menschlicher Verzweiflung und latenter Gewalt. Curran langweilte sich oft, sein Doppelleben und Scarberry verschafften ihm den nötigen Nervenkitzel.

Als er in Fieldings Wagen gemächlich die Straße entlangfuhr, schlüpften ein Mann und eine Frau in eine Seitengasse.

Früher hätte er der Kerl sein können. Er konnte sie zu allem zwingen, was er verlangte, ihnen sogar eine Abreibung verpassen, alles so problemlos, wie er eine Tasse Kaffee bekam, ohne zu bezahlen. Doch seit dem Tod der Rothaarigen war er vorsichtig. Ein dummer Unfall, aber was dann kam, war ihm ganz schön an die Nieren gegangen: Die Frau, die in der Nachbarwohnung die Videokamera bedient hatte, war verschwunden, und mit ihr das Band, mit dem Arthur Bright hätte erpresst werden sollen. Curran hatte die Rothaarige zerstückelt, um eine falsche Spur zu legen, und als Warnung für die Frau, die sich davongemacht hatte. Jahrelang hatte er befürchtet, dass das Video irgendwo auftauchen könnte.

Jetzt war er zurück und suchte wieder eine Frau.

An der nächsten Ecke schlotterte eine Nutte in der Kälte.

Er nahm das Gas zurück und sah sie sich genauer an. Sie hatte die fahrigen Bewegungen einer Süchtigen und machte den Eindruck, als habe sie schon länger nicht mehr gedrückt. Er dachte an Fieldings blassen Körper: Dass die Nutte schwarz war, sprach seinen Sinn für Humor an.

Ein Stück weiter stand eine zweite Nutte.

Das verlangte Vorsicht. Eine Zeugin, die Fieldings Wagen identifizieren konnte, kam seinem Plan entgegen; andererseits stieg mit der zweiten Frau die Gefahr, dass er wieder erkannt wurde. Zwar hielten nur wenige Nutten so lange durch, doch vielleicht war noch eine im Geschäft, die sich an die Rothaarige erinnerte und die vielleicht sogar gesehen hatte, wie sie von einem Mann aufgegabelt worden war. Die Frau heute würde ein bloßes Requisit sein, der Beweis, dass Fielding einem Unfall zum Opfer gefallen war, eine Statistin in Currans absurdem Theater.

Sie trat zögernd näher, als hätten die Scheinwerfer sie hypnotisiert.

Curran spürte, wie sich ein Kontakt zwischen ihnen herstellte. Mit einem Gefühl für das Unvermeidliche nahm er vollends den Fuß vom Gas und hielt an.

Sie beugte sich vor und spähte durch die Windschutzscheibe. Die zweite Nutte ein Stück weiter beobachtete sie.

Bleib, wo du bist, dachte Curran. Merk dir die Autonummer.

Er drückte auf den Fensterheber.

Die Scheibe der Beifahrertür senkte sich surrend. Die Nutte trat zwei Schritte näher, und ihre Stiefel scharrten über den schmutzigen Beton. Aus ihren Augen sprach die verzweifelte Gier einer Süchtigen. Ihr Gesicht war das einer wandelnden Toten.

»Willst du ein bisschen Spaß?«, fragte sie.

Spaß, dachte Curran, da könnte ich ja gleich eine Leiche ficken. Er lächelte sie an. »Willst du Stoff?«

Die Lippen der Nutte zitterten. Aus dem Augenwinkel sah Curran, dass ihre Kollegin herüberschaute.

Wortlos zog er einen Zweihundert-Dollar-Schein aus der Brieftasche und legte ihn auf den Beifahrersitz.

Sie blickte von dem Geldschein zu Curran, während Angst und Sucht in ihrem Innern einen heftigen Kampf ausfochten. Dann schlüpfte sie in den Wagen.

Leise schnalzend fiel die Tür zu.

Die Frau sah abgezehrt und anämisch aus. Die hat sowieso kein Jahr mehr zu leben, dachte Curran.

Als er davonfuhr, sahen sich die beiden Frauen durch die getönte Scheibe kurz an.

Curran gab ihr kein Heroin, ehe sie nach Steelton Heights kamen. Dann blieb ihm nichts anderes übrig: Tot war sie zwar unhandlich, doch lebendig konnte selbst sie eine Leiche erkennen. In Anbetracht der gerichtsmedizinischen Untersuchung sollte sie ohne vorausgegangenen Kampf sterben.

Er fasste in seine Sporttasche und reichte ihr die Spritze.

Mit geschlossenen Augen stach sie sich in den Arm und lehnte sich dann gegen die Kopfstütze. Sie zuckte noch, als er vor Fieldings Haus parkte.

Curran steckte die Spritze in seine Tasche. Als er die Frau aus dem Wagen zerrte, atmete sie nicht mehr. Ihre Haut war noch warm.

Er suchte mit den Augen die Straße ab, bemerkte nichts.

Dann nahm er die Nutte in den Arm, wie eine Freundin, die ohnmächtig geworden war.

Es war anstrengend, sie ins Haus zu schleppen. Tote Frauen, dachte er, sind nicht gut zu Fuß.

Er legte sie neben Fielding aufs Bett. Wegen der Blutabsenkung sah Fielding wie Marmor aus.

»Kümmere dich nicht um sie«, sagte Curran zu ihm. »Sie ist tot.«

Die Tote zu entkleiden war ebenfalls eine mühsame Arbeit. Aber längst nicht so abstoßend wie das Resultat, ihre Nacktheit. Curran empfand ein wenig Mitleid mit Tommy Fielding. Dann führte er die Spritze wieder in ihren Arm ein.

Stella starrte quer durch den Raum auf Curran und wünschte ihm den Tod.

Trotz der blutenden Lippe und der eingeschlagenen Zähne funkelten seine Augen; jedes Geständnis machte ihn noch wertvoller. Stella nahm alles mit geschärften Sinnen wahr: das gedämpfte Licht, die schäbige Wohnung, Dance, der gegenübersaß und seine Waffe auf den Mann richtete.

»Bis jetzt«, sagte Stella zu Curran, »haben Sie fünf Menschen ermordet.«

Curran inspizierte seine Fingernägel. Dass er Macht über sie hatte, so drückte er durch seine Haltung aus, war so offenkundig, dass sich jeder Kommentar erübrigte. »Das macht fünf Mal lebenslänglich«, erwiderte er. »Ich hoffe doch, ich muss die nicht hintereinander absitzen.«

Er unterdrückte ein Lachen. Stella sah ihn an und dachte dabei an Natasha Tillman, wie sie zornig in ihrem Wagen saß.

»Zur Sitte«, sagte Tillman, *»steckt man Cops, die für das*

Drogendezernat zu abgedreht sind und Frauen von Haus aus hassen.

Ich kenne einen, der nimmt dich nachts im Wagen mit, fährt mit dir in den Steelton Park, verprügelt und vergewaltigt dich und lässt dich dann am Straßenrand liegen. Der kann sich das erlauben.«

»Nennen Sie mir Namen!«

Das Halbdunkel verschleierte die Züge der Frau, doch Stella hatte den Eindruck, dass ihre schwarzen Augen glühten. »Kommt nicht in die Tüte, Frau Staatsanwältin. Bei dem Ausflug in den Steelton Park hatte ich noch Glück. Der Kerl hat mir klar gemacht, was passiert, wenn ich mich für seine Aufmerksamkeiten nicht dankbar zeige. Also zeige ich mich dankbar.«

»Außerdem haben Sie Natasha Tillman umgebracht.« Stellas Stimme blieb gelassen. »Sie sind mir nach Scarberry gefolgt. Sie haben sie erkannt, als sie zu mir in den Wagen stieg. Deshalb haben Sie ihr die Kehle durchgeschnitten und ihre Leiche in eine Mülltonne geworfen. Nicht nur wegen Welch, sondern weil Tillman wusste, wer Sie waren – ein Perverser, der ihn nur hochkriegt, wenn er andere quälen kann.«

Currans belustigter Blick verschwand. Die eisblauen Augen verrieten seinen Hass auf Stella, auf die Frauen. »Perversion«, sagte er leise, »ist ein relativer Begriff. Ich habe jedenfalls nie mit Jack Novak gevögelt.«

»Was hat Sie davon abgehalten?«, fragte Stella. »Dass er tot war?«

Es dauerte einen Augenblick, ehe Curran wieder lächelte. »Wollen Sie die Geschichte hören? Oder müssen Sie mal kurz raus?«

Curran wartete nicht, bis er hereingebeten wurde. Er stieß Novak beiseite und schloss die Wohnungstür hinter sich.

»Sie sind nutzlos geworden, Jack«, sagte er leise.

Novaks Blick änderte sich. »Bright wird noch vernünftig. Ich weiß, wie ich ihn dazu kriege.«

Curran schüttelte den Kopf. »Die Zeit ist abgelaufen.«

Novak bemerkte die Sporttasche in Currans Hand. Unwillkürlich wich er zurück. »Reden wir darüber.«

Curran bedachte ihn mit einem abschätzigen Blick. »Gießen Sie uns einen irischen Whiskey ein. Bis ich ihn ausgetrunken habe, müssen Sie mir gesagt haben, was ich hören will.«

Novaks Stirn glänzte, und seine Bewegungen verrieten, dass er unter Kokain stand. »Ich hätte einen Scotch da. Einen Single Malt.«

Er eilte in die Küche.

Curran setzte sich in einen Ohrensessel. Auf dem Tisch lag ein Rest Kokain; Curran hatte Novaks blonde Tussi aufgelöst aus der Wohnung trippeln sehen. Ohne die Zerstreuungen, die seine Angst betäubten, würde Novak sich ausquetschen lassen wie eine Zitrone.

Der Anwalt kehrte mit zwei Gläsern zurück, Eiswürfel klirrten. Curran musterte ihn. Sein Schnurrbart war gefärbt, sein Bauch wölbte sich unter dem Rollkragenpullover aus Kaschmir, und seine Augen waren die eines Feiglings, verschlagen und wachsam. Aber für Geld fickten Frauen mit jedem.

Novak reichte ihm ein Glas. Erst in diesem Augenblick bemerkte er, dass Curran durchsichtige Gummihandschuhe trug.

Während er mit weit aufgerissenen Augen dastand, nippte Curran an seinem Whiskey. »Sehr weich, Jack. Den habe ich in Null Komma nichts getrunken.«

Novak starrte wie hypnotisiert auf Currans Hände. »Bitte«, stieß er hervor. »Arthur hört noch auf mich.«

Currans Stimme wurde süßlich. »Einfluss ist eine Frage von Beziehungen. Stimmt's?«

Nervös trank Novak von seinem Scotch und leckte sich die Lippen. Er nickte kurz.

»Blödsinn«, sagte Curran leise. »Sie haben ein Video von Bright. Aber unserem anderen Freund haben Sie nie davon erzählt.«

Novak trat von einem Fuß auf den anderen. »Nein.«

»Nicht dass er es nicht geahnt hätte – es war schließlich seine Idee, ein Video von Bright zu machen. Er weiß bis heute nicht, was sonst noch drauf ist.« Curran trank sein Glas leer und stellte es weg. »Nur Sie wissen, warum ich wirklich hier bin. Sie und ich.«

Er zog seinen Revolver.

Novak wurde blass. »Erinnern Sie sich noch an Desnoyers?«, fragte Curran. »Es war ein Kinderspiel, ihn aus dem Weg räumen zu lassen, nicht wahr, Jack?«

Einen solchen Ausdruck hatte Curran selten in den Augen eines Menschen gesehen: Langsam dämmerte Novak die schreckliche Erkenntnis, wie weit es mit ihm gekommen war, und wie gefährlich es war, Geister zu beschwören, die man nicht mehr los wurde. »Sie sind der Zauberlehrling«, sagte Curran. »Sie waren nie mehr. Bedauerlicherweise haben Sie das vergessen.«

Novaks Gesicht schien in sich zusammenzufallen. Ein begriffsstutziger Kerl, dachte Curran. Erst jetzt gerade hatte er begriffen, dass er, was immer er auch vorgehabt hatte, weit mehr als ein Erpresser war. Er war auch Zeuge eines Mordes.

Langsam ging Novak zum Bücherregal. Er zog eine ledergebundene King-James-Bibel heraus und legte sie auf den Couchtisch.

Curran schlug sie auf und sah das Videoband.

»Bitte«, flehte ihn Novak an, »da haben Sie, was Sie wollen…«

»Nicht ganz.« Curran fasste in seine Sporttasche und zog den Hüftgürtel und Nylonstrümpfe hervor. »Ziehen Sie das an, Jack. Die Größe müsste ungefähr hinkommen.«

Novak sah ihn entgeistert an. »Was haben Sie vor, Johnny?«

Curran verstand die Frage so, wie sie gemeint war: als eine Bitte, in der die vergebliche Hoffnung mitschwang, dass Curran ihn nur demütigen oder erpressen wollte. »Es ist ein Experiment«, erwiderte Curran. »Um festzustellen, ob Sie noch leben wollen.«

Novak wollte. Curran sah zu, wie er sich entkleidete.

Novak zitterte, als er nackt war. Er brauchte eine Weile, um die Strümpfe anzuziehen.

Mit einer Kopfbewegung befahl ihm Curran, aufzustehen.

Novak gehorchte auch diesmal. Curran musterte seinen schlaffen Oberkörper, die Nylonstrümpfe. »Wie ich höre, lassen Sie Ihre Frauen Hüftgürtel tragen. Jetzt verstehe ich, warum.«

Novak war übel.

»Haben Sie von dem Band Kopien gemacht?«

Novak schloss die Augen. Dann schüttelte er langsam den Kopf.

Curran sah ihn scharf an. »Lügen Sie mich nicht an, Jack. Niemals.«

Novak schluckte. »Ich lüge nicht«, sagte er mit hohler Stimme. »Glauben Sie mir.«

Ein Augenblick verstrich, dann hielt ihm Curran das Video hin. »Sie sollten das Band ein letztes Mal abspielen. Schließlich habe ich es noch nie gesehen.«

Curran sah die bange Frage in Jacks Augen. »Los, machen Sie schon«, befahl er.

Verzweifelt ging Novak zum Fernseher. Die Nylonstrümpfe verliehen seinem Gang etwas komisch Geziertes, wie bei einer Travestienummer. Curran fühlte sich an einen Schönheitswettbewerb von Monty Python erinnert. Zu schade, dass die hochhackigen Schuhe erst später dran waren.

Das Band lief.

»Bleiben Sie dort stehen«, befahl Curran. »Ich sage Ihnen, wann Sie das Band anhalten sollen.«

Novak kniete, den Finger auf der Stopptaste, und sah zu, wie Bright auf die Frau zuging. Als Bright zum Höhepunkt kam, bellte Curran. »Jetzt.«

Brights verzerrtes Gesicht erstarrte auf dem Bildschirm.

»Löschen Sie den Rest«, befahl Curran.

Novak rührte sich nicht. Curran beobachtete ihn. Offensichtlich versuchte er sich zu erinnern, wie man ein Band löschte, und fragte sich gleichzeitig, was nun folgen würde. Während er noch überlegte, schüttete Curran die Droge in seinen Scotch.

Endlich drückte Novak zwei Tasten.

»Na also«, sagte Curran, »dann können Sie jetzt Ihr Glas austrinken.«

Novak schien völlig seines Willens beraubt zu sein. Von seiner Haltung war nichts übrig geblieben.

»Lässt die Wirkung des Kokains langsam nach?«, erkundigte sich Curran freundlich.

Novak setzte sich. Er war einem Zusammenbruch nahe und rührte den Scotch nicht an. Er machte ein komisches Gesicht – die Augen aufgerissen, der Mund offen wie bei einem Fisch, der an Land geschleudert worden war.

»Trinken Sie«, forderte Curran ihn auf.

Novak starrte in die bernsteinfarbene Flüssigkeit, als sei sie Schierlingssaft. Er hob den Kopf und sah sich in seinem Apartment um, als nehme er jede Einzelheit in sich auf. Dann schüttete er den Scotch in einem Zug hinunter.

Curran wiegte den Revolver in seinem Schoß. »Übrigens«, sagte er im Plauderton, »Sie sind ein toter Mann.«

Novak war sich offenbar darüber im Klaren. Er lehnte sich auf dem Sofa zurück und ließ den Kopf hängen.

Curran suchte die Wohnung systematisch nach einer Kopie des Videobandes ab. Als er ins Wohnzimmer zurückkehrte, hatte Novak die Augen geschlossen, und sein Atem ging flach.

Noch ein nackter Mann in Nylonstrümpfen, dachte Curran.

Er verstaute die Videokassette in seiner Sporttasche und machte sich an die Arbeit.

Stella zwang sich, langsam und gleichmäßig zu atmen. Curran beobachtete sie.

»Den Rest kann ich mir schenken«, sagte er zu ihr. »Da Sie ja an die Unverletzlichkeit des Lebens glauben. Trotzdem war es ein hübscher Einfall, Novak die Eier abzuschneiden. Ein Valentinsgruß an Arthur Bright.«

»Der hübsche Einfall war«, erwiderte Stella, »dass Jack sie angelogen hat. Deshalb sind wir hier.«

Curran lehnte sich zurück, die Augen wie Schlitze. Stella sprach weiter: »Desnoyers. Prince. Fielding. Novak. Wer gab den Befehl?«

Curran sah von Stella zu Dance. Das Feilschen, so signalisierte er damit, hatte begonnen.

»Vincent Moro«, sagte er ruhig. »Höchstpersönlich.«

FÜNF

Dance lachte laut auf. »Selbstverständlich er. So konnten Sie ihn später verraten.«

Curran bedachte ihn mit einem kühlen, abschätzigen Blick. Seine Haltung verdeutlichte, dass er Zeit hatte – Dance und Stella konnten seinetwegen den ganzen Tag solche Mätzchen machen. Stella bemerkte, dass das erste Licht des Morgens durch die Rollos drang.

Dance wandte sich an Stella. »Johnny will auspacken. Aber er erwartet, dass Sie ihn darum bitten.«

»Warum sollte ich?«, fragte sie Curran. »Hat Moro darum gebeten, Zeugenaussagen zu bestätigen?«

Currans Blick wurde kalt. »Niemand wusste Bescheid«, sagte er. »Sie nicht, und auch nicht Vincents Jungs. Nur er und ich.«

Einmal mehr fiel Stella auf, wie eitel er war: Curran glaubte sich von Leuten umgeben, die ihm nicht das Wasser reichen konnten. Es gab nur einen Menschen, an dessen Respekt ihm etwas lag. Und diesen Menschen wollte er nun verraten.

»Ich rufe Sie also in den Zeugenstand«, sagte Stella. »Und Sie erzählen den Geschworenen: ›Ja, ich bin ein Serienmörder, der Prostituierte in kleine Stücke hackt. Aber Vincent Moro hat es mir befohlen.‹« Verachtung schlich sich in ihre Stimme. »Was wollen Sie dafür, dass ich mich vor Gericht lächerlich mache? Dass ich Sie nur wegen eines einzigen Mordes anklage? Nicht mal das sind Sie wert.«

Curran zuckte nur die Schultern.

»Wie haben Sie sich mit ihm getroffen?«, fragte Stella.

Die Frage entlockte Curran ein flüchtiges Grinsen. »Wir haben konspirative Wohnungen benutzt, abhörsichere Telefone. Ich rief ihn an, oder er rief mich an, ohne Mittelsmänner, und wir tauschten nur ein kurzes Codewort aus. Das Codewort stand für eins von vier oder fünf Apartmenthäusern mit Tiefgarage. Ich ging in eine Wohnung und wartete. Vincent kam immer als Letzter und ging als Erster.«

Dance beugte sich vor. »Das verschwundene Kokain«, sagte er mit ausdrucksloser Stimme, »die Pannen bei Razzien, die Morde – jedes Mal dasselbe. Sie und Moro haben sich heimlich getroffen und alles zusammen ausgeheckt.«

Currans Augen funkelten wieder. »Und wir haben Sie aus dem Drogendezernat gejagt. Vincent und ich.« Er wandte sich an Stella. »So wie wir zusammen ausgeknobelt haben, wie wir Ihnen beikommen können. Und es hat funktioniert.« Sein Ton wurde spöttisch. »Aber ich werde wohl nie beweisen können, wie dämlich Sie gewesen sind. Keine Jury würde mir glauben.«

Stella blieb ruhig. »Wenn wir Ihnen das glauben sollen, müssen Sie ein neues Treffen arrangieren.«

Curran drehte den Ring an seinem Finger. »Was würde das beweisen?«, fragte er leise. »Dass ich es kann?«

»Nein. Sie würden ein verstecktes Mikrofon bei sich tragen.«

Langsam blickte Curran von Stella zu Dance. »Ihr könnt mich mal. Vincent ist für so was zu clever.«

»Und Sie sind nicht clever genug.« Dances Ton wurde nachdenklich, fast wehmütig. »Erinnern Sie sich an die Häftlingsrebellion vor ein paar Jahren? Wissen Sie noch, was mit dem korrupten Exbullen aus dem Drogendezernat passiert ist? Die Häftlinge haben ihm den Schwanz abgeschnitten und in den Mund gesteckt. Aber gestorben ist er an dem Nagel in seinem Schädel. Heute sind die Sicherheitsvorkehrungen strenger. Sie werden wahrscheinlich langsamer sterben, an Aids vermutlich.«

Curran rührte sich nicht. Leise fragte er Stella: »Wie lautet Ihr Angebot?«

»Fünfzehn Jahre bis lebenslänglich. Für den Mord an der Rothaarigen. Liefern Sie uns Moro, und ich rede mit dem Richter.«

Curran hob ungläubig die Brauen und sah sie an. »So ein

Schwachsinn! Wenn ich erst mal drin bin, lässt mich die Kommission für Haftentlassungen nie wieder raus. Vincent lässt mich im Knast umbringen…«

»Wir haben nicht ewig Zeit«, unterbrach ihn Dance. »Sagen Sie uns, was Sie wollen.«

Curran starrte vor sich hin und überdachte seine Möglichkeiten. »Ich will ins Ausland. Ich arrangiere ein Treffen mit Vincent, und wenn ich lebend davonkomme, geben Sie mir eine Woche Vorsprung. Niemand verfolgt mich, keine Fahndungsmeldungen an Interpol oder die Einwanderungsbehörde. Danach bin ich auf mich allein gestellt.«

Die Forderung war dreist: Curran hätte eine Woche Zeit, um das Geld zu holen, das er zweifellos irgendwo versteckt hatte, und sich in ein Land abzusetzen, das ihn nicht ausliefern würde.

»Ausgeschlossen«, erwiderte Stella. »So was geht nicht mal in Steelton.«

»Das wird doch ständig gemacht, Lady. Denken Sie nur an Sammy Gravano.«

Da hatten sie es wieder. Gravano war ein Paradebeispiel: ein Mafiakiller, der etwa zwanzig Menschen umgebracht und dann seinen Boss der Justiz ausgeliefert hatte und dafür ins Zeugenschutzprogramm aufgenommen worden war. »Gravano hat sich einen günstigen Zeitpunkt ausgesucht«, merkte Stella kühl an.

Curran zuckte mit den Schultern. »Ich habe knapp fünfzehn Leichen weniger auf dem Konto als Gravano. Auch wenn eine der Leichen Ihr Liebhaber war.«

Dances Zeigefinger streichelte den Abzug seines Revolvers. »Sie sind ein korrupter Bulle, Johnny. Sie haben dafür gesorgt, dass Vincent Moro auf der East Side zwanzig Jahre lang ungestört seinen Geschäften nachgehen konnte…«

»Und das ist noch längst nicht alles«, unterbrach Curran leise.

Was war da noch? fragte sich Stella. Doch sie verkniff es sich, diese Frage laut zu stellen.

»Zehn Jahre«, sagte sie. »In einem Bundesgefängnis. Wenn Sie mir Moro liefern.«

Curran lächelte. »In einem Bundesgefängnis? Was habe ich getan? Die Bürgerrechte der Rothaarigen verletzt?«

Stella zwang sich, nur an die Überführung Vincent Moros zu denken. »Sie treffen sich mit Moro, und wir nehmen alles auf Tonband auf. Danach bezeugen Sie das und gestehen alles, was Sie für ihn ausgeführt haben. Wenn er zum Tode verurteilt wird oder lebenslänglich bekommt, gilt unsere Abmachung.«

Ihre nüchterne Erinnerung daran, was für Vincent Moro und für ihn auf dem Spiel stand, wischte Currans Lächeln weg. Stella beobachtete, wie er die Risiken abwog.

»Keine Gefängnisstrafe«, sagte er schließlich. »Das FBI garantiert mir Zeugenschutz, und sowie ich mit Vincent fertig bin, nimmt es mich in Schutzhaft. Ich mache meine Aussage, und anschließend bringt mich das FBI zu einem plastischen Chirurgen und hilft mir, unterzutauchen. Und ich darf alles Geld behalten, das ich besitze.«

»Zehn Jahre«, wiederholte Stella.

Curran schüttelte den Kopf. »Sie wollen Vincent Moro. Und dazu brauchen Sie mich. Aber dafür opfere ich keine zehn Jahre meines Lebens. Das ist es nicht wert.«

Stella nahm sich zusammen. »Das stimmt. So viel ist Ihr Leben nicht wert.«

Curran lehnte sich zurück. Nach einer Weile sagte er: »Dann überlegen wir, was es wert wäre.«

Da war noch etwas anderes, Stella wusste es. Dance wurde ebenso hellhörig wie sie.

»Vor vier Jahren«, sagte Curran, »habe ich Kokain in George Walkers Wohnung versteckt. *Ich* habe Tom Krajek zum Bürgermeister gemacht. Auf Vincents Befehl. Vincent Moro beherrscht diese Stadt.« Sein Ton wurde sachlich. »Er hat Krajek in der Hand, so wie er Bright in der Hand gehabt hätte. Er hat verhindert, dass der Quatschkopf Walker als erster Schwarzer Bürgermeister von Steelton wurde.«

Dance beugte sich vor, und sein harter Blick verriet, dass er nur mühsam seine Wut unterdrückte. »Sie Dreckskerl!« Stella starrte Curran einfach nur an.

»Kein Knast«, wiederholte Curran ungerührt. »Oder kein Moro.«

Stella und Dance blickten stumm auf den See hinaus.

Sie hatten Curran in der Wohnung zurückgelassen, bewacht von zwei Polizisten, denen Dance vertraute. Es war zu riskant, ihn ins Gefängnis zu bringen. Mit Dances unauffälligem Wagen waren sie in den Steelton Park gefahren, weil sie in Currans Beisein nicht miteinander beraten konnten.

Der Park war dicht von Bäumen umsäumt, und nur am Strand ließ das Gehölz einen schmalen Streifen frei. Dance und Stella standen im Sand, hatten die Hände in den Taschen vergraben und bliesen kleine Atemwolken in die Luft. Irgendwo in diesem Park, dachte Stella, hatte Curran Natasha Tillman vergewaltigt.

»Sie hatten ihn schon immer im Verdacht«, sagte sie. »Stimmt's?«

Den Blick auf den aufgewühlten See gerichtet, nickte Dance. »Es gab zwei Möglichkeiten: eine Verschwörung oder Curran. Er war der Cleverste und der Einzige, der die Möglichkeit hatte, das alles allein zu machen.« Dance stieß einen langen Seufzer aus. »Ich wollte ihn unbedingt kriegen.«

Sie sah ihn an. »Warum haben Sie mir nicht vertraut?«

»Ich hatte das Gefühl, dass in der Staatsanwaltschaft etwas faul ist. Außerdem hatte Bright Sie zu Curran geschickt.« Er hielt inne. »Verdammter Arthur…«

Die leise Trauer in seiner Stimme verriet, dass seine Hoffnungen geplatzt waren – zuerst Walker, und jetzt Bright. In Steelton änderte sich nie etwas.

Stella zog fröstelnd die Schultern hoch. »Was Sie von Curran dachten«, gestand sie ihm, »dachte ich von Ihnen. In Ihrer Position hätten Sie die Möglichkeit gehabt, diese Verfahren zu manipulieren, und ich hielt Sie für clever genug, es auch zu tun. Ich hatte Sie auch im Verdacht, für Moro Buffalohead erledigt zu haben.«

Dance drehte sich um und schenkte ihr ein freudloses Lächeln. »Ja, in der Welt eines Vincent Moro würde das Sinn machen.«

Schneeregen hatte eingesetzt und wehte Stella ins Gesicht. »Das ist ungeheuerlich, Nat. Wenn Krajek tatsächlich Moros Mann ist…«

»Sie sind der Meinung, wir müssen den Handel eingehen? Ihn einfach laufen lassen?«

Obwohl es stimmte, blieben ihr fast die Worte im Hals stecken. »Darauf hat der Kerl doch gesetzt. Deshalb hat er immer mit Moro direkt verhandelt. Damit er ihn notfalls verraten kann.«

Dance kicherte. »Sie glauben doch nicht, dass Moro sich darüber nicht im Klaren ist? Vergessen Sie nicht, was er in all den Jahren überstanden hat, und was er alles getan hat.«

Das war die Antwort, Stella wusste es. Wenn die Welt unvollkommen war, dann Steelton erst recht. So wie die Dinge lagen, hatte Moro in der Stadt das Sagen, und nur Curran konnte daran etwas ändern.

Sie wandte das Gesicht vom Regen ab. »Curran soll ihn für uns in eine Falle locken. Aber wie soll diese Falle aussehen?«

Dance zuckte die Schultern. »Ich weiß noch nicht. Aber wenn dabei etwas schief geht, ist er ein toter Mann. Das ist unser Trostpreis.«

Stella zweifelte nicht daran, dass auch Curran das wusste.

Sie fand Bright in seinem Büro vor, allein.

Bright hatte alle Wahlkampfauftritte abgesagt. Er stand am Fenster und betrachtete das Stahlgerippe des Stadions. Seit Fieldings Ermordung hatte es unaufhaltsam Gestalt angenommen und wuchs mit jedem Tag ein Stück höher. Bald würde es fertig sein. Und wenn Krajek dann die zweite Phase seines Plans in Angriff nahm, würde es den Mittelpunkt eines Fünfhundert-Millionen-Dollar-Sanierungsprojekts bilden, das der Stadt ein neues Gesicht geben würde.

Als Stella die Tür schloss, sah Bright immer noch hinaus.

»Was für einen Sinn hat das alles?«, fragte er. »Ich muss ständig darüber nachdenken.«

Anscheinend sprach er über Steelton 2000. Aber Stella vermutete, dass er sein Leben meinte. Jahrelang hatte er gekämpft und ein Doppelleben geführt, und jetzt stand er vor einem Scherbenhaufen. Sie konnte sich nicht vorstellen, dass er sich damit abgefunden hatte. Und ebenso wenig konnte sie sich an den Gedanken gewöhnen, dass er nur noch eine Schachfigur in ihrem Plan war, Vincent Moro zur Strecke zu bringen. Einem Plan, der, wenn alles klappte, auch sein Leben zerstören würde. Aber für solche Gefühle war jetzt keine Zeit. Stella musste ihm sagen, was geschehen war. Mehr konnte sie nicht tun.

Als sie auf Krajek und George Walker zu sprechen kam, sah er weg.

Stella erriet seine Gedanken. Trotz ihrer ehrgeizigen Ziele, trotz ihrer politischen Manöver und Machtkalküle waren alle drei von Moro zu Marionetten degradiert worden. Vor wenigen Stunden hätte Bright bei dem Gedanken an Krajeks Sturz noch jubiliert. Jetzt wirkte er so ausgebrannt, wie er sich fühlen musste.

»Was soll ich tun?«, fragte er.

»Kontakt zum FBI aufnehmen. Wir brauchen die Zusage, dass sie Curran ins Zeugenschutzprogramm aufnehmen, damit er nicht ausgelöscht wird. Der Handel mit Curran wird einige Arbeit erfordern, und niemand außer uns darf davon erfahren. Vorläufig erzählen Sie dem FBI nichts von Ihnen selbst, und auch wir halten den Mund. Nat und ich kümmern uns um Curran. Sie tun so, als sei nichts passiert. Und halten Sie mir Sloan vom Leib.«

Bright ging zu seinem Schreibtisch. Er legte die Hände flach auf die Tischplatte, wie um festzustellen, ob sie wirklich existierte. Seine Stimme war tonlos. »Was ist mit Lizanne?«

»Sie können noch nicht mit ihr reden. In den Augen der Öffentlichkeit sind Sie immer noch Bürgermeisterkandidat.« Stella zwang sich, jede Regung aus ihren Worten zu verbannen. »Vermasseln Sie es nicht, Arthur, absichtlich oder unabsichtlich. Ich bin es, die Sie in der Hand hat, nicht Moro. Kooperieren Sie, und ich mache es Ihnen so leicht wie möglich. Aber bilden Sie sich bloß nicht ein, Sie seien aus dem Schneider, wenn Moro Curran umbringt und aus der Anklage gegen ihn nichts wird. Ich ziehe Sie auf jeden Fall zur Verantwortung.«

Die Wut in seinen Augen wich bitterer Resignation. »Jack hatte Recht, Stella. Sie waren die Richtige für den Job.«

»Und Sie haben mich eingestellt, damit ich ihn mache. So weit ist es mit uns gekommen.«

Bright schien sich zusammenzunehmen, und Stella spürte seine Entschlossenheit, wenigstens die nächsten Stunden mit Würde und Anstand zu überstehen. »Ich werde tun, was ich tun muss«, sagte er. »Und sehen Sie zu, dass Sie es nicht selbst vermasseln. Bei Moro bekommen Sie keine zweite Chance.«

Es gab nichts mehr zu sagen. Stella verließ das Büro, fuhr mit dem Aufzug nach unten und eilte über die windige Straße zu Dances Wagen.

Als sie in Currans Wohnung kamen, schickte Dance die beiden Polizisten ins Schlafzimmer. Er nahm Platz und richtete den Revolver auf Curran.

Stella blieb stehen. »Wir arbeiten an unserem Deal.«

Ein schwaches Lächeln blitzte in Currans Augen und verschwand so schnell, wie es gekommen war. »Schön. Kommen Sie wieder, wenn Sie damit fertig sind.«

»Eins nach dem andern«, erwiderte Stella. »Wie sieht Ihr Plan aus?«

Curran drehte an seinem Ring. »Oh«, murmelte er in seinem ironischen irischen Tonfall, »ich habe mir gedacht, ich bitte ihn, ein Geständnis abzulegen. Aus reiner Gefälligkeit für einen Jugendfreund.«

»Kein Plan«, sagte Stella, »keinen Deal.«

Curran betrachtete sie mit frostigem Humor. »Sie wollen, dass ich mit einem versteckten Mikrofon zu Moro gehe und er sich auf frischer Tat bei einem Mord erwischen lässt. Aber ich will nicht sterben. Es erscheint mir zu riskant, mich auf die übliche Weise mit Moro zu treffen. Ich muss ihm etwas sagen, das ihn veranlasst, vom üblichen Prozedere abzuweichen, und doch davon überzeugt, dass ein Treffen notwendig ist.« Seine Augen weiteten sich, als habe er gerade einen Einfall. »Ich habe eine Idee. Sie haben einen Zeugen. Jemand will gesehen haben, wie ein Mann aus Novaks Wohnung gekommen ist, der mir verdächtig ähnlich sieht. Und nun untersuchen Sie den armen Jack und Tommy nach Spuren von Flunitrazepan. Das könnte Vincent schlucken, auch wenn Sie dann klüger dastehen, als Sie sind.«

»Vielen Dank«, sagte Stella. »Ich nehme an, Sie wollen ins Ausland.«

»Der Boden wird mir hier zu heiß. Ich brauche eine halbe Million in bar und ein Versteck in Italien. Wenn ich das nicht kriege...« Currans gute Laune war verschwunden. »...kann ich mir gleich eine Kugel in den Kopf jagen. Vincent ist ein misstrauischer Mensch, und er weiß, dass er ein Risiko eingeht, wenn er mir Geld gibt. Deshalb wird er vielleicht verstehen, dass ich mich sicherer fühle, wenn wir uns irgendwo im Freien treffen. Das käme auch ihm entgegen. Bei einem Treffen im Freien ist eine elektronische Überwachung schwierig. Es sei denn, ich habe ein verstecktes Mikrofon bei mir.« Curran hielt inne. Anscheinend ging er das Treffen in Gedanken Punkt für Punkt durch. »Natürlich wird er dieselben Überlegungen anstellen. Deshalb wird er mir bis zuletzt nicht sagen, wo das Treffen stattfinden soll.«

Zweifel stiegen in Stella auf. »Warum kann er nicht einfach einen Mittelsmann schicken?«

»Weil der Mann mich dann kennen würde, und ich ihn. Noch einer, den ich verraten könnte.« Curran senkte die Stimme. »Wir machen das seit Jahrzehnten so, wir beide. Daran wird sich jetzt nichts ändern.«

Stella blickte zu Dance. Es muss sein, sagte seine Miene.

»Einverstanden«, meinte Stella zu Curran. »Wir sagen Ihnen, wann Sie ihn anrufen sollen. Und wie.«

Wortlos zuckte Curran die Schultern.

»Da ist noch etwas«, sagte Stella. »Michael Del Corso.«

Plötzlich lächelte Curran wieder, und seine Augen schienen zu tanzen. »Ich habe mich schon die ganze Zeit gefragt, wann Sie das ansprechen würden. Sie wollen wissen, ob er korrupt ist.«

»Ja.«

»Wollen Sie, dass er es ist?«

Stella verschränkte die Arme. »Ich will die Wahrheit.«

»Ich dachte, Sie wüssten Bescheid. Er arbeitet für Vincent. Seine Frau hat ihn und das arme kleine Mädchen verlassen, weil sie es nicht mehr ausgehalten hat. Er hat von Ihrem Schlüssel einen Nachschlüssel machen lassen und mir gegeben, weil ich doch so ein miserabler Einbrecher bin. Er hat mich über alles auf dem Laufenden gehalten, weil ich zu blöd war, Ihren komplizierten Gedankengängen zu folgen. Oder Ihrem Wagen, wenn Sie von der Gerichtsmedizin in Novaks Kanzlei oder nach Scarberry fuhren.« Currans Stimme klang belustigt. »Ich hoffe, Sie haben dem Burschen den Laufpass gegeben.«

Stella wagte nicht zu antworten. Beiläufig setzte Curran hinzu: »Del Corso ist ebenso unschuldig wie Sie. Ihn in Verdacht zu bringen, war Vincents Einfall. Er kennt Sie aus Novaks Kanzlei. Daher weiß er, wie wenig Sie von Männern verstehen.«

SECHS

Für Stella folgten schwierige Stunden. Zunächst führte sie ein kurzes Gespräch mit Bright, der ihr bestätigte, dass mit dem FBI alles geregelt sei. Dann beriet sie sich mit Dance und kam mit ihm überein, dass Curran und seine Bewacher im Hintergrund bleiben sollten. Sloan ließ sie in dem Glauben, dass alles seinen gewohnten Gang nehme, und die ganze Zeit über machte sie sich schwere Vorwürfe wegen Michael und dachte darüber nach, welche Folgerungen sich aus dem Mord an Fielding und Krajeks mutmaßlicher Bestechlichkeit ergaben. Alles hatte mit einem Mord, Drogen und manipulierten Strafverfahren begonnen, und dann hatte die Untersuchung etwas ganz anderes zu

Tage gefördert. Was genau, vermochte sie nicht zu sagen. Klar war nur, dass sie auf eine Riesenschweinerei gestoßen war.

Zwei Mal schaute sie in Michaels Büro vorbei.

Sie wusste nicht, warum – es gab nichts, was sie ihm sagen konnte. Michael war nicht da.

Stella ertappte sich dabei, wie sie an Sofia dachte. Dann an Fieldings Tochter, und an den Mann, der den Vater des Mädchens getötet hatte. Und den sie laufen lassen sollte.

Vincent Moro gehöre ins Gefängnis, hatte sie einst zu Jack Novak gesagt. In ihrer jugendlichen Naivität hatte sie nicht geahnt, wie hoch der Preis dafür war.

Kurz vor sechzehn Uhr erschien Michael in ihrem Büro.

Er warf einen Stapel Papiere auf ihren Schreibtisch. »Ich habe mir gedacht, du möchtest das lesen.«

Stella war auf seinen Besuch nicht gefasst. Ruhig sagte sie: »Schließ die Tür. Bitte.«

Er tat es, aber so langsam, dass jede Bewegung verriet, wie ungern er hier war.

»Du wolltest wissen, wer hinter Lakefront steckt«, sagte er. »Da hast du die Antwort. Sechs Privatfirmen, von denen eine der anderen gehört und die gesetzlich nicht verpflichtet sind, die Namen ihrer Aktionäre aufzulisten. Alle Fäden laufen in einem Unternehmen auf den Niederländischen Antillen zusammen. Aber ich kenne dort jemanden von einem anderen Fall.«

Mechanisch blätterte Stella durch die Fotokopien. Das letzte Dokument war ein Fax: Es handelte sich um den Handelsregistereintrag einer Firma namens Malta Company, N. A., auf den Niederländischen Antillen. Ihr Präsident war ein gewisser Richard Flack.

»Wer ist Richard Flack?«, fragte sie.

»Der Sozius meines alten Freundes und Studienkollegen Nicholas Moro.«

Stella starrte ihn an. »Vincents Sohn?«

»Genau.« Michaels Stimme war kalt. »Ich habe mir gedacht,

das würde dich interessieren. So kannst du Arthur von meiner Beziehung zu Nick Moro erzählen, wenn du mit dem Material zu ihm gehst.«

Stellas Gedanken überschlugen sich. Aller Wahrscheinlichkeit nach zogen Vincent und Nicholas Moro bei Steelton 2000 und Krajeks geplanter Hafensanierung im Hintergrund die Fäden. Freiwillig oder unfreiwillig diente ihnen Peter Hall als Strohmann.

Ohne Michael hätte sie das nie herausgefunden.

Sie sah zu ihm auf. Er wirkte eher gleichgültig als zornig, und das schmerzte sie noch mehr.

Für das, was sie getan hatte, gab es keine Entschuldigung. Doch entschuldigen konnte sie sich jetzt ohnehin nicht, ohne über Curran zu sprechen.

»Du kannst damit selbst zu Arthur gehen«, sagte sie bloß.

Als Michael gegangen war, schaltete Stella ihren Computer ein.

Zunächst hatte sie Mühe, sich zu konzentrieren. Dann tippte sie ein Dokument, das niemand zu Gesicht bekommen durfte: einen Antrag auf eine richterliche Verfügung, die es der Polizei erlaubte, Peter Halls Telefon abzuhören. Als sie damit fertig war, rief sie Dance in Johnny Currans Wohnung an.

»Vincent Moro steckt hinter Steelton 2000«, sagte sie und unterrichtete ihn über die Einzelheiten.

Dance lauschte kommentarlos, und als sie schloss, fragte er: »Was wollen Sie von Hall?«

»Ihn mürbe machen, wenn ich kann. Vielleicht kommen wir über ihn an Moro heran.«

»Und wenn Hall versucht, Moro anzurufen? Oder Krajek?«

»Aus diesem Grund lasse ich sein Telefon anzapfen. Wenn wir Hall verhören, macht das Currans Geschichte für Moro noch glaubwürdiger.«

Am anderen Ende der Leitung herrschte Stille. »Ich halte es für besser, wenn ich hier nicht weggehe.«

»Das ist auch nicht nötig. Ich gehe selbst zu Hall.« Stella

machte eine Pause. »Ich möchte Michael Del Corso dabei haben. Er versteht etwas von der finanziellen Seite und kennt Moros Methoden. Von Curran werde ich ihm nichts sagen.«

Stella spürte, dass Dance das Für und Wider abwog und über ihre möglichen Beweggründe nachdachte. »Curran muss Moro anrufen«, erwiderte er. »Und zwar bald. Moro darf nicht merken, dass wir ihn am Wickel haben.«

»Ich bin in einer Stunde da«, versprach Stella und legte auf.

Sie dachte kurz an die Probleme der kommenden Stunden: die Risiken, die mit Currans Anruf verbunden waren, die schwierige Operation, die erforderlich wurde, wenn das Treffen zwischen ihm und Moro zustande kam, ihre Chancen, einen so selbstsicheren Mann wie Peter Hall kleinzukriegen. Dann ging sie in Michaels Büro.

Er warf gerade Papiere in seinen Aktenkoffer und schickte sich zum Gehen an.

»Ich brauche deine Hilfe«, sagte sie.

Michael warf ihr einen kurzen Blick zu, dann stopfte er weitere Unterlagen in seinen Koffer.

»Ich werde Peter Hall einen Besuch abstatten. Aber ich möchte ihn nicht ohne dich verhören.«

Er klappte den Koffer zu, ohne sie eines Blickes zu würdigen. »Was sagt Bright dazu?«

Stella zögerte. »Er will, dass wir es zusammen machen.«

Michael stellte den Aktenkoffer auf den Tisch und betrachtete Stella mit unverhohlenem Groll. »Dann muss ich wohl.«

Stella hätte sich gern entschuldigt, dass sie ihn so kurzfristig um Hilfe bat und damit zwang, Sofia zu seinen Eltern zu bringen. Aber das wäre jetzt zu persönlich gewesen. »Ich hole dich zu Hause ab«, sagte sie nur.

Er schlüpfte in seinen Mantel und ging an ihr vorbei, ohne zu antworten oder sie auch nur anzusehen.

Stella eilte ins Gericht und sprach mit dem zuständigen Richter. Obwohl er die Augenbrauen hob, als der Name Peter Hall fiel, berichtete sie ihm nur das Allernötigste. Als sie ging, hatte sie eine Abhörgenehmigung in der Tasche.

Sie rief Dance an und bat ihn, die Abhöraktion in die Wege zu leiten. Dann fuhr sie zu Currans Wohnung.

Als sie dort eintraf, hatte die Polizei in Currans Wohnzimmer bereits zwei zusätzliche Telefone mit Kopfhörern installiert und ein Tonbandgerät angeschlossen. Das machte Stella nervös. Mit jeder Maßnahme, und sei sie auch noch so notwendig, erweiterte sich der Kreis der Leute, die von Currans Verhaftung wussten.

Curran selbst ließ seine gewohnte Gelassenheit vermissen. Er sah krank aus, wie ein Mann, dem das Abendessen nicht bekommen war. Er spielte an seinem Ring herum, knetete seinen geschwollenen Finger, zupfte nicht vorhandene Fussel von seinem irischen Seemannspullover.

»Es wird Zeit«, sagte Dance zu Stella.

Curran blickte nicht zu ihnen auf. Er tat, als sei er tief in Gedanken versunken.

»Denken Sie an den Knast«, riet ihm Dance. »Das wird helfen.«

Currans Gesicht spiegelte unterschiedliche Regungen wider: Wut, ein letztes Abwägen seiner Überlebenschancen, die nüchterne Einschätzung dessen, was ihn im Gefängnis erwartete. Er starrte auf das Telefon neben ihm.

Schließlich griff er zum Hörer.

Stella und Dance nahmen ihm gegenüber Platz. Die Kopfhörer, die für sie bereit lagen, setzten sie nicht auf.

Curran kannte die Nummer auswendig und wählte. Er wartete, bis es klingelte, dann legte er auf, hob wieder ab und wählte erneut.

Er lauschte gespannt, dann verengten sich seine Augen. Jemand hatte abgehoben.

»Ich bin's«, sagte er und legte abermals auf.

In der Wohnung war es still. Stella stellte sich vor, wie Moro ein Handy zückte, das eigens für diesen Zweck reserviert war und dessen Nummer niemand kannte. Was sie sich allerdings nur schwer vorstellen konnte, war die ständige Furcht, in der dieser Mann lebte, die unentwegte Wachsamkeit, die ihm sein Leben abverlangte. Selbst bei so banalen Dingen wie einem Telefonanruf.

Currans Hand ruhte auf dem Telefonhörer.

Stella sah auf ihre Uhr. Eine Minute verstrich, dann zwei.

Klingele, flehte sie im Stillen. Sie hörte, wie Dance vor Anspannung schnaufte. Ohne den Kopf zu heben, schielte Curran zu Dance, die Augen wie Eis.

Das Telefon klingelte.

Dance drückte die Starttaste des Tonbandgeräts.

Bemüht, ihre Hand ruhig zu halten, griff Stella zum Kopfhörer. Am Rande ihres Gesichtsfeldes sah sie, dass Dance dasselbe tat. Beide beobachteten sie Curran.

Das Telefon klingelte ein zweites Mal.

Curran nickte langsam.

Er riss den Hörer von der Gabel, und das laute Geräusch übertönte, wie Dance und Stella behutsam abhoben.

»Ja?«, sagte Curran.

Es folgte eine längere Stille, und dann meldete sich eine Stimme, die Stella überall wieder erkannt hätte, obwohl sie sie nur ein einziges Mal gehört hatte, vor fünfzehn Jahren.

»Was gibt's?«, fragte Vincent Moro.

Sein Ton war sanft, freundlich. Doch seine Worte hatten einen herrischen, argwöhnischen Beiklang. Es war die Stimme eines Überlebenskünstlers, der eine finstere Welt regierte.

Currans Gesicht war angespannt. »Es gibt Ärger. Unser schwarzer Freund hat mir eine Warnung zukommen lassen.«

Curran hielt inne und wartete. »Eine Warnung?«, fragte die sanfte Stimme.

»Jemand will mich vor der Wohnung eines bekannten Anwalts gesehen haben. Und jetzt lässt unsere Staatsanwältin Drogentests durchführen.«

»Und?«

»Der Boden wird mir zu heiß. Ich brauche hunderttausend in bar und eine Bleibe in der alten Heimat. In deiner, nicht in meiner.«

»Verstehe.« Die Stimme blieb ruhig, nur das Schweigen, das folgte, verriet Überraschung. Schließlich sagte die Stimme: »Das erfordert gewisse Vorbereitungen.«

Schweiß glänzte auf Currans Stirn. Mit verhaltener Dringlichkeit erwiderte er: »Uns bleibt nicht mehr viel Zeit.«

Die Verwendung des Plurals war Absicht. Sie sollte Moro daran erinnern, dass sie einander gut kannten. Dass vierzig Jahre des Verrats sie verbanden, und eine Beziehung, die als Freundschaft galt in einer Welt, die keine Freundschaften zuließ. Und dass jeder den anderen vernichten konnte.

»Dann sollten wir uns treffen.« Moros Ton blieb sachlich und nüchtern. »So wie wir es immer getan haben.«

Curran leckte sich die Lippen. »Ich weiß nicht, ob das jetzt ratsam wäre. Ich möchte einen neuen Treffpunkt, im Freien, damit ich merke, wenn ich verfolgt werde. Ich möchte niemand in der Nähe haben.«

Die Stille hielt diesmal länger an. Stella schluckte. Sie wagte kaum zu atmen, aus Angst, Moro könnte sie hören.

Als er wieder sprach, klang seine Stimme noch sanfter. »Warum? Aus Misstrauen?«

Curran erstarrte. Wie jemand, der gerade die gedämpften Schritte eines Einbrechers gehört hatte. »Aus Vorsicht«, antwortete er.

»Verstehe. Dann werde ich ebenfalls vorsichtig sein. Warte auf meinen Anruf.«

Die Verbindung wurde unterbrochen.

SIEBEN

Auf der Fahrt zu Michael merkte Stella, dass sie nicht mehr klar denken konnte.

Seit dem Tod ihrer Katze hatte sie kaum noch geschlafen. In diesen achtundvierzig Stunden hatte sie kaum etwas gegessen, und seit gestern hatte sie nur einmal kurz geduscht und sich umgezogen. Das nervenaufreibende Telefongespräch zwischen

Curran und Moro hatte ihre letzten Kräfte aufgezehrt. Ihre Lider waren schwer, und die nächtlichen Straßen, die Lichter, der Verkehr, alles erschien ihr so weit weg, so unwirklich, als sei sie betrunken. Der Schlafmangel, die Gewissheit, hintergangen worden zu sein, und der Wunsch, alles, was sie in den letzten Tagen erlebt und erfahren hatte, sei nicht wahr, ließen die Realität unwirklich erscheinen.

Stella klammerte sich an die harten Fakten. Sie wusste, dass Dance und Curran warteten. Dass Dance für den Fall, dass Moro ein Treffen ansetzte, polizeiliche Unterstützung angefordert hatte. Dass Peter Hall zu Hause war. Dass sie vierzig Minuten hatte, um sich auf das Gespräch vorzubereiten, exakt die Zeit, die sie für die Fahrt von Michaels Haus zum Hallschen Anwesen brauchten. Und dass sie todmüde war.

Aber vielleicht hatte das ja auch sein Gutes. Es hielt sie davon ab, über Michael nachzudenken.

Als er die Tür öffnete, bedachte er sie mit einem langen forschenden Blick, als müsse er zunächst seine Abneigung überwinden. Dann sagte er: »Du siehst fürchterlich aus.«

Fröstelnd schob sie die Hände in die Taschen ihres Mantels und zog die Schultern hoch. »Könntest du fahren? Ich bin müde.«

Sie stiegen in den Wagen. Stella lehnte das Gesicht an das Fenster der Beifahrertür. Die Scheibe war kalt, aber das störte sie nicht.

Michael fuhr besonnen, ohne Hast. »Was ist los?«, fragte er.

Sie überlegte, wie viel sie ihm sagen sollte. »Fielding wurde ermordet. Jemand hat ihn mit einer Droge betäubt und ihm dann mit einem tödlichen Mittel versetztes Heroin gespritzt. Welch war nur Tarnung.«

Michael warf ihr einen Blick zu. Offenbar überlegte er, welche Folgerungen sich daraus ergaben. »Und Hall weiß das?«

»Irgendwas weiß er.«

Michael verfiel in Schweigen. Offenbar dachte er darüber nach, wie tief Hall in die Sache verstrickt war. Dann kam Stella ein anderer Gedanke. Um Vincent Moro überführen zu können, brachte sie Arthur Bright zu Fall, und nun, sofern die Beweise reichten, vielleicht auch Peter Hall. Aber noch war keineswegs sicher, dass sie Moro überhaupt zu fassen bekam. Sicher war nur, dass sie drauf und dran war, all ihre Hoffnungen, Bezirksstaatsanwältin zu werden, zunichte zu machen.

Stella drehte sich um und musterte Michael von der Seite, das lockige Haar, die verbeulte Nase, die schweren Lider. Sein Gesicht war im Licht der entgegenkommenden Autos nur undeutlich zu erkennen, aber er wirkte sehr nachdenklich.

»Ich brauche etwas Schlaf.«

Er sah kurz herüber und nickte.

Sie lehnte sich in den Sitz zurück und schloss die Augen. Der Schlaf überkam sie mit dem trägen, trügerischen Gefühl des Wohlbefindens. Alte Erinnerungen stiegen aus ihrem Unterbewusstsein auf. Es war Weihnachten, und ihre Eltern waren mit Katie und ihr in die Innenstadt gefahren, um sich den Lichterschmuck der Geschäfte anzusehen. Bei einem Straßenhändler kauften sie heiße Schokolade, und als sie wieder nach Hause fuhren und Katie sich auf dem Rücksitz an Stella kuschelte, spürte sie, wie die Wärme durch ihre Glieder strömte, schmeckte das süße Getränk auf der Zunge, sah die Köpfe ihrer Eltern, hörte das Gemurmel ihrer Stimmen. Und Katie hielt ihr die Hand...

Stella schlief ein.

Eine Hand rüttelte sie an der Schulter.

Sie zuckte zusammen, dann schlug sie die Augen auf.

Es war Nacht, und Lichter am Boden säumten die gepflasterte Zufahrt zum Hallschen Anwesen wie eine Landebahn. Der Schnee am Straßenrand glitzerte silbergrau.

Sie parkten, und Stella sammelte sich.

Michael betrachtete das Haus, und Stella vermutete, dass er dabei etwas Ähnliches empfand wie sie. Jedenfalls musste sie beim Anblick eines solchen Besitzes immer daran denken, aus welchen Verhältnissen sie kam, und dann stiegen Selbstzweifel in ihr auf, Selbstzweifel, die heute noch dadurch verstärkt wurden, dass sehr viel auf dem Spiel stand. Doch die paar Minuten Schlaf hatten sie gestärkt.

»Danke«, sagte sie.

»Wofür?«

»Fürs Fahren.«

Sie stiegen aus. Stella hatte den Eindruck, dass es hier kälter war als in Steelton, obwohl kein eisiger Wind wehte. Das Anwesen lag höher, und es gab keine großen Gebäude, keine Bürgersteige, keine Menschen, die der Kälte den Stachel nahmen. Auf dem Fußweg zum Haus war Salz gestreut. Peter Hall persönlich öffnete ihnen die Tür.

Er trug einen Smoking. Bei dem Telefongespräch, das Stella am Abend mit ihm geführt hatte, hatte er erwähnt, dass heute die neue Konzertsaison begann und dass er in der Loge der Hall Development Gäste erwarte. Er habe Strawinskys Feuervogel schon viele Male gehört – zweifellos besser gespielt, wie er trocken hinzufügte – und werde Stella zuliebe gern auf dieses Vergnügen verzichten. Doch beim anschließenden Galadiner habe er sich um seine Gäste zu kümmern, seine Zeit sei daher begrenzt.

Er erzählte ihr dies alles mit ausgesuchter Höflichkeit, ohne sich nach ihrem Anliegen zu erkundigen, als sei ihr Wunsch, ihn zu sehen, für ihn ein hinreichender Grund. Allerdings erinnerte er sie auf diese Weise auch daran, dass er, im Unterschied zu ihr, in Steelton eine Vielzahl von Verpflichtungen hatte. Was in ihren Augen also eine Bitte sein mochte, die man kaum abschlagen konnte, war für ihn unter Umständen eine Zumutung, die er nur aus Gefälligkeit nicht zurückwies.

Der Blick, mit dem er Michael empfing, ließ das deutlich erkennen. Er war verstimmt, wie seine hoch gezogenen Brauen verrieten, als er sich Stella zuwandte. Für sie habe er Zeit, sagte dieser Blick, aber Unterredungen mit ihren Kollegen sollten gefälligst auf die Geschäftsstunden beschränkt bleiben. Stella erinnerte sich an ihr letztes Gespräch – an die Versuchung, sich mit ihm zu arrangieren, an das Gefühl, bevorzugt behandelt zu werden und sich dafür revanchieren zu müssen. Doch für solche Gefühle war sie jetzt viel zu angespannt.

Hall führte sie in sein Arbeitszimmer. Er winkte sie zu einer Couch und setzte sich ihnen gegenüber in einen Ohrensessel. Hall bot ihnen nichts zu trinken an, was er zweifellos getan hätte, wenn Stella allein gekommen wäre.

»Bitte«, sagte er zu ihr.

Stella zögerte. Ihre ganze Zukunft, alles, wofür sie gearbeitet hatte, und ihre Selbstachtung hingen davon ab, was sie jetzt tat. Ein Teil von ihr wünschte, sie müsste keine Wahl treffen; doch im Grund hatte sie sich bereits entschieden.

»Tommy Fielding wurde ermordet. Auf Vincent Moros Befehl. Ich möchte, dass Sie mir sagen, warum.«

Hall verzog keine Miene. Nur seine Augen, so blau wie die Currans, blickten überrascht. »Ich weiß nichts von einem Mord. Ich kenne diesen Vincent Moro nicht.«

Michael beugte sich vor. Seine massige, männliche Erscheinung wirkte in dieser Umgebung so deplaziert wie ein Preisboxer auf einem Wohltätigkeitsball. Leise sagte er: »Er ist Ihr Geschäftspartner.«

Hall betrachtete ihn empört und, wie Stella fand, mit offenem Widerwillen. »Würden Sie mir das näher erklären, Mr. Del Corso.«

»Warum soll ich Ihnen erzählen, was Sie von Anfang an gewusst haben? Sie wissen, dass Larry Rockwell Moros Strohmann ist und dass die Firma Alliance Moro nur als Tarnung dient. Sie wissen, dass Moro sich MBE-Gelder ergaunert hat, und Sie haben ihm dabei geholfen, es zu vertuschen. Sie haben Konzessionen an Parkplatzbewirtschafter und ›hiesige‹ Geschäftsleute verkauft, die keiner kennt. So konnte Moro diese Firmen als Geldwaschanlagen benutzen und seine Erlöse aus Glücksspiel, Drogenhandel und Prostitution als legal verdientes Geld ausweisen.« Michael schlug einen schärferen Ton an. »Leute wie Sie, Mr. Hall, sind mir im Leben schon oft begegnet. Sie sind wie Frankie Scavullo – ein Helfershelfer im Smoking, nur reicher.«

Hall sprang auf. »So etwas lasse ich mir von niemandem sagen. Schon gar nicht in diesem Haus. Ich weiß nichts von Vincent Moro. Ein Wort davon in der Öffentlichkeit, nur ein einziges Wort, und ich mache Ihnen das Leben zur Hölle.« Er wandte sich an Stella. »Ich weiß nicht, warum Sie das tun. Aber mir reicht es jetzt. Es wird Zeit, dass Sie gehen. Und für mich wird es Zeit, dass ich meinen Anwalt anrufe.«

»Nur zu«, erwiderte Stella ruhig. »Ich lasse Sie wegen Beihilfe zum Mord verhaften. Anschließend sorge ich dafür, dass Sie wieder auf freien Fuß gesetzt werden, und teile der Presse mit, dass Sie geständig sind und mit uns kooperieren. Ich bin sicher, dass Vincent Moro Zeitung liest.« Sie erhob sich ebenfalls und griff nach dem Handy, das auf dem Tisch neben ihr lag. »Hier, rufen Sie ihn an. Wenn Sie bei der Vorverhandlung noch unter den Lebenden sind, können wir unsere Unterhaltung vielleicht fortsetzen. Das Gefängnis ist Ihre einzige Chance, wenn Sie nicht so enden wollen wie Fielding. Sie wissen, was mit ihm passiert ist. Deshalb will ich Ihnen erklären, was wir unter Beihilfe verstehen. Sie, zum Beispiel, haben sich der Beihilfe schuldig gemacht, weil Sie wissen, warum Fielding ermordet worden ist, und mich diesbezüglich angelogen haben.« Stella sah ihm ins Gesicht. »Wir sprechen von Beihilfe vor und nach der Tat. Fragen Sie Ihren Anwalt, was auf Sie zutrifft. Meines Erachtens beides.«

Halls Zorn verflog. Er wirkte verunsichert und sah Stella unschlüssig an. Sie fand, dass er nie attraktiver ausgesehen hatte.

Stella packte ihn am Handgelenk und drückte ihm das Handy in die Hand. »Vor hundert Jahren hat Ihrem Urgroßvater die ganze Stadt gehört. Und Sie verhökern sie jetzt an Vincent Moro. Einen Sinn für Kontinuität kann man Ihnen wahrlich nicht absprechen. Rufen Sie Ihren Anwalt an, Peter. Wir überlassen Sie Moro.«

Halls Finger umschlossen ihre Hand. »Ich kenne Vincent Moro nicht, Stella. Ich weiß nichts von der Sache.«

Seine Hand fühlte sich kühl an. Stella entwand sich seinem Griff. »Dann sagen Sie mir, *was* Sie wissen. Und zwar alles.«

Kurz nach seiner Wahl hatte Tom Krajek ihn um ein Gespräch unter vier Augen gebeten.

Peter war nicht überrascht. Krajek deutete zwar nur vage an, was er von ihm wollte, doch bereits vor der Wahl hatte er versprochen, dass er alles tun werde, um die Blues in der Stadt zu halten. Peter hatte ihn heimlich gegen George Walker unterstützt, der in unverschämter Weise von »Sozialhilfe für Millionäre« gesprochen hatte. Das war der Kern des Problems – Peter wollte, dass das neue Stadion mit öffentlichen Geldern gebaut wurde. Aus Angst vor einer Kontroverse hatte Krajek im Wahlkampf nicht Farbe bekennen wollen. Allerdings hatte er Peter diskret signalisiert, dass er zu dem Handel bereit war. Jetzt konnte er offen reden. Dass kein Dritter dem Gespräch beiwohnen sollte, war in Peters Augen eine reine Vorsichtsmaßnahme, die der Überzeugung entsprang, dass es ihrer Sache nicht förderlich war, wenn in einem so frühen Stadium der Verhandlungen Informationen an die Presse durchsickerten.

Peter hatte ein Treffen in seinem Haus vorgeschlagen. Als er Krajek in seinem Arbeitszimmer gegenüberstand, musste er unwillkürlich daran denken, was seine verstorbene Frau Alix, um die er immer noch trauerte, einmal über Krajek gesagt hatte: »Tom Krajek hat Vogelaugen. Man sieht in sie hinein, und niemand blickt einem entgegen.«

Es stimmte. Krajeks blasse Augen waren klein und kalt. Peter entdeckte darin nichts, was auf eine menschliche Seele schließen ließ. Auch sein Gesicht erinnerte an einen Vogel: spitz, schnabelförmig, und es verschoss Blicke wie Pfeile. Doch man durfte ihn nicht unterschätzen. Der Mann war ein Energiebündel, ein begabter Redner und, wie Peter argwöhnte, von einem Machthunger besessen, der normale Menschen eher abstieß. Für Tom Krajek war jede Sekunde, die er nicht seinen eigenen Interessen widmete, verschwendete Zeit. Und so hielt er sich denn auch nicht lange mit Smalltalk auf, als er Peter gegenüber Platz nahm.

»Ich möchte, dass die Blues hier bleiben. Und Sie verlangen, dass mit öffentlichen Mitteln ein neues Stadion gebaut wird. Ergo müssen wir uns überlegen, wie wir Sie zufrieden stellen können, ohne meiner Karriere zu schaden.«

Obwohl es mit Krajeks Sinn für Ironie nicht weit her war,

glitten seine Augen bei den letzten Worten über den Druck von Miró und die gepflegte Landschaft vor dem Fenster. Keine Frage, das Leben hatte Peter Hall bislang alles andere als stiefmütterlich behandelt. Gleichmütig erwiderte Peter: »Ich bin offen für Vorschläge.«

Krajek zückte einen Füllfederhalter und tippte sich damit an die Lippen. »Ich bin erst seit zwei Monaten Bürgermeister, und schon wittere ich Unheil. Letzten November hätte George Walker mich schlagen können, und ohne diese Drogengeschichte wäre es ihm wahrscheinlich auch gelungen. Arthur Bright ist der Nächste. Er kauert auf der East Side schon in den Startblöcken. Vierzig Prozent der eingeschriebenen Wähler, alles Schwarze, finden, es sei an der Zeit, dass einer der ihren Bürgermeister wird. Noch zehn Prozent und…« Krajek schnalzte mit den Fingern. »Ich muss verhindern, dass weiße Wähler das Lager wechseln. Ich muss mehr Schwarze davon überzeugen, dass ich ihr Freund bin. Und das alles, ohne eine Seite zu vergraulen.«

Peter überlegte. Wenn Krajek glaubte, er könne ihn mit solchen Binsenweisheiten beeindrucken, war er wirklich ein Egozentriker. Dann verstand er, was Tom Krajek ihm sagen wollte: Für den Bau des Stadions erwartete er eine Gegenleistung. Trocken bemerkte Peter: »Auf der East Side bin ich nicht gerade ein Wahlmagnet.«

Krajek nickte kurz. »Das macht Sie zu einer Belastung, Peter. Und dagegen müssen Sie was tun.«

»Und was?«

Das Lächeln, das über Krajeks Gesicht huschte, kam Hall wie ein nervöser Tick vor. »Sie verlangen zweihundertzwanzig Millionen Dollar von der öffentlichen Hand. Nun, Sie werden sich mit dem Gedanken anfreunden müssen, dass Sie fünfzig Millionen mehr bekommen.«

Peter verbarg sein Erstaunen. Plötzlich wusste nur noch Krajek, worauf dieses Gespräch hinauslief, und das weckte Halls Argwohn. Freundlich erwiderte er: »Ich weiß Ihr Mitgefühl zu schätzen.«

»Sie scherzen. Ich nicht. Die Hall Development wird das Projekt realisieren. Für zweihundertfünfundsiebzig Millionen Dollar werden Sie die modernste Sportarena Amerikas bauen. Außerdem werden Sie für eventuelle Mehrkosten haften und sich das Geld, das übrig bleibt, brüderlich mit der Stadt teilen.«

Peter überschlug rasch die Summe. Für die Realisierung des Projekts benötigte er zweihundert bis zweihundertzwanzig Millionen. Dass ihm Krajek ein fürstliches Trinkgeld in Aussicht stellte, wobei der Nutzen für die Stadt nur Kosmetik war, machte ihn noch misstrauischer. »Und weiter?«, fragte er.

Seine verhaltene Reaktion schien Krajek zu gefallen, vielleicht weil er spürte, dass Peter langsam Geschmack an seinem Plan fand.

»Das Stadion bleibt Eigentum der Stadt«, fuhr Krajek fort. »Sie unterzeichnen einen Pachtvertrag auf zwanzig Jahre. Die Pacht beläuft sich auf eine Million Dollar pro Jahr. Dafür behalten Sie die Namensrechte. Außerdem gehen alle Einnahmen aus der Vermietung der Luxuslogen und dem Kartenverkauf an Sie, und obendrein erhalten Sie einen fairen Anteil an den Konzessionsgebühren.«

Seit Monaten beschäftigte sich Peter mit der komplizierten wirtschaftlichen Seite des Stadionprojekts. Es beunruhigte ihn, dass Krajek die Zahlen offensichtlich ebenfalls präsent hatte. Der Bürgermeister wusste ganz genau, dass im Prinzip kein Clubbesitzer sein Angebot ablehnen konnte.

»Und Ihre politischen Probleme?«, fragte Peter.

Krajek lächelte wieder. »Unsere politischen Probleme«, korrigierte er.

Peter wünschte, er hätte seine Neugier bezähmt. »Und die wären?«

»Bright wird behaupten, dass ich einem Erpresser, noch dazu einem reichen, ein Vermögen in den Rachen werfe. Diesem Eindruck müssen wir entgegenwirken.« Krajek verfiel in den Ton eines Wahlkampfredners. »Es ist nicht *Ihr* Stadion – es ist *meine* erste Maßnahme zur Rettung dieser Stadt. Der Stadionbau ist die erste Phase eines umfassenden Plans mit dem Ziel, in der Innenstadt neue Arbeitsplätze zu schaffen und das Hafengebiet zu beleben. Alle Bürger unserer Stadt werden davon profitieren.«

»Dort soll das Stadion also hinkommen?«

»Sie bauen es in der Nähe des Sees. An dem Projekt werden ausschließlich Unternehmen aus Steelton beteiligt, und dreißig Prozent der Unternehmer und Beschäftigten werden Angehörige von Minderheiten sein. Jeder Dollar, den wir ausgeben, fließt an unsere Bürger zurück, und jeder Dollar, den wir an Steuern einnehmen, bleibt in der Stadt.« Krajek zielte mit dem Füllfederhalter auf Peter wie jemand, der einen Pfeil wirft. »So werden wir das Projekt den Leuten verkaufen und Arthur Bright ausstechen.«

»Was ist mit Ausschreibungen?«, fragte Peter. »Der führende Sportstättenbauer sitzt in New York – Megaplex.«

Krajeks Lächeln erlosch, die Verstellung hatte ein Ende. »Es wird keine Ausschreibung geben. Ich entscheide, wer unser Generalunternehmer wird. Ich entscheide, welche Minderheitenfirmen mitmachen. Ich entscheide, wer die Konzessionen kriegt und den Parkraum bewirtschaftet. Ich verhandele über die Gebührenstruktur.« Er hielt inne und bedachte Peter mit dem verschlagenen Blick eines Politikers, der Wohltaten verteilt. »Ich möchte, dass Sie das Stadion hinstellen, Peter. Die Entscheidung liegt bei Ihnen.«

Peter schaute ihn an. Ein so gutes Geschäft musste seinen Preis haben, aber noch wusste er nicht, welchen.

Krajek ließ ihn eine Weile schmoren. Dann fasste er in seinen Aktenkoffer, fischte ein dreiseitiges Memo heraus und reichte es Peter.

Es war undatiert und trug keine Unterschrift. Aber alle wichtigen Punkte waren aufgeführt: Peters Gewinne, Krajeks Vorrechte, der genaue Standort des Stadions. Peter fragte sich, wem das Areal wohl gehörte, und dann ging ihm ein Licht auf.

Leise sagte er: »Sie sprechen von der erste Phase. Worin besteht denn die zweite?«

»In der kompletten Sanierung des Hafengebiets«, antwortete Krajek knapp. »Wir baggern den Hafen aus.«

»Den Hafen ausbaggern? Wozu denn um alles in der Welt? Für das Love Boat?«

Krajek lachte laut auf. »Wenn wir Glück haben.«

Hier war etwas faul, und Peter beschloss, der Sache auf den Grund zu gehen. »Ich bin voll und ganz dafür, Steelton neu zu beleben. Aber das Hafengebiet ist im Winter so tot wie die Tundra. Und die Idee, den Hafen auszubaggern, grenzt an Wahnsinn.«

Krajek lehnte sich zurück und sah ihn giftig an. »Wollen Sie das Geschäft machen? Ja oder nein.«

»Bevor ich antworte, muss ich wissen, worum es geht. Und was darüber hinaus geplant ist.«

Krajek legte die Finger aneinander, als denke er über seine Antwort nach. Schließlich sagte er: »Spielkasinos.«

Natürlich.

Wie konnte er nur so begriffsstutzig sein? Den Leuten, denen das Gelände gehörte oder denen Krajek diskret den Tipp gab, dort Grund zu erwerben, winkten satte Gewinne. Und als Immobilienprofi konnte Hall sich leicht vorstellen, wie Vergnügungshunger und Profitgier das Gesicht des Hafenviertels verändern würden.

Krajek beugte sich vor. »Die Gegend ist total heruntergekommen. Nur Spielkasinos können da Abhilfe schaffen. Sie waren doch in Atlantic City. Bevor die dort Kasinos bauten, war die Stadt im Untergang begriffen.«

Und jetzt blüht dort das Verbrechen, dachte Peter. Aber Krajek hatte Recht: Nur mit Glücksspiel konnte er seine Vision verwirklichen.

»Sie brauchen eine behördliche Erlaubnis«, gab Peter zu bedenken.

»Mit Ihrer Hilfe kriegen wir die leichter. Die Sache ist auch in Ihrem Interesse.« Krajek ließ ein Lächeln aufblitzen. »Speziell in Ihrer Eigenschaft als Chef einer Bauerschließungsfirma.«

Das also war der letzte Köder. Hall schwieg und überließ es Krajek, daraus seine Schlüsse zu ziehen.

Er las die Bedingungen im Memo noch einmal durch. Auf der zweiten Seite stutzte er.

»Was soll dieser Punkt über eine Minderheitenbeteiligung in meinem Club?«, fragte er.

»Bevor wir uns an die Wähler wenden, präsentieren Sie Larry Rockwell als Mitbesitzer der Blues. Er übernimmt fünf Prozent, den Preis legt ein unabhängiger Schätzer fest. Wir können Sie ja schlecht schwarz schminken, Peter. Rockwell ist die bessere Lösung.«

Peter begriff, dass Krajeks Zynismus eine Waffe war. Seine Grobheit war eine Form der Machtausübung, die Hall daran erinnern sollte, dass er in Krajeks Herrschaftsbereich eingedrungen war. »In der Tat«, meinte Peter sarkastisch. »Wir leben im Land der unbegrenzten Möglichkeiten. Ich vermute, Sie haben auch die Bauunternehmen und Subunternehmen bereits ausgewählt, mit denen ich zusammenarbeiten soll. Und die Konzessionäre.«

Krajeks Augen verengten sich. »So weit bin ich noch nicht.«

»Dabei sollten Sie sich mit allen Beteiligten abstimmen, zumindest, was den weißen Generalunternehmer angeht. Ein Stadion ist schließlich keine Imbissbude.«

Krajek nickte bedächtig. »Das ist nur fair. Sonst noch was?«

Peter zögerte. Er spürte, dass Krajek ihn abschätzte und sich ausmalte, wie er jetzt Gewinn und Verlust kalkulierte. Offenbar überstieg es Krajeks Vorstellungskraft, dass jemand aus anderen Motiven handelte als er, und darin lag wohl auch seine Schwäche. Doch Peter hatte in der Tat andere Ziele. Er träumte von einem Stadion und einer Stadt, die seinen Stempel trugen. Und er träumte davon, Steelton etwas von dem zurückzugeben, was seine Familie ihm genommen hatte, und eine Stadt neu zu beleben, die Amasas marode Stahlkochereien in eine tiefe Krise gestürzt hatten. Nach dem Tod seiner Frau Alix hatte er viel nachgedacht. Was bedeutete ihm das Leben ohne sie, und wie würden seine Kinder, wenn sie einmal erwachsen waren, über ihn urteilen? Dass Krajek ihm soeben ein Projekt vorgeschlagen hatte, das kein Geschäftsmann ablehnen konnte, brachte ihn der Verwirklichung seines Traums einen großen Schritt näher.

Doch er musste vor Krajek auf der Hut sein. Deshalb hielt er inne und versuchte sich vorzustellen, mit welchen Augen der Bürgermeister ihn sah.

»Um auf die zweite Phase zurückzukommen«, sagte er. »Soll ich auch hier die Realisierung des Projekts übernehmen?«

Krajeks Lächeln drückte Genugtuung aus. Am Ende entsprach Peter Hall also doch seinen Erwartungen. »Zu einem anständigen Preis. Aber da werden wir uns schon einigen.«

»Dann würde ich das gern in unsere Abmachung aufnehmen. Sie räumen mir das Recht ein, zwei Monate lang mit der Stadt zu verhandeln, ehe Sie Angebote von Mitbewerbern einholen.«

Krajek verzog keine Miene.

»Sie wollen das Stadion«, fuhr Peter fort. »Sie wollen Spielkasinos. Sie wollen das Hafengebiet sanieren. Sie wollen, dass wir so unzertrennlich werden wie Siamesische Zwillinge.« Er gab Krajek das Papier zurück. »Setzen Sie etwas auf, Tom. Ich vertraue Ihnen. Denn Sie brauchen mich.«

Hall verstummte und trat an das dunkle Fenster, ein schlanker, eleganter Mann im Smoking. Stella beobachtete ihn und dachte dabei an Dance, der in Currans schäbiger Wohnung wartete und mit seinem Revolver Fieldings Mörder in Schach hielt. Sie spürte, dass nun die Vergangenheit ans Licht kam, das ganze Ausmaß der Korruption in ihrer Stadt, die unauflösliche Kette von Ereignissen, die Peter Hall an Johnny Curran fesselte.

»Erzählen Sie mir von Fielding«, sagte sie.

ACHT

Manche Männer waren perfekt in ihrem Job. Und in Peter Halls Augen war Tommy Fielding so ein Mann. Intelligent, fleißig, fast besessen von seiner Arbeit. Und dabei von einer merkwürdigen kindlichen Unschuld. Manchmal hatte Peter den Eindruck, dass Tommy die tägliche Erfüllung seiner Pflichten und die Kenntnis der Details wichtiger waren als das, was am Ende herauskam. Für Tommy war der Job eines Projektmanagers mehr als nur der Garant eines angenehmen Lebens, er war eine Lebensanschauung.

Doch das war in Ordnung. Peter konnte die Rolle des Pragmatikers und Visionärs spielen und es Tommy überlassen, sich mit dem täglichen Kleinkram herumzuärgern, Auftragsänderungen, überhöhten Rechnungen, bummelnden Handwerkern, dem endlosen Formularkrieg mit bornierten Bürokraten. Peter wurde allerdings den Verdacht nicht los, dass Tommys hingebungsvoller Eifer auch eine Flucht war, dass er vor persönlichen Problemen davonlief, die nichts mit der Arbeit zu tun hatten. Wenn dem so war, konnte der Pragmatiker in Peter nur hoffen, dass es Tommy Fielding niemals gelang, seine Probleme zu lösen.

Bis zu Steelton 2000, und einem trüben Novembertag.

Peter erinnerte sich noch gut – wie gut, wurde ihm erst an jenem Morgen bewusst, als er von Tommys Tod erfuhr. Danach ging ihm ihr Gespräch immer wieder im Kopf herum und verfolgte ihn wie die Erinnerung an den tödlichen Unfall seiner Frau. An dem er, im Unterschied zu Tommys Tod, völlig schuldlos war.

Tommy war zu ihm ins Büro gekommen. Mit den tadellos gebügelten Freizeithosen, den sportlichen Halbschuhen, dem leichten Pullover und dem geschniegelten tiefschwarzen Haar sah er aus wie eine Figur aus einem Fitzgerald-Roman, die auf dem Weg zu einer Regatta war. Nur dass er ein so ernstes Gesicht machte, dass man fast Mitleid mit ihm bekam.

»Peter«, sagte er, »ich kann diese Berichte nicht mehr unterschreiben.«

Peter kannte den Grund, und nur um herauszufinden, wie ernst es Tommy damit war, fragte er: »Wieso nicht?«

»Weil wir uns des Betrugs schuldig machen würden.«

Tommys Stimme hatte immer so heiter geklungen wie die eines Collegestudenten. Doch jetzt lag nicht die leiseste Ironie in seinen Worten.

»In der Politik«, bemerkte Peter trocken, »ist Betrug ein relativer Begriff. Notgedrungen.«

Tommy trat ans Fenster und blickte hinab auf die zerfurchte Erde, das Stahlgerippe des Stadions. »Du sitzt hier oben und siehst einen Traum. Ich sehe mittlerweile ein Projekt, bei dem so viel Korruption im Spiel ist, dass es unsere Vorstellungskraft übersteigt.«

Seine Unverblümtheit ärgerte Peter und stimmte ihn gleichzeitig besorgt. »Ich sehe ein Projekt, das der Stadt nützt und uns. Wir sind nun mal nicht in der Position, Bedingungen zu diktieren oder uns die Leute auszusuchen, mit denen wir zusammenarbeiten. Oder um es mal so auszudrücken: Du läufst Gefahr, das Vollkommene zum Feind des Guten zu machen. Als ob wir eine andere Wahl hätten.«

Tommy stemmte die Hände in die Seiten. »Unsere Berichte sind erstunken und erlogen, Peter.«

Peter sprang auf. »Das lässt sich nicht ändern, Tommy. Oder willst du, dass Arthur Bright Bürgermeister wird? Dann geraten wir ernsthaft in Schwierigkeiten.«

»Ich weiß. Und alle Berichte tragen meine Unterschrift.«

»Du hast sie in gutem Glauben unterzeichnet.«

»Damit ist jetzt Schluss.« Tommy hob die Stimme, und seine dunklen Augen fixierten Peter mit neuer Entschlossenheit. »Ich will dir den ganzen Sachverhalt darlegen. Dann werden wir ja sehen, ob dich die Geschichte immer noch so kalt lässt. Alliance, unser Minderheiten-Generalunternehmer, ist eine Briefkastenfirma – ein Bauwagen mit einem Rechnungsprüfer und einer Telefonistin. Larry Rockwell hat vom Bauen so viel Ahnung wie ich von einem Effetball. Unsere Schecks einlösen ist das Einzige, was die können...«

»Ich möchte ja nicht zynisch sein«, fiel ihm Peter ins Wort, »aber vielleicht sollen sie gar nicht mehr können. Hauptsache, nicht wir haben uns das ausgedacht.«

»Wer dann? Alliance stellt Leistungen in Rechnung, die sie nicht erbringt. Und der Hauptvertragspartner deckt die Firma, indem er ihre Arbeit macht und überhöhte Rechnungen und gefälschte Auftragsänderungen vorlegt. Die Folge ist, dass wir zwei Mal bezahlen. Die Stadt wird betrogen, und wir verlieren

Geld, das uns die Kostenersparnisklausel garantiert. Wer verdient sich hier eine goldene Nase?«

Peter kam hinter seinem Schreibtisch hervor und trat neben Tommy. Er blickte auf das Stadion hinab. Es kam selten vor, dass er Tommy nicht in die Augen blicken konnte. Jetzt war so ein Augenblick.

»Das geht uns nichts an«, sagte er leise. »Die Inspektoren der Stadt sagen, dass die Firma Alliance ihre Arbeit macht und dass die Baustelle von Schwarzen wimmelt. Nichts anderes sehe ich von hier oben. Nichts anderes steht in den Berichten, die auf deinem Schreibtisch landen. So wird dieses Stadion gebaut.« Er wandte sich Tommy zu. »Meinst du, mir gefällt das? Sei froh, dass du dich entscheiden musst, was dir lieber ist: dich mit solchen Skrupeln herumzuschlagen oder auf ein Stück brachliegendes Land in einer sterbenden Stadt zu blicken. Du brauchst nur ein paar Berichte zu unterschreiben, mehr wird von dir nicht verlangt.«

Tommy legte Peter eine Hand auf die Schulter. Er blickte gekränkt. »Wie kannst du das nur tun?«

Peter rang sich ein Lächeln ab. »Seit zehn Jahren bist du im Immobiliengeschäft, verhandelst mit Politikern und allen möglichen Interessengruppen, und trotzdem fragst du mich das? Nenne mir ein einziges Projekt, bei dem wir nicht gezwungen waren, jemanden zu schmieren, der die Hand aufhielt, ohne etwas dafür zu tun. Das ist das Gesetz der freien Wirtschaft.«

Tommy lächelte nicht. »Wer ist dieser Jemand, Peter? Nur Larry Rockwell? Weißt du es überhaupt?«

Peter konnte nicht antworten.

Tommys Finger krallten sich tiefer in seine Schulter. »Es geht hier nicht um eine kleine Gaunerei, bei der man einfach wegsieht, wenn eine Schwindelfirma zehn Riesen oder so verschwinden lässt. Hier geht es um Millionen und Abermillionen. Irgendjemand kassiert hier ganz groß ab. Betrügt legale Minderheitenfirmen um Aufträge. Bestiehlt die Stadt. Besticht die Inspektoren…«

»Woher willst du das wissen?«, unterbrach ihn Peter.

»Was ich sehe, können auch andere sehen. Hat Larry Rockwell so großen Einfluss? Braucht man ihn so dringend, um schwarze Wähler zu ködern? Ist Bright eine so ernste Bedrohung?«

Es waren gute Fragen, und Peter begriff, dass Tommy gründlich über alles nachgedacht hatte. Er hatte die Situation in vollem Umfang erfasst.

Nur widerwillig erwiderte Hall: »Falls du Angst um deinen Anteil an der Kostenersparnisprämie hast…«

»Glaubst du wirklich, dass es mir um die Prämie geht?« Tommy ließ Peters Schulter los, wich zurück und starrte ihn an. »Ich habe Angst, jawohl, aber vor dem Gefängnis. Ich will nicht, dass mich meine siebenjährige Tochter am Vatertag im Knast besuchen muss. Aber soll ich dir sagen, was mir noch mehr Angst macht?«

»Was?«

»Du. Du bist ein anständiger Kerl, aber du lässt dich korrumpieren. Und wenn dir das passiert, kann es auch mir passieren.« Seine Stimme wurde wieder ruhiger. »Ich werde keine Berichte mehr unterschreiben. Und keine Rechnungen der Alliance mehr absegnen. Ich bezahle nicht zweimal für dieselbe Arbeit. Und ich decke keine Leute, die ich nicht kenne. Ich gebe dir zwei Monate Bedenkzeit, Peter. Sag diesen Leuten, dass ich mich querlege, dass ich notfalls zu Bright gehe und dass du nicht mehr mitmachen kannst. Zieh einen Strich unter…«

»Ich kann nicht, Tommy. Wir müssen das Projekt zu Ende bringen.«

»Na schön. Sie wollten Minderheitenfirmen? Dann soll Larry Rockwell gefälligst ein paar echte anheuern. Denn falls jemand auf die Idee kommt, dieses Geschäft etwas genauer unter die Lupe zu nehmen, möchte ich nicht wissen, was er dabei zu Tage fördert.«

Stella empfand beim Zuhören Wut und Mitgefühl. Ihr Mitgefühl galt Fielding. Er hatte die Grenzen, die Hall ihm gesteckt hatte, überschritten und dafür mit dem Leben bezahlt. Ihre

Wut richtete sich gegen Hall, und gegen sich selbst, weil sie sich von Halls Angebot persönlich geschmeichelt gefühlt hatte.

»Mit wem haben Sie über Tommy gesprochen?«, fragte sie.

Hall schlug die Augen nieder. Möglich, dass er nur Theater spielte, so abgebrüht, wie er war. Doch Stella hatte nicht das Gefühl, einem Mordkomplizen gegenüberzusitzen, sondern einem Mann, der tiefe Reue empfand und sich noch einmal seine Entscheidungen und Schritte vergegenwärtigte, die zur Ermordung eines Menschen geführt hatten, den er gemocht und respektiert hatte. Aber bei einem so weltgewandten Mann wusste man nie genau, woran man war. Selbst Offenheit war bei ihm zweischneidig. Und Michaels Gegenwart erinnerte Stella daran, wie schief sie mit ihrem Urteil liegen konnte.

»Mit niemandem«, antwortete Hall. »Ich habe ihn hingehalten. Ein Monat verging, ohne dass er einen Bericht unterzeichnete, dann zwei. Es war ein Nervenkrieg. Keiner sprach ein Wort.«

Stumm blickte Stella zu Michael. »Ist das alles?«, fragte er. »Sie sind also eines Morgens aufgewacht und haben festgestellt, das Tommy ein Fixer war? Eine Überraschung mehr in einer unvollkommenen Welt?«

Hall schaute nicht auf. Wieder hatte Stella das Gefühl, dass er mit sich rang. Sollte er seinen Anwalt anrufen? Oder den Weg einschlagen, für den Tommy Fielding plädiert hatte?

Dann hob er den Kopf und sah Stella an. »Ich erhielt einen Anruf von Krajek. Fünf Tage vor Tommys Tod.«

»Wir brauchen diese Berichte«, sagte Krajek. »Die Firma Alliance hat sich beschwert, weil sie kein Geld mehr bekommt.«

Peter war darüber selber besorgt, doch der herrische Ton des Bürgermeisters ärgerte ihn. »Die kriegen kein Geld, weil sie nichts tun. Tommy Fielding regt sich darüber auf, und in seiner Naivität erwartet er, dass ich mich ebenfalls darüber aufrege.«

»In Steelton sind bestimmte Dinge unumgänglich, wenn man seine Wünsche erfüllen will. Glauben Sie denn nicht, dass wir etwas Gutes tun?«

»Doch. Aber Tommy glaubt auch, dass er etwas Gutes tut.«

»Dann irrt er sich. Jedenfalls wenn er das Stadion will.«

Peter stand auf und trat ans Fenster. Es war ein klarer Wintertag, wie es nur wenige gab. Jenseits des Flusses konnte er die Schornsteine der Stahlfabriken seines Urgroßvaters erkennen. Doch hundert Meter unter ihm wuchsen wie aus dem Nichts die Flanken eines Stadions. Das Stahlgerippe glitzerte in der Sonne.

»Tommy wird nicht nachgeben«, erwiderte Peter. »Notfalls, sagt er, will er zu Bright gehen.«

Stille. Nach einer Weile erwiderte Krajek kalt: »Dazu darf es nicht kommen. Niemals.«

Plötzlich kam sich Peter wie ein Feigling vor. Er selbst hatte Tommy in diese Lage gebracht; er hatte nicht wissen wollen, was Tommy entdeckt hatte. Doch so unangenehm es ihm auch war, er hatte jetzt die Pflicht, das Stadion zu retten und gleichzeitig Tommy aus der Sache herauszuhalten, auch wenn er sich damit selbst in Gefahr brachte. »Ab sofort übernehme ich Tommys Job«, sagte er zu Krajek. »Ich zeichne die Rechnungen ab und unterschreibe die Berichte. Auf diese Weise wird sein Name aus den Papieren verschwinden.«

Krajeks Stimme klang skeptisch. »Und das soll ihn davon abhalten, zu Bright zu laufen?«

»Allerdings«, antwortete Peter in bestimmtem Ton. »Dafür werde ich schon sorgen.«

»Das müssen Sie auch.« Der Bürgermeister hob warnend die Stimme. »Es steht zu viel auf dem Spiel, Peter. Nicht nur das Stadion, sondern die gesamte zweite Phase. Und Ihr Auftrag.«

Peter verfluchte sich dafür, dass er diesem Mann Grund gegeben hatte, ihn für den Menschen zu halten, für den er ihn offensichtlich hielt. »Ich komme mit Tommy schon klar. Halten Sie sich also zurück.«

Peter legte auf.

Er dachte, damit sei es vorbei.

Hall bestellte Tommy am Nachmittag vor dessen Tod zu sich und teilte ihm seine Entscheidung mit.

Tommy sah ihn ungläubig an. Er war enttäuscht, und Peter spürte, dass ihre Freundschaft einen Riss bekam, der nicht mehr zu kitten war.

»Warum tust du das?«, fragte Tommy.

»Damit du es nicht zu tun brauchst.«

Tommy runzelte die Stirn. Er wirkte noch besorgter. »Aber du tust es?«

»Ja, damit ich das Stadion bauen kann. Deshalb muss ich dich um einen Gefallen bitten.«

»Um welchen?«

»Geh nicht zu Arthur Bright. Wenn du es trotzdem tust, gefährdest du nicht nur unser Projekt. Du bringst auch mich in Gefahr.«

Tommy sah ihn an, und dann schüttelte er langsam den Kopf. Nicht weil er Peter den Gefallen nicht tun wollte, viel mehr aus Sorge und Enttäuschung. Peter wusste, dass Tommy ihn niemals verraten würde, selbst wenn er sich damit selbst schadete.

»Geh nach Hause«, sagte er sanft. »Schlaf dich aus. Es wird andere Projekte geben.«

Tommy ging nach Hause. Peter sollte ihn nie wieder sehen.

Amanda, Tommys Exfrau, rief ihn an und teilte es ihm mit. Als er den Hörer auflegte, dachte er an Alix.

Sie war mit dem Wagen auf eisglatter Fahrbahn ins Schleudern geraten und gegen einen Telefonmast geprallt. Sie war auf der Stelle tot. Ihr einziger Fehler im Leben war, dass sie zu schnell fuhr. In allem anderen war sie perfekt, eine schöne Frau, eine liebevolle Mutter. Daher wusste er sofort, noch bevor die Polizei es ihm sagte, dass den beiden Kindern nichts passiert war. Alix war nur leichtsinnig gewesen, wenn sie allein fuhr.

Entsetzt saß Peter an seinem Schreibtisch und betete, dass Tommys Tod ebenso sinnlos gewesen war wie der seiner Frau. Ein Unfall.

»Er war für Moro eine Bedrohung«, sagte Stella. »Deshalb musste er sterben.«

Hall wirkte erschüttert. Anscheinend konnte er es nur schwer ertragen, dass sein eigener Ehrgeiz, und nicht Heroin, Tommy Fielding das Leben gekostet hatte.

»Wenn ich von Moro gewusst hätte...«, begann Hall.

»Ja?«

»Ich dachte, es geht um die üblichen politischen Mauscheleien. Krajek baut für die Zukunft vor, erweist Parteifreunden und Anhängern einen Gefallen. Einige Leute kassieren, ohne einen Finger zu rühren, andere kaufen und verkaufen Grundstücke, weil sie einen Insidertipp bekommen haben. Wieder andere zahlen Krajek eine Provision. Schiebereien, wie sie bei öffentlichen Bauvorhaben üblich sind. So etwas wie Mord wäre mir nie in den Sinn gekommen.« Hall hielt inne und sprach dann leise weiter. »Jetzt weiß ich es besser. Wenn ich Ihnen helfen soll, muss ich auf Ihre Diskretion rechnen können. Außerdem brauche ich Schutz.«

Nervös dachte Stella an Curran, der nach wie vor ihre einzige Verbindung zu Moro war, und fragte sich, warum das Telefon stumm blieb und Dance nicht endlich anrief, um das Treffen von Curran mit Moro zu melden. »Wie kann ich Ihnen glauben?«, fragte sie.

»In Bezug auf Moro? Vielleicht ist das zu viel verlangt. Aber ich sage die Wahrheit. Deshalb habe ich auch meinen Anwalt nicht angerufen. Alles hat sich genau so zugetragen, wie ich es Ihnen geschildert habe.«

»Ja.« Michaels Stimme klang skeptisch. »Ohne Zeugen.«

Hall sah ihn an. Stella spürte, dass die beiden Männer eine instinktive Abneigung gegeneinander hegten. Die Feindseligkeit zwischen ihnen ging weit über ihre Rollen in diesem Fall hinaus. Wie um Michael seine Verachtung zu zeigen, kehrte ihm Hall den Rücken zu und trat zu dem Miró an der Wand.

Behutsam hängte er das Bild ab.

Ein Wandsafe kam dahinter zum Vorschein. Hall legte das Bild auf den Schreibtisch, und dann öffnete er den Safe.

Stella konnte nicht sehen, was sich darin befand. Hall zog ein Dokument hervor und blätterte zwei Seiten um. »Hier«, sagte er und reichte es Stella.

Unten auf der dritten Seite waren ein paar Sätze hingekritzelt, in denen vom Hafenviertel und einer zweimonatigen Verhandlungsfrist die Rede war. Sie waren juristisch nicht bindend und insofern bedeutungslos. Aber inzwischen begriff Stella, dass Hall mit diesem Zusatz etwas anderes bezweckt hatte.

»Krajeks Handschrift«, sagte sie.

Die Andeutung eines Lächelns erhellte Peters Augen. »Krajeks Handschrift«, erwiderte er. »Für den Fall, dass ich sie mal brauchen könnte.«

Erst als sie Halls Wachhaus passierten, fand Michael seine Sprache wieder.

»Es ist unglaublich!«

»Die Sache mit Moro?«

»Ja. Er will aus seiner ehrenwerten Gesellschaft ein legales Unternehmen machen. Er sieht, dass Gangsterbosse wie John Gotti in den Knast wandern, und ahnt, dass seine Zeit abgelaufen ist. Das Drogengeschäft ist zu schmutzig und zu gefährlich geworden. Und er weiß, dass die nächste Generation, studierte Typen wie sein Sohn Nick, nicht den Nerv hat, in seinem Stil weiterzumachen. Das alles wird schwer zu beweisen sein. Aber in Bezug auf die Konzessionen habe ich Recht, da bin ich mir sicher. Auf diese Weise will er zusätzliches Geld für die zweite Sanierungsphase waschen. Und das ist nur ein Zwischenschritt. Sein eigentliches Ziel dürfte es sein, mit den Grundstücksverkäufen und falschen MBEs hohe Profite einzufahren, dann das Geld in die Hafensanierung zu investieren und schließlich Lizenzen für Spielkasinos zu erwerben. Ein kühner Plan, und brillant eingefädelt. Dafür lohnt es sich zu morden.« Verachtung klang in Michaels Stimme. »Moro mag Tommy Fielding ermordet haben. Aber seine Enkel werden so ehrbare Leute sein wie Peter Hall. Und so gewieft.«

»Glaubst du ihm denn nicht?«

»Nein. Aber ich kann ihm nichts nachweisen. Am Ende wird er sich herauswinden. Typen wie der schaffen das immer.«

Stella starrte durch die Windschutzscheibe. Die Scheinwerfer schnitten in die Dunkelheit über der einsamen Straße. »Ich brauche ihn«, sagte sie. »Wegen Krajek.«

»Glaube ja nicht, dass er das nicht weiß. Er hat keinen Anwalt gebraucht. Um sich abzusichern, hat er Krajek reingelegt. Er hat nur den Mund aufgemacht, um seinen Hals zu retten, und weil du ihm eingeredet hast, dass sein Leben keinen Pfifferling mehr wert ist, wenn er schweigt. Aber du hättest deine Drohung nicht wahr gemacht, stimmt's?«

»Nein.«

Er sah zu ihr herüber. »Was ist zwischen dir und Hall?«

Stella lächelte kurz. »Ich bin seine Favoritin für das Amt des Bezirksstaatsanwalts. Vielmehr, ich war es.«

»Und Krajek war sein Favorit fürs Rathaus.«

Seine Bemerkung war keine Spitze, sondern eine Warnung. Was sie herausbekommen hatten, war so unfassbar und erschreckend, dass es ihren Streit in den Hintergrund drängte. Was Vincent Moro anderen angetan hatte, ging weit über Mord hinaus.

»Moro hat sich abgeschottet«, sagte sie. »Deshalb glaube ich, dass uns Hall im Großen und Ganzen die Wahrheit gesagt hat. Hall verhandelt nur mit Krajek, und nur Krajek verhandelt mit Moro, genau wie in einem Drogenring. Und Krajek ist wie ein Dealer – er wird niemals zugeben, dass er seine Direktiven von Moro bekommt. Er hat zu viel Angst. Und zu viel zu verlieren.«

Sie verschwieg den Rest – dass ihre einzige Hoffnung, an Moro heranzukommen, Johnny Curran war, der auch die einzige Bedrohung für Moro darstellte. Stella konnte nun nicht mehr in Currans Wohnung zurückkehren. Currans Anruf hatte Moro aufgeschreckt, und wahrscheinlich beobachteten seine Leute jetzt Currans Haus.

Ihr Autotelefon klingelte.

Sie griff nach dem Hörer. »Fahren Sie in Ihr Büro«, sagte

Dance barsch. »Parken Sie in der Tiefgarage und achten Sie darauf, dass Sie nicht gesehen werden. Ich rufe Sie dort an.«

Stella verkrampfte sich. »Was ist passiert?«

Dance zögerte. »Ihr Freund hat zurückgerufen.«

NEUN

Stella erschrak, als sie ihr Büro betrat. Arthur Bright saß hinter ihrem Schreibtisch. »Nat hat mich zu Hause angerufen«, sagte er.

Stella war es unangenehm, dass er hier war. Er bot einen Mitleid erregenden Anblick. Obwohl es bereits nach elf war, trug er einen tadellosen Anzug, als klammere er sich an eine Identität, die ihm langsam entglitt. Er sah verhärmt aus. Offensichtlich machte es ihn krank, dass die Enthüllung seines Doppellebens unerbittlich näher rückte und er dennoch nicht mit Lizanne sprechen durfte.

»Was hat er gesagt?«, fragte sie.

»Moro hat Curran angewiesen, in sein Büro zu fahren und dort auf seinen Anruf zu warten.«

»Ist das alles?«

»Nat glaubt, dass Moro feststellen will, ob Curran beschattet wird. Und dass seine Leute versuchen könnten, ihn zu stoppen oder umzubringen.«

Stella setzte sich auf die Schreibtischkante. »Wo ist Nat jetzt?«

»Er liegt auf dem Rücksitz des Wagens und zielt mit seinem Revolver auf Currans Kopf. Vorausgesetzt, die beiden sind lebend aus Currans Garage herausgekommen.«

Stella überlegte. Curran hatte wahrscheinlich Recht gehabt. Moro konnte keinen Mittelsmann schicken oder Killer auf Curran ansetzen. Er würde diese Leute zu gefährlichen Mitwissern machen. »Moro will keine Zeugen. Er will sich nur davon überzeugen, ob Curran allein ist.«

Bright nickte. »Nat hat bereits Unterstützung angefordert,

zwei Sondereinsatzkommandos. Eins von der East Side, eins von der West Side. Aber keins aus der Innenstadt – Nat befürchtet, dass Moro das Polizeipräsidium beobachten lässt. Aber er weiß nicht, was er den Leuten befehlen oder wohin er sie schicken soll.«

»Hat er den Polizeichef verständigt?«

Bright sah weg. Vielleicht erinnerte ihn die Frage daran, dass sein eigenes Geheimnis bald ans Licht kommen würde. »Nein«, antwortete er.

Stella sagte nichts. Bei der bevorstehenden Aktion standen das Leben, der Ruf und die Karriere vieler Menschen auf dem Spiel, und sie erforderte eine Reihe von Entscheidungen, deren Folgen nicht abzusehen waren. Operationen dieser Tragweite mussten eigentlich mit dem Polizeichef abgesprochen werden. Doch der war Krajeks Mann, und so konnte ein solcher Schritt verhängnisvolle Folgen haben. Das machte Dances Lage noch prekärer. Falls Curran scheiterte und Moro davonkam, würden er und Stella eine Menge Fragen beantworten müssen.

Stella drehte sich um und blickte auf die Stadt hinaus.

Im Nachbargebäude, einem Beaux-Arts-Bau, der das Gericht und die Polizei beherbergte, brannten nur noch wenige Lichter. Um diese Zeit hielten sich dort nur der Pförtner und die wenigen Polizisten der Nachtbereitschaft auf. Dass Moro Curran ausgerechnet dorthin dirigiert hatte, war auch als Warnung zu verstehen. Falls Curran ihm eine Falle stellen wollte, würde jede ungewöhnliche Aktivität der Polizei ihn verraten.

Minuten verstrichen.

Stella ging auf und ab. Bright rührte sich nicht, nur seine Finger trommelten leise auf den Schreibtisch. Stella kam sich wie eine Gefangene vor.

»Es tut mir Leid«, sagte sie nach einer Weile.

Bright sah sie forschend an, dann schüttelte er langsam den Kopf. Sie wusste nicht, wie sie die Geste deuten sollte, als Ausdruck seiner Angst oder als Zurückweisung. Schließlich fragte er: »Eins würde mich interessieren, Stella. Glauben Sie, dass ich unserer Sache mehr geschadet als genützt habe?«

Ohne den Blick von ihm zu wenden, dachte Stella über die Antwort nach.

In vielerlei Hinsicht war Arthur ein guter Staatsanwalt gewesen. Für die Schwarzen war er eine Symbolfigur, und doch hatte er es im Rahmen seiner politischen Möglichkeiten stets vermieden, die Kluft zwischen den Rassen zu vertiefen. Er hatte nie nach Hautfarbe, immer nur nach Leistung eingestellt und befördert; ohne ihn wäre sie nicht hier. Doch andererseits hatte er, wenn auch gegen seinen Willen, Vincent Moro dabei geholfen, seine Heimatstadt in eine Sackgasse zu führen. Statt seinen persönlichen Ehrgeiz zu zügeln, hatte er sich als Bürgermeister beworben und der Stadt damit einen weiteren Kandidaten offeriert, der, wenn auch nicht korrupt, so doch erpressbar war.

Schließlich sagte Stella: »Ich weiß es nicht, leider.«

Arthur sah beschämt weg. In seiner Verzweiflung hatte er sich ausgerechnet von der Frau, die seinen Untergang betrieb, ein Wort des Bedauerns oder eine Art Absolution erhofft.

Erwartete er zu viel von ihr? fragte sich Stella.

Das Telefon klingelte.

Bright zuckte zusammen, dann hob er ab. Es war ein Reflex. Stella nahm ihm den Hörer aus der Hand.

»Kommen Sie rüber«, sagte Dance. »In Currans Büro. Gehen Sie durch den Tunnel.« Er legte auf, noch bevor sie eine Frage stellen konnte.

Stella blickte auf Bright hinab. »Ich gehe rüber in Currans Büro. Tun Sie nichts Unüberlegtes, Arthur. Wenn Sie uns jetzt in den Rücken fallen, können Sie nur noch hoffen, dass Dance und ich dabei draufgehen.«

Bright schüttelte den Kopf. »Ich bleibe hier.«

Seine Stimme klang verzagt, als habe er jedes Selbstbewusstsein verloren. Doch Stella hatte das Gefühl, dass noch mehr dahinter steckte. Er scheute die Konfrontation mit Johnny Curran oder dem, was sie vor Jahren getan hatten und was auf Novaks Video so viel lebendiger war, als es in seiner Erinnerung jemals gewesen war.

Stella ging. Die Handtasche mit dem Video nahm sie mit.

Der Verbindungsgang zwischen der Staatsanwaltschaft und dem Polizeipräsidium stammte aus der Zeit, als fantasielose Stadtplaner verfügt hatten, dass im Fall eines Atomangriffs der Bezirksstaatsanwalt in der Lage sein müsse, Kontakt mit der Polizei zu halten. Von weit größerem praktischen Nutzen war, dass er beide Parteien vor den Unbilden des Steeltoner Winters schützte. Und dass Stellas Ortswechsel heute Nacht unbemerkt blieb.

Der Tunnel aus Stahlbeton war eng, hässlich und schlecht beleuchtet. Stella war allein. Sie ging eilig, und als sie endlich das Polizeipräsidium erreichte, atmete sie erleichtert auf. Sie betrat die dunkle Marmorhalle und fuhr mit dem Aufzug in Currans Büro hinauf.

Dance und Curran waren allein. Dance sah kurz auf, doch Curran würdigte Stella keines Blickes. Seine Miene war wie versteinert und sein Körper so starr, als sei er in einen Schraubstock gespannt.

»Wir warten noch«, sagte Dance. »Das Telefon ist angezapft.«

Curran hatte sein Einverständnis gegeben, deshalb war keine richterliche Genehmigung erforderlich. Allerdings rätselte Stella, warum Moro, der am Telefon sonst so übervorsichtig war, das Risiko eingehen wollte, hier anzurufen.

Curran hob noch immer nicht den Kopf.

Seine Augen blickten nachdenklich. Stella stellte sich vor, wie nervenaufreibend es für ihn gewesen sein musste, mit Dance zu seinem Wagen zu gehen, dann in die Innenstadt zu fahren und in der Tiefgarage unter ihnen, wo sie nicht gesehen werden konnten, zu parken. Noch nervenaufreibender, als es für sie jetzt war, in einem dunklen Winkel des Polizeipräsidiums mit Tommy Fieldings Mörder zu warten.

Endlich hob Curran den Kopf und sah Dance an. »Wem geben Sie bessere Chancen, Nat? Vincent oder mir?«

Dance zuckte die Schultern. »Es ist schwer, sich da festzulegen.«

Stella lehnte sich mit verschränkten Armen an die Wand.

Krajek war ihr sicher. Sie würde Hall vor die Anklagejury laden, dann Larry Rockwell ausquetschen und nach ihm die Inspektoren der Stadt und den weißen Generalunternehmer. Selbst wenn es ihr nicht gelingen sollte, Tom Krajek hinter Gitter zu bringen – und sie war vom Gegenteil überzeugt –, so konnte sie ihn doch zugrunde richten. Und somit die zweite Phase von Moros Plan vereiteln.

Doch Moro selbst kam sie nicht bei. Jedenfalls nicht ohne Currans tatkräftige Mithilfe.

Sie versuchte, wie Moro zu denken.

Noch hatte er keinen Versuch unternommen, Curran umzubringen. Möglicherweise aus alter Anhänglichkeit. Aber vielleicht, und das war wahrscheinlicher, hatte er sich auch gesagt, dass es ohne sorgfältige Planung nicht einfach war, Curran zu töten. Oder er nahm, was aus Stellas Sicht schlimmer wäre, Currans Verhaftung in Kauf, weil er ein Treffen mit ihm für riskanter hielt. Ein Mann wie er musste wissen, dass ein Zeuge wie Curran ohne weitere Beweise nicht besonders glaubwürdig war.

Auf der anderen Seite war sein kühner Traum.

Träume, dachte Stella. Alle hatten Träume. Bright. Sie selbst. Hall. Krajek. Für so ein verwahrlostes Nest wie Steelton gab es hier verdammt viele Träume. Aber wenn Michael Recht hatte, war keiner so überwältigend, so kühn wie der Traum Vincent Moros. Die Rückkehr der ehrenwerten Gesellschaft in die Legalität. Die Eroberung der Stadt.

Aus Moros Sicht drohte diesem Vorhaben von Curran die größte Gefahr. Nur Curran wusste, dass Moro den Mord an Fielding in Auftrag gegeben hatte. Und dieses Wissen versetzte Curran in die Lage, Moros Pläne zu durchkreuzen.

Zum ersten Mal drehte sich Curran um und nahm von Stellas Gegenwart Notiz.

»Vincent beißt nicht an«, sagte er zu ihr. »Er hat den Braten gerochen.«

In seinen Worten schwangen ein leiser Vorwurf und, so hoffnungslos seine Lage auch sein mochte, eine perverse Genugtuung mit. Moro hatte sich wie immer als zu clever für sie erwiesen.

Kühl antwortete Stella: »Beten Sie, dass Sie Unrecht haben.«

Curran antwortete nicht. Doch sein hasserfüllter Blick verriet, dass er sich nichts vormachte. Sollte Stella ihn nicht mehr brauchen, würde sie ihm das Leben zur Hölle machen.

Curran stierte wieder zu Boden.

Allmählich wurde Stella der Raum unerträglich. Die Betonwände, der Schreibtisch aus Metall, die schmutzigen Fliesen. Curran.

Was Michael wohl gerade tat?

Sie versuchte, den Gedanken zu verscheuchen – ihre Freundschaft war nicht mehr zu kitten. Stella glaubte nicht, dass sie sich jemals wieder privat mit ihm treffen würde. Und Sofia würde sie wohl, wenn überhaupt, nur rein zufällig wieder sehen.

Ein gedämpftes Summen riss sie aus ihren Gedanken.

Angespannt zog Curran eine Schublade auf. Das Telefon darin summte erneut.

Ein neues Handy, dachte Stella. Eine unbekannte Nummer. Nur für Curran bestimmt, für ein einziges Gespräch mit Moro, ehe sie wieder gelöscht wurde. Und ein deutlicher Wink Moros, dass er ihnen einen Schritt voraus blieb.

Curran hob das Handy ans Ohr. Er lauschte regungslos. Und sprach kein Wort.

Nach einigen Sekunden legte er das Handy wieder weg. Im harten Neonlicht sah er bleich aus.

»Er will sich mit mir treffen. Sagt er zumindest.«

»Wo?«, fragte Dance.

»Im neuen Stadion.«

Stella erschrak. Currans belegte Stimme verriet, dass er Angst hatte. Das Stadion war zwar groß, aber eingezäunt, und an dem Zaun patrouillierten Wachleute eines Sicherheitsunternehmens, das, davon war Stella inzwischen überzeugt, Moro befehligte. Die Polizei konnte nicht ins Stadion eindringen, ohne dass Moro davon erfuhr, geschweige denn Abhörvorrichtungen oder Infrarotkameras installieren. Curran war der Einzige, der ein Überwachungsgerät ins Stadion schmuggeln konnte, und weitere Zeugen würde es nicht geben.

»Wann?«, fragte Dance. »Und wie?«

»Sofort.« Currans Augenwinkel legten sich in tiefe Falten. »Das Tor an der Südwestecke wird offen sein. Ich soll durch das Tor bis zur Mitte des Spielfelds gehen.« Und ironisch setzte er hinzu: »In einer Endzone im Meadowlands soll Jimmy Hoffa begraben liegen, heißt es. Aber Football ist ja auch eine härtere Sportart.«

Dance sah ihn fest an. »Wir bekommen Unterstützung.«

»Klar, Nat«, erwiderte Curran verächtlich. »Aber ihr werdet euch schön im Hintergrund halten, damit seine Wachhunde euch nicht sehen können. Ihr wollt euch den Spaß doch nicht verderben lassen.«

Dance zog etwas aus der Tasche und hielt es Curran hin. In seiner Hand lag ein Miniaturmikrofon, wie sie beim Fernsehen benutzt wurden. »Klemmen Sie sich das Ding ans T-Shirt. Dann hören wir sofort, wenn gesprochen wird.«

»Mit der entsprechenden Ausrüstung kann das Vincent auch. Ein Rekorder wäre sicherer.«

Dance schwieg dazu.

»Sie unterzeichnen mein Todesurteil«, sagte Curran schroff.

Dances Züge wurden hart, seine Stimme ausdruckslos. »Wenn Sie versuchen, ihn aufzunehmen, können wir Sie nicht hören. Schlimm genug, dass wir Sie nicht sehen können. Wir hätten keine Möglichkeit zu reagieren. Wenn er Sie filzt, entdeckt er den Rekorder, bringt sie um und nimmt den Rekorder an sich. Darauf bin ich nicht scharf, Johnny. Ich kann Sie auch ohne seine Hilfe ins Jenseits befördern.«

Stella hatte schon viel erlebt, und trotzdem lief es ihr eiskalt über den Rücken. Höchstwahrscheinlich schickten sie Curran in den Tod. Gelassen schloss Dance: »Sie können ja versuchen, nach Kanada abzuhauen. Ich gebe Ihnen höchstens zehn Minuten. Wenn Sie Glück haben, legen meine Leute Sie um.«

Curran sah Stella an und durchbohrte sie mit seinem Blick. »Machen Sie die Wanze fest«, wiederholte Dance. »Wenn wir

Ihre Atemzüge nicht mehr hören, vergessen wir Moro und jagen Sie.«

Curran wandte keinen Blick von Stella. Mit einem flauen Gefühl im Magen nickte sie.

Die Zeit schien stehen zu bleiben.

Curran drehte sich um und starrte auf den Revolver in Dances anderer Hand. Nach kurzem Zögern nahm er das Mikrofon.

Er schob den Pullover hoch und steckte es an sein T-Shirt, das sich über seinem Bauch spannte. Stella sah einen Streifen nackter Haut, vorquellendes Fett, und dachte an den jüngeren Mann auf dem Videoband, nackt und brutal.

»Wo werden Sie sein?«, fragte Curran Dance.

»In einem Funkwagen.«

Wieder kehrte sich Currans Blick nach innen. Stella spürte, dass er das Für und Wider abwog, seine Chancen beurteilte. Möglicherweise fragte er sich, ob Vincent Moro, sein Jugendfreund, sein Leben schonen würde.

Dance deutete mit dem Kopf zur Tür. »Er wartet, Johnny. Wenn man ihm glauben darf.«

Curran schürzte die Lippen. Ganz langsam blickte er von Dance zu Stella.

Dann wandte er sich von ihnen ab und verschwand auf dem dunklen Korridor.

Stella sah ihm nach. »Ich begleite Sie«, sagte sie zu Dance.

ZEHN

Stella wartete mit Dance im Wagen der Einsatzleitung und lauschte auf Currans Atem.

Der Wagen war als Ambulanz getarnt. Von außen konnte man nicht durch die verspiegelten Heckscheiben sehen, hinter denen sich Überwachungsgeräte, Polizeitechniker und Telefone verbargen. Auf Dances Befehl rollte der Wagen aus der Tiefgarage der Staatsanwaltschaft.

»Haltet euch im Hintergrund«, sprach er ins Telefon. »Ich gebe den Befehl, wann ihr das Gelände abriegeln sollt.«

Der Wagen hielt an. Aus dem Lautsprecher ertönte ein Pfeifen. »Danny Boy«, flötete Curran so leise, dass es kaum zu hören war.

»Wo sind wir?«, fragte Stella.

»Neben Ihrem Gebäude – sechs Straßenzüge vom Stadion entfernt.«

Currans Pfeifen verstummte.

Stella stellte sich vor, wie er allein in der Kälte über das unbebaute Gelände zwischen Gerichtsgebäude und Stadion schritt. Bei Nacht war es dort vollkommen dunkel, und er war ebenso schwer auszumachen wie jeder potenzielle Angreifer, der ihn, bevor er das Tor erreichte, abfangen wollte. Angespannt lauschten Stella und Dance auf jeden Laut.

Sie hörten nur Currans Schritte und seinen regelmäßigen Atem.

Es war nicht auszuschließen, dass er einen Fluchtversuch unternahm. Stella stellte sich vor, wie er jetzt das Stahlskelett betrachtete, das vor ihm in den sternenlosen Himmel ragte. Sie war sich nicht sicher, was sie an seiner Stelle tun würde.

Neben ihr griff Dance zum Telefon.

Ein Tontechniker, der im matten Licht angestrengt horchte, drehte lauter.

Schritte, dann ein Windhauch vom See.

Currans Revolver war entladen.

Was jetzt wohl in ihm vorging? Vermutlich fragte er sich, ob Moro irgendwo in der Nähe lauerte. Vielleicht dachte er über die Konsequenzen seines Verrats nach.

Curran konnte jeden Augenblick sterben. Oder mit Stellas Hilfe noch Jahre leben, obwohl er mindestens sechs Morde auf dem Gewissen hatte. Und sich mit dem Geld, das er zweifellos auf Schweizer Bankkonten hatte, dem Blutgeld von Vincent Moro, einen schönen Lenz machen. Und sich ins Fäustchen lachen.

Vielleicht war es diese Hoffnung, die ihn neben seiner Angst zum Stadion trieb. Die Aussicht, ein letztes Mal zu gewinnen, und endgültig als Sieger den Platz zu verlassen.

Ein Quietschen ertönte, wie von einem Eisentor, das aufschwang.

Dance kniff die Augen zusammen. Aus dem Lautsprecher drangen die ersten gesprochenen Worte.

»Ich bin drin.« Currans Stimme war nur ein Flüstern.

Stella sah Dance an.

Er schüttelte den Kopf.

Curran ging jetzt offenbar unter den Stahlträgern entlang. Wo man ihn leicht aus dem Hinterhalt überfallen konnte.

Abrupt brachen die Schritte ab.

Stella vermutete, dass er jetzt über die feuchte Erde zur Mitte des Spielfelds ging. Aber vielleicht war er auch stehen geblieben und sah sich um. Sie vernahm nur sein langsames, gleichmäßiges Atmen.

Dance hob den Telefonhörer an den Mund. »Bereithalten«, befahl er. Seine Worte wurden von einem Chiffriergerät zerhackt, sodass sie nur für die lauschenden Polizisten zu verstehen waren.

Den Kopf über den Lautsprecher gebeugt, wagte Stella kaum zu atmen.

Ein leises Stöhnen. Currans Anspannung hatte sich Luft gemacht.

»Hallo Johnny.«

Stella schloss die Augen.

Mit derselben ruhigen Stimme fragte Moro: »Wie lange kennen wir uns schon?«

»Neunundvierzig Jahre.« Currans Stimme war tiefer, ein Bariton zu Moros Tenor. »Seit der zweiten Klasse in Our Lady.«

»Ja. Und in all den Jahren habe ich nie erlebt, dass du Angst hattest.«

Der süßliche Ton seiner Stimme hatte für Stella etwas Bedrohliches. Dance gab noch immer keinen Befehl.

Auch Curran sagte nichts. Sein Atem ging rascher, war lauter.

»Warum jetzt?«, fragte Moro. »Du lebst doch seit zwanzig Jahren so.«

Wieder Stille.

»Wegen deiner Freundin«, antwortete Curran. »Der Schwarzen Lady. Sie hat die Sache mit Novak und Fielding herausbekommen.«

Die Schwarze Lady, dachte Stella.

Sie raunte Dance zu: »Geben Sie den Einsatzbefehl!«

»Es ist nicht nur ihretwegen«, sagte Moro gerade. »Sag mir, was dich sonst noch beunruhigt.«

Eine Zeit lang war nur Currans Atem zu hören. »Dass du dir Sorgen machst«, antwortete er. »Sonst wärst du nicht hier.«

Stella sah Dance an. »Machen Sie schon, Nat.«

Dance schüttelte kurz den Kopf.

Du willst, dass er stirbt, dachte Stella.

Moros Stimme blieb sanft. »Mir ist viel an dir gelegen, Johnny. Deshalb habe ich dir etwas mitgebracht. Sieh es dir an.«

Wieder Stille. Stella hörte das Klicken eines Verschlusses.

»Was hast du vor, Vincent?« Currans Stimme hatte sich verändert. Sie klang belegt, ängstlich.

Ein Bild stieg vor Stella auf, erschreckend in seiner Deutlichkeit – Curran, über einen leeren Aktenkoffer gebeugt, Moro, der eine Schusswaffe auf seinen Kopf richtete und seine Kleider abtastete.

»Nicht«, flüsterte Curran. »Ich habe ein Mikrofon bei mir.«

Stille. »Ich hoffe, du bist loyaler, Johnny.« Moros Ton wurde drohend. »Wenn ja, kann mir sowieso nichts passieren. Aber wenn du tatsächlich ein Mikrofon dabei hast, habe ich auch so nichts mehr zu verlieren.«

Curran keuchte. Er gab keine Antwort.

Moros Stimme wurde wieder ruhiger. »Das hast du wohl nicht erwartet, was?«, fragte er.

Dance warf Stella einen Blick zu und hob den Hörer an den Mund.

Ein dumpfes Geräusch ertönte, ein leiser Schrei. Dance lauschte angestrengt und verzog das Gesicht.

»Verdammt noch mal«, sagte Stella. »Geben Sie endlich den Befehl!«

Der Wagen hallte von einem Schuss wider.

»Jetzt«, bellte Dance.

Die Ambulanz fuhr mit quietschenden Reifen an, Stella flog gegen die Wand. Die Sirene heulte auf, und andere, weiter entfernte, stimmten in das Heulen ein. Stella klammerte sich an einen Haltegriff, während der Wagen durch die Nacht raste.

»Was tun wir?«, fragte sie.

Auch Dance hielt sich an einem Griff fest. »Wir fahren rein.«

Die Ambulanz bog um eine Kurve.

Durch das Heckfenster sah Stella das Stadiontor, dann die Sockel der Stahlpfeiler. Mit einem Ruck kam der Wagen zum Stehen.

Dance stieß die Hecktür auf und stürzte ins Freie. Stella sprang ihm nach. Sie spürte gefrorene Erde unter den Füßen, blieb stehen und sah sich um.

Das Spielfeld erstrahlte im Scheinwerferlicht der Polizeifahrzeuge. Am Tor hielt ein uniformierter Beamter mit einem halbautomatischen Gewehr einen Wachmann in Schach. Die Scheinwerfer rund um das Spielfeld waren wie gelbe Augen. Die Stahlpfeiler erglühten in ihrem Licht und verloren sich weiter oben im Dunkel. Ringsumher brüllten Stimmen.

Dance war stehen geblieben.

Er beugte sich über einen Körper, der reglos am Boden lag, eingerollt wie ein großer Embryo.

Stella ging hinüber. Nach ein paar Schritten erkannte sie den irischen Seemannspullover.

Curran lag auf der Seite. Sein rechtes Auge starrte ihr entgegen, das linke fehlte. An seiner Stelle klaffte ein blutiges Loch.

Neben Curran lag ein offener Aktenkoffer. Er war leer.

Dance betrachtete den Toten mit ausdrucksloser Miene. Nur die Dauer seines Blicks verriet seine Erregung. Er rührte sich nicht.

»Es ist besser so«, sagte er nach einer Weile. »Jetzt kriegen Sie ihn wegen des Mordes an Curran.«

Stumm hob Stella den Kopf.

In der Mitte des Spielfelds hatten bewaffnete Polizisten eine dunkle Gestalt umringt. Der Mann war schlank und stand wie angewurzelt da.

Stella ging auf ihn zu.

Sie war nur noch wenige Schritte von ihm entfernt, da drehte er sich um, und Licht fiel auf sein Gesicht. Wie damals in Novaks Kanzlei.

Moro richtete sich auf. Er war älter geworden, hatte ein zerfurchtes Gesicht und eisgraues Haar. Doch selbst jetzt bewahrte er eine frostige Würde. Er sah Stella in die Augen.

»Was für eine schöne Frau«, sagte er leise. »Immer noch.«

Fünfzehn Jahre, dachte sie. So viele Fälle von Korruption, so viele Tote.

Sie würden sich vor Gericht wieder sehen.

Sie kehrte ihm den Rücken und ging.

ELF

Gegen einen Stahlpfeiler gelehnt, versuchte Stella, die Ereignisse der letzten Stunde zu verarbeiten. Ihre Glieder waren schwer, ihre letzte Energie verbraucht. Den Lärm und das geschäftige Treiben um sie herum nahm sie nur wie aus weiter Ferne wahr.

Curran war tot. Mit Hilfe von Dance und Michael war es ihr gelungen, den Mord an Jack Novak aufzuklären und mit dem an Fielding und Tina Welch in Verbindung zu bringen. Krajeks Untergang war besiegelt und mit ihm das Scheitern seiner Pläne im Hafengebiet.

Und jetzt war Vincent Moro verhaftet.

Wie sehr hatte sie sich das gewünscht. Und doch war es Moros eigener verzweifelter Wunsch, der Traum, seine Macht zu legalisieren, der am Ende sein Urteilsvermögen getrübt hatte. Und die Angst vor Curran, dem Mann, der zu viel wusste.

Es gab noch viel zu tun. Moro würde eine ausgetüftelte Verteidigung aufbauen; der Prozess gegen ihn würde nicht einfach werden. Doch Stella glaubte fest an ihren Sieg. Und ein gewisses Maß an Gerechtigkeit hatte sie ja, wie im Fall Currans, bereits hergestellt.

Es dauerte einen Moment, ehe sie merkte, dass Dance neben ihr stand.

»Wir müssen miteinander reden.«

Stella schob die Hände tiefer in die Manteltaschen. »Worüber?«

Er trat näher. »Über Arthur.«

Sie sah ihn verständnislos an.

»Curran ist tot«, fuhr Dance ruhig fort. »Wegen des Mordes an ihm kriegen Sie Moro dran. Und mit Halls Hilfe überführen Sie Krajek. Sie können Arthur und sein Video aus dem Spiel lassen.«

Ich hinke immer einen Schritt hinterher, sagte sich Stella. Aber so viel begriff sie: Dance hatte Currans Tod gewollt, um Arthur zu schützen. Das war das eigentliche Motiv für sein Handeln gewesen.

»Moro«, schloss er, »weiß als Einziger davon. Und der wird den Mund halten.«

Stella blickte ihn an. »Aber wir wissen auch davon.«

Dance sprach geduldig weiter. »Sie wollten, dass Arthur Bürgermeister wird. Und dafür gab es gute Gründe. Ich behaupte, dass sie immer noch gelten.« Er senkte die Stimme, damit niemand außer ihr ihn hören konnte. »Mit Arthurs Unterstützung könnten Sie Bezirksstaatsanwältin werden und Sloan in den Schatten stellen. Aus eigener Kraft schaffen Sie das nie. Wenn Sie Arthur zu Fall bringen, verbauen Sie sich alle Möglichkeiten.«

Das stimmte.

Stella spürte, dass diese Erkenntnis sie kalt ließ. Leise erwiderte sie: »Und wenn Arthur Bürgermeister wird, werden Sie Polizeichef.«

Dance musterte sie. »Was ist daran schlecht? Oder gibt es für Sie nach wie vor nur Schwarz oder Weiß? Ist für Sie ausschließlich wichtig, auf welche Art etwas zustande kommt? Sie sollten es mittlerweile besser wissen.«

Stella dachte über seine Fragen nach. Über sein indirektes Eingeständnis, dass er Currans Tod bewusst herbeigeführt hatte, um Moro dranzukriegen und gleichzeitig Arthur zu schützen. Ihr Blick glitt über das halb fertige Stadion, die Masse aus Stahl und Beton. »Vielleicht lerne ich dazu«, antwortete sie. »Aber Arthur hat sich einreden wollen, dass er nur zum Wohle des Ganzen Strafverfahren manipuliert hat. Ich frage mich, was er mir jetzt sagen würde.«

Dance sah ihr ins Gesicht. »Fragen Sie ihn doch, Stella.«

Sie richtete sich auf. »Haben Sie das mit Arthur zusammen ausgeheckt?«

»Nein.« Dance lächelte schwach. »Das alles wäre doch nur graue Theorie gewesen, wenn Moro Curran nicht erschossen hätte.«

Stella schwieg. Nathaniel Dance war raffinierter als sie, sein Handeln von vielerlei Motiven bestimmt. Allerdings glaubte sie nicht, dass ihn ihr berufliches Fortkommen überhaupt interessierte. »Ist Ihr Wunsch nach einem schwarzen Bürgermeister so groß?«, fragte sie. »Oder wollen Sie speziell Arthur?«

Dance antwortete nicht sofort. »Beides«, sagte er schließlich. »Es wird Zeit. Und auch Ihre Zeit ist gekommen.«

Stella schüttelte den Kopf. »Sie wissen doch nicht einmal, ob Arthur immer noch Bürgermeister werden will. Mich will er jedenfalls nicht, verdammt noch mal.«

»Er braucht Sie. Charles Sloan können Sie getrost vergessen.« Dance drehte sich um und schaute durch das Stahlgerippe zu dem Gebäude hinüber, in dem Bright auf sie wartete. »Wir müssen Arthur berichten, was passiert ist, ehe Krajek oder die Presse davon erfahren. Mal sehen, was Sie dann sagen.«

Während Stella wartete, ließ Dance Vincent Moro abführen. Dann gingen sie wortlos durch die schneidende Kälte zur Staatsanwaltschaft hinüber.

Es war kurz nach halb drei. Stille lag über der Stadt, und die spärlich beleuchtete Eingangshalle der Staatsanwaltschaft war leer bis auf einen Wachmann. Während sie mit dem Aufzug nach oben fuhren, versuchte Stella, sich vorzustellen, was Bright ihr sagen würde, oder sie ihm.

Im Flur war es dunkel. Nur der Lichtstrahl aus Stellas Büro leitete sie. Die Tür stand einen Spalt offen und quietschte in den Angeln.

Stella blieb stehen, schauderte vor Entsetzen und Fassungslosigkeit. Eine dunkle Gestalt hing an ihrer Tür. Die Füße berührten nicht den Boden.

»Nein!«

Dance hatte den Schrei ausgestoßen. Er rannte los, Stella stürzte ihm nach. Die Tür schwang ihnen entgegen, gezogen von Brights Gewicht.

Seine Augen waren blutunterlaufen, wie damals bei Novak. Sein Gesicht war eine schmerzverzerrte Maske.

Dance legte ihm stöhnend die Arme um den Körper und hob ihn aus der Schlinge, die sein Gürtel gewesen war. Zitternd zog Stella den Gürtel von Brights Hals. Seine Haut war noch warm.

Dance legte ihn auf den Boden und begann, ihn zu beatmen. Gegen ihre Übelkeit ankämpfend, rannte Stella zum Telefon und verständigte den Notarzt.

Als sie sich wieder umdrehte, fiel ihr Blick auf Brights Gürtel. Er war immer noch um den Kleiderhaken an der Innenseite der Tür geschlungen. Dann hob Dance den Kopf. Tränen liefen ihm übers Gesicht.

Stella sank auf ihren Stuhl.

Bright war genau so gestorben wie Jack Novak. Nur dass er sich selbst erhängt hatte, und in ihrem Büro, damit sie ihn sehen musste. Ihre Zähne klapperten. Sie konnte den Schmerz in Dances Augen nicht ertragen und sah weg.

»Jetzt kennen wir seine Antwort«, murmelte sie.

Das Heulen einer Krankenwagensirene drang von der Straße herauf. Mit belegter Stimme fragte Dance: »Wo ist das Videoband?«

»In meiner Handtasche.«

Rasch nahm er die Kassette heraus.

»Ich habe eine Kopie gemacht«, sagte sie zu ihm.

ZWÖLF

Fünf Tage später ging Stella zu Brights Beerdigung.

Es fiel ihr schwer. Sie bat Michael Del Corso, sich neben sie zu setzen, und er tat ihr den Gefallen.

Sie sprachen wenig, und Stella gab Michael keine Erklärung für ihre Bitte. Sie wusste nicht, ob sie ihm jemals eine würde geben können. Sie müsste Brights Geheimnis preisgeben, und ihr eigenes: dass sie sich immer für seinen Tod verantwortlich fühlen würde.

Das Leben ging unerbittlich weiter. Es war ein sonniger Tag, und die First Baptist Church – wie St. Stanislaus von den Ersparnissen armer Zuwanderer erbaut – erstrahlte in dem sanften Licht, das durch die Buntglasfenster fiel. Stella, die in der dritten Reihe saß, beobachtete Lizanne Bright und dachte daran, was sie dieser Frau schuldig war.

Lizanne saß zwischen ihrem Sohn und ihrer Tochter und hielt sie bei der Hand. Sie weinte nicht. Doch sie sah elend aus, wie ein völlig anderer Mensch. Da sie keine Erklärung für den Selbstmord ihres Mannes hatte, würde sie sich zeitlebens fragen, welche Zeichen sie übersehen, was sie falsch gemacht hatte. Und niemals eine Antwort finden.

Wäre es nicht besser für sie, wenn sie es wüsste? fragte sich Stella. Und was war mit Arthurs Kindern? In Stellas Macht lag es, sie zu trösten – oder zu verletzen, und sie vermochte nicht zu sagen, wie sie die Wahrheit aufnehmen würden.

Vor Arthurs Sarg stehend, hielt der amtierende Bezirksstaatsanwalt Charles Sloan die Trauerrede.

»Arthur Bright«, sagte er, »war ein Mann, der sich im privaten wie im öffentlichen Leben von hohen Idealen leiten ließ...«

Einmal mehr beneidete ihn Stella, und sei es nur um seine Unwissenheit.

Doch das Leben ging weiter. Sloans Nachruf war mehr als nur eine Lobesrede – Sloan meldete seine Ansprüche auf Brights Erbe an. Selbst in dieser Stunde geriet alles in den Strudel der

Politik. Stella gegenüber, auf der anderen Seite des Mittelgangs, saß zwischen zwei Mitarbeitern Bürgermeister Thomas Krajek.

Er war die längste Zeit Bürgermeister gewesen, und er wusste es. Daher seine Leidensmiene. Stella und Michael hatten Larry Rockwell vor die Anklagejury geladen, und Peter Hall nahm auf Anraten seines Anwalts keine Anrufe von Krajek mehr entgegen. Stella hatte Dan Leary von der *Press* erste Informationen zugespielt, die bereits für Schlagzeilen über ein bevorstehendes Strafverfahren gegen Krajek gesorgt hatten, und verschreckte Inspektoren der Stadt bemühten sich um einen Handel mit der Staatsanwaltschaft. Hall hatte seinen Handel bereits gemacht. Der Einzige, den er angerufen hatte, war sein Anwalt, und Stella hatte versprochen, ihn nicht unter Anklage zu stellen. Hall hatte wie Stella den Tod eines Menschen mitverschuldet, und das musste er allein mit sich und seinem Gewissen abmachen.

Michael lauschte neben Stella der Rede Sloans.

Er machte ein ernstes Gesicht, doch Stella spürte, dass er mit den Gedanken woanders war. Sie hätte gern gewusst, woran er dachte.

Wollte er, dass sie sich so allein fühlte?

Bedrückt versuchte sie, Sloans Rede zu folgen. Hinter ihm saß George Walker. Der nächste Bürgermeister von Steelton, davon war Stella überzeugt.

Sie hatte gegen Moro Anklage wegen Mordes erhoben, und bei der dazu einberufenen Pressekonferenz hatte Sloan keine Gelegenheit ausgelassen, sich selbst ins rechte Licht zu rücken. Doch es war Stella, die den Fall gelöst hatte, und sie hatte auch aufgedeckt, dass Walker einem Komplott von Moro und Curran zum Opfer gefallen war. George Walkers Rehabilitierung war der erste empfindliche Schlag gegen Krajek.

Walkers und auch Sloans Interessen waren nun eng mit Stellas Geheimnis verknüpft. Denn ein Bekanntwerden von Brights abseitigen sexuellen Neigungen, seinem Drogenkonsum und seiner Verstrickung in den Mord an einer Prostituierten würde seinem engsten Mitarbeiter Sloan mit Sicherheit schaden. Und auch Walkers Ruf würde, wenn auch in weit geringerem Maß und ebenso unverdient, darunter leiden, zumindest bei dem Teil der weißen Wählerschaft, der in rassistischen Vorurteilen verhaftet war. Doch im Unterschied zu Sloan, so vermutete Stella, war Walker darauf vorbereitet.

Nathaniel Dance saß mit seiner Frau bei Arthurs Angehörigen. Seine Trauer war echt, ebenso wie seine Sorge um Lizanne Bright. Doch er hatte noch andere Sorgen. Und das war einer der Gründe, warum Stella glaubte, dass Walker ihr Geheimnis kannte.

Der zweite Grund war, dass Walker sie angerufen hatte.

Er hatte sie um ein Treffen gebeten, um ihr dafür zu danken, was sie für ihn getan habe. Mehr hatte er nicht gesagt, und er hatte auch keinerlei Andeutung gemacht, dass er etwas wusste. Durch ihren Berater hatte er sie jedoch wissen lassen, was er sie fragen wollte, und sie gebeten, sich ihre Antwort zu überlegen: Er wollte sie fragen, ob er auf ihre Hilfe rechnen konnte, wenn er sie dafür bei der Wahl der Bezirksausschüsse unterstützte.

So war es möglicherweise auch für Stella selbst von Vorteil, wenn sie Stillschweigen bewahrte.

Noch wusste sie nicht, was sie ihm antworten würde. Aber sie konnte Walkers Logik nachvollziehen. Die Ereignisse der letzten Zeit – die Intrige gegen ihn, Krajeks Sturz, die Korruptionsaffäre um Steelton 2000 – hatten ein Klima des Misstrauens geschaffen, und Walker musste unbedingt auf dem anderen Ufer des Onondaga Fuß fassen. Den ersten Schritt dazu hatte er bereits getan. Als Bürgermeister, so hatte er verbreiten lassen, würde er sich für die Fertigstellung des Stadions stark machen.

Das alles hatte Stella nicht überrascht. Überrascht und beunruhigt hatte sie lediglich, dass ihr eigener politischer Ehrgeiz so schnell wieder erwacht war.

Fünf Tage Trauer, dachte sie bei sich, und schon schielst du nach dem Posten eines Mannes, den du in den Tod getrieben hast.

Sie schloss die Augen.

Morgen würde sie zu ihrem Vater gehen. Ihr letzter Besuch lag schon zwei Wochen zurück.

Als sie wieder aufschaute, stand George Walker am Rednerpult.

Er war eine ganz andere Erscheinung als Arthur, korpulent, weißes Haar, selbstsicher, jovial. Seine Predigerstimme und sein Tonfall wiesen ihn als Vertreter einer älteren Generation aus. Nach Stellas Ansicht konnte er unmöglich zum Stadtratsvorsitzenden aufgestiegen sein, ohne gewisse Dinge zu tun, die einer näheren Prüfung nicht Stand halten würden. Andererseits jedoch hätte er es ohne das nötige Können und Geschick und die Fähigkeit, Konflikte zu schlichten, niemals so weit gebracht. Und er war so unsentimental, wie die Ereignisse es erforderten. Vor wenigen Augenblicken hatte er Charles Sloan die Hand gegeben und ihm seine Anteilnahme ausgedrückt, jenem Mann, den er ausbooten wollte, wenn Stella sein Angebot annahm.

Jetzt wandte er sich direkt an Lizanne Bright, und seine Stimme erfüllte die Kirche.

»Arthur hat uns immer nur gegeben und gegeben, genau wie Sie. Sie haben ihm ein Heim gegeben. Dort hat er die Kraft geschöpft, um wieder geben zu können. Und wenn seine Kräfte am Ende erschöpft waren, so haben wir Ihnen zu danken, dass es nicht früher geschah...«

Vielleicht, so dachte Stella, war das gar nicht so verkehrt. Doch wer wollte das beurteilen? Und weder George Walker noch irgendein anderer konnte Stella von der Verpflichtung entbinden, die sie Lizanne Bright gegenüber empfand.

Der Chor stimmte »Amazing Grace« an, und volle Stimmen trugen jede Note ins Gewölbe hinauf. Dann endlich war es vorbei.

Sechs Sargträger, unter ihnen Sloan und Walker, trugen Arthurs Sarg aus der Kirche. Im Vorübergehen fing Walker Stellas Blick auf und nickte ihr kurz zu.

Unwillkürlich zupfte sie Michael am Ärmel. »Können wir irgendwo hingehen? Bitte.«

Michael zögerte, und dann, aus Mitleid oder aus der Trauer des Augenblicks heraus, nickte er.

Doch vorher hatte sie noch etwas zu erledigen.

»Warte nur einen Augenblick auf mich«, sagte sie.

Sie fand Dance draußen vor der Kirche und wartete am Fuß der Treppe, bis er sie bemerkte und sich von den anderen verabschiedete.

Seit jener Nacht hatten sie nicht mehr über Bright gesprochen. Und auch jetzt schwieg Dance.

»Ich habe was für Sie«, sagte Stella.

Sie fasste in ihre Handtasche und zog einen wattierten Umschlag hervor, der an sie selbst adressiert war. »Was ist das?«, fragte er.

»Die letzte Kopie von Novaks Video.«

Dance sah sie an – vielleicht bewegt, vielleicht nur neugierig. Doch er fragte Stella nicht nach ihren Beweggründen. Und auch sie selbst war sich nicht darüber im Klaren, warum sie es tat. Eines jedoch war gewiss: Ganz gleich was Walker tat und welche Entscheidung sie traf, dieses Video und die Kenntnis seines Inhalts durften dabei keine Rolle spielen.

»Es hat sich erledigt«, sagte sie.

DREIZEHN

Stella und Michael saßen auf einer Bank im Hof von St. Stanislaus.

Jetzt, im Winter, war der Garten kahl und das Gras verkümmert. Doch die Sonne spendete Wärme, und in Warszawa fanden sie Zuflucht vor den Reportern, die sie vor der First Baptist Church verfolgt und, wie schon seit Tagen, mit Fragen zu Arthur Brights Tod bestürmt hatten. Wie in den letzten Tagen hatte Stella ihnen vorgespielt, dass sie tief erschüttert sei und vor einem Rätsel stehe. Dan Leary und die anderen hatten zwar Verdacht geschöpft – allein schon der Zeitpunkt von Brights Selbstmord musste ihren Argwohn wecken. Doch Stella war zuversichtlich, dass sie niemals die Wahrheit erfahren würden. Sie hatte keinen Grund mehr, ihnen bei der Suche danach zu helfen.

Nur mit Michael war es anders. »Ich weiß nicht«, sagte sie, »wo ich anfangen soll.«

Er wandte sich ihr zu. »Ich verstehe, was du durchgemacht hast, Stella. Aber du hast mich beschuldigt, für einen Mörder zu arbeiten. Mit einer Entschuldigung ist es da nicht getan.«

Konnte sie denn mehr tun als sich entschuldigen? Wahrscheinlich nicht. Aber sie konnte ihm, wenn sie wollte, die Wahrheit sagen. Noch nie hatte sie es gewagt, jemandem die Wahrheit zu sagen, nicht nur über ihre Arbeit, sondern auch über sich selbst, soweit sie diese Wahrheit überhaupt kannte. Sie zögerte aus Angst vor den Folgen. Etwas sagte ihr, sie solle einfach so weitermachen wie bisher, doch auch davor hatte sie mittlerweile Angst.

Sie beugte sich vor, die Arme auf die Knie gestützt, und starrte zu Boden. Dann fing sie dort an, wo sie anfangen musste: bei ihrem Vater, und bei Jack Novak. Und dann erzählte sie alles, was seit Novaks Ermordung geschehen war.

Michael verfiel in Schweigen. Sie wusste nicht, welche Reaktion sie von ihm erwartete: Widerwillen, Gleichgültigkeit oder vielleicht die höfliche Versicherung, dass sie alles in ihrer Macht Stehende getan habe. Statt dessen fragte er: »Glaubst du tatsächlich, dass du Arthur auf dem Gewissen hast?«

Die unverblümte Frage verstärkte Stellas Schuldgefühle noch. »In gewisser Weise. Ich hätte ihm sagen sollen, dass ich versuchen würde, ihn zu schützen, wenigstens bis zum Ende seiner Amtszeit. Er hat so sehr dagegen angekämpft. Er hätte es verdient gehabt, dass man ihm ein wenig Hoffnung machte. Ich habe es nicht getan.«

»Und hättest du ihn geschützt, nachdem Dance dir diesen Handel angeboten hat?«

»Ich weiß nicht.« Stella hielt inne; dasselbe hatte sie sich auch schon gefragt, immer wieder. »Wenn Arthur zurückgetreten wäre, hätte ich ihn nicht verraten. Davon bin ich fest überzeugt. Aber ihm helfen, Bürgermeister zu werden? Dann hätte Moro wieder etwas gegen ihn in der Hand gehabt, und gegen mich. Wohin das führt, hatte ich ja an Arthur gesehen.

Ich kann nur hoffen, dass ich mich nicht darauf eingelassen hätte.«

Michaels Miene war schwer zu deuten, aber sie drückte eher Nüchternheit als Anteilnahme aus. »Legst du Wert auf meine Meinung?«, fragte er.

»Sehr großen sogar«, antwortete sie leise, unsicher. »Ich fing an, dich zu mögen, nicht nur Sofia. Das machte mir Angst. Und dass ich mich von dir hintergangen fühlte, lag nicht nur an Currans Verwirrspiel. Ich ahnte, dass es so weit kommen würde.« Langsam wandte sie sich ihm zu. »Ich wagte einfach nicht, Vertrauen zu dir zu fassen – nicht nur beruflich, auch privat. Jetzt versuche ich es zumindest.«

Michael sah sie forschend an. »Okay. Also der Reihe nach. Erstens, Arthur hat Selbstmord begangen. Er hätte nie seinen Frieden mit sich selber gemacht oder sich damit abgefunden, was er getan hat – er machte einfach so weiter. Du musstest ihm das Video zeigen. Dass er das nicht ertragen konnte, war nicht deine Schuld. Nicht du hast ihn in diese Lage gebracht. Und du wärst auch auf Dances Vorschlag nicht eingegangen.« Seine Stimme war ruhig, sachlich. »Du kennst deine Fehler, Stella, und deshalb stellst du hohe moralische Anforderungen. Du beurteilst die Menschen zu streng, dich selbst eingeschlossen. Aber du erkennst eine moralische Frage als das, was sie ist.«

Stella spürte den Schmerz in ihrer Erleichterung. Michael versuchte nicht, das Persönliche zu umgehen. Seine Fragen zielten auf den Kern dessen, womit sie leben musste. Was er gesagt hatte, war besser als falscher Trost – es wurde ihr gerecht. Sie konnte nur hoffen, dass es auch den Keim der Akzeptanz in sich trug.

»Was soll ich jetzt tun?«, fragte sie.

Er hätte die Frage auf mehrere Arten deuten können; sie war sich selbst nicht sicher, wie sie gemeint war. Alles, was er antwortete, war: »Ich kann dir nur sagen, warum aus meiner Sicht alles so gekommen ist. Alles andere ist deine Sache.«

In gewisser Weise hatte er Recht. Die Entscheidung lag, wie

immer, bei ihr. Das war der Weg, den sie selbst eingeschlagen hatte. Doch jetzt stimmte sie es traurig, dass ihre Entscheidungen für keinen anderen von Bedeutung waren. »Nicht alles«, erwiderte sie. »Ich habe zu erklären versucht, was ich dir angetan habe, was mich zu dem Menschen gemacht hat, der ich heute bin. Was kann ich noch tun?«

Mit gesenktem Blick schien Michael seine Worte abzuwägen. Leise antwortete er: »Ich war zutiefst verletzt. Und das hat nichts mit Maria zu tun. Ich möchte nicht, dass Sofia noch einmal so verletzt wird. Das verstehst du doch, oder?«

Auch das tat ihr weh. Es fiel ihr leichter, ein verängstigtes Kind zu verstehen als einen Mann, den sie mochte. »Ja«, sagte sie einfach nur. »Aber das macht es für mich nur noch schlimmer. Was kann ich tun, damit du mir das glaubst?«

Michael neigte den Kopf zur Seite. »Hast du früher jemals so mit einem Menschen gesprochen?«, fragte er.

»Nein. Seit Jack wollte ich auch nicht.«

»Dann muss es etwas bedeuten, Stella.«

Vielleicht fasste sie mit der Zeit so viel Vertrauen zu ihm, dass sie ihm helfen konnte, alles andere zu verstehen.

Doch das würde die Zukunft zeigen. Im Augenblick wusste sie nur, dass Michael ihr ein Stück inneren Frieden gegeben hatte. Und damit die Antwort auf eine Frage.

Wenn George Walker noch wollte, dass sie für das Amt des Bezirksstaatsanwalts kandidierte, würde sie es tun. Und wenn nicht – andere Gelegenheiten würden kommen. Sie erwartete nicht, dass ihr etwas in den Schoß fiel.

Beruhigt dachte sie an ihren Vater, an Jack Novak, und dann an den Mann an ihrer Seite. »Es bedeutet alles«, erwiderte sie.

DANKSAGUNG

Nachtschwarz war ein schwieriges Unterfangen. Es sollte vom Leben einer Frau handeln, von Kommunalpolitik, Rassenkonflikten, Korruption in der Politik, vom organisierten Verbrechen, dem Bau eines Baseballstadions und nicht zuletzt von einer Stadt, die gar nicht existiert. Kein Wunder, dass ich Hilfe brauchte.

Zum Glück bekam ich sie. Folgende Freunde und Freundinnen aus Cleveland steuerten ihren Rat bei: die Bezirksstaatsanwältin und jetzige Abgeordnete im Repräsentantenhaus Stephanie Tubbs Jones, die stellvertretende Bezirksstaatsanwältin und Leiterin der Kriminalabteilung Carmen Marino, die Gerichtsmedizinerin Dr. Elizabeth Balraj und ihre Mitarbeiterinnen Dr. Mandy Jenkins und Dr. Sharon Rosenberg sowie die stellvertretenden Bundesanwälte Roger Bamberger und James Wooley. Die Schriftstellerin Gloria Brown beschrieb mir Stadtviertel, die ich meinem fiktiven Steelton zugrunde legte, und Pater William Gulaf von der St.-Stanislaus-Kirche unterwies mich freundlicherweise in der Geschichte seines Gotteshauses und seiner Gemeinde. Auch der Stadt Cleveland selbst schulde ich Dank. Während ich etliche Anleihen bei ihrer Geschichte, Geographie und ihren Stadtteilen gemacht habe, erlebt die Stadt einen Aufschwung, der in gleichem Maße beeindruckt, wie der Niedergang Steeltons deprimiert. Steelton ist nicht Cleveland – Steelton ist so, wie Cleveland heute möglicherweise wäre, wenn seine Bürger sich nicht eines anderen besonnen hätten.

Auch Freunde aus San Francisco halfen mir. Die Sergeants Richard Correia und Ron Kerns waren freundlicherweise bereit, mit mir zusammen Spekulationen über die Welt eines Nathaniel Dance und Johnny Curran anzustellen, und der stellvertretende Bezirksstaatsanwalt George Butterworth sprach mit mir über Methoden der Veruntreuung öffentlicher Gelder. Mein bewährter »Aufsichtsrat« half mir durch das Labyrinth, das ich entworfen hatte: der Inspektor der Mordkommission Napoleon Hendrix, der Gerichtsmediziner Boyd Stephens, der Strafverteidiger Hugh Anthony Levine und insbesondere der stellvertretende Bezirksstaatsanwalt Al Giannini. Und auch dem ehemaligen stellvertretenden Bundesanwalt Dick Martin, Hauptankläger bei den Prozessen gegen die »Pizza Connection«, verdanke ich wertvolle Einblicke.

Hoch kompliziert sind auch die politischen und wirtschaftlichen Aspekte, die beim Bau eines Baseballstadions eine Rolle spielen. Mein besonderer Dank gilt Tom Chema, der beim Bau von Jacobs Fields, der phantastischen Arena der Cleveland Indians, die treibende Kraft gewesen ist, Michael Kerr, dessen Firma die besten Sportstätten in Amerika entworfen und dabei in überzeugender Weise Neues mit Altem verbunden hat, Steve Agostini, der in mehreren Städten an solchen Projekten mitgewirkt hat, sowie Clint Reilly, Jim Ross und Doug Comstock, die mir aus ihrer Sicht die Probleme beim Bau von Stadien schilderten.

Und dann die Helfer bei der Ausgestaltung meiner Protagonisten: Ich danke dem engagierten Kommunalpolitiker Margo St. James und den Psychiatern Dr. Ken Gottlieb und Dr. Rodney Shapiro, die mit geholfen haben, die Innenwelt solch unterschiedlicher Charaktere wie Stella Marz, Arthur Bright, Johnny Curran, Jack Novak, Tommy Fielding, Tina Welch und Natasha Tillman auszuleuchten. Auch Michelle Wagner vom Goldman Center, die mit Sensibilität und guter Laune Alzheimerpatienten behandelt, war mir eine unschätzbare Hilfe.

Ich möchte auch all den anderen danken, die mir geholfen haben, aber ungenannt bleiben wollen. Die Betreffenden wissen, wer gemeint ist.

Mein besonderer Dank gilt jenen, die mit ihrer Kritik zum besseren Gelingen dieses Romans beigetragen haben: meiner Frau Laurie und meinen lieben Freunden Philip Rotner, Anna

Chavez und Fred Hill. Meine geschätzte Assistentin Alison Thomas trug mit ihren redaktionellen Vorschlägen wesentlich dazu bei, das Niveau meiner – und ihrer – Arbeit zu heben. Und meine großartigen Lektoren bei Knopf und Ballantine haben mich wie immer ermutigt; mein besonderer Dank gilt Sonny Mehta und Linda Grey.

Nun noch ein Wort an George Bush und Ron Kaufman. Ich schulde ihnen tiefen Dank für ihre Freundschaft und ihre Hilfe bei *Der Kandidat*. Ich bilde mir nicht ein, ich könnte diese Schuld begleichen, indem ich ihnen ein Buch widme, geschweige denn dieses Buch, das ihnen, düster, wie es ist, möglicherweise gar nicht gefallen wird. Ich freue mich auf andere Gelegenheiten in den kommenden Jahren.